孫立堯 注譯

新譯韓詩外傳

三民書局 印行

刊印古籍今注新譯叢書緣起

劉振強

人類歷史發展，每至偏執一端，往而不返的關頭，總有一股新興的反本運動繼起，要求回顧過往的源頭，從中汲取新生的創造力量。孔子所謂的述而不作，溫故知新，以及西方文藝復興所強調的再生精神，都體現了創造源頭這股日新不竭的力量。古典之所以重要，古籍之所以不可不讀，正在這層尋本與啟示的意義上。處於現代世界而倡言讀古書，並不是迷信傳統，更不是故步自封；而是當我們愈懂得聆聽來自根源的聲音，我們就愈懂得如何向歷史追問，也就愈能夠清醒正對當世的苦厄。要擴大心量，冥契古今心靈，會通宇宙精神，不能不由學會讀古書這一層根本的工夫做起。

基於這樣的想法，本局自草創以來，即懷著注譯傳統重要典籍的理想，由第一部的四書做起，希望藉由文字障礙的掃除，幫助有心的讀者，打開禁錮於古老話語中的豐沛寶藏。我們工作的原則是「兼取諸家，直注明解」。一方面熔鑄眾說，擇善而從；一方面也力求明白可喻，達到學術普及化的要求。叢書自陸續出刊以來，頗受各界的喜愛，使我們得到很大的鼓勵，也有信心繼續推廣這項工作。隨著海峽兩岸的交流，我們注譯的成員，也由臺灣各大學的教授，擴及大陸各有專長的學者。陣容的充實，使我們有更多的資源，整理更多樣化的古籍。兼採經、史、子、集四部的要典，重拾對通才器識的重視，將是我們進一步工作的目標。

古籍的注譯，固然是一件繁難的工作，但其實也只是整個工作的開端而已，最後的完成與意義的賦予，全賴讀者的閱讀與自得自證。我們期望這項工作能有助於為世界文化的未來匯流，注入一股源頭活水；也希望各界博雅君子不吝指正，讓我們的步伐能夠更堅穩地走下去。

新譯韓詩外傳 目次

導讀

一《韓詩外傳》的作者與流傳概況

《漢書・藝文志》載《詩》有齊、魯、韓三家，又有《毛詩》及《毛詩故訓傳》。秦火之後，《詩》之得以存留，「以其諷誦，不獨在竹帛故也」。漢興以後，人們用當時通行的隸書將其寫定，故稱今文，《史記・儒林列傳》中說：「言《詩》於魯則申培公，於齊則轅固生，於燕則韓太傅。」三家《詩》都是今文《詩》，盛行於西漢，皆列入學官；《毛詩》出現的時候則是用先秦的文字書寫的，故稱古文《詩》，只流傳於民間，《漢書・藝文志》中說：「又有毛公之學，自謂子夏所傳，而河間獻王好之。」至東漢鄭玄融合今古文學，遍注群經，「注《詩》宗毛為主，毛義若隱略，則更表明。如有不同，即下己意，使可識別。」而自鄭玄以《毛詩》為主作《箋》以後，《毛詩》遂為天下所宗，三家《詩》則逐漸消亡。其中《齊詩》亡於曹魏，《魯詩》亡於西晉，《韓詩》存留較久，《舊唐書・經籍志》中尚有《韓詩》

二十卷，《韓詩外傳》十卷，《新唐書・藝文志》中有《韓詩》二十二卷，《外傳》十卷。《韓詩》雖存，但由於無人傳習，到趙宋時期也已亡佚，僅存《韓詩外傳》。

《漢書・藝文志》中所著錄關於《韓詩》的著作有《韓故》三十六卷，《韓內傳》四卷，《韓外傳》六卷，《韓說》四十一卷❶。其中只有《韓詩外傳》尚存，但〈漢志〉中著錄為六卷，至《隋書・經籍志》中，則已著錄為十卷，此後凡著錄該書者皆為十卷。這說明其面貌經過了後人的改動，《欽定四庫全書總目》中稱：「自〈隋志〉以後，即較〈漢志〉多四卷，蓋後人所分也。」也有很多學者認為，隋唐時期所流傳的《韓詩外傳》已非其原貌，甚至經過了後人的改寫和補充。如果是這樣，《韓詩外傳》全書所反映的便也不完全是漢初人的思想。今人楊樹達《漢書窺管》中則認為，今本的《韓詩外傳》十卷之中已經包括了〈藝文志〉中所著錄的《內傳》四卷以及《外傳》六卷：

愚謂《內傳》四卷實在今本《外傳》之中。班〈志〉《內傳》四卷，《外傳》六卷，其合數恰與今本《外傳》十卷相合。今本《外傳》第五卷首章為「子夏問曰：〈關雎〉何以為〈國風〉始」云云，此實為原本《外傳》首卷之首章。蓋內、外《傳》同是依經推演之詞，故後人為之合併，而猶留此痕跡耳。〈隋志〉有《外傳》十卷而無《內傳》，知其合併在隋以前矣。近儒輯《韓詩》者皆以訓詁之文為《內傳》，意謂內、外《傳》當有別，不知彼乃《韓

❶《漢書》卷三十，中華書局，一九六二年六月第一版。

> 故》之文，非《內傳》文也。若如其說，同名為傳者，且當有別，而《內傳》與《故》可無分乎？《後書・郎顗傳》引《易內傳》曰：「人君奢侈，多飾軍室，其時災，其災火。」此是雜說體裁，並非訓詁，然則漢之《內傳》非訓詁體明矣。❷

這一說法，從釋經的體例上來說，有一定的依據。因此有的學者表示贊同，如徐復觀便改稱《韓詩外傳》為《韓詩傳》，並據此討論韓嬰及漢初的思想問題。但這一說法證據畢竟不充分，屈守元駁論認為：「前人引《內傳》，早者如《白虎通》，其文皆不在今本《外傳》之中。唐人《群書治要》所引《外傳》，無一條為《內傳》之文混入者，是隋唐時代，《內傳》、《外傳》固各自為書也。」❸因此，這仍是一個懸而未決的問題，尚待進一步探討。

關於韓嬰及《韓詩》學派，其傳授的源流多不可考，而相關的史料也並不多，《漢書・儒林傳》中只有這樣簡短的記載：

> 韓嬰，燕人也。孝文時為博士，景帝時至常山太傅。嬰推詩人之意，而作內、外《傳》數

---

❷ 楊樹達《漢書窺管》，頁二〇七—二〇八，上海古籍出版社，二〇〇六年十二月第一版。

❸ 屈守元認為楊樹達的說法，襲自清末沈家本《世說注所引書目》中的觀點，沈氏云：「內、外《傳》皆依經推演之詞，雖分內外，體例則同。疑隋、唐〈志〉之《韓詩》者，《韓故》也。《內傳》則與《外傳》并為一編，故其卷適與〈漢志〉同，非無《內傳》也。」屈氏認為沈、楊兩家說法皆非，故有駁論。見《韓詩外傳箋疏》，頁一〇二一—一〇二二，巴蜀書社，一九九六年三月第一版。

> 萬言，其語頗與齊、魯間殊，然歸一也。淮南賁生受之。燕趙間言《詩》者由韓生。韓生亦以《易》授人，推《易》意而為之傳。燕趙間好《詩》，故其《易》微，唯韓氏自傳之。武帝時，嬰嘗與董仲舒論於上前，其人精悍，處事分明，仲舒不能難也。後其孫商為博士。孝宣時，涿郡韓生其後也，以《易》徵，待詔殿中，曰：「所受《易》即先太傅所傳也。嘗受《韓詩》，不如韓氏《易》深，太傅故專傳之。」司隸校尉蓋寬饒本受《易》於孟喜，見涿韓生說《易》而好之，即更從受焉。
>
> 趙子，河內人也。事燕韓生，授同郡蔡誼。誼至丞相，自有傳。誼授同郡食子公與王吉。吉為昌邑〔王〕中尉，自有傳。食生為博士，授泰山栗豐。吉授淄川長孫順。順為博士，豐部刺史。由是《韓詩》有王、食、長孫之學。豐授山陽張就，順授東海髮福，皆至大官，徒眾尤盛❹。

從這一記載中可以看出，韓嬰所傳的《韓詩》與《齊詩》、《魯詩》雖有所不同，但其指歸仍是一致的，其流傳主要在燕、趙一帶。《韓詩》的內、外《傳》都是「推詩人之意」而作，是從《詩》本身推衍而成的論著，而不是以解釋字義為主的訓詁之作。

---

❹《漢書》卷八十八，中華書局，一九六二年六月第一版。

二　《韓詩外傳》的性質

關於《韓詩外傳》的體裁，一般認為它與《詩經》的解釋並沒有直接的關係，在全書之中，其所引《詩經》中的詩句只處在一個次要的地位，作為書中每一章所說故事或者道理的佐證而存在。所以《漢書・藝文志》中批評三家《詩》的風格時說：「魯申公為《詩》訓故，而齊轅固、燕韓生皆為之傳。或取《春秋》，采雜說，咸非其本義。與不得已，魯最為近之。」《魯詩》較為平實，可能與原意較為接近，但總體上班固都將它們看成是一種「取《春秋》」的以史證經之體，或者只是「雜說」，而與《詩經》的「本義」相去較遠。魯、齊兩家的著作皆已亡佚，無從取證；《韓詩外傳》的基本寫作格式便是先講一則史事或者寓言，或發表一些議論，然後再引《詩》為證。這種引《詩》的風氣是先秦時代諸子著作中常見的一種方法，如《孟子》、《荀子》都在這方面有很多的例子，而以《荀子》中最多。

《韓詩外傳》受到荀子的影響極明顯，其中引用或者改寫自《荀子》的內容多達五十四章。因此和《荀子》一樣，「引《詩》」也是《韓詩外傳》與《詩經》的最突出的關係。這種「引《詩》」之風的源頭可以上溯到春秋「賦《詩》」的時代，以及孔門「論《詩》」的影響，屬於先秦《詩經》學中一個顯著的現象。

先秦時代「賦《詩》」的主要意義在於「斷章取義」，所賦的詩句與《詩經》中的原句並不是同一種意義，而是在當下場景中的特定含義，這種含義與原詩有很大的差距，甚至毫無關聯，如《左傳・昭公十六年》所記載的一個「賦《詩》」場景：

夏四月，鄭六卿餞宣子（晉韓起）於郊。宣子曰：「二三君子請皆賦，起亦以知鄭志。」子齹賦〈野有蔓草〉。宣子曰：「孺子善哉，吾有望矣。」子產賦鄭之〈羔裘〉。宣子曰：「起不堪也。」子大叔賦〈褰裳〉。宣子曰：「起在此，敢勤子至於他人乎？」子大叔拜。宣子曰：「善哉，子之言是！不有是事，其能終乎？」子游賦〈風雨〉。子旗賦〈有女同車〉。子柳賦〈蘀兮〉。宣子喜，曰：「鄭其庶乎！二三君子以君命貺起，賦不出鄭志，皆昵燕好也。二三君子數世之主也，可以無懼矣。」宣子皆獻馬焉，而賦〈我將〉。子產拜，使五卿皆拜，曰：「吾子靖亂，敢不拜德！」

這裡鄭國六卿所賦〈鄭風〉中的詩歌，有不少是情詩，但是這樣的詩歌被用於一種政治場合，便只有當下的意義，而與詩歌的本義關聯不大。如子齹所賦的〈野有蔓草〉，只是取其中「邂逅相遇，適我願兮」，類似於初次見面時的客套話；子大叔所賦〈褰裳〉，本是一首情人抱怨對方不來看自己的詩，「子惠思我，褰裳涉溱。子不我思，豈無他人？」但這裡的當下意義則是意味著作為盟主的晉國如果不保護鄭國，那麼鄭國將會投靠其他的大國。子游所賦的〈風雨〉取其中「既見君子，云胡不夷」的句意，表示初次與韓起見面時的高興。而子旗所賦的〈有女同車〉則是讚美對方「洵美且都」，而令人「德音不忘」。子柳所賦的〈蘀兮〉則是取「倡，予和汝」的句意，表示鄭國願意追隨晉國。這些詩歌差不多都是情詩，但是在這裡所表示的卻都是一種政治上的意義。這種「賦《詩》」的傳統為後來的「引《詩》」以及漢人的釋《詩》風格奠定了基礎。

孔子將《詩》作為自己講學的教材之一，從《論語》中的記載來看，其「引《詩》」的傳統實際上是和「賦《詩》」有相通之處。如《論語．學而》中記載：

子貢問曰：「貧而無諂，富而無驕，何如？」子曰：「可也。未若貧而樂道、富而好禮者也。」子貢曰：「《詩》云：『如切如磋，如琢如磨。』其斯之謂與？」子曰：「賜也，始可與言《詩》已矣！告諸往而知來者。」

又如〈八佾〉：

子夏問曰：「『巧笑倩兮，美目盼兮，素以為絢兮。』何謂也？」子曰：「繪事後素。」曰：「禮後乎？」子曰：「起予者商也，始可與言《詩》已矣！」

子貢、子夏這裡所引的《詩》，實際上還是一種比喻或者「斷章取義」的用《詩》辦法。

而其重要意義在於，自孔門對於《詩經》的研習開始，既啟發了後來「引《詩》」的風氣，同時也指明了《詩經》解釋中的道德方向。

這種「賦《詩》」和「引《詩》」的風格，從文學批評的角度來說，相當於艾倫・塔特(A. Tate)所說的詩歌「張力」(tension)的範疇，或者可以說是一首詩所可能被解釋的「詩域」，在此「詩域」的範圍之內，所有的理解都是可以接受的。徐復觀〈韓詩外傳的研究〉一文中也提到：

由春秋賢士大夫的賦《詩》言志，以及由《論語》所見之《詩》教，可以瞭解所謂「興於《詩》」的興，乃由《詩》所蘊蓄之感情的感發，而將《詩》由原有的意味，引申成為象徵性的意味。象徵的意味，是由原有的意味，擴散浮升而成為另一精神境界。此時《詩》的意味，便較原有的意味為廣，為高，為靈活，可自由進入到領受者的精神領域，而與其當下的情景相應。儘管當下的情景與《詩》中的情景，有很大的距離。❺

因此，諸子之中「引《詩》」的情況，可以看作是「賦《詩》」傳統的一種繼承和延續，「引《詩》」中的詩句所出現時的意義，在一般情況下，只是作為一種佐證而存在，同樣也具備「斷章取義」的特性。

❺ 徐復觀《兩漢思想史》第三卷，頁五，華東師範大學出版社，二〇〇一年十二月第一版。

三　《韓詩外傳》的思想

《四庫全書總目》中議論《韓詩外傳》的時候，除了談到其源流之外，也從儒家的角度，對其思想內容進行了一些評述：

> 其書雜引古事古語，證以詩詞，與經義不相比附，故曰「外傳」。所采多與周秦諸子相出入，班固論三家之《詩》，稱其「或取《春秋》，采雜說，咸非其本義」，殆即指此類歟？中間「阿谷處女」一事，洪邁《容齋隨筆》已議之。他如稱「彭祖名並堯禹」，稱「長生久視」，稱「天變不足畏」，稱「韶用干戚」，稱「舜兼二女」為非，稱「荊蒯芮僕不恒其德」，語皆有疵。謂「柳下惠殺身以成信」，謂「孔子稱御說恤民」，謂「舜生於鳴條」一章為孔子語，謂「輪扁對楚成王」，謂「冉有稱吳楚燕代伐秦王」，皆非事實。顏淵、子貢、子路言志事，與申鳴死白公之難事，皆一條而先後重見，亦失簡汰。然其中引荀卿〈非十二子〉一篇，刪去子思、孟子二條，惟存十子，其去取特為有識。又繭絲卵雛之喻，董仲舒取之為《繁露》，君群王往之訓，班固取之為《白虎通》，精理名言，往往而有，不必盡以訓詁繩也。是書之例，每條必引詩詞，而未引《詩》者二十八條；又「吾語子」一條，起無所因，均疑有闕文。李善注《文選》，引其「孔子升泰山，觀易姓而王者七十餘家」事，及「漢皐二

女」事，今本皆無之，疑並有脫簡。至《藝文類聚》引「雪花六出」之類，多涉訓詁，則疑為《內傳》之文，傳寫偶誤。董斯張盡以為《外傳》所佚，又似不然矣❻。

這一段評論，對於《韓詩外傳》中與傳統的儒家思想或者典籍不相符合的部分作了批判，而其中去取符合儒家思想的說法，則認為其「特為有識」。

事實上，《韓詩外傳》一書的思想，大體上仍然是以儒家思想為骨幹，而以繼承《荀子》的思想為主，這從其篇章的來源就可以明顯地看出來，不必作過多論述；同時，在某些篇章中，此書也體現出對於孟子思想有一定的融合。如卷五「繭之性為絲」一章，其中提到「人性善」，臧琳說：「孟子之後，程、朱以前，知性善者，韓君一人而已。」但屈守元認為「人性善」是宋儒的語言，很可能這幾個字是宋人改動的結果❼。而從《韓詩外傳》中其他的篇章來看，如卷四引《孟子》「仁，人心也。義，人路也。……學問之道無他焉，求其放心而已」的句子，可見他對於孟子的學說的確是有所繼承的，徐復觀據此認為韓嬰「接受了孟子以心善言性善的主張」❽。

儒家思想之外，《韓詩外傳》中也表現了其「雜家」的特性，如其中多次引用到《老子》

---

❻《欽定四庫全書總目》，頁二一一四，中華書局，一九九七年一月第一版。
❼《韓詩外傳箋疏》「前言」，巴蜀書社，一九九六年三月第一版。
❽徐復觀《兩漢思想史》第三卷，頁十五，華東師範大學出版社，二〇〇一年十二月第一版。

的內容，可見他也受到道家的部分影響，這也許與漢初道家思想比較流行有關，具有一定的時代性。如卷一中「喜名者必多怨」章中提到：「夫利為害本，而福為禍先。唯不求利者為無害，不求福者為無禍。」「水濁則魚喁，令苛則民亂」一章中稱「惟其無為，能長生久視，而無累於物矣」，這些顯然都是受到道家思想的影響。而其中直接引用《老子》的話也不少，如卷三「公儀休相魯而嗜魚」章引《老子》「後其身而身先，外其身而身存。非以其無私乎？故能成其私。」卷七「昔者司城子罕相宋」章引《老子》「魚不可脫於淵，國之利器不可以示人。」卷九引《老子》「名與身孰親？身與貨孰多？得與亡孰病？是故甚愛必大費，多藏必厚亡。知足不辱，知止不殆，可以長久。大成若缺，其用不敝；大盈若沖，其用不窮。大直若詘，大辯若訥，大巧若拙，其用不屈。罪莫大於多欲，禍莫大於不知足，故知足之足，常足矣。」這些內容，都說明《韓詩外傳》中對於《老子》及道家思想的繼承還是有相當比例的。另外，《韓詩外傳》中也有其他思想的影響，如卷六中的「天下之辯，有三至五勝」這一章，則有名家的思想。屈守元認為《詩經》是當時諸子百家的共同典籍，並非儒家所獨傳，「儒家以外，道、墨、名、法，九流十家，莫不傳習，這就決定了韓嬰為推行《詩》義而編《外傳》不能不博采諸家。」❾

對於法家的思想，《韓詩外傳》基本上持一種否定的態度。漢初的法令承秦而來，仍是較為嚴酷的，這實際上也是當時學者所共同反對的。書中在多處對比了「禮治」與「法治」

❾《韓詩外傳箋疏》「前言」，巴蜀書社，一九九六年三月第一版。

的不同效果，而特別強調「禮」的重要性。這種觀念多來自於《荀子》。荀子為法家之源頭之一，「禮」與「法」也有不可割捨的聯繫，但仍有很大的不同。如卷一「在天者莫明乎日月」章中，說到「君人者降禮尊賢而王，重法愛民而霸，好利多詐而危，權謀傾覆而亡。」可以看到「禮治」與「法治」的不同效果；又如卷四「禮者，治辯之極也」一章中，也認為「禮」是「強國之本、威行之道、功名之統」，「王公由之，所以一天下也，不由之，所以隕社稷也。是故堅甲利兵不足以為武，高城深池不足以為固，嚴令繁刑不足以為威，由其道則行，不由其道則廢。」顯然都表現出對於「重法」或者「嚴令繁刑」的反對。

四　本書注譯依據與作法

洪邁《容齋續筆》「韓嬰詩」條中記：「今惟存《外傳》十卷。慶曆中，將作監主簿李用章序之，命工刊刻於杭，其末又題云：『蒙文相公改正三千餘字。』」❿這是目前關於《韓詩外傳》刊刻的最早記載，其中所謂的「文相公」，屈守元認為是指文彥博。該本今已不存。目前所見最早刻本為元刊本。明代有蘇獻可通津堂本、沈氏野竹齋本、芙蓉泉書屋刻本、程榮漢魏叢書本、胡文煥格致叢書本、唐琳快閣藏書本、毛晉津逮祕書本等。清人校注的《韓詩外傳》，則以周廷寀《韓詩外傳校注》以及趙懷玉《韓詩外傳》兩書最著，兩書於數月間

❿　洪邁《容齋隨筆》，頁三一〇，上海古籍出版社，一九九六年三月第一版。

先後刊印，互不相見，各有得失，但同稱善本，清人吳棠將其合刊為一書。晚清學者俞樾《曲園雜纂》、孫詒讓《札迻》等著作，其中涉及到《韓詩外傳》的部分，對其校正工作均有所貢獻。民國時趙善詒作《韓詩外傳補正》，吸取眾長，頗為完備。今人許維遹有《韓詩外傳集釋》，屈守元有《韓詩外傳箋疏》，均對此書的校刊有所裨益。

本書採用通行的文淵閣《四庫全書》本為底本，參考各家注述，對其中的文字，一般情況下保持原貌。以校書之體，若無出格知見，則不當以己意妄改，否則文字改得越通順，反而會離其原貌越遠。凡書中有不可通之處，而諸家校刊中有可取者，只在注中列出，語譯亦從之。

孫立堯

二〇一二年八月

卷一

1. 曾子❶仕於莒❷，得粟三秉❸。方是之時，曾子重其祿而輕其身。親沒之後，齊迎以相，楚迎以令尹❹，晉迎以上卿❺。方是之時，曾子重其身而輕其祿。懷其寶而迷其國者，不可與語仁❻。窘其身而約其親者，不可與語孝。任重道遠者，不擇地而息；家貧親老者，不擇官而仕。故君子橋褐❼趨時❽，當務為急❾。傳云：不逢時而仕，任事而敦其慮，為之使而不入其謀❿，貧焉故也。《詩》曰：「夙夜在公，實命不同⓫。」

【注釋】❶曾子　名參，字子輿，孔子最有名的弟子之一，以孝著稱。❷莒　春秋時邑名。❸秉　古代容量單位，十斗為一斛，十六斛為一秉。❹令尹　春秋戰國時楚國的執政官，相當於後世的宰相。❺上卿　周代官名，天子及諸侯皆有卿，分為上、中、下三等，上卿為執政的高級官吏。❻懷其寶而迷其國者二句　《論語・陽貨》：「懷其寶而迷其邦，可謂仁乎？」漢人避劉邦諱，改「邦」為「國」。寶，指才能。迷其國，聽任國家混亂。❼橋褐　橋，同「屩」。草鞋。褐，粗布衣。二者都是貧士的穿著，此處借指貧士。一說「橋褐」同「揭驕」，急忙奔赴之意。❽趨時　指順應時務。❾當務為急　以當前的事務為急。《孟子・盡心》：「當務之為急。」❿任事而敦其慮二句　二句語意相承；不敦其慮，意與「不入其謀」同。敦其慮，指仔細考慮事情。「敦」字前疑脫「不」字。⓫夙夜在公二句　《詩經・召南・小星》中的句子。公，公府；官家。

【語　譯】曾子在莒邑做官，俸祿有三秉粟米。在這時候，曾子看重他的俸祿而輕視他自身。在他的父母親去世之後，齊國聘請他去做宰相，楚國聘請他去做令尹，晉國聘請他去做上卿。在這時候，曾子看重他自身，而看輕俸祿。一個人有傑出的才能，卻聽憑他的國家處於危亂之中而不出仕，這樣的人，不可以和他談論仁道。一個人任憑自身窘迫窮困，而使自己的父母親也過著貧困的生活，這樣的人，不可以和他談論孝道。背負著重擔而要走遠路的人，不選擇一個舒適的地方才休息；家境貧窮而父母年老的人，不選擇一個合適的官職才肯去做。所以君子在貧窮困苦之時能夠識取時務，急迫地去做當時最重要的事務。古書上說：沒有遇到政治清明的時候出來做官，為人做事，但不為他們仔細考慮事情；為人所使令，但不參預他們的謀劃，這是因為貧窮的緣故。《詩經》裡說：「從早到晚都在官府裡面忙碌，實在是因為我的命運與其他人不同啊！」

【研　析】這一章文字所講的是古代士人的出處觀念。儒者或者士人，對於自己的要求很高，他們以「道」作為自己的終極皈依，至於衣食俸祿，卻是並不在意的。如孔子認為「君子」應該「謀道不謀食」、「憂道不憂貧」，如果為衣食而憂，則為人所不齒，所以說：「士志於道，而恥惡衣惡食者，未足與議也。」又說：「富與貴，是人之所欲也；不以其道得之，不處也。貧與賤，是人之所惡也；不以其道得之，不去也。」甚至在政治不清明的時代做官也被認為是一種可恥的事，所以孔子說：「篤信好學，守死善道。危邦不入，亂邦不居。天下有道則見，無道則隱。邦有道，貧且賤焉，恥也。邦無道，富且貴焉，恥也。」士人必須在政治清平、君與道合的情況下才願意出仕，即孟子所說的「達則兼濟天下，窮則獨善其身」。但這一章所述曾子的事卻是儒者所謂的「權道」，即為了孝養父母，在不得已的情況下，可以暫時為父母而屈身。曾子以孝著名，在這一章得到了很好的表達。這種事情在古代有不少例子，如《後漢書》卷二十九也記載了類似的事：「廬江毛義少節，家貧，以孝行稱。南陽人張奉慕其名，往候之。坐定而府檄適至，以義守令，義奉檄而入，喜動顏色。奉者，志尚士也，心賤之，自恨來，固辭而去。及義母死，去官行服。數辟公府，為縣令，進退必以禮。後舉賢良，公車徵，遂不至。張奉嘆曰：『賢者固不可測。往日之喜，乃為親屈也。斯蓋所謂「家貧親老，不擇官而仕」者也。』」

2. 傳曰：夫《行露》之人許嫁矣，然而未往也。見一物不具，一禮不備，守節貞理❶，守死不往。君子以為得婦道之宜，故舉而傳之，揚而歌之，以絕無道之求，防汙道之行乎？《詩》曰：「雖速我訟，亦不爾從❷。」

【注釋】❶守節貞理　節，指節操。貞，堅定不移。❷雖速我訟二句　《詩經．召南．行露》中的句子。按照傳統的說法，這首詩所寫的是一個有貞德的女子，因為男方禮儀尚未具備，而拒絕出嫁到男家，從而導致男方向官府提出了訴訟，但這個女子卻依然態度堅決，並不因為自己吃官司而順從。速，招致。

【語　譯】古書上說：〈行露〉詩中所描述的女子已經答應出嫁了，但是並沒有嫁到男家去。這是因為她看到男家所準備的禮物還不齊備，一些禮儀還有欠缺，所以堅守自己的節操，堅定自己所持的道理，寧死也不出嫁。君子認為這個婦人所做的事合乎婦道，所以舉出這件事情而傳述它，宣揚並歌頌它，以用來杜絕不合乎道理的要求，以防止汙損道義的行為吧？《詩經》中說：「雖然使我遭受訴訟，我也不依從你！」

【研　析】這一章所說的是與古代禮儀相關的「婦道」，這裡尤其是與婚禮有關。古代婚禮也稱「六禮」，即納采、問名、納吉、納徵、請期、親迎六個程序，每個程序中都有禮物及禮儀的規定，若做不到，即視為失禮。在「禮治」甚至重於「法治」的古代社會，「失禮」會受到社會的鄙棄，所以此章中提到的貞女因為夫家「一物不具，一禮不備」而「守死不往」，在遭遇訴訟的情況下也堅執不從。又古人對於婚禮極為重視，因為夫婦是人倫之始，《禮記．昏義》中說：「男女有別，而後夫婦有義；夫婦有義，而後父子有親；父子有親，而後君臣有正。故曰：昏禮者，禮之本也。」這一章將〈行露〉所描述的事件加以讚美、宣傳，也正表明了這一意義。此章內容在西漢劉向的《列女傳．貞順篇》中也有記載，而更加詳備，也正可以體現漢代人的道德取向。

3\. 孔子南遊適楚，至於阿谷之隧❶，有處子佩瑱❷而浣者。孔子曰：「彼婦人其可與言矣乎？」抽觴❸以授子貢，曰：「善為之辭，以觀其語。」子貢曰：「吾北鄙❹之人也，將南之楚。逢天之暑，思心潭潭❺，願乞一飲，以表❻我心。」婦人對曰：「阿谷之隧，隱曲之汜❼，其水載清載濁，流而趨海，欲飲則飲，何問婦人乎？」受子貢觴，迎流而挹❽之，奐然❾而棄之，促流❿而挹之，奐然而溢之，坐置之沙上，曰：「禮固不親授。」⓫子貢以告。孔子曰：「丘知之矣。」抽琴去其軫⓬，以授子貢曰：「善為之辭，以觀其語。」子貢曰：「嚮子之言，穆如清風，不悖我語，和暢我心。於此有琴而無軫，願借子以調其音。」婦人對曰：「吾野鄙之人也，僻陋而無心，五音⓭不知，安能調琴？」子貢以告。孔子曰：「丘知之矣。」抽絺綌五兩⓮以授子貢，曰：「善為之辭，以觀其語。」子貢曰：「吾北鄙之人也，將南之楚。於此有絺綌五兩，吾不敢以當子身⓯，敢置之水浦。」婦人對曰：「客之行差遲乖人⓰，分其資財，棄之野鄙。吾年甚少，何敢受子？子不早去，今竊有狂夫守之者矣⑰。」《詩》曰：「南有喬木，不可休思。漢有遊女，不可求思⑱。」此之謂也。

【注釋】❶阿谷之隧　阿谷，山谷之名。隧，山谷中的險阻地帶。❷瑱　又名充耳，古代冠上的玉飾，非女子所用。梁端校作「璜」，當從之。璜，半圓形的佩玉。❸觴　古代一種酒器。❹鄙　邊遠地區。❺思心潭潭　思，語助詞。潭為燂的假借字，熱。思心燂燂，是說心中發熱。❻表　散發。❼隱曲之汜　隱曲，謂山谷中幽隱彎曲之處。汜，水邊。❽挹　舀。❾奐然　盛大的樣子。這裡指水流盛大。❿促流　趙懷玉校作「從流」，當從之。從流，即順流。⓫禮固不親授　《禮記．曲禮上》：「男女不雜坐，不同椸枷，不同巾櫛，不親授。」指男女之間不親手給予和接受事物。⓬軫　絃樂器上轉動絃線的軸，用來調音。⓭五音　指宮、商、角、徵、羽。⓮絺紘五兩　絺，細葛布。紘，同「綌」。粗葛布。五兩，即十端，一端為兩丈。《周禮．春官．媒氏》：「凡嫁子娶妻，入幣，純帛無過五兩。」故這裡「絺紘五兩」寓有嫁娶求親之意。⓯當子身　當，對著。當子身，即對面親手交給你。⓰差遲乖人　差遲，差錯。乖人，不合人情。⓱子不早去二句　狂夫，狂暴之人。《列女傳》作「子不早命，竊有狂夫名之者矣」。命，謂婚姻之命。名之，謂相知名，古時「男女非經行媒，不相知名」，既知其名，則已經媒氏說合。是說自己已經有丈夫，謝絕其禮幣。⓲南有喬木四句　《詩經．周南．漢廣》中的句子。

【語譯】孔子去南方的楚國遊歷，來到了阿谷中的險阻地帶，看見一位少女，身上佩著玉瑱，正在河邊洗衣服。孔子說：「那個婦人大概可以和她交談吧？」於是拿出酒杯，交給子貢，說：「好好好地對她說一番話，看她怎麼回答。」子貢說：「我是北方邊疆的人，要到南方的楚國去。正好碰上了暑天，心中火熱，希望你能給我一點水喝，發散一下心中的熱氣。」那個女子回答說：「這阿谷裡的險阻地帶，彎曲的水邊，流水有清有濁，都向大海流淌，你如果想喝水，自己取來喝就是了，何必要問我這個婦人呢？」接過子貢的酒杯，迎著流水舀去，盛滿了又把它倒掉，順著流水舀去，盛滿到溢了出來，坐下來，把它放在沙灘上，說：「依照禮儀的要求，我不能親手將酒杯拿給你。」子貢將這一情形告訴孔子。孔子說：「我知道她的意思了。」於是拿出一把琴，將它的軫子拿掉，交給子貢，說：「好好地對她說一番話，看她怎麼回答。」子貢說：「剛才你說的話，就像清風那麼和穆，和我所說的話也不相違背，我聽了之後覺得心裡很舒暢。我這裡有一把琴，但是沒有調弦的軫子，希望你能幫我調一調琴音。」那個女子回答說：「我是一個鄉野邊境的人，沒有什麼見識和心智，不瞭解五音，怎麼能夠調琴呢？」子貢將這一情形告訴孔子。孔子說：「我知道她的意思了。」於是拿出五匹布來，交給子貢，說：「好好地對她說一番話，看她怎麼回答。」子貢說：「我是北方邊疆的人，要到南方的楚國去。我這裡有五匹布，我不敢直接交給你，把它放在水邊。」那個女子回答說：「你的行為錯誤而不近人情，竟將你的財貨拿出來放到荒郊野外。我的年紀很輕，怎麼敢接受你的財物呢？你還是早些離開，因為我有我的丈夫守護著我呢。」《詩經》上說：「南方有高大的樹木，不可以在樹下休息。漢水邊有出遊的女子，追求也追求不到。」說的就是這樣的事。

【研析】 洪邁《容齋續筆》「韓嬰詩」條說：「觀此章，乃謂孔子見處女而教子貢以微詞三挑之，以是說《詩》，可乎？其謬戾甚矣。」清人姜炳璋在《詩序廣義》中更對其進行嚴厲批判：「《外傳》云：孔子適楚，處子佩瑱而浣，使子貢三挑之，侮聖已甚。三家之廢，豈偶然哉？」又說：「三家之廢，尚恨其不早！」而王先謙在《詩三家義集疏》中也指出這是「說《詩》者推演之詞，不為正訓」。從這段文字來看，所說的事情是孔門師弟以不合禮儀之事來試探一位已經許嫁的女子，其最終的意義還是在於表彰了這位阿谷處女的貞潔志行，如其對於「禮不親授」的說明，以及她拒絕孔子師弟關於婚姻的暗示（琴的意義也許是一種夫婦和諧的暗示，《詩經》中的「琴瑟」常有此意；「絺紘五兩」的寓意則更明顯），處處都體現出這位女子以禮自持的態度。所以，從說《詩》者的角度來看，其出發點也還是好的。

4. 哀公❶問孔子曰：「有智壽乎？」孔子曰：「然。人有三死而非命也者，自取之也。居處不理，飲食不節，勞過者，病共殺之。居下而好干上，嗜慾無厭❷，求索不止者，刑共殺之。少以敵眾，弱以侮強，忿不量力者，兵共殺之。故有三死而非命者，自取之也。」《詩》云：「人而無儀，不死何為❸？」

【注釋】❶哀公　即魯哀公，春秋時魯國的國君。❷無厭　沒有滿足。❸人而無儀二句　《詩經·鄘風·相鼠》中的句子。

【語　譯】魯哀公問孔子說：「有智慧的人能夠長壽嗎？」孔子說：「是的。人有三種死亡不是天命所註定的，而是自己所造成的。起居不合理，飲食沒有節制，勞累過度的人，各種疾病將他害死。地位低而喜歡冒犯地位高的人，貪好欲望沒有滿足的時候，各種要求沒有止息的時候，這種人將會受刑罰而死。人數少卻要和多數人為敵，力量微弱卻要欺侮力量強大的，好逞一時的怒氣，卻不估量自己的力量，這樣的人將死於兵刃之下。所以人有三種死亡不是天命所註定的，而是自己所造成的。」《詩經》裡說：「人如果不懂得禮儀，為什麼不去死呢？」

【研　析】古代的禮儀範圍很廣，大體上一切的社會規範以及社會道德都可以歸入其中。這裡不僅將貪得無厭、逞忿好強視作不知禮儀，也將「居處不理」、「飲食不節」等等都看成是「人而無儀」，只須看到《禮記》中的〈曲禮〉、〈內則〉等篇章，就很容易理解這一點。本章的文字則是借魯哀公的問題而加以引申發揮，用來說明禮和它對人情的一種節制關係。

5. 傳曰：在天者莫明乎日月，在地者莫明於水火，在人者莫明乎禮義❶。故日月不高，則所照不遠；水火不積，則光炎不博；禮義不加乎國家，則功名不白❷。故人之命在天，國之命在禮。君人者❸降禮❹尊賢而王，重法愛民而霸，好利多詐而危，權謀傾覆❺而亡。《詩》曰：「人而無禮，胡不遄死❻？」

【注釋】❶義 同「儀」。❷白 顯著；彰顯。❸君人者 做人國君的。❹降禮 重視禮儀。降，通「隆」。❺傾覆 顛覆；破壞。❻人而無禮二句 《詩經・鄘風・相鼠》中的句子。胡不，何不。遄，快。

【語譯】古書上說：天上的東西沒有比太陽和月亮更明亮的了，地上的東西沒有比水和火更明亮的了，人身上的東西沒有比禮儀更明亮的了。所以太陽和月亮如果不高的話，就不能夠照得很遠；水和火不經過積累，其光輝就不能夠廣博普遍；一個國家如果不實行禮儀的話，則其功業和名聲就不會顯著。所以人的命運由天來決定，國家的命運由禮儀來決定。所以國君如果能夠重視禮儀、尊敬賢能的人，就能夠成就王道，成為統一天下的王者；如果重視法令，愛護百姓，就可以稱霸於諸侯；如果貪好財利，行事狡詐，那就很危險了；如果注重權謀，做顛倒破壞的事情，那就會滅亡。《詩經》裡說：「人如果不懂得禮儀，為什麼不快些去死呢？」

【研析】這一章是從幾個角度來闡明「禮」對於國家的重要性。先用兩個比喻來說明禮對於人而言，就相當於日月、水火之於天地，以表明其地位。然後將尊禮重賢、重法愛民、好利多詐、權謀傾覆幾種行為分別與王、霸、危、亡相對應，以突出「禮」在治理天下國家中的核心地位。機詐權謀固不足論，而相對於「法」而言，儒家更注重「禮」。「法」是一種強制的力量，而「禮」則是一種道德上的自我約束，也就是《論語》中孔子所說的：「道之以政，齊之以刑，民免而無恥；道之以德，齊之以禮，有恥且格。」對於國君而言，其最終的結果也有「王」、「霸」的區別。

6. 君子有辯善❶之度。以治氣養性❷，則身後彭祖❸；修身自強，則名配堯、禹。宜於時則達，厄於窮則處❹，信、禮者也。凡用心之術，由禮則理達❺，不由禮則悖亂。飲食衣服，動靜居處，由禮則知節❻，不由禮則墊陷❼生疾。容貌態度，進退移步，由禮則夷國❽。政無禮則不行，王事無禮則不成❾，國無禮則不寧，王無禮則死亡無日矣。《詩》曰：「人而無禮，胡不遄死？」

【注　釋】❶辯善　王念孫《讀書雜志》謂「辯」通「遍」。遍善，謂無往而不善。❷性　通「生」。❸彭祖　堯的大臣，名鏗，封於彭城，經虞、夏至商代，壽七百餘歲。❹處　止。❺理達　理，治。後人避唐高宗之諱，多改「治」為「理」，此或後人所改。達，通達。❻知節　當依《荀子》作「和節」，調適的意思。❼墊陷　「墊」與「陷」都是下陷的意思，這裡形容人的羸弱困苦。❽由禮則夷國　依文例，此處當有脫文。趙懷玉校本增為「由禮則雅，不由禮則夷固」，當從之。夷固，傲慢。❾政無禮則不行二句　此二句意義與下二句重複，趙懷玉校作：「故人無禮則不生，事無禮則不成。」可從。

【語　譯】君子有對任何事情都能妥善處理的氣度。用來調整氣息、保養生命，就可以比彭祖還長壽；用來修養品格、自強不息，聲名就可以和堯和禹那樣的帝王相當。為時所用就會顯達，身處窮困就停止，這是知道信義和禮儀的人。凡是運用心思的辦法，如果遵循禮儀，就能夠治理通達；如果不遵循禮儀，就會狂悖錯亂。飲食、穿衣，行動、靜處，如果遵循禮儀，則能夠調適和諧；如果不遵循禮儀，就會瘦弱而產生疾病。容貌形態，進退行走，如果遵循禮儀，就很優雅；如果不遵循禮儀，就會顯得傲慢。所以人沒有禮儀就不能夠生存，做事情不講禮儀就不會有成；國家沒有禮儀就不安寧，君王沒有禮儀就會很快滅亡。《詩經》裡說：「人如果不懂得禮儀，為什麼不快些去死呢？」

【研析】《禮記・曲禮》中有一段話：「道德仁義，非禮不成；教訓正俗，非禮不備；分爭辯訟，非禮不決；君臣上下父子兄弟，非禮不定；宦學事師，非禮不親；班朝治軍，蒞官行法，非禮威嚴不行；禱祠祭祀，供給鬼神，非禮不誠不莊。」可以作為這一章文字的注腳。能夠以禮來節制自身，從而推廣到家庭、國家、天下，己立立人，己達達人，由獨善而成其兼善，實是儒家的一貫態度，其外在的表現形式便是「禮」。這一章文字所述的要點，由修身自強以至於天下國家，都離不開禮儀，其間的道理是不言自明的。

7. 傳曰：不仁之至忽其親，不忠之至倍❶其君，不信之至欺其友。此三者，聖王之所殺而不赦也。《詩》曰：「人而無禮，不死何為？」

【注釋】❶倍　通「背」。背叛。

【語譯】古書上說：不仁愛到了極點就會忽略他的親人，不忠誠到了極點就會背叛他的君主，不講信義到了極點就會欺騙他的朋友。這三種人，是聖明的君王所必須要殺死而不饒恕的。《詩經》裡說：「人如果不懂得禮儀，為什麼不去死呢？」

【研析】孟子說：「人皆有所不忍，達之於其所忍，仁也；人皆有所不為，達之於其所為，義也。」仁義之人，在於推其善心，推之至極，則是至善；不仁不忠之人，則推其不善之習氣，推之至極，乃成至惡。就其表面而言，不仁不忠不信之人，無禮之至；仁義之人，有禮之至。就其實質而論，其初心不過毫釐之間，聖狂之分，繫乎一念，推其一念之善，足以為聖人；推其一念之惡，罔不為小人。因此，學者所重，在於返本知源，從其初心入手。

8. 王子比干❶殺身以成其忠，柳下惠❷殺身以成其信，伯夷、叔齊❸殺身以成其廉。此三子者，皆天下之通士也，豈不愛其身哉？為夫義之不立，名之不顯，則士恥之，故殺身以遂其行。由是觀之，卑賤貧窮，非士之恥也，天下舉忠而士不與❹焉，舉信而士不與焉，舉廉而士不與焉。三者存乎身，名傳於世❺，與日月並而息❻。天不能殺，地不能生，當桀、紂之世不之能汙也。然則非惡生而樂死也，惡富貴好貧賤也，由其理，尊貴及已，而仕也不辭也。孔子曰：「富而可求，雖執鞭之士，吾亦為之❼。」故阨窮而不憫❽，勞辱而不苟，然後能有致也。《詩》曰：「我心匪石，不可轉也。我心匪席，不可卷也❾。」此之謂也。

【注釋】❶比干　商紂王的叔父。紂王無道，比干進諫，紂說：「吾聞聖人心有七竅。」剖比干而觀其心。比干常被用來作為古代忠臣的典型。❷柳下惠　春秋時魯國人。姓展，名獲，字禽；居柳下，死後諡惠，故又稱柳下惠。孟子稱他為「聖之和者」，但並無「殺身成信」之事。俞樾認為這裡當從《說苑》作「尾生」，尾生與女子相約於橋下，水至不去，終於被淹死，古代認為是守信的典型。❸伯夷叔齊　孤竹君的兩個兒子，伯夷居長，叔齊為第三子，其父欲立叔齊為後。至其父死，二人相讓君位，皆逃去，國人立其中子。武王伐紂，二人叩馬而諫，認為武王是以臣弒君。及武王平定商朝之後，二人義不食周粟，最後餓死於首陽山。❹與　通「預」。❺世　《說苑》作「後世」。❻息　上脫「不」字，當從《說苑》改。❼富而可求三句　語出《論語・述而》。而，如果。執鞭之士，是一種賤職，有兩種人執鞭，一為天子諸侯出入之時，執鞭以使行人讓道；一為市場守門人，執鞭以維持秩序。❽憫　同「閔」。憂愁。❾我心匪石四句　《詩經・邶風・柏舟》中的句子。匪，非。

【語譯】王子比干犧牲了自己的生命，而成就其忠誠的品格；柳下惠犧牲了自己的生命，而成就了其誠信的品格；伯夷、叔齊犧牲了自己的生命，以成就自己清廉的品格。這四個人都是天下通達之士，難道不愛惜他們的生命嗎？而是因為道義沒有建立，聲名沒有彰顯，這是士人的恥辱，所以寧願犧牲自己的生命來成就他們的德行。從這一點來看，地位低微，家境貧寒，這並不是士人的恥辱；如果天下列舉忠誠的人而自己卻不能參預其中，天下列舉誠信的人而自己不能參預其中，天下列舉清廉的人而自己不能參預其中，這才是士人的恥辱。忠、信、廉這三者具備在一身之中，那麼他的名聲也會流傳後世，與日月並行而不消失。天不能將其毀滅，地不能使它產生，在夏桀、商紂這樣昏亂的時代也不能使它受到汙染。所以他們並不是厭惡生命而愛好死亡，並不是厭惡富貴而愛好貧賤，如果遵循道理而得到富貴和地位，他們也會出來做官而不推辭。孔子說：「財富如果能夠追求得到，即使讓我做執鞭那樣下賤的職務，我也會去做的。」所以人在困窮的時候不要憂愁，在勞累恥辱的時候也不要苟且，然後才能夠達到自己的目標。《詩經》裡面說：「我的心不是石頭，石頭還可以推轉，我的心卻推轉不動；我的心不是席子，席子還可以捲起來，我的心卻不能捲起來。」說的就是這樣的道理吧。

【研析】在儒家的價值觀裡，人的生命固然重要，卻並不是第一位的，人的不朽在於立義而顯名，所以才有「殺身成仁」、「捨生取義」等說法。但其意義並不在於用生命來換取一個聲名，而是在於他們有堅定的信念，為自己所奉行的道義而獻出自己的生命，聲名自然會不朽。其根本在於終極信仰的追尋，聲名只是末節而已。本章所舉的比干、柳下惠、伯夷叔齊在古代被看作是忠、信、廉的代表，而這種聲名「天不能殺，地不能生」，可以與天地日月齊壽齊輝，能夠決定他們聲名的並不在於他們的一死，而在於他們堅定而不可捲轉的價值信念。

9\. 原憲❶居魯，環堵❷之室，茨以蒿萊❸。蓬戶甕牖❹，桷桑而無樞❺。上漏下濕，匡坐❻而絃歌。子貢❼乘肥馬，衣輕裘，中紺❽而表素，軒❾不容巷，而往見之。原憲楮冠黎杖❿而應門。正冠則纓絕，振襟則肘見，納履則踵決。子貢曰：「嘻，先生何病也！」原憲仰而應之曰：「憲聞之，無財之謂貧，學而不能行之謂病。憲貧也，非病也。若夫希世⓫而行，比周⓬而友，學以為人，教以為己；仁義之慝，車馬之飾，衣裘之麗，憲不忍為之也。」子貢逡巡⓭，面有慙色，不辭而去。原憲乃徐步曳杖，歌〈商頌〉而反。聲淪於天地⓮，如出金石⓯。天子不得而臣也，諸侯不得而友也。故養身者忘家，養志者忘身，身且不愛，孰能忝⓰之？《詩》曰：「我心匪石，不可轉也。我心匪席，不可卷也。」

【注釋】❶原憲　字子思，孔子的學生。❷環堵　四面土牆。❸茨以蒿萊　茨，茅草蓋的屋頂，這裡指用蒿、萊等草蓋屋頂。❹蓬戶甕牖　戶，門。牖，窗。這裡是說用蓬草編織成為門，用破甕之口做窗子。❺桷桑而無樞　周廷寀校作「揉桑而為樞」，樞，門的轉軸。是說揉曲桑條作為門樞。❻匡坐　正坐；端坐。❼子貢　孔子的學生，姓端木，名賜，字子貢，衛人。子貢善於經商，《論語．先進》中孔子說：「賜不受命，而貨殖焉，億則屢中。」也與本章中「乘肥馬，衣輕裘」的富有形象相符合。❽紺　微帶紅的黑色。❾軒　一種有圍棚而前頂較高的車。❿楮冠黎杖　楮冠，楮木皮做的冠。黎杖，指藜莖所做的手杖。黎，通「藜」。⓫希世　迎合世俗。⓬比周　結黨營私。⓭逡巡　有所顧慮而徘徊或退卻。⓮聲淪於天地　《莊子》、《新序》皆作「聲滿天地」。《廣雅．釋詁》：「淪，沒也。」義近。⓯金石　用金屬和石頭做的鐘、磬一類的樂器。⓰忝　侮辱。

【語　譯】原憲住在魯國，只有四面土牆的居室，用蒿、萊等草蓋屋頂，用蓬草編成門，用破甕口做窗子，揉曲桑條作為門軸。屋頂上面漏雨，地面上潮濕，端坐著彈琴唱歌。子貢乘著高大的馬拉的車子，穿著輕暖的皮衣，裡衣是黑中帶紅，罩著素色的外衣；高大的車子，巷子都容不下它，以此來看原憲。原憲戴著楮木皮做的帽子，拄著藜莖做的手杖來開門。整理一下帽子，它的帶子就斷了；抖一抖衣襟，胳膊肘就從袖中露了出來；穿上鞋子，腳後跟就突了出來。子貢說：「唉，先生怎麼病成這個樣子了！」原憲仰起頭回答他說：「我聽說，沒有錢財叫做貧窮，學習了道理卻做不到叫做病。我是貧窮，卻不是病。至於為了迎合世俗而做事情，與小人結黨營私而成為朋友，學習是為了做個樣子給別人看，教人是為了自己的利益；把仁義藏匿起來，卻注意車馬的裝飾和衣服的華麗，我不忍心這樣去做。」子貢聽了以後，徘徊了很久，滿臉慚愧的樣子，沒有向原憲告辭就離開了。原憲緩緩地走著，拖著手杖，歌唱著〈商頌〉回到家裡。聲音充滿在天地之間，好像是從鐘磬裡發出的一樣。像原憲這樣的人，天子不能強迫他做自己的臣子，諸侯國的國君不能強迫他成為自己的朋友。所以修養身體的人會忘記自己的家室，修養心志的人會忘記自己的身體，自己的身體都不愛惜，誰又能夠侮辱他呢？《詩經》上說：「我的心不是石頭，石頭還可以推轉，我的心卻推轉不動；我的心不是席子，席子還可以捲起來，我的心卻不能捲起來。」

【研析】這一章通過孔子的兩個弟子的故事，再次透露出古人的價值觀念。在春秋、戰國的時代巨變中，當時的士人也表現出不同的價值信念。以「道」為皈依的儒家，其觀念當然是形而上的，如孔子所說的：「士志於道而恥惡衣惡食者，未足與議也。」並且也提到君子應該是「謀道不謀食」、「憂道不憂貧」。但是當時也逐步分化出另一類士人的想法，他們重視權貴，追求利益，後來便演變為如蘇秦所說的那種觀念：「人生世上，勢位富貴，盍可忽乎哉？」甚至像李斯所感嘆的：「詬莫大於卑賤，而悲莫甚於窮困。」本章中原憲的形象顯然接近於前者，而子貢的形象則接近於後者。當然，本章要批評的是子貢以富貴自居的態度，所要表彰的則是原憲那種「養志忘身」的精神和「天子不得而臣、諸侯不得而友」的氣概。將這兩種價值觀念放在今天來作對比，倒是有一定現實意義的。

10. 傳曰：所謂士者，雖不能盡備乎道術，必有由也。雖不能盡乎美著❶，必有處❷也。言不務多，務審所行而已。行既已尊之，言既已由之❸，若肌膚性命之不可易也。《詩》曰：「我心匪石，不可轉也。我心匪席，不可卷也。」

【注釋】❶美著　當從趙懷玉校作「美善」。❷處　止，指有所執守。❸言不務多四句　這幾句，《荀子》作「是故知不務多，務審其所知；言不務多，務審其所謂；行不務多，務審其所由。故知既已知之矣，言既已謂之矣，行既已由之矣。」《大戴禮記》作「知不務多，而務審其所知；行不務多，而務審其所由；言不務多，而務審其所謂。知既知之，行既由之，言既順之。」屈守元認為這幾句有脫文，應該作：「知不務多，務審所知而已；言不務多，務審所謂而已；行不務多，務審所由而已。知既已知之，言既已尊之，行既已由之。」可備參考。尊，通「遵」。遵循。

【語譯】古書上說：所謂「士」，即使不能夠懂得所有的道理，也一定會有他所遵循的道理。即使不能夠盡善盡美，但一定會有他所堅持的原則。言語不求多，而在於辨別他的所作所為能否合乎道理。行為既然已經遵循道理了，言語也已經遵循了正理，就好像自己的肌膚和生命一樣不可改變。《詩經》上說：「我的心不是石頭，石頭還可以推轉，我的心卻推轉不動；我的心不是席子，席子還可以捲起來，我的心卻不能捲起來。」

【研析】這一章所說的是古代士人對於「道」的堅持，孔子說「篤信好學，守死善道」，士子不僅在思想上對於「道」有堅定的信仰，對自己的言行舉止也都要求能夠符合「道」的範疇，務求言行一致，一旦實行，則不可改易。這裡當然也就涉及到一個立志的問題，其心志是根本，根本一立，言行隨之。用孟子的話說，即是「先立乎其大者，則其小者不能奪也」。

11. 傳曰：君子潔其身而同者合焉，善其音❶而類者應焉。馬鳴而馬應之，牛鳴而牛應之，非知❷也，其勢然也。故新沐者必彈冠，新浴者必振衣。莫能以己之皭皭❸，容人之混汙然。《詩》曰：「我心匪鑑，不可以茹❹。」

【注　釋】❶音　指語言。《荀子》作「善其言而類焉者應矣」。❷知　同「智」。❸皭皭　清潔明亮的樣子。❹我心匪鑑二句　《詩經・邶風・柏舟》中的句子。茹，容納。

【語　譯】古書上說：君子修養他的身心品格，那麼與他具有同樣品格的人便會和他來往；改善他的言語使它能夠合乎道理，那麼和他同類的人便會響應他。馬鳴叫的時候有馬去響應牠，牛鳴叫的時候有牛去響應牠，並不是因為牠們有智慧，而是一種情勢下的必然。所以剛洗過頭的人，要把帽子上的灰塵彈去，剛洗過澡的人，要把衣服上的灰塵抖落。沒有人能夠讓自己的清潔明亮，容納別人的汙染。《詩經》上說：「我的心不是鏡子，不是什麼東西都可以容納進去。」

【研　析】這一章中用了好幾個比喻來說明人與人之間交往的道理，馬鳴而馬應，牛鳴而牛應，沐髮彈冠，浴者振衣，都是說事物之間互相契合的道理，不僅事物如此，為人也是如此。《周易》裡面說「同聲相應，同氣相求」，又說「方以類聚，物以群分」，《孟子》說：「一鄉之善士，斯友一鄉之善士；一國之善士，斯友一國之善士；天下之善士，斯友天下之善士。」都是在說明與人交遊往還的道理，必須要先修養自己的身心，然後才能有志向相同的人來與自己切磋共進。

12. 荊❶伐陳，陳西門壞，因其降民使脩之。孔子過而不式❷。子貢執轡而問曰：「禮，過三人則下，二人則式。今陳之脩門者眾矣，夫子不為式，何也？」孔子曰：「國亡而弗知，不智也；知而不爭，非忠也；亡而不死，非勇也。脩門者雖眾，不能行一於此，吾故弗式也。」《詩》曰：「憂心悄悄，慍于群小❸。」小人成群，何足禮哉！

【注釋】❶荊　楚國的別稱。❷式　通「軾」。車前的扶手橫木。這裡作動詞用，低頭撫軾，以示敬意。❸憂心悄悄二句　《詩經・邶風・柏舟》中的句子。悄悄，憂愁的樣子。

【語譯】楚國攻打陳國，陳國都城的西門被攻破了，楚國人就讓已經投降的陳國人民去修築它。孔子坐車經過那裡，卻沒有將手扶在車軾上表示敬意。子貢拿著馬韁繩，問孔子說：「按照禮的要求，坐車從三個人面前經過，就要下車表示敬意，從兩個人面前經過，就要用手撫軾表示敬意。現在陳國來修城門的人很多，您卻連撫軾示敬都沒有做，這是為什麼呢？」孔子說：「國家滅亡了，卻不知道，這是沒有智慧；如果知道國家滅亡，卻不和敵人爭鬥，這是對國家不忠誠；如果國家滅亡了，卻不能為國家犧牲，這是沒有勇武。修城門的人雖然很多，在這三條中卻一條也做不到，所以我不撫軾表示敬意。」《詩經》上說：「我的心是多麼憂愁，被一群小人所怨恨。」小人這麼多，如何值得向他們表示敬意呢！

【研　析】古人說「國家興亡，匹夫有責」，這一章中所說的陳國人，國家已經被楚國滅亡了，它的國民卻俯首下頸，聽任侵略者的使喚做事，孔子說他們是缺少「智」、「忠」、「勇」的精神，因此都是一群小人，不值得尊敬。而這些精神，在儒家看來，則是作為一個人立身於天地之間的最重要的、也是最基本的要求，也是從道德上區分所謂「君子」與「小人」的基本出發點。

13. 傳曰：喜名者必多怨，好與❶者必多辱。唯滅跡於人，能隨天地自然，為能勝理❷，而無愛名。名興則道不用，道行則人無位矣。夫利為害本，而福為禍先。唯不求利者為無害，不求福者為無禍。《詩》曰：「不忮不求，何用不臧❸！」

【注　釋】❶與　黨與。指與人結交。❷勝理　順應道理。王念孫《讀書雜志》說：「勝，亦任也。言任理而不愛名也，隨天地自然，即所謂任理也。」❸不忮不求二句　《詩經・邶風・雄雉》中的句子。忮，害。臧，善。

【語　譯】古書上說：喜愛虛名的人必定多與人結怨，喜歡結黨的人必定多受人的侮辱。只有在人間不留一點蹤跡，才能夠順應天、地和自然，順應道理，而不貪求聲名。有了聲名，道就不能夠得到應用，道如果能夠通行，那麼人就無需有什麼地位。利益是災難的根本，幸福是禍害的先聲。

只有不求利益的人能夠沒有災難，只有不求幸福的人能夠沒有禍害。《詩經》上說：「不去損害別人，也不對別人有所貪求，到哪裡不好呢！」

【研　析】這一章所說的道理更接近於道家的學說，道家講求「自然」，講究無為，不求功名，《莊子》中說「至人無己，神人無功，聖人無名」，也就是這一章中所說的「隨天地自然」、「無愛名」；《老子》中說到「福兮禍所伏」，與這一章裡所說的利害、福禍的相互轉化也是一致的。因此，最好的辨法便是此章中所說的「滅跡於人」，也近於《老子》所說的「不敢為天下先」。

14. 傳曰：聰者自聞，明者自見。聰明，則仁愛著，而廉恥分矣。故非道而行之，雖勞不至；非其有而求之，雖強❶不得。故智者不為非其事，廉者不求非其有。是以害遠而名彰也。《詩》云：「不忮不求，何用不臧！」

【注　釋】❶強　勉強。

【語　譯】古書上說：耳朵靈敏的人能夠聽得出自己的是非，眼睛明亮的人能夠看得見自己的善惡。如果一個人耳聰目明，就能夠表現出仁愛，並且能夠分辨廉恥。所以做事不合乎道理，雖然很勞苦，但也不會成功；不屬於自己的東西卻要去追求，雖然盡力去追求，但也不會得到。所以聰明的人不做不屬於自己本分的事，廉潔的人不追求他不應該得到的東西，所以禍害遠離自己而名聲卻得到彰顯。《詩經》上說：「不去損害別人，也不對別人有所貪求，到哪裡不好呢！」

【研　析】常人之心，稍有智識，便欲一味奔馳追逐於聲色名利之場，而不知返求自心，約束自己，最終必至於身敗名裂而後已。因此，這章中所點明的「自聞」、「自見」，是就一己之身而出發的，乃是返本歸元之語；「智者不為非其事，廉者不求非其有。是以害遠而名彰也。」則是這一章的宗旨所在，它要求為人當守其本分，不作妄求，這樣不僅可以全身遠害，而且也有美名歸於自己。當然，這種聲名並非通過一己妄求所得，而是實至而名歸。

15. 傳曰：安命養性者，不待積委❶而富；名號傳乎世者，不待勢位而顯。德義暢乎中，而無外求也。信哉，賢者之不以天下為名利者也。《詩》曰：「不忮不求，何用不臧！」

【注　釋】❶積委　積累；積蓄。《廣雅・釋詁》：「委，積也。」

【語　譯】古書上說：安於天命而修養自己心性的人，不必積累財富就很富裕；聲名在世間流傳的人，不必等到有了權勢地位才能夠顯達。道德仁義充滿在心中，不需要向心外去尋求。的確，有道德的人不需要用天下來達到自己的聲名和富貴。《詩經》上說：「不去損害別人，也不對別人有所貪求，到哪裡不好呢！」

【研析】這一章與上兩章的意義相關聯，旨在說明名利與為人的關係。一意去妄求的名利，只是一些虛名和薄利，是經受不住時間的考驗的；真正的名和利，是不待外求的，並不是靠積累財物、追求勢位而得到的，而是要安於天命，從而修身養性，便可以得到了，所以說「德義暢乎中，而無外求」，這樣得來的名利也不會因為財物的減少、勢位的降低而減損，而完全把握於自己心中的道德仁義。

16. 古者天子左五鐘❶，將出，則撞黃鐘，而右五鐘皆應之。馬鳴中律，駕者有文，御者有數，立則磬折❷，拱則抱鼓，行步中規，折旋中矩，然後太師❸奏升車之樂，告出也。入則撞蕤賓❹，以治容貌，容貌得則顏色齊，顏色齊則肌膚安。蕤賓有聲，鵠震❺馬鳴，及倮介之蟲❻，無不延頸以聽。在內者皆玉色❼，在外者皆金聲，然後少師❽奏升堂之樂，即席告入也。此言音樂相和，物類相感，同聲相應之義也。《詩》云：「鐘鼓樂之❾。」此之謂也。

【注　釋】❶左五鐘　《北堂書鈔》、《太平御覽》引文皆作「左右五鐘」，當據補。古代音律分為六律、六呂，六律為陽，即黃鐘、蕤賓、無射、太簇、夷則、姑洗；六呂為陰，即大呂、夾鐘、中呂、林鐘、南呂、應鐘。天子之儀，四面懸鐘，黃鐘、蕤賓分別懸在南面和北面；其餘十鐘分別懸在東面和西面，即所謂「左右五鐘」。❷磬折　身體像磬一樣曲折。磬是石製的樂器，中間彎曲。❸太師　古代最高的樂官。❹入則撞蕤賓　其下當據《尚書大傳》補「左五鐘皆應」五字。❺鵠震　鵠，即天鵝。震，同「振」。振翅。❻倮介之蟲　倮，同「裸」。倮蟲，身無鱗介羽毛的蟲子。介，指有甲殼的蟲類。❼玉色　指顏色不變如玉。❽少師　古代樂官名，佐成太師之事。❾鐘鼓樂之　《詩經・周南・關雎》中的句子。

【語　譯】古時候，天子的宮殿裡，東西兩旁各懸五口鐘，天子將要外出的時候，就撞擊南面的黃鐘，再敲西面的五口鐘和黃鐘相應。馬鳴叫的聲音也合乎音律，駕馬御車的人都有儀文和禮數，站立的時候腰像磬一樣彎曲著，拱手的時候就像懷中抱著鼓一樣，走路時兩腳低像圓規的腳一樣筆直，轉折的時候像矩尺一樣，然後太師演奏登車的音樂，宣告天子的出行。天子從外面進入宮殿的時候，則撞擊蕤賓，然後再撞擊東面的五口鐘和它相應，用來整理自己的儀容，儀容整理好了，氣色就很肅穆莊重，氣色肅穆莊重則人的身體也顯得很安適。蕤賓發出聲音，鵠鳥也振翅飛翔，馬也鳴叫起來，各種蟲子都伸長了脖子在聽。這時在外的人臉色都像玉一樣莊重嚴肅，說起話來都像金屬樂器演奏的聲音一樣清亮，然後少師演奏登上殿堂的音樂，就座，宣告天子就要進來了。這裡說的是音樂互相調和，同類事物互相感應，同類的聲音互相應和的道理。《詩經》上說：「演奏鐘鼓使他快樂。」說的就是這樣的道理吧。

【研　析】這一章所描寫的是古時天子出入的禮儀，頗能體現出一種禮樂相應的情狀。〈曲禮〉中說「毋不敬」，可以認為是「禮」的核心思想。禮儀本身的意思在於對人恭敬，而與「禮」相應的「樂」，則有助於發起人的誠懇恭敬之心。所以，從禮容上來說，無論駕馬、馭車、站立、拱手、行步、回旋，都有一定的規則，而這種規則是配合著太師奏樂，以求得「音樂相和，物類相感，同聲相應」的效果，對於理解古代的所謂「禮樂精神」也頗有一些幫助。

17. 枯魚銜索❶，幾何不蠹❷？二親之壽，忽如過隙❸。樹木欲茂，霜露不凋使❹；賢士欲成其名，二親不待。家貧親老，不擇官而仕。《詩》曰：「雖則如燬，父母孔邇❺。」此之謂也。

【注　釋】❶枯魚銜索　乾死的魚掛在繩子上。枯魚，指乾涸而死的魚。銜索，用繩子從魚口中穿繫起來。❷蠹　原指蛀蝕器物的蟲子，這裡作動詞，意為蛀蝕、腐壞。❸過隙　即「白駒過隙」的略語，像白馬在縫隙前一閃而過，極言時間之迅速。許瀚校以為「隙」當作「客」，與「索」相韻，備參考。❹霜露不凋使　當作「霜露不使」，從周本、趙本刪去「凋」字。❺雖則如燬二句　《詩經‧周南‧汝墳》中的句子。燬，火。孔，很。邇，近。這兩句詩是說，國家的政治雖然像火一樣酷烈，但父母卻靠自己很近，不能因為自己不願意在這樣的政治之中出仕，而影響到對父母的奉養。

【語　譯】乾死的魚掛在繩子上，不用多久就會腐壞掉。父母的壽命，像白馬跑過縫隙一樣很快就過去。樹木想繁榮茂盛，但有霜和露不讓它這樣；賢能的人想成就自己的功名，但是父母親沒有這麼長的壽命去等待。所以家裡貧窮、父母年老的人，不要去選擇一個合適的官職才去做。《詩經》上說：「國家的政治雖然像火一樣酷烈，但父母卻靠自己很近。」說的就是這個道理吧。

【研　析】這裡所說的養親與出仕的關係，在本卷的第一章中已經出現過，這一章顯得更加簡明一些，一開始就用了幾個比喻來引出「家貧親老，不擇官而仕」的主題。漢代人注重孝道，所以這樣的主題在漢代的文獻之中一再出現。

18. 孔子曰：君子有三憂：弗知❶，可無憂與❷？知而不學，可無憂與？學而不行，可無憂與？《詩》曰：「未見君子，憂心惙惙❸。」

【注　釋】❶知　有知識。❷與　通「歟」。❸未見君子二句　《詩經・召南・草蟲》中的句子。惙惙，因為憂愁而顯得心慌氣短的樣子。

【語　譯】孔子說：君子有三件憂慮的事情：沒有知識，怎麼能不憂慮呢？瞭解知識的重要卻不去研習它，怎麼能不憂慮呢？研習之後卻不能夠去實行它，怎麼能不憂慮呢？《詩經》上說：「沒有見到君子，我的心裡很憂愁。」

【研　析】在孔子的時代，「君子」在很大程度上已經是一個道德的概念，與此前主要是地位上的概念有所不同，所以，孔子所說的「君子」和「士」都是以道德為歸依的。這一章裡所說的君子的三種憂愁，是層層遞進的進學方法，即由瞭解、鑽研，進而去實行，從而成就一個人的道德品質。由學而行，實際上也就是孔子所經常強調的言行一致。

19. 魯公甫文伯❶死，其母不哭也。季孫❷聞之，曰：「公甫文伯之母，貞女也。子死不哭，必有方❸矣。」使人問焉。對曰：「昔是子也，吾使之事仲尼，仲尼去魯，送之不出魯郊，贈之不與家珍。病，不見士之視者；死，不見士之流淚者。死之日，宮女縗絰而從❹者十人。此不足於士，而有餘於婦人也。吾是以不哭也。」《詩》曰：「乃如之人兮，德音無良❺。」

【注釋】❶公甫文伯　春秋時魯國大夫，姓公甫，名歜。其母敬姜。❷季孫　即季孫肥，《論語》中的季康子，為魯哀公時正卿。敬姜是其從祖母。❸方　道理。❹縗絰而從　縗絰是喪服，縗是用粗麻布製成的喪服，絰是喪服上的帶子，繫在腰上或頭上。從，指從死，自殺殉葬。❺乃如之人兮二句　《詩經．邶風．日月》中的句子。如，像。之人，這個人。德音，好名譽。

【語譯】魯國公甫文伯死的時候，他的母親敬姜沒有為他哭泣。季孫聽說了這件事，就說：「公甫文伯的母親是一位有賢德的女子，她的兒子死了，卻不哭泣，一定有她的道理。」就派人去問她。敬姜回答說：「以前我讓我的兒子去侍奉孔子，孔子離開魯國的時候，他送孔子還不到都城的郊外，贈送孔子的禮物沒有家裡珍貴的物品。他生病的時候，沒有一個士人來看他；他死的時候，沒有一個士人為他流淚。在他死的那天，宮女穿上粗麻的喪服，隨他去死的有十個人。由此可見他對於士人的禮遇不夠，而對待婦女卻過分得好。所以我不哭泣。」《詩經》上說：「像這樣的一個人啊，沒有什麼好名譽。」

【研析】 這一章通過讚美公甫文伯之母、批評公甫文伯，而彰顯古代的一些基本的道德規範。公甫文伯的不足之處，一是在於不能尊師重道，公甫文伯師事孔子，但是當孔子離開魯國的時候，他既不遠送，也不厚加贈遺，說明他做不到尊師這一點；二在於不能夠禮賢下士，公甫文伯生病的時候，沒有士人來看望他，死的時候，也沒有士人為他哀傷，可見他不得士心；三在於沉湎於女色，死的時候，沒有士人來哀悼，卻有宮女願意從死，說明平日對婦人的寵愛過甚，所以其母說他「不足於士，而有餘於婦人」。這幾條規範，在儒家看來，都是在古代社會作為一個上層的統治者所必須去做的。

20. 傳曰：天地有合，則生氣有精❶矣；陰陽消息❷，則變化有時矣。時得則治，時失則亂。故人生而不具者五：目無見，不能食，不能行，不能言，不能施化❸。三月微的❹，而後能見；七月而生齒，而後能食；

朞年髑就❺，而後能行；三年腦合❻，而後能言；十六精通❼，而後能施化。陰陽相反❽，陰以陽變，陽以陰變❾。故男八月生齒，八歲而齠❿齒，十六而精化小通。女七月生齒，七歲而齔⓫齒，十四而精化小通。是故陽以陰變，陰以陽變⓬。故不肖者⓭精化始具，而生氣感動，觸情縱欲，反施化⓮，是以年壽亟⓯夭而性⓰不長也。《詩》曰：「乃如之人兮，懷婚姻也，太無信也，不知命也⓱。」賢者不然，精氣闐溢⓲，而後傷時不可過也。不見道端⓳，乃陳情欲，以歌道義。《詩》曰：「靜女其姝，俟我乎城隅。愛而不見，搔首踟躕⓴。」「瞻彼日月，悠悠我思。道之云遠，曷云能來㉑！」急時辭也，是故稱之日月也。

【注釋】❶精　神明；精靈。❷陰陽消息　古時認為陰、陽二氣促使宇宙萬物的發展變化，並各有對應物，如天為陽，地為陰；日為陽，月為陰；男為陽，女為陰；君為陽，臣為陰；單數為陽，雙數為陰等等。消，消滅。息，生長。❸施化　指生育後代。男稱施，女稱化。《大戴禮記》：「男二八十六然後情通，然後其施行，女二七十四然後其化成。」❹微的　當從《大戴禮記》作「徹眴」。徹，明亮。眴，轉動眼睛。指眼睛明亮而轉動。❺朞年髑就　期年，指一週年。髑，指頭骨，但於文義不甚合，周廷寀及趙懷玉校本「髑就」均作「臏就」，則指膝骨長成。❻顖合　指囟門閉合。❼精通　指精氣暢通。❽陰陽相反　指陰陽互相轉化。反，通「返」。《大戴禮記》及《說苑》均作「陰窮反陽，陽窮反陰」。❾陰以陽變二句　這是說陰因為陽而發生變化，陽因為陰而發生變化。從下文所舉的例子中可以看到，男子發生變化時皆為陰數（八月、八歲、十六歲），而女子發生變化時則為陽數（七月、七歲、十四歲）。❿齠　齠齔。指兒童換牙齒。⓫齓　同「齔」。意義同「齠」。⓬是故陽以陰變二句　句意與上文重複，疑為衍文。⓭不肖者　不賢。與「賢者」相對。⓮反施化　當從《說苑》作「反施亂化」。指違背生育的時節而縱欲。⓯亟　很快；急切。⓰性　同「生」。生命。⓱乃如之人兮四句　《詩經·鄘風·蝃蝀》中的句子。太，今本《毛詩》作大，二字音義相同。⓲闐溢　充滿；充溢。⓳道端　道，這裡指婚姻及夫婦之道。下文「道義」的「道」同此。端，端倪；端緒。⓴靜女其姝四句　《詩經·邶風·靜女》中的句子。姝，美麗。城隅，城角邊。愛，通「薆」或「僾」。隱藏的意思。㉑瞻彼日月四句　《詩經·邶風·雄雉》中的句子。

【語　譯】古書上說：天和地相會合，就產生神明的元氣；陰陽二氣的消滅和生長，就在不同的時節產生萬物的變化。和這時節相契合的就很安定，和這時節不相符合的就很混亂。因而人生下來不具備的能力有五種：眼睛看不見，不能吃飯，不能行走，不能說話，不能生育。到三個月的時候眼睛就明亮了並開始轉動，然後才能夠看見東西；到七個月的時候長出了牙齒，然後才能吃東西；一週年的時候膝骨長成了，然後才能行走；到了三年的時間，囟門才完全閉合，然後才能說話；到十六歲的時候精氣暢通，才能生育後代。陰和陽互相轉化，陰因為陽而發生變化，陽因為陰而發生變化。所以男子八個月而生牙齒，到八歲的時候換牙齒，到十六歲的時候精氣化育的能力已稍微通暢。女子七個月生牙齒，到七歲的時候換牙齒，到十四歲的時候而精氣化育的能力稍微通暢。所以陽因為陰而發生變化，陰因為陽而發生變化。所以沒有賢德的人剛剛具備了生育能力，為生命中的氣息所觸動，觸發了情意，並違背生育的時節而放縱情欲，所以年壽很快就夭折，生命不得長久。《詩經》上說：「像這樣的一個人啊，一心想著婚嫁的事啊，不講究貞信啊，放縱情欲而不顧自己的生命啊！」有賢德的人卻不是這樣，等自己的精氣充滿了，然而才憂慮結婚的時節不可以錯過。但是看不見夫婦之道的端倪，於是才陳述自己的情欲，歌詠夫婦之道。《詩經》上說：「幽靜的女子非常美麗，在城角邊等候我。故意藏起來使我找不到她，我著急地搔首徘徊。」又說：「看看那太陽和月亮，我的思念就更加深長。道路是這麼遙遠，什麼時候你能來呢！」這是在急迫的情形下說出的言辭，所以詩中稱呼太陽和月亮。

【研析】在古人看來，陰陽二氣化育天下，所謂「一陰一陽之謂道」，「乾道成男，坤道成女」，如果撇開這一點不論，那麼這一章的主旨所說的實際上卻是男女夫婦之道。夫婦之道是五倫之一，人倫之始，但是也須要適時而行，過早或過遲都不適宜；同時，也必須要適當地節制情欲。如果剛具備生育能力，受到情欲的激發，從而放縱情欲，對於個人的身體健康是很不利的，甚至造成年少夭折。但是如果到了「男年三十，女年二十」的時候，就已經是很遲了，就像篇中所引的幾句與愛情、婚姻相關的詩一樣，其中雖然強調的仍是夫婦之道，但不免都是「急時辭也」。

21. 楚白公之難❶，有仕之善❷者，辭其母將死君。其母曰：「棄母而死君，可乎？」曰：「聞事君者內❸其祿而外其身。今之所以養母者，君之祿也，請往死之。」比至朝，三廢❹車中。其僕曰：「子懼，何不反❺也？」曰：「懼，吾私也；死君，吾公也。吾聞君子不以私害公。」遂死之。君子聞之，曰：「好義哉，必濟❻矣夫！」《詩》云：「深則厲，淺則揭❼。」此之謂也。

【注釋】❶楚白公之難　白公，名勝，春秋時楚平王之孫，太子建之子。楚平王聽費無忌之讒，欲誅太子建，太子建出奔，亡在鄭，鄭殺之。楚惠王立，令尹子西召勝於吳，為巢大夫，號曰白公。白公勝欲伐鄭以報怨。後晉伐鄭，楚使令尹子西救鄭。白公勝怒，襲殺令尹子西，劫惠王，欲弒之。葉公高救楚，攻殺白公勝，惠王乃復位。❷仕之善　當從趙懷玉校本作「莊之善」，《新序》作「莊善」。陳喬樅認為即《漢書・古今人表》中的「嚴善」，以漢明帝諱莊，故改「莊」為「嚴」。❸內　通「納」。接受。❹廢　跌倒；墜落。❺反　通「返」。❻濟　成就；做成功。❼深則厲二句　《詩經・邶風・匏有苦葉》中的句子。厲，穿著衣服徒步涉水。揭，提起下衣渡水。

【語　譯】楚國白公勝作亂的時候，有一個人名叫莊之善，辭別他的母親，要為國君之難而死節。他的母親說：「捨棄母親而為國君死難，可以嗎？」莊之善回答說：「我聽說侍奉國君的人接受了國君的俸祿，就不把自己的生命放在心上。我現在用來奉養母親的就是國君的俸祿，所以我請求為國君而死難。」等他到達朝廷的時候，卻多次在戰車中跌倒。他的僕從對他說：「你既然這麼害怕，為什麼不回去呢？」莊之善回答說：「害怕，是我個人的私心；為國君死節，卻是我的公義。我聽說，有道德的人是不以私心而廢棄公義的。」於是戰死。君子聽到這樣的事情以後，就評論說：「愛好正義的人，必定能夠辦成事情的啊！」《詩經》上說：「水深的時候就顧不得衣服沾濕，穿著衣服渡過水去，水淺的時候，就提起自己的下衣渡水，避免衣服被水沾濕。」說的就是這個道理啊。

【研　析】這一章所說的仍是古代社會中的「忠」與「孝」的問題，這兩個問題是古人所認為的「大節」，前人常說「忠孝不能兩全」，彷彿兩者是分離的；但兩者又有必然的聯繫，所以又說「求忠臣於孝子之門」。文章中的莊之善，因為要為國君戰鬥而死，所以不能奉養自己的母親，他認為替國君獻出自己的生命，是一種大公無私的行為，而回家奉養自己的母親卻是一己的私心。然而取捨之際實際上要看哪一個更重要，「深則厲，淺則揭」的意思也正是說，如果國家危難，那麼哪裡還能夠顧及到一己之家？但是如果自己在不違背對國不忠的前提下，能夠更好地奉養自己的雙親，那麼還是要以孝道為主。因此，忠、孝二者，如果推至其極，原本並不是互相有什麼障礙的，全忠即孝，全孝即忠，為國獻身實際上也是孝道的一種推廣而已；而如果對雙親能夠盡孝，又何嘗不是為國效力的一種表現呢？

22. 晉靈公❶之時，宋人殺昭公❷。趙宣子❸請師於靈公而救之。靈公曰：

「非晉國之急也。」宣子曰：「不然。夫大者天地，其次君臣，所以為順也。今殺其君，所以反天地，逆人道也。天必加災焉。晉為盟主❹而不救，天罰懼及矣。《詩》云：『凡民有喪，匍匐救之❺。』而況國君乎？」於是靈公乃與師而從之。宋人聞之，儼然感說❻，而晉國日昌。何則？以其誅逆存順。《詩》曰：「凡民有喪，匍匐救之。」趙宣子之謂也。

【注 釋】❶晉靈公 名夷皋，春秋時晉國一位昏庸無道的國君，後為晉人趙穿所弒。❷昭公 名杵臼，為君無道，夫人王姬乘其出獵，使衛伯攻殺之。❸趙宣子 春秋時晉國大夫，名盾。❹晉為盟主 春秋之際，諸侯會盟，主盟者稱為盟主，多為當時強盛的大國，如齊、晉等。盟主也主持國際間的事務，如朝見周王、協調各國關係等。❺凡民有喪二句 《詩經．邶風．谷風》中的句子。喪，凶禍；災難。匍匐，本指手足伏地而走，這裡是盡力的意思。❻儼然感說 儼然，莊重恭敬的樣子。說，通「悅」。喜悅。

【語 譯】晉靈公的時候，宋國人弒了他們的國君昭公。趙盾向晉靈公請求軍隊去救助。晉靈公說：「這並不是晉國的急迫的事情。」趙盾說：「不應該這樣說。世間最偉大的是天和地，其次是國君和大臣，它們都有尊卑的順序。現在宋國人殺了他們的國君，這違反了天地之間的順序，背逆了人倫，上天一定會用災難降臨到他們頭上。晉國是諸侯之間的盟主，卻不去救助宋國，我很害怕上天的懲罰會降臨到我們身上。《詩經》上說：『凡是老百姓遇到了災難，都要盡力去救助他們。』何況是一國之君呢？」於是晉靈公給他軍隊，聽從他的話。宋國人聽到了這樣的事，容貌莊重而感激喜悅，而晉國也日益昌盛。為什麼呢？因為晉國誅伐叛逆的人，而保護順應道理的人。《詩經》上說：「凡是老百姓遇到了災難，都要盡力去救助他們。」說的就是趙盾啊。

【研析】晉國在當時是諸侯國之中的盟主，盟主的意義在於它能夠為諸侯之間主持正義，能夠帶領諸侯朝見周王，所以這裡的趙宣子實際上是行使了當時盟主的義務。宋國人的事情，看起來只是宋國自己內部的事務，但是從弒君的性質上來看，這種事情違背了天理，又是人人都要去反對的事情，所以趙宣子說這是「反天地，逆人道」，對弒君的人進行懲罰，是人人都應該去做的事，而晉國作為諸侯間主持正義的盟主，理所當然應該擔負起這個責任，去「誅逆存順」，這樣才能夠使公理長存於世間。

23. 傳曰：水濁則魚喁❶，令苛則民亂。城峭則崩，岸峭則陂❷。故吳起削刑而車裂❸，商鞅峻法而支解❹。治國者譬若乎張琴然，大絃急，則小絃絕矣。故急轡御❺者，非千里之御也。有聲之聲，不過百里；無聲之聲，延及四海。故祿過其功者削，名過其實者損。情行合名❻，禍福不虛至矣。《詩》云：「何其處也？必有與也。何其久也？必有以也❼。」

故惟其無為，能長生久視❽，而無累於物矣。

【注釋】❶喁　魚口向上而露出水面。❷陂　崩落。或以為字當作「陀」，義同。❸吳起削刑而車裂　吳起為戰國時衛人，軍事家，先後在魯、魏、楚等國為將軍。楚悼王信任他，任之為相，明法令，強軍事，但結怨於楚國的貴戚大臣，悼王死後，吳起被楚人所殺。車裂，將人的肢體綁在車上，通過拉車將人體撕裂，古代酷刑之一。❹商鞅峻法而支解　商鞅為衛國人，後去秦國，秦孝公任其為相，嚴刑峻法，進行了一系列富國強兵的改革。秦孝公死，商鞅也為秦人所殺。支解，古代割去四肢的酷刑。也作肢解。❺轡御　轡，馬的韁繩。御，當作銜，馬銜，橫放在馬口中的嚼子。❻情行合名　《淮南子》作「情行合而名副之」，當據補。❼何其處也四句　《詩經・邶風・旄丘》中的句子。處，止。與，夥伴；同盟。以，原因。❽久視　長久生存。視，活；生存。

【語譯】古書上說：水如果渾濁的話，那麼魚就會把嘴露出水面來呼吸；政令如果嚴厲的話，老百姓就會動盪不安。城牆過於陡峭，就容易崩塌；水岸過於陡峭，就容易崩落。所以吳起嚴厲刑罰，最後卻被車裂；商鞅嚴刑峻法，最後卻被支解。治理國家就好像是拉緊琴絃一樣，如果將粗絃拉得過緊，那麼細絃就會崩斷了。所以把馬的轡頭和嚼子拉得過緊，就不能行走千里。能夠聽得到的聲音，其傳播的限度不超過百里；而聽不見的聲音，卻能夠傳遍四海。所以俸祿超過他的功勞的要削減，聲名超過其實際才能的也要減損。心中所想的和他的行為一致，則其名聲可以和其實際情況相符合，那麼無論是福是禍，都不會無緣無故地到來的。《詩經》上說：「他為什麼會停在那裡？一定有他的夥伴。他為什麼在那裡這麼久？一定有他的原因。」所以只有不妄有作為，才能夠生命長久，而不被外界的事物所牽累。

【研析】《老子》中在談到治國之道的時候說：「為無為，則無不治。」又說：「取天下常以無事，及其有事，不足以取天下。」又說：「我無為而民自化，我好靜而民自正，我無事而民自富，我無欲而民自樸。」都是說「無為而治」的道理。無為，是指不妄有作為，這裡也包括法令不能過多，不能過於急迫。因此，這一章裡面用了多種比喻，並且舉了吳起、商鞅等人嚴刑峻法所帶來的危害來說明這個道理，最終的結論便是：「惟其無為，能長生久視，而無累於物矣。」闡明的完全是道家的治國之道。

24. 傳曰：衣服容貌者，所以說❶目也；應對言語者，所以說耳也；好惡去就者，所以說心也。故君子衣服中❷，容貌得❸，則民之目悅矣；言語遜❹，應對給❺，則民之耳悅矣；就仁去不仁，則民之心悅矣。三者存乎身，雖不在位，謂之素行❻。故中心存善，而日新之。則獨居而樂，德充而形❼。《詩》曰：「何其處也？必有與也。何其久也？必有以也。」

【注釋】❶說 通「悅」。❷中 適中。❸得 得體；合宜。❹遜 謙遜。❺給 敏捷。❻素行 按其所處的地位來行事；按照本分行事。❼形 顯現。

【語譯】古書上說：衣服和容貌，是用來給眼睛看到覺得舒適的；對答和說話，是為了讓耳朵聽到能夠舒適的；喜愛或者厭惡，離開或者接近，是為了讓心裡覺得舒適的。所以有道德的人衣服穿得合適，容貌修飾得比較得體，那麼老百姓的眼睛就覺得舒適了；說話比較謙虛，回答問題敏捷，那麼老百姓的耳朵就舒適了；親近仁義的人，離開不仁的人，那麼老百姓的心裡就覺得舒適了。這三種東西如果存在於人的身上，雖然不在高位，也可以說是按照自己的本分行事。所以心中保存著善念，每天都有新的進步，那麼即使自己一個人獨處也很快樂，道德充實在心中，而外表也會顯現出來。《詩經》上說：「他為什麼會停在那裡？一定有他的夥伴。他為什麼在那裡這麼久？一定有他的原因。」

【研析】這一章所說的是由外而內的個人修養問題，重點則在於內在的修養。衣服容貌、應對語言都是能夠令耳目得到快樂的，而真正能夠讓心中得到快樂的，則在於「就仁去不仁」，這樣不僅能夠「獨居而樂，德充而形」，更足以悅民心，也就是符合於儒家推己以及人的「恕」道，也合得上修己以治人的目的，這是儒家所最為看重的。

25. 仁道有四，磏❶為下。有聖仁者，有智仁者，有德仁者，有磏仁者。

上知天，能用其時；下知地，能用其財；中知人，能安樂之：是聖仁者也。上亦知天，能用其時；下知地，能用其財；中知人，能使人肆❷之：是智仁也。寬而容眾，百姓信之；道所以至，弗辱以時❸：是德仁者也。廉潔直方，疾❹亂不治，惡❺邪不匡❻；雖居鄉里，若坐塗炭❼，命入朝廷，如赴湯火❽，非其民不使，非其食弗嘗，疾亂世而輕死，弗顧弟兄；以法度之，比於不祥❾：是磏仁者也。傳曰：山銳則不高，水徑❿則不深，仁磏則其德不厚，志與天地擬者其人不祥。是伯夷、叔齊、卞隨⓫、介子推⓬、原憲、鮑焦⓭、袁旌目⓮、申徒狄⓯之行也。其所受天命之度⓰，適至是而亡⓱，弗能改也，雖枯槁弗捨也。《詩》云：「亦已焉哉！天實為之，謂之何哉⓲！」磏仁雖下，然聖人不廢者，匡民隱括⓳，有在是中者也。

【注釋】❶磏　通「廉」。❷肆　肆意；不受拘束，敢於直言。❸時　時俗；流俗。❹疾　恨；痛恨。❺惡　討厭。❻匡　正；糾正。❼塗炭　爛泥和炭火，比喻極困苦的境遇。❽湯火　熱水和烈火。❾不祥　不吉利。

❿徑　直。⓫卞隨　夏朝人，湯把天下讓給他，他不受，自投椆水而死。⓬介子推　也作介之推，春秋時晉國人，隨從晉文公在外流亡十九年，後晉文公回國後賞賜從臣，卻沒有賞到他，他也不提此事，和他母親隱居到綿山。文公後來得知此事後，要逼他出來做官，介子推不出，文公放火燒山，介子推被燒死。⓭鮑焦　周朝人，事蹟見本卷第二十七章。⓮袁旌目　也作爰旌目，古代東方廉潔之士。一次在道路上餓倒，狐父的大盜名丘，給他飯吃，將他救活，袁旌目醒來時得知是大盜救了他，欲將食物嘔出，最後伏地而死。⓯申徒狄　商朝人，事蹟見下章。⓰度　程度；限度。⓱亡　亡失；完結。或以為字當作「止」，可參考。⓲亦已焉哉三句　《詩經・邶風・北門》中的句子，今本《詩經》中無「亦」字。謂之何，即奈之何，奈何。⓳隱括　也作隱栝，用以矯正邪曲的器具。

【語　譯】仁道有四種，而以廉潔為主的仁道最為低下。有以聖明為主的仁道，有以智慧為主的仁道，有以道德為主的仁道，有以廉潔為主的仁道。上知天道，能夠運用天時的變化；下知地理，能夠運用它的財物；在天地之間也知道人事，能夠使老百姓安樂快樂，這是以聖明為主的仁道。上也知天道，能夠運用天時的變化；下知地理，能夠運用它的財物；在天地之間也知道人事，能使老百姓敢於直言，這是以智慧為主的仁道。寬厚而能夠容納眾人的意見，老百姓都信任他；道理所能夠到達的地方，不因為流俗而使它受到屈辱，這是以道德為主的仁道。廉潔正直，痛恨天下的動亂，卻不去治理它，厭惡邪惡，卻不去匡正它；即使居住在鄉間，也好像坐在爛泥和炭火上那樣難受，接到讓他入朝做官的命令，好像是要到熱水和烈火中一樣痛苦，不是他的人民不去使喚他們，不是他的食物不去吃它，痛恨亂世，輕易地就去死亡，連他的兄弟也不顧及；如果用禮法來衡量他，類似於是不吉利的人，這是以廉潔為主的仁道。古書上說：如果山過於尖銳，就不會太高；水流過直，就不會淵深，以廉潔為主的仁道，他的道德就不會深厚，志向與天地相比擬的人不吉祥。這正是伯夷、叔齊、卞隨、介子推、原憲、鮑焦、袁旌目、申徒狄等人的行為。他們得到上天所授予的限度，正好到這裡就沒有了，不能夠再改變了，即使像樹木一樣枯槁而死，他們也不放棄。《詩經》上說：「算了吧，老天一定要這樣做，又有什麼辦法呢！」以廉潔為主的仁道雖然是低下的，但聖人並沒有將它放棄，因為在這裡有可以匡正老百姓的東西。

【研析】這一章將「仁」分了幾個等級，即聖仁、智仁、德仁、廉仁，聖仁最高，無以復加，廉仁雖然是最下一等，但是仍然有可取的地方，但是廉仁過於峭直，所以不深厚。古代以廉潔著稱的一些有名的人物，文章中雖然認為他們並非不好，但是尚未達到最好的境界。如果將這種情形放在今天，能夠有廉仁的人也足夠好了，就像孔子所說的：「不得中行而與之，必也狂狷乎！狂者進取，狷者有所不為也。」狂狷者，和這裡的廉仁者一樣，在舉世功利的情形下，已經是很難能可貴的了。

26. 申徒狄非其世，將自投於河。崔嘉❶聞而止之，曰：「吾聞聖人仁士之於天地之間也，民之父母也。今為儒雅❷之故，不救溺人，可乎？」申徒狄曰：「不然。桀殺關龍逢❸，紂殺王子比干❹，而亡天下；吳殺子胥❺，陳殺泄冶❻，而滅其國。故亡國殘家，非無聖智也，不用故也。」

遂抱石而沉於河。君子聞之，曰：「廉矣。如❼仁歟，則吾未之見也。」

《詩》曰：「天實為之，謂之何哉！」

【注釋】❶崔嘉　人名，事蹟不詳。❷儒雅　當從《新序》作「濡足」。❸桀殺關龍逢　桀為夏代最後一個國君，暴虐無道，關龍逢進諫，桀就將他殺了，後商湯伐桀滅之，夏亡。❹紂殺王子比干　見本卷第八章注。❺吳殺子胥　伍子胥，名員，春秋時楚國人，其父兄伍奢、伍尚為楚平王所殺，伍子胥逃至吳國，輔佐吳王闔閭。後伐楚，攻破郢都，掘開楚平王的墓，鞭打其屍體以報仇。闔閭死，夫差立，攻打越國，大破之。越王句踐請和，吳王聽從了他的請求，伍子胥認為不可許和，吳王不聽。吳王後欲伐齊，而子胥諫，認為腹心之疾在越。結果卻遭受讒言，被賜劍自盡。伍子胥讓他的舍人將自己的眼睛挖下來懸在吳國東門之上，「以觀越寇之入滅吳也。」後來句踐臥薪嘗膽，終於滅掉吳國。❻陳殺泄治　泄治為春秋時陳國大夫，陳靈公與孔寧、儀行父戲於朝，泄治進諫。陳靈公將此事告訴兩人，兩人請殺之，靈公不禁，遂殺泄治。後陳為楚所滅。❼如　至於。

【語譯】申徒狄認為他所處的時代不好，準備自己投河自殺。崔嘉聽說了，就去制止他說：「我聽說有聖德的人和有仁心的人生活在天下之間，就好像是老百姓的父母一樣。如果現在只是因為怕沾濕了自己的腳，而不去拯救溺水的人，可以嗎？」申徒狄回答說：「不是這樣。夏桀殺了關龍逢，商紂殺了王子比干，結果屬於他們的天下都滅亡了；吳國殺掉伍子胥，陳國殺掉泄治，結果他們的國家都滅亡了。所以被滅亡的國家，並不是因為他們的國家沒有聖德之人和有智慧的人，而是因為他們不被他們的國君所任用。」於是抱著石頭投河而死。有道德的人聽說了這件事之後，就評論說：「申徒狄是一個清廉的人，至於說是不是仁，我還沒有看出來他具備仁德。」《詩經》

上說：「老天一定要這樣做，又有什麼辦法呢！」

【研　析】這一章是用申徒狄的具體事例來說明「廉」的形象。申徒狄身處汙濁之世，不為世所用，因此自沉於河而死，這是一種「廉者」的典型。但是君子評價說他還沒有達到「仁」的境地，這裡的「仁」大約相當於上一章的「聖仁」，是一種最高的要求。這樣的人當然類似於我們今天憤世嫉俗者的形象，雖然對於社會本身沒有什麼具體的貢獻，但是從對世人警醒的角度來看，仍是有價值的。

27. 鮑焦衣敝膚見❶，挈畚持蔬❷，遇子貢於道。子貢曰：「吾子何以至於此也？」鮑焦曰：「天下之遺德教者眾矣，吾何以不至於此也？吾聞之，世不己知而行之不已者，爽❸行也；上不己用而干❹之不已者，是毀廉也。行爽廉毀，然且弗舍，惑於利者也。」子貢曰：「吾聞之，非❺其世者不生其利，汙❻其君者不履其土。非其世而持其蔬。《詩》曰：『溥天之下，莫非王土❼。』此誰有之哉？」鮑焦曰：「於戲❽！吾聞賢者重進而輕退❾，廉者易愧而輕死。」於是棄其蔬而立槁於洛水之上。

君子聞之，曰：「廉夫剛哉！夫山銳則不高，水徑則不深，行磏者德不厚，志與天地擬者其為人不祥。鮑焦可謂不祥矣，其節度淺深適至於是矣。」《詩》云：「亦已焉哉！天實為之，謂之何哉！」

【注釋】❶見　通「現」。❷挈畚持蔬　挈，提；拿。畚，用蒲草編織的盛物工具。持，俞樾認為當作「捋」，採。❸爽　差失；錯謬。❹干　干求；請求。❺非　以……為非；批評。❻汙　詆毀；指責。❼溥天之下二句　《詩經・小雅・北山》中的句子。溥，遍。❽於戲　同「嗚呼」。嘆詞。❾重進而輕退　進，指出仕做官。退，指棄官歸隱。

【語譯】鮑焦衣服破了，皮膚都露了出來，拿著畚箕採蔬菜，在路上遇到子貢。子貢說：「你怎麼到了這樣的地步？」鮑焦回答說：「天下已經遺棄了很多有道德的人，我怎麼會不到這樣的地步呢？我聽說過，世上沒有人瞭解自己，但是仍然要不停地去做的，這是一種錯謬的行為；在上者不任用自己，但是仍然不停地去請求的，就毀傷了廉潔。行為錯謬，毀傷廉潔，但卻不放棄，這是因為受到了利益的迷惑。」子貢說：「我聽說，批評他所處的時代的人，不從其中取得利益；指責他的國君的人，不踏在他的國土上。現在你批評你所處的時代，卻在這裡採蔬菜。《詩經》上說：『遍天下沒有一個地方不是天子的土地。』你所站立的土地，又是誰所有的呢？」鮑焦說：「吥，我聽說有賢德的人不輕易地去做官，但是很輕易地就會棄官；廉潔的人容易感到慚愧，把死亡看得很輕易。」於是就拋棄了他的蔬菜，站在洛水旁像樹木一樣枯槁而死。有德行的人聽說了這件事，就評論說：「鮑焦的行為是多麼廉潔而剛毅啊！如果山過於尖銳，就不會太高；水流過直，就不會淵深；行為廉潔的人，他的道德就不會深厚，志向與天地相比擬的人不吉祥。鮑焦可以說是一個不吉祥的人了，上天所賦予他的稟賦限度和深淺正好就到達這裡了。」《詩經》上說：「算了吧，老天一定要這樣做，又有什麼辦法呢！」

【研析】這一章與上兩章的意義相關聯，鮑焦的形象和申徒狄也大致相當，鮑焦也是認為「世不己知」、「上不己用」，在子貢一番言論的激勵之下，因此「立槁於洛水之上」，也印證了他自己的話是「廉者易愧而輕死」。為了自己的名節，生死對於他們是算不得什麼的，然而每人的志向和稟賦各不相同，鮑焦、申徒狄的選擇也是一種價值觀，用孟子的話來說：「聞伯夷之風者，頑夫廉，懦夫有立志。」伯夷與鮑焦、申徒狄是屬於同一類型的人，而孟子這句話也正體現了他們的立頑起懦的價值。

28. 昔者周道之盛，召伯❶在朝。有司❷請營召以居。召伯曰：「嗟！以吾一身，而勞百姓，此非吾先君文王❸之志也。」於是出而就蒸庶❹於阡陌隴畝❺之間，而聽斷❻焉。召伯暴處遠野，廬❼於樹下。百姓大悅，耕桑者倍力以勸❽。於是歲大稔❾，民給❿家足。其後在位者驕奢，不恤元元⓫，稅賦繁數⓬，百姓困乏，耕桑失時。於是詩人見召伯之所休息樹下，美而歌之。《詩》曰：「蔽芾甘棠，勿翦勿伐，召伯所茇⓭。」此之謂也。

【注　釋】❶召伯　周文王之子，名奭。初食采於召，故曰召公。後武王封之北燕，為燕國之祖。周成王時，與周公分陝而治，自陝以西，召公主之。為天下牧伯，故亦稱召伯。❷有司　主管某一方面事務的官吏。❸文王　姓姬，名昌，殷紂王時為西伯，其子武王伐紂滅商，尊以為文王。❹蒸庶　眾多的意思，這裡指老百姓。❺阡陌隴畝　阡陌，田間小路。南北方向叫阡，東西方向叫陌。隴畝，田地；田畝。❻聽斷　聽，判決。斷，決斷。都指斷案。❼廬　作動詞用，以……為廬；居住。❽勸　勸勉；勉勵。❾大稔　大豐收。稔，成熟。❿給　足；充足。⓫不恤元元　恤，體恤；憐憫。元元，指老百姓。⓬數　屢次；多次。⓭蔽芾甘棠三句　《詩經·召南·甘棠》中的句子。蔽芾，今本《詩經》作「蔽芾」，高大茂盛的樣子。茇，本義是草舍，這裡作動詞用，居住。

【語　譯】以前在周朝鼎盛的時候，召伯在朝廷中做官。有官吏請求召伯經營建築召地而居住。召伯說：「唉！為了我一個人，卻煩勞百姓，這不是我已經去逝的父親文王的願望。」於是出去和老百姓一起住在田野之間，審理老百姓的案件。召伯暴露居處在郊野，居住在樹下。老百姓都十分高興，耕田採桑的人都加倍努力，互相勉勵。於是年景很好，獲得了大豐收，每家的糧食都很充足。後來在上位執政的人驕奢淫逸，不體恤老百姓，賦稅繁多，老百姓困頓缺乏，耕田採桑都不能及時。在這時候詩人看到了召伯曾經在下面休息的樹，就讚美而歌頌他。《詩經》上說：「棠梨樹茂密而又高大，不要剪裁也不要砍伐，召伯曾經住在這樹下。」說的就是這件事。

【研　析】召伯棠梨樹下決獄之傳說，當時在民間一定有很多的流傳，所以《史記》中也有記載。這也是〈甘棠〉這首詩在主題上，各家說《詩》者都一致的原因。這則故事從一個側面也反映了老百姓對於明君的期望，所以本章中也提到「其後在位者驕奢，不恤元元，稅賦繁數，百姓困乏，耕桑失時」，所以歌頌召伯正好反映出了對於時政的厭惡，這也是為什麼漢人常常提到《詩經》中的「美刺」，按照這一章的意思，詩人是通過美召伯而刺時政。

卷二

1\. 楚莊王❶圍宋，有七日之糧。曰：「盡此而不克，將去而歸。」於是使司馬子反乘闉而窺宋城❷，宋使華元❸乘闉而應之。子反曰：「子之國何若矣？」華元曰：「憊矣！易子而食之，析骸而爨❹之。」子反曰：「嘻，甚矣憊！雖然，吾聞圍者之國，箝馬而抹之❺，使肥者應客。今何吾子之情❻也！」華元曰：「吾聞君子見人之困則矜❼之，小人見人之困則幸之。吾望見吾子似於君子，是以情也。」子反曰：「諾，子其勉之矣❽，吾軍有七日糧爾。」揖而去。子反告莊王。莊王曰：「若何？」子反曰：「憊矣！易子而食之，析骸而爨之。」莊王曰：「嘻，甚矣憊！今得此而歸爾。」子反曰：「不可。吾已告之矣，曰：『軍亦有七日糧爾。』」莊王怒曰：「吾使子視之，子曷為而告之？」子反曰：「區區❾之宋，猶有不欺之臣，何以楚國而無乎？吾是以告之也。」莊王曰：「雖然，吾子❿今得此而歸爾。」子反曰：「王請處此，臣請歸耳。」王曰：「子去我而歸，吾孰與處乎此？吾將從子而歸。」遂師而歸⓫。君子善其平己⓬也。華元以誠告子反，得以解圍，全二國之命。《詩》云：「彼姝者子，何以告之⓭？」君子善其以誠相告也。

【注釋】❶楚莊王　名侶，「春秋五霸」之一。❷使司馬子反乘闉而窺宋城　司馬，掌管軍事的官名。子反，即楚公子側。闉，《公羊傳》作「堙」，趙懷玉校本作「闉」，攻城的器具。❸華元　宋國大夫。❹⿰木片骸而爨　⿰木片，同「析」。骸，骨。爨，炊。把人骨頭劈開作柴火燒。❺箝馬而抹之　箝，以木條放在馬口中。抹，當作「秣」，餵馬。❻情　同「誠」。❼矜　哀憐；憐憫。❽子其勉之矣　其，表示希望或勉勵的語氣。勉，勉力；努力。❾區區　形容其小。❿吾子　當從《公羊傳》刪去「子」字。⓫遂師而歸　師，作動詞，率領軍隊。《公羊傳》作「引師而去之」。⓬平己　《公羊傳》作「平乎己」，當據補。平，和解。⓭彼姝者子二句　《詩經・鄘風・干旄》中的句子。姝，美。

【語譯】楚莊王率兵圍攻宋國，軍中只剩下七天的糧食。楚莊王說：「如果這些糧食吃完了還不能攻下城池，就離開這裡回國。」在這時就派司馬子反爬上攻城的工具窺視宋國城裡的情況，宋國就派了華元登上攻城工具和子反相應答。子反問：「你們的國家情況怎麼樣了？」華元回答說：「已經很疲憊了！城裡的人互相交換子女來吃，把人骨頭劈開當柴火燒。」子反說：「唉，這疲憊得真是太厲害了！儘管如此，我聽說被圍困的國家，將木條放在馬口中，讓牠吃不下東西，讓肥壯的人應對客人，以表示自己的糧食充足。現在你為什麼這麼誠實呢！」華元回答說：「我聽說有道德的人看到別人困頓就哀憐他，沒有道德的人看到別人困頓就感到慶幸。我看你像是一個有道德的人，所以才這麼誠實。」子反說：「好吧，請你們努力堅守城池，我們的軍隊也只有七天的糧食了。」華元作揖後離開。子反回去後，向楚莊王彙報情況。楚莊王說：「怎麼樣？」子反說：「已經很疲憊了！城裡的人互相交換子女來吃，把人骨頭劈開當柴火燒。」楚莊王說：「唉，這疲憊得真是太厲害了！現在我們可以攻打下這座城池，然後回去。」子反說：「不行。我已經告訴他了，說：『我們的軍隊也只有七天的糧食。』」楚莊王生氣地說：「我讓你去探視情況，你為什麼把我們的實情告訴他們？」子反說：「這麼小的一個宋國，還有不欺騙人的臣子，為什麼楚國就沒有呢？所以我把實情告訴他們了。」楚莊王說：「儘管如此，我還是要將它攻打下來，然後回去。」子反說：「請大王您留在這裡，請讓我回去。」楚莊王說：「你離開我而回去，我和誰留在這裡呢？我也要和你一起回去。」於是率領軍隊回到楚國。有道德的人讚美子反和華元能夠自己和解，華元以實情告訴子反，得以解除宋國之圍，保全兩國百姓的生命。《詩經》上說：「那美好的人啊，我用什麼來告訴他呢？」有道德的人讚美他們能夠以實情告訴對方。

【研　析】這一章所說的是「誠」在古代倫理道德體系中的重要性，「誠」也就是不欺，這在中國古代的道德體系中占據一個很重要的地位。在春秋時代，這種講求信義的情形還是比較多的，如齊桓公不失信於曹沫，晉文公的退避三舍等等，還有宋襄公在戰場上「不重傷，不禽二毛，不鼓不成列」那樣極端的例子，所以顧炎武在《日知錄》裡講到春秋戰國時期的變化時說：「春秋時猶尊禮重信，而七國則絕不言禮與信矣。」這一章中也是一個春秋時期兩國交鋒中的事例，華元與子反互相以真實的軍情相告，最終卻能夠使兩國和解，這在後代講求詭詐之道的軍事行動中似乎是不可想像的，但從某種方面也說明了這種禮儀與誠信在古代社會中所產生的巨大影響。

2. 魯監門❶之女嬰相從績❷，中夜而泣涕。其偶❸曰：「何謂❹而泣也？」嬰曰：「吾聞衛世子❺不肖❻，所以泣也。」其偶曰：「衛世子不肖，諸侯之憂也，子曷為❼泣也？」嬰曰：「吾聞之，異乎子之言也。昔者宋之桓司馬❽得罪於宋君，出❾於魯，其馬佚而驏吾園❿，而食吾園之葵。是歲吾聞園人亡利之半。越王句踐⓫起兵而攻吳，諸侯畏其威，魯往獻女，吾姊與⓬焉。兄往視之，道畏而死⓭。越兵威⓮者，吳也；兄死者，我也。由是觀之，禍與福相及也。今衛世子甚不肖，好兵。吾男弟三人，能無憂乎？」《詩》曰：「大夫跋涉，我心則憂⑮。」是非類與⑯乎？

【注釋】①監門　指守衛城門的小吏。②相從績　相從，一起。績，指把麻搓捻成線或繩。③偶　同伴；夥伴。④何謂　謂，通「為」。何為，為什麼。⑤衛世子　衛為春秋時諸侯。帝王或諸侯的嫡長子稱為世子。⑥不肖　不賢。⑦曷為　曷，通「何」。何為，為什麼。⑧桓司馬　指宋國司馬桓魋，但據《左傳》，桓魋奔衛，不奔魯，奔魯者為桓魋之兄桓巢，巢為宋之左師，不是司馬。⑨出　《藝文類聚》引文作「出奔」，當據補。⑩其馬佚而騙吾園　佚，同「逸」。奔逸；奔跑。騙，馬臥地打滾。⑪句踐　春秋時越國國君，與吳國爭霸，為吳王夫差所敗，降於吳，後為臥薪嘗膽，立志復仇，終於滅掉吳國。⑫與　參與；參加。⑬道畏而死　道，路上；半路上。畏，畏懼。⑭威　加威於；威脅。⑮大夫跋涉二句　《詩經・鄘風・載馳》中的句子。跋，爬山。涉，蹚水。跋山涉水，形容行路辛苦。⑯與　同「歟」。

【語譯】魯國有一個守門人的女兒，名字叫嬰，和她的同伴一起紡麻，半夜的時候哭泣。她的同伴問她：「你為什麼哭泣呢？」嬰說：「我聽說衛國的世子不賢，所以哭泣。」她的同伴說：「衛國的世子不賢，這是諸侯所擔憂的事情，你為什麼要哭泣呢？」嬰回答說：「我所聽說的和你的話不同。以前宋國的司馬桓魋得罪了宋國的國君，逃向魯國，他的馬跑掉了，在我的菜園子裡打滾，並且吃我菜園中的葵菜，這一年，我聽說種菜的人損失了一半的利益。越王句踐發兵攻打吳國，諸侯畏懼他的威勢，魯國就向他進獻美女，我的姐姐也在其中。我的哥哥去看她，半路上畏懼而死。越兵所威脅的是吳國，而死掉哥哥的卻是我。從這一點來看，禍患和幸福是相連在一起的。現在衛國的世子很不賢，喜歡戰爭。我有三個弟弟，怎麼能沒有憂愁呢？」《詩經》上說：「大夫跋山涉水，我的心裡就很憂愁。」這不是同類的事情嗎？

【研析】這一章所寫的是個人的憂戚和國家以及社會安危之間的關係。從一個普通老百姓的角度來看，似乎國家或者外國的執政者之賢與不賢和他沒有最直接的關係，但是從實際的結果來看，國與國之間的戰爭、和解以及各種關係，沒有一樣不會關係到老百姓的切身利益。從這一章裡的魯國女子的遭遇完全可以看得出來，宋國君臣之間的關係、吳越之間的戰爭，卻致使這個女子減少了菜園中的收成，姐姐被迫送到異國，哥哥也因此而死。因此對在上的統治者而言，時刻應該將老百姓的安危放在心裡，就是孟子所說的「樂以天下，憂以天下」，范仲淹所說的「先天下之憂而憂，後天下之樂而樂」；對於老百姓而言，也期望天下的和平。魯女的想法，實際上在今天仍然有其現實意義的。當前世界的局勢動盪，已經影響了無數老百姓的生命和生活，和平仍是當今世界的重要主題之一。

3. 高子❶問於孟子曰：「夫嫁娶者，非己所自親❷也。衛女何以得編於《詩》❸也？」孟子曰：「有衛女之志則可，無衛女之志則怠❹。若伊尹於太甲❺，有伊尹之志則可，無伊尹之志則篡。夫道二：常之謂經❻，變之謂權❼。懷其常道，而挾其變權，乃得為賢。夫衛女行中❽孝，慮中聖，權如之何❾？」《詩》曰：「既不我嘉，不能旋反。視爾不臧，我思不遠❿。」

【注　釋】❶高子　見於《孟子》書中，孟子的弟子。❷非己所自親　自、親同義，都是自主的意思。《白虎通・嫁娶篇》：「男不自專娶，女不自專嫁。必由父母，須媒妁，何？遠恥防淫泆也。」古代嫁娶，必須有父母之命、媒妁之言，否則不合禮儀。❸衛女何以得編於詩　衛女即衛懿公之女，許穆公之夫人。據《列女傳》所載，許穆夫人未嫁之時，許、齊兩國皆來求親，衛侯將與許，而其女認為許國小而遠，齊國大而近，一旦有事，可得齊國之助，希望將她嫁到齊國。但衛懿公不聽，將她嫁到許國，其後狄人攻衛，大破之，而許不能救。許穆夫人弔唁衛侯，而作〈載馳〉。高子這裡認為衛女自願嫁與齊國，不合乎禮儀。❹怠　通「殆」。危險。❺伊尹於太甲　伊尹，名摯，商代賢相。太甲為商湯之孫，即位後無道，伊尹將他流放到桐。三年後，太甲悔過，伊尹迎歸太甲，還政於他。❻經　常久不變的道理。❼權　權變；變通。❽中　合乎；合於。❾權如之何　是倒裝句，相當於「權何如之」，意為「有比這更好的變通之道嗎」。❿既不我嘉四句　《詩經・鄘風・載馳》中的句子。嘉，美好。臧，好。

【語　譯】高子問孟子說：「男子娶妻，女子出嫁，都不是自己所能作主的。衛懿公的女兒自願嫁到齊國，不合乎禮儀，為什麼她的詩還能夠編到《詩經》裡面呢？」孟子說：「如果有衛女為國家考慮的志向，那是可以的；如果沒有衛女的這種志向，那就很危險了。就好像伊尹對太甲那樣，如果有伊尹那樣安定國家的志向，是可以的；如果沒有伊尹那樣的志向，那就是篡權奪位了。處事的道理有兩種：常久不變的道理稱為『經』，可以變通的稱為『權』。堅守著常久不變的道理，同時也把握變通的道理，才可以稱為賢人。衛女的行為合乎孝道，思慮合乎聖人，還有比這更好的變通之道嗎？」《詩經》上說：「既然不贊成我的意見，我卻也不能夠回去。我看你們的策略都不好，我的思慮卻不是迂遠不可求。」

【研析】這一章所討論的主要是「經」與「權」的關係，「經」是不可變更的道理，「權」是臨時變通的辦法。這裡是以許穆夫人為例來進行討論的。女子出嫁要有父母之命，自己不能作主，這就當時的社會情況來說，是一種不變的道理；但是衛女許穆夫人能夠從國家的長遠考慮，希望通過自己的婚姻為祖國作貢獻，則是一種變通的方法。伊尹流放太甲，也是同樣的道理。這也就是古人常說的「反經合道」，只是這種方法使用起來往往會引起人的疑慮，認為不合道理。因此，文章中特別強調了所謂「志」，如果沒有「衛女之志」、「伊尹之志」，就會產生極嚴重的後果。所以孔子在《論語》中說：「可與共學，未可與適道；可與適道，未可與立；可與立，未可與權。」將「權道」放在一個很高的位置。

4. 楚莊王聽朝罷晏❶，樊姬❷下堂而迎之，曰：「何罷之晏也？得無飢倦乎？」莊王曰：「今日聽忠賢之言，不知飢倦也。」樊姬曰：「王之所謂忠賢者，諸侯之客歟？中國❸之士歟？」莊王曰：「則沈令尹也❹。」樊姬掩口而笑。王曰：「姬之所笑何也？」姬曰：「妾得於王❺，尚湯沐❻，執巾櫛❼，振衽席❽，十有一年矣。然妾未嘗不遣人之梁鄭之間，求美人而進之於王也。與妾同列者十人，賢於妾者二人。妾豈不欲擅❾王之寵哉？不敢私願蔽眾美，欲王之多見則娛。今沈令尹相楚數年矣，未嘗見進賢而退不肖也，又焉得為忠賢乎？」莊王旦朝，以樊姬之言告沈令尹。令尹避席❿而進孫叔敖⓫。叔敖治楚三年而楚國霸。楚史援筆而書之於策曰：「楚之霸，樊姬之力也。」《詩》曰：「百爾所思，不如我所之⓬。」樊姬之謂也。

【注釋】❶聽朝罷晏　聽朝，臨朝聽政。罷，完了；結束。晏，遲；晚。❷樊姬　楚莊王寵妾。姬，妾，侍妾。❸中國　指國家或朝廷。《文選注》引《列女傳》作「國中」，可參考。❹則沈令尹也　則，即。令尹為楚國的官名，地位相當於相國、丞相。沈令尹，《新序》、《列女傳》中皆作虞丘子。❺得於王　《群書治要》作「得侍於王」，當據補。❻尚湯沐　管理洗沐的事。尚，主；主管。湯，熱水，這裡指洗浴。沐，洗髮。❼執巾櫛　巾，拭巾；浴巾。櫛，梳子。❽振衽席　振，整理；整頓。衽席，席子。❾擅　專。❿避席　古人席地而坐，離席起立，以示敬意。⓫孫叔敖　春秋時楚國著名的賢相。⓬百爾所思二句　《詩經・鄘風・載馳》中的句子。百爾所思，猶爾百所思，你們百般的思量。之，到，這裡指考慮到。

【語譯】楚莊王臨朝聽政，罷朝時已很晚了，樊姬走到堂下去迎接他，說：「為什麼結束得這麼晚？難道您不飢餓、不疲倦嗎？」楚莊王說：「今天我聽到忠誠賢能之人的言論，不覺得飢餓和疲倦。」樊姬說：「大王所說的忠誠賢能的人，是諸侯的賓客嗎？還是朝廷中的人呢？」楚莊王說：「就是沈令尹啊。」樊姬聽了之後用手遮住口笑著。楚莊王問：「你為什麼笑呢？」樊姬說：「我自從能夠侍奉大王，負責您沐浴的事情，拿著浴巾和梳子，為您整理席子，已有十一年了。但是我還是常常派人到梁國、鄭國一帶，尋求美麗的女子進獻給大王。現在和我地位相當的有十個人，地位比我高的有兩個人。我難道不想獨占大王的寵愛嗎？只是我不敢因為個人的願望而遮蔽了其他的美人，希望大王見到更多而感到快樂。現在沈令尹做楚國的相國已經有好幾年了，卻沒有看到他推薦賢能的人，而罷黜不賢的人，哪裡能夠算得上是忠誠賢能的人呢？」楚莊王第二天早朝的時候，將樊姬的話告訴沈令尹。沈令尹恭敬地推薦孫叔敖。孫叔敖治理楚國三年，楚國就稱霸於諸侯。楚國的史官提筆在簡冊上寫道：「楚國之所以能夠成就霸業，這是樊姬的功勞。」《詩經》上說：「任你們百般的思量，還不如我所考慮到的。」說的就是樊姬啊。

【研　析】這一章借表彰樊姬來說明「進賢」的重要性。樊姬用自己的行為來作比喻，古代做君王妻妾的美德之一便是不妒忌，不專寵，「不敢私願蔽眾美」，漢人解《詩經》時所講的「后妃之德」，便體現了漢代人的這一觀念。而做宰相或者相國的最重要的稱職表現，就是能夠為國家推薦賢人，除去不賢之人，「進賢而退不肖」，這樣國家才能得到發展。沈令尹在樊姬之言的激勵之下，能夠推薦孫叔敖，這樣楚國才最終能夠實現霸業。

5. 閔子騫❶始見於夫子❷，有菜色❸，後有芻豢之色❹。子貢問曰：「子始有菜色，今有芻豢之色，何也？」閔子曰：「吾出蒹葭❺之中，入夫子之門。夫子內切瑳❻以孝，外為之陳王法，心竊樂之。出見羽蓋龍旂裘旃❼相隨，心又樂之。二者相攻胷❽中，而不能任❾，是以有菜色也。今被夫子之文寖❿深，又賴二三子切瑳而進之，內明於去就之義，出見羽蓋龍旂旃裘相隨，視之如壇土⓫矣。是以有芻豢之色。」《詩》曰：「如切如瑳，如琢如磨⓬。」

【注釋】❶閔子騫　孔子弟子，名損，字子騫，以有德行著稱。❷夫子　孔門尊稱孔子為夫子，後也作為對孔子的專稱。❸菜色　因只食蔬菜所造成的營養不良，而表現出的臉色。❹芻豢之色　指食肉而顯出的潤澤肥壯的顏色。芻指牛羊一類食草的動物，豢指犬豕一類食穀的動物。❺蒹葭　即蘆葦，這裡指代荒遠僻陋的地方。❻切瑳　原指加工器物，加工骨器叫切，加工象牙叫瑳，後來引申為共同商討研究學問。這裡指進行教育。❼羽蓋龍旂裘旃　羽蓋，以翠鳥羽毛裝飾的車蓋。龍旂，繪有龍的圖案的旗幟。旂，同「旗」。裘旃，據下文，當改作「旃裘」，指獸毛所製的衣服。旃，同「氈」。獸毛所製成的片狀物。❽胷　同「胸」。❾任　勝任；承受。❿寖　漸。⓫壇土　《太平御覽》引作「糞土」，當從之。⓬如切如瑳二句　《詩經·衛風·淇奧》中的句子。切瑳琢磨，都是比喻研究學問或者鍛鍊品德精益求精。加工玉器叫琢，加工石器叫磨。

【語　譯】閔子騫剛見到孔子的時候，臉色灰暗，一段時間以後，臉色變得很潤澤。子貢問他說：「你開始的時候臉色灰暗，現在臉色潤澤，為什麼呢？」閔子騫說：「我出身在僻陋的地方，進入老師的門下接受教育。老師教育我在家裡如何孝順父母，告訴我君主治理國家的王法，我內心裡私下感到快樂。出門看到貴人們坐著美麗的車子，飄揚的龍旗，華麗的衣服，互相追隨，我心裡又感到快樂。這兩者在我心中互相攻戰，使我不能承受，所以臉色灰暗。現在我受到老師的教育越來越深入，又依靠與諸位同門一起切磋學問，從而得到了進步，內心明白了什麼該去接近，什麼應該放棄，出門看到美車龍旗以及華麗的衣服互相追隨，就好像看到糞土一樣，因此臉色潤澤。」《詩經》上說：「像是象骨玉石經過切磋琢磨一樣，培養自己的道德學問。」

【研　析】《中庸》說：「君子素其位而行，不願乎其外。」孟子說：「君子所性，仁義禮智根於心。其生色也，睟然見於面、盎於背。施於四體，四體不言而喻。」所說的都是能夠安守本分，不妄貪求；向內反省自己，不必向外馳求的意思。閔子騫初見孔子，一方面心中受到孔子道義的教化而感到快樂，但是另一方面又因為看到他人的富貴華麗而心生羨慕，這兩者是內外的矛盾；待其受教日深，則專向內而不求其外，因此只有內心的快樂，而沒有外物所帶來的矛盾，這才是真正的快樂。也就是《大學》中所謂的「富潤屋，德潤身」，這對於今天社會人人奔馳於聲色名利的追求之中而不知反省，頗有啟示的意義。

6. 「傳曰『雩[1]而雨』者，何也？」曰：「無何也，猶不雩而雨也。」

「星墜木鳴，國人皆恐，何也？」「是天地之變，陰陽之化，物之罕至者也，怪之可也，畏之非也。夫日月之薄蝕❷，怪星之晝見❸，風雨之不時，是無世而不嘗有也。上明政平，是雖並至，無傷也。上闇❹政險，是雖無一，無益也。夫萬物之有災，人妖❺最可畏也。」曰：「何謂人妖？」曰：「枯耕❻傷稼，枯耘❼傷歲，政險失民，田穢❽稼惡，糴❾貴民飢，道有死人，寇賊並起，上下乖離❿，鄰人相暴⓫，對門相盜，禮義不脩，牛馬相生，六畜作妖⓬，臣下殺⓭上，父子相疑，是謂人妖。是生於亂。」傳曰：「天地之災，隱而廢⓮也。萬物之怪，書⓯不說也。無用之變，不急之災⓰，棄而不治。若夫君臣之義，父子之親，男女之別，切瑳而不舍也。」《詩》曰：「如切如瑳，如琢如磨。」

【注釋】❶雩　古代所舉行的祈雨祭祀。❷薄蝕　指日月相掩蝕。❸見　同「現」。❹闇　同「暗」。指政治昏庸腐敗。❺人妖　指人為因素產生的禍害。❻枯耕　《荀子》作「楛耕」，指耕田不精細。楛，粗劣。❼耘　除草。❽穢　荒穢；荒蕪。❾糴　買糧食。❿乖離　背離。乖，背離；違背。⓫暴　欺淩。⓬六畜作妖　六畜，指馬、牛、羊、雞、狗、豬。作妖，發生妖變；產生奇異的變化。⓭殺　同「弒」。指臣殺死君主或子女殺死父母。⓮隱而廢　隱，隱藏。廢，廢置；擱置。⓯書　指六經（《易》、《書》、《詩》、《禮》、《樂》、《春秋》），也可泛指經典。⓰無用之變二句　《荀子》作「無用之辯，不急之察」，當據改。

【語　譯】「古書上說：『舉行祭祀祈求下雨，就下雨了。』這是為什麼呢？」回答說：「這沒有什麼，就像不舉行祭祀，它也下雨一樣。」「星星墜落下來，樹木發出鳴叫之聲，全國的人都感到恐懼，這是為什麼呢？」「這是天地的變化，陰陽的變化，事物很少產生的現象，感覺到奇怪是可以的，對它產生了畏懼，就不對了。日月相掩而產生了日食、月食，白天出現了奇怪的星相，風雨不合乎季節，這是任何時代都會有的。若在上位的君主很英明，政治清平，這些事物即使一起到來了，也不會有什麼傷害。如果君主昏庸腐敗，政治險惡，那麼即使這些事物一個都沒有出現，也不會有什麼好處。在各種事物產生的災害中，人妖是最可畏懼的。」問：「什麼叫做人妖呢？」回答說：「粗劣地耕種田地，就傷害了莊稼的生長；在田裡粗劣地除草，就會損害一年的收成；政治險惡，就會失去民心；田地荒蕪，莊稼長得不好，糧食很貴，老百姓很飢餓，路上有餓死的人，強盜竊賊都起來作亂，君臣上下互相背離，鄰居互相欺凌，對門而居的互相偷盜，不講求禮儀和仁義，牛生出馬，馬生出牛，各種牲畜都發生奇異的變化，臣子殺死君王，父子之間相互懷疑，這是人為而產生出來的禍害。這些都是從世道的混亂中產生的。」古書上說：「天地間的災禍，可以將它掩藏起來放在一邊。萬物中發生的怪異，經典中是不論說它的。沒有用的辯論，不急切的考察，可以放棄而不去管理。至於君臣之間的道理，父子之間的親愛，男女之間的分別，這是必須互相研討而不能放棄的。」《詩經》上說：「像是象骨玉石經過切磋琢磨一樣，培養自己的道德學問。」

【研　析】古人很重視祭祀，所以《左傳》中說：「國之大事，在祀與戎。」也很注重天象的變化，認為是天道對於人事的一種警示。荀子是反對這種說法的，他提倡「人定勝天」，相對於傳統的重視天道而言，荀子更加注重人事，所以他也說過「天行有常，不為堯存，不為桀亡」這樣的話。在他看來，天道和人事完全是可以分離的，因此，只要一心將人事處理好，天道不管怎麼樣變化，都不會產生什麼不利的影響，最可怕的並不是天上的災異，而是人類本身所做的壞事。所以說：「上明政平，是雖并至，無傷也。上闇政險，是雖無一，無益也。夫萬物之有災，人妖最可畏也。」這樣的思想，在當時普遍講求天道的社會狀況之下，反映了先秦時代天道觀的一種變化，應該說是難能可貴的。

7. 孔子曰：「口欲味，心欲佚❶，教之以仁。心欲兵❷，身惡勞，教之以恭。好辯論而畏懼，教之以勇。目好色，耳好聲，教之以義。《易》曰：『艮其限，列其夤，厲，薰心❸。』《詩》曰：『吁嗟女兮，無與士耽❹。』皆防邪禁佚，調和心志。」

【注　釋】❶佚　同「逸」。❷兵　當從周廷寀、陳喬樅校改為「安」。❸艮其限四句　《周易・艮・九三》的爻辭。艮，止。限，腰部。列，分開；分散。夤，背部肉。厲，危險。薰心，薰灼其心，指心中焦慮。❹吁嗟女兮二句　《詩經・衛風・氓》中的句子。耽，耽樂；沉迷。

【語譯】孔子說：「口中想吃到好的味道，心中想得到安逸，這樣的人要用仁愛來教導他。心裡想得到安逸，身體卻厭惡勞作，這樣的人要用恭敬來教導他。喜歡和別人辯論卻心存畏懼之心，這樣的人要用勇敢來教導他。眼睛喜歡看美麗的顏色，耳朵喜歡聽美好的音樂，這樣的人要用道義來教導他。《周易》上說：『停止在腰部，和背部分開了，危險，讓人心中焦灼。』《詩經》上說：『唉，女子啊，不要和男子沉迷於歡樂。』都是防止邪僻，禁止逸樂，用來調節和適自己的心志的。」

【研析】人有七情六欲，也有各種習氣，一旦放縱沉溺，不加防禁引導，就會發展到一個極端，對自己的身心造成極大的傷害。這一章裡所說的用仁、恭、勇、義來對這些被身心中的情欲習氣所染著的人進行教導，便是這樣的意思。古人很注重修養身心，因為很多習氣並不是一下子就能夠驅除掉的，而是要經過長時期的修養調和，在長期調養之後，便能夠「習慣成自然」，這也是「克己」所能達到的效果。

8. 高牆豐上激下❶，未必崩也；降❷雨興，流潦❸至，則崩必先矣。草木根荄❹淺，未必撅❺也；飄風❻興，暴雨墜，則撅必先矣。君子居是邦也，不崇仁義、尊賢臣，以理萬物，未必亡也；一旦有非常之變，諸侯交爭，人趨車馳，迫然❼禍至，乃始憂愁，乾喉焦唇，仰天而嘆，庶幾❽乎望其安也，不亦晚乎？孔子曰：「不慎其前，而悔其後，嗟乎，雖悔無及矣。《詩》曰：『惙其泣矣，何嗟及矣❾！』」

【注釋】❶豐上激下　《說苑》作「豐牆墝下」。豐，厚。激，俞樾依《說苑》校作「墝」，指田地瘠薄或土地不平。屈守元以為字當作「墽」，音義同「墝」。❷降　同「洚」。大。屈守元認為同「隆」，可參考。❸潦　雨後的積水。❹荄　草根。❺撅　拔起；折斷。❻飄風　旋風；暴風。❼迫然　匆遽；忽然。❽庶幾　表示希望。❾惙其泣矣二句　《詩經・王風・中谷有蓷》中的句子。惙，憂愁的樣子，今本《詩經》作啜，哭泣的樣子。何嗟及矣，倒文，相當於「嗟何及矣」。

【語譯】高大的牆，上部豐厚，下部薄弱，不一定會崩塌，但是如果大雨來了，雨後的積水沖過來，它一定會先崩塌。草木的根部紮在土裡的比較淺，不一定就會被折斷，但是如果暴風吹起，大雨降落，它們一定會先被折斷。君子居住在一個國家裡，如果不尊崇仁愛和道義，不尊敬賢能的大臣，而管理國家的各種事務，不一定就會滅亡；但是一旦發生不同尋常的變故，諸侯之間互相發動戰爭，人民奔走，車馬驅馳，忽然有大禍來臨，才開始憂愁，對著天空嘆息，喉嚨和嘴唇都叫得乾焦了，希望國家能夠安定下來，這豈不是太晚了嗎？孔子說：「做事不能夠提前謹慎，事後才覺得後悔，唉，即使悔恨，也來不及了。《詩經》上說：『憂愁地哭泣著，嗟嘆又哪裡來得及呢！」」

【研　析】這一章的道理很簡單，就是對各種事情都要事先做好預防的工作，否則一旦有事來臨，倉促之間是沒有辦法應付的，就像俗語中所說的「臨時抱佛腳」。《中庸》裡面也說：「凡事豫則立，不豫則廢。言前定則不跲，事前定則不困，行前定則不疚，道前定則不窮。」講的也是這個道理。文章先用兩個比喻來引出治國的道理，以小喻大，因為治理天下國家尤其是如此，如果不事先處理好國家裡的各種要害關係，一旦出現巨變，國家將會陷入內外交困的境地。在古人看來，治國的要素如「崇仁義，尊賢臣」，這些都是要事先去做好的事情，如果用一種僥倖的心理來治理國家，國家遲早會遭受禍難的。

9. 曾子曰：「君子有三言，可貫而佩之。一曰：無內疏而外親❶，二曰：身不善而怨他人，三曰：患至而後呼天。」子貢曰：「何也？」曾子曰：「內疏而外親，不亦反乎？身不善而怨他人，不亦遠乎？患至而後呼天，不亦晚乎？」《詩》曰：「惙其泣矣，何嗟及矣！」

【注　釋】❶無內疏而外親　「無」字在此句領起，但貫穿在三句話中。內，指和自己關係親近的人。外，指和自己關係疏遠的人。

【語譯】曾子說：「君子有三句話，可以一貫地去奉行。第一句話是：不要和自己關係親近的人疏遠，卻和自己關係疏遠的人親近；第二句話是：不要自己不好，卻埋怨他人；第三句話是：不要等禍患來了，才向上天呼叫。」子貢說：「為什麼呢？」曾子說：「與自己關係親近的人疏遠，卻和自己關係疏遠的人親近，這不是違反了常理嗎？自己不好，卻埋怨他人，這不是埋怨得太遠了嗎？禍患來了才向上天呼叫，這不是太晚了嗎？」《詩經》上說：「憂愁地哭泣著，嗟嘆又哪裡來得及呢！」

【研析】這章所講的是一般的道理，但這樣的道理實行起來並沒有那麼容易。親疏的關係古人是看重的，因為古代是一種宗法的社會，親疏關係較為固定，儒家講求推己及人，如果和自己親人的關係都處理不好，那麼對他人更不能夠處理好了，所以說這是違反常理的。至於自己的不好，卻去埋怨他人，這是一種「遷怒」，很多人都是難免的，所以顏回能夠「不遷怒」，就得到孔子極高的讚賞，可見一般人並不容易做到這一點。至於禍患來了之後，呼天而束手無策，也就是上一章所講的沒有事先做好預防的工作。道理雖然都很簡單，但是實施起來著實不是一件容易的事。

10. 夫霜雪雨露，殺生萬物者也。天無事焉，猶之貴天❶也。執法厭文❷，治官治民者，有司也。君無事焉，猶之尊君也。夫闢土殖穀者后稷❸也，決江疏河者禹❹也，聽獄執中❺者皐陶❻也，然而聖后者堯❼也。故有道以御❽之，身雖無能也，必使能者為己用也。無道以御之，彼雖多能，猶將無益於存亡矣。《詩》曰：「執轡如組，兩驂如舞❾。」貴能御也。

【注　釋】❶猶之貴天　猶，還；尚且。之，語助詞，無義。貴，意動用法，以……為貴；尊敬。❷執法厭文　執行法令、堅守法律條文。持，執持。文，指法律條文。❸后稷　名棄，傳說堯時為農官，教人民種植莊稼穀物，後來被尊為農神，是周朝人的始祖。❹禹　傳說「禪讓制」時代的天子之一，堯禪舜，舜禪禹，禹傳位於其子啟，故為夏代的開國君主。舜時治水有功。❺聽獄執中　聽，斷。獄，官司。執中，執持中正之道，不偏不倚。❻皐陶　也作咎繇，舜時大臣，掌管刑獄。皐，同「皋」。❼聖后者堯　聖后，聖明的天子。后，天子；君主。堯，傳說中的古帝王，亦稱陶唐氏，禪位於舜。❽御　管理。❾執轡如組二句　《詩經・鄭風・大叔于田》中的句子。轡，韁繩。組，絲帶。兩驂，一車四馬的旁邊兩匹。

【語　譯】霜雪和雨露，是能夠使萬物肅殺和生長的東西。上天不必去做事，但天下的人還是很尊敬它。執行法令、堅守法律條文，來治理國家和人民事務的人，是主管各個機構的官吏。君主是沒有多少事情可做的，但老百姓還是尊敬自己的國君。開闢土地、種植穀物的是后稷，疏導江河、平治水土的是禹，掌管刑獄、公平斷案的是皋陶，但是被稱為聖明天子的卻是堯。所以有方法來管理天下，自己雖然沒有那麼多的能力，一定能夠使有能力的人為己所用。沒有方法來管理天下，即使自己有很多的能力，對於天下的存亡也沒有什麼好處。《詩經》上說：「手裡拿著馬韁繩像是絲繩那樣整齊，兩旁的驂馬像是跳舞那樣合乎節奏。」說的是善於駕馭的可貴。

【研析】這一章所說的乃是御下之道。懂得御下之道的君主能夠讓群下發揮各自的才能，各司其職，各盡其力，「身雖無能也，必使能者為己用也」。這也是賢君聖主所必須有的能力，即知人善任。至於君主本身的作用，則並不需要自己在各方面都有很高的才能。君主就像御馬一樣，車馬以及各種器具都不能夠缺少，每一個器具都很重要，每一匹馬都很重要，但是如果沒有一個善於駕車的人去駕馭牠，車馬自身是無法奔馳的，也無法發揮其自身的才能。

11. 傳曰：孔子云：「美哉，顏無父❶之御也！馬知後有輿❷而輕之，知上有人而愛之。馬親其正❸而愛其事，如使馬能言，彼將必曰：『樂哉，今日之騶❹也！』至於顏淪❺少衰矣。馬知後有輿而輕之，知上有人而敬之。馬親其正而敬其事，如使馬能言，彼將必曰：『騶來❻，其人之使我也。』至於顏夷❼而衰矣。馬知後有輿而重之，知上有人而畏之。馬親其正而畏其事，如使馬能言，彼將必曰：『騶來騶來，女❽不騶，彼將殺女。』故御馬有法矣，御民有道矣。法得則馬和而歡，道得則民安而集。」《詩》曰：「執轡如組，兩驂如舞。」此之謂也。

【注釋】❶顏無父　古代善駕馬車的人。《漢書・古今人表》作「顏亡父」。❷輿　車廂。❸正　車正，指車廂。即《周禮・考工記》中的「任正」。❹騶　通「驟」。指馬快速奔跑。❺顏淪　古代善馭者，揚雄〈河東賦〉中作「顏倫」，《漢書・古今人表》中作「顏隃倫」。❻來　語尾助詞。❼顏夷　古代善馭者，見《漢書・古今人表》。案：顏亡父、顏隃倫、顏夷在〈古今人表〉中皆列入中下，即第六等。❽女　通「汝」。

【語　譯】古書上記載：孔子說：「顏無父駕馭馬車真是好啊！馬知道後面有車廂，但是覺得車廂很輕，知道車上有人而喜愛他。馬靠著車廂，喜愛牠所做的事情，如果馬能夠說話，牠一定會說：『今天的奔跑真快樂！』到了顏淪的時候，他駕車的技術就稍稍下降了。馬知道後面有車廂，但是覺得車廂很輕，知道車上有人而敬重他。馬靠著車廂，尊敬牠所做的事情，如果馬能夠說話，牠一定會說：『奔跑吧，是他讓我跑的。』到了顏夷的時候，他駕車的技術就差了。馬知道後面有車廂，但是覺得車廂很重，知道車上有人而畏懼他。馬靠著車廂，畏懼牠所做的事情，如果馬能夠說話，牠一定會說：『奔跑吧，奔跑吧，如果你不跑，他將會殺掉你。』所以駕馭馬車是有它的方法的，治理老百姓是有它的道理的。駕馬得法，那麼就會使馬和順而歡喜；如果懂得治民的道理，那麼老百姓就會安定而聚集在一起。」《詩經》上說：「手裡拿著馬轡繩像是絲繩那樣整齊，兩旁的驂馬像是跳舞那樣合乎節奏。」說的就是這個道理啊。

【研　析】治理天下的道理可以用許多比喻來說明，這一章所用的駕馬的比喻便是一個很好的證明。古代老百姓對於君王的期待有三等不同，上一等的是老百姓能夠安居樂業，不僅老百姓敬愛自己的君主，他們的君主也知道愛惜老百姓，才能超卓，輕傜薄賦，互相信任而快樂；次一等的是君王知道愛惜老百姓，老百姓也知道敬愛自己的君王，但是君王並沒有特出的才能，這樣可以上下相安，老百姓並沒有怨言；最下一等的便是嚴刑峻法，老百姓的負擔很重，老百姓有怨言，但是心中很畏懼君王，勉強地去做他要求自己的事情。第一種當然是國家繁榮、長治久安之道，第二種是能夠維持國家安定的局面，第三種就會使得國家江河日下，老百姓的怨言越來越多，最後造成國家的動盪。

12. 顏淵❶侍坐魯定公❷于臺。東野畢❸御馬于臺下。定公曰：「善哉，東野畢之御也！」顏淵曰：「善則善矣，其馬將佚矣。」定公不說❹，以告左右曰：「聞君子不譖❺人，君子亦譖人乎？」顏淵退。俄而廄人❻以東野畢馬佚聞矣。定公揭席❼而起曰：「趣駕❽召顏淵。」顏淵至，定公曰：「鄉❾寡人曰：『善哉，東野畢之御也。』吾子曰：『善則善矣，然則馬將佚矣。』不識❿吾子以何知之？」顏淵曰：「臣以政知之。昔者舜工於使人，造父⓫工於使馬。舜不窮其民，造父不極其馬。是以舜無佚民，造父無佚馬。今東野畢之上車執轡，銜⓬體正矣；周旋步驟⓭，朝禮⑭畢矣；歷險致遠，馬力殫⑮矣。然猶策之不已，所以知佚也。」定公曰：「善。可少進。」顏淵曰：「獸窮則齧，鳥窮則啄，人窮則詐。自古及今，窮其下，能不危者，未之有也。《詩》曰：『執轡如組，兩驂如舞。』善御之謂也。」定公曰：「寡人之過矣。」

【注釋】❶顏淵　孔子最得意的弟子，名回，字子淵，以德行著稱。❷魯定公　春秋時魯國君主，名宋。❸東野畢　姓東野，名畢。《漢書·古今人表》列入中下。《莊子》、《呂氏春秋》中皆作「東野稷」。❹說　同「悅」。❺譖　說壞話汙毀別人。❻廄人　管理馬匹的人。❼揭席　「揭」當從周校作「擖」，通「躐」。越過。《荀子》作「越席」，《新序》作「躐席」，義皆同。❽趣駕　駕馭車馬速行。趣，趕快；急。❾鄉　同「向」。以前。❿識　知。⓫造父　周穆王時人，善於駕馬。⓬衘　同「銜」。馬銜；勒馬口的馬嚼子。⓭步驟　步，緩步。驟，疾馳。⓮朝禮　朝，會。指馬的動作整齊。禮，指馬的行動如有禮文。⓯殫　盡。

【語譯】顏淵侍奉魯定公在臺上坐著。東野畢在臺下面駕馬。魯定公說：「東野畢駕馬的技術真好啊！」顏淵說：「他的技術好是好，但是馬將要跑掉。」魯定公不高興，將顏淵的話告訴左右的人說：「我聽說有道德的人不說別人的壞話，難道有道德的人也會說別人的壞話嗎？」顏淵於是告退。一會兒管馬的人告訴魯定公，東野畢的馬跑掉了。魯定公跨過席子，站起來說：「趕快駕馬將顏淵召回來。」顏淵到了以後，魯定公就問他說：「剛才我說『東野畢駕馬的技術真好啊！』你說『他的技術好是好，但是馬將要跑掉。』不知道你是怎麼知道的？」顏淵說：「我是通過政事知道的。以前舜善於使用人，而造父善於使用馬。舜不把他的老百姓使用到極限，造父也不讓他的馬疲憊到極限。所以舜沒有跑掉的老百姓，而造父也沒有跑掉的馬。現在東野畢登上馬車，拿起轡繩，馬嚼子和馬的身體都很端正；駕起馬來讓牠們轉彎，慢跑，疾馳，動作整齊像是有禮文的樣子，這些都做到了；然後讓牠經歷險阻，跑到很遠的地方，馬的力氣已經用盡了。但他還是不斷地用馬鞭子驅趕牠們，所以我知道馬將要跑掉。」魯定公說：「說得很好。可以稍稍進一步給我講講道理。」顏淵說：「野獸到了窮困的地步就會亂咬，鳥到了窮困的地步就會亂啄，人到了窮困的時候就會變得狡詐。從古到今，讓他的老百姓窮困而能夠不危險的君主，還沒有見到過。《詩經》上說：『手裡拿著馬轡繩像是絲繩那樣整齊，兩旁的驂馬像是跳舞那樣合乎節奏。』說的就是善於駕馭的道理啊。」魯定公說：「這是我的過錯。」

【研　析】困獸猶鬥，窮極思亂，治理天下如果不懂得人民的疾苦，沒有不失敗的。古人很重視民力，君主也應該知道對於老百姓來說，任何使用民力的事情都有一個限度，如果將這些事情控制在一定的限度之內，那麼也許是沒有問題的。但是最重要的還是要能夠得民心，得民心就一定要為老百姓著想，那樣的話，即使遇到了國家的一些困難局面，老百姓也不至於背叛。孟子就曾經說過：「以佚道使民，雖勞不怨。以生道殺民，雖死不怨殺者。」這一章裡所講的道理也是一樣的，善於駕馬的人一定會讓馬跑得不累，自願而且快樂。執政者對待老百姓如果也能夠從這裡面吸取一些道理，對於治國同樣是有好處的。

13. 崔杼弒莊公❶，合士大夫盟❷。盟者皆脫劍而入。言不疾，指血至者死❸。所殺者十餘人，次及晏子❹。奉❺杯血，仰天而嘆曰：「惡乎❻，崔杼將為無道，而殺其君。」於是盟者皆視之。崔杼謂晏子曰：「子與❼我，吾將與子分國。子不與我，殺子。直兵❽將推之，曲兵❾將鉤之。吾願子之圖之也。」晏子曰：「留以利而倍其君❿，非仁也。劫⓫以刃而失其志者，非勇也。《詩》曰：『莫莫葛藟，施于條枚。愷悌君子，求福不回⓬。』嬰其可回矣？直兵推之，曲兵鉤之，嬰不之革⓭也。」崔杼曰：「舍晏子。」晏子起而出，授綏⓮而乘。其僕馳。晏子撫其手曰：「麋鹿在山林，其命在庖廚。命有所懸，安在疾驅？」安行成節⓯，然後去之。《詩》曰：「羔裘如濡，恂直且侯。彼己之子，舍命不渝⓰。」晏子之謂也。

【注釋】❶崔杼弒莊公　齊莊公為春秋時諸侯，名光，為其大夫崔杼所殺。《春秋》有記載。❷合士大夫盟　合，會合。周校據《新序》改為「令」，可參考。盟，指歃血為盟。其儀式是宣讀盟約之後，參加盟會的人以口微吸所殺之牲的血。❸指血至者死　當從趙懷玉校作「指不至血者死」。❹晏子　春秋時齊國大夫，名嬰，字仲，以賢達知名。❺奉　同「捧」。❻惡乎　感嘆詞，同「嗚呼」。❼與　親附；贊同。❽直兵　直的兵器，指刀、劍、矛一類。❾曲兵　彎曲的兵器，指戈、戟一類。❿留以利而倍其君　留戀於私利而背叛其君主。以，於。倍，同「背」。⓫劫　威逼；威脅。⓬莫莫葛藟四句　《詩經・大雅・旱麓》中的句子。莫莫，茂盛的樣子。葛、藟，都是蔓生植物。施，延伸。條，樹枝。枚，樹幹。愷，和樂。悌，平易。回，違背；邪曲。⓭革　改變。⓮授綏　授，當從劉師培校作「援」。綏，挽以登車的繩索。⓯安行成節　緩行而成節奏。⓰羔裘如濡四句　《詩經・鄭風・羔裘》中的句子。羔裘，小羊皮做的裘衣。濡，柔而有光澤。恂，確實。侯，美。彼己之子，今本《毛詩》作「彼其之子」，己、其，皆語詞。渝，變。

【語譯】崔杼殺了齊莊公，會合朝中的士大夫盟會。參加盟會的人都解下佩劍而進去。發言不迅速，手指沒有沾上牲血的，就被處死。被殺掉的有十多個人，按次序輪到晏子。晏子捧著盛血的杯子，對天而嘆說：「唉，崔杼做出不合道理的事情，殺掉了自己的國君。」這時參加盟會的人都看著他。崔杼對晏子說：「你如果依附我，我將會和你平分這個國家。如果你不依附我，我將殺掉你。平直的兵器將刺殺掉你，彎曲的兵器將鉤殺掉你。我希望你仔細考慮這件事。」晏子說：「為了留戀自己的利益而背叛他的君主的，這是不仁愛。受到兵刃的威脅而失去他的志向的，這是不勇敢。《詩經》上說：『茂盛的葛藟蔓生在樹枝和樹幹上，和樂平易的君子，追求他的幸福也要不違背正道。』難道我晏嬰會違背正道嗎？平直的兵器刺殺我，彎曲的兵器鉤殺我，我也不會改變自己的意志的。」崔杼說：「放掉晏子。」晏子起來出去，拉著車繩上車。他的僕從駕車奔馳。晏子撫著他的手說：「麋鹿雖然生活在山林裡面，但牠們的命運卻操縱在掌管廚房的人的手中。我的生命在別人的控制之下，為什麼還要這麼快跑呢？」於是緩慢地行走，步調合乎節奏，然後離開。《詩經》上說：「穿著柔而有光澤的羊皮襖的人，真是正直而又美好。這樣的一個人，寧願放棄自己的生命也不改變自己的節操。」說的就是晏子啊。

【研析】古代對於臣下為國君盡忠，被看作是大節，弒君則是大惡。晏子見到崔杼殺了自己的國君，敢於直言其惡，這在古代是值得稱讚的忠臣。能夠保持這分忠誠，則必須具備晏子自己所說的「仁」、「勇」等基本品格，不像其他的大臣，在崔杼的脅迫之下，都參加了崔杼的盟會，也有的因為不合崔杼的規定而被殺的，卻並不是因為守節，因此身死名辱，就顯得更沒有價值了。古代的倫理道德體系當然有它的時代性，晏子忠於國君，在今天看來，如果國家的上層能夠真正為民做事，那麼對於他的尊敬也就是對於國家的尊敬；如果上層本身並不為民著想，那對他的忠誠便是一種愚忠，而應該將自己的忠誠放在對待國家上。但是古代的價值體系之中，有些內容卻也是永久性的。晏子的個人品德就是我們今天所應該繼承的，比如不屈於權勢和脅迫等等。

14. 楚昭王❶有士曰石奢❷。其為人也，公而好直，王使為理❸。於是道有殺人者，石奢追之，則父也。還返於廷，曰：「殺人者，臣之父也。以父成政，非孝也。不行君法，非忠也。弛罪❹廢法，而伏其辜❺，臣之所守也。」遂伏斧鑕❻，曰：「命在君。」君曰：「追而不及，庸❼

有罪乎？子其治事矣。」石奢曰：「不然。不私其父，非孝也。不行君法，非忠也。以死罪生，不廉也。君欲赦之，上之惠也。臣不能失法，下之義也。」遂不去鈇鑕，刎頸而死乎廷。君子聞之曰：「貞❽夫法哉，石先生乎！」孔子曰：「子為父隱，父為子隱，直在其中矣。」《詩》曰：「彼其之子，邦之司直❾。」石先生之謂也。

【注　釋】❶楚昭王　名王，春秋時楚國的國君。❷石奢　楚國令尹，以正直廉潔知名。《漢書・古今人表》列在中下第六等。❸理　《呂氏春秋》作「政」，「理」的意思與「政」相當。有人認為「理」是掌管司法的官員，也可通。❹弛罪　縱容罪過。弛，放縱；捨棄。罪，罪過。❺伏其辜　承擔其罪責。伏，同「服」。承擔。辜，罪。❻伏斧鑕　伏在腰斬的刑具上。斧，同「鈇」。指鍘刀。鑕，墊在下面的砧板。❼庸　哪裡。❽貞　堅貞。指操守堅定不移。❾彼其之子二句　《詩經・鄭風・羔裘》中的句子。司，掌管；主持。直，正直；公道。

【語　譯】楚昭王有一個士人叫石奢，他的性格公正而耿直，楚昭王讓他治理國家的政事。在那時正好在道路上有一個殺人的人，石奢就去追他，追到之後發現殺人的就是他的父親。於是他就返回到朝廷，對楚昭王說：「殺人的人是我的父親，如果我通過懲治自己的父親而成就自己的政事，那麼我就不孝。如果我不行使國君的法令，那麼我就是對國家和君主不忠。我現在縱容罪過而廢棄法制，要承擔它的罪責，這是我應該要做的事。」於是伏在腰斬的刑具上，說：「我的生命由君主來決定。」楚昭王說：「你去追捕犯人，卻沒有追上，哪裡有什麼罪過呢？你還是去處理政事吧。」石奢說：「不是這樣的。不因為私情而偏袒自己的父親，這是不孝。不執行國君的法令，這是不忠。自己犯了死罪，卻仍然活著，這是不清廉。您作為國君想要赦免我，這是君上的恩惠。我作為臣子不能違背法令，這是為人臣下的公義。」於是不離開鍘刀，割斷自己的脖子，死在朝廷上。有道德的人聽到這件事之後，評論說：「石先生對於法令的操守真是堅定不移啊！」孔子說：「兒子為父親隱瞞罪過，父親為兒子隱瞞罪過，這其中包含了正直的因素。」《詩經》上說：「那個人是主持國家正義的人。」說的就是石先生啊。

【研　析】《孟子》裡面記載了這樣的一件事，和這一章所述的事情比較接近。舜一直被認為是一個孝子，他的父親瞽瞍雖然對他不好，但是他對父親仍然很盡孝。有一次，桃應問孟子說：「舜為天子，皋陶為士，瞽瞍殺人，則如之何？」孟子說：「執之而已矣。」桃應問：「然則舜不禁與？」孟子回答說：「夫舜惡得而禁之？夫有所受之也。」桃應就問：「然則舜如之何？」孟子回答說：「舜視棄天下，猶棄敝蹝也。竊負而逃，遵海濱而處，終身欣然，樂而忘天下。」舜在對於天下和父親的取捨上，寧願孝順父親，也不願意要天下。對於這一章裡所說的石奢而言，處境就比較困難，一方面自己是執法官，而罪犯卻是自己的父親，當時也沒有今天這樣的迴避制度，即使有，自己的迴避也相當於讓他人對父親執法，在本質上便是放棄了父子的親情。所以在君主已經赦免了他的父親的情況下，他還自殺了，除了他個人的執著之外，這也是體現了國法和倫理之間的衝突。造成這種情形的原因，也在於古代社會在法律和道德之間並沒有一個非常清楚的界限，所以孔子才說出「子為父隱，父為子隱，直在其中」這樣的話，如果在今天這樣法制的社會，這種事情就比較容易處理了。

15. 外寬而內直，自設於隱括❶之中；直己不直人，善廢而不悒悒❷：蘧伯玉❸之行也。故為人父者則願以為子，為人子者則願以為父。為人君者則願以為臣，為人臣者則願以為君。名昭諸侯，天下願焉。《詩》曰：「彼其之子，邦之彥兮❹。」此君子之行也。

【注　釋】❶隱括　用來矯正邪曲的器具。❷善廢而不悒悒　廢，指被除去官職。悒悒，憂愁的樣子。❸蘧伯玉　春秋時衛國大夫，名瑗，字伯玉，孔子在衛國時，曾在他家住過。蘧伯玉以善於改過而知名。《論語・憲問》中記他「欲寡其過而未能也」，《莊子・則陽》中記載：「蘧伯玉行年六十而六十化，未嘗不始於是之，而卒詘之以非也；或未知今之所謂是之非五十九非也。」《淮南子・原道篇》中說他「年五十而知四十九年非」。❹彼己之子二句　《詩經・鄭風・羔裘》中的句子。彥，賢人。

【語　譯】外表寬厚而內心正直，將自己放在道德的規範之中；糾正自己的過錯，卻不計較別人的過失，善於處理不得志的情況而不會憂愁：這是蘧伯玉的行為。所以做父親的希望有他這樣的人做兒子，做兒子的希望有他這樣的人做父親，做人君主的希望有這樣的人做他的大臣，做人臣子的希望有這樣的人做國君。名聲顯著在各國諸侯之中，天下的人都希望能與他結交。《詩經》上說：「這個人是國家的賢人。」這是有道德的人的行為。

【研析】古代社會中一個完人的典型，便是能夠完全地符合一切道德規範，到處都會受到歡迎，所謂「無入而不自得焉」，本章中所舉的蘧伯玉便是這樣的人物。這是一個自律性非常強的人，對自己的要求永遠是最高的，對別人的要求卻並不太高，對自己的境遇也沒有什麼不滿。這樣的人即使在古代社會也是很難得的，在今天這樣的社會裡當然就更少了，因此也就更值得我們去學習。如果人人都能以律己作為第一要務，「年五十而知四十九年非」的話，那麼整個社會的風氣便會一日好過一日。

16. 傳曰：孔子遭齊程本子❶於剡❷之間，傾蓋❸而語，終日。有間❹，顧子路❺曰：「由，束帛❻十匹，以贈先生。」子路不對。有間，又顧曰：「束帛十匹，以贈先生。」子路率爾❼而對曰：「昔者由也聞之於夫子：士不中道相見❽，女無媒而嫁者，君子不行也。」孔子曰：「夫《詩》不云乎？『野有蔓草，零露漙兮。有美一人，清揚婉兮。邂逅相遇，適我願兮❾。』且夫齊程本子，天下之賢士也。吾於是而不贈，終身不之見也。大德不踰閑，小德出入可也❿。」

【注　釋】❶程本子　姓程，名本，齊國人。❷剡　字當作「郯」，地名。在今山東郯城。❸傾蓋　古時士大夫乘車而行，停車時，車蓋傾斜。這裡指停車而談論，車蓋相接近。蓋，指車蓋。❹有間　過一會兒。❺子路　字子由，孔子著名的弟子之一。❻束帛　捆為一束的五匹帛，古代用來作為聘問、饋贈的禮物。古人見面時須有禮物，所謂「贄」，故相見禮也稱為贄見禮。《禮記・表記》中說「無禮不相見」，即指此。❼率爾　輕率地；不假思索地。爾，語尾助詞。❽士不中道相見　古人見面有一定的禮儀形式，必須要經過他人的介紹而見面，所以子路用婚禮中的「媒人」來作比擬。中道，屈守元校認為當作「中間」，《孔子家語》作「士不中間見」。中間，即介紹。❾野有蔓草六句　《詩經・鄭風・野有蔓草》中的句子。漙，露多的樣子。清揚，指眉目清秀。婉，嫵媚。❿大德不踰閑二句　這是《論語・子張》中的句子。踰，越過。閑，界限。

【語　譯】古書上記載：孔子在郯地遇見了齊國的程本子，兩個人停下車來交談，車蓋相接，這樣談了一整天。在談論時，過了一會兒，孔子回頭對子路說：「由，給我拿十匹布帛來，用來贈送給程先生。」子路沒有回答。過了一會兒，孔子又回頭對子路說：「給我拿十匹布帛來，用來贈送給程先生。」子路輕率地回答說：「以前我在您那裡聽說過：士人不經過介紹就相見，女子沒有經過媒人的說合就出嫁，有道德的人是不做這樣的事情的。」孔子說：「《詩經》裡面不是說嗎？『田野裡有蔓生連綿的草，落在上面的露珠很多。有一位美人，眉目清秀而嫵媚。和她偶然相遇，正好讓我如願以償。』齊國的程本子是天下賢能的士人，我如果不在這裡和他相見，贈送禮物給他，大概終生也見不到他了。人的重大節操不能夠越過界限，至於小節操上稍稍放寬一些是可以的。」

【研 析】《儀禮．士相見禮》裡面記載到士人相見是需要經人介紹的，所以請求見面時的第一句話就說「某也願見，無由達，某子以命命某見」，所以這裡子路用婚禮中的媒人來比擬士人見面之時的介紹人。可見，如果沒有人介紹便見面，是與古代的禮儀不合的。但是孔子認為這些都是屬於小節，真正遇到了賢人，及時相見，就不必過分地講求這些小節。這便也是孟子所說的：「男女授受不親，禮也；嫂溺援之以手，權也。」是一般的禮儀和權變的關係，真正懂得禮儀的人也必然是懂得權變之道的人。

17. 君子有主❶善之心，而無勝人之色。德足以君天下，而無驕肆之容。行足以及後世，而不以一言非人之不善。故曰：君子盛德而卑❷，虛己以受人，旁行不流❸，應物而不窮。雖在下位，民願戴之。雖欲無尊，得乎哉？《詩》曰：「彼己之子，美如英。美如英，殊異乎公行❹。」

【注 釋】❶主 崇尚；注重。❷卑 謙卑；謙恭。❸旁行不流 旁行，遍行。旁，普遍。流，放縱；無節制。

❹彼己之子四句 《詩經．魏風．汾沮洳》中的句子。英，花。公行，官名，主管戰車。

【語譯】君子有注重善良的心，但是沒有和人爭勝的面色。道德足以成為天下的君王，但是沒有驕傲放肆的面容。其行為足以流芳於後世，但是不說一句詆毀別人不好的話。所以說：君子有美好的道德而為人謙恭，自己虛心而容納別人，能夠通行於天下而並不放縱，應對事物而沒有窮盡的時候。即使處於比較卑下的地位，老百姓卻願意擁戴他。即使他自己並不想得到尊貴，卻哪裡能夠呢？《詩經》上說：「那個人啊，美得像花一樣。美得像花一樣，和一般的貴族子弟不一樣。」

【研析】儒家講求修己而治人，所以「內聖外王之道」是儒家樂意講求的道理之一。《大學》裡面說：「古之欲明明德於天下者，先治其國；欲治其國者，先齊其家；欲齊其家者，先修其身；欲修其身者，先正其心；欲正其心者，先誠其意；欲誠其意者，先致其知，致知在格物。」正心誠意之道，是治理天下的基礎，大致上也相當於這一章裡所說的，達到了「德足以君天下」的時候，「雖在下位，民願戴之」。一切都以修身為根本，所以這裡強調的便是個人的道德修養。

18. 君子易和而難狎❶也，易懼而不可劫也，畏患而不避義死，好利而不為所非，交親而不比❷，言辯而不亂。盪盪❸乎，其易不可失❹也。磏❺乎，其廉而不劌❻也。溫乎，其仁厚之光❼大也。超乎，其有以殊於世也。《詩》曰：「美如玉。美如玉，殊異乎公族❽。」

【注釋】❶易和而難狎　和，當從《荀子・不苟》作「知」，相交。狎，輕侮。案：此章與上章原為一章，今析為二章。❷交親而不比　交親，友好交往；相互親近。比，勾結。❸盪盪　寬大的樣子。❹易不可失　易，簡易。失，通「佚」。放縱。❺磏　同「廉」。廉潔。❻廉而不劌　比喻方正而不傷人。廉，有棱角。劌，割；刺傷。❼光　同「廣」。❽美如玉三句　《詩經・魏風・汾沮洳》中的句子。公族，官名，管理宗族事務。

【語　譯】君子容易和他相結交但是難以去輕侮他，容易使他憂懼但不能夠威脅劫持他，畏懼禍患但是不躲避正義的犧牲，愛好利益但是不做他認為不正確的事情，相互親近但是不去結黨營私，言辭明白不雜亂。他的道德多麼寬廣啊，簡易而不放縱。他是多麼廉潔啊，為人正直，但是對人不會有傷害。他是多麼溫和啊，他的仁德敦厚非常廣大。他是多麼高明啊，他與世俗之人有不同的地方。《詩經》上說：「他的德行像玉一樣美好。像玉一樣美好，和一般的貴族絕不相同。」

【研　析】這一章裡描述了古代社會中「君子」是一個什麼樣的道德體現。大體上可以用「中庸」來概括，他做事情總是有一定的限度，既不太過，也不會不及。人們可以很容易地和他結交，但是違背他的原則的事情他也決不會去做，雖然對患難有所畏懼，但是並不迴避為道義而死；雖然也追求利益但是本身卻廉潔正直，所以孔子也曾經說過「君子中庸，小人反中庸」這樣的話。

19. 商容❶嘗執羽籥❷，馮於馬徒❸，欲以伐紂而不能，遂去，伏於太行。及武王克殷，立為天子，欲以為三公❹。商容辭曰：「吾嘗馮於馬徒，欲以伐紂而不能，愚也。不爭而隱，無勇也。愚且無勇，不足以備乎三公。」遂固辭不受命。君子聞之，曰：「商容可謂內省而不誣❺能矣。君子哉，去素餐❻遠矣。《詩》曰：『彼君子兮，不素餐兮❼。』商先生之謂也。」

【注　釋】❶商容　商紂時的賢人，受到百姓的愛戴，為紂王所廢。❷羽籥　古代祭祀或宴饗時舞者所持的舞具。羽，古代用雉羽製成的舞具。籥，古代樂器名，類似於今天的笛子或排簫。❸馮於馬徒　馮，通「憑」。憑依；依靠。馬徒，養馬的人。❹三公　周時以太師、太傅、太保為三公，為最高的官銜。❺誣　吹噓；妄言。❻素餐　吃白食，指沒有才能和功勞而享受國家的俸祿。❼彼君子兮二句　《詩經・魏風・伐檀》中的句子。

【語　譯】商容曾經手裡拿著雉羽和籥笛，依靠一些養馬的人，想去討伐商紂王，但是沒有能夠做到，於是離開了，隱居在太行山。等到周武王戰勝了殷紂，做了天子，想任命商容為三公。商容推辭說：「我曾經依靠一些養馬的人，想去討伐商紂王，但是沒有能夠做到，這說明我的愚蠢。沒有能夠以死諫爭，卻隱居起來，這說明我沒有勇敢。愚蠢而沒有勇敢，達不到做三公的要求。」於是堅決推辭，不接受武王的任命。有道德的人聽說了這件事，就評論說：「商容可以說是能夠自我反省，而不妄言自己的才能了。這個人是個君子啊，和那些吃白食的人離得很遠。《詩經》上說：『那個君子啊，他是不吃白食的呀。』說的就是商先生這樣的人。」

【研析】商容是傳說中有賢德的人，關於他和周武王的事情雖有史書中的一些記載，如《史記・周本紀》中曾說武王「表商容之閭」，但是其生平事蹟並不可考。據這一章所記載的內容來看，他是一個很有自知之明的人。就其道德而論，他是能夠心憂天下，為老百姓除殘去殺的，只是沒有成功，所以在武王讓他去做三公的時候，他就說自己沒有做三公的才能，「愚」而且「無勇」，也許他覺得武王的才能和智慧高於自己，已經能夠將天下治理得很好，不必自己越俎代庖。但是從表面上來看，這種行為還是值得稱道的，人貴能夠有自知之明，瞭解自己的才能，這樣做事才不會盲目，否則占據一個位置，卻不能發揮應有的作用，那還不如讓能力超過自己的人去做，那樣對於整個社會才是更加有益的。

20. 晉文侯使李離為大理❶，過聽❷殺人，自拘於廷，請死於君。君曰：「官有貴賤，罰有輕重。下吏有罪，非子之罪也。」李離對曰：「臣居官為長，不與下吏讓位；受爵❸為多，不與下吏分利。今過聽殺人，而下吏蒙其死，非所聞也。」不受命。君曰：「自以為罪，則寡人亦有罪矣。」李離曰：「法失則刑，刑失則死。君以臣為能聽微決疑❹，故使臣為理。今過聽殺人之罪，罪當死。」君曰：「棄位委官，伏法亡❺國，非所望也。趣❻出，無憂寡人之心。」李離對曰：「政亂國危，君之憂也。軍敗卒亂，將之憂也。夫無能以事君，闇行❼以臨官，是無功以食祿也。臣不能以虛自誣。」遂伏劍❽而死。君子聞之曰：「忠矣乎！《詩》曰：『彼君子兮，不素餐兮。』李先生之謂也。」

【注　釋】❶晉文侯使李離為大理　晉文侯，即晉文公重耳，繼齊桓公之後而成為春秋時的霸主。李離，晉文公的大臣。大理，掌管司法的官。❷過聽　誤聽；錯誤地聽取。❸爵　當從《新序》作「祿」。❹聽微決疑　指聽察隱微的道理，判斷可疑的案件。❺亡　當作「忘」。❻趣　趕快；急。❼闇行　指舉動不光明。闇，通「暗」。❽伏劍　以劍自刎。

【語　譯】晉文公讓李離做司法官，李離在審理案件時，由於聽訟錯誤而誤殺了人，於是將自己綁起來到朝廷上，請求國君治自己的死罪。晉文公說：「官員有地位高低，懲罰有輕有重。這是你的下屬官吏有罪，不是你的罪過。」李離回答說：「我是司法官中的首領，沒有讓位給下屬；得到國家的俸祿很多，也沒有將它分給下屬。現在我自己聽訟錯誤而殺了人，卻讓下屬受到死罪的處罰，這是我沒有聽說過的。」不接受晉文公的命令。晉文公說：「如果你自己認為自己有罪過，那麼我也有罪過了。」李離說：「破壞了法律，就要受到刑罰；破壞了公正的刑罰，就要被處死。您認為我能夠聽察隱微的道理，判斷可疑的案件，所以讓我做司法官。我今天犯了誤聽殺人的罪過，這種罪過應該處死。」晉文公說：「放棄你的官位，接受法律的懲罰卻忘記了國家，這不是我所希望的。趕快出去，不要讓我擔憂。」李離回答說：「政治混亂，國家危險，這是國君所應該擔憂的。軍隊戰敗，士卒混亂，這是將軍所應該擔憂的。如果沒有能力侍奉君主，舉動不能夠光明磊落而去做官，這是沒有功勞卻享有俸祿，我不能用虛偽來欺騙自己。」於是以劍自刎而死。有道德的人聽說了這件事之後評論說：「真是忠誠啊！《詩經》上說：『那個君子啊，他是不吃白食的呀。』說的就是李先生這樣的人。」

【研析】做官的人在行使自己職責的時候，當然要對自己的行為負責，如果失職，也要承擔它的後果，李離便是嚴格執行這種理念的人。因為自己判斷上的失誤，導致誤殺了人，李離認為殺人償命，這當然是無可厚非的，即使他的國君晉文公為他開脫罪責，他仍然堅持這樣的原則，這是很難能可貴的。撇開李離本人的自殺不論，他的這種勇於承擔責任的精神，是現代社會中很多人應該學習的。現代社會之中尸位素餐的人很多，一旦遇到了事故，大部分便是互相推卸責任，誰也沒有承擔責任的勇氣，所謂「無功食祿、以虛自誣」，如果能夠用李離這樣的事件來反省一下，那就是整個社會之福了。

21. 楚狂接輿❶躬耕以食。其妻之❷市未返。楚王使使者齎❸金百鎰❹，造門，曰：「大王使臣奉金百鎰，願請先生治河南❺。」接輿笑而不應。

使者遂不得辭而去。妻從市而來，曰：「先生少而為義，豈將老而遺之哉？門外車軼❻，何其深也！」接輿曰：「今者王使使者齎金百鎰，欲使我治河南。」其妻曰：「豈許之乎？」曰：「未也。」妻曰：「君使不從，非忠也。從之，是遺義也。不如去之。」乃夫負釜甑❼，妻戴經器❽，變易姓字，莫知其所之。《論語》曰：「色斯舉矣，翔而後集❾。」接輿之妻是也。《詩》曰：「逝將去汝，適彼樂土。樂土樂土，爰得我所❿。」

【注釋】❶楚狂接輿　春秋時楚國佯狂避世的隱者。皇甫謐《高士傳》認為陸通字接輿，不足據。❷之　去；到。❸齎　把東西送給人。❹鎰　古代重量單位，二十兩（一說二十四兩）為一鎰。❺河南　泛指黃河以南。案春秋時，楚無河南之地，《列女傳》作「淮南」，《高士傳》、《後漢書注》等均作「江南」。❻軼　通「轍」。車輪的痕跡。❼釜甑　釜，鍋。甑，古代炊具，底部有小孔，用來蒸食物。❽經器　經，當從趙懷玉校本作「紝」。紝器，織布的用具。❾色斯舉矣二句　見《論語・鄉黨》。色，指動臉色。舉，起；飛。集，停止。❿逝將去汝四句　《詩經・魏風・碩鼠》中的句子。逝，語詞。適，到。爰，於是。所，處所。

【語譯】楚國的狂人接輿自己耕地來養活自己。他的妻子到集市上去還沒有回來。楚王派遣使者送給他黃金一百鎰，到達了他的門前，說：「大王讓我奉上黃金百鎰，希望請您來治理河南的地方。」接輿笑著卻不回答。使者沒有得到他回答的言辭，離開了。他的妻子從市集上回來，說：「你年輕時候講求道義，難道到年紀大了反而遺失掉了嗎？門前的車輪痕跡怎麼這麼深呢？難道你和一些貴人有所交往嗎？」接輿說：「今天大王派遣使者送給我黃金一百鎰，想讓我去治理河南的地方。」他的妻子說：「難道你答應他了嗎？」接輿說：「沒有。」他的妻子說：「不遵守國君的命令，這是不忠誠。遵守它，就放棄了道義。不如離開這個地方吧。」於是丈夫背負著鍋和炊具，妻子頭頂著織具，改變了自己的名字，沒有人知道他們到什麼地方去了。《論語》中說：「臉色一動，鳥就飛了起來，盤旋了一陣子，又停了下來。」說的就是接輿的妻子啊。《詩經》上說：「我將要離開你，到那快樂的國土去。樂土啊樂土，才是我真正安身的所在。」

【研　析】每個人有自己不同的價值觀，有的人以社會價值為重，有的人以個人價值為重，楚狂接輿是古代的佯狂隱者之一，當然是更注重個人價值的。《論語・微子》裡面記載了他經過孔子前面時所唱的歌說：「鳳兮！鳳兮！何德之衰？往者不可諫，來者猶可追。已而！已而！今之從政者殆而！」從這裡來看，接輿未必是一個天生的避世者，而只是因為當代的社會已經不可救藥，所以才佯狂避世的，因而他也勸孔子退隱，不要「知其不可而為之」，孔子卻是一個更重社會價值的人，因此他們兩個人在觀念上是不一致的。這一章裡提到的接輿之妻，當然也是一個避世者，她所說的「義」，仍然只是一種個人的價值。能夠實現社會價值固然很好，但是在這種價值不能夠實現的時候，那麼保持人格的獨立，不去隨波逐流，也是一件可貴的事情，因此儒家也比較推重所謂的「狂狷」一類的人。

22. 昔者桀為酒池糟隄❶，縱靡靡之樂❷，而牛飲者三千。群臣皆相持而歌：「江水沛兮，舟楫敗兮，我王廢兮，趣歸於亳❸，亳亦大兮。」又曰：「樂兮樂兮，四牡驕❹兮。六轡沃❺兮，去不善兮善❻，何不樂兮？」伊尹知大命❼之將去，舉觴造桀，曰：「君王不聽臣言，大命去矣，亡無日矣。」桀相然而抃❽，嗑❾然而笑，曰：「子又妖言矣。吾有天下，猶天之有日也。日有亡乎？日亡吾亦亡也。」於是伊尹接履而趨❿，遂適於湯。湯以為相，可謂適彼樂土，爰得其所矣。《詩》曰：「逝將去汝，適彼樂土。樂土樂土，爰得我所。」

【注釋】❶桀為酒池糟隄　桀是夏代最後一個君王，荒淫無道，商湯伐之，桀敗，死於南巢。糟隄，積酒糟而成堤，極言其酒之多和沉湎之深。❷靡靡之樂　指柔弱而淫靡的音樂。❸趣歸於亳　趣，趕快。亳，商湯的都城所在。❹四牡驕　牡，公馬。驕，高大肥壯的樣子。❺六轡沃　轡是駕馬的轡繩，古代四匹馬駕車，中間兩匹為服馬，兩側的兩匹為驂馬，每匹馬有左右兩條轡繩，共八條轡繩，其中兩匹驂馬的內轡繫於車軾前的觼環上，故駕馬者手中有六轡。沃，指轡繩鮮潔明亮。❻去不善兮善　周校本認為後一善字前脫「從」字，趙懷玉校本認為當作「去不善而從善」。❼大命　指天命。❽相然而抃　《新序》作「拍然而作」。相，許校本及王念孫《讀書雜志》認為當作「[illegible]」，借為「曶」，「曶」通作「忽」。抃，鼓掌。❾嗑　笑聲。❿接履而趨　指快步行走。接，疾。履，腳步。趨，走。

【語　譯】從前夏桀以酒為池，積糟為堤，演奏淫靡的音樂，像牛那樣低頭在池中飲酒的人有三千。大臣們都互相扶持著唱歌：「江水是多麼充沛啊，船和槳都敗壞了，我們的君王也昏聵了，趕快到商湯的亳都去，亳這個地方也很寬大啊。」又唱道：「快樂啊快樂啊，四匹公馬都很肥壯啊。六條轡繩很明亮啊，離開不善的地方到善的地方去，有什麼不快樂呢？」伊尹知道天命將離開夏桀了，拿起酒杯到桀那裡，說：「君王不聽我的話，天命就將要離開您了，不多久就會滅亡了。」夏桀忽然拍手，哈哈大笑，說：「你又來說一些荒誕的話了。我占有天下，就好像天之有太陽一樣，太陽有滅亡的時候嗎？如果太陽滅亡，我也會滅亡。」於是伊尹快步而走，到湯那裡去了。湯以伊尹為宰相，可以說是到那樂土，得到他的所在了。《詩經》上說：「我將要離開你，到那快樂的國土去。樂土啊樂土，才是我真正安身的所在。」

【研　析】夏桀是昏庸帝王的一個典型，而且很自以為是，所以才說出「吾有天下，猶天之有日」這樣的話來。但是與之相應，老百姓也有「時日曷喪，予及女偕亡」這樣的歌。對待這樣的君主，大臣當然會人人都有離心。伊尹離開桀，去做了湯的佐臣，幫助商湯治理天下，天下因此得到大治。這對於天下人來說，是他們的福祉；但對於桀來說，卻是對於桀的不忠。古代人對於這種取捨曾有不同的爭論。但從這章的記載來看，是並不贊成「愚忠」的，而是更應該為天下人考慮，那樣才能夠真正擁有一個人間的「樂土」，而桀和紂一樣，只不過是一個眾叛親離的「獨夫」。

23. 伊尹去夏入殷，田饒去魯適燕，介子推去晉入山❶。田饒事魯哀公而不見察。田饒謂哀公曰：「臣將去君，黃鵠❷舉矣。」哀公曰：「何謂也？」曰：「君獨❸不見夫雞乎？首戴冠者，文也。足搏距❹者，武也。敵在前敢鬥者，勇也。得食相告，仁也。守夜不失時，信也。雞有此五德，君猶日瀹❺而食之者何也？則以其所從來者近也。夫黃鵠一舉千里，止君園池，食君魚鼈，啄君黍粱，無此五者，君猶貴之，以其所從來者遠矣。臣將去君，黃鵠舉矣。」哀公曰：「止，吾將書子言也。」田饒曰：「臣聞食其食者不毀其器，陰❻其樹者不折其枝。有臣不用，何書其言？」遂去之燕。燕立以為相。三年，燕政大平，國無盜賊。哀公喟然太息，為之辟寢❼三月，減損上服❽。曰：「不慎其前，而悔其後，何可復得？」《詩》云：「逝將去汝，適彼樂國。樂國樂國，爰得我直❾。」

【注　釋】❶伊尹去夏入殷三句　此章所說，為田饒去魯適燕之事，故這三句話與下面的語句文氣不相接，疑為竄入。❷黃鵠　一種大鳥，常用來比喻高才賢士。❸獨　豈；難道。❹搏距　搏當作「傅」，通「附」。附著。距，雞腿後面突出像腳趾的部分。❺瀹　煮。❻陰　同「蔭」。庇護。❼辟寢　避開寢室。辟，通「避」。❽上服　施於面部的刑罰，如割鼻子、刺字等。❾逝將去汝四句　《詩經．魏風．碩鼠》中的句子。直，通「值」。價值。

【語　譯】伊尹離開夏朝到商湯那裡去，田饒離開魯國到燕國去，介子推離開晉國到山裡去。田饒做魯哀公的臣子但得不到重用。田饒對魯哀公說：「我將離開您，就像黃鵠一樣飛走了。」魯哀公問：「這是什麼意思呢？」田饒回答說：「您難道沒有看見雞嗎？頭上有雞冠，這是有文采的表現。腳後附著的足距，這是勇武的表現。如果有敵人在前面牠敢於上去搏鬥，這是勇敢的表現。得到食物就向別的雞叫喚，這是有仁德的表現。守著夜晚等待天亮，按時鳴叫，這是有信用的表現。雞有這五種德行，而您仍然每天煮熟吃牠，這是為什麼呢？因為牠所來的地方比較近。黃鵠一飛起來有千里之遠，停在您的園囿池沼裡面，吃掉您池沼裡的魚鱉，啄食您的穀物，沒有像雞那樣五種德行，但您仍然把牠看得很尊貴，這是因為牠來的地方比較遠。我將離開您，就像黃鵠那樣飛走了。」魯哀公說：「留在這裡吧，我將把你的話記下來。」田饒說：「我聽說，吃別人食物的人，不損毀盛食物的器具；在別人的樹下受到庇護的，不折掉樹木的枝幹。您有臣子卻不能夠任用，為什麼還把他的言語記下來？」於是離開，到了燕國。燕國任用他為宰相。三年之後，燕國的政治非常穩定，國家裡面沒有強盜和竊賊。魯哀公深深地嘆息，為了這件事三個月不入內室，減少施於犯人面部的刑罰。說：「以前沒有謹慎，事後卻感到後悔，難道還能重新得到嗎？」《詩經》上說：「我將離開你，到那快樂的國度，快樂的國度啊快樂的國度，在那裡才能夠得到我的價值。」

【研析】有賢人要知道任用他，這是一個國君聖明的表現。魯哀公說不上是一個很有才能的君主，雖然不像桀、紂那樣昏瞶，但也是很難輔佐的人。而在春秋戰國時期，士人要尋求一個明君作為自己的輔佐對象或者施展自己的抱負，是一件很自然的事。從這一章的記載來看，田饒離開魯哀公，當然也是出於這樣一種考慮。這樣的記載雖然不能作為史實來看待，但是可以從寓言的角度來分析它對於後人的一些啟示。也就是說，在上位的人應該善於發現才能，任用賢才，這樣對於國家才會有利。

24. 子賤治單父❶，彈鳴琴，身不下堂，而單父治。巫馬期❷以星出，以星入，日夜不處❸，以身親之，而單父亦治。巫馬期問於子賤，子賤曰：「我任人，子任力。任人者佚❹，任力者勞。」人謂子賤則君子矣。

佚四肢，全耳目，平心氣，而百官理❺，任其數❻而已。巫馬期則不然，乎然事惟❼，勞力教詔❽，雖治猶未至也。《詩》曰：「子有衣裳，弗曳弗婁；子有車馬，弗馳弗驅❾。」

【注　釋】❶子賤治單父　子賤，即宓子賤，春秋時魯國人，名不齊，字子賤，孔子的學生。單父，魯國地名。❷巫馬期　春秋時魯國人，姓巫馬，名施，字子期，孔子的學生。❸處　休息。❹佚　通「逸」。安逸。❺理　得到治理。❻數　術；方法。❼乎然事惟　趙懷玉校作「弊性事情」。事，勤；勞。❽教詔　教導。詔，告。❾子有衣裳四句　《詩經・唐風・山有樞》中的句子。曳，拖。婁，牽。

【語　譯】宓子賤治理單父，彈著琴，不走到公堂下面來，單父卻治理得很好。巫馬期在晨星剛出現的時候就上堂工作，晚上星星已經出現了才回家，早晚都得不到休息，事情都自己親自去做，單父也治理得很好。巫馬期問宓子賤為什麼那麼輕鬆地就能將單父治理好，宓子賤說：「我任用有才能的人，你任用一己之力。任用有才能的人，自己就安逸，任用一己之力的人，自己就很勞苦。」有人評論認為宓子賤是個君子。四肢得到安逸，耳聽目明，心平氣和，而各級官員都能得到治理，這是因為他懂得治理的辦法罷了。巫馬期卻不是這樣，損耗自己的心神而辛勤勞作，費力氣教導人民，雖然把單父治理得很好，但是還沒有達到一個最佳的地步。《詩經》上說：「你有衣服，而不去穿；有車馬，而不去駕馭。」

【研　析】這一章裡所說的仍然是知人善任的問題。宓子賤和巫馬期兩個人是鮮明的對比，宓子賤能知人，能任人，所以他治理單父的時候，自己很安逸，而單父也能夠得到很好的治理；巫馬期則事事都要自己去做，雖然單父也能夠得到治理，但是自己卻很疲勞。能夠任人的人是有大才能的人，可以治理天下國家；只能夠事事通過自己去做的人，更適合做一些具體的事情，而不適合去治理天下國家。所以宓子賤治理的地方越大，越能夠體現出他的才能；巫馬期治理的地方越小，越能夠顯出自己的強幹。因此，這兩種人實際上是不同類型的人，而都是治理天下國家所不可缺少的，既需要有能夠做實事的人，更需要能夠把握大局的人。

25. 子路曰：「士不能勤苦，不能輕❶死亡，不能恬❷貧窮，而曰：『我行義。』吾不信也。昔者申包胥立於秦廷❸，七日七夜，哭不絕聲，是以存楚。不能勤苦，焉得行此？比干且死，而諫愈忠；伯夷、叔齊餓于首陽，而志益彰。不輕死亡，焉能行此？曾子褐衣縕緒❹，未嘗完也。糲米❺之食，未嘗飽也。義不合則辭上卿，不恬貧窮，焉能行此？夫士欲立身行道，無顧難易，然後能行之。欲行義白❻名，無顧利害，然後能行之。《詩》曰：『彼其之子，碩大且篤❼。』良❽非篤脩身行之君子，其孰能與❾之哉！」

【注　釋】❶輕　以……為輕；輕視。❷恬　安。❸申包胥立於秦廷　申包胥為春秋時楚國人，吳伐楚，攻破郢都，申包胥至秦乞師，立於秦廷七日夜，秦人為他所感動，於是出兵救楚。❹褐衣縕緒　褐衣，粗布衣。縕，新舊混合的棉絮；亂絮。緒，同「著」。著亦即「褚」，指在衣裡填塞絲綿或其他纖維物質。縕緒，指用亂絮以及絲麻填塞起來的粗衣服。❺糲米　即糙米。❻白　顯著。❼彼其之子二句　《詩經・唐風・椒聊》中的句子。篤，厚重。❽良　確實。❾與　同「預」。參預。

【語　譯】子路說：「士人如果不能夠勤勞刻苦，不能夠輕視死亡，不能夠安於貧窮，卻說：『我能夠遵行道義。』我是不相信的。從前申包胥站在秦國的朝廷上，七天七夜，哭泣的聲音沒有停止過，所以才能夠保存楚國。如果不能夠勤勞刻苦，怎麼能夠做到這樣呢？比干將要死的時候，進諫更加忠誠；伯夷、叔齊餓死在首陽山上，而志向更加彰顯。如果不是輕視死亡，怎麼能夠做到這樣呢？曾子穿著粗布和舊棉衣，都沒有完整的時候，粗糧也沒有吃飽過。但是如果不合乎道義的話，他連上卿那樣的高官也辭去不做，如果不能夠安於貧窮，怎麼能夠做到這樣呢？士人如果想在世間實行道義，不要顧及事情是困難還是容易，然後才能夠去實行它。如果想推行正義，使自己的聲名能夠顯著，就不要顧及事情對自己是有利還是有害，然後才能夠去實行它。《詩經》上說：『那個人啊，身體豐美而且性情敦厚。』如果不是確實誠實地修養自己，並且親自去實踐它的君子，怎麼會參預到這樣的事情裡來呢？」

【研析】樂於勤苦，輕視死亡，安於貧窮，這些事情都不是一般人所能夠做到的；士人之所以能夠做到這樣，是因為他追求的是道義。道義出於內心的充實，追求內心的人，外在的環境如何，對他不會產生太大的影響，所以孔子說君子應該「謀道不謀食」、「憂道不憂貧」。只要是符合道義的，做了以後能夠安心的，君子便應該去做；凡是不合乎道義的，君子決不會為了外在的東西去做，這是儒家一向的道德觀。這裡所舉的申包胥、比干、伯夷、叔齊、曾子這些人的例子，都是在說明這一點。所以文章最後提到：「士欲立身行道，無顧難易，然後能行之。欲行義白名，無顧利害，然後能行之。」便容易理解了。今天的人向外追求的利益過多，忘記了向內的道德追求，因此做起事來便失去了準則。一旦失去了準則，便漸漸會發展到無所不為，這對於社會的進步是非常不利的。

26. 子路與巫馬期薪於韞丘之下❶，陳之富人有處師氏者，脂車❷百乘，觴❸於韞丘之上。子路與巫馬期曰：「使子無忘子之所知，亦無進子之所能，得此富，終身無復見夫子，子為之乎？」巫馬期喟然仰天而嘆，闟然❹投鐮❺於地，曰：「吾嘗聞之夫子，勇士不忘喪其元❻，志士仁人不忘在溝壑。子不知予與❼？試予與？意❽者其志與？」子路心慚，故負薪先歸。孔子曰：「由來❾，何為偕出而先返也？」子路曰：「向也由與巫馬期薪於韞丘之下，陳之富人有處師氏者，脂車百乘，觴於韞丘之上。由謂巫馬期曰：『使子無忘子之所知，亦無進子之所能，得此富，終身無復見夫子，子為之乎？』巫馬期喟然仰天而嘆，闟然投鎌於地，曰：『吾嘗聞夫子，勇士不忘喪其元，志士仁人不忘在溝壑，子不知予與？試予與？意者其志與？』由也心慚，故先負薪歸。」孔子援琴而彈。「《詩》曰：『肅肅鴇羽，集于苞栩。王事靡盬，不能蓺黍稷。父母何怙？悠悠蒼天，曷其有所❿！』予道不行邪，使汝願者⓫！」

【注釋】❶薪於韞丘之下　薪，採薪；砍柴。韞丘，許校本認為即《詩經．陳風》中的宛丘，山丘名。❷脂車　俞樾認為「脂」當作「指」，「指」為「搘」之假借，搘車猶軔車，止車使之不動。屈守元認為當從《御覽》作「校車」，校車即有裝飾的車子。❸觴　指飲酒。❹闟然　忽然。❺鎌　即鐮。❻元　首；頭。❼與　同「歟」。❽意　通「抑」。或者。❾來　語尾詞。❿肅肅鴇羽七句　《詩經．唐風．鴇羽》中的句子。肅肅，鳥振翅聲。鴇，野雁。集，棲止。苞，草木叢生。栩，櫟樹。盬，止息。蓺，種植。怙，依靠。曷，何。所，處所。⓫者　指示代詞，相當於「這」，指子路所說的「無忘子之所知，亦無進子之所能，得此富，終身無復見夫子」的話。

【語譯】子路和巫馬期在韞丘之下砍柴，陳國有個姓處師的富人，停了一百輛車子，在丘上與人飲酒。子路對巫馬期說：「如果讓你不忘記你已經得到的知識，但是也不能夠進一步提高你的才能，讓你有這樣的富貴，卻終身再也見不到老師，你願意這樣做嗎？」巫馬期仰天長嘆了一口氣，突然將鐮刀扔在地上，說：「我曾經從老師那裡聽說過，勇敢的人見義勇為，不怕喪失頭顱，有志之士和仁德之人堅守節操，不怕死無葬身之地，棄屍山溝裡面。你不瞭解我嗎？是試驗我嗎？或者這是你自己的志向嗎？」子路心裡覺得慚愧，就背著柴自己先回來了。孔子說：「子路，你為什麼和巫馬期一起出去，卻先回來呢？」子路說：「剛才我和巫馬期在韞丘之下砍柴，陳國有個姓處師的富人，停了一百輛車子，在丘上與人飲酒。我對巫馬期說：『如果讓你不忘記你已經得到的知識，但是也不能夠進一步提高你的才能，讓你有這樣的富貴，卻終身再也見不到老師，你願意這樣做嗎？』巫馬期仰天長嘆了一口氣，突然將鐮刀扔在地上，說：『我曾經從老師那裡聽說過，勇敢的人見義勇為，不怕喪失頭顱，有志之士和仁德之人堅守節操，不怕死無葬身之地，棄屍山溝裡面。你不瞭解我嗎？是試驗我嗎？或者這是你自己的志向嗎？』我心裡覺得慚愧，就背著柴自己先回來了。」孔子取過琴來彈奏。「《詩經》上說：『鴇鳥沙沙地撲打翅膀，停在叢生的櫟樹上。公家的事沒有止息的時候，我不能夠在家裡種植穀物。父母的生活依靠誰呢？悠遠的蒼天啊，什麼時候才能有個安定的處所！』是我的道義不能夠實行嗎，使你有這樣的想法！」

【研析】這一章所體現的也是一種價值觀的問題。孔子在《論語》中說過：「富與貴，是人之所欲也，不以其道得之，不處也。貧與賤，是人之所惡也，不以其道得之，不去也。」儒家當然並不放棄富貴，只是將它與道義相比較，它的價值就很輕而已。或者說，富貴對於道義來說，只能作為一種附加品，而不會成為一個主體。這一章裡提到的子路與巫馬期的對話，也說明了這一點。子路的假設是從富貴的角度出發的，而巫馬期的回答則是從道義的角度出發的，所以子路感到慚愧，慚愧便正好體現了孔門的價值觀。這一章的意思和上一章也可以相互發明。

27. 孔子曰：「士有五：有埶❶尊貴者，有家富厚者，有資勇悍者，有心智惠❷者，有貌美好者。有❸埶尊貴者，不以愛民行義理，而反以暴敖❹。家富厚者，不以振❺窮救不足，而反以侈靡無度。資勇悍者，不以衛上攻戰，而反以侵陵私鬥。心智惠者，不以端計數❻，而反以事奸飾詐。貌美好者，不以統朝蒞民，而反以蠱女從❼欲。此五者，所謂士失其美質者也。《詩》曰：『溫其如玉，在其板屋，亂我心曲❽。』」

【注釋】❶埶　同「勢」。❷惠　通「慧」。❸有　當從趙懷玉校本刪。❹敖　同「傲」。❺振　同「賑」。救濟。❻以端計數　端，正直。計數，謀略權術。❼從　同「縱」。❽溫其如玉三句　《詩經・秦風・小戎》中的句子。溫其，溫溫然。板屋，用木板蓋的房子。心曲，心靈深處。

【語 譯】孔子說：「士人有五種：有的地位尊貴，有的家庭富裕，有的天資勇敢強悍，有的心智聰慧，有的容貌美好。地位尊貴的，不用他的地位愛護百姓，推行道義，反而利用它來做暴亂傲慢的事。家庭富裕的，不用他的家資來救濟窮困不足的人，反而用它來過奢侈靡爛的生活，而沒有節制。天資勇敢強悍的，不用它來保衛君上，與敵人戰鬥，反而用它來欺侮他人，進行私人的打鬥。心智聰慧的，不用正直來行使他的謀略和權術，反而用它來從事奸邪的事情，掩飾狡詐。容貌美好的，不用它來統領朝政，治理人民，反而用它來蠱惑女子，放縱情欲。這五種人，可以說是士人喪失了他美好的資質。《詩經》上說：『君子溫厚的品質像玉一樣，他在那板屋裡，我的心裡就都擾亂了。』」

【研 析】從道德的觀點來看，人的地位和天資是一把雙刃劍，地位和天資越高，他可以做的貢獻越大，同時，他可能造成的危害也便越大。必須要將它們和道德相聯繫，才能夠實現其真正的價值。所以宋代的司馬光在《資治通鑑》中有一段評論說：「才德全盡謂之聖人，才德兼亡謂之愚人；德勝才謂之君子，才勝德謂之小人。凡取才之術，苟不得聖人君子而與之，與其得小人，不若得愚人。」這一章中所說的士的五種情形，都是與此相關的，如果將這五種天資用於善處，那麼是老百姓的福祉，用於不善處，便是老百姓的禍殃。

28. 上之人所遇，色❶為先，聲音次之，事行為後。故望而宜為人君者容也，近而可信者色也，發而安中❷者言也，久而可觀者行也。故君子容色，天下儀象❸而望之，不假言而知為❹人君者。《詩》曰：「顏如渥丹，其君也哉❺！」

【注釋】❶色　指臉上的表情。依後文所提到的「容色言行」，「色」之前應從趙善詒校補「容」字。❷安中　安定適中。❸儀象　模式；準則。❹為　趙懷玉校本作「宜為」。❺顏如渥丹二句　《詩經．秦風．終南》中的句子。渥，塗。丹，赤石製的紅色顏料。

【語譯】在上位的人，人們最先看到的是他的容貌，其次是他的聲音，最後才是他的行事。所以一望而知道他適宜做人君的，是他的容貌；接近他之後，知道他是可以信任的，看的是他的表情；說出來安定而適中的，是他的言語；長久相處而覺得他有值得觀察的地方，是他的行為。所以君子的容貌表情，天下人都把它當成準則來瞻望，不須要假借語言，就知道他適合做人民的君主。《詩經》上說：「他的臉色紅潤得像塗上了紅色的顏料，那就是我們的君王啊！」

【研析】古人重視威儀，是因為古代相信人的表裡是一致的，所以說「誠於中，形於外」。一般而言，威儀是能夠引起人的尊重崇敬之心的，如果是真正發乎內心的威儀，那麼對於他人而言，即使不聞其聲音，不見其行事，自然會有一種感人的力量，這便是一種道德的力量。如果純粹是一種外在的打扮，那當然是達不到這樣的效果的。

29. 子夏❶讀《詩》已畢，夫子問曰：「爾亦何大❷於《詩》矣？」子夏對曰：「《詩》之於事也，昭昭❸乎若日月之光明，燎燎乎如星辰之錯行❹，上有堯舜之道，下有三王❺之義。弟子不敢忘。雖居蓬戶❻之中，彈琴以詠先王之風，有人亦樂之，無人亦樂之，亦可發憤忘食矣。《詩》曰：『衡門之下，可以棲遲。泌之洋洋，可以樂飢❼。』」夫子造然❽變容曰：「嘻，吾子始可以言《詩》已矣！然子以❾見其表，未見其裏。」顏淵曰：「其表已見，其裏又何有哉？」孔子曰：「闚❿其門不入其中，安知其奧藏⓫之所在乎？然藏又非難也，丘嘗悉心盡志，已入其中。前有高岸，後有深谷。泠泠⓬然如此既立而已矣。不能見其裏，未謂精微者也。」

【注釋】❶子夏　卜商，字子夏，孔子的學生，以文學知名。❷大　讚美；稱讚。❸昭昭　光明。❹燎燎乎如星辰之錯行　燎燎，明顯清楚。錯行，交錯運行。❺三王　指夏、商、周三代的君主夏禹、商湯、周文王，都是古代儒家典籍中所稱道的聖人。❻蓬戶　蓬草編的門，指代簡陋的住所。❼衡門之下四句　《詩經・陳風・

衡門》中的句子。衡，通「橫」。橫門，即橫木為門，指簡陋的住處。棲遲，遊息。泌，水流很快的樣子，後作為陳國的一條泉水名。洋洋，水流盛大。樂，通「療」。❽造然　猝然；突然。❾以　通「已」。❿闚　同「窺」。⓫奧藏　幽深的寶藏。⓬泠泠　清涼；清越。

【語　譯】子夏讀完了《詩經》，孔子問他：「你對於《詩經》有哪些話可以來讚美呢？」子夏回答說：「《詩經》裡面所說的事情，就像是太陽和月亮那樣光明燦爛，就像是星辰交錯運行那樣明顯，從堯、舜之道，一直講到夏、商、周三代君王的道理。我不敢將它忘記。即使居住在簡陋的地方，彈起琴來，歌唱古代聖王的音調，有人的時候也很快樂，沒有人的時候也很快樂，那就也能夠用心學習道理，而忘記了吃飯。《詩經》上說：『支起橫木來做個門框，地方雖然簡陋，但也可以在其中遊息。飲著盛大的泌水，也可以充飢。』」孔子突然改變面容說：「啊，現在可以和你討論《詩經》了！但是你已經見到它的表面，沒有看到它的內部。」顏淵說：「已經看到它的表面了，裡面還有什麼東西呢？」孔子說：「只看到它的門，卻不到門裡去，怎麼會知道其中幽深的寶藏在什麼地方呢？但發現這寶藏也不是困難，我曾經竭盡我的心力和意志，深入到其中了。前面有高高的河岸，後面有幽深的山谷。能夠到達這麼清涼的地方，就可以算是有所樹立了。如果不能到達它的內部，就不能說是得到了它的精妙深微。」

【研　析】子夏是孔子的高材弟子之一，子夏讀《詩經》，因為領略其中的道理，而達到了廢寢忘食的地步，這已經是一個很高的境界了，所以孔子稱許他說：「始可以言《詩》已矣！」但是另一方面又指出，子夏所看到的只是它的外在的東西，因為這些道理是需要去進一步深入和實行的。

領略了道理，等於是看到了門戶，但是要真正掌握它的精微之處，還必須要進入門內去，才會發現更多的寶藏，才會看到其中的高岸深谷，這裡所說的仍是精益求精的道理。

30. 傳曰：國無道則飄風厲疾❶，暴雨折木，陰陽錯氛❷，夏寒冬溫，春熱秋榮❸，日月無光，星辰錯行，民多疾病，國多不祥，群生不壽，而五穀不登❹。當成周❺之時，陰陽調，寒暑平，群生遂，萬物寧。故曰：其風❻治，其樂連，其驅馬舒，其民依依❼，其行遲遲❽，其意好好❾。《詩》曰：「匪風發兮，匪車偈兮。顧瞻周道，中心怛兮❿。」

【注　釋】❶飄風厲疾　飄風，暴風。厲疾，指風勢迅猛。❷氛　氣。❸榮　開花。❹五穀不登　五穀，說法不一，後來泛指各種穀物。登，成熟。❺成周　東周的都城，這裡用以指代東周時期。❻風　風俗；民風。❼依依　柔順的樣子。❽遲遲　從容不迫的樣子。❾其意好好　指心地善良。❿匪風發兮四句　《詩經·檜風·匪風》中的句子。匪，不正。偈，快。怛，憂傷。

【語　譯】古書上說：國家政治不合正道，就會颳起迅猛的暴風，暴雨折斷樹木，陰陽之氣也會錯亂，夏天寒冷，冬天溫暖，春天燥熱，秋天開花，太陽和月亮都暗淡無光，星辰運行也錯亂，老百姓的疾病增多，國家也出現很多的災異，眾生壽命不長，各種穀物都不成熟。在東周的時候，陰陽調和，冬夏平穩，眾生安定，萬物安寧。所以說：它的風俗得到治理，老百姓的快樂連續不斷，駕馬很舒緩，老百姓很柔順，行動從容不迫，心意很善良。《詩經》上說：「暴風吹起來了，車馬驅馳得很快。我瞻望著周朝的清明政治，心中感到很悲傷。」

【研析】這一章所說的內容，是天道和人道的關係，可以和本卷的第六章對照起來讀。《韓詩外傳》並不是一部思想統一的著作，而是雜集了許多家的思想，因此這一章的內容和第六章的內容正好相反，第六章所講的是注重人事，天道對人事的影響不大；這一章所講的卻是天道對於人道的很大的影響。國家有道，便會陰陽調和，風調雨順，五穀豐登；相反，如果國家無道，便會出現很多季節上的災異，五穀不熟，疾病叢生。這一章所說的倒是更能夠代表漢代人的一般思想。

31. 夫治氣養心之術：血氣剛強，則務❶之以調和；智慮潛深，則一之以易諒❷；勇毅強果，則輔之以道術；齊給便捷❸，則安之以靜退；卑攝❹貪利，則抗❺之以高志；容眾好散❻，則劫❼之以師友；怠慢摽❽棄，則慰❾之以禍災；愿婉端愨❿，則合之以禮樂。凡治氣養心之術，莫徑⓫由禮，莫優得師，莫慎一好。好一則博，博則精，精則神，神則化。是以君子務結心乎一也。《詩》曰：「淑人君子，其儀一兮。其儀一兮，心如結兮⓬。」

【注釋】❶務　致力。❷一之以易諒　一，使之專一。易，平易；簡易。諒，正直；忠直。❸齊給便捷　都是敏捷的意思。❹卑攝　攝，《荀子》作「濕」。卑濕，指志意卑下。❺抗　舉起。❻容眾好散　《荀子》作「庸眾駑散」。容，通「庸」。平凡。好，當從趙善詒校作「奴」，通「駑」。散，閒散。❼劫　威逼。這裡指以師友來感動他。❽摽　《荀子》作「僄」，輕；輕薄。「摽」、「僄」相通。❾慰　通「畏」。使懼怕。❿愿婉端慤　愿，謹慎。婉，順。端，正直。慤，誠實。⓫徑　直接。⓬淑人君子四句　《詩經·曹風·鳲鳩》中的句子。淑，善。儀，言行。結，固結。

【語　譯】治理氣息和培養心志的方法：對於血氣方剛的人，就讓他致力於調和，使他平靜柔和；對於思慮深沉的人，就讓他專一於平易正直；對於勇敢有毅力而堅強果斷的人，就用正道來輔助他；對於言行舉止過於敏捷的人，就用安靜和緩來使他安定；對於意志卑下、貪圖利益的人，就用高尚的意志來提高他；對於平凡懶散的人，就用老師和朋友來感化他；對於懈怠自輕的人，就用災禍來使他畏懼；對於謹慎和順、正直誠實的人，就用禮樂來薰陶他。治理氣息培養心志的方法，以守禮最為直接，以得到好的老師最為優良，最慎重的是能夠專一自己的愛好。愛好專一才能夠學問廣博，學問廣博才能夠精深，學問精深之後就能夠通神，通神之後才能夠達到化境。所以君子必須使自己的心思固結在一處。《詩經》上說：「善人君子，他們的言行是一致的。他們的言行一致，心思固結在一處。」

【研　析】這一章所講的是人的修養問題。人生來便會有各種不同的稟賦，這種稟賦有好的，也有不好的，好的要保持，不好的要去除，這就需要「治氣養心」。治氣養心猶如對症下藥，對於不同的習氣，要用不同的方法來調養，所以這一章裡舉了很多不同品性應該如何調養。但是治氣養心也有共同的方法，那就是在守禮、得師的情形下，專心致志地調和自己的心思，能夠專心致志，是治氣養心的最切要的辦法，如果堅持不懈，最後便能夠達到化境。

32. 玉不琢，不成器。人不學，不成行❶。家有千金之玉，不知治，猶之❷貧也。良工宰❸之，則富及子孫。君子謀❹之，則為國用。故動則安百姓，議則延民命。《詩》曰：「淑人君子，正是國人。正是國人，胡不萬年❺！」

【注釋】❶行　德行；品格。❷猶之　等之；和……一樣。❸宰　治理。❹謀　當從程本等作「學」。❺淑人君子四句　《詩經・曹風・鳲鳩》中的句子。正，使安定。國人，國民；老百姓。胡不，何不。

【語譯】玉石如果不經過雕琢，就不能夠成為器物。人如果不經過學習，就不能夠成就自己的品格。家裡有價值千金的玉，不知道去雕琢它，那和貧窮沒有什麼兩樣。手藝好的工匠去把它雕琢好，那麼他的子孫都能夠得到富貴。君子如果學習，就可以為國家所用。所以有所舉動就能夠安定老百姓，參預國事的議論就能夠延續老百姓的生命。《詩經》上說：「善人君子，能夠安定國家的老百姓。能夠安定國家的老百姓，怎麼能不長壽呢！」

【研　析】這一章所講的是學習的重要性。學習猶如治玉，必須經過一番切磋琢磨的工夫，否則即使一個人的天資很好，但依然無法發揮他的作用。只有經過了學習，才能將他的本領發揮出來，為國家和老百姓謀取利益。儒家很重視「學」，不過古人的學和今天不太一樣，古人注重的是能夠將學放在具體的實踐之中。

33. 嫁女之家，三夜不息燭，思相離也。取❶婦之家，三日不舉樂，思嗣親❷也。是故昏禮不賀，人之序❸也。三月而廟見，稱來婦也❹。厥明❺見舅姑❻，舅姑降于西階❼，婦升自阼階❽，授之室❾也。憂思三日，不殺❿三月，孝子之情也。故禮者因人情為文。《詩》曰：「親結其縭，九十其儀⓫。」言多儀也。

【注　釋】❶取　同「娶」。❷嗣親　指子孫世代相繼。嗣，繼。❸序　代。指子女替代父母，含有父母的衰老代謝，故感傷而無心受賀。❹三月而廟見二句　這是指新郎父母已經去世的情況。結婚滿三個月後，就要到公婆的廟裡去拜見公婆的神主，致辭的時候自稱「某氏來婦」。廟，指家廟，供奉先人的神主。來婦，即嫁來之婦。❺厥明　指第二天早晨。明，天亮；黎明。❻舅姑　指公公和婆婆。❼西階　是賓客上下的臺階，即賓階。

❽升自阼階　升，《禮記・郊特牲》作「降」，此處誤。阼階，指東階，是主人上下的臺階，即主階。❾室　家室，指家裡的事情。❿殺　減省。⓫親結其縭二句　《詩經・豳風・東山》中的句子。親，指母親。縭，女子的佩巾。母親親自給出嫁的女兒結縭，這是古代的風俗。九十，古代數字從一至十，九、十是其最大數，這裡是用來虛指，形容結婚時禮儀的繁多。

【語　譯】嫁女兒的家庭，出嫁前連續三夜不熄蠟燭，這是因為想到骨肉就要分離了。娶妻的家庭，婚前三天不演奏音樂，這是因為想到自己即將娶妻，擔負起父母交給的傳宗接代的責任，而父母開始進入老境。所以婚禮時不需要祝賀，是因為這裡含有父子代謝的意思。如果是新郎的父母已經去世，那麼在結婚三月之後到廟裡去拜見公婆的神主，致辭時自稱為「某氏來婦」。如果新郎的父母尚在，那麼就在第二天早晨拜見公公婆婆，公公婆婆從西面的賓階下堂，媳婦從東邊的主階下堂，意思是把家事交給媳婦。憂思三天，三個月仍不減省憂思，這是孝子的心情。所以禮是遵循人情而制定儀文的。《詩經》上說：「母親親自給出嫁的女兒繫上佩巾，結婚的禮儀至於九、至於十。」是說它的禮儀很繁多。

【研　析】婚禮是古代禮儀中比較重要的一部分，因為古人說夫婦是「人倫之始」，因此得到格外的重視。這一章所說的大部分是婚禮中的含義。如「三夜不息燭」、「三日不舉樂」、「廟見」、「見舅姑」等等禮儀，都有其具體的意義。禮儀和人情相關，因此這裡所說的也是人之常情。等到後世社會發展變化之後，許多禮儀，其中的慶賀內容增加了，而原始的意義便逐漸消退，婚禮也是一個典型的例子。

34\. 原天命❶，治心術，理好惡，適情性，而治道❷畢矣。原天命則不惑禍福，不惑禍福則動靜修❸。治心術則不妄喜怒，不妄喜怒則賞罰不阿❹。理好惡則不貪無用，不貪無用則不害物性❺。適情性則不過欲❻，不過欲則養性知足。四者不求於外，不假於人，反諸己而存❼矣。夫人者，說❽人者也，形❾而為仁義，動而為法則。《詩》曰：「伐柯伐柯，其則不遠❿。」

【注　釋】❶原天命　原，推究。天命，指天所賦予人的資質、命運等。❷治道　這裡指修養的方法。❸修　《淮南子》、《文子》、《群書治要》皆作「循理」，當從之。❹阿　徇私；偏袒。❺不害物性　當從《淮南子》、《文子》、《群書治要》作「不以物害性」。❻不過欲　《淮南子》、《文子》、《群書治要》皆作「欲不過節」。❼反諸己而存　反，反省。存，存在；具有。❽說　通「悅」。❾形　表現出來。❿伐柯伐柯二句　《詩經・豳風・伐柯》中的句子。柯，斧柄。則，法則。

【語　譯】推究天命，治理自己的心思，管理好自己愛好和厭惡之情，調適好自己的性情，那麼修養和方法都具備了。能夠推究天命，就不會受到災難和幸福的迷惑，不受到災難和幸福的迷惑，那麼或動或靜都能夠合乎道理。能夠治理好自己的心思，就不會無緣無故地高興或者發怒，不無緣無故地高興或者發怒，那麼賞罰就不會有所偏私。管理好自己愛好和厭惡之情，就不會貪求一些沒有用的東西，不貪求沒有用的東西，就不會因為這些事物而損害自己的天性。調適好自己的性情，自己的欲望就不會超過一定的節制，欲望不超過一定的節制，那麼就能夠修養自己的天性而感到滿足。這四種修為，不需要向外面尋求，也不需要別人的幫助，通過反省自己，就會知道，它們本來就存在於自身。做人是為了能夠使別人高興，如果表現都符合仁德和道義，行動成為他人的準則，自然會讓別人覺得高興。《詩經》上說：「要砍伐木頭做一個斧柄，它的法則離自己不遠，就在自己手裡的斧頭上。」

【研　析】很多事情，都是可以通過「推己及人」的方法而知道的。一些道理，「不求於外，不假於人，反諸己而存矣」，通過自我反省，完全可以掌握大量的道理。在儒家看來，治理天下國家也不過是自我修養的一個推衍而已，也就是所謂的「恕道」，因此這章一開始就說：「原天命，治心術，理好惡，適情性，而治道畢矣。」治理天下的道理也只在於推求展衍自己的天命、心術、好惡、性情而已，可以說沒有一個外在的法則是能夠獨立於自己的內心世界之外的，這是儒家的一個大原則。

卷三

1\. 傳曰：昔者舜甑盆無膻❶，而下不以餘❷獲罪；飯乎土簋❸，啜乎土型❹，而農不以力獲罪；麑衣而盬領❺，而女不以巧獲罪；法下易由，事寡易為功❻，而民不以政獲罪。故大道多容，大德多下。聖人寡為，故用物常壯❼也。傳曰：「易簡而天下之理得矣❽。」《詩》曰：「政有夷之行，子孫保之❾。」忠易為禮，誠易為辭，賢人易為民，工巧易為材。《詩》曰：「政有夷之行，子孫保之❿。」

【注釋】❶甑盆無膻　甑，蒸食用的炊具。膻，指肉類食物。❷餘　多餘，指占有物過多。❸土簋　指瓦製的盛食物的器具，圓口，兩耳。❹啜乎土型　用瓦製的器皿喝湯。啜，飲。型，通「鉶」。盛菜羹的器皿。❺麑衣而盬領　鹿皮獸領的衣服。麑衣，鹿皮裘衣。麑，小鹿。盬，一種似蝟而毛赤的獸。趙校本認為當作「盭」，曲。❻功　此字當從趙懷玉校本刪。❼用物常壯　用物，行事。壯，大。❽易簡而天下之理得矣　《周易・繫辭》中的句子。❾詩曰三句　此處十一字與下文重出，是衍文，當刪。❿政有夷之行二句　《詩經・周頌・天作》中的句子。政，今本《詩經》作「岐」，周文王的祖父太王率民從豳地遷至岐山，故岐地為周民族發源地。夷，平坦。行，道路。

【語　譯】古書上說：從前舜的生活簡樸，炊具裡面沒有肉類，所以在下的老百姓也不會去占有過多而受到罪罰；他用瓦製的食器吃飯，用瓦做的器皿喝湯，而農民也不會致力於做更好的食器而受罰；他穿鹿皮獸領的衣服，女子也不會去製作工巧的衣服而受罰；法令簡單就容易遵守，事情少就容易做，老百姓不會觸犯國家的政令而受罰。所以掌握到大道的人能夠寬容，具有偉大道德的人能夠接近在下面的老百姓。聖人作為很少，所以常常能夠做出偉大的事情來。古書上說：「平易簡單就可以得到天下的道理。」忠心容易合於禮儀，誠懇容易說話，賢良的人容易做良民，工匠靈巧容易處理材料。《詩經》上說：「岐山下有平坦的道路，其子子孫孫永遠要保有它。」

【研　析】返樸歸真是後世很多人都喜歡去說的道理，這常常被視為是道家的學說，但是儒家有時也有這樣的思想在裡面。儒家很反對去做一些沒有實際用途的東西，因為這些會啟發人的貪心，因此將這些東西視為「奇技淫巧」，所以一切也以簡樸稱用為貴。當然，我們今天可以認為，古代之所以只用一些簡樸的東西，是因為當時的社會生產力的水平不高，從社會發展的角度來看，當然沒有錯；但是如果從另一個角度來分析，那麼我們今天很多東西實際上並不是一種必需品，卻引發人對於這種非必需品的追求，反觀《老子》中所說的：「不貴難得之貨，使民不為盜。不見可欲，使民心不亂。」那麼推崇古人這樣一種簡樸的觀點，倒也是對社會安定有好處的。至於用這種方法治國，寡為而簡易，則在今天的社會裡已經全無可能。

2. 有殷之時，穀❶生湯之廷，三日而大拱❷。湯問伊尹曰：「何物也？」對曰：「穀樹也。」湯問：「何為而生於此？」伊尹曰：「穀之出澤，野物也。今生天子之庭，殆不吉也。」湯曰：「柰何？」伊尹曰：「臣聞妖者禍之先，祥者福之先。見妖而為善，則禍不至；見祥而為不善，則福不臻。」湯乃齊❸戒靜處，夙興夜寐，弔死問疾，赦過賑窮。七日而穀亡，妖孽不見，國家昌。《詩》曰：「畏天之威，于時保之❹。」

【注釋】❶穀　即楮樹，樹皮可作紙。❷拱　兩手合抱。❸齊　通「齋」。❹畏天之威二句　《詩經・周頌・我將》中的句子。時，是。保，安。

【語譯】殷朝的時候，有穀樹生長在湯的朝廷上，三天之後，就長得有兩手合抱那麼大。湯問伊尹說：「這是什麼東西？」伊尹說：「這是穀樹。」湯問：「為什麼會生在這裡呢？」伊尹說：「穀樹生長在水澤地帶，是一種野生的植物。現在生長在天子的朝廷，恐怕是不吉利。」湯說：「怎麼辦？」伊尹說：「我聽說妖孽是禍患的先兆，禎祥是福祉的先兆。見到妖孽去做善事，那麼禍患就不會來；見到禎祥而做壞事，那麼福祉也不會來。」湯於是齋戒，安靜獨處，早起晚睡，弔唁有喪事的人，問候生病的人，赦免有罪過的人，賑濟貧窮的人。七天之後，穀樹死亡了，妖孽沒有出現，國家昌盛起來。《詩經》上說：「敬畏天的威靈，這樣才能安定天下。」

【研　析】因天道而修人事，在今天看來是一種不合道理的事情，但是未嘗不是一件好事。因為對人而言，常常保持一種戰兢惕厲之心，對於做好人事是有幫助的，不至於讓人膽大妄為，做出更多危害社會國家的事情。所謂「畏天之威」，對於抑制許多古代君王的恣肆行為，還是發揮了一定作用的。商湯因為出現了奇異之事，轉而加強對自己政事的處理，毋寧也是對國家百姓有益的。

3. 昔者周文王之時，莅國❶八年，夏六月，文王寢疾❷，五日而地動，東西南北不出國❸郊。有司皆曰：「臣聞地之動，為人主也。今者君王寢疾，五日而地動，四面不出國郊。群臣皆恐，請移❹之。」文王曰：「柰何❺其移之也？」對曰：「興事動眾，以增國城，其可移之乎？」文王曰：「不可。夫天之道，見妖，是以罰有罪也。我必有罪，故此罰我也。今又專興事動眾，以增國城，是重❻吾罪也，不可以之❼。昌也請改行重善，移之，其可以免乎？」於是遂謹其禮節袟❽皮革以交諸侯，飾❾其辭令幣帛❿以禮俊士，頒其爵列等級田疇以賞有功，遂與群臣行此，無幾何而疾止。文王即位八年而地動，之後四十三年，凡蒞國五十一年而終。此文王之所以踐⓫妖也。《詩》曰：「畏天之威，于時保之。」

【注釋】❶蒞國　指在位治理天下。蒞，臨；到。❷寢疾　臥病。❸國　都城。❹移　這裡指將疾病轉移到其他事或其他人身上。❺柰何　如何。❻重　增加。❼以之　以，用。周、趙校本皆認為「以之」二字為衍文。❽禮節袟　當依《呂氏春秋》作「禮秩」。❾飾　《呂氏春秋》作「飭」。❿幣帛　古時用於祭祀、進貢、饋贈的繒帛。⓫踐　通「剪」。除。

【語譯】從前在周文王的時候，即位八年以後，夏天的六月份，文王臥病在床，過了五天之後而出現了地震，範圍沒有超出國都的四郊。相關的官員都說：「我們聽說過，地震是因為君主的緣故。現在君王臥病在床，五天之後而地震，範圍不出國都的四郊。大臣們都很驚恐，請將這疾病轉移到其他地方去。」文王說：「怎麼樣轉移呢？」官員們回答說：「發動老百姓做一些事情，增加都城的建設，大概可以將疾病轉移吧？」周文王說：「不行。從上天的道理來說，出現妖孽，是用來懲罰有罪的，我一定有罪過，所以用它來懲罰我。現在又專門發動老百姓，來增加都城的建設，這是增加我的罪過，不能用這樣的方法。我要改變我的作為，重視行善，用這個方法來轉移它，大概可以免除災難吧？」於是就謹慎他的禮秩，準備好皮革，和諸侯結交；修整好外交的辭令和繒帛，禮請才智之士；頒布爵位田地賞賜給有功勞的人，於是和大臣們一起做這件事，沒有多長時間，疾病就好了。周文王即位八年而出現了地震，在此之後又在位四十三年，總共在位五十一年才去世。這是周文王用來消除妖孽的方法。《詩經》上說：「敬畏天的威靈，這樣才能安定天下。」

【研析】從周代社會開始，對於天道其實已經沒有商代那樣重視，轉而更注重人道。但一些基本的觀念還是存在的，並且在後世一直延續著。山崩地裂，在古代總是認為和帝王有關，但是對賢明的帝王而言，他所能做的便是勤修人事，通過修人事而改變天道的譴責。本章所記載的周文王就是這樣的一個例子，他對於天道的判斷是從人道出發的，所以也能夠按照人道的方法來處理這些事情。

4. 王者之論德❶也，而不尊無功，不官無德，不誅無罪，朝無幸❷位，民無幸生，故上❸賢使能，而等級不踰❹；折暴禁悍，而刑罰不過。百姓曉然，皆知夫為善於家，取賞於朝也；為不善於幽，而蒙刑於顯。夫是之謂定論，是王者之德❺。《詩》曰：「明昭有周，式序在位❻。」

【注釋】❶論德　評定道德及才能。❷幸　僥倖。❸上　通「尚」。❹踰　超過；越過。❺德　《荀子》作「論」。❻明昭有周二句　《詩經・周頌・時邁》中的句子。昭，明。有周，周。式，發聲詞。序在位，指各稱其職。

【語譯】王者評定人的道德才能，不讓無功的人尊貴，不讓沒有道德的人做官，不誅殺沒有罪過的人，朝廷裡面沒有人僥倖地獲得官位，老百姓沒有僥倖偷生的。所以崇尚賢德的人，而任用有才能的人，官爵的等級不超過自己所應得的範圍；懲治暴亂的人，禁止兇悍的人，刑罰適中。老百姓都明白，都知道在家裡做善事，會在朝廷得到賞賜；在背地裡做壞事，會在公眾之中獲得刑罰。這就是確定的品論，這是王者的品論。《詩經》上說：「周朝道德光明，滿朝在位的人都各稱其職。」

【研析】在清明的政治環境下，一切都顯得很有原則和秩序，就像這一章裡所說的以人的功勞、道德、才能來尊崇授官，是非了然，賞罰分明，這樣的社會能夠讓老百姓知道去做什麼，知道怎麼樣去做，人人能夠稱職，人人安守本分，便是一種公平合理的、有希望的社會。如果違反了這樣的原則，那麼國家和社會便會陷入混亂之中，老百姓也無法安守本分，也不知道應該做些什麼，便是一種沒有希望的社會。

5. 傳曰：以從俗為善，以貨財為寶，以養性❶為己為道，是民德❷也，未及於士也。行法而志堅，不以私欲害其所聞，是勁士也，未及於君子也。行法而志堅，好修其所聞，以矯其情，言行多當，未安諭也；知慮多當，未周密也，上則能大其所隆❸也，下則開道❹不若己者，是篤厚君子，未及聖人也。若夫百王之法，若別白黑，應當世之變，若數三綱❺，行禮要節❻，若運四支❼，因化❽之功，若推❾四時，天下得序，群物安居，是聖人也。《詩》曰：「明昭有周，式序在位。」

【注釋】❶養性　性，同「生」。養生，即治生，治理生計。❷民德　「民」與下文「士、君子」相對，指普通人。❸隆　尊崇。❹道　通「導」。❺三綱　《荀子》作「一二」，楊注：「如數一二之易。」「綱」字恐後人所添，當從《荀子》改。❻要節　要，約束。節，合節；合度。❼支　通「肢」。❽因化　因，順。化，變化。❾推　運轉。

【語譯】古書上說：將順從世俗看成是善，把財貨看成是寶物，把為自己治理生計看成是道，這是一般老百姓所具有的品德，還沒有達到士人的地步。行動合乎禮法，志意堅定，不因為自己的私欲而妨礙了自己所聽聞過的道理，這是剛勁的士人，但是還沒有達到君子的地步。行動合乎禮法，志意堅定，喜歡用自己所聞的道理來修養自己，矯正自己的性情，說話舉止大都比較恰當，但是還沒有從容地明白；考慮的問題大多比較恰當，但是還沒有完全周到細密，從上來說，他能夠推廣他所崇敬的學說，對下來說，他也能夠開導不如自己的人，這是性情敦厚的君子，但是還沒有達到聖人的地步。至於對歷代帝王的法度，看得像白和黑那樣分明，應對當世的變化，就像數一和二那樣容易，行使禮儀，有約束而合乎法度，好像是運動自己的四肢，因時而變，建立自己的功勳，就像是上天運轉四時那樣自然，天下事都能得到應有的次序，萬物各得其所，這是聖人。《詩經》上說：「周朝道德光明，滿朝在位的人都各稱其職。」

【研　析】在道德及才能方面，從普通老百姓到聖人當然有不同的層級。這一章裡以民、勁士、君子、聖人四個層次來分述，普通的老百姓只知道斂財養生；勁士則知道立志而摒除私欲；君子則做事合乎禮儀，教化人民；聖人則貫穿古今，無所不知，行事順乎天理，萬物各得其所。這幾個層次也是後世學者所努力的方向，從普通人到達聖人的境地，並非無路可循，而是一步一步去做而達到的。

6. 魏文侯❶欲置相，召李克❷問曰：「寡人欲置相，非翟黃❸則魏成子❹，願卜❺之於先生。」李克避席❻而辭曰：「臣聞之，卑不謀尊，踈不間❼親，臣外居者也，不敢當命。」文侯曰：「先生臨事勿讓。」李克曰：「夫觀士也，居則視其所親，富則視其所與，達則視其所舉，窮則視其所不為，貧則視其所不取，此五者足以觀矣。」文侯曰：「請先生就舍，寡人之相定矣。」李克出，遇翟黃，曰：「今日聞君召先生而卜相，果誰為之？」李克曰：「魏成子為之。」翟黃勃然作色曰：「吾何負❽於魏成子！西河之守，吾所進也。君以鄴為憂，吾進西門豹❾。君欲伐中山，吾進樂羊❿。中山既拔，無守之者，吾進先生。君欲置太子傅，吾進趙蒼⓫。皆有成功就事，吾何負於魏成子！」克曰：「子之言克於子之君也，豈比周⓬以求大官哉！君問置相，非成則黃，二子何如。臣對曰：『君不察故也。居則視其所親，富則視其所與，達則視其所舉，窮則視其所不為，貧則視其所不取，五者以定矣，何待克哉！』是以知魏成子為相也。且子焉得與魏成子比？魏成子食祿日千鍾⓭，什一在內⓮，以聘約天下之士，是以得卜子夏、田子方、段干木⓯，此三人，君皆師友之。子之所進，皆臣之。子焉得與魏成子比乎？」翟黃逡巡再拜曰：「鄙人固陋，失對於夫子。」《詩》曰：「明昭有周，式序在位。」

【注釋】❶魏文侯　名斯，周威烈王二十三年，三家分晉，受封為魏侯。❷李克　戰國時魏國人。❸翟黃　戰國時魏國人。❹魏成子　魏文侯之弟，名成。❺卜　問。❻避席　古人席地而坐，如果要表示恭敬，則須離席，故稱避席。❼間　參預謀劃。❽負　不如；不及。❾西門豹　魏國賢臣，姓西門，名豹，為鄴令時，鑿渠利民。❿樂羊　魏國大將，伐中山有功。⓫趙蒼　本書卷八中作「趙蒼唐」，《說苑》作「屈侯鮒」。⓬比周　以私相勾結。⓭鍾　古代容量單位，合六斛四斗。也有不同說法。⓮什一在內　《說苑》作「十九在外，一居中」。⓯卜子夏田子方段干木　卜商，字子夏，孔子的學生。田子方，姓田，名子方。段干木，姓段干，名木，魏文侯過其廬必軾為以禮。都是魏文侯的老師。

【語譯】魏文侯將要任命宰相，把李克叫來，問他說：「我想任命宰相，人選不是翟黃就是魏成子，我想向先生您請教他們誰更合適。」李克離席站起來推辭說：「我聽說過，地位低下的人不參預謀劃地位高的人所應該做的事，關係疏遠的人不參預謀劃關係親近的人所應該做的事，我是居住在外的人，不敢承擔您所給我的命令。」魏文侯說：「先生遇到這樣的事，不要推辭。」李克說：「觀察士人應該這樣：平時居住的時候看他所親近的是哪些人，富裕的時候看他所結交的是哪些人，地位高了之後看他所舉薦的是哪些人，他窮困的時候就看他有哪些事情是不做的，貧窮的時候就看他有哪些東西是不取的。從這五個方面，足以觀察出士人的品德。」魏文侯說：「請先生回到您的館舍中去吧，我的宰相已經定下來是誰了。」李克從魏文侯那裡出來，遇到翟黃，翟黃就問他：「聽說今天國君叫先生去問誰可以做宰相，到底是誰做？」李克說：「魏成子做宰相。」翟黃臉色都變了，說：「我有什麼不如魏成子的地方？西河的守官，是我所推薦的。國君擔憂鄴城的事，我向他推薦了西門豹。國君想要討伐中山國，我向他推薦了樂羊。中山被攻打下來以後，沒有人做守官，我向他推薦了先生您。國君要為太子選擇一個老師，我向他推薦了趙蒼。他們做事都很成功，我有什麼不如魏成子的地方？」李克說：「您把我推薦給您的國君，難道是以私情相勾結，為了去做大官嗎？國君問我任命宰相的事，不是魏成子就是翟黃，問我這兩個人怎麼樣。我回答說：『這是您沒有仔細觀察的緣故。平時居住的時候看他所親近的是哪些人，富裕的時候看他所結交的是哪些人，地位高了之後看他所舉薦的是哪些人，他窮困的時候就看他有哪些事情是不做的，貧窮的時候就看他有哪些東西是不取的。從這五個方面，足以確定誰來做宰相，何必要等問我呢？』所以我知道魏成子做宰相。況且您怎麼能和魏成子相比呢？魏成子得到的俸祿，每天有一千鍾，他把其中的十分之一放在家裡，十分之九都拿出來禮聘天下的賢士，因此得到卜子夏、田子方、段干木，這三個人國君都將他們看作老師和朋友。您所推薦給國君的幾個人，國君都讓他們做了臣子，您怎麼能和魏成子相比呢？」翟黃徘徊後退，向李克拜了兩次，說：「我是粗鄙的人，見識淺陋，和先生說話不當。」《詩經》上說：「周朝道德光明，滿朝在位的人都各稱其職。」

【研　析】宰相的重要職責之一，在於幫助國君發現人才，並向國君推薦人才，因此，這些人才能否發揮其作用，便是宰相稱職與否的標誌。這一章裡，翟黃想做魏國的宰相，從他替魏國所推薦的人才來看，確實已經是很不錯了，但是把他和魏成子一比較，魏成子所推薦的人才比他的更好，更得到國君的尊重，魏成子比他更加注意禮聘天下的賢士，也就說明魏成子更適合做宰相。況且，如果不把宰相看成是和名利相同的爭逐對象，那麼就會更好地看待這一職務。如果一個人做官只是因為它可以給他帶來名利，那麼即使讓他去做，他也不會做到最好。

7.

成侯、嗣公❶，聚斂計數❷之君也，未及取民❸也；子產❹，取民者也，未及為政也；管仲❺，為政也，未及修禮。故修禮者王，為政者強，取民者安，聚斂者亡。故聚斂以招寇❻，積財以肥敵，危身亡國之道也，明君不蹈也。將修禮以齊❼朝，正法以齊官，平❽政以齊下。然後節奏齊乎朝，法則度量正乎官，忠信愛利平乎下❾，如是百姓愛之如父母，畏之如神明，是以德澤洋❿乎海內，福祉歸乎王公。《詩》曰：「降福簡簡，威儀反反。既醉既飽，福祿來反⓫。」

【注釋】❶成侯嗣公　都是戰國時衛國的君主。《史記・衛康叔世家》：「(衛)聲公十一年卒，子成侯遬立。……成侯卒，子平侯立。平侯八年卒，子嗣君立。」嗣公即嗣君。❷聚斂計數　指搜刮民財，斤斤計較。❸取民　指治民，得民心。❹子產　即公孫僑，字子產，春秋時鄭國著名的賢臣。❺管仲　春秋時齊國人，名夷吾，幫助齊桓公成為霸主。❻穀 當從《荀子》作「寇」。❼齊 整治；整理。❽平 治理；使均平。❾忠信愛刑平乎下 《荀子》作「忠信愛利形乎下」。形，表現出來。❿洋 水流盛大，這裡形容德澤充滿。⓫降福簡簡四句 《詩經・周頌・執競》中的句子。簡簡，盛大。反反，同「昄昄」。慎重的樣子。反，同「返」。

【語譯】成侯和嗣公，是搜刮老百姓、斤斤計較的君主，還不能夠得到民心；子產能夠得到民心，但是還沒有能夠管理好政事；管仲是能夠管理好政事的，但是還沒有能夠修行禮儀。所以能夠修行禮儀的人可以為天下的君王，能夠管理好政事的國家就很富強，能夠得到民心的國家就會安定，搜刮民財的就會滅亡。所以聚斂民財的就會招來強盜，積累財富用來養肥敵人，這會危及自身，滅亡國家，賢明的君主是不會這樣去做的。明君將會修行禮儀，治理朝廷，端正法制以治理官署，施政均一以治理百姓。然後朝廷之中的節度嚴整，官署中的各種法則都能夠得到實施，老百姓都表現出忠誠信用，得到愛護和利益，這樣老百姓對君主的愛戴就像對父母那樣，敬畏就像對神明那樣，所以他的道德恩澤能夠充滿海內，而幸福歸屬於天子和諸侯。《詩經》上說：「上天降下很多的福祉，祭禮既隆重又端莊。神靈接受祭禮，又醉又飽，將福祿報答給祭祀的人。」

【研析】治理國家也有不同的層級，有的人只為了一己的私利，有的人為了獲取民心，有的人為了管理好政事，有的人為了齊一天下。他們都會取得不同的結果，所謂「修禮者王，為政者強，取民者安，聚斂者亡」，明君應該修禮正法度，德澤施於天下，則是儒家理想中的治理天下的王者。

8. 楚莊王❶寢疾，卜❷之，曰：「河為祟❸。」大夫曰：「請用牲。」

莊王曰：「止！古者聖王制祭不過望❹。濉、漳、江、漢❺，楚之望也。寡人雖不德，河非所獲罪也。」遂不祭，三日而疾有瘳❻。孔子聞之曰：「楚莊王之霸，其有方❼矣。制節守職，反身不貳❽，其霸不亦宜乎？」《詩》曰：「嗟嗟保介❾。」莊王之謂也。

【注　釋】❶楚莊王　《左傳》、《說苑》等皆作楚昭王，此處誤。❷卜　以龜甲占卜。❸河為祟　河，黃河。鬼怪害人稱為祟。❹望　祭祀名。指遙祭山川、日月、星辰等，這裡指對國內山川的祭祀。《公羊傳》：「諸侯山川有不在其封內者，則不祭也。」❺濉漳江漢　這四條河流都流經楚國，在其國內，故稱「楚之望」。❻瘳　病癒。❼方　道理。❽不貳　指心志誠而專一。❾嗟嗟保介　《詩經・周頌・臣工》中的句子。嗟嗟，發語詞。保介，副也。指天子之副。

【語　譯】楚莊王臥病在床，他讓占卜官用龜甲占卜一下，回答說：「黃河神在作怪。」楚大夫說：「請用牲畜來祭祀黃河。」楚莊王說：「止住！古代有聖德的君王制定祭禮，不在自己封內的山川是不祭祀的。濉、漳、江、漢這四條水，是楚國境內的河流，可以祭祀。我雖然沒有什麼德行，但是黃河是不會給我降罪的。」於是不祭祀黃河。三天之後，他的病就好了。孔子聽說了這件事之後，評論說：「楚莊王能夠成為霸主，這是有它道理的。做事有節制，能夠謹守自己的職分，反省自己，心誠而專一，他能夠成為霸主，不是很適宜嗎？」《詩經》上說：「啊，你是天子的好助手！」說的就是楚莊王啊。

【研析】這一章所說的與第二、三章的內容有相一致的地方，是從人事的道理來分析占卜的結果。文章結尾提到孔子將楚王的這一件事情推及到和他的霸業相關，也是有道理的，因為從這一件小事之中可以體現出一個國君的賢明程度，楚王「制節守職，反身不貳」，顯然達到了一個明君的條件。

9. 人主之疾，十有二發❶，非有賢醫，莫能治也。何謂十二發？痿❷，蹶❸，逆❹，脹❺，滿❻，支❼，膈❽，盲❾，煩❿，喘⓫，痺⓬，風⓭，此之曰十二發。賢醫治之何？曰：省事輕刑，則痿不作；無使小民飢寒，則蹶不作；無令財貨上流，則逆不作；無令倉廩積腐，則脹不作；無使府庫充實，則滿不作；無使群臣縱恣⓮，則支不作；無使下情不上通，則膈不作；上材⓯恤下，則盲不作；法令奉行，則煩不作；無使下怨，則喘不作；無使賢伏匿，則痺不作；無使百姓歌吟誹謗，則風不作。夫重臣群下者，人主之心腹支體也。心腹支體無疾，則人主無疾矣。故非有賢醫，莫能治也。人⓰皆有此十二疾，而不用賢醫，則國非其國矣。

《詩》曰：「多將熇熇，不可救藥⑰。」終亦必亡而已矣。故賢醫用則眾庶無疾，況人主乎？

【注釋】❶發　指疾病發作。❷痿　指身體某一部分萎縮或者失去機能。❸蹶　通「厥」。指突然昏倒，手足逆冷等症。❹逆　氣不順。❺脹　腹脹。❻滿　胸脹。❼支　通「肢」。四肢的疾病。❽膈　膈膜上下不通。❾盲　目不明。❿煩　煩躁。⓫喘　呼吸道疾病。⓬痹　麻痹。⓭風　外感風邪所導致的風寒、風熱、風濕等病。這裡都是用疾病來比喻政治。⓮縱恣　放蕩沒有約束。⓯上材　指崇尚有才能的人。上，通「尚」。材，人才。《群書治要》引「材」作「振」。⓰人　《群書治要》作「人主」，當據補。⓱多將熇熇二句　《詩經・大雅・板》中的句子。將，行；做。熇熇，火勢盛大的樣子，這裡指不可收拾。

【語譯】君主的疾病，發作起來有十二種，如果沒有賢能的醫生，是治不好的。什麼是發作起來的十二種疾病？就是痿，蹶，逆，脹，滿，支，膈，盲，煩，喘，痹，風十二種，叫做十二發。賢能的醫生怎麼樣去治它呢？答案就是：減少百姓的勞作之事，減輕刑罰，就不會發生萎縮的疾病；不要讓老百姓受餓受寒，逆冷昏倒的疾病就不會發作；不要讓財貨都集中到身居上位的人的手中，氣不順的疾病就不會發作；不要讓倉庫裡堆積了過多的食物而腐敗，腹脹的疾病就不會發作；不要讓國家的倉庫裡堆滿了各種財物，胸脹的疾病就不會發作；不要讓群臣放縱沒有約束，那麼四肢的疾病就不會發作；不要讓老百姓的下情不能夠達到執政者，那麼膈膜上下不通的疾病就不會發作；崇尚有才能的人，而體恤下情，眼睛看不清的疾病就不會發作；國家法令能夠得到很好的執行，那麼煩躁的疾病就不會發作；不要讓老百姓怨恨，那麼哮喘的疾病就不會發作；不要讓賢人隱藏起來，那麼痲痹的疾病就不會發作；不要讓老百姓用歌謠來表達對政治的不滿，那麼風疾就不會發作。國家的大臣和老百姓，是國君的心腹和四肢。心腹和四肢沒有疾病，那麼國君也就沒有疾病。所以沒有賢能的醫生，是沒有辦法治好的。人君都有這十二種疾病，如果不用賢能的醫生來治療，那麼國家就不成為一個國家了。《詩經》上說：「多行暴政，就會像火勢蔓延那樣不可收拾，沒有藥可以用來治好它。」最後國家必定要滅亡。所以任用賢能的醫生，老百姓都會沒有疾病，何況是國君呢？

【研　析】這一章是以人的疾病來比喻國家的政治，治理國家也如同治病一樣，如果沒有一個好醫生，當然不能將病治好；同樣地，如果沒有好的大臣，國家也不會被治理好。將國家比喻成一個人的身體，這是最常見的比喻之一。如果希望身體能夠健壯，好好地生長，必須要採取一切措施去保養它、鍛鍊它，如果某一方面出現了問題，就會引起整個身體的不適，甚至於引發其他的疾病，國家的政治也是一樣。如果治理天下國家的人能夠明白這個道理，像保護自己的身體一樣保護自己的國家和人民，那麼這個國家一定會興旺發達起來。

10. 傳曰：太平之時，無瘖❶、癃❷、跛❸、眇❹、尪❺、蹇❻、侏儒❼、折短❽。父不哭子，兄不哭弟。道無襁負❾之遺育❿。然各以其序⓫終者，賢醫之用也。故安止平正，除疾之道無他焉，用賢而已矣。《詩》曰：

「有瞽有瞽，在周之庭⑫。」紂之餘民也。

【注釋】①瘖　啞。②⿸疒龍　通「聾」。③跛　腳有殘疾，走起來身體歪歪斜斜，不能平衡。④眇　一隻眼睛瞎。⑤尫　脛、背或胸部彎曲的病。⑥蹇　跛足。⑦侏儒　身材矮小。⑧折短　夭折；未成年而死。⑨襁負　用襁褓背負。襁，背負嬰兒用的寬帶。⑩遺育　指遺棄的嬰兒。⑪序　次序；順序。⑫有瞽有瞽二句　《詩經・周頌・有瞽》中的句子。瞽，盲樂師。

【語譯】古書上說：天下太平的時候，沒有啞、聾、腳有殘疾、瞎眼睛、身材彎曲跛足、身材矮小、夭折等疾病。父親不會因為兒子比自己早死而哭，哥哥不會因為弟弟比自己早死而哭，道路上也不會有用襁褓裹起來的被遺棄的嬰兒。這樣每個人按照自己的長幼次序而得到善終，是任用賢能醫生的緣故。所以得到安定和平、除去疾病的方法沒有別的，就是任用賢能。《詩經》上說：「盲樂師啊盲樂師，在周朝宗廟的大庭上。」這些樂師是商代的遺民。

【研析】這一章的主旨是說國家安定的時候，各種不合適的疾病便不會發生，這是因為任用賢醫的緣故。推而廣之，也只有任用賢能的人，國家才能夠太平，賢醫當然只是有賢能的人之中的一部分而已。所以，也可以將這一章看成是和上一章類似的比喻。

11. 傳曰：喪祭之禮廢，則臣子❶之恩薄。臣子之恩薄，則背死亡生❷者眾。〈小雅〉曰：「子子孫孫，勿替引之❸。」

【注釋】❶臣子　大臣和子孫。❷亡生　亡，通「忘」。生，當從王念孫校作「先」，祖先。❸子子孫孫二句　《詩經・小雅・楚茨》中的句子。替，廢。引，延長。

【語譯】古書上說：喪禮和祭禮如果被廢棄了，大臣和子孫對待君主和先人的恩情就變得淡薄。大臣和子孫對待君主和先人的恩情就變得淡薄了，那麼背棄死者、忘記自己祖先的人就會多了。〈小雅〉上說：「子孫後代們，不要忘記祭禮，要長久地保持它。」

【研析】古人對待禮儀是相當重視的，而喪祭兩種禮儀尤其是其中的重要部分，因為這兩者都表現出來對於先人的一種尊崇之情。禮都是順從人情而發生的，一個人最能表現自己感情的地方是自己的親人，這兩種禮儀表現出來的正好也是對於自己親人的情感。儒家講求推己及人，如果這兩種禮儀廢棄了，就說明對於自己親人的感情都淡薄了，那麼對於其他人的感情必定會更加淡薄。

12. 人事倫❶則順于鬼神，順于鬼神則降福孔皆❷。《詩》曰：「以享以祀，以介景福❸。」

【注　釋】❶倫　有條理；合乎道理。❷孔皆　孔，很。皆，通「偕」。普遍。❸以享以祀二句　這是祭祀時的常用語，《詩經・小雅・大田》及〈大雅・旱麓〉、〈周頌・潛〉中都出現過。享、祀，都指祭祀。介，求。景，大。

【語　譯】人所做的事如果合乎道理，那麼也就會合於鬼神的意志；合乎鬼神的意志，那麼鬼神就會降下普遍的福祉。《詩經》上說：「祭祀用來求得廣大的福祿。」

【研　析】在古人的觀念裡，鬼神和人一樣，但是更加善惡分明，所以說能將人事辦理得合乎道理，必定也會順從鬼神的意志。合乎了鬼神的意志，他們便會給人類降下福祿。常言說「舉頭三尺有神靈」，古人的這一信念，對於激勵人們棄惡從善，是有相當大的作用的。

13. 武王伐紂，到于邢丘，楯❶折為三，天雨三日不休。武王心懼，召太公❷而問曰：「意者紂未可伐乎？」太公對曰：「不然。楯折為三者，軍當分為三也。天雨三日不休，欲灑❸吾兵也。」武王曰：「然何若矣？」太公曰：「愛其人及屋上烏，惡其人者，憎其骨餘❹。咸劉❺厥敵，靡使有餘。」武王曰：「於戲❻，天下未定也。」周公趨而進曰：「不然。使各度❼其宅，而佃❽其田。無獲舊新❾，百姓有過，在予一人❿。」武王曰：「於戲，天下已定矣。」乃修武勤兵於甯，更名邢丘曰懷，甯曰修武。行⑪克紂于牧之野。《詩》曰：「牧野洋洋，檀車皇皇，駟騵彭彭。維師尚父，時維鷹揚。涼彼武王，肆伐大商，會朝清明⑫。」既反⑬商，及下車⑭，封黃帝之後於薊⑮，封帝堯之後於祝，封舜之後於陳。下車而封夏后氏⑯之後於杞，封殷之後於宋，封⑰比干之墓，釋箕子之囚⑱，表商容之閭⑲。濟河而西，馬放華山之陽⑳，示不復乘；牛放桃林之野，示不復服㉑也；車甲衅㉒而藏之於府庫，示不復用也。於是廢軍而郊射㉓，左射〈貍首〉，右射〈騶虞〉㉔，然後天下知武王不復用兵也。祀乎明堂㉕而民知孝，朝覲然後諸侯知以敬㉖。坐三老於大學㉗，天子執醬而饋，執爵而酳㉘，所以教諸侯之悌也。此四者天下之大教也。夫〈武〉㉙之久，不亦宜乎！《詩》曰：「勝殷遏劉，耆定爾功㉚。」言伐紂而殷亡，武也。

【注釋】❶楯 《太平御覽》、《藝文類聚》、《北堂書鈔》引此文皆作「軛」，當從之。軛，牛、馬等拉東西時架在脖子上的器具。❷太公 姓姜，也姓呂，名尚，字子牙，從武王伐紂有功，後封於齊。❸灑 同「洗」。❹骨餘 當從周、趙校本作「胥餘」，村落中的牆壁。❺咸劉 咸，皆。劉，殺。❻於戲 同「嗚呼」。感嘆詞。❼度 《說苑》作「居」，宜從之。❽佃 耕作；開墾。❾無獲舊新 《說苑·貴德》作「無變舊新」，下又有「惟仁之親」四字。《四庫全書考證》認為「獲」當作「或」。❿予一人 帝王自稱之辭。⓫行 輒；即。⓬牧野洋洋八句 《詩經·大雅·大明》中的句子。洋洋，廣大的樣子。皇皇，《毛詩》作「煌煌」，鮮明的樣子。騵，赤毛白腹的馬。彭彭，強壯有力的樣子。師，太師，官名。尚父，對呂尚的尊稱，後世俗稱姜太公。時，是。涼，輔佐。肆，發語詞。會朝，一朝。⓭反 此下皆《禮記·樂記》文。反，鄭玄注認為當作「及」。⓮及下車 《禮記》作「未及下車」。⓯封黃帝之後於蒯 封黃帝之後統治薊地。黃帝，傳說中的上古帝王，姓公孫，名軒轅，戰勝炎帝，擒殺蚩尤，代神農氏為天子。蒯，當從〈樂記〉作「薊」。⓰夏后氏 指夏禹。⓱封 增修。⓲釋箕子之囚 箕子是商時賢人，商紂王的叔父，紂王無道，箕子佯狂為奴，紂囚之。⓳表商容之閭 商容，紂時賢者，深得百姓愛戴，紂廢之。表，表揚；顯揚。閭，里巷；里巷的門。⓴陽 山南稱為陽。㉑服 駕。㉒衅 殺牲取血塗物以祭。㉓廢軍而郊射 解散軍隊，在郊區的學宮舉行射禮。㉔左射貍首二句 左，指東郊學宮。右，指西郊學宮。〈貍首〉、〈騶虞〉，都是合樂《詩》篇的名稱，〈貍首〉已佚，〈騶虞〉見《詩經·召南》。㉕明堂 古代天子宣明政教的地方，凡朝會、祭祀、慶賞、選士等大典，都在此舉行。㉖朝覲然後諸侯知以敬 《禮記》作「朝覲然後諸侯知所以臣，耕籍然後諸侯知所以敬」，當據補。㉗坐三老於大學 三老，年紀大而有德行者，從退休官員中選出，掌教化。大學，即太學，古代設於京城的最高學府。㉘執爵而酳 爵，酒杯。酳，食畢以酒漱口，古代宴會或祭祀時的一種禮儀。㉙武 舞名，描述武王伐紂的情景。㉚勝殷遏劉二句 《詩經·周頌·武》中的句子。遏、劉，都是消滅的意思。耆，達到。

【語 譯】周武王討伐商紂王，到了邢丘這個地方，車軛折成了三段，雨下了三天還不停止。周武王心裡畏懼，將姜太公請來問道：「或者還不能夠討伐商紂王吧？」姜太公回答說：「不是這樣的。車軛折成了三段，表示我們的軍隊應該分成三個部分。雨下了三天還不停止，這是為了洗滌我們的兵士。」武王問道：「那麼應該怎麼辦呢？」姜太公說：「要是喜歡那個人，會連帶著喜歡他屋子上那不吉祥的烏鴉，如果厭惡那個人，會連他們家的牆壁都憎恨。將敵人全部消滅，不要讓他們留下一個人。」周武王說：「哎呀，天下還沒有能夠安定啊！」周公快步走上前去說：「不是這樣的。讓每個人安居在自己家裡，耕種自己的田地。不管他是故舊，還是新的相識，你都應該親近他們之中有仁德的人。老百姓如果有什麼過錯，這過錯應該由天子一個人來承擔。」武王說：「哎，天下已經能夠安定了。」於是整頓軍隊，駐兵在甯這個地方，將邢丘改名為懷，將甯改名為修武。於是在牧野戰勝了商紂王。《詩經》上說：「牧野廣大寬闊，檀木的兵車明亮閃耀，四匹馬威武雄壯。三軍的統帥姜太公，輔佐周武王攻打商朝，天下一朝就獲得了清平。」周武王到達商國，還沒有來得及下戰車，就命人敕封黃帝的後裔統治薊地，敕封堯的後裔統治祝這個地方，封舜的後裔統治陳地。下了兵車以後，封夏禹的後裔統治杞這個地方，封殷商的後裔統治宋這個地方，修理比干的墓地，將箕子從監獄裡釋放出來，表彰賢臣商容的里巷。渡過黃河向西，將戰馬放養在華山的南面，表示不再用戰馬作戰；將拉輜重的牛放在桃林的田野裡，表示不再用牠們來拉戰鬥的物資；將戰車和盔甲都塗上牲血進行祭祀，收藏在國家的府庫裡，表示不再用它們來戰鬥。於是解散軍隊，在郊外的射宮裡舉行射禮，在東郊的射宮裡射箭的時候，配合著〈貍首〉的樂曲，在西郊的射宮裡射箭的時候，配合著〈騶虞〉的樂曲，然後天下的人都知道周武王將不再使用軍隊。在明堂裡面祭祀上帝，而用文王配享，老百姓都懂得了孝道；定期朝見天子，然後諸侯都知道了如何做臣子；天子初春之時在專供祭祀用糧的籍田中舉行耕種儀式，然後諸侯就知道了如何敬奉祖先。定期在太學舉行食禮，隆重接待德高望重的三老，天子親自捧著盛醬的食器請他們食用，吃完了，天子親自拿著酒爵請他們漱口，用這種典禮教導諸侯，讓他們懂得敬老的道理。這四種都是天下最重要的教育內容。這種表現文治武功的〈武〉舞，要演奏很長的時間，不是很適宜的嗎！《詩經》上說：「戰勝殷朝，滅亡他們，確立你的功勳。」說的是討伐紂王而殷朝滅亡，這是武王的功業。

【研析】這一章的重點是在後半段，文章一開始所說的「楯折為三，天雨三日不休」這樣的異兆當然不必理會太多，重要的是姜太公和周武王所說的使老百姓安居樂業的方法。武王克紂之後所施行的一系列措施，比如封歷代帝王之後，封比干之墓，釋箕子之囚，表商容之閭。馬放華山，牛放桃林，捲甲韜兵，示不復用，這也正是儒者們汲汲稱道的地方，表示天下從此太平，不再有戰爭之事。而對老百姓進行教育又是另一件大事，孝悌忠信，講求禮儀，種種教育，是所謂「天下之大教」，這也是中國「禮樂文明」的開始，從歷史發展而言，中國的社會形態也步入了一個新的階段。就其根本來說，則仍然不外乎是治理天下國家的道理。周朝能夠成為中國歷史上年代最久的一個朝代，則正是由於儒家所稱道的這種文明的力量。

14. 孟嘗君請學於閔子❶，使車往迎閔子。閔子曰：「禮有來學，無往教。致師而學不能學，往教則不能化君也。君所謂不能學者也，臣所謂不能化者也。」於是孟嘗君曰：「敬聞命矣。」明日祛衣請受業❷。《詩》曰：「日就月將❸。」

【注　釋】❶孟嘗君句　孟嘗君，戰國時齊國人，姓田，名文，曾為齊國宰相，封於薛，號孟嘗君，以養客知名。閔子，不詳。❷祛衣請受業　祛，借為「摳」，提。受業，指從師學習。❸日就月將　《詩經・周頌・敬之》中的句子。就，久。將，長。日就月將，猶言日積月累。

【語　譯】孟嘗君請求向閔子學習，派車子去迎接閔子。閔子說：「按照禮儀，有學生到老師這裡來學習的，而沒有老師到學生那裡去進行教育的。將老師請到學生那裡，然後向他學習，那是不能夠學好的；老師到學生那裡去實行教育，也不能夠真正對您實行教化。如果這樣的話，您就是那不能夠學好的人，我就是那不能真正實行教化的人。」於是孟嘗君就說：「我很恭敬地聽到了您這一番教命。」第二天就來到閔子家裡，走動時提起衣服的前襟表示恭敬，請求向閔子學習。《詩經》上說：「日積月累地經常學習。」

【研　析】古代的這種「有來學，無往教」的觀念，當然是出於尊師重道的考慮。所以凡是來學的，往往是體現出了一種對於「道」的真正的渴望和追求，這樣的人，才能夠真正地將「道」學好並且發揚下去。「師」和「道」當然是一體的，師之所在，道之所存，所以，尊師也即是重道。

15. 劍雖利，不厲不斷❶；材雖美，不學不高。雖有旨酒嘉殽❷，不嘗，不知其旨；雖有善道，不學，不達其功。故學然後知不足，教然後知不究❸。不足故自愧而勉，不究故盡師❹而熟。由此觀之，則教學相長也。子夏問《詩》，學一以知二，孔子曰：「起予者商也，始可與言《詩》已矣！」孔子賢乎英傑而聖德備，弟子被光景❺而德彰。《詩》曰：「日就月將。」

【注　釋】❶不厲不斷　厲，同「礪」。磨礪。斷，指能斷物。❷旨酒嘉殽　旨、嘉，都是美的意思。殽，當作「肴」。❸究　究竟，指深入研究。❹師　屈守元認為當從《孔子集語》作「思」。❺光景　陽光；光輝。這裡比喻孔子的道德。

【語　譯】劍的本質雖然鋒利，但是如果不去磨礪它，就不能夠砍斷東西；人的資質雖然很美好，但是如果不去學習，就不會很高明。雖然有美酒嘉肴，如果不去品嘗它們，就不知道它們的美好；雖然有高明的道理，不去學習它，就不能夠達成它的功用。所以學習了之後才知道自己學問的不足，教學了之後才知道自己研究得不深透。知道自己學問的不足，所以自己感到慚愧而勉勵自己進一步學習；知道自己研究得不深透，才能夠竭盡自己的思慮，而使它達到一個完熟的境地。由此看來，教育和學習是互相促進而增長的。子夏向孔子請教《詩經》，學到了其中的一個，就觸類旁通地瞭解另一個，孔子說：「能夠啟發我的人是卜商，可以開始和他談論《詩經》了！」孔子的才能比一般的傑出人物更高，具備聖人的道德，他的學生接受他的教化，德行也能夠彰顯。《詩經》上說：「日積月累地經常學習。」

【研　析】這一章所講的也是學習，學習是多方面的。學習當然適合各種人，並不是普通人才需要學習，資質高的更需要學習。學習和教學也是相輔相成的，學習的人可以進步，從事教學的人也因為教學中遇到的問題而得到提高。孔子和子夏便是一個例子，子夏固然通過孔子的教育而成材，但是子夏和孔子在教學過程中的討論，也使孔子本身得到啟發，所以孔子也說過「起予者商也」這樣的話。

16. 凡學之道，嚴師❶為難。師嚴然後道尊，道尊然後民知敬學。故太學之禮，雖詔❷於天子，無北面❸，尊師尚道也。故不言而信，不怒而威，師之謂也。《詩》曰：「日就月將，學有緝熙于光明❹。」

【注　釋】❶嚴師　尊敬老師。❷詔　告。指講說。❸無北面　北面，面向北。天子坐的時候，面南背北，所以北面是臣子的禮儀。太學裡尊師重道，所以老師不用臣子之禮來講授。《禮記・學記》中在此下還有句子說：「是故君之所不臣於其臣者二：當其為尸，則弗臣也；當其為師，則弗臣也。」❹日就月將二句　《詩經・周頌・敬之》中的句子。緝熙，積漸廣大。

【語譯】在學習之中，最困難的是尊敬老師。老師受到尊敬，然後知識、道理才能受到尊重，知識、道理受到尊重，然後人民才知道嚴肅地對待學習。所以依照太學中的禮儀，老師即使對著天子講授，也不面朝北面陳說，這是為了尊敬老師，崇尚道理。所以不必說話別人就很信任他，不必發怒而自然就有威嚴，說的就是老師。《詩經》上說：「日積月累地經常學習，積漸廣大以至於光明。」

【研析】這和前面第十四章所表達的意思比較接近，尊敬老師便能夠體現出「道」的尊嚴，所以從天子以至於一般的老百姓，都要尊敬老師，即使以天子之尊，也不將老師當作臣子來看待，因此在古代禮儀之中，「太學之禮」便是體現出了尊師這一點。

17. 傳曰：宋大水，魯人弔之曰：「天降淫雨❶，害於粢盛❷，延及君地，以憂執政，使臣敬弔。」宋人應之曰：「寡人不仁，齋戒❸不修，使民不時，天加以災，又遺君憂，拜命之辱❹。」孔子聞之曰：「宋國其庶幾❺矣。」弟子曰：「何謂？」孔子曰：「昔桀、紂不任其過，其亡也忽焉。成湯、文王知任其過，其興也勃❻焉。過而改之，是不過也。」宋人聞之，乃夙興夜寐，弔死問疾，戮力宇內❼。三歲，年豐政平。鄉❽

使宋人不聞孔子之言，則年穀未豐，而國家未寧。《詩》曰：「佛時仔肩，示我顯德行❾。」

【注釋】❶淫雨　雨水下得過度。❷粢盛　古代盛在祭器內以供祭祀的穀物。❸齋戒　古人在祭祀前沐浴更衣，整潔身心，以示虔誠。❹拜命之辱　為當時的習慣用語，意義相當於後世的「承蒙關注，實不敢當」。❺庶幾　差不多；近似。指其有道德而將興盛。❻勃　興盛的樣子。❼戮力宇內　戮力，合力；并力。宇內，這裡指國內。❽鄉　通「向」。從前。❾佛時仔肩二句　《詩經・周頌・敬之》中的句子。佛，同「弼」。輔佐。時，是。仔肩，責任。顯，光明。

【語　譯】古書上說：宋國發生了大水災，魯國的使者去弔唁說：「天上降落了過度的雨水，損害了穀物的生長，蔓延到你們的土地，使你們的執政大臣感到擔憂，我們的國君派我來恭敬的弔唁。」宋國接洽賓客的人代替他的國君回答說：「是我沒有仁德，祭祀時的誠心不夠，役使老百姓不合乎時節，所以上天給我降下這樣的災難，又讓您的國君為我擔憂，承蒙關注，實不敢當。」孔子聽說了以後，就評論說：「宋國差不多能夠興盛了吧。」他的學生問他：「這是什麼意思呢？」孔子說：「以前夏桀、商紂不承擔自己的過錯，所以他們滅亡得很快。商湯和周文王願意承擔自己的過錯，所以他們的國家就很興盛。有了過錯能夠改正，那就不算是過錯了。」宋國人聽到了這評論之後，就早起晚睡，弔唁死亡的百姓，慰問生病的百姓，齊心協力治理國家。三年之後，國家五穀豐登，政治平和。如果從前讓宋國人沒有聽到孔子的言論，那麼他們的穀物就不會收穫，他們的國家也不會安寧。《詩經》上說：「輔佐我承擔責任，指示我光明的德行。」

【研析】水旱之災，對於古人的生活影響非常大，春秋戰國時期便常常導致一個國家的全面災荒。因此，這樣的災害也被認為是國君有過錯。宋國的大水，宋國國君肯承認這是由於自己的過錯，因此全面改正自己的不足，自稱「不仁」，「使民不時」，因為一場災害而將許多真正的錯誤改掉，那麼對於一個國家的發展和興盛當然是大有好處的，所以孔子稱道他的這種德行。改過是一種光明正大的好事，因此，不掩飾自己的過錯便也是一種美德，即使從改過不吝這一點來看，宋君也是值得讚揚的。

18. 齊桓公設庭燎❶，為便人欲造見者，朞年❷而士不至。於是東野有以九九❸見者。桓公使戲之曰：「九九足以見乎？」鄙人❹曰：「臣聞君設庭燎以待士，朞年而士不至。夫士之所以不至者，君天下之賢君也，四方之士皆自以不及君，故不至也。夫九九，薄能耳，而君猶禮之，況賢於九九者乎！夫太山不讓❺礫石，江海不辭小流，所以成其大也。《詩》曰：『先民有言，詢于芻蕘❻。』博謀也。」桓公曰：「善。」乃固禮❼

之。朞月，四方之士相導而至矣。《詩》曰：「自堂徂基，自羊徂牛❽。」以小成大。

【注　釋】❶齊桓公設庭燎　齊桓公，名小白，任用管仲為相，尊王攘夷，成為春秋時諸侯的霸主。庭燎，設置在庭前的火燭。❷朞年　一週年。❸九九　指算術一類的書。❹鄙人　邊鄙的人；邊境上的人。❺讓　不接受。❻先民有言二句　《詩經・大雅・板》中的句子。芻蕘，指樵夫。芻，草。蕘，柴。❼固禮　再三禮讓；厚禮。《文選注》無此字，《冊府元龜》作「因」。❽自堂徂基二句　《詩經・周頌・絲衣》中的句子。徂，到。基，堂基。

【語　譯】齊桓公在堂前設了大火燭，以方便想來到這裡見他的人，過了一年，沒有一個士人來見他。這時候東面郊野的地方有人懂得算術，就來求見桓公。齊桓公讓人以戲弄的口吻對他說：「懂得一點算術，就足夠見君主了嗎？」這個邊境地帶的人說：「我聽說國君您在庭前設置了大火燭用來接待士人，可是一年以來都沒有士人到來。士人之所以不來的原因，是因為您是天下賢良的國君，四方的士人都認為自己的才能比不上國君，所以他們不來。算術，只是一項淺薄的才能，如果國君還能夠禮遇有這種薄才的人，何況比這種才能更賢能的人呢？泰山不拒絕碎石，長江大海不推辭細小的河流，所以能夠成就它們的廣大。《詩經》上說：『從前的賢人有句話說：即使是樵夫，也值得向他們請教一些問題。』這是說要廣泛地聽取別人的意見。」齊桓公說：「說得好。」就很好地接待這個人。過了一個月，四方的士人互相導引，來到齊桓公這裡。《詩經》上說：「從堂上走到堂基，從小羊到大牛。」說的是從小到大。

【研析】《尚書・秦誓》中說：「如有一介臣，斷斷猗無他技，其心休休焉，其如有容。人之有技，若己有之；人之彥聖，其心好之，不啻若自其口出。實能容之，以能保我子孫黎民，亦職有利哉！」俗語裡面也說：「海納百川，有容乃大。」作為大臣尚且應該容納各種各樣的人才，將他們的技藝才能當作自己的才能一樣來為國家作貢獻，作為國君就更應該如此。齊桓公因為一心要求天下的賢士，所以忽略一些具有薄技微能的人，所以士人不敢輕易前來。東野鄙人對他說的「太山不讓礫石，江海不辭小流，所以成其大」這樣的話，是很有啟發意義的。這樣的故事在古代有很多，例如《史記・燕召公世家》記載：「燕昭王於破燕之後即位，卑身厚幣以招賢者。謂郭隗曰：『齊因孤之國亂而襲破燕，孤極知燕小力少，不足以報。然誠得賢士以共國，以雪先王之恥，孤之願也。先生視可者，得身事之。』郭隗曰：『王必欲致士，先從隗始。況賢於隗者，豈遠千里哉！』於是昭王為隗改築宮而師事之。樂毅自魏往，鄒衍自齊往，劇辛自趙往，士爭趨燕。」也是類似的一例。

19. 太平之時，民行役者不踰時，男女不失時以偶，孝子不失時以養。外無曠夫，內無怨女❶。上無不慈之父，下無不孝之子。父子相成，夫婦相保。天下和平，國家安寧。人事備乎下，天道應乎上。故天不變經，地不易形，日月昭明，列宿❷有常。天施地化❸，陰陽和合。動以雷電，潤以風雨，節以山川，均以寒暑。萬民育生，各得其所，而制國用。故國有所安，地有所主。聖人刳❹木為舟，剡木為檝❺，以通四方之物，使澤人足乎木，山人足乎魚，餘衍❻之財有所流，故豐膏❼不獨樂，磽确❽不獨苦。雖遭凶年飢歲，禹、湯之水、旱，而民無凍餓之色。故生不乏用，死不轉尸❾，夫是之為樂。《詩》曰：「於鑠王師，遵養時晦❿。」

【注釋】❶外無曠夫二句　指男女能夠及時婚配。曠夫，無妻的成年男子。怨女，無夫的成年女子。❷宿　星宿。❸天施地化　天地化生萬物。施、化，指生長萬物。❹刳　剖。❺剡木為檝　剡，削。檝，同「楫」。槳。❻餘衍　多餘的東西。❼豐膏　指土地肥沃。❽磽确　指土地貧瘠。❾轉尸　指拋棄屍體。❿於鑠王師二句　《詩經・周頌・酌》中的句子。於，嘆美之辭。鑠，同「爍」。輝煌的樣子。遵，率兵。養，取。時，是。晦，昏聵。指商紂王。

【語譯】天下太平的時候，老百姓從事征役不會超過耕作的時間，男女也能夠及時婚配，孝子也能夠按時奉養父母。在外沒有找不到妻子的男子，在內沒有找不到丈夫的女子。在上沒有不仁慈的父親，在下沒有不孝順的子女。父子互相勉勵而成就，夫婦互相愛護而相安。天下和平，國家安定。凡是能夠做到的順應天道的人事都已經具備了，上天也就與人事相應。所以天不改變它的常道，大地也不變化它的形狀，太陽和月亮都光明地列在天上，眾星宿也各有它固定的位置。天地化生萬物，陰陽二氣也很和諧地運行。以雷電來發動萬物，以風雨來滋潤萬物，以山川來調節萬物，以寒暑來平衡萬物。老百姓繁衍後代，各自得到他們應有的住所，能夠安居樂業，然後來制衡國家的用度。所以國家能夠安定，土地各有它的主人。有聖德的人剖開樹木做成舟，砍削樹木做成槳，以流通各地的物品，使處在水澤中的人也有足夠的木材用，使居住在山中的人也有足夠的魚吃，使多餘的財物能夠流通到各地，所以土地肥沃的人不單獨享用，土地貧瘠的人也不會單獨受苦。即使遭遇到收成不好的年頭，就像夏禹、商湯所遇到的水災、旱災那樣，老百姓也不會有受凍受餓的臉色。所以活著的時候不缺乏用度，死後也不會被拋棄屍體，這才叫做快樂。《詩經》上說：「王師的戰績是多麼輝煌，率領軍隊滅掉那昏聵的商紂王。」

【研析】這一章可以和本卷的第十章合讀。此章先述人事，老百姓安居樂業，國家和平安定，這樣天道就會自然和人道相應，得以風調雨順，天地和諧。所謂「人事備乎下，天道應於上」。然後有才能的人便出來為人民做更多的事情，互通四方的有無，讓老百姓儲藏財貨，以備荒年，那樣即使遇到水旱災害，也不會受到太大的影響。這是一幅簡樸但比較理想的治理天下的圖景。

20. 能制天下，必能養其民也。能養民者，為自養也。飲食適乎藏❶，滋味適乎氣，勞佚適乎筋骨，寒煖適乎肌膚，然後氣藏平，心術治，思慮得，喜怒時，起居而遊樂，事時而用足，夫是之謂能自養者也。故聖人不淫佚侈靡者，非鄙夫色而愛財用❷也。養有適，過則不樂，故不為也。是以夏不數❸浴，非愛水也；冬不頻湯❹，非愛火也；不高臺榭，非無土木也；不大鐘鼎❺，非無金錫也；不沉於酒，不貪於色，非辟❻醜也。直行情性之所安，而制度可以為天下法矣。故用不靡財❼，足以養其生，而天下稱其仁也。養不害性，足以成教，而天下稱其義也。適情辟餘，不求非其有，而天下稱其廉也。行成不可掩，息刑不可犯，執一道而輕萬物，天下稱其勇也。四行在乎民，居則婉愉❽，怒則勝敵，故審其所以養，而治道具矣。治道具而遠近畜矣。《詩》曰：「於鑠王師，遵養時晦。」言相養者之至於晦也。

【注釋】❶藏　通「臟」。❷鄙夫色而愛財用　鄙，鄙薄。色，美色。愛，吝惜。❸數　屢次。❹湯　熱水。❺鐘鼎　皆金屬製的器物。鐘，樂器。鼎，三足的食器。❻辟　同「避」。❼靡財　過度的財物，指浪費財物。❽婉愉　快樂。

【語　譯】能夠制約天下，必定能夠養育他的老百姓。能夠養育老百姓，是因為他能夠保養自己。飲食適合內臟的需要，滋味適合口氣的需要，勞動和安逸適合筋骨的需要，冷暖適合肌膚的需要，然後心氣和內臟得到平和，心理才能得到治理，思考問題才能有得，喜怒能夠合時，起居和閒遊才能快樂，做事合乎時務，各種用度都充足，這叫做能夠自己保養自己的人。所以聖人不過度安逸浪費，並不是輕視美色而吝惜財物。因為保養自己有一個適度，超過了這個限度就不快樂，所以他不去做。所以夏天不過多地洗浴，並不是因為他吝惜水；冬天不過多地洗熱水澡，不是因為他吝惜柴火；不把樓臺築得過高，並不是因為他沒有泥土和木料；不把鐘鼎鑄得過大，並不是因為他沒有銅和錫；不沉湎於酒，不貪美色，並不是因為這是醜陋的事而加以躲避。直接順著性情所安適的限度去做，那麼他所制訂的制度可以作為天下的法則。所以用度之中不靡費財物，足夠用來養生，天下都認為他是有仁德的人。奉養自己不至於損害自己的天性，足以用來教化老百姓，天下都認為他做事合乎義理。順適自己的性情，推辭多餘的東西，不是自己應得的東西就不去追求，天下人都認為他很廉潔。做事情成功而不會被掩蓋，不用刑罰而別人也不能侵犯他，把握一種道理而輕視萬物，天下都認為他很勇敢。這四種德行如果能夠推行在老百姓當中，平居的時候就很快樂，發怒的時候就能夠戰勝敵人，所以審察他用來保養自己的方法，治理天下的道理也就具備了。治理天下的道理具備了，遠近的人民都能夠各得所養。《詩經》上說：「王師的戰績是多麼輝煌，率領軍隊滅掉那昏聵的商紂王。」說的是率領軍隊去討伐，而至於商紂王。

【研　析】聖人能養其身，推至其極，則可以養天下。養生的道理在於勞逸、寒暖各得其中，從而心平氣和，無過不及之患。養天下的道理在於適應人的性情，以仁、義、廉、勇來涵養節制鍛鍊他們，讓天下人得到「性情之所安」，因此，治理天下實際上也就是治理一身的推廣，所以說「審其所以養，而治道具矣」。如果治理國家也像對身心不節制那樣任意妄為，那麼天下也必定會像身體那樣很快崩潰。所以，能夠瞭解養生的道理，也就能夠明白治理天下的道理。

21. 公儀休❶相魯而嗜魚，一國人❷獻魚而不受。其弟諫曰：「嗜魚不受，何也？」曰：「夫欲嗜魚，故不受也。受魚而免於相，則不能自給魚。無受而不免於相，長自給於魚。」此明於魚為己者❸也。故老子曰：「後其身而身先，外其身而身存。非以其無私乎？故能成其私❹。」《詩》曰：「思無邪❺。」此之謂也。

【注釋】❶公儀休　姓公儀，名休，戰國時魯國人。為博士，曾做魯相。❷一國人　《韓非子》作「一國盡爭買魚而獻之」，則當指「一國之人」，而不是國中的一個人。❸明於魚為己者　其中「魚」字當從《韓非子》及《淮南子》刪。❹後其身而身先四句　見《老子》第七章。❺思無邪　《詩經・魯頌・駉》中的句子。

【語譯】公儀休做魯國的卿相，喜歡吃魚，全國的人都獻魚給他，他不接受。他的弟弟勸諫他說：「你愛好吃魚，別人獻魚給你，你卻不接受，這是為什麼？」公儀休回答說：「正因為我喜歡吃魚，所以不能接受。如果接受別人的魚卻被免掉了相位，那我就沒有足夠的俸祿去買魚。不接受他人的魚，就不會被免掉相位，那麼我可以長期自己買魚吃。」這是懂得為自己打算。所以老子說：「把自己放在最後，反而能夠占據先機；把自身置之度外，反而能夠保存自己。這不正是因為他沒有私心嗎？這樣反而能夠成就他自己的私心。」《詩經》上說：「思慮不能有所偏邪。」說的就是這個道理。

【研　析】這裡所說的是依據道家的學說。《老子》中提到的一些句子如「明道若昧、進道若退」、「大方無隅、大器晚成、大音希聲、大象無形」等等，意思都與這裡所表達的差不多，是一種辯證的觀念。公儀休不受魚，所以能夠有魚，也就是《老子》中所說的「非以其無私乎？故能成其私」，這種以退為進的觀念，倒是在歷史上時常出現的。當然，公儀休在這裡所表達的並不是簡單的不受魚的問題，而是一種普遍的道理。

22. 傳曰：魯有父子訟者，康子❶欲殺之。孔子曰：「未可殺也。夫民父子訟之為不義久矣，是則上失其道。上有道，是人亡❷矣。」訟者聞之，請無訟。康子曰：「治民以孝，殺一不義，以僇❸不孝，不亦可乎？」孔子曰：「否。不教而聽其獄，殺不辜❹也。三軍大敗，不可誅也。獄讞❺不治，不可刑也。上陳之教而先服❻之，則百姓從風矣。邪行❼不從，然後俟之以刑，則民知罪矣。夫一仞❽之墻，民不能踰；百仞之山，童子登遊焉。陵遲❾故也。今其仁義之陵遲久矣，能謂民無踰乎？《詩》曰：『俾民不迷❿。』昔之君子道⓫其百姓不使迷，是以威厲而刑措⓬不用也。故形⓭其仁義，謹其教道，使民目晰⓮焉而見之，使民耳晰焉而聞之，使民心晰焉而知之，則道不迷而民志不惑矣。《詩》曰：『示我顯德行⓯。』故道義不易，民不由也。禮樂不明，民不見也。《詩》曰：『周道如砥，其直如矢⓰。』言其易也。『君子所履，小人所視』⓱，言其明也。『睠言顧之，潸焉出涕』⓲，哀其不聞禮教而就刑誅也。夫散其本教而待之刑辟⓳，猶決其牢而發以毒矢也，不亦哀乎？故曰未可殺也。昔者先王使民以禮，譬之如御也，刑者鞭策⓴也。今猶無轡銜㉑而鞭策以御也，欲馬之進則策其後，欲馬之退則策其前，御者以勞而馬亦多傷矣。今猶此也，上憂勞而民多罹㉒刑。《詩》曰：『人而無禮，胡不遄死？』㉓為上無禮則不免乎患，為下無禮則不免乎刑，上下無禮，胡不遄死？」康子避席再拜曰：「僕㉔雖不敏，請承㉕此語矣。」孔子退朝，門人子路難曰：「父子訟，道邪？」孔子曰：「非也。」子路曰：「然則夫子胡為君子而免之也？」孔子曰：「不戒責成㉖，害也；慢令致期㉗，暴也；不教而誅，賊㉘也。君子為政，避此三者。且《詩》曰：『載色載笑，匪怒伊教㉙。』」

【注釋】❶康子　季康子，即季孫肥，春秋時魯國大夫。❷亡　通「無」。❸僇　辱。❹不辜　無罪的人。辜，罪。❺獄讞　獄，訴訟。讞，審判定罪。❻服　事；做。❼邪行　行為邪僻。《說苑》作「躬行」。❽仞　古時八尺或七尺為一仞。❾陵遲　斜坡延緩。引申為逐漸敗壞。❿俾民不迷　《詩經・小雅・節南山》中的句子。⓫道　通「導」。⓬威厲而刑措　「威厲」下當從《荀子》補「不試」二字。試，用。措，棄置。⓭形　表現；彰顯。⓮晰　明亮；明白。⓯示我顯德行　《詩經・周頌・敬之》中的句子。顯，光明。⓰周道如砥二句　《詩經・小雅・大東》中的句子。周道，大路。砥，磨刀石。矢，箭。⓱君子所履二句　《詩經・小雅・大東》中的句子。履，行走。⓲睠言顧之二句　《詩經・小雅・大東》中的句子。睠，回頭的樣子。言，語詞。潸，流淚的樣子。⓳辟　刑罰。⓴策　馬鞭。㉑轡銜　轡，韁繩。銜，同「銜」。馬銜口。㉒罹　遭受。㉓人而無禮二句　《詩經・鄘風・相鼠》中的句子。遄，快。㉔僕　自謙的稱呼。㉕承　承受；接受。㉖不戒責成戒，申誡。責，要求。㉗慢令致期　慢令，出令殆慢。致期，限期完成。㉘賊　殘害。㉙載色載笑二句　《詩經・魯頌・泮水》中的句子。載，語詞。色，臉色溫和。匪，不。伊，語詞。

【語　譯】古書上說：魯國有父子之間互相訴訟的，季康子想把兒子殺掉。孔子說：「不能殺。老百姓父子之間互相訴訟這種不合道義的事情，由來已久，這是在上的人失掉了道義的緣故。如果在上的人講求道義，這種人就不會有了。」訴訟的人聽到了這番話，就請求撤消訴訟。季康子說：「我用孝道去治理老百姓，殺掉一個不講道義的人，以羞辱那些不孝的人，難道不可以嗎？」孔子說：「不可以。不對老百姓進行教育，等他犯了法就給他判罪，這等於是殺害沒有犯罪的人。三軍都打了敗仗，是不可能將他們全部殺掉的。刑獄沒有治理好，不能夠將他們處以刑罰。在上位的人陳列出來的教化，自己先去實行它，那麼老百姓就會跟從了。如果還是不跟從，去做邪僻的事情，然後再對他們施加刑罰，老百姓就知道自己的罪過了。一仞高的城牆，普通人是爬不過去不能超越的；而一百仞高的山，連兒童都可以登上去遊覽。這是因為山坡是逐漸傾斜的緣故。現在仁義的傾斜衰微已經很久了，還能認為老百姓無法超越嗎？《詩經》上說：『使老百姓不迷惑。』以前在上位的君子引導人民使他們不迷惑，所以用不著威嚴，刑罰也可以棄置不用。所以在上位的人能夠表現出仁義，謹慎教育之道，使老百姓的眼睛可以明白地看見它，耳朵可以明白地聽到它，心裡可以明白地知道它，那麼道理就不會混亂，而老百姓也不會迷惑了。《詩經》上說：『給我顯示出光明的德行。』所以道義不淺易的話，老百姓就沒有辦法遵從，禮樂如果不明白的話，老百姓就看不清楚。《詩經》上說：『大路像磨刀石那樣平坦，像箭那樣直。』是說明它的淺易。『君子從這上面走過，老百姓也能夠看到。』這是說它很明白。『回過頭來看著它，眼淚濟然地流了下來。』這是哀痛老百姓還沒有接受禮儀的教化就接受了刑罰。如果疏忽了根本的教化，而用刑罰來對待老百姓，就好像打開了牢房而用有毒的箭來射他們一樣，這難道不是很悲哀的一件事嗎？所以說不可以殺。以前有道德的君王遵循禮儀來使用老百姓，就好像是駕馬一樣，刑罰就像是馬鞭子。現在就好像駕馬的人還沒有轡繩和馬銜口，就用馬鞭子來抽打他們。想讓馬向前進就從後面鞭打牠，想讓馬後退就從前面鞭打牠，這樣駕馬的人很疲勞，馬也會受很多的傷。現在的政治就如同這樣，在上位的人憂愁疲勞，而老百姓很多都遭受刑罰。《詩經》上說：『人如果不懂得禮儀，為什麼不趕快去死呢？』在上位的人如果沒有禮儀就難免會有憂患，在下位的人如果沒有禮儀，就難免會遭受刑罰。如果上下都不懂得禮儀，那為什麼不趕快去死呢？」季康子離開席子，拜了兩次，說：「我雖然心智不敏捷，但是也請讓我遵守您這一番話。」孔子退朝之後，他的學生子路責難孔子說：「父子互相訴訟，難道合乎道義嗎？」孔子說：「不是的。」子路說：「那麼您為什麼要替執政者免除對他們的處罰呢？」孔子說：「還沒有告誡他們就要求他們有所成功，這是傷害了他們；發布政令很緩慢，卻責令他們在較短的時間裡完成，這是對他們過於強暴；不對他們進行教育就誅殺他們，這是殘害他們。有道德的人從事政事，要避免這三個方面。而且《詩經》上也說：『臉色溫和，笑容滿面，這不是發怒，而是對他們實行教育。』」

【研　析】父子之間的爭訟，在古人看來，是大逆無道的事情，但是孔子這裡卻從這件事裡引申出來另外一番道理。表面上看來，這只是由於父子爭訟的一樁不合乎倫理和道義的事情，但是其深層的原因則應該探討為什麼會出現這樣的事情。這種事情出現得越多，只能越加說明在上位的人管理得不好，教化不力，孔子說這是「上失其道」，所以「仁義陵遲」。必須使老百姓明白禮樂，簡便易行，這才是教化的根本。如果沒有教化就用刑罰去懲處他們，就是在上者的不是，「不戒責成、慢令致期、不教而誅」都是不可行的。

23. 當舜之時，有苗❶不服。其不服者，衡山在南，岐山在北，左洞庭之波，右彭澤❷之水，由此險也。以其不服，禹請伐之。而舜不許，曰：「吾喻教❸猶未竭也。」久喻教而有苗民請服。天下聞之，皆薄禹之義，而美舜之德。《詩》曰：「載色載笑，匪怒伊教。」舜之謂也。問曰：「然則禹之德不及舜乎？」曰：「非然也。禹之所以請伐者，欲彰舜之德也。故善則稱君，過則稱己，臣下之義也。假使禹為君，舜為臣，亦如此而已矣。夫禹可謂達乎為人臣之大體也。」

【注釋】❶有苗　有苗氏，古指西南一帶的苗族。❷彭澤　即今鄱陽湖。❸喻教　勸諭教化。

【語譯】在舜做天子的時候，西南一帶的有苗氏不服從他的管理。他們之所以不服從，是因為他們所居住的地方，南面有衡山，北面有岐山，西面是洞庭湖，東面是鄱陽湖，有這樣的險阻。因為他們不服從，禹就請求討伐他們。舜不同意，說：「我的教化還沒有竭盡全力。」經過長期的勸諭教化，苗民請求歸服。天下人聽說了之後，都鄙薄禹的道義，而讚美舜的道德。《詩經》上說：「臉色溫和，笑容滿面，這不是發怒，而是對他們實行教育。」說的就是舜啊。有人問：「那麼禹的道德比不上舜嗎？」回答說：「不是這樣的。禹之所以請求討伐有苗氏，正是想要彰顯舜的道德。所以善的地方就說是君王做的，過錯的地方就說是自己做的，這是做臣子的道義。如果禹做君王，而舜做臣下的話，舜的作法也會和禹一樣。禹可以說是通達做人臣子的大道理了。」

【研析】這一章所說的主要是君臣之間的關係。在古人看來，作為大臣，應該將好名聲、好事情都推到君主身上，壞事及壞名聲都自己來承擔，所謂「善則稱君，過則稱己」，這便是所謂的君臣之義。舜和禹都明白這個道理，所以就如同表演一樣，將這種道理通過對有苗氏的態度表現出來，按照孟子的話說是「易地則皆然」。這種道理在今天當然不能夠通行，因為每個人都應該承擔自己的責任，但是在古代社會裡，尤其是遠古時代，君主的地位通常會被神化，出現這樣的觀念也是可以理解的。

24. 季孫子❶之治魯也，眾殺人❷而必當❸其罪，多罰人而必當其過。子貢曰：「暴哉治乎！」季孫聞之曰：「吾殺人必當其罪，罰人必當其過，先生以為暴，何也？」子貢曰：「夫奚不若子產之治鄭？一年而負罰之過省❹，二年而刑殺之罪亡❺，三年而庫❻無拘人。故民歸之如水就下，愛之如孝子敬父母。子產病，將死，國人皆吁嗟曰：『誰可使代子產死者乎？』及其不免死也，士大夫哭之於朝，商賈哭之於市，農夫哭之於野，哭子產者皆如喪父母。今竊聞夫子疾之時，則國人喜，活則國人皆駭。以死相賀，以生相恐，非暴而何哉！賜聞之：託❼法而治謂之暴，不戒致期謂之虐，不教而誅謂之賊，以身勝人謂之責❽。責者失身，賊者失臣，虐者失政，暴者失民。且賜聞居上位行此四者而不亡者，未之有也。」於是季孫稽首❾謝曰：「謹聞命矣。」《詩》曰：「載色載笑，匪怒伊教。」

【注釋】❶季孫子　即季康子。❷眾殺人　指殺人眾多。❸當　與……相當；與……相稱。❹負罰之過省　負罰，受罰。省，減少。❺亡　同「無」。❻庫　指監禁人的地方。❼託　依託；依靠。❽責　（過度的）要求。❾稽首　叩頭。

【語　譯】季孫子治理魯國的時候，殺人很多，但是一定能夠和他們所犯的罪過相稱，處罰人也很
多，但也一定能和他們的過錯相當。子貢說：「這樣治理國家是多麼殘暴啊！」季孫子聽到了這
樣的話就對子貢說：「我殺人一定能夠和他所犯的罪相稱，處罰人也一定能夠和他的過錯相當，
但是您卻認為殘暴，這是為什麼呢？」子貢說：「為什麼不像子產治理鄭國那樣呢？一年之後老
百姓必須受罰的過錯就減少了，兩年之後應該受刑被殺的人就沒有了，三年之後就沒有人受到監
禁了。所以老百姓歸順他就好像是水向下流，敬愛他就好像是孝子敬愛自己的父母。子產生病，
快要死了，全國的人都感嘆說：『誰能夠代替子產去死呢？』等到他無法幸免於死之後，士大夫
在朝廷裡面哭泣，商人在市場上哭泣，農夫在田野裡哭泣，為子產哭泣的人都好像是遭受了父母
之喪一樣。我現在私下裡聽說您生病的時候，全國的人都很欣喜，活轉過來，全國的人都很害怕。
您要死的時候大家互相慶賀，活過來大家都恐懼，難道這不說明您處理政事的殘暴嗎？我聽說：
完全依靠法令去治理國家，那是暴政；不對人民進行告誡就限期要求他們完成，叫做虐待；不對
人民進行教育就殺掉他們，叫做殘害；自己想勝過別人，叫做過度的要求。過度的要求別人會喪
失自身，殘害人民的就會失掉大臣，虐待他人就會失掉自己的政權，行暴政的人就會失掉民心。
而且我聽說居於上位的人如果做這四種事情而不滅亡的，還沒有過。」於是季孫子叩磕頭拜謝子
貢說：「我很恭敬地聽從您的教導。」《詩經》上說：「臉色溫和，笑容滿面，這不是發怒，而是
對他們實行教育。」

【研　析】治理人民的根本在於實施教化，而不在於實施刑罰。實施教化的結果是老百姓都能夠習

知禮儀，不去犯過，並且尊敬自己的君上；只用刑罰的結果必然是老百姓畏慎恐懼，從而不敢去犯法，但對他們的君上卻是憎恨的。也就是孔子所說的：「道之以政，齊之以刑，民免而無恥；道之以德，齊之以禮，有恥且格。」刑罰只能暫時地遏止人去犯過，但教化的結果卻是從根本上讓老百姓知道犯過是沒有什麼價值的。即使在今天的社會，教化的作用仍然不能輕視，法律雖然不可缺少，但它決不能代表一切，也不能從根本上解決一切問題。如果沒有道德教化，人們只會千方百計地尋找法律的缺陷去做壞事，而道德的結果卻往往是一勞永逸的。

25. 問者曰：「夫智者何以樂於水也？」曰：「夫水者，緣理❶而行，不遺小間❷，似有智者；動而下之，似有禮者；蹈深不疑，似有勇者；障防❸而清，似知命者；歷險致遠，卒成不毀，似有德者。天地以成，群物以生，國家以寧，萬事以平，品物以正，此智者所以樂於水也。《詩》曰：『思樂泮水，薄采其茆。魯侯戾止，在泮飲酒❹。』樂水之謂也。」

【注釋】❶緣理　遵循一定的道路。理，脈理；道路。❷間　空隙。❸障防　堤壩，這裡指用堤壩攔住。❹思樂泮水四句　《詩經．魯頌．泮水》中的句子。思，語詞。泮水，泮宮（古代諸侯的學校）中的水。薄，語詞。茆，蒓菜。戾，至。止，語詞。

【語譯】提問的人說：「有智慧的人為什麼愛好水呢？」回答說：「水，它遵循一定的道路而流動，不遺漏一點小空隙，這好像是有智慧的人；流動起來向低下的地方去，這好像是知道禮儀的人；流到淵深的地方去而毫不遲疑，這好像是有勇氣的人；被堤壩圍住而澄清，好像是知道天命的人；經歷險阻而到達悠遠的地方，最後流入江海，有所成功而不會毀滅，這好像是有道德的人。天地因此而成形，萬物因此而生長，國家因此而得到安寧，許多事情因此而得到和平，各類事物因此而得到端正，這就是有智慧的人喜歡水的原因。《詩經》上說：『泮水那邊很快樂，人們在水裡採蒓菜。魯國的君主來到這裡，在泮水岸上飲酒。』說的就是喜歡水啊。」

【研析】水的特性可以用來比喻人的各種品格，有智、有禮、有勇、知命、有德，這些是儒家對於人的品格的描述，而人能夠樂於水，則出於對這些品格的贊同。《論語》中孔子說：「知者樂水，仁者樂山；知者動，仁者靜；知者樂，仁者壽。」這一章和下一章是對這幾句的發揮，可以對照起來讀。

26.

問者曰：「夫仁者何以樂於山也？」曰：「夫山者，萬民之所瞻仰也，草木生焉，萬物植❶焉，飛鳥集❷焉，走獸休焉，四方益取與焉❸。出雲道❹風，嵸❺乎天地之間，天地以成，國家以寧，此仁者所以樂於山也。《詩》曰：『太山巖巖，魯邦所瞻❻。』樂山之謂也。」

【注釋】❶植　生長。❷集　棲止。❸四方益取與焉　《說苑》作「四方并取而不限焉」，此處「益」當作「并」。取與，收取和給予，這裡的意思偏重於「取」。❹道　通「導」。❺嵸　山勢高聳。❻太山巖巖二句　《詩經・魯頌・閟宮》中的句子。太山，即泰山。巖巖，高峻的樣子。

【語譯】提問的人說：「有仁德的人為什麼喜歡山呢？」回答說：「山是老百姓所瞻仰的，草木在那裡生長，萬物在那裡蕃生，飛鳥在那裡棲止，走獸在那裡休息，四方的人都從那裡取他們所要的東西。雲從那裡生出，風從那裡被導引而出，高高聳立在天地之間，天地因此而成形，國家因此而得到安寧，這就是有仁德的人喜歡山的原因。《詩經》上說：『那高峻的泰山，是魯國人所瞻仰的。』說的就是喜歡山啊。」

【研析】仁厚的人之所以樂於山，也就是自比於山，山在天地之間非常崇高，而且具有相當大的包容性，飛鳥走獸、草木萬物都可以在那裡生息，所有人都可以從它那裡取得他所需用的東西。仁厚的人也是這樣，他給予而無所索取，正因為他所具備的這一種包容性，所以也就彰顯了他的崇高性。

27. 傳曰：晉文公嘗出亡，反❶國，三行賞而不及陶叔狐❷。陶叔狐謂咎犯❸曰：「吾從而亡十有一年，顏色黯黑，手足胼胝❹，今反國，三行賞而我不與焉。君其忘我乎？其有大過乎？子試為我言之。」咎犯言之，文公曰：「噫！我豈忘是子哉？高明至賢，志行全成，湛❺我以道，說我以仁，變化我行，昭明我，使我為成人❻者，吾以為上賞；恭我以禮，防我以義，藩❼援我，使我不為非者，吾以為次；勇猛強武，氣勢自御❽，難在前則處前，難在後則處後，免我危難之中者，吾以為次。然勞苦之士次之。《詩》曰：『率履不越，遂視既發❾。』今不內自訟❿過，不悅百姓，將何錫⓫之哉！」

【注　釋】❶反　同「返」。❷陶叔狐　《呂氏春秋》作「陶狐」，《史記》作「壺叔」，跟隨公子重耳（後來的晉文公）一起出亡的大臣。❸咎犯　狐偃，字子犯，晉文公的舅舅。❹胼胝　即趼子，手足長期摩擦而生的厚皮。❺湛　通「漸」。浸漬。❻成人　指道德完美的人。❼藩　藩屏；護衛。❽御　控制；駕馭。❾率履不越二句　《詩經．商頌．長發》中的句子。率，遵循。履，禮。越，逾越。遂，遍。視，視察。發，實行。❿自訟　自我反省。⓫錫　同「賜」。

【語　譯】古書上說：晉文公曾經逃亡在外，返回國家的時候，三次賞賜隨從他逃亡的臣下，卻沒有賞賜到陶叔狐。陶叔狐對咎犯說：「我跟隨君主出亡有十一年的時間，面色已經成了深黑色，手腳上都起了厚皮，現在回到國家，國君三次賞賜群臣，我都沒有能夠參預其中。是國君忘記我了嗎？還是我有很大的過錯呢？請您試著為我在君主面前說一說。」咎犯就對晉文公說了。晉文公說：「唉，我怎麼會忘記這個人呢？對於高明賢能的人，心志和行為都很完美，用道義來漸染我，用仁德來說服我，改變我不良的行為，使我能夠事事明白，讓我成為一個道德完美的人，這樣的人我給他最上等的賞賜；用禮儀來恭敬我，用義理來限制我的行為，護衛並援助我，讓我不做錯事，這樣的人我給他次一等的賞賜；勇敢威武，能夠控制自己的氣勢，困難在前面他就處於前面，困難在後面他就處在後面，讓我能夠免於危難，這樣的人我給他再次一等的賞賜。勤勞辛苦的人我給他又次一等的賞賜。《詩經》上說：『遵循禮法而不超越它，全部觀察了以後再去實行。』現在陶叔狐不自己反省過錯，不能夠使老百姓愉悅，我能夠賞賜給他什麼呢！」

【研　析】晉文公所說的賞賜有他的標準，分為四等。三次賞賜，在這四等之中，所有人都得到了封賞，但是陶叔狐卻沒有得到，晉文公沒有忘記他，卻也沒有給他賞賜，可見他並沒有做到這四等中的任何一條。事情要看它的實質，而不是看它的表面，並不是跟隨晉文公出亡這一表面的現象便能夠決定他的賞賜，而是要看他對於晉文公而言有沒有實際的貢獻。陶叔狐在跟隨晉文公逃亡的過程中，沒有任何可以稱道的貢獻，最大的功勞也許只是跟著他一起出亡而已，卻希求晉文公的賞賜，所以晉文公認為他應該反省自己的過錯。

28. 夫詐人者曰：「古今異情❶，其所以治亂異道。」而眾人皆愚而無知，陋而無度❷者也。於其所見，猶可欺也，況乎千歲之後乎？彼詐人者，門庭之間猶挾欺，而況乎千歲之上乎？然則聖人何以不可欺也？曰：聖人以己度人者也，以心度心，以情度情，以類度類，古今一也。類不悖，雖久同理，故性緣理而不迷也。夫五帝之前無傳人❸，非無賢人，久故也。五帝之中無傳政，非無善政，久故也。虞、夏有傳政，不如殷、周之察❹也，非無善政，久故也。夫傳者久則愈略，近則愈詳，略則舉大，詳則舉細，故愚者聞其大不知其細，聞其細不知其大，是以久而差❺。三王❻五帝，政之至也。《詩》曰：「帝命不違，至于湯齊❼。」言古今一也。

【注釋】❶情　性情。❷度　思量；測度。❸五帝之前無傳人　五帝，說法不一，依《史記》，是指黃帝、顓頊、帝嚳、唐堯、虞舜。傳人，流傳下來的人物事蹟。❹察　明白；詳盡。❺差　差錯；錯誤。❻三王　指夏禹、商湯、周文王。❼帝命不違二句　《詩經・商頌・長發》中的句子。齊，齊一；一樣。

【語譯】欺騙人的人說：「古代人和現代人的性情不一樣，所以治理國家的方法也不相同。」一般人都愚蠢而沒有什麼知識，淺陋而不能思量。對於他所看到的東西，還會受到別人的欺騙，何況是一千年以後的事情呢？那欺騙人的人，在門庭之中還會對人進行欺騙，何況是一千年以前的事情呢？那麼聖人為什麼不能夠對他進行欺騙呢？回答說：聖人是用自己的心思去推測別人的人，以自己的心思去測度別人的心思，以自己的情狀去測度別人的情狀，用一種事物去測度同類的事物，古代和今天都是一樣的。只要是事物的種類不變，時間雖然長久而它們的道理卻是相同的，所以性情依循著道理就不會迷惑。五帝之前沒有流傳下來賢人的事蹟，並不是沒有賢人，而是因為時間太久的緣故。五帝之中沒有流傳下來的政事，並不是沒有好的政事，而是因為時間太長久的緣故。虞舜時代和夏朝有流傳下來的善政，但是沒有商代和周代那樣明白而詳盡，並不是沒有善政，而是因為時間長久的緣故。事情經過的時間越長久，就會越簡略，時間靠得近，就會比較詳細，事情簡略我們只會知道它的大綱，事情詳細我們就會知道它的細節，所以愚蠢的人聽說了事情的大綱，就不會去推測它的細節；知道了事情的細節，也不會去總結它的大綱，所以時間長久，就出現了差錯。三王和五帝的時代是政治最為清明的時代。《詩經》上說：「不違背上帝的旨意，代代奉行，到了湯的時候也是一樣的。」說的就是古今一致。

【研析】古人和今人同屬於一類，因此他們也有共同的地方，人情不遠，古人和今人性情之間的相差就不應該很大，用自己的心思來推測古人的心思，用自己的感情來衡量古人的感情，那麼大致上也應該是差不多的，即所謂「人情不遠」，就如同本章中說的，「以心度心，以情度情，以類度類，古今一也」。而治理天下國家，也是從人情出發的，所以治理國家的方法應該也有其一致的地方。「古今異情，其所以治亂異道」，當然便是靠不住的。古人相信一些亙古不變的道理，比如「仁義」、「賢德」等等，而這些道理會被有聖德的人貫穿在治理天下的方法之中，所以不能因為歷史的記載不詳細，就認為古代沒有賢人善政。反觀今天的治理方法，仍然是從人情出發，在其最基本的原則上，與古人恐怕也沒有很大的不同吧。

29.

舜生於諸馮，遷於負夏，卒於鳴條，東夷之人也。文王生於岐周，卒於畢郢，西夷之人也。地之相去也千有餘里，世之相後也千有餘歲，然得志行乎中國，若合符節❶。孔子曰：「先聖後聖，其揆❷一也。」《詩》曰：「帝命不違，至于湯齊。」

【注　釋】❶符節　古代符信的一種。以金玉竹木為之，上刻文字，分為兩半，使用時以兩半相符為驗。❷揆　準則；法則。

【語　譯】舜出生在諸馮，遷居到負夏，死在鳴條，是東方民族中的人。周文王出生在岐周，死在畢郢，是西方民族中的人。兩地相隔有一千多里，時代相隔有一千多年，但是他們在中原地區得以實行自己的志意時，就好像是符節那樣一致。孔子說：「前代的聖人和後代的聖人，他們的法則是相同的。」《詩經》上說：「不違背上帝的旨意，代代奉行，到了湯的時候也是一樣的。」

【研　析】這一章的意思和上一章有類似的地方，舜、周文王都是被古人看作是聖人的，聖人的核心境界應該無所差別，也就是本章中孔子所說的「先聖後聖，其揆一也」。聖人治理天下，其根本原則當然也應該是一樣的，也就是從人的根本性情出發，來制定管理天下的法則。

30. 孔子觀於周廟，有欹器❶焉。孔子問於守廟者曰：「此謂何器也？」對曰：「此蓋為宥座之器❷。」孔子曰：「聞宥座器滿則覆，虛則欹，中則正，有之乎？」對曰：「然。」孔子使子路取水試之，滿則覆，中則正，虛則欹。孔子喟然而嘆曰：「嗚呼，惡❸有滿而不覆者哉！」子路曰：「敢問持滿❹有道乎？」孔子曰：「持滿之道，抑而損之❺。」子路曰：「損之有道乎？」孔子曰：「德行寬裕者，守之以恭；土地廣大者，守之以儉；祿位尊盛者，守之以卑；人眾兵強者，守之以畏；聰明睿智者，守之以愚；博聞強記者，守之以淺。夫是之謂抑而損之。」《詩》曰：「湯降不遲，聖敬日躋❻。」

【注釋】❶欹器　傾斜的器具。❷宥座之器　宥，通「右」。古代國君置之於座右，做為不要過或不及之勸戒。❸惡　豈；哪裡。❹持滿　即持盈，保持滿盈。❺抑而損之　抑，謙抑；退讓。損，減少；減損。❻湯降

不遲二句 《詩經·商頌·長發》中的句子。降，下；謙卑。聖，聰明智慧。日躋，天天向上升起。

【語譯】孔子在周朝的宗廟裡觀察，看了一只傾斜的器具。孔子問看守宗廟的人說：「這是什麼器具？」看守的人回答說：「這是君王放在座右的器具。」孔子說：「我聽說放在座右的器具，將它裝滿了水它就會傾覆，空置著就會傾斜，加水正好加到它的一半，就會保持平正，有這樣的說法嗎？」守廟的人回答說：「是這樣。」孔子讓子路去取一些水來試驗一下，果然是盛滿了就傾覆，加水加到一半它就保持平正，空放著就傾斜。孔子感嘆地說：「哎呀，哪裡有滿了之後不傾覆的呢！」子路問道：「保持盈滿有什麼方法嗎？」孔子說：「保持盈滿的方法，就是謙抑而減損它。」子路問：「減損它有什麼辦法嗎？」孔子說：「德行寬廣的人，用恭敬心來保持它；土地廣大的人，用節儉來保持它；職位高而俸祿厚的人，用謙卑來保持它；人民眾多武力強盛的人，要用畏懼來保持它；聰明智慧的人，要用淳樸如愚來保持它；博學多聞記憶力強的人，要用淺顯來保持它。這就叫做謙抑減損它。」《詩經》上說：「商湯謙卑不殆，聖明恭謹之德日益升起。」

【研　析】這裡所講的主要是所謂的「持盈」之道。水滿則溢，月盈則虧，這是自然界的現象，但是這種自然界的現象常常被用來比喻人事的道理。人事之中，事物到達了一個極致必定會向另一極走去，比如說身居最高的位置，事業發展到最巔峰，在它沒有可以再進步的時候，自然就會走向衰落。那麼怎麼樣應對這種情況呢？古人早就為這一問題提供了答案，就是用和它相反的一極來抑制它。孔子所說的「德行寬裕者，守之以恭；土地廣大者，守之以儉；祿位尊盛者，守之以卑；人眾兵強者，守之以畏；聰明睿智者，守之以愚；博聞強記者，守之以淺」，都是在各方面保持盈滿的策略。古人對這一點頗有畏懼，《周易》裡說：「亢之為言也，知進而不知退，知存而不知亡，知得而不知喪。其唯聖人乎？知進退存亡而不失其正者，其唯聖人乎！」

31. 周公踐天子之位七年，布衣之士所贄而師者❶十人，所友見者十二人，窮巷白屋❷先見者四十九人，時進善者❸百人，教士❹千人，宮朝者❺萬人。成王封伯禽於魯❻，周公誡之曰：「往矣！子無以魯國驕士。吾，文王之子，武王之弟，成王之叔父也，又相天下，吾於天下亦不輕矣。然一沐三握髮，一飯三吐哺❼，猶恐失天下之士。吾聞德行寬裕，守之以恭者榮；土地廣大，守之以儉者安；祿位尊盛，守之以卑者貴；人眾兵強，守之以畏者勝；聰明睿智，守之以愚者善；博聞強記，守之以淺者智。夫此六者，皆謙德也。夫貴為天子，富有四海，由此德也。不謙而失天下，亡其身者，桀、紂是也，可不慎歟！故《易》有一道，大足以守天下，中足以守其國家，近足以守其身，謙之謂也。夫天道虧盈而益謙，地道變盈而流謙，鬼神害盈而福謙，人道惡盈而好謙❽。是以衣成則必缺衽❾，宮成則必缺隅❿，屋成則必加拙⓫，示不成者天道然也。《易》曰：『謙，亨，君子有終，吉⓬。』《詩》曰：『湯降不遲，聖敬日躋。』誡之哉！其無以魯國驕士也。」

【注釋】❶布衣之士所贄而師者　布衣之士，指平民。贄而師，指執贄見面，以對方為師。贄，古人見面時所攜帶的禮物。趙懷玉校作「執贄而師見」。❷窮巷白屋　窮巷，深巷僻陋的巷子。白屋，白茅草所覆的屋子，貧賤者居住的地方。❸進善者　以善言進諫。❹教士　對他進行教導的人。❺宮朝者　到宮中朝見的人。❻成王封伯禽於魯　成王，周成王，名誦，周武王之子。伯禽，周公長子，受封於魯。❼哺　咀嚼著的食物。❽天道虧盈而益謙四句　這是《周易・謙》中的彖辭。虧盈，減損盈滿的。益謙，增加不足的。變盈，改變盈滿的。流謙，與益謙義同。害盈，損害盈滿的。福謙，加福於謙抑不足的。惡盈，厭惡盈滿的。❾衽　衣襟。❿隅　角落。⓫拙　不足之處。⓬謙四句　《周易・謙》的卦辭，原文中無「吉」字。亨，通順。

【語譯】周公代理天子之位的七年之中，他拿著禮物把對方當作老師去拜見的人有十個，用朋友的禮儀去見面的有十二個人，他首先去拜訪住在陋巷貧屋裡的人有四十九個，時常向他進獻善言的人有一百人，教導他的人有一千個，到他的宮廷裡朝見的人有一萬個。周成王封伯禽為魯地的國君，周公告誡他說：「去吧！不要因為你是魯國的國君就對士人驕慢。我是文王的兒子，武王的弟弟，成王的叔父，又幫助成王治理天下，我的地位對於天下人來說也不算低了。但是我為了接見天下的士人，洗頭的時候還經常將頭髮擰乾，吃飯的時候還時常將吃到嘴裡的飯吐出來，只擔心會失去天下的賢士。我聽說過，德行寬廣的人，用恭敬心來保持它，就很光榮；土地廣大的人，用節儉來保持它，就很安定；職位高而俸祿厚的人，用謙卑來保持它，就能夠顯達；人民眾多武力強盛的，用畏懼來保持它，就會勝利；聰明智慧的人，要用淳樸如愚來保持它，就會良善；博學多聞記憶力強的人，用淺顯來保持它，就很明智。這六個方面，都是謙抑的道德。一個人能夠有天子的高貴，有四海的富有，靠的就是這種道德。不謙抑而失掉天下，喪失了自己生命的，夏桀、商紂就是這樣，難道不應該謹慎嗎？所以《周易》裡有一種道理，從大的方面來說，足以守住天下，從次一等來說，也足以守住他的國家，從最貼近個人的方面來說，也足以保持自己的生命，這就是謙遜。上天的道理是減損盈滿的，而補充不足的；大地的道理是改變盈滿的，而補給不足的；鬼神的道理是損害盈滿的，而加福於謙抑不足的；人間的道理是厭惡盈滿的，而喜好謙抑不足的。所以衣服做成了一定要將它剪開做成衣襟，宮室蓋好了一定要缺損一個角落，房屋做好了一定要給它加上一些不足之處，以表示它沒有完成，因為上天的道理是這樣的。《周易》裡面說：『謙遜，能夠通達，君子有他的善終，吉利。』《詩經》上說：『商湯謙卑不殆，聖明恭謹之德日益升起。』要以此為警戒啊！不要因為自己是魯國的國君就驕慢士人。」

【研　析】這一章所說的意思和上一章相似，只不過更加詳細一些，並且特地拈出《周易》中的〈謙〉卦來說明這一道理。就周公的地位而言，他已經到達了一個極致，可謂是「盈滿」了，但是他卻能夠躬自謙抑，尋訪天下的賢士如有不足，主動將自己的地位放低，以朋友、學生的身分拜訪賢人逸士。天子的地位已經沒有辦法再高了，但這樣的地位卻也是非常危險的地位，措置稍有不當，便會對天下國家乃至於自己造成極大的危害，《周易》中所謂的「天道虧盈而益謙，地道變盈而流謙，鬼神害盈而福謙，人道惡盈而好謙」，在今天看來，仍然是具有相當深刻的啟發意義的。

32\. 傳曰：子路盛服以見孔子，孔子曰：「由，疏疏❶者何也？昔者江於汶❷，其始出也，不足以濫觴❸。及其至乎江之津❹也，不方舟❺，不避風，不可渡也。非其眾川之多歟？今汝衣服其盛，顏色充滿，天下有誰加❻汝哉！」子路趨出，改服而入，蓋揖如❼也。孔子曰：「由，志❽之，吾語汝。夫慎於言者不譁，慎於行者不伐❾。色知而有長❿者，小人也。故君子知之為知之，不知為不知，言之要也。能之為能之，不能為不能，行之要也。言要則知⓫，行要則仁，既知且仁，又何加哉！」《詩》曰：「湯降不遲，聖敬日躋。」

【注釋】❶疏疏　猶「楚楚」。衣服整齊鮮明的樣子。❷江於汶　江，長江。汶，汶山，即岷山，長江發源地之一。❸濫觴　指江河發源處水很小，僅可浮起酒杯。濫，氾濫；大水漫出。觴，盛酒器。❹津　渡口。❺方

舟　方，併。指兩隻船併在一起。❻加　增加；增進。❼揖如　恭敬的樣子。❽志　記。❾伐　自誇；誇耀。❿色知而有長　色知，指其知識表現在臉色上。長，長處。⓫知　同「智」。

【語　譯】古書上說：子路穿著華麗的衣服去見孔子，孔子說：「由！你穿著這麼華麗的衣服幹什麼呢？以前長江發源於岷山，水流剛開始流出的時候，還不足以浮起一只酒杯。等到它到達江邊渡口的時候，如果不將船併到一起，不躲避大風，就沒有辦法渡過江去。這難道不是因為很多的河流匯聚到一起的原因嗎？現在你穿的衣服很華麗，臉色氣色充盈，天下還有誰能夠幫助你有所進步呢？」子路快步走出，換了服裝進來，很恭敬的樣子。孔子說：「由！你記住，我來告訴你。出言謹慎的人不會喧譁，行動謹慎的人不會自誇。從他臉色上就能夠看出他知識的人，即使有長處，他也是一個小人。所以君子知道的東西就說自己知道，不知道的東西就說自己不知道，這是說話最重要的地方。有能力做的事情就說自己能做，沒有能力做的事情就說自己不能做，這是行為最重要的地方。說話能夠達到它最重要的地方，這就是有智慧；行動能夠達到它最重要的地方，這就是有仁德。既有智慧又有仁德，還能有什麼增益之處呢？」《詩經》上說：「商湯謙卑不殆，聖明恭謹之德日益升起。」

【研　析】《尚書》中說「滿招損，謙受益」，這一章所說的也是這個道理。子路盛服而見孔子，孔子認為他這種形態不謙抑，所以說他不能進步，這當然只是事物的一端。推而言之，人的自滿也是一種「盈」的狀態，只不過是自以為到達滿盈而已，這比上兩章所說的滿盈狀態還要糟糕，這可以體現在平日的言語、行動乃至神態之中，驕傲自滿的人當然不會再進步，因為他不會再接納新的知識，好比是一條沙漠中的河流，只會一日比一日枯涸；而長江卻在其行進的過程中不斷接納新的河流，所以從一開始的涓涓細流變成壯觀的洪流。

33. 君子行不貴苟❶難，說不貴苟察❷，名不貴苟傳，惟其當之為貴。夫負石而赴河，行之難為者也，而申徒狄能之，君子不貴者，非禮義之中也。山淵平，天地比❸，齊秦襲❹，入乎耳，出乎口❺，鉤有鬚❻，卵有毛❼，此說之難持者也，而鄧析、惠施❽能之，君子不貴者，非禮義之中也。盜跖吟口❾，名聲若日月，與舜、禹俱傳而不息，君子不貴者，非禮義之中也。故君子行不貴苟難，說不貴苟察，名不貴苟傳，維其當之為貴。《詩》曰：「不競不絿，不剛不柔❿。」

【注釋】❶苟　苟且。❷察　明察。❸比　齊。❹襲　合。齊在東面，秦在西面，相距甚遠，所以不可能合在一起。❺入乎耳二句　《荀子・不苟》楊注：未詳所明之意。或曰：即山出口也，言山有耳口也。凡呼於一山，眾山皆應，是山聞人聲而應之，故曰「入乎耳，出乎口」。或曰：山能吐納雲霧，是以有口。❻鉤有鬚　即所謂「丁子有尾」。鉤，即丁子，古稱蝦蟆為丁子。鬚，即尾。蝦蟆由蝌蚪變化而成，蝌蚪有尾，所以說蝦蟆也有尾。俞樾認為「鉤」是「姁」之假借，姁即嫗，老婦人，老婦無鬚而以為有鬚，所以是「難持之說」。❼卵有毛　即卵含有成為羽毛動物的可能性。如雞卵本無毛羽，但是雞則有毛羽，所以說卵也有毛。這和「鉤有鬚」說的都是事物的轉化過程。❽鄧析惠施　二人皆屬於名家，長於論辯。鄧析，春秋時鄭國大夫。惠施，戰國時魏國卿相。❾盜跖吟口　大盜跖在眾口中流傳。跖，傳說中的大盜。吟口，《荀子》楊注謂「吟詠長在人口」，意為長見於百姓謗吟之中，遺臭萬年。或以為「吟」與「噤、瘖、喑」等相通，謂其喑啞不能言。《說苑》作「凶貪」。❿不競不絿二句　《詩經・商頌・長發》中的句子。競，爭。絿，急。

【語　譯】君子的行為不以苟且困難為貴，說話不以苟且明察為貴，聲名不以苟且流傳為貴，只有它對於禮義恰當才可貴。背負石頭投到河裡，這在行為上是困難的事，申徒狄能夠做到這一點，但是君子不認為它很可貴，是因為它不合乎禮義。高山和深淵是齊平的，天和地是一樣齊的，齊國和秦國合在一起，大山有口耳可以聽說，蝦蟆有尾巴，動物產的卵有毛羽，這種話是很難堅持它是正確的，鄧析、惠施能夠做到，但是君子不認為這是可貴的，是因為它不合乎禮義。大盜跖在眾口中流傳，名聲也彷彿和太陽、月亮一樣不朽，和舜、禹的聲名一樣流傳不息，但是君子不認為這是可貴的，因為它不合乎禮義。所以君子的行為不以苟且困難為貴，說話不以苟且明察為貴，聲名不以苟且流傳為貴，只有它對於禮義恰當才可貴。《詩經》上說：「不好爭也不急燥，不剛強也不柔弱。」

【研　析】《中庸》中記載孔子說：「素隱行怪，後世有述焉，吾弗為之矣。」有些事情很能夠引人注目，並且也很難做到，但是判斷這種事情是不是有真正的價值，是不是很可貴，並非靠這些事情本身的難度或吸引力，而是看它是否能夠符合禮義。本章中所舉的一些事情，無論是行為、語言、聲名，都不是那麼容易做到的，但是古人並不認為這些事情很有價值，甚至毫無價值，只是因為它們不合乎儒家所謂的「禮義」。當然，今天的價值觀念已經起了很大的變化，很多事情也很難再用儒家的這一價值觀去衡量，但毫無疑問，即使從普通人的價值觀來看，今天的確有很多人在津津有味地做著沒有意義的事情，因此，這一章對於這些人應該還是有一些警醒意義的。

34. 伯夷、叔齊，目不視惡色，耳不聽惡聲，非其君不事，非其民不使，橫❶政之所出，橫民之所止，弗忍居也。思與鄉人居，若朝衣朝冠，坐於塗炭❷也。故聞伯夷之風者，貪夫廉，懦夫有立志。至柳下惠則不然。不羞汙君❸，不辭小官，進不隱賢❹，必由其道。阨窮而不憫❺，遺佚❻而不怨，與鄉人居，愉愉然❼不去也。雖袒裼裸裎❽於我側，彼安能浼❾我哉？故聞柳下惠之風，鄙夫❿寬，薄夫⓫厚。至乎孔子去魯，遲遲乎其行也。可以去而⓬去，可以止而止，去父母國之道也。伯夷，聖人之清者也；柳下惠，聖人之和者也；孔子，聖人之中⓭者也。《詩》曰：「不競不絿，不剛不柔。」中庸和通之謂也。

【注 釋】❶橫 強暴不順。❷塗炭 爛泥和炭火，比喻困苦的境地。❸汙君 壞的君主。❹進不隱賢 在朝廷上做官，不隱藏自己的才能。❺阨窮而不憫 阨窮，窮困。憫，憂愁。❻遺佚 指被遺棄。❼愉愉然 《孟子·萬章》作「由由然」，都是指高興的樣子。❽袒裼裸裎 袒裼，指肉外露而無衣。裸裎，赤身露體。❾浼 玷汙。❿鄙夫 指心胸狹隘的人。⓫薄夫 指刻薄的人。⓬而 用法同「則」。⓭中 指合乎中庸之道，無過不及之患。

【語 譯】伯夷、叔齊，眼睛不看不好的事物，耳朵不聽不好的聲音。不是他理想中的君主，不去侍奉；不是他理想中的百姓，不去使喚。施行暴政的國家，住有暴民的地方，他都不願意去居住。他認為和鄉下人相處，就好像穿著禮服戴著禮帽坐在爛泥或者炭火之上。所以聽到伯夷的風節的人，貪得無厭的人都廉潔起來了，懦弱的人也都有獨立不屈的意志了。至於柳下惠就不是這樣。他不以侍奉壞的國君為可羞，也不因為官小而辭職，在朝廷裡做官，不隱藏自己的才能，但是一定按照自己的原則辦事。自己窮困的時候並不憂愁，被遺棄了也不怨恨。和鄉下人相處，高高興興地不忍離開。即使他在我身邊赤身露體，又怎麼能夠玷汙到我呢？所以聽到柳下惠風節的人，胸襟狹小的人也寬大起來了，刻薄的人也厚道起來了。至於孔子離開魯國，他走得慢慢的。應該離開的時候就離開，應該停下來就停下來，這是離開祖國的法則。伯夷，是聖人之中清高的人；柳下惠，是聖人之中隨和的人；孔子，是聖人之中懂得恰如其分的人。《詩經》上說：「不好爭也不急燥，不剛強也不柔弱。」說的就是能夠把握中正之道、調適通達的人。

【研 析】這一段話基本上是《孟子》中的記載，伯夷、叔齊都是完美主義者，他們對於自己的要求很高，對於他人的要求也很高，而對於整個社會的要求同樣也很高。柳下惠則和光同塵，對於他人乃至於社會都幾乎說不上有什麼要求，這和伯夷、叔齊剛好形成一個強烈的對照。這兩種人是處於事物的兩個極端，而孔子則是一個重視中庸之道的人，可以去而去，可以止而止，不像伯夷那樣拒不出仕，也不像柳下惠那樣沒有出仕的原則。從某種方面來說，伯夷、叔齊，以及柳下惠都是值得讚揚的，只是從儒家中庸的角度來說，他們都還沒有像孔子那樣達到了一個最好的境地。

35. 王者之等賦正事❶，田野什一❷，關市譏而不徵❸，山林澤梁，以時入而不禁。相地而正壤❹，理道而致貢❺。萬物群來，無有流❻滯，以相通移。近者不隱其能，遠者不疾其勞，雖幽閒僻陋之國，莫不趨使而安樂之，夫是之謂王者之等賦正事。《詩》曰：「敷政優優，百祿是遒❼。」

【注釋】❶等賦正事　等賦，確定賦稅的等級。正事，正確處理事務。❷田野什一　指土地收十分之一的稅。❸關市譏而不徵　關，關卡。市，集市。譏，檢查。徵，徵收賦稅。❹正壤　《荀子》作「衰政」。衰，等差；等級。政，與「正」、「徵」相通。衰徵，即按照等差來徵收賦稅。❺理道而致貢　按照道路的遠近來收取貢物。❻流　當從《荀子》作「留」。❼敷政優優二句　《詩經．商頌．長發》中的句子。敷政，施政。優優，寬和的樣子。遒，聚集。

【語　譯】統領天下的王者制定賦稅的等級，正確處理各種事務，田地收取十分之一的賦稅；關卡和市集對物品進行檢查，但是不徵收賦稅；山林和水澤河流，按照特定的時間讓人民進去採伐或捕魚，而不禁止他們；考察田地的肥瘠情況，按照它們的等級來收取賦稅；按照道路的遠近來收取貢物。各式各樣的貨物一起運來，而沒有滯留的情況，使各地的物產能夠互相流通移動。這樣，在近的地方的人民就不會隱藏他的才能，在遠的地方的人民也不會怨恨他的勞苦，即使是處在幽遠偏僻之處的國家，沒有不趕到這裡來並且很快樂，這就叫做王者制定賦稅的等級，正確處理各種事務。《詩經》上說：「施行政令很寬和，各種各樣的福祿都聚集到這裡來。」

【研　析】老百姓怎麼樣才能夠安居樂業，這和在上的管理者如何向他們徵收賦稅是有很大關係的。如果不徵收賦稅，在短時間內國家也許可以應付，但長期下去，統治的階層便沒有足夠的財力去實施統治，所以不徵賦稅是不現實的；但是如果老百姓的負擔過重，他們就會感到生活困難，甚至因此對統治者產生對抗的情緒，最後危及國家和社會的安全穩定。因此，收取賦稅應該有一個限度，這個限度在儒家看來，最好的就是實行什一稅，那麼既可以保持國家的收入，也可以保證老百姓的收入。但是這種制度到底有沒有實行，或者它實行的時間和範圍如何，我們還不太清楚。無論如何，作為國家的管理階層，這一點還是他們所應該考慮的最大的問題之一。

36. 孫卿與臨武君❶議兵於趙孝成王之前。王曰：「敢問兵之要。」臨武君曰：「夫兵之要，上得天時，下得地利，後之發，先之至，此兵之要也。」孫卿曰：「不然。夫兵之要，在附親士民而已。六馬不和，造父不能以致遠；弓矢不調，羿❷不能以中微；士民不親附，湯、武不能以戰勝。由此觀之，要在於附親士民而已矣。」臨武君曰：「不然。夫兵之用，變故也。其所貴，謀詐也。善用之者猶脫兔，莫知其出。孫、吳❸用之，無敵於天下。由此觀之，豈待親士民而後可哉？」孫卿曰：「不然。君之所道者，諸侯之兵，謀臣之事也。臣之所道者，仁人之兵，聖王之事也。彼可詐者，必怠慢者也，君臣上下之際，突❹然有離德者也。夫以跖而詐桀，猶有工拙焉，以桀而詐堯，如以指撓沸❺，以卵投石，抱羽毛而赴烈火，入則燋❻也，夫何可詐也？且夫暴國將孰與至哉？彼其與至者，必欺其民。民之親我也，芬若椒蘭，歡如父子，彼顧其上，如憯毒蜂蠆❼之人，雖桀、跖豈肯為其所至惡，賊❽其所至愛哉！是猶使人之子孫自賊其父母也。彼則先覺其有失，何可詐哉！且仁人之兵，聚則成卒，散則成列，延居則若莫邪之長刃❾，嬰之者斷；銳居則若莫邪之利鋒，當之者潰；圓居則若丘山之不可移也，方居則若磐石之不可拔也。觸之摧角折節而退爾，夫何可詐也！《詩》曰：『武王載旆，有虔秉鉞。如火烈烈，則莫我敢曷❿。』此謂湯武之兵也。」孝成王避席仰首曰：「寡人雖不敏，請依先生之兵也。」

【注釋】❶孫卿與臨武君　孫卿，荀卿，名況。漢人避漢宣帝劉詢諱，稱為孫卿。臨武君，楚國將軍。其時楚春申君以臨武君為將，助趙拒秦。❷羿　后羿，夏代有窮國之君，長於射箭。❸孫吳　孫，指春秋時吳國的將軍孫武。吳，指戰國初魏國的將軍吳起。兩人都以長於用兵著稱。❹突　《荀子》作「滑」，王引之認為「突」為「奐」之誤，「奐」通「渙」，離散。屈守元認為滑、奐、渙三字義同。❺撓沸　撓動沸水。❻燋　同「焦」。❼憯毒蜂蠆　憯毒，殘忍狠毒。蠆，蠍子一類的毒蟲。❽賊　害；傷害。❾延居則若莫邪之長刃　延居，《荀子》無「居」字。延，長。居，語助詞，無義。莫邪，古代寶劍名。❿武王載旆四句　《詩經・商頌・長發》中的句子。武王，指商湯。旆，假借為「發」，出發。有虔，虔虔，堅固的樣子。鉞，大斧。曷，通「遏」。止。

【語譯】孫卿與臨武君在趙孝成王前面討論關於兵事的問題。趙孝成王說：「我想請問你們用兵的最重要之處。」臨武君說：「用兵的要點，在於上能夠占據有利的時機，在下能夠得到有利的地勢，在敵人行動之後才行動，但是比敵人先到達，這就是用兵的最重要的地方。」孫卿說：「不是這樣的。用兵的重要之處，在於使士兵和老百姓都能夠親附我罷了。駕車的六匹馬如果不協調，即使是最擅長駕馬的造父來駕牠們，也不能夠走得很遠；弓和箭如果不協調，那麼即使是最擅長射箭的后羿也不能夠射中微細的東西；士兵和老百姓如果不親附自己，即使是商湯、周武王也不能夠戰勝敵人。從這一點來看，用兵的重要之處在於使士兵和老百姓來親附自己而已。」臨武君說：「不是這樣的。用兵有它的機變，它重視謀略和詭詐。善於用兵的人，就好像是逃脫的兔子那樣敏捷，對方不知道他是從哪裡來的，孫武和吳起就這樣用兵，所以天下無敵。從這一點來看，哪裡需要讓士兵老百姓親附自己，然後才能用兵呢？」孫卿說：「不是這樣的。你所說的，只是諸侯國之間戰爭時的用兵，這是謀臣所應該做的事。我所說的，是仁德之人的用兵，這是有聖德的君王所應該做的事。那些可以被欺詐的軍隊，一定是怠慢的人，他們的國君和臣子之間，關係渙散相離。如果是盜跖去欺詐夏桀，他們的詐術會有巧妙和拙劣的不同；如果是夏桀去欺詐堯，那就好像是用手指去攪動沸騰的水，用雞蛋去碰石頭，拿著羽毛奔向熊熊烈火，剛進去就被燒焦了。哪裡能夠欺詐得了呢？況且殘暴的國家的軍隊，是誰和他們一起來呢？要使老百姓和他們一起來的，一定要欺騙這些老百姓。這些老百姓親附我，喜歡我就像是喜歡芬芳的椒蘭，對我的感情就如同是兒子對待父親。而看待他們那殘暴的君上，就好像是殘忍狠毒的黃蜂和蠍子一樣。即使像夏桀、盜跖這樣的人，哪裡會為他們所最痛恨的人而去傷害他們最喜愛的人呢？這就好像是讓人的子孫去傷害他們的父母一樣。他肯定會先發現自己的過失，哪裡可以去欺詐呢？況且有仁德之人的軍隊，聚在一起，就成為勁卒，分散開來，就排成陣列。排成長長的陣形就好像是莫邪寶劍的長刃，碰上它的東西一定會被折斷；排成尖銳的陣形就好像是莫邪寶劍的尖鋒，阻礙它的一定會潰散；排列成圓陣就好像山丘一樣不可移動；排列成方陣就好像是巨石一樣不可撼動。敵人碰上他們一定會號角、符節都折斷而退，又怎麼能夠欺詐呢？《詩經》上說：『商湯出兵去伐夏桀，手裡拿著堅固的大斧，好像是熊熊的烈火，沒有人敢來阻擋我。』說的就是商湯和武王那樣的軍隊。」趙孝成王離開席子站起來，抬頭說：「我雖然不聰敏，但是也願意聽從先生所說的用兵的道理。」

【研析】軍事問題是儒家所不太願意去談論的，《論語》中記載衛靈公向孔子問軍事問題，孔子回答說：「俎豆之事，則嘗聞之矣；軍旅之事，未之學也。」孔子願意談禮，但是不願意談軍事上的問題。但是在春秋戰國之際，各國之間征戰不斷，軍事實際上卻成了不可避免的問題。不過儒家在談它的時候，仍然要強調「仁義」為核心，而不談論純粹的軍事問題。對於純粹的軍事家，儒家也不將他們看成是如何了不起的人物，所以這裡荀子談軍事強調「仁人之兵」，強調「附親士民」，反對在戰爭中使用「詐術」，這些都是和儒家的一些基本理念聯繫在一起的。這一問題放在今天，仍然也有意義，近代歷史實際上也已經證明，實施侵略的不義之師最終還是要失敗的。

37. 受命之士，正衣冠而立，儼然人望而信之，其次聞其言而信之，其次見其行而信之。既見其行而眾皆不信，斯下矣。《詩》曰：「慎爾言矣，謂爾不信❶。」

【注　釋】❶慎爾言矣二句　《詩經・小雅・巷伯》中的句子。

【語　譯】得到了君主任命的士人，衣服和帽子穿戴得很端正，那很莊重嚴肅的樣子讓人看到了他就信任他；次一等是士人，人們聽到了他說的話就信任他；再次一等的，人們看到他所做的事情就信任他。如果已經看到了他所做的事情，大家都還不信任他，那麼這就是下等的了。《詩經》上說：「對你所說的話要謹慎啊，否則人家就對你不信任。」

【研　析】「不言而信」是一種最高的境界，這種境界只能是道德高超的人才能夠達到，其道德存於心中而能夠顯現於外表，這種力量要靠不斷地修養才能得到，因此通過人的氣度便能夠去判斷，這是儒家的信念之一，所以古人很注意人的外在氣度。至於言而能信、行而能信，以及人不信之這幾種便都等而下之。但是到了孔子的時代已經出現了一些信任的危機，所以孔子曾經說過：「始吾於人也，聽其言而信其行；今吾於人也，聽其言而觀其行。」時至今天的社會，我們都在提倡誠信，但是外以誠信為名，內行欺詐之實的情形還是屢見不鮮，更談不上從人的外貌就對人信任了。

38. 昔者不出戶而知天下，不窺牖❶而見天道。非目能視乎千里之前，非耳能聞乎千里之外，以己之情量之也。己惡飢寒焉，則知天下之欲衣食也。己惡勞苦焉，則知天下之欲安佚也。己惡衰乏❷焉，則知天下之欲富足也。知此三者，聖王之所以不降席而匡❸天下。故君子之道，忠恕❹而已矣。夫處飢渴，苦血氣，困寒暑，動肌膚，此四者，民之大害也。害不除，未可教御也。四體❺不掩，則鮮仁人；五藏空虛，則無立士❻。故先王之法，天子親耕，后妃親蠶，先天下憂衣與食也。《詩》曰：「父母何嘗❼？」「心之憂矣，之子無裳❽。」

【注釋】❶牖　窗子。❷衰乏　貧窮困頓。❸匡　正。❹忠恕　忠，盡心竭力。恕，推己及人。❺四體　指四肢。❻立士　正直之士。❼父母何嘗　《詩經·唐風·鴇羽》中的句子。❽心之憂矣二句　《詩經·衛風·有狐》中的句子。

【語譯】從前的聖王不出門就知道天下的事情，不必向窗口探望，就知道自然的法則。並不是眼睛能夠看到千里之外的事物，耳朵能夠聽到千里之外的聲音，而是用自己的心思去審度的結果。自己厭惡飢餓和寒冷，就知道天下的人都需要衣服和食物。自己厭惡勞動勤苦，就知道天下的人都希望安逸。自己厭惡貧窮困頓，就知道天下的人都想得到富厚滿足。知道這三件事情，有聖德的君王就能夠不離開自己的坐席而匡正天下。所以君子所執持的道理，就是盡心竭力和推己及人。處在飢渴的境地，身體氣血不調適，受到嚴寒酷暑的困擾，還要辛勤的勞動，這四種東西，是人民的大害。不把這些大害除去，就不能對人民進行教育並治理好他們。衣服不能夠掩蓋住身體，就很少會有知道仁愛的人；腹中沒有食物，就不會有正直的人士。所以以前的聖王的法則是，天子親自參加耕作，他的妃子親自養蠶織布，這是為了表示在天下人之前就開始憂慮吃和穿的事情。《詩經》上說：「父母吃什麼呢？」「心裡很憂慮，那個人沒有下裳穿。」

【研　析】「不出戶而知天下，不窺牖而見天道」，這是《老子》中的話。但是老子所言的意思與這裡有一定的差異。這一章所說的是通過自己的情感心思去推度他人的情感。人都有共同的好惡，因此能夠滿足人之所好，而除去人之所惡，天下的人情也不過是如此。天下人的生存之道，衣食為先，所以應該像對待自己的衣食那樣去考慮老百姓的衣食，其他的可以類推而至。聖明的帝王都是能夠「樂以天下，憂以天下」，與天下之人同其憂樂，這樣才能夠從天下人的情感出發而治理天下，這是治理天下正確的出發點。

卷四

1. 紂作炮烙之刑❶，王子比干曰：「主暴不諫，非忠也；畏死不言，非勇也。見過即諫，不用即死，忠之至也。」遂諫，三日不去朝，紂囚殺之。《詩》曰：「昊天大憮，予慎無辜❷。」

【注　釋】❶炮烙之刑　以火燒銅柱，使人在上面走，紂所作酷刑之一。❷昊天大憮二句　《詩經・小雅・巧言》中的句子。大，同「太」。甚也。憮，怠慢；疏忽。慎，誠。辜，罪。

【語　譯】商紂王製作了炮烙的刑罰，王子比干說：「主上殘暴，如果不去進諫的話，那是我的不忠；如果因為怕死而不說的話，那是沒有勇氣。看到主上的過錯就去進諫，如果他不聽諫，我就去死，這是忠誠的極致。」於是就去進諫，三天都不離開朝廷，紂把他拘囚起來，然後殺掉。《詩經》上說：「老天真是太糊塗，我真是沒有罪過的。」

【研　析】古代的臣子向君主進諫，無罪而被殺的可以說是屢見不鮮的，而桀、紂則是常被提起的典型的昏君。對於這樣的昏君，有人選擇逃避，有人選擇了以死進諫。比干是後者，今天看來，他多少是有些愚忠的成分。不過，我們也不能夠以今天的價值觀念去衡量古人，正因為古人對於這些傳統的道德觀念看得比生命還要重要，所以寧願捨棄自己的生命，也要實現這一價值。

2. 桀為酒池，可以運舟，糟丘足以望十里，而牛飲者三千人。關龍逢進諫曰：「古之人君，身行禮義，愛民節財，故國安而身壽。今君用財若無窮，殺人若恐弗勝，君若弗革❶，天殃必降，而誅必至矣，君其革之。」立而不去朝，桀因而殺之。君子聞之曰：「天之命矣。」《詩》曰：「昊天大憮，予慎無辜。」

【注釋】❶革　改變。

【語譯】夏桀做了酒池，在它裡面可以行船，酒糟堆積成的山丘，可以望到十里遠的地方，像牛那樣濫飲的人有三千之多。關龍逢對桀進諫言說：「古代的君王，親身奉行禮義，愛護老百姓，節儉財物，所以國家安定，身體長壽。現在君王您使用錢財好像它是無窮的一樣，殺人惟恐殺不完一樣，您如果不改變這種情形，上天的災禍必定會降臨下來，懲罰也會到來的，請您要改變它。」站著不離開朝廷，夏桀把他囚禁起來，殺掉了他。君子聽到了這件事之後，就說：「這真是上天所註定的命運啊。」《詩經》上說：「老天真是太糊塗，我真是沒有罪過的。」

【研　析】這一章與上章所表達的內容相同，裡面想闡發的道理也大致一樣，可以對照起來讀。至於這裡「天之命」這樣的一句評論，或者是當時或後世的人認為命中註定關龍逢如此去做，也彰顯了當時或後世人的共同的價值觀。

3. 有大忠者，有次忠者，有下忠者，有國賊者。以道覆君而化之，是謂大忠也；以德調君而輔之，是謂次忠也；以諫非君而怨之❶，是謂下忠也；不恤乎公道之達義，偷合苟同❷以持祿養者，是謂國賊也。若周公之於成王，可謂大忠也；管仲之於桓公，可謂次忠也；子胥之於夫差，可謂下忠也；曹觸龍之於紂❸，可謂國賊也。皆人臣之所為也，吉凶賢不肖之効也。《詩》曰：「匪其止共，惟王之邛❹。」

【注　釋】❶以諫非君而怨之　《初學記》引作「以是諫非而怨之」，《太平御覽》作「以是諫非而死之」。趙懷玉校本從《御覽》。❷同　《說郛》引作「容」。❸曹觸龍之於紂　曹觸龍為紂時奸佞臣。或認為「紂」當作「桀」，案《說苑》：「桀不修禹道，毀壞辟法，裂絕世祀。其左師觸龍者，諂諛不止，湯誅桀，觸龍身死。」桀、紂之事，古人多連言，其舛錯非一端，不必細究。❹匪其止共二句　《詩經・小雅・巧言》中的句子。匪，同「非」。止，達到。共，同「恭」。邛，病。

【語　譯】有大忠誠的人，有次一等忠誠的人，有最低限度忠誠的人，也有禍害國家的人。用大道來包覆君主而感化他的，這是大忠誠的人；用道德來調和君主而輔佐他的人，這是次一等忠誠的人；用正確的道理向君主進諫他的錯誤，即使犧牲了性命也在所不惜，這是最低限度忠誠的人；不體恤公道的通達正義，苟且偷合贊同以迎合君主，以保持自己的俸祿，這是禍害國家的人。像周公對周成王那樣，可以說是大忠誠；像管仲對於齊桓公那樣，可以說是次一等的忠誠；像伍子胥對於夫差那樣，可以說是最低限度的忠誠；像曹觸龍對於商紂王那樣，可以說是禍害國家的人。這都是為人臣子的所作所為，由於他們本性的不同，造成了吉凶、賢與不賢的不同效果。《詩經》上說：「他不忠於職守，來禍害他的君王。」

【研　析】對君主的忠誠可以分為不同的層次，這一章裡以「大忠」、「次忠」、「下忠」、「國賊」來區分大臣對於國君的態度，自有其道理。「大忠」也許在其外表的形式上顯然很不一般，但是其結果卻是最好的，既有利於君主，也有利於天下和老百姓。「次忠」則其效果比前者要略次一些，而「下忠」則雖然對於國君忠誠，但已經有了怨恨在裡面，第一、二章裡所說的比干、關龍逢，對國君也許並沒有怨恨，但恐怕也要列入「下忠」的範圍了。至於國賊，實際上對於君主和國家都已經談不上是忠誠了，而成了國家的禍害。

4. 哀公問取人。孔子曰：「無取健，無取佞，無取口讒。健，驕也；

佞，諂也；讒，誕❶也。故弓調然後求勁焉，馬服❷然後求良焉，士信愨❸而後求知❹焉。士不信焉，又多知，譬之豺狼，其難以身近也。《周書》曰：『為虎傅翼也❺。』不亦殆乎？」《詩》曰：「匪其止共，惟王之邛。」言其不恭其職事，而病其主也。

【注　釋】❶誕　說話虛妄誇誕；說大話。❷服　調服；馴服。❸愨　誠實。❹知　同「智」。❺為虎傅翼也　見《逸周書・寤儆篇》。傅，添加；增加。

【語　譯】魯哀公向孔子問如何選擇人才。孔子說：「不要選擇那些『健』的人，不要選擇那些『佞』的人，不要選擇那些『口讒』的人。健是驕傲，佞是諂諛，讒是妄誕。所以弓調適了以後才要求它剛勁，馬馴服了以後才要求牠是良馬，士人誠實了以後才要求他有智慧。如果士人不誠信，而又多巧智，就好像是豺狼，很難用身體去接近他。《周書》上說：『為老虎增加翅膀。』不是很危險嗎？」《詩經》上說：「他不忠於職守，來禍害他的君王。」說的就是他對自己的職事不恭敬，而使他的君主受到禍害。

【研　析】選擇士人以忠誠、守信為最基本的要求，所以達不到這一點要求的人，即使他很會說話，甚至於很有才幹，但是這樣的人用來治理國家是很危險的。如果失去控制的話，就會對國君、社會乃至於國家造成很大的損害。這已經被許多的歷史事實所證明，歷史上凡是破國亡家、大奸大惡之人，幾乎也都是有智之人，所以這一章裡所說的「士信愨而後求知焉」，可以奉為治理國家的格言。

5\. 齊桓公獨以❶管仲謀伐莒❷，而國人知之。桓公謂管仲曰：「寡人獨為❸仲父言，而國人知之，何也？」管仲曰：「意若國中有聖人乎？今東郭牙❹安在？」桓公顧曰：「在此。」管仲曰：「子有言乎？」東郭牙曰：「然。」管仲曰：「子何以知之？」曰：「臣聞君子有三色，是以知之。」管仲曰：「何謂三色？」曰：「歡忻愛說❺，鐘鼓之色也；愁悴哀憂，衰絰❻之色也；猛厲充實，兵革之色也。是以知之。」管仲曰：「何以知其莒也？」對曰：「君東南面而指，口張而不掩，舌舉而不下，是以知其莒也。」桓公曰：「善。」《詩》曰：「他人有心，予忖度之❼。」東郭先生曰：「目者心之符❽也，言者行之指❾也。夫知❿者之於人也，未嘗求知而後能知也。觀容貌，察氣志，定取舍，而人情畢矣。」《詩》曰：「他人有心，予忖度之。」

【注釋】❶以 與。❷莒 春秋時小國，地在今山東莒縣。❸為 與。❹東郭牙 姓東郭，名牙，《管子·小問》作東郭郵，《說苑·權謀》作東郭垂。❺歡忻愛說 忻，同「欣」。說，同「悅」。❻衰絰 指喪服。衰，粗麻布製成的喪服。絰，喪服上的麻布帶子。❼詩曰三句 「他人有心，予忖度之」是《詩經·小雅·巧言》中的句子，此處十字與下文重出，當是衍文。❽符 符節，古代用作徵信的工具，此處意指信號、表徵。❾指 指向。❿知 同「智」。

【語譯】齊桓公單獨與管仲謀劃討伐莒國，國內的人知道了這件事。齊桓公對管仲說：「我單獨和您說這件事，現在國內的人都知道了，這是為什麼？」管仲說：「推想一下，大概是國內有明聖的人吧？現在東郭牙在哪裡？」齊桓公回頭看了一下，說：「在這裡。」管仲對東郭牙說：「你有什麼要說的嗎？」東郭牙說：「是的。」管仲說：「你為什麼知道要伐莒這件事？」東郭牙回答說：「我聽說君子的臉色有三種，所以知道這件事。」管仲說：「什麼是三種臉色？」東郭牙回答說：「高興而歡喜，這是聽音樂時的臉色；哀傷憔悴，這是遭遇喪事時的臉色；嚴厲而充實，這是將要進行軍事行動的臉色。所以通過觀察你們的臉色，我就知道這件事。」管仲說：「為什麼會知道那是莒國呢？」東郭牙回答說：「您的手指向東南方，嘴巴張開而不合起來，舌頭舉起來而不放下，所以我知道所要伐的是莒國。」齊桓公說：「好。」《詩經》上說：「別人心裡想什麼，我通過思量能夠揣度出來。」東郭先生說：「眼睛是心靈的表徵，語言是行動的指向。有智慧的人對於別人的想法，不必去尋求知道然後才能知道。看他的容貌，觀察他的語氣和志向，然後對這些現象加以取捨，別人的心意就可以完全知道了。」《詩經》上說：「別人心裡想什麼，我通過思量能夠揣度出來。」

【研析】通過人的容貌、氣色、神態，就可以知道人的心裡想的是什麼。齊桓公和管仲謀事，東郭牙從他們兩人的神態氣色，就知道他們所謀的是兵革之事；通過他們的口型，就知道要討伐什麼地方。從心理學或者常理上來推測，我們今天的確可以從人的表情、神態來推測一個人的心理，也可以通過看人的口型推測他所說的是什麼話；不過，這和是不是聖人的關係並不大，只是提醒我們要注意觀察而已。

6. 今有堅甲利兵，不足以施❶敵破虜；弓良矢調，不足射遠中微，與無兵等爾。有民不足強用嚴敵❷，與無民等爾。故盤石❸千里，不為有地；愚民百萬，不為有民。《詩》曰：「維南有箕，不可以簸揚。維北有斗，不可以挹酒漿❹。」

【注釋】❶施　施加在敵人身上，指攻擊敵人。❷強用嚴敵　強用，加強他們的用途，指通過訓練使他們的戰鬥力加強。嚴敵，指威懾敵人。❸盤石　巨石。❹維南有箕四句　《詩經・小雅・大東》中的句子。箕，箕星，二十八宿之一，共四顆星，連成簸箕的形狀。斗，斗宿，也是二十八宿之一，有六顆星連成斗形，在箕星之北，但不是北斗星，而是南斗。挹，舀。

【語譯】現在有堅固的盔甲、鋒利的兵器，但不足以攻破敵人；弓的質地良好，箭也很調和，卻不足以射中遠處細微的目標，這種情形就相當於沒有兵器。有人民，如果不能夠加強他們的戰鬥力以威懾敵人，那麼就和沒有人民相同。所以即使有千里的巨石，卻不能夠說是擁有土地；擁有百萬之眾的愚蠢之人，不能說是擁有人民。《詩經》上說：「南方有箕星，但是不能把它拿來簸揚穀子；箕星北面有南斗星，但是不能把它拿過來舀酒。」

【研析】事物的價值判斷，是看它所能夠發揮的實際用途，而不是看它的數目、大小和外表形態，這是顯而易見的道理。所以即使從今天的情形來看，一個國家的發展或發達與否，也並不是看它的土地有多麼廣大，人口有多麼眾多，而是看它的政治、經濟和軍事等實力如何。如何振興一個國家，也要看它如何能夠更好地發展它的各方面的實力，而不是看它的表面狀況。

7. 傳曰：舜彈五絃之琴，以歌〈南風〉❶，而天下治。周平公❷酒不離於前，鐘石不解於懸❸，而宇內❹亦治。匹夫百畝一室，不遑啟處，無所移之也。夫以一人而兼聽天下，其日有餘而下治，是使人為之也。夫擅使人之權，而不能制眾於下，則在位者非其人也。《詩》曰：「維南有箕，不可以簸揚。維北有斗，不可以挹酒漿。」言有位無其事也。

【注釋】❶南風　相傳為舜時的歌，今傳其辭曰：「南風之薰兮，可以解吾民之慍兮；南風之時兮，可以阜吾民之財兮。」則是後人偽託而作。❷周平公　依《淮南子》、《尸子》等書的記載，當是「周公」。❸鐘石不解於懸　石，指石製樂器，如磬一類。鐘、石皆懸掛敲擊以發聲。❹宇內　指天下。

【語譯】古書上說：舜彈著五絃琴，唱著〈南風〉的曲子，天下治理得很好。周平公整天酒不離案前，鐘磬等樂器一直懸掛在那裡聽，天下也治理得很好。普通老百姓有百畝之田，一間房屋，卻沒有閒暇在家中安處，沒有時間將他的注意力從勞作中轉移過來。一個人要兼顧聽理天下的事情，他的日子卻過得很閒暇，這是因為他讓別人去做的結果。專有役使別人的權力，卻不能夠管理好在下位的民眾，那麼他就是一個不稱職的人。《詩經》上說：「南方有箕星，但是不能把它拿來簸揚穀子；箕星北面有南斗星，但是不能把它拿過來舀酒。」說的是有其職位，卻不能夠做他應該做的事。

【研析】據有高位，掌管天下國家，最重要的是知道如何使用人才。人才能夠使用得好，雖然自己很安逸，但是天下也可以治理得很好；如果像一個農夫那樣什麼都要自己親自去管理，天下之大，便絕不是一個人可以管理得過來的。所以說：「擅使人之權，而不能制眾於下，則在位者非其人也。」

8. 齊桓公伐山戎❶，其道過燕。燕君送之出境。桓公問管仲曰：「諸侯相送，固出境乎？」管仲曰：「非天子不出境。」桓公曰：「然，畏而失禮也。寡人不可使燕失禮。」乃割燕君所至之地以與之。諸侯聞之，皆朝於齊。《詩》曰：「靜恭爾位，好是正直。神之聽之，介爾景福❷。」

【注　釋】❶齊桓公伐山戎　齊桓公伐山戎救燕之事，見《史記・齊太公世家》及〈燕召公世家〉。山戎，春秋時北方的少數民族，即後世的匈奴。❷靜恭爾位四句　《詩經・小雅・小明》中的句子。靜，《毛詩》作「靖」，謀劃。介，助。景，大。

【語　譯】齊桓公討伐山戎，路過燕國。燕國的國君去送他，一直送到了自己的國境之外。齊桓公問管仲說：「諸侯互相送行，本來就是能夠送出自己的國境的嗎？」管仲說：「如果不是送天子，就不可以送出國境。」齊桓公說：「是這樣，燕國國君是因為畏懼我才失禮的。我不能讓燕國國君失禮。」於是把燕國國君送他所到的地方都割讓給了燕國。其他的諸侯聽說了這件事之後，都到齊國來朝見桓公。《詩經》上說：「恭敬地做好你本職的工作，喜愛正直的人士。神聽到了這件事，也會幫助你獲得很大的福祉。」

【研　析】齊桓公是春秋時最早的一位霸主，他之所以能夠成為諸侯間的盟主，和他尊禮儀、講信用有關，這一章所說的顯然便是一個尊禮的例子。燕君因為畏懼齊桓公而送他送出國境，這本是失禮之事，但是這種失禮也和齊桓公本人有關係，所以齊桓公割地給燕國，是為了挽回燕國的失禮行為，這當然是很難能可貴的事，因此諸侯才覺得齊桓公可以信任，才來朝見齊桓公。春秋時期和戰國時期的情形頗不相同，春秋時期的諸侯大多數還是比較重視禮和信的，而到了戰國時期，這一準則也就逐漸被諸侯國放棄了。所以春秋時期的君主，從儒家的傳統來看，還是高於戰國時期的，齊桓公也可以視作是春秋時期諸侯的一個代表人物。

9. 〈韶〉用干戚❶，非至樂也。舜兼二女❷，非達禮也。封黃帝之子十九人，非法義也。往田號泣❸，未盡命也。以人觀之則是也，以法量之則未也。《禮》曰：「禮儀三百，威儀三千❹。」《詩》曰：「靜恭爾位，正直是與。神之聽之，式穀以女❺。」

【注釋】❶韶用干戚　韶，相傳是舜時候的音樂。干，盾。戚，斧。❷舜兼二女　相傳堯將兩個女兒娥皇和女英同時嫁給舜。❸往田號泣　舜的父母不喜歡他，所以他跑到田中哭泣。《孟子·萬章》中說「舜往於田，號泣於旻天」。❹禮儀三百二句　《禮記·中庸》中的句子。❺靜恭爾位四句　《詩經·小雅·小明》中的句子。與，相與；相交。式，語助詞。穀，善。女，同「汝」。

【語譯】舜的音樂〈韶〉中用盾牌和斧來舞蹈，這不是最好的音樂。舜同時娶了堯的兩個女兒，這不是通達的禮儀。把土地分封給黃帝的十九個兒子，這不符合法的道義。到田野裡去號泣，這是對於天命還沒有完全瞭解。從人情的角度來觀察，這是對的；如果從禮法的角度來衡量就不符合了。《禮記》中說：「重要的禮節有三百種，細小的規定有三千種。」《詩經》上說：「恭敬地做好你本職的工作，和正直的人士相交往。神聽到了這件事，也會給你很大的福善。」

【研析】這一章所講的是舜的一些事蹟，干戚是武舞，但傳統的儒家是注重文德的，所以說它不是至樂。從禮的角度來說，正妻只有一位，因此舜娶堯的二女為妻，本身不合理，況且根據其他的記載，他是沒有告訴父母就娶妻了。向天而號泣，說明對於天命的內容還不太瞭解。這些事情，如果從儒家的禮來看，有不少都是不合乎禮儀的；但是如果從人情的角度來看，那就應該特殊情形特殊對待，比如舜的家庭情況特殊，使得他不能夠按照正常的禮儀去做事，所以只要符合禮的精神也就可以了，並不一定要每一個細節都按照禮的規定來實行。這當然也是一種「權道」。

10. 禮者，治辯❶之極也，強國之本也，威行之道也，功名之統❷也。王公由之，所以一天下也，不由之，所以隕社稷也。是故堅甲利兵不足以為武，高城深池不足以為固，嚴令繁刑不足以為威，由其道則行，不由其道則廢。昔楚人蛟革犀兕❸以為甲，堅如金石，宛如鉅虵❹，慘❺若蜂蠆，輕利剛疾❻，卒❼如飄風。然兵殆於垂沙❽，唐子❾死，莊蹻走❿，楚分為三四者，此豈無堅甲利兵也哉？所以統之非其道故也。汝、淮以為險，江、漢以為池，緣之以方城⓫，限之以鄧林⓬，然秦師至於鄢郢⓭，舉若振槁然，是豈無固塞限險也哉？其所以統之者非其道故也。紂殺比干而囚箕子，為炮烙之刑，殺戮無時，群下愁怨，皆莫冀其命，然周師至，令不行乎左右，而豈其無嚴令繁刑也哉？其所以統之者非其道故也。

若夫明道而均分之，誠愛而時使之，則下之應上，如影響矣。有不由命，然後俟之以刑，刑一人而天下服。下不非其上，知罪在己也。是以刑罰競消，而威行如流者，無他，由是道故也。《詩》曰：「自西自東，自南自北，無思不服⓮。」如是則近者歌謳之，遠者赴趨之，幽閒僻陋之國，莫不趨使而安樂之，若赤子之歸慈母者，何也？仁刑⓯義立，教誠愛深，禮樂交通故也。《詩》曰：「禮儀卒度，笑語卒獲⓰。」

【注　釋】❶治辯　治理。亦作「治辨」、「治辦」。❷統　準則；根本。❸蛟革犀兕　蛟，通「鮫」。鯊魚。犀、兕，皆指犀牛。鯊魚及犀兕的皮革堅韌，故用作甲衣。❹鉅蚍　鉅，同「巨」。蚍，同「蛇」。❺慘　狠毒；厲害。❻剛疾　指剛勁迅速。或以為「剛」當作「剽」。案：「剛疾」，《荀子》作「僄遬」，《史記》作「剽遬」，「剽」、「僄」相通，「遬」同「速」。僄遬，指輕捷迅速。❼卒　同「猝」。快；迅速。❽殆於垂沙　殆，危亡。垂沙，地名。❾唐子　即《荀子》中的唐蔑，《史記》作「唐昧」。《史記》載：「楚懷王二十八年，秦與齊、韓、魏共攻楚，殺楚將唐昧。」❿莊蹻走　莊蹻為楚國大盜。「走」當作起，謂起兵作亂。⓫方城　楚國北地的長城。⓬鄧林　地名，在楚國北境。⓭鄢郢　楚國首都。⓮自西自東三句　《詩經．大雅．文王有聲》中的句子。思，語詞。⓯刑　通「形」。表現出來。⓰禮儀卒度二句　《詩經．小雅．楚茨》中的句子。卒，盡。度，法度。

【語　譯】禮是治理天下的極則，是使國家強大的根本，是使威嚴流布的道路，是建功立業的準則。帝王如果能夠實行它，就能夠統一天下，如果不實行它，就會喪失國家。所以堅固的鎧甲、鋒利的兵器不足以為勇武，高大的城牆、深深的護城河不足以為堅固，嚴酷的法令、繁複的刑罰不足以成為威嚴，按照正道而行，就能夠通行；不按照正道而行，就會被廢棄。以前楚國人的軍隊用鯊魚及犀兕的皮革製作鎧甲，像金屬和石塊那樣堅固；宛轉如同長蛇一樣，像毒蜂毒蠍那樣狠毒，輕快尖利剛勁迅捷，像暴風那樣迅速。但是在垂沙這個地方被戰敗，唐子戰死，莊蹻趁機起兵作亂，楚國四分五裂，這難道是因為沒有堅固的鎧甲和鋒利的兵器嗎？這是因為它不用正道來統治國家的緣故。楚國以汝水、淮河為天險，以長江、漢水作為護城河，北方有長城防護，以鄧林為它的界限，但是秦國的軍隊攻打到它的首都鄢郢，就好像是振落枯葉一樣容易，這難道是因為沒有堅固的要塞和險要的邊界嗎？這是因為它不用正道統治國家的緣故。商紂王殺掉王子比干，因禁箕子，作炮烙的刑罰，任意殺戮人民，老百姓憂愁怨恨，都不能夠希冀自己活命，然而周朝的軍隊一旦攻打過來，紂王連他左右親近的人也使喚不動，這難道是因為沒有嚴苛的法令和繁複的刑罰嗎？這是因為沒有用正道來統治國家的緣故。如果國君能夠彰明正道，公平的治理國家，真誠愛護百姓，按照一定的時節來使用他們，那麼在下的老百姓響應在上的君主，就會像影子和回聲那樣親近而迅速。如果這樣還有人不聽從命令，再用刑罰來懲治他，懲治了一個人，天下人都會心服。在下面的老百姓不認為這是君主的不對，因為他們知道罪過是在自己。因此刑罰也會消失，君主的威嚴像流水那樣通行於天下，這沒有其他的原因，只是因為依據正道的緣故。《詩經》上說：「從東到西，從南到北，沒有人不歸服。」這樣的話，近處的人歌頌他，遠方的人來歸服他，那幽遠偏僻國家的老百姓，都趕到這裡來，對這裡的生活感到安樂，就好像是嬰兒回到慈母的懷抱中一樣，為什麼呢？這是因為君主把仁愛都表現出來，並建立起道義，對老百姓的教化真誠，對他們的愛護深切，禮樂在老百姓中間通行的緣故。《詩經》上說：「禮儀全部合乎法度，談笑也都合乎規矩。」

【研　析】這一章將禮視為治理天下的根本，當然是儒家的看法，儒家對於禮治的重視當然是超過法治的。禮治和法治最根本的區別，一是以人情為本，一是以法律為本。從今天看來，兩者各有所長，也各有所失。以禮為本，必然以教化為根本，對於老百姓的道德水平的要求也必定很高，要求人人安於本分，如果從上至下都保持住這樣的道德水平，那麼將會是一個和諧美好的社會；但是另一方面，許多事情便沒有一個十分精確的尺度，一旦禮壞樂崩，社會風氣澆薄，整個國家或社會就會陷入一片混亂。以法為本，事事都有具體的法律來衡量，社會便處於一個很有條理的狀態之下，但是人情以及社會道德便往往會被忽視，也會不斷地出現這樣那樣的社會問題，於是便會進一步加強立法，一切都會變得更加法律化，人的感情也會日益淡薄和冷漠，人也會越來越變得符號化，生命本身的意義也就不大了。因此，最好的方法便是將兩者有機地結合起來。就像這一章裡所說的：「明道而均分之，誠愛而時使之，則下之應上，如影響矣。有不由命，然後俟之以刑，刑一人而天下服。」

11. 君人者，以禮分施，均徧而不偏。臣以禮事君，忠順而不解❶。父寬惠而有禮，子敬愛而致恭，兄慈愛而見友，弟敬詘❷而不慢，夫照臨而有別，妻柔順而聽從。若夫行之而不中道，即恐懼而自竦：此全道也。偏立則亂，具❸立則治。請問兼能之奈何？曰：審禮。昔者先王審禮以惠天下，故德及天地，動無不當。夫君子恭而不難❹，敬而不鞏❺，貧窮而不約❻，富貴而不驕，應變而不窮，審之禮也。故君子於禮也，敬而安之。其於事也，經❼而不失；其於人也，寬裕寡怨而弗阿；其於儀也，修飾而不危❽；其應變也，齊給便捷❾而不累；其於百官伎藝之人❿也，不與爭能而致用其功；其於天地萬物也，不拂其所而謹裁其盛。其待上也，忠順而不解；其使下也，均遍而不偏；其於交遊也，緣類而有義；其於鄉曲也，容而不亂；是故窮則有名，通則有功。仁義兼覆天下而不窮。明通天地理，萬變而不疑。血氣平和，志意廣大，行義塞天地，仁知⓫之極也。夫是謂先王審之禮也。若是則老者安之，少者懷之，朋友信之，如赤子之歸慈母也。曰：仁刑義立，教誠愛深，禮樂交通故也。

《詩》曰：「禮儀卒度，笑語卒獲。」

【注釋】❶解　通「懈」。❷詘　同「屈」。❸具　同「俱」。❹難　王引之《經義述聞》讀為「不戁不竦」的「戁」，恐懼之意。❺聳　王引之讀為《方言》中的「蛩」，戰慄之意。❻約　卑下。❼經　合乎常道。《荀子》作「徑」。❽危　王念孫讀為「詭」，違也。❾齊給便捷　迅速敏捷。❿百官伎藝之人　百官，百工。伎，同「技」。⓫知　同「智」。

【語譯】做國君的人，用禮儀來分別對待老百姓，普遍而不偏愛。臣子用禮節來侍奉君主，忠誠柔順而不懈怠。父親寬厚慈惠而合乎禮儀，子女敬愛父母而且恭敬，兄長對弟弟慈愛友好，弟弟對兄長順從而不怠慢，丈夫眷顧妻子但要注意男女之別，妻子對待丈夫要和順而聽從。這樣去做了，如果還不合乎道理，那麼就恐懼而自己感到驚竦：這才是萬全的道理。這些道理，如果只實行其中的一部分，那麼就會造成混亂；如果全部實行了，天下就會得到治理。請問如果想要全部做到這些，應該怎麼樣？回答說：在於審察禮儀。以前賢明的君王審察禮儀，使天下人都得到恩惠，所以道德就像天和地那樣廣大深厚，所有舉動都很恰當。君子恭順而不恐懼，和敬而不害怕，貧窮但是不卑下，富貴但是不驕傲，對於變化不會感到窮於應付，這是由於他對於禮儀的審察。所以君子對待禮儀，尊敬它而在其中感到安定。對待事情，合乎道理而不會有所過失；對待他人，寬厚充裕，少有怨恨，但也不去阿附他；對待自己的儀容，有所修飾，但是也沒有違禮之處；對待事物的變化，迅速敏捷而不覺得有所負累；對待各種工匠以及有技藝的人，不與他們競爭這方面的才能，但是能夠使他們為我所用，各盡其功；對於天地間的萬物，使它們各得其所，而裁取其中的美盛者以供使用。對待他的上級，忠誠順從而不懈怠；使用他的下屬，普遍而無所偏袒；對待自己的朋友，根據不同的類型而和他們來往，但是能夠合乎道義；對待鄉野之人，能夠寬大容讓，但是不至於讓他們混亂了道義；所以窮困之時也能夠獲得好名聲，顯達之後則能夠建立功業，仁義覆蓋天下而沒有窮盡的時候。明智通達天地之間的道理，對待各種變化而無所疑惑。氣血安定平和，心胸志意廣大，施行仁義充塞天地之間，這是仁德和智慧的極致。這就是以前的賢王審察禮儀。能夠做到這樣，年老的人會感到安定，年輕的人會懷念他，朋友也會信任他，就好像是嬰兒回到慈母的懷抱中一樣。為什麼呢？回答說：這是因為君主把仁愛都表現出來，並建立起道義，對老百姓的教化真誠，對他們的愛護深切，禮樂在老百姓中間通行的緣故。《詩經》上說：

「禮儀全部合乎法度，談笑也都合乎規矩。」

【研析】禮之中包括了更多的人情的因素，這一章裡所說的君臣、父子、兄弟、夫婦等各種關係，都在禮的範圍之內，他們之間的關係是互相敬重愛護，為對方考慮得更多一些，自我反省也更多一些，所以強調個人的基本修養。這對於一個君主來說就更加重要，因為社會的風氣往往是上行下效的，所謂：「君子之德風，小人之德草，草上之風，必偃。」如果君王能夠做到這一點，那麼對於推行這種禮儀是不難的，對老百姓的教化作用也是很大的，用孔子的話來說就是「老者安之，少者懷之，朋友信之」。

12. 晏子聘❶魯，上堂則趨，授玉則跪。子貢怪之，問孔子曰：「晏子知禮乎？今日晏子來聘魯，上堂則趨，授玉則跪，何也？」孔子曰：「其有方❷矣。待其見我，我將問焉。」俄而晏子至，孔子問之。晏子對曰：「夫上堂之禮，君行一，臣行二。今君行疾，臣敢不趨乎？今君之授幣❸也卑，臣敢不跪乎？」孔子曰：「善，禮中又有禮。賜，寡使也，何足以識禮也？」《詩》曰：「禮儀卒度，笑語卒獲。」晏子之謂也。

【注釋】❶聘　聘禮，是諸侯之間互相問候的禮節。❷方　道理。❸幣　泛指古代用於饋贈的玉帛之類。

【語譯】晏子代表齊國到魯國去問候，到了廟堂之上就走得很快，魯君授給他玉的時候，他就跪下來。子貢感到奇怪，就問孔子說：「晏子是懂得禮儀的人嗎？今天晏子到魯國來聘問，到了堂上就走得很快，國君授給他玉的時候，他就跪下來，這是為什麼呢？」孔子說：「他一定有他的道理，等他來看我的時候，我將要問一問他。」過了一會兒晏子到孔子這裡來，孔子就問了他這件事。晏子回答說：「根據上堂的禮儀，國君行走一步，臣子要行走兩步。現在魯國的國君走得快，我怎麼敢不快步走呢？國君授玉給我的時候，躬身把玉放得很低，我敢不跪下來接受嗎？」孔子說：「好。禮儀之中又有禮儀。端木賜很少出使他國，哪裡能夠懂得禮儀呢？」《詩經》上說：「禮儀全部合乎法度，談笑也都合乎規矩。」說的就是晏子這樣的人啊。

【研析】禮的核心是對人尊敬，所謂「自卑而尊人」，放低自己，尊敬他人。所以真正判斷一個人或者一種行為合不合禮，還要看它的實質是不是在尊敬他人。魯君和晏子之間行禮，因為魯君為了表現對於對方的尊重，就將禮儀做得有些過分，如果晏子還是按照正常的禮儀去做的話，就會顯得自己不尊重對方，所以必然做得也會有些過分，因此孔子才會說「禮中又有禮」，這是禮的一個變數。

13. 古者八家而井田❶，方里為一井。廣三百步，長三百步，為一里。

其田九百畝，廣一步，長百步，為一畝；廣百步，長百步，為百畝。八家為鄰❷，家得百畝。餘夫❸各得二十五畝，家為公田十畝，餘二十畝共為廬舍，各得二畝半。八家相保，出入更守，疾病相憂，患難相救，有無相貸，飲食相召，嫁娶相謀，漁獵分得，仁恩施行，是以其民和親而相好。《詩》曰：「中田有廬，疆場有瓜❹。」今或不然。令民相伍❺，有罪相伺，有刑相舉，使構造怨仇，而民相殘，傷和睦之心，賊仁恩，害士化❻。所和者寡，欲敗者多，於仁道泯焉。《詩》曰：「其何能淑，載胥及溺❼。」

【注釋】❶八家而井田　這裡所講的「井田制」，與《禮記・王制》、《孟子・滕文公上》、《公羊傳》、《穀梁傳》、《春秋繁露》中所述大體相同。即將一塊田劃為井字形，中間一塊為公田，由八家共同耕作；周圍的八百畝為私田，每家一百畝。❷鄰　古代行政單位，或以八家為鄰，或以四家，或以五家。❸餘夫　指多餘的勞動力。❹中田有廬二句　《詩經・小雅・信南山》中的句子。中田，即田中。疆、埸，都指田界。❺伍　也是行政單位，五家為伍。❻士化　周廷寀校本作「上化」，君上的教化。❼其何能淑二句　《詩經・大雅・桑柔》中的句子。淑，善。胥，互相。溺，沉溺。

【語　譯】古時候八家共有一塊井田，一平方里的土地為一井。寬三百步，長三百步，為一平方里。一塊井田有九百畝，寬一步，長一百步，為一畝；寬一百步，長一百步，為一百畝。八家組成一鄰，每家得到一百畝的田地。多餘出來的勞動力每人還可以再得到二十五畝田，每家耕作公田十畝，剩餘的二十畝田用來建造田間的廬屋，每家得到二畝半。八家互相保護，輪流做守衛的工作，生病互相照顧，有了災難互相幫助，貧富之間互相借貸財物，宴會飲食時請其他各家來參加，遇到嫁娶的事在一起商量，捕魚打獵所得一起分享，仁慈恩惠得以施行，所以老百姓互相之間和睦相愛而友好。《詩經》中說：「田中有房屋，田界種著瓜。」今天卻不是這樣。現在讓老百姓五家為一伍，有罪互相伺察，犯法互相揭發，使得他們之間互相結下怨仇，老百姓互相殘殺，傷害了和睦相處之心，損害仁慈和恩惠，損害君主的教化。能夠使人和睦的措施少，而敗壞民風的舉動多，仁道也就泯滅了。《詩經》上說：「這樣如何能夠辦得好，大家一起溺水淹沒了。」

【研　析】這一章裡所說的雖然涉及到井田制的問題，但其主要內容則是將古時美好的禮儀和社會風氣與當時已經敗壞的社會風氣相對比，古時「其民和親而相好」，是因為這種井田制度實行得好，所以八家患難相恤；當時的社會情況卻是一種連坐之法，讓老百姓互相糾舉結仇。不難看出，這裡也有「禮」與「刑」的分別。

14. 天子不言多少，諸侯不言利害，大夫不言得喪，士不言通財貨，不為賈道。故駟馬之家❶不恃雞豚之息❷，伐冰之家❸不圖牛羊之入，千乘之君❹不通貨財，冢卿不修幣施❺，大夫不為場圃❻，委積之臣❼不貪市井之利。是以貧窮有所懽，而孤寡有所措其手足❽也。《詩》曰：「彼有遺秉，此有滯穗，伊寡婦之利❾。」

【注　釋】❶駟馬之家　古時大夫以上乘馬車，一輛車有四匹馬拉，故云駟馬之家。❷息　生；養殖。❸伐冰之家　伐冰，指前一年冬天將冰鑿下來放在冰窖裡，以供第二年喪禮或者祭祀用。卿大夫以上才能有這樣的禮儀。❹千乘之君　古代的國家以兵車的多少來衡量國家的大小，一輛兵車叫一乘。❺冢卿不修幣施　冢卿，上卿。幣施，聞一多認為意即貨幣，《管子・國蓄》：「今君鑄錢立幣，庶民之通施也。」❻場圃　場為打糧食的空場，圃為菜園。古時一地兩用，平時用作菜園，等收穫季節夯實做場地，故場圃連稱。❼委積之臣　這裡指管理倉庫的官員。委、積，都是積累的意思。❽措其手足　指通過自己的勞動謀生。措，放置。❾彼有遺秉三句　《詩經・小雅・大田》中的句子。秉，禾把。滯穗，遺留下來的穀穗。伊，語詞。

【語　譯】天子不說財物的多少，諸侯不談財貨的利益和害處，大夫不說利益的得失，士人不說如何流通財貨，不像是生意人那樣。所以有駟馬之車的大夫之家，不從事養雞養豬的活動；喪祭能夠用冰的卿大夫之家，不圖謀飼養牛羊的收入；有一千輛兵車的國君，不從事商業的活動；上卿不去追求貨幣的多少，與商人爭利；大夫不去築場圃種糧種菜，與農夫爭利；管理倉庫的官員不去追求市井上的利益。因此貧窮的人有能夠讓他高興的事情做，孤兒寡婦也能夠有謀生的地方。

《詩經》上說：「那裡有遺留下來的一束禾把，這裡有遺留下來的穀穗，寡婦可以去拾取以謀生。」

【研析】這一章裡所講的主要是社會的利益分配問題。在古代社會，天子、諸侯據有天下國家，當然不必考慮個人的利益問題。就是一些卿大夫之家，也有自己的封邑或者俸祿，是足夠用來保持自己家庭的生活的，因此不再去做一些額外獲取利益的事情，就像文中所說的「駟馬之家不恃雞豚之息，伐冰之家不圖牛羊之入，千乘之君不通貨財，冢卿不修幣施，大夫不為場圃，委積之臣不貪市井之利」，如果還去做這些事情的話，古人認為是「與民爭利」，搶奪了老百姓的利益。當然，社會利益的分配也許是一個永遠都存在著不公平和矛盾的地方，古人能夠意識到這一點，已經是很不錯了。

15. 人主欲得善射，及遠中微，則懸貴爵重賞以招致之。內不阿❶子弟，外不隱遠人，能中是者取之，是豈不謂之大道也哉？雖聖人弗能易也。今欲治國馭民，調一上下，將內以固城，外以拒難。治則制人，人弗能制。亂則危削，滅亡可立待也。然而求卿相輔佐，獨不如是之公，惟便辟比己❷之是用，豈不謂過乎？故有社稷，莫不欲安，俄則危矣；莫不欲存，俄則亡矣。古之國千餘，今無數十，其故何也？莫不失於是也。

故明主有私人以百金、名珠玉，而無私以官職事業者，何也？曰：本不利所私也。彼不能，而主使之，是闇主也，臣不能而為之，是詐臣也。主闇於上，臣詐於下，滅亡無日矣，俱害之道也。故惟明主能愛其所愛，闇主則必危其所愛。夫文王非無便辟親比己者，超然乃舉太公於舟人❸而用之，豈私之哉？以為親邪，則異族之人也；以為故耶，則未嘗相識也；以為姣好耶，則太公年七十二，齳❹然而齒墮矣。然而用之者，文王欲立貴道，欲白❺貴名，兼制天下，以惠中國，而不可以獨，故舉是人而用之。貴道果立，貴名果白，兼制天下，立國七十二，姬姓獨居五十二。周之子孫，苟不狂惑，莫不為天下顯諸侯，夫是之謂能愛其所愛矣。故惟明主能愛其所愛，闇主必危其所愛，此之謂也。〈大雅〉曰：「貽厥孫謀，以燕翼子❻。」〈小雅〉曰：「死喪無日，無幾相見❼。」危其所愛之謂也。

【注　釋】❶阿　徇私；偏袒。❷便辟比己　指諂媚逢迎之人。比己，親附自己。❸舟人　即漁人。俞樾以為，姜太公身為漁父，而釣於渭濱，故云。舟，《荀子》作「州」，州、舟古字通。俞氏又認為「州」為古代國名。❹齳　沒有牙齒。❺白　顯白；顯揚。❻貽厥孫謀二句　《詩經・大雅・文王有聲》中的句子。貽，給。燕，安。翼，保護。❼死喪無日二句　《詩經・小雅・頍弁》中的句子。無幾，沒有多少時候。

【語　譯】為人君主的想要得到一個善於射箭的人，能夠射得遠而射中微小目標的人，就會用高貴的爵位和厚重的賞賜來招攬他。對內不會偏袒自己的子弟，對外也不會隱沒遠方的人，而是能夠射中的人就錄用，這難道不是符合大道的嗎？即使是聖人也不能夠改變這種方法。現在如果想要治理國家，管理人民，調和齊一君臣上下，對內使得城池完固，對外抵禦外來的侵略。治理好自己的國家就可以制約他人，別人不能夠制約自己。如果國家混亂就會危險削弱，很快就要遭受滅亡。但是尋求卿相以及輔佐自己治理國家的人，卻惟獨不像這樣公平，只用那些諂媚逢迎和親附自己的人，這難道不是一種過錯嗎？所以有社稷國家的人，沒有不想自己的國家得到安定的，但是國家很快就會變得很危險；沒有不想讓自己的國家長存下去的，但是很快就滅亡了。古代的國家有一千多個，現在卻不到數十個，其中的緣故是什麼呢？都是因為用人不公所造成的過失。所以賢明的君主可以私下裡給人很多黃金、有名的珠寶玉石，但是沒有私下裡給人官職和事業的，為什麼呢？回答說：因為這本來就是對所私愛的人不利的。他如果不能夠做事情，君主卻讓他去做，這就是昏暗的君主；臣子如果不能做事情，而自己偏要去做，這就是奸詐的臣子。上面的君主昏暗，下面的臣子欺詐，那麼國家滅亡的時間就不久了，這是讓君臣都受到傷害的行為。所以只有賢明的君主能夠真正愛他所親愛的人，昏暗的君主必定讓自己親愛的人受到危害。文王並不是沒有逢迎親附自己的人，但是他很超然地把姜太公從漁民中選出來任用，這難道是因為自己的私情嗎？會認為太公和文王是親近之人嗎？太公卻是一個和文王不同部族的人；會認為他們是故交嗎？他們卻還未曾互相認識；會認為太公長相美好嗎？姜太公年紀已經有七十二歲，連牙齒都掉光了。但是文王仍然去任用他，就是因為文王想要建立高貴的道義，想要顯揚高貴的名聲，統一天下，使全中國之人都受到他的恩惠，自己不能夠獨立去完成這件事情，所以選擇了太公而任用他。高貴的道義果然建立了，高貴的名聲果然顯揚了，統一天下，封賞土地，建立的國家有七十二個，而與文王同姓的姬姓占據了其中的五十二個。周朝的子孫，如果不是狂悖迷惑，沒有不成為天下聞名的諸侯的。這樣才可以說是能夠愛他所親愛的人。所以只有賢明的君主才能夠愛他所親愛的人，昏暗的君主一定會危害他所親愛的人，說的就是這個道理啊。《詩經・大雅》中說：「遺留下謀略給他的子孫，以安定和保護他的兒子。」《詩經・小雅》中說：「離死亡沒有多久了，也沒有多少時間相見了。」說的就是危害他所親愛的人。

【研　析】賢君以國家為重，所以會盡力招攬有才能的人；不賢的國君會將官位當作自己的私人禮物送給自己所寵信的人，而不問他是否能夠稱職。這不僅害了他所寵信的人，而更重要的是害了國家，這就是文章中所說的「明主能愛其所愛，闇主必危其所愛」。對於官位而言，應該在道德的基礎上，惟才是舉，而不能任人惟親。這對於今天的國家管理而言，仍然是具有一定的啟發意義的。

16. 問者不告，告者勿問❶，有諍❷氣者勿與論。必由其道至，然後接之，非其道則避之。故禮恭然後可與言道之方，辭順然後可與言道之理，色從然後可與言道之極。故未可與言而言謂之瞽，可與言而不與言謂之隱，君子不瞽❸，言謹其序。《詩》曰：「彼交匪紓，天子所予❹。」言必交吾志然後予。

【注　釋】❶問者不告二句　《荀子》作「問楛者勿告也，告楛者勿問也」，楛與苦同，惡也，這裡指不合乎禮儀。此處當據補兩「楛」字。❷諍　同「爭」。❸不瞽　《荀子》作「不傲不隱不瞽」，當據補兩字。❹彼交匪紓二句　《詩經・小雅・采菽》中的句子。紓，緩慢；怠慢。

【語　譯】來問不合乎禮儀的事，就不告訴他；有來告訴你不合乎禮儀的事情的，就不去追問他；有與人論爭的盛氣的人不與他討論。一定是遵循道理而來的人，然後才能接待他，不合乎道理的就迴避他。所以恭敬講求禮儀，然後才可以和他談論道的旨意，言辭遜順然後才可以和他談論道的正理，臉色和順然後才可以和他談論道的極致。所以不可以和他說話而與他說話就是盲目，可以和他說話而不和他說話就是隱瞞，君子不盲目，也不隱瞞，語言謹慎而有次序。《詩經》上說：「他與人交往不怠慢，天子給予他很多賞賜。」說的是一定要與我志意相投才能夠給予。

【研　析】這一章所說的是與人談論的道理。談論有一定的範圍，如果所談論的內容對於雙方沒有意義甚至有害，那麼就不應該去論。盛氣的人往往是不論是非的，因此即使與他談論也不會有結果。談論是為了學習道理的，是為了辨別事物的是非的，本著這樣的心理去談論的話，方能夠有所收穫。這就要求雙方能夠心平氣和，因此，文中所說的「禮恭、辭順、色從」，便是基本的要求。

17. 子為親隱，義不得正；君誅不義，仁不得愛。雖違仁害義，法在其中矣。《詩》曰：「優哉游哉，亦是戾矣❶。」

【注釋】❶優哉游哉二句 《詩經・小雅・采菽》中的句子。游，陳喬樅以為當作「柔」。戾，至。

【語譯】兒子替父母親隱瞞過錯，從道義上來說是不公正的；國君誅滅不義之徒，從仁慈的角度來說是不愛惜人民。這兩種事情違背仁慈而損害道義，但是卻合乎法度。《詩經》上說：「優柔閒適地過日子，是這樣的安定。」

【研析】子為親隱，所體現出來的是親情；君誅不義，體現出來的是國家的禮法。對於老百姓而言，人倫的親情比較重要，對於君主而言，真正的仁愛是面向大多數人的，是要考慮國家和社會的和諧。一件事情總有它的兩面性，站在不同的角度有所取捨，便有它的合理性。

18. 齊桓公問於管仲曰：「王者何貴？」曰：「貴天。」桓公仰而視天。

管仲曰：「所謂天，非蒼莽❶之天也，王者以百姓為天。百姓與之則安，輔之則強，非之則危，倍❷之則亡。《詩》曰：『民之無良，相怨一方❸。』民皆居一方而怨其上，不亡者，未之有也。」

【注釋】❶蒼莽　形容廣闊無邊的樣子。蒼，青色。莽，無邊際的樣子。❷倍　同「背」。背叛。❸民之無良二句　《詩經．小雅．角弓》中的句子。

【語譯】齊桓公問管仲說：「王者把什麼看得最為貴重？」管仲回答說：「把天看得最貴重。」齊桓公仰起頭來看天空。管仲說：「所謂天，不是指蒼青無邊際的天空，王者把老百姓當成天。老百姓擁護他，他就很安定；輔佐他，就會強盛；反對他，就會危險；背叛他，就會滅亡。《詩經》上說：『老百姓都不善良，居住在一個地方互相埋怨。』老百姓都居於一個地方而埋怨他們的君主，沒有不滅亡的。」

【研析】老百姓是君主實行統治的基礎，一切統治者都應該重視老百姓，這在歷史上得到很多證明。凡是愛民親民的，國家便一定會繁榮昌盛，凡是縱一己之欲，而不顧老百姓死活的，滅亡得便很快。也就是「水能載舟，亦能覆舟」的道理。

19. 善御者不忘其馬，善射者不忘其弓，善為上者不忘其下。誠愛而利之，四海之內，闔❶若一家。不愛而利❷，子或殺父，而況天下乎？《詩》曰：「民之無良，相怨一方。」

【注釋】❶闔 通「合」。❷不愛而利 不愛護也不為之謀利益。《淮南子·繆稱》云：「善御者不忘其馬，善射者不忘其弩，善為人上者不忘其下。誠能愛而利之，天下可從也；弗愛弗利，親子叛父。」

【語譯】善於駕馬的人不會忘記他的馬，善於射箭的人不會忘記他的弓，善於做君主的人不會忘記他的老百姓。如果的確是愛護老百姓，為他們謀利益，整個天下都聚合在一起，像是一家人一樣。如果不愛護他們，也不為他們謀利益，兒子也許會殺掉父親，何況天下的人呢？《詩經》上說：「老百姓都不善良，居住在一個地方互相埋怨。」

【研析】所謂「愛而利之」，應該從老百姓的角度來為他們考慮，古代統治者的基本出發點應該是仁政，就像孟子所說的「老吾老以及人之老，幼吾幼以及人之幼」，推廣擴充這種仁愛之心，天下才能猶如一家。

20. 出則為宗族患，入則為鄉里憂。《詩》曰：「如蠻如髦，我是用憂❶。」小人之行也。

【注　釋】❶如蠻如髦二句　《詩經・小雅・角弓》中的句子。蠻，指南方的少數民族。髦，也作髳，指西南一帶的少數民族。這裡用來比喻小人的粗野無知。

【語　譯】出去就成為同宗族人的禍患，回來就讓同鄉的人憂愁。《詩經》上說：「就像是蠻髦那樣粗野沒有禮儀，我因此感到憂愁。」說的是小人的行為。

【研　析】古代所謂「君子」、「小人」，最初是從地位的高低上說的，儒家出現以後，這種區分很多便是從道德意義上來說的。這一章裡所說的「小人」，顯然是道德意義上的，在內不能為鄉里做出貢獻，出外便為自己的宗族帶來禍患，這不僅為國家所不容，也為鄉里宗族所不容。

21. 有君不能事，有臣欲其忠；有父不能事，有子欲其孝；有兄不能敬，有弟欲其從令。《詩》曰：「受爵不讓，至于己斯亡❶。」言能知於人，而不能自知也。

【注　釋】❶受爵不讓二句　《詩經・小雅・角弓》中的句子。斯，語詞。亡，滅亡。

【語　譯】自己有君主不能夠侍奉，卻要求臣子對他忠心；自己有父親不能夠侍奉，卻要求兒子對他孝順；自己有兄長不能夠對他尊敬，卻要求弟弟聽從他的命令。《詩經》上說：「接受爵位不知道謙讓，直到自己滅亡。」說的是能夠知道別人過錯，而不能夠知道自己的過錯。

【研析】《論語》裡說「己所不欲，勿施於人」，這是從自己的心理來推測對方的心理，人情本來相近，所以想要得到對方的忠誠、孝順、敬愛，必須自己先做出忠誠、孝順、敬愛的行為，這是顯而易見的道理。

22.

夫當世之愚，飾邪說，文奸言，以亂天下，欺惑眾愚，使混然不知是非治亂之所存者，則是范睢、魏牟、田文、莊周、慎到、田駢、墨翟、宋鈃、鄧析、惠施之徒❶也。此十子者，皆順非而澤❷，聞見雜博，然而不師上古，不法先王，按往舊造說❸，務自為工。道無所遇❹，而人相從。故曰：十子者之工說，說皆不足合大道，美風俗，治綱紀。然其持之各有故❺，言之皆有理，足以欺惑眾愚，交亂樸鄙❻，則是十子之罪也。若夫總方略，一統類❼，齊言行，群❽天下之英傑，告之以大道，教之以至順，隩要之間，袵席之上❾，簡然聖王之文具❿，沛然平世⓫之俗趨，工說者不能入也，十子者不能親也。無置錐之地，而王公不能與爭名，則是聖人之未得志者也，仲尼是也⑫，舜、禹是也。仁人將何務哉？上法舜、禹之制，下則仲尼之義，以務息十子之說。如是者，仁人之事畢矣，天下之害除矣，聖人之跡著矣。《詩》曰：「雨雪瀌瀌，見晛曰消⑬。」

【注釋】❶范雎魏牟田文莊周慎到田駢墨翟宋鈃鄧析惠施之徒　范雎，戰國時魏人，後入秦，說昭王以遠交近攻之策，做到宰相，封為應侯。魏牟，魏國公子，封於中山。田文，即戰國時的孟嘗君，為齊相。莊周，即莊子，戰國時宋人，道家代表人物之一。慎到，戰國時趙人，法家代表人物之一。田駢，戰國時齊人，屬於道家。墨翟，即墨子，戰國初魯人，提倡兼愛、非攻、節儉等，成為墨家學派的創始人物，與儒家相抗。宋鈃，戰國時宋人。鄧析，鄭人，屬於名家。惠施，戰國時宋人，曾仕魏國為相，屬於名家。❷澤　指裝飾得有光澤。❸按往舊造說　按，依照。往舊，以前的舊學說。造說，創立新學說。❹遇　遇合；契合。❺故　緣故。這裡指根據。❻樸鄙　質樸鄙野。❼統類　統，本指絲的頭緒，這裡指綱要，準則。類，指各門類。❽群　聚集。❾隩要之間二句　指有房屋之內。隩要，《荀子・非十二子》作「奧窔」，奧指房屋的西南隅，窔則指東南隅。「隩」與「奧」相通，「要」當據改為「窔」。衽，指臥席。❿簡然聖王之文具　簡然，簡單的樣子。文，指禮樂制度。具，具備。⓫平世　即治世。⓬仲尼是也　此句後文義不銜接，當據《荀子》補「一天下，財萬物，長養人民，兼利天下，通達之屬，莫不服從，工說者立息，十子者遷化，則聖人之得埶者」三十九字。埶，通「勢」。財，通「裁」，王念孫認為義同「成」。遷化，改變學說，遵從教化。⓭雨雪瀌瀌二句　《詩經・小雅・角弓》中的句子。瀌瀌，雨雪盛大的樣子。晛，日氣。曰，語詞。

【語譯】當世的愚昧無知的人，修飾他們歪邪的學說，文飾他們奸詐的言論，用來擾亂天下，欺騙迷惑那些眾多的無知的人，讓他們混亂而不知道是非、治亂的道理到底在哪裡，這就是范雎、魏牟、田文、莊周、慎到、田駢、墨翟、宋鈃、鄧析、惠施這些人所做的事。這十個人，都隨著他們錯誤的言論而加以修飾，使它們表面上看起來很好看，他們的見聞廣博而雜亂，但是不去取法上古時期的學說，不以前代的賢王為準則，依照前代的學說而創建自己的新說，竭力把它說得很工巧。但是和正道毫無遇合之處，一般人都信從他們的理論。所以說：這十個人都擅長表達自己的言論，但是他們的言論和大道並不相符合，也不能夠使風俗變得更加醇美，不能夠使綱紀得到整治。但是他們的學說都有立論的依據，說出來都有自己的道理，這足夠用來欺騙迷惑一般的無知大眾，敗壞樸素鄙野的民風，這是這十個人的罪過。至於總領各種學術智略，齊一綱紀和它的各個類別，使他們的言行一致，聚集天下的英雄豪傑，告訴他們大道，以最符合大道的學說來教育他們，即使在一室之內，聖王的禮樂制度也都齊備了，太平之世的風俗也都興盛起來了，擅長談論學術的人也不能使其學說深入到他們的內心，使他們改變自己的思想和行為，上面所說的十個人也無法讓他們去親近自己。這樣的人雖然連放置錐子的地方也沒有，但是帝王公卿卻不能和他們爭奪聲名，這是聖人之中不得志的人，孔子就是這樣的人，舜和禹就是這樣的人。有仁德的人究竟要去做些什麼呢？向上要取法舜、禹的制度，在下要以孔子的義理為法則，務必止息這十個人的學說。能夠做到這一點，仁德之人的事業就算完成了，天下的禍害也就除去了，而聖人的事蹟也就彰顯了。《詩經》上說：「雪下得很盛大，但是太陽一出來，就馬上消失了。」

【研析】這一段話基本上來自《荀子・非十二子》中對於儒家以外的各家學派的批評。戰國之際，學派眾多，形成了「百家爭鳴」的局面，各家學術都認為自己的學術正確，而批判其他各家的學說。荀子是繼孔子以後儒家的重要代表人物之一，在這裡，他把縱橫家、道家、法家、墨家的一些代表人物都作了批判，對他們的學說，一方面說他們是「飾邪說，文姦言，以亂天下，欺惑眾愚，使混然不知是非治亂之所存」，另一方面也承認他們「持之各有故，言之皆有理」，但同時指出，最好的學術還是要取法舜、禹、孔子這樣的聖人才能達到的。這裡在《荀子》批評的十二子的基礎上，捨去了子思、孟子兩個人，《四庫全書總目》中認為「去取特為有識」，也表現了《韓詩外傳》中對於儒家思想的認同。

23. 君子大心❶則敬天而道，小心則畏義而節；知則明達而類❷，愚則端慤❸而法；喜則和而治，憂則靜而違❹；達則寧而容，窮則納而詳❺。小人大心則慢而暴，小心則淫而傾；知則攫盜而徼❻，愚則毒賊而亂；喜則輕易而快，憂則挫而懾；達則驕而偏，窮則棄而累。其肢體之序，與禽獸同節；言語之暴，與蠻夷不殊。出則為宗族患，入則為鄉里憂。《詩》曰：「如蠻如髦，我是用憂。」

【注釋】❶大心　指擴充心胸。❷類　指觸類旁通。❸愨　誠實；謹慎。❹違　離開。❺納而詳　納，《荀子》作「約」。約而詳，隱約而詳明其道。❻攫盜而徼　攫，奪取。徼，僥倖。

【語譯】君子擴充胸懷就恭敬上天而遵循道理，行事小心就畏懼道義而有節制；聰明的話就明白通達，觸類旁通；愚笨的話就正直誠實，謹守禮法；喜悅時就平和而處理事務，憂愁時就安靜地離開；顯達時安定而寬容，窮困時隱約而詳明道理。小人擴充心胸就傲慢而殘暴，小心做事時就淫邪而不正；聰明的話就搶奪偷盜而心存僥倖，愚蠢的話就危害他人而作亂；歡喜時就輕佻而快樂，憂愁時就挫折而害怕；顯達的時候就驕傲而偏袒，窮困的時候就放棄而且心懷負累。他的肢體的舉動，和禽獸相同；說話時的粗暴，與沒有教化的蠻夷沒有不同。出去就成為同宗族人的禍患，回來就讓同鄉的人憂愁。《詩經》上說：「就像是蠻髦那樣粗野沒有禮儀，我因此感到憂愁。」

【研析】這一章裡通過在同樣情形下的對比來說明「君子」和「小人」的分別。君子尊敬道義，端正守禮，喜怒有節，窮達一如；小人則殘暴僥倖，粗疏無禮，在各種的情形會造成不同程度的危害。從這裡也可以看出他們在道德上的巨大分野。孔子在《論語》裡多次說到「君子」和「小人」的不同，也是將他們放在一起對比，可以與這一章對照起來閱讀、體會。

24. 傳曰：愛由情出謂之仁，節愛理宜謂之義，致愛恭謹謂之禮，文禮謂之容，禮容之美，自足以為治，故其言可以為民道，民從是言也。行可以為民法，民從是行也。書之於策，傳之於志❶。萬世子子孫孫，道而不舍。由之則治，失之則亂；由之則生，失之則死。今夫肢體之序，與禽獸同節，言語之暴，與蠻夷不殊，混然無道，此明王聖主之所罪。《詩》曰：「如蠻如髦，我是用憂。」

【注釋】❶志　傳記；記事的著作。

【語譯】古書上說：愛從真情中流露出來就叫做仁，節制愛讓它合宜叫做義，恭敬謹慎地表達愛叫做禮，修飾禮叫做禮容，禮容的美好，足以用來治理天下。所以他的語言可以用來作為老百姓的引導，老百姓遵從他的話。他的行為可以作為老百姓的法則，老百姓都按照他的行為來做事。他的言行被寫到簡策上，在傳記中流傳。萬世以後的子子孫孫都遵循它而不捨棄。遵循他的言行去做，天下就得到治理；放棄他的言行，天下就會混亂。遵循他的言行去做，就能夠生存；放棄他的言行，就會滅亡。現在如果有人肢體的舉動，和禽獸相同；說話時的粗暴，與沒有教化的蠻夷沒有不同，雜亂不合乎道理，這是賢明的君主必須要懲罰的。《詩經》上說：「就像是蠻髦那樣粗野沒有禮儀，我因此感到憂愁。」

【研析】孔子說「仁者愛人」，這種仁愛是通過禮義表達出來的。因此，仁者的言行，可以作為一種標準傳於後世，為後世人所取法。凡是合乎其言行的，國家便會得到安定，老百姓也能夠安居樂業；不符合其言行的，國家就會混亂，老百姓也不得寧居。如果沒有禮義到達一定程度，便會受到懲罰。

25. 客有說春申君❶者曰：「湯以七十里，文王百里，皆兼天下，一海內。今夫孫子❷者，天下之賢人也，君藉❸之百里之勢，臣竊以為不便於君，若何？」春申君曰：「善。」於是使人謝❹孫子。去而之趙，趙以為上卿。客又說春申君曰：「昔伊尹去夏之殷，殷王而夏亡；管仲去魯而入齊，魯弱而齊強。由是觀之，夫賢者之所在，其君未嘗不善，其國未嘗不安也。今孫子天下之賢人，何謂❺辭而去？」春申君又云：「善。」於是使請孫子，孫子因偽喜❻謝之：「鄙語曰『癘❼憐王』，此不恭之語也。雖❽不可不審也。非比為劫殺死亡之主者也❾。夫人主年少而放，無術法以知奸，即大臣以專斷圖私，以禁誅於己也。故捨賢長而立幼弱，廢正直而用不善。故《春秋》之志曰：楚王之子圍聘於鄭，未出境，聞王疾，返問疾，遂以冠纓絞王而殺之，因自立❿。齊崔杼之妻美，莊公通之，崔杼不許，欲自刃於廟。莊公走出，踰於外牆，射中其股，遂殺而立其弟景公⓫。近世所見，李兌用趙，餓主父於沙丘，百日而殺之⓬。淖齒用齊，擢閔王之筋而懸之於廟，宿昔而殺之⓭。夫癘雖癰腫痂疵，上比遠世，未至絞頸射股也；下比近世，未至擢筋餓死也。夫劫殺死亡之主，心之憂勞，形之苦痛，必甚於癘矣。由此觀之，癘雖憐王可也。」因為賦曰：「琁玉瑤珠不知珮，雜布與錦不知異。閭娵子都莫之媒，嫫母力父是之喜。以盲為明，以聾為聰，以是為非，以吉為凶。嗚呼上天，曷維其同⓮！」《詩》曰：「上帝甚蹈，無自瘵焉⓯。」

【注釋】❶春申君　戰國時楚國的相國，姓黃名歇，以善養門客知名，為戰國四公子之一。❷孫子　即荀子，漢人避漢宣帝劉詢的諱，故稱孫子，或稱孫卿。❸藉　通「借」。指讓荀子治理百里之地。❹謝　辭。❺何謂　謂，通「為」。何為，為什麼。❻偽喜　當從《戰國策．楚策》作「為書」。❼癘　一種惡疾，惡瘡。❽雖　當據《楚策》補為「雖然」。❾非比為劫殺死亡之主者也　《戰國策》作「此為劫殺死亡之主言也」。❿楚王之子圍聘於鄭六句　事見《左傳．昭公元年》。⓫齊崔杼之妻美八句　見《左傳．襄公二十五年》。這段話，或有脫文，「莊公通之」之下，《戰國策》有「崔杼帥其黨而攻莊公，莊公請與分國」十五字；「欲自刃於廟」下，趙懷玉校本補「崔杼又不許」五字。當據補。⓬李兌用趙三句　主父即趙武靈王，立子何為王，而封長子章為安陽君，自號主父。後章作亂，主父納之，李兌等圍其宮，主父不得出，三月而餓死於沙丘宮中。見《戰國策・趙策》及《史記・趙世家》。⓭淖齒用齊三句　燕樂毅將燕、秦、韓、趙、魏五國之師伐齊，大敗之，閔王出走。楚使淖齒救齊，做了齊的相國，而淖齒又欲與燕分齊地，乃執閔王而殺之。見《史記・齊太公世家》。《韓非子》、《淮南子》也皆有記載。宿昔，旦夕，指短時間之內。⓮琁玉瑤珠不知珮十句　《荀子・賦篇》中的句子。琁，赤玉。瑤，美石。閭娵，古代美女。子都，古代美男。莫之媒，無人為之作媒。嫫母，黃帝時醜女。力父，不詳，疑也為醜人。⓯上帝甚蹈二句　《詩經・小雅・菀柳》中的句子。蹈，指變動不常。瘵，病。

【語　譯】春申君的一個門客對他說：「商湯以七十里的地方，周文王以百里的地方，都能夠兼併天下，統一海內。現在荀子是天下有賢能的人，您讓他治理百里的地方，我私下裡認為這對您不利，怎麼辦？」春申君說：「你說得好。」於是就派一個人辭去荀子。荀子離開楚國到趙國去，趙國讓他做了上卿。有個門客又對春申君說：「以前伊尹離開夏朝到殷國去，殷國統一了天下，而夏國卻滅亡了；管仲離開魯國到齊國去，魯國的力量變弱，而齊國變得強大。從這些事情來看，有賢能的人所在的地方，那裡的君主沒有不變好的，國家沒有不安定的。現在荀子是天下有賢能的人，為什麼把他辭退了呢？」春申君又說：「你說得好。」於是就派人去請荀子，荀子就寫了一封信說：「俗話說『生惡瘡的人憐憫做王的人』，這是一句不恭敬的話。雖然這樣，但是對這句話的意義不能不好好的考察。這裡說的是被劫殺而死亡的君主。君主被擁立的時候年輕而放肆，沒有一定的法術去分辨奸邪，大臣獨斷專行，圖謀自己的私利，囚禁誅滅對他不利的人。所以才放棄年長的、有賢能的人，而擁立年幼的、沒有才能的人，放棄正直的大臣而用不好的。所以《春秋》的記載說：楚王的兒子圍到鄭國去行聘禮，還沒有離開楚國的國境，聽說楚王生病了，就返回來探問疾病，用帽子上的帶子將楚王絞死，自己做了國君。齊國大夫崔杼的妻子很漂亮，齊莊公和她私通，崔杼不同意；齊莊公就想去宗廟中自殺。莊公出逃，剛剛翻過外牆，崔杼的人射箭中了莊公的大腿，於是崔杼殺了他，立他的弟弟為齊景公。就近代所看到的事情而言，李兌在趙國當權，將趙武靈王困在沙丘宮，不給他食物，一百天之後，武靈王被餓死了。淖齒在齊國當權，抽齊閔王的筋，把他懸掛在宗廟的梁上，很快就把他殺死了。生癘病的人，雖然生瘡腫痛，結了疤痕留下瑕疵，但是和遠時相比，還不至於被絞死和射中大腿；和近代相比，而不至於被抽筋和餓死。被劫持殺掉的君主，心中的憂愁勞累和身體上的苦痛，必定是超過生癘病的人。從這一點來看，即使是生癘病的人，他去憐憫做王的人也是可以的。」荀子於是作了一篇賦說：「赤玉、美石和珍珠，不知道要將它們佩帶在身上；普通的布匹和錦緞，不知道它們的差異；閭娵、子都這樣的美女和美男，沒有人為他們作媒；嫫母、力父這樣的醜人，看了之後卻覺得很歡喜。將瞎子當作眼睛明亮的人，將聾子當作聽覺靈敏的人，把正確的當成錯誤的，把吉祥的當成不祥的。唉，上天啊，我怎麼能和他們相同呢！」《詩經》上說：「上天變化無常，不要自尋災禍。」

【研　析】這一篇文字，清代的汪中在《荀卿子通論》中認為這是雜採各家的文字湊成的，從歷史的考證角度來說，荀子做蘭陵令以後，並沒有再去做過趙國的上卿這件事。但《韓詩外傳》這本書的性質，並不是真正的歷史，而是保留了許多異說，我們可以把它作為寓言一類的文字來看待。

這一章的內容是為了說明，對於國家的君主或者大臣而言，最重要的是他能夠有分辨賢、不肖的判斷能力，如果沒有這種能力，一切只能聽從他人的判斷，那是一定不能管理好國家的。不僅管理不好國家，甚至於會對自己造成很大的危險。所以文章中說「癘憐王」，作為國君如果不能知人，他最後所受到的痛苦會超過一個生癘病的人，甚至於國破身死，如文中所舉到的楚王、齊莊公、趙武靈王、齊閔王都是這樣的例子。

26. 南苗異獸之鞹，猶犬羊也❶。與之於人，猶死之藥也。安舊侈質，習慣易性而然也❷。夫狂者自齕❸，忘其非芻豢❹也。飯土，而忘其非粱飯也。然則楚之狂者楚言，齊之狂者齊言，習使然也。夫習之於人，微而著，深而固，是暢於筋骨，貞❺於膠漆，是以君子務為學也。《詩》曰：「既見君子，德音孔膠❻。」

【注　釋】❶南苗異獸之鞹二句　南苗，南方苗地。皮去毛稱為鞹。異獸，屈守元認為即指虎豹一類的動物，《論語》中說「虎豹之鞹，猶犬羊之鞹也」。❷與之於人四句　這句話，諸家都認為不可解，或認為有脫文。❸齕　咬。❹芻豢　食草的動物叫芻，如牛羊；食穀的叫豢，如豬狗。這裡泛指牲畜。❺貞　堅固。❻既見君子二句　《詩經・小雅・隰桑》中的句子。孔膠，很堅固。

【語譯】南方苗地奇異野獸的皮，和犬羊的皮在本質上是一樣的，這都是牠們天生而來的東西。但是如果將牠們的皮放在人的身上，就好像吃了必死的藥一樣難以忍受。因為動物都安於牠天生而來的舊習，沉溺於牠的姿質，但是長期的習慣也能夠改變牠的一些天性。瘋狂的人咬自己，忘記了這並不是牲畜的肉；吃泥土，忘記了這並不是穀物的飯。但是楚國的瘋狂者還是說楚地的話，齊國的瘋狂者還是說齊地的話，這就是由於他的習慣而導致的。習慣對於人而言，微細而顯著，深入而堅固，它暢通於人的筋骨裡面，比膠和漆還要堅固，所以君子必須要通過學習來形成自己的習慣，改變自己的一些天性。《詩經》上說：「已經見到了君子，他的道德非常堅固。」

【研析】《論語》中說：「性相近也，習相遠也。」人的質性的生成，有先天的，有後天的，先天的可以視為其天性，後天的則由於環境或者學問的薰習。這一章先用動物來作個比擬，說明人也是一樣。狂者雖狂，但是有一些通過後天習來的東西卻不能忘記，「楚之狂者楚言，齊之狂者齊言」，這是後天學習的結果。主要是想說明後天學習的重要性，這一觀點，是荀子一派最為重視的。

27. 孟子曰：「仁，人心也。義，人路也。舍其路弗由，放其心而弗求。人有雞犬放，則知求之，有放心而不知求，其於心為不若雞犬哉！不知類❶之甚矣。悲夫，終亦必亡而已矣。故學問之道無他焉，求其放心而已。」《詩》曰：「中心藏之，何日忘之❷。」

【注釋】❶類　事理。❷中心藏之二句　《詩經・小雅・隰桑》中的句子。

【語譯】孟子說：「仁是人的心，義是人的路。放棄了那條正路而不走，把他的心放棄了卻不知道去尋找。一個人，如果有雞和狗丟失了，就知道去把牠找回來，有善良之心丟失了，卻不知道去尋找，他對待自己的心還不如對待雞犬啊！真是太不懂得事理了。可悲啊，最後一定會滅亡罷了。所以做學問的道理沒有別的，就是把他丟失的善心尋找回來罷了。」《詩經》上說：「把它藏在心中，哪一天會忘記呢！」

【研析】孟子的學術，與荀子不同，是直指人心的。孟子認為，人是性善的，人的一切道德，如「仁、義、禮、智」四端，都是由於天賦而來，孟子說「萬物皆備於我」，即是就這一點來說的。所以人的學習也不必向外去馳求，只須自我反省就夠了，將天性中的德性發揮擴充出來而已。所以說：「學問之道無他焉，求其放心而已。」

28. 道雖近，不行不至；事雖小，不為不成。每自多❶者，出人❷不遠矣。夫巧弓在此手也，傅角被筋❸，膠漆之和，即可以為萬乘之寶也。及其彼手，而賈不數銖❹，人同財均，而貴賤相萬者，盡心致志也。《詩》曰：「中心藏之，何日忘之。」

【注　釋】❶自多　自己讚美自己；自以為賢能。❷出人　超過他人。❸傅角被筋　傅，同「附」。附著。被，加。傅角被筋，都是製弓的手藝。❹賈不數銖　指不值錢。賈，通「價」。銖，古代重量單位，二十四銖等於舊制一兩，形容其輕。

【語　譯】道路雖然很近，但是不行走，就不會到達；事情雖然小，但是不去做，就不會成功。往往自以為了不起的人，他超過一般人的地方也不遠。精巧的弓在這個人的手裡，用牛角牛筋把它裝飾拉緊，再用膠漆把它黏牢，可以成為價值一萬輛兵車的寶物。但是到了另外一個人手裡，價值卻很小，人和人是相同的，材料也是一樣的，但是貴和賤相差萬倍，這是看他有沒有專心一致的原因。《詩經》上說：「把它藏在心中，哪一天會忘記呢！」

【研　析】這一章裡所要表達的意思不止一個，一是說不可以自傲，認為自己可做大事業，小事不必去做，這樣的人往往是志大才疏，因此即使有一些才能，也不會是真正的大才。一是說做事要專心致志，這一觀念古人有過很多的表達。《孟子》裡面記載弈秋誨弈的故事：「弈秋，通國之善弈者也。使弈秋誨二人弈：其一人專心致志，惟弈秋之為聽；一人雖聽之，一心以為有鴻鵠將至，思援弓繳而射之。雖與之俱學，弗若之矣。」說的便是如此。《莊子》裡面也曾借孔子的口說：「用志不分，乃凝於神。」佛經中說：「致心一處，無事不辦。」說的道理大體相同，這一章裡也清楚地表達了這一意思。

29. 傳曰：誠惡惡，知刑之本；誠善善，知敬之本。惟誠感神，達乎民心。知刑敬之本，則不怒而威，不言而信。誠，德之主也。《詩》曰：「鼓鐘于宮，聲聞于外❶。」

【注　釋】❶鼓鐘於宮二句　《詩經・小雅・白華》中的句子。

【語　譯】古書上說：真正地厭惡壞的事物，這就知道了刑罰的根本；真正地愛好善良的事物，這就知道了恭敬的根本。只有真誠能夠感動神明，到達人民的心裡。知道刑罰、恭敬的根本，則不發怒而自然就有了威嚴，不說話而自然得到別人的信任，真誠是道德的根本。《詩經》上說：「在宮室裡面敲擊鐘，在外面都能夠聽到。」

【研　析】善善惡惡，是古代儒家常提的道理，持家治國也包括這樣的道理在其中。因此，國家禮和刑也都與此相關。禮是用來尊敬人的，所尊敬的是他的善德；刑是用來懲罰人的，所懲罰的是其惡處。而這一切，都需要通過「誠」來表達。古人很重視「誠」的作用，甚至將它作為入道的根本，也就是本章中所說的「誠，德之主也」。《中庸》裡也說：「唯天下至誠，為能盡其性；能盡其性，則能盡人之性；能盡人之性，則能盡物之性；能盡物之性，則可以贊天地之化育；可以贊天地之化育，則可以與天地參矣。」又說：「至誠如神。」「誠」可以感動天地神明，自然也有「不怒而威，不言而信」的效果。

30. 孔子見客，客去，顏淵曰：「客仁也？」孔子曰：「恨兮其心，顙❶兮其口，仁則吾不知也。言之所聚也❷。」顏淵蹴然❸變色曰：「良玉度尺，雖有十仞之土，不能掩其光；良珠度寸，雖有百仞之水，不能掩其瑩。夫形體也，色心也❹，閔閔❺乎其薄也。苟有溫良在其中，則眉睫著之矣；疵瑕在中，則眉睫不能匿之。」《詩》曰：「鼓鐘于宮，聲聞于外。」

【注釋】❶顙　額頭。屈守元疑當作「爽」。❷言之所聚也　諸家多疑此五字為衍文。❸蹴然　局促的樣子。❹夫形體也二句　趙校本據《孔子集語》改作「夫形體之包心也」。❺閔閔　同「靡靡」。薄薄的樣子。

【語譯】孔子接待客人，客人離去了之後，顏淵問：「這個客人是一個仁人嗎？」孔子說：「他的心裡充滿了怨恨，嘴巴像是額頭那樣寬，至於仁還是不仁，我不知道。這是流言所聚集的地方。」顏淵局促地改變了容貌，說：「一尺長的美玉，即使是埋在十仞高的土地下面，它的光輝也是掩蓋不住的；美珠有一寸大小，即使沉在百仞深的水裡，也不能夠掩去它的光亮。人的形體包住他的內心，只是薄薄的一層。如果有溫和善良在其中，他的眉睫之間就會顯露出來；有不好的心思在其中，眉睫之間是不能夠掩藏的。」《詩經》上說：「在宮室裡面敲擊鐘，在外面都能夠聽到。」

【研析】人的內心世界和外表是相應的，內心如果有什麼想法，在外表上也一定會有所表現，不論是善還是惡。甚至於一個人的境界，也可以通過觀察他的外表看出端倪。也就是本章中所說的：「夫形體也，色心也，閔閔乎其薄也。苟有溫良在中，則眉睫著之矣；疵瑕在中，則眉睫不能匿之。」

31. 偽詐不可長，空虛不可守，朽木不可雕，情亡不可久。《詩》曰：「鐘鼓于宮，聲聞于外。」言有中者必能見❶外也。

【注釋】❶見 通「現」。

【語譯】虛偽欺詐是不能夠長久的，空虛的東西沒有辦法守護，腐朽的木頭沒有辦法去雕刻，感情喪失了也不能夠長久相處。《詩經》上說：「在宮室裡面敲擊鐘，在外面都能夠聽到。」說的是內心有什麼想法一定能夠在外面表現出來。

【研析】這一章比上一章的內容簡短得多，但是意思是一樣的，所謂「有中者必能見外」，便是指內心所想的東西必然會有它的外在表現，即使去偽裝它，也不會很長久，最終還會暴露出來的，也就是這一章開頭的幾個類比所表示的意思。

32. 所謂庸人者，口不能道乎善言，心不能知先王之法，動作而不知所務❶，止立而不知所定，日選於物而不知所貴，不知選賢人善士而託其身焉。從物而流，不知所歸，五藏無政❷，心從而壞，遂不返。是以動而形危，靜則名辱。《詩》曰：「之子無良，二三其德❸。」

【注釋】❶務　致力去做。❷五藏無政　《荀子》作「五鑿為政」。五鑿，指耳目口五竅。為政，做主宰。❸之子無良二句　《詩經・小雅・白華》中的句子。

【語譯】所謂平庸的人，口中說不出合乎道理的語言，內心不能夠瞭解前代賢王的法度，行動起來不知道自己應該努力去做什麼，停下來的時候也不知道有什麼確定的方向，每天去挑選事物，但是也不知道應該更看重哪一個，也不知道挑選有賢能的人和善良的士子託付自己。跟隨著各種事物流蕩，不知道自己的歸宿，讓耳目之欲做自己的主宰，心裡也就跟著變壞，再也不能夠回頭。所以有所行動就會危險，停止時名聲也會受到玷辱。《詩經》上說：「這個人沒有美好的品德，做事三心二意。」

【研析】庸人不能夠主宰自己，而隨波逐流，其最主要的原因並不是個人的資質問題，而是能否收束反省自己，就像孟子所說的那樣「求其放心」，心一旦放任而不去尋求，那麼種種欲望便會影響人的身心，所謂「五藏為政，心從而壞，遂不返」。一旦人能夠自省，便知道何事該做，何事不該做，以反省的態度去學習，必定會日新又新，每天都有新的進步，即使其天資不高，也絕不可能再是一個庸人。

33\. 客有見周公者，應之於門曰：「何以道旦也？」客曰：「在外即言外，在內即言內，入乎？將毋？」周公曰：「請入。」客曰：「立即言義，坐即言仁，坐乎？將毋？」周公曰：「請坐。」客曰：「疾言則翕翕❶，徐言則不聞，言乎？將毋？」周公唯唯❷：「旦也踰❸。」明日興師而誅管、蔡❹。故客善以不言之說，周公善聽不言之說。若周公，可謂能聽微言矣。故君子之告人也微，其救人之急也婉。《詩》曰：「豈敢憚行？畏不能趨❺。」

【注釋】❶翕翕　盛大，這裡指聲音高。❷唯唯　答應的樣子。❸踰　當作「諭」或「喻」。明白。❹管蔡　周武王的弟弟管叔鮮、蔡叔度，和商紂王的兒子武庚一起叛亂，周公誅殺了他們。❺豈敢憚行二句　《詩經・小雅・緜蠻》中的句子。趨，快步走。

【語譯】有一個客人去見周公，周公在門口應對他說：「你有什麼話來對我說呢？」客人說：「我在門外面就說外面的事，在門內就說門內的事，我是進去呢，還是不進？」周公說：「請進來。」客人說：「站著我就說道義的事，坐著我就說仁德的事，是坐著呢，還是不坐？」周公說：「請坐下。」客人說：「我很快地說聲音就很高，慢慢地說你就聽不到，我是說呢，還是不說？」周公答應著說：「我明白了。」第二天就率領軍隊，誅殺了管叔和蔡叔。所以這個客人善於運用不明白說出來的語言，周公善於聽懂這些不明白說出來的語言。像周公這樣的，可以說是善於聽懂微妙的言語了。所以君子勸告人的話是很微妙的，他去解救別人的急難也是很委婉的。《詩經》上說：「哪裡是害怕走遠路呢？只是害怕走不快。」

【研　析】與這一章類似的文字，在不少書裡都有記載，其中有一段文字，《呂氏春秋・精諭》裡記載得比較詳細，客人的名字叫勝書，他和周公的對話有：「廷小人眾，徐言則不聞，疾言則人知之，徐言乎？疾言乎？周公旦曰：徐言。勝書曰：有事於此，而精言之而不明，勿言之而不成，精言乎？勿言乎？周公旦曰：勿言。」這一章的意思實際上是用微言向周公進諫，管叔、蔡叔和周公是兄弟，兄弟叛亂，客人想讓周公誅殺他們，以利於天下的安定，但是這樣的事不好明說，只能用一種暗示的方法來說，這大概也算是古代的一種「幾諫」的方式。

卷五

1. 子夏問曰：「〈關雎〉何以為〈國風〉始也？」孔子曰：「〈關雎〉至矣乎！夫〈關雎〉之人，仰則天，俯則地，幽幽冥冥❶，德之所藏，紛紛沸沸，道之所行，如神龍變化，斐斐❷文章。大哉，〈關雎〉之道也！萬物之所繫，群生之所懸命也。河洛出《書》《圖》❸，麟鳳❹翔乎郊。不由〈關雎〉之道，則〈關雎〉之事將奚由至矣哉！夫六經之策❺，皆歸論汲汲❻，蓋取之乎〈關雎〉。〈關雎〉之事大矣哉！馮馮翊翊❼，自東自西，自南自北，無思不服❽。子其勉強之，思服之。天地之間，生民之屬，王道之原，不外此矣。」子夏喟然嘆曰：「大哉〈關雎〉，乃天地之基也。」《詩》曰：「鐘鼓樂之❾。」

【注釋】❶幽幽冥冥　形容深遠的樣子。❷斐斐　很有文采的樣子。❸河洛出書圖　河指黃河，洛是洛水。《河圖》、《洛書》，據漢人的說法，伏羲時有龍馬出於黃河，身上有文理如同八卦一樣，伏羲取法它以畫八卦；夏禹時有神龜出於洛水，背上有文字，禹取法它作書，為《尚書．洪範》的起源。❹麟鳳　麒麟和鳳凰，都是傳說中的祥瑞之獸。❺六經之策　六經，即《易》、《書》、《詩》、《禮》、《樂》、《春秋》，儒家的典籍。古代無紙，書於簡策，故說「六經之策」。❻汲汲　急切的樣子。❼馮馮翊翊　盛大的樣子。❽自東自西三句　《詩經．大雅．文王有聲》中的句子。思，語詞。❾鐘鼓樂之　《詩經．周南．關雎》中的句子。

【語譯】子夏問孔子說：「〈國風〉為什麼以〈關雎〉作為開篇呢？」孔子說：「〈關雎〉這首詩已經到達了一個極致了吧！作〈關雎〉這首詩的人，抬頭以天為法則，低頭以地為法則，深邃高遠，這是德行所藏的地方，紛雜騰躍，這是大道盛行的樣子，就好像是神龍那樣變化莫測，文采華麗。真是偉大啊，〈關雎〉中所含有的道理！天下的萬物都靠它來維持，眾生的命運也都懸在這裡。黃河和洛水裡出了《河圖》和《洛書》，麒麟和鳳凰在郊野出現。如果不遵從〈關雎〉中的大道，那麼怎麼會出現〈關雎〉中所表現的事理呢？六經中所說的道理，都急切地講求治國平天下，這大概是從〈關雎〉中取法的。〈關雎〉中的事理真是很偉大啊！氣象盛大，從東到西，從南到北，沒有不服從的。你要努力地去做，順從它。天地之間，老百姓的生活，治理天下的根本，都在其中。」子夏感嘆說：「〈關雎〉真是偉大啊，它是天地的根本。」《詩經》上說：「演奏鐘鼓的音樂讓他快樂。」

【研　析】〈關雎〉為《詩經》中的第一篇，所以有它的重要性，《韓詩》說〈關雎〉是「刺時也」。〈毛詩序〉中說：「〈周南〉、〈召南〉，正始之道，王化之基。」又說：「〈關雎〉，后妃之德也，

〈風〉之始也，所以風天下而正夫婦也。故用之鄉人焉，用之邦國焉。」按照漢人的看法，大概是認為夫婦為人倫之始，而治國平天下的根本要從齊家開始，所以認為這是王化的根本。也就相當於本章中所說的「天地之間，生民之屬，王道之原」，而《毛傳》裡也說：「夫婦有別則父子親，父子親則君臣敬，君臣敬則朝廷正，朝廷正則王化成。」所說的其實都是儒家的教化的道理。因此本章中所說的「大哉，〈關雎〉之道也」、「〈關雎〉之事大矣哉」、「大哉〈關雎〉，乃天地之基也」，實際上都是這樣一個意思。

2. 孔子抱聖人之心，彷徨乎道德之域，逍遙乎無形之鄉，倚天理，觀人情，明終始，知得失，故興仁義，厭勢利，以持養之。于時周室微，王道絕，諸侯力政❶，強劫弱，眾暴寡，百姓靡安，莫之紀綱，禮義廢壞，人倫不理。於是孔子自東自西，自南自北❷，匍匐救之❸。

【注釋】❶力政　政，通「征」。力征，即以武力相征伐。❷自東自西二句　《詩經·大雅·文王有聲》中的句子。❸匍匐救之　《詩經·邶風·谷風》中的句子。匍匐，原指手足伏地走，這裡是盡力的意思。

【語譯】孔子懷抱著聖人的心志，在道德的領域裡徘徊，在無形跡的境地裡逍遙自在，依靠著天理，來觀察人情，明白事物的終結和開始，知道得到和失去的際限，所以振興仁義之道，厭惡權勢和利益，用來保持和培養人情。在這時候周王室衰弱，治理天下的大道滅絕了，諸侯用武力互相征伐，強大的就逼迫弱小的，眾多的就欺凌寡少的，百姓得不到安寧，沒有人來振興法紀和政綱，禮儀和道義都廢棄敗壞，人和人之間的基本倫理也得不到維持。於是孔子從東到西，從南到北，勉力地去拯救它。

【研　析】孔子所生活的春秋時期，周室已經衰落，諸侯並起，孔子有一種匡救天下的信念，所以在各個諸侯國之間奔走，最終也沒有實現他自己的理想，當時就有人說孔子是「知其不可而為之」，但是從另一方面來說，孔子的這種抱負和精神卻是值得讚嘆的。

3. 王者之政，賢能不待次而舉，不肖❶不待須臾而廢，元惡❷不待教而誅，中庸❸不待政而化。分未定也，則有昭穆❹。雖公卿大夫之子孫也，行絕禮儀❺，則歸之庶人，遂傾覆之民，牧而試之❻。雖庶民之子孫也，積學而正身行，能禮儀，則歸之士大夫。敬❼而待之，安則畜，不安則棄。反側❽之民，上收而事之，官❾而衣食之，王❿覆無遺。材行反時者，死之無赦，謂之天誅，是王者之政也。《詩》曰：「人而無儀，不死何為⑪？」

【注釋】❶不肖　肖，像。不肖，原指兒子不像父親，這裡指沒有才德。❷元惡　大惡之人；首惡。❸中庸　指一般的老百姓。❹昭穆　古代宗法制度，宗廟中神主的排列次序，始祖居中，以下父子遞為昭穆，左為昭，右為穆。這裡是指讓賢者居上位，不肖者居下位，如同昭穆那樣清楚地分別。❺儀　《荀子》作「義」。❻遂傾覆之民二句　趙懷玉認為當移到「歸之士大夫」下，「遂」字當刪。傾覆之民，作亂之民。牧，管理。❼敬　《荀子》作「須」，等待。❽反側　《荀子》作「五疾」，指聾、啞、跛、斷臂及身體發育不全之人。❾官　《荀子》作「官施」。❿王　《荀子》作「兼」。⓫人而無儀二句　《詩經・鄘風・相鼠》中的句子。

【語譯】統一天下的王者的政治，有賢德和才能的人不需要等待官位升遷的一定次序，就得到任用，沒有才德的人立刻就被廢棄掉，大惡之人不必教育就加以誅滅，一般的老百姓不必等到國家政法全部推行就已經得到教化。如果名分還沒有確定，就按照賢能的等次來確定他們的地位。即使是公卿、大夫的子孫，如果行為背棄了禮儀，就把他們和一般老百姓歸在一起；即使是一般老百姓的子孫，通過積累學識，端正自身的行為，遵守禮儀，就把他們和士大夫歸在一起。作亂的人，管理他們，並考驗他們，等待他們能夠改過自新，如果能夠安定了，就養育他們，如果還是不安本分，就放棄他們。有聾啞等各種疾病的人，由公家給與他們救助，給他們衣服、食物，使他們能夠得到普遍的照顧，沒有遺漏。才性和行為違反當時國家政治的人，就把他們殺死，不得赦免，這叫做上天的誅殺，這是王者的政事。《詩經》上說：「一個人如果沒有禮儀，為什麼不去死呢？」

【研析】這一章所說的是任人以及養民的問題。舉賢廢不肖，完全依照他本身的道德和才能，而並不考慮他的出身，因此出身雖然高貴，如果沒有才能，不行禮義，就廢黜他；出身雖然低賤，但是有才能而知禮義，就任用他。對待老百姓，不同的人有不同的對待方法，或養之，或放之，或殺之，各據其不同的情形。

4. 君者，民之源也。源清則流清，源濁則流濁。故有社稷者不能愛其民，而求民親己愛己，不可得也。民不親不愛，而求為己用，為己死，不可得也。民弗為用，弗為死，而求兵之勁，城之固，不可得也。兵不勁，城不固，而欲不危削滅亡，不可得也。夫危削滅亡之情，皆積於此，而求安樂是聞，不亦難乎？是枉❶生者也。悲夫，枉生者不須時而滅亡矣。故人主欲強固安樂，莫若反己。欲附下一民，則莫若及❷之政。欲修政美俗，則莫若求其人。彼其人者，生今之世，而志乎古之世❸。以天下之王公，莫之好也，而是子獨好之；以民莫之為也，而是子獨為之也。抑為之者窮，而是子猶為之，而無是須臾怠焉、差焉。獨明夫先王所以遇❹之者，所以失之者，知國之安危臧否，若別白黑，則是其人也。人主欲強固安樂，則莫若與其人為之。巨用之則天下為一，諸侯為臣；小用之則威行鄰國，莫之能御。若殷之用伊尹，周之遇太公，可謂巨用之矣；齊之用管仲，楚之用孫叔敖，可謂小用之矣。巨用之者如彼，小用之者如此也。故曰：粹而王，駁❺而霸，無一而亡。《詩》曰：「四國無政，不用其良。」❻不用其良臣而不亡者，未之有也。

【注　釋】❶枉　《荀子・君道》作「狂」，下同。❷及　諸家皆認為當作「反」。❸世　《荀子》作「道」。❹遇　《荀子》作「得」。❺駁　同「駮」。❻四國無政二句　《詩經・小雅・十月之交》中的句子。四國，即四方，指天下。

【語　譯】國君是老百姓的源頭，源頭的水清，下流的水就清；源頭的水濁，下流的水也就渾濁。所以有國家的人如果不能夠愛護他的老百姓，卻想要求老百姓對自己親近和愛戴，那是得不到的。老百姓對於自己不親近也不愛戴，卻想要求他們為自己所用，為自己犧牲，那也是得不到的。老百姓不為自己所用，不為自己犧牲，卻想要求兵力強盛，城池堅固，那也是得不到的。兵力不強盛，城池不堅固，卻想不會危險、削弱、滅亡，那也是得不到的。危險、削弱、滅亡的情況，都在這裡積累起來，卻還要求國家安定快樂，那不是很困難嗎？這便是狂亂的人。可悲啊，狂亂的人等不了多少時間就會滅亡。所以在上的君主如果想要國家富強穩定安樂，最好是反省自己。想要使臣下親附，使老百姓統一，最好是返回到對於政治的治理上。要管理好政事，讓風俗醇美，最好是先尋求賢能的人。那賢明的人，雖然生活在今天，但是他的志向卻在於實行古時的大道。因為天下的王公沒有喜歡這樣的大道的，他自己卻獨自去愛好它，天下的老百姓沒有去做的，而他卻獨自地去實行它。做這種事情的人一般都很窮困，但是他仍然去做它，而沒有一時一刻的懈怠減弱。他獨能夠明瞭古代的君王之所以能夠得到天下的原因，也知道他們失掉天下的原因，他知道國家的安定和危險，好和壞，就好像是分辨白色和黑色一樣清楚，就是要尋求這樣有賢能的人。君主如果想要國家強大穩定安樂，那最好就是和這樣的人共同去治理它。大用這樣的人就可以統一天下，諸侯都來臣服；小用他也可以使自己國家的威嚴達到鄰近的國家，沒有人能夠抵擋住。像殷朝用伊尹，周朝用姜太公，這可以說是大用他們了；齊國用管仲，楚國用孫叔敖，這可以說是小用他們了。大用他們就像殷、周那樣統一天下，小用他們就像齊、楚那樣成就霸業，所以說：精粹完全地任用他們就可以統一天下，駁雜而不完全任用他們就可以成就霸業，完全不用他們就沒有國家不滅亡的。《詩經》上說：「天下沒有好政治，就是因為不用賢良的人。」不任用賢良的人而不亡國的，還沒有出現過。

【研　析】君民的關係很重要，要想得到老百姓的愛戴，首先要對老百姓有愛護之心，老百姓能夠擁護國君，自然兵強國興；如果只顧一己之歡，卻不顧惜老百姓，那麼百姓也就不為己用，便會很快覆亡。這是儒家一直強調的道理。另一方面，知道這個道理以後，對於國家的治理還要求賢，真正的賢人對於治理天下的瞭解，若指諸掌，一目了然，如果君主能夠完全的任用他，大則可以王天下，小則可以霸諸侯，如果不任用他們的話，國家的命運便岌岌可危了。這一章所述的主要是愛民、任賢這兩個方面的內容。

5. 造父，天下之善御者矣，無車馬則無所見其能。羿，天下之善射者矣，無弓矢則無所見其巧。彼大儒者，調一天下者也，無百里之地則無所見其功。夫車固馬選❶，而不能以致千里者，則非造父也。弓調矢直，而不能射遠中微者，則非羿也。用百里之地，而不能調一天下，制四夷者，則非大儒也。彼大儒者，雖隱居窮巷陋室，無置錐之地❷，而王公不能與爭名矣。用百里之地，則千里國不能與之爭勝矣。箠笞❸暴國，一齊天下，莫之能傾，是大儒之勳，其言有類❹，其行有禮，其舉事無悔。其持檢應變曲當❺，與時遷徙，與世偃仰，千舉萬變，其道一也。是大儒之稽❻也。故有俗人者，有俗儒者，有雅儒者，有大儒者。耳不聞學，行無正義，迷迷然以富利為隆，是俗人也。逢衣博帶❼，略法先王，而足亂世，術謬學雜，其衣冠言行，為已同於世俗，而不知其惡也，言談議說已無異於老墨❽，而不知分，是俗儒者也。法先王，一制度，言行有大法，而明不能濟❾，法教之所不及，聞見之所未至，知之為知之，不知為不知，內不自誣❿，外不誣人，以是尊賢敬法，而不敢怠傲焉，是雅儒者也。法先王，依禮義，以淺持博，以一行萬，苟有仁義之類，雖鳥獸⓫，若別黑白，奇物變怪，所未嘗聞見，卒⓬然起一方，則舉統類以應之，無所疑，援法而度之，奄然⓭如合符節，是大儒者也。故人主用俗人則萬乘之國亡，用俗儒則萬乘之國存，用雅儒則千里之國安，用大儒則百里之地久，而三年天下諸侯為臣，用萬乘之國，則舉錯定於一朝之間⓮。《詩》曰：「周雖舊邦，其命維新⓯。」文王亦可謂大儒已矣。

【注釋】❶選 整齊。❷置錐之地 插入錐尖的地方，形容地方極小。❸箠笞 箠，鞭子。笞，用鞭子打。這裡泛指攻打他國。❹類 法則。❺持檢應變曲當 檢，《荀子》作「險」。曲，周遍；詳盡。❻稽 考；成就。❼逢衣博帶 逢衣，一種衣袖寬大的衣服，古代儒者所穿。博帶，寬闊的腰帶。❽老墨 指老聃和墨翟，道家和墨家的創始人。❾濟 《荀子》作「齊」。❿誣 欺騙。⓫雖鳥獸 《荀子》作「雖在鳥獸之中」。⓬卒 同「猝」。忽然。⓭奄然 一致的樣子。⓮舉錯定於一朝之間 《荀子》作「舉措而定，一朝而伯」。伯，通「白」。顯著，謂名聲顯著於天下。譯文仍據原文。⓯周雖舊邦二句 《詩經・大雅・文王》中的句子。

【語譯】造父，是天下善於駕馬車的人，但是沒有車和馬，就不能夠表現自己的才能。后羿，是天下善於射箭的人，如果沒有弓和箭就沒有辦法表現他箭術的精巧。大儒是能夠調和統一天下的人，但是沒有百里的土地就沒有辦法表現他的功績。如果車子很堅固，馬匹很整齊，卻不能夠行千里路的話，那就不是造父；如果弓很調和，箭也筆直，卻不能夠從很遠的地方射中微小的目標的話，那就不是后羿。如果有百里的土地，卻不能夠調和統一天下、制服四周的蠻夷的話，那就不能夠算是大儒。那些大儒，即使隱居在狹窄的窮巷，住著簡陋的房屋，地方極小，但是王公也不能夠和他爭奪聲名。如果能夠治理百里的地方，就是有千里之地的國家也不能夠和他爭奪勝負。攻打殘暴的國家，統一天下，沒有人能夠顛覆，這是大儒的勳勞，他說的話有條理法則，他的行為合乎禮儀，他做的事情不會讓他後悔。他應對危險和變化到處都很恰當，跟隨著時代一起變化，和時局一起變動，雖然千變萬化，但是其中的道理只有一個，這就是大儒的成就。所以有俗人，有俗儒，有雅儒，有大儒的分別。耳朵不曾聽說過學問，行動不符合正義，迷迷糊糊地只知道追求富貴和利益，這是俗人。穿著寬大的衣服，繫著寬闊的腰帶，能夠粗略地取法前代的君王，但足以讓世上混亂；學術謬誤，學問博雜，他的衣著言行舉止，已經和世俗的人沒有什麼不同，卻不知道其中的壞處；他的言論談說已經和老子、墨子等學派沒有什麼差別，但是卻不知道對他們和儒家加以分別，這是俗儒。取法先王，統一制度，言行遵循大的法則，但是他的賢明卻不能夠做成他所不知道的事情，法度教化所沒有涉及到的，自己的見聞所沒有觸及到的，知道的就說知道，不知道的就說不知道，對內不欺騙自己，對外不欺騙別人，所以尊敬賢人，崇尚法度，不敢有所懈怠和傲慢，這是雅儒。取法先王，依循禮義以淺近的事情推測廣博的道理，以一種道理推行到各種事情中去，如果有仁義的道理，即使在鳥獸之中，也能夠像分辨白黑那樣清楚，對於稀奇的事物，奇怪的變化，自己所沒有聽說過、所沒有看到過的，忽然出現在某一個地方，就用自己所理解的道理來應對它，沒有什麼疑惑，依據法度來衡量它，就像是符節那樣一致，這是大儒。所以君主如果用俗人來從事政治的話，即使是擁有一萬輛兵車的大國也會滅亡；如果用俗儒的話，萬乘之國能夠保存；用雅儒的話，千里之國也能夠安定；用大儒的話，百里之地也能夠長久，三年之後，天下諸侯都來臣服，如果他在萬乘之國從事政治的話，那麼他一朝之間的舉措就能夠達到這樣的效果。《詩經》上說：「周朝雖然是一個古老的國家，但是它所受的天命卻是新的。」文王可以說是大儒了。

【研 析】大儒，是本章中所說人才的最高等級，相當於儒家中的聖人，文王、周公、孔子都應該是這樣的人物。大儒的成效可以憑藉百里之地而統一天下，言為世則，行為世範。但是君主所任用的人卻可以分為幾等，即俗人、俗儒、雅儒、大儒，各有不同的品性和才能，任用他們的成效也完全不同，任用俗人必亡其國，任用俗儒僅能自保，任用雅儒足以安定，任用大儒可以臣服天下。如果得不到大儒而任用他，那麼次一等應該求雅儒，但是從古到今，沒有不亡之國，則主要在於他們所任用的都是俗人、小人，這一點也足以為治理國家者用作借鑑。

6. 楚成王❶讀書於殿上，而輪扁❷在下，作而問曰：「不審主君所讀何書也？」成王曰：「先聖之書。」輪扁曰：「此真先聖王之糟粕耳，非美者也。」成王曰：「子何以言之？」輪扁曰：「以臣輪言之。夫以規為圓，矩為方，此其可付乎子孫者也。若夫合三木而為一❸，應乎心，動乎體，其不可得而傳者也，則凡所傳真糟粕耳。故唐虞之法，可得而考也，其喻人心，不可及矣。」《詩》曰：「上天之載，無聲無臭❹。」其孰能及之？

【注　釋】❶楚成王　名熊惲，春秋時楚國君主。《莊子・天道》作齊桓公。❷輪扁　做車輪的工匠，名扁。❸合三木而為一　三木，即《周禮・考工記》中的「三材」，轂、輻、牙，三者用以合成車輪。❹上天之載二句　《詩經・大雅・文王》中的句子。載，事。臭，氣味。

【語　譯】楚成王在殿上讀書，有一個做車輪的工匠叫做扁的在殿下面，站起來問楚成王說：「不知道主上您讀的是什麼書呢？」楚成王說：「是古代聖王的書籍。」輪扁說：「這是古代聖王的糟粕罷了，不是什麼美好的東西。」楚成王說：「你為什麼這麼說呢？」輪扁說：「我根據我製作車輪的工藝這樣說的。以圓規來畫圓形，有矩來畫方形，這是可以傳授給子孫的。至於將三塊木頭合成一只車輪，心裡可以感應到它，用肢體來操作，這是無法傳授的。這樣的話，凡是能夠傳授的，都是糟粕罷了。所以唐堯、虞舜的法度，可以考求出來，但是他們教人的心法，是無法觸及的。」《詩經》上說：「上天的事情，是沒有聲音也沒有氣味的。」誰能夠觸及它呢？

【研　析】俗話說：「可以意會，不可言傳。」這一章本是《莊子》中的一則寓言，用來說明真正的大道是不能夠通過讀死書獲得的。輪扁用自己從事的技藝為例，說明即使是一門手藝，它所能夠傳下去的只是一些普通的法則，至於其中的精微之處，都無法傳授下去，何況是天下之至道？推而廣之，天下萬物萬事莫不如此，所以《莊子・秋水》中也有這樣的一句話：「可以言論者，物之粗也；可以意致者，物之精也。」因此，學藝或者學道，都貴在能得其意，而不在表面上做功夫。

7. 孔子學鼓琴於師襄子❶而不進。師襄子曰：「夫子可以進矣。」孔子曰：「丘已得其曲矣，未得其數❷也。」有間❸，曰：「夫子可以進矣。」曰：「丘已得其數矣，未得其意也。」有間，復曰：「夫子可以進矣❹。」曰：「丘已得其人矣，未得其類❺也。」有間，曰：「邈然遠望，洋洋❻乎，翼翼❼乎，必作此樂也。默然思❽，戚然而悵❾。以王天下，以朝諸侯者，其惟文王乎！」師襄子避席再拜曰：「善。師以為〈文王之操〉也。」故孔子持文王之聲，知文王之為人。師襄子曰：「敢問何以知其〈文王之操〉也？」孔子曰：「然。夫仁者好偉，和者好粉，智者好彈，有殷懃之意者好麗。丘是以知〈文王之操〉也。」

【注　釋】❶師襄子　春秋時魯國的樂官。❷數　技巧。❸有間　過了一段時間。❹夫子可以進矣　此處趙懷玉校本據《初學記》補「曰：『丘已得其意矣，未得其人也。』有間，復曰：『夫子可以進矣。』」二十二字。❺類　善。❻洋洋　盛大的樣子。❼翼翼　嚴肅的樣子。❽默然思　《史記》作「黯然而黑」。❾戚然而悵　《史記》作「幾然而長」，幾通「頎」，長的樣子。

【語　譯】孔子向師襄子學習彈琴，但是很長時間沒有進步。師襄子說：「您可以再進一步了。」孔子說：「我已經能夠掌握它的曲調，但是還沒有掌握它的演奏技巧。」過了一段時間，師襄子說：「您可以再進一步了。」孔子說：「我已經掌握了它的技巧，但是還沒有能夠掌握曲中的意味。」過了一段時間，師襄子又說：「您可以再進一步了。」孔子說：「我已經能夠瞭解樂曲中所要表現的人格了，但是還沒有能夠掌握其中的至善之處。」過了一段時間，孔子說：「遠遠地望去，非常盛大，又很嚴肅，一定是創作這首樂曲的人。他的皮膚是黑色的，身材長大，統一天下，使諸侯都來朝見，這大概是文王吧！」師襄子離席而起，拜了兩拜說：「說得好。我認為這是〈文王之操〉。」所以孔子通過瞭解文王的樂曲，就能夠瞭解文王的人格。師襄子問道：「我想請問您為什麼知道它是〈文王之操〉呢？」孔子說：「是這樣。有仁德的人喜好偉壯，溫和的人喜歡裝飾，聰明的人喜歡彈奏，對人殷勤的人喜歡華麗。所以我知道這是〈文王之操〉。」

【研析】《莊子》中有一句話說：「臣之所好者道也，進乎技矣。」技術層面的東西可以學會，但是在技術層面之上的，所表現出來的則人人不同，這不同之處便在於每個人有不同的修養和人格。儒家之道與道家雖然不同，「道」和「技」的分別卻也有類似之處。對於儒家而言，音樂即人格，〈樂記〉中說：「和順積中而英華發外，唯樂不可以為偽。」音樂是最能夠表現一個人的人格的，孔子說：「興於詩，立於禮，成於樂。」音樂代表了一個人人格的完成。這一章裡所講孔子學琴的經歷便體現了這一點。曲、數這一些東西，都是屬於技術層面的，而意、人、類等則屬於更高的精神層面的東西，最後孔子彈奏〈文王之操〉，完全表現了文王的人格形象，所以說「持文王之聲，知文王之為人。」

8. 傳曰：聞其末而達其本者，聖也。紂之為主，勞民力，冤酷之令加於百姓，憯悽❶之惡施於大臣，群下不信，百姓疾怨，故天下叛而願為文王臣，紂自取之也。夫貴為天子，富有天下，及周師至，而令不行乎左右。悲夫，當是之時，索為匹夫不可得也。《詩》曰：「天位殷適，使不俠四方❷。」

【注釋】❶憯悽　殘酷；慘痛。❷天位殷適二句　《詩經・大雅・大明》中的句子。適，通「嫡」。殷嫡，指殷的嫡子商紂王。俠，今本《毛詩》作「挾」，擁有。

【語譯】古書上說：聽到其中細枝末節的東西就能夠瞭解它的根本，這是聖人。商紂做天子的時候，使老百姓很勞苦，嚴厲殘酷的法令加在老百姓的身上，把慘痛的惡事加在大臣的身上，大臣不信任他，老百姓怨恨他，所以天下之人都背叛他，願意做周文王的臣民，這是紂自己招來的禍患。他貴為天子，擁有天下所有的財富，等周朝軍隊到來的時候，他左右最親近的人都不聽從他的命令。可悲啊，商紂王在這時候，想做一個普通的老百姓都不能夠。《詩經》上說：「商紂王是殷朝的嫡嗣，據有天子之位，但上天卻使他不能擁有天下。」

【研　析】紂王喪失天下，責任完全在於自己，是他自己不顧天下百姓的勞苦，不聽大臣的勸諫，最後眾叛親離，身死國滅。這本來是一個很容易明白的道理，但是身為君王之後，便往往自以為是，拒諫飾非，落得一個萬世惡名。因此，《尚書》中說：「天作孽，猶可違；自作孽，不可活。」

孟子也說：「人必自侮，然後人侮之；家必自毀，而後人毀之；國必自伐，而後人伐之。」從根本上來說，人的毀滅，沒有不是自我毀滅的，但是人往往會從外界尋找原因，而不從自己身上尋找原因，甚至歸之於天，紂王說：「我豈不有命在天？」項羽臨死之前還說「天亡我」，這些都是推卸責任的表現。

9. 夫五色❶雖明，有時而渝❷；豐交❸之木，有時而落。物有成衰，不得自若❹。故三王之道，周則復始，窮則反本，非務變而已。將以止惡扶微，絀繆淪非❺，調和陰陽，順萬物之宜也。《詩》曰：「勉勉我王，綱紀四方❻。」

【注釋】❶五色　即青、黃、赤、白、黑五種顏色。❷渝　變化。❸豐交　或疑「交」為「支」之誤，支同「枝」。❹自若　不受約束。❺絀繆淪非　絀，去掉。繆，錯誤。淪，滅。❻勉勉我王二句　《詩經・大雅・棫樸》中的句子。勉勉，勤勉不懈。綱紀，治理。

【語譯】各種顏色雖然鮮明，但是也有褪色的時候；茂盛的樹木，也有落葉的時候。事物都有形成和衰落，不會不受到約束而長久不變。所以夏、商、周三代君王治理天下的道理，循環一周之後又重新開始，事物發展到窮極的時候，就又回到了它的原始狀態，並不是有人要致力地去改變它，變化是因為它要阻止邪惡，扶助衰微，去除謬誤，消滅錯誤，使陰陽二氣能夠得到調和，順應萬物的生長。《詩經》上說：「我的君王勤勤勉勉，為了去治理天下。」

【研　析】古人說「歷史如循環」，任何事物都有它萌芽、生長、壯盛、滅亡的過程，自然界如此，人生如此，歷史的變化也是如此。所以本章中說：「三王之道，周則復始，窮則反本，非務變而已。」大體上也是這樣的意思。這種觀念，從道理上來說，當然是對的，但是對於其發展變化的過程之中，則仍須付以人事的努力，如本章中所說的「止惡扶微，絀繆淪非」等等，仍然是不可少的。

10. 禮者，則❶天地之體，因人之情，而為之節文❷者也。無禮，何以正身？無師，安知禮之是也？禮然而然，是情安於禮也；師云而云，是知若師也。情安禮，知若師，則是君子之道。言中倫，行中理，天下順矣。《詩》曰：「不識不知，順帝之則❸。」

【注　釋】❶則　取法。本或作「首」。❷節文　節制和文飾。❸不識不知二句　《詩經・大雅・皇矣》中的句子。不識不知，不知不覺。

【語　譯】禮，是取法天地的本體，順應人的感情，對它們進行節制和文飾的。沒有禮，怎麼樣才能端正身心呢？沒有老師，怎麼能夠知道所實行的禮對不對呢？禮所規定的正確範圍就認為它們是正確的，這就是人情對禮感到安定了；老師這麼說，自己也就這麼說，這是智慧和老師差不多了。人情在禮中得到安定，智慧和老師差不多，這就是君子所應該實行的道理。言行都合乎倫理道德的規範，天下也就和順了。《詩經》中說：「不知不覺之中，遵循天帝的法則。」

【研析】古代的禮儀，既是順人情而成立的，也是為了對於人情的一種節制。如果一切都超出人情，那麼大部分人都無所措其手足；如果不對於人情進行一種節制，則將氾濫無所止，人也就與禽獸沒有區別。所以禮是能夠採取一種中和的態度，人人能夠把握這一種禮的精神，則天下也就會和諧了，所以說：「言中倫，行中理，天下順矣。」

11. 上不知順孝，則民不知反本❶。君不知敬長，則民不知貴親。禘祭❷不敬，山川❸失時，則民無畏矣。不教而誅，則民不識勸也。故君子修身及孝，則民不倍❹矣。敬孝達乎下，則民知慈愛矣。好惡喻乎百姓，則下應其上如影響矣。是則兼制天下，定海內，臣萬姓之要法也。明王聖主之所不能須臾而舍也。《詩》曰：「成王之孚，下土之式。永言孝思，孝思惟則❺。」

【注釋】❶反本　返求根本，指回報天地父母。反，同「返」。❷禘祭　古代祭祀始祖的禮儀。❸山川　這裡指對山川的祭祀。❹倍　同「背」。❺成王之孚四句　《詩經・大雅・下武》中的句子。孚，信。式，法式；榜樣。言、思，皆語助詞。則，法則。

【語　譯】為人君上的不知道孝順父母，老百姓也就不知道返報天地父母。君主不知道尊敬長輩，老百姓也就不知道尊重親戚。祭祀始祖的儀式中如果不恭敬，如果不按時祭祀名山大川，那麼老百姓也就沒有什麼畏懼的了。不教育他，一旦犯罪，就把他殺掉，那麼老百姓也就不知道互相勸勉了。所以君子修養自己的身心，孝順父母，老百姓就不會背叛了。恭敬長輩、孝順父母能夠從上而影響到下，那麼老百姓就知道慈愛了。告訴老百姓自己喜歡什麼，厭惡什麼，那麼老百姓回應他們的君主就好像是影子跟隨形體，像回聲回應原聲一樣不離和迅速。這樣才能統治天下，安定海內，讓所有老百姓都能夠臣服。這是聖明的君主一時一刻都不能夠放棄的方法。《詩經》上說：「周成王守信用，是天下的好榜樣。永遠要實行孝道，取法先王那樣。」

【研　析】在上的君主或者大臣，他們都是老百姓所取法的對象，所以在上的人總要以身作則，才能夠使得天下安定。尤其是君主的一舉一動，都要有其法度，一有錯失，便對整個社會都有很大的影響。古代社會的最基本的要求是能夠符合倫理綱常，孝、敬、祭、勸等等內容，都是保持整個社會安定的基本法則，因此，要想老百姓能夠做到這些，必須國君大臣先做到這些。今天的社會也是同樣，執政的人能夠以身作則，遵紀守法，不以權謀私，一心為民眾著想，那麼民眾自然也會趨向於美善和諧。

12. 成王之時，有三苗貫桑而生，同為一秀❶，大幾滿車，長幾充箱。成王問周公曰：「此何物也？」周公曰：「三苗同一秀，意❷者天下殆同一也。」比幾❸三年，果有越裳氏重九譯❹而至，獻白雉於周公：「道路悠遠，山川幽深，恐使人之未達也，故重譯而來。」周公曰：「吾何以見賜也？」譯曰：「吾受命國之黃髮❺曰：『久矣天之不迅風疾雨也，海不波溢也，三年於茲矣。意者中國殆有聖人，盍❻往朝之。』於是來也。」周公乃敬求其所以來。《詩》曰：「於萬斯年，不遐有佐❼？」

【注釋】❶秀　禾穗。❷意　料想。❸比幾　等到。❹越裳氏重九譯　越裳氏，古南海國名，地在今越南境內。重九譯，指多次翻譯。❺命國之黃髮　命國，讓我傳達他旨意的國家，即越裳氏。黃髮，指老年人。❻盍　何不。❼於萬斯年二句　《詩經．大雅．下武》中的句子。於，嘆美之辭。斯，語助詞。不遐，遐不；何不。

【語譯】周成王的時候，有三株禾苗貫穿桑樹而生長，共同抽出一顆穗，大小幾乎可以裝滿車子，長度也有一個車廂那麼長。周成王問周公說：「這是什麼東西？」周公說：「三株禾苗共同抽出一顆穗，大概是天下要一統了吧。」等到過了三年，果然有越裳氏的使者經過多次的翻譯來到這裡，把白色雉鳥獻給周公說：「路途很長遠，又有幽遠深邃的高山大河阻隔，語言又不通，恐怕派來的人不能夠傳達意思，所以經過多次的傳譯，前來朝貢。」周公說：「我憑什麼能夠受到貴國的賞賜？」翻譯的人說：「讓我來做翻譯的國家中，有老年人說：『上天沒有降下狂風暴雨，大海沒有泛溢波濤，已經很久了，到現在有三年的時間了。料想中國大概有聖人出現，何不去朝見他呢？』所以就來了。」周公於是恭敬地尋求他們來的緣故。《詩經》上說：「國祚綿延萬年之久，豈會沒有人來輔佐他？」

【研析】祥瑞的事情，當然未必有什麼真正的依據，但對於古人來說，則是一種激勵的手段。古人注重天人合一，所以自然界的和諧代表了社會的和諧，而想求得自然界的風調雨順，五穀豐登，也必有賴於人事的和諧，二者相輔相成。這種信念，一方面刺激了君主追求社會的和平安定，不敢任意妄為；另一方面也養成君主對於自然現象的戒懼，不敢放縱自我。所以，這種觀念也應該從兩個方面來看待。

13. 登高臨深，遠見之樂，臺榭❶不若丘山所見高也。平原廣望，博觀之樂，沼池不如川澤所見博也。勞心苦思，從❷欲極好，靡財傷情，毀名損壽，悲夫傷哉，窮君❸之反於是道，而愁百姓。《詩》曰：「上帝板板，下民卒癉❹。」

【注　釋】❶榭　建築在臺上的房屋。❷從　通「縱」。❸窮君　指受大國脅迫的小國君主。❹上帝板板二句　《詩經・大雅・板》中的句子。上帝，指君王。板板，乖戾；不正常。卒，通「瘁」。病苦。癉，病。

【語　譯】登上高處，下臨深淵，觀賞遠方景物的快樂，登上臺榭就不如登上山丘那樣高，能夠看得遠。在平原地區向周圍觀望，能夠看到廣博事物的快樂，在沼澤邊就不如在大河邊看得廣博。勞苦自己的心思，放縱自己的情欲，窮極自己的嗜好，浪費錢財，損傷自己的性情，毀壞名聲，折損壽命，可悲啊，可傷啊，那些受大國脅迫的小國君主違反這樣的道理，讓老百姓感到愁怨。《詩經》上說：「君主乖戾不正常，讓在下的老百姓都受到病苦。」

【研　析】小國的國君僻處一方，所聞所見就比較狹隘，因此集中在自己的享樂上，以至於百姓窮苦，自己也毀名損壽，不得長久。如果這些國君能夠有遠見的話，就會努力治理好自己的國家，使它逐步強大，百姓也能夠安居樂業，那樣的話，就像孟子所說的，「湯以七十里，文王以百里」，但是最後統一天下都有餘裕，何況是一國的繁榮呢？

14. 儒者，儒也，儒之為言無也，不易之術也。千舉萬變，其道不窮，六經❶是也。若夫君臣之義，父子之親，夫婦之別，朋友之序，此儒者之所謹守，日切磋❷而不舍也。雖居窮巷陋室之下，而內不足以充虛，外不足以蓋形，無置錐之地，明察足以持天下。大舉在人上，則王公之材也；小用使在位，則社稷之臣也。雖巖居穴處，而王侯不能與爭名，何也？仁義之化存爾。如使王者聽其言，信其行，則唐虞之法可得而觀，頌聲可得而聽。《詩》曰：「先民有言，詢于芻蕘❸。」取謀之博也。

【注釋】❶六經　即《易》、《書》、《詩》、《禮》、《樂》、《春秋》。❷切磋　原來指雕琢玉石的技藝，這裡指精益求精的研究。❸先民有言二句　《詩經・大雅・板》中的句子。先民，古代的賢人。芻，草。蕘，柴。芻蕘，指割草砍柴的人。

【語譯】儒者就是儒，儒家的意思就是沒有，是沒有變化的道理。雖然它有千萬次的變化，但是其中的道理是不會窮盡的，這些道理存在於六經之中。至於君臣之間的道義，父子之間的親近，夫婦之間的分別，朋友之間的次序，這是儒家所要謹慎地遵守的，每天精益求精地去研究而不能夠捨棄的。即使居住在狹窄的巷子和簡陋的房屋之中，肚子裡沒有食物來充飢，外面的衣服不足以遮蔽形體，住的地方非常小，但是他明智的審察足以安定天下。重用他，把他的地位放置在眾人之上，那麼他就可以表現出王公的才能；小用他，讓他在官位上，他就是國家的重要大臣。即使他隱居山裡，住在山洞中，但是王侯都不能夠和他爭奪聲名。為什麼呢？因為仁義的教化功用就存在於他的身上。如果君王能夠聽用其言，信任他的所作所為，那麼唐堯、虞舜的法度就可以看到，也可以聽到老百姓歌頌的聲音。《詩經》上說：「古代的賢人說過，有事情要詢問到割草砍柴的人。」這是說聽取意見要廣博。

【研析】儒者所遵循的基本的法則，便是君臣、父子、夫婦、兄弟、朋友這五種倫理，儒家典籍中所發揮的道理，也不能出於其外，能夠推行這五種基本的倫理，進可以平治天下，退可以獨善其身，因為這是天下的公理，即是所謂的「不易之術」，掌握這種道理的便是儒者，而不在於他地位的高下。任何想使自己國家繁榮昌盛的君主，他所施行的治理天下的法則也無非是在此五倫之內。

15. 傳曰：天子居廣廈之下，帷帳之內，旃茵❶之上，被躧舄❷，視不出閫❸，莽然❹而知天下者，以其❺賢左右也。故獨視不若與眾視之明也，獨聽不若與眾聽之聰也，獨慮不若與眾慮之工也。故明王使賢臣輻湊並進，所以通❻中正而致隱居之士。《詩》曰：「先民有言，詢于芻蕘。」此之謂也。

【注釋】❶旃茵　旃，同「氈」。毯子一類的毛織品。茵，墊子或褥子。❷被躧舄　周廷寀疑「被」下脫「袞」字，袞為古代君王的禮服。被，穿。躧，拖著。舄，鞋。❸不出閫　指足不出戶。閫，門坎。❹莽然　廣大、眾多的樣子。❺其　《新序》作「有」。❻通　往來；交好。

【語譯】古書上說：天子居住在廣大的房屋之下，在帷帳之中，坐在毛毯床墊之上，穿著禮服，拖著鞋子，視線不出房門之外，但是卻知道天下的事情，這是因為他左右的臣子都很賢明的緣故。所以一個人看不如眾多人一起看得清楚，一個人聽不如許多人一起聽得明白，一個人考慮不如很多人一起考慮周到。所以聖明的君王讓賢臣像車輪的輻條聚集在車轂上一樣一起聚集在自己的周圍，所以能夠和正直的人相往來，將隱居的賢人也招致到自己這裡來。《詩經》上說：「古代的賢人說過，有事情要詢問到割草砍柴的人。」說的就是這個道理啊。

【研析】天子之所以能夠有廣博的見聞，並不是要通過自己的親身考察才知道，而是通過廣泛吸取大臣乃至一般老百姓的意見，才能夠作出正確的判斷，這是相當重要的。古語說：「兼聽則明，偏信則暗。」這實是不刊之論。不僅是治國如此，它甚至可以推及到一切的情形之下。

16. 天設其高而日月成明，地設其厚而山陵成名，上設其道而百事得序。自周衰壞以來，王道廢而不起，禮義絕而不繼。秦之時，非禮義，棄《詩》、《書》，略古昔，大滅聖道，專為苟妄❶。以貪利為俗，以較獵❷為化，而天下大亂，於是兵作而火起，暴露居外，而民以侵漁遏奪相攘❸為服習❹。離聖王光烈之日久遠，未嘗見仁義之道，被禮樂之風，是以嚚頑❺無禮，而肅敬日益凌遲❻，以威武相攝，妄為佞人❼，不避禍患，此其所以難治也。人有六情：目欲視好色，耳欲聽宮商，鼻欲嗅芬香，口欲嗜甘旨，其身體四肢欲安而不作，衣欲被文繡而輕暖，此六者，民之六情也。失之則亂，從之則穆。故聖王之教其民也，必因其情而節之以禮，必從其欲而制之以義，義簡而備，禮易而法。去情不遠，故民之從命也速。孔子知道之易行，曰：「《詩》云：『牖民孔易❽。』非虛辭也。」

【注釋】❶苟妄　胡作非為。❷較獵　較，本或作「告」。獵，捕。告獵，指告發抓捕。❸遏奪相攘　遏奪，攔路搶劫。攘，盜竊；搶奪。❹服習　習慣。❺嚚頑　愚昧頑鈍。❻淩遲　衰敗。❼佞人　花言巧語的諂媚之人。❽牖民孔易　《詩經．大雅．板》中的句子。牖，通「誘」。引導。孔，很。易，容易。

【語譯】天高高地在上面，日月可以在它那裡普照大地；大地如此博厚，因此它上面的山陵也能夠很有名；在上位的人設立治理天下的道理，所以事情就都有了次序。自從周朝衰微敗壞以來，王道廢棄，不能夠重新恢復；禮義斷絕了，而不能夠得到延續。秦朝的時候，認為禮儀和道義都不對，毀棄了《詩》、《書》等書籍，輕視古代的文化，大肆毀滅聖人之道，專門胡作非為。以貪求財利為風俗，以告發抓捕為教化，天下大亂，於是戰火興起，老百姓無處安家，居住在露天之下，老百姓以侵奪偷盜為習慣，距離聖明先王的光輝事業久遠了，沒有看到過仁義的道理，沒有受到禮樂的熏陶，所以愚昧頑鈍，不講究禮儀，恭敬之心越來越衰敗，以威嚴武力相脅迫，胡作非為的讒佞之徒不躲避禍害患難，這是它所以難於治理的原因。人有六種基本的情欲：眼睛要看好看的顏色，耳朵要聽好聽的音樂，鼻子想要聞香氣，嘴巴想要吃好吃的美味，他的身體和四肢想安然而不做事情，衣服想要穿美麗輕便暖和的服裝，這六個方面，是老百姓的六種基本的情欲。不滿足他們這六種情欲，天下就會有動亂，順從他們這六種情欲，天下就會和睦。所以聖明的君王教育他的老百姓，一定是順從他們的性情，用禮來節制他們，一定是隨著他們的情欲，但是用道義來制約他們。道義簡明而完備，禮儀容易而合乎法度。它們距離人情不遠，所以老百姓聽從命令也迅速。孔子知道正道是容易實行的，所以說：「《詩經》上說：『因勢利導的教育人民是很容易的。』這不是虛假的話。」

【研析】對儒家而言，禮義是治理天下的根本，周朝因為禮義而享國長久，及至禮義衰微，秦滅六國，專以暴政統治，所以不過二世而亡，這是歷史上的一個顯著的教訓。禮義的本質在乎人情，不顧人情而治理天下，天下就不會被治理好。因此，人有各種欲望，禮也順著人的種種欲望而設立，但對這些欲望又用道義加以節制，這種治理方法也就是因勢利導的方法，所以「民之從命也速」。

17. 繭之性為絲，弗得女工燔以沸湯，抽其統理❶，不成為絲。卵之性為雛，不得良雞覆伏孚❷育，積日累久，則不成為雛。夫人性善，非得明王聖主扶攜，內❸之以道，則不成為君子。《詩》曰：「天生烝民，其命匪諶。靡不有初，鮮克有終❹。」言惟明王聖主，然後使之然也。

【注釋】❶統理　絲的頭緒。❷孚　同「孵」。❸內　同「納」。❹天生烝民四句　《詩經・大雅・蕩》中的句子。烝，眾。諶，誠；信。

【語譯】蠶繭的天性是可以抽成絲的，但是如果沒有女工用熱水去燒煮，抽出它的頭緒，就不會自己成為絲。雞蛋的天性是可以孵出小雞來的，但是沒有一隻好母雞伏在上面孵卵，即使經過很長的日子，也不會變成小雞。人的天性是善的，如果得不到聖明的君王的扶持提攜，把他們納入正道，就不能夠成為君子。《詩經》上說：「上天生下眾百姓，他們的天命是不可信的。一開始沒有不好的，但是很難把這種好保持到最後。」說的是只有聖明的君主，然後才能讓他們保持做善良的人。

【研析】人的天性譬如種子，必須要在一定的陽光、雨露的條件下，才能夠發芽、生長。如果將其放在一種不符合它生長的環境中，那麼它就不會生長出來，至少不會生長得很完善。因此必須將它放在一種適合它生長的環境裡，這種環境，便是明王聖主的教化，將它納入正道之中，這當然會要求君主本身是道德純備的人。明白了這種道理，實際上也就明白了治理天下的道理。

18. 智如泉源，行可以為表儀❶者，人師也。智可以砥❷，行可以為輔弼者，人友也。據法守職，而不敢為非者，人吏也。當前決意❸，一呼再諾者，人隸也。故上主以師為佐，中主以友為佐，下主以吏為佐，危亡之主以隸為佐。語曰：「淵廣者其魚大，主明者其臣慧，相觀而志合，必由其中。」故同明相見，同音相聞，同志相從，非賢者莫能用賢。故輔弼左右，所任使者，有存亡之機，得失之要也，可無慎乎？《詩》曰：「不明爾德，時無背無側。爾德不明，以無陪無卿❹。」

【注釋】❶表儀　準則。案：此章與上章原為一章，今析為二章。❷砥　《群書治要》作「砥礪」。砥礪，磨刀石，這裡作「磨煉」講。❸決意　《群書治要》引作「快」。快意，稱意。❹不明爾德四句　《詩經·大雅·蕩》中的句子。時，當作「以」。陪，輔佐。卿，卿大夫。

【語譯】智慧像是泉水的源頭那樣沒有竭盡的時候，行為可以作為他人準則的人，這是人們的老師。智慧可以磨煉他人，行動可以輔佐他人，這是人們的朋友。依據法制，謹守自己的職責，而不敢去做壞事，這可以做人們的官吏。在他人面前，稱合別人的心意，別人叫喚一聲，他就答應兩聲，這是人們的僕隸。所以上等的君主以老師作為自己的輔佐，中等的君主以朋友作為自己的輔佐，下等的君主以官吏作為自己的輔佐，使國家危亡的君主以僕隸作為自己的輔佐。古語說：「淵流廣闊，其中的魚就很大；主上賢明，他的大臣就有智慧；君臣互相觀察而志意相投，一定是從內心發出來的。」所以眼睛都很明亮的人能夠互相看到，語言相同的人可以互相聽到，志意相同的人互相跟隨，不是賢明的人就不能夠用賢明的人。所以君主任用自己左右的輔佐大臣，國家存亡的機微、是非得失的關鍵也都存在於其中，難道可以不謹慎嗎？《詩經》上說：「你的道德不修明，所以背後和旁邊都沒有人支持你。你的道德不修明，所以沒有公卿大臣來輔佐你。」

【研析】聖主能得賢臣，君臣遇合，這是古代治道的理想狀況，但是這種情形在古代卻比較少，從古到今，沒有不滅亡的朝代，這當然由於歷史上的君臣更多的是平庸之輩，等到一國將亡之時，無疑都是昏庸之主和奸佞之臣。《周易》中說「同聲相應，同氣相求」，君主各賢其臣，因此，國家的命運常常決定於君主本身的賢明程度。本章中區分了人君不同的輔佐，所謂人師、人友、人吏、人隸，不同的輔佐者也就影響到整個國家的前途。儒者的最大的理想是為帝王師，因此「人師」被列為最高，這些人都是明道之士，雖然不必直接參加政事的管理，但是對於治道是瞭如指掌的。其他則依次對國家有不同的影響，其最下的卻是以人吏為佐。秦國的法令，「以吏為師」，這是不明大道而專以刻薄的法令為準則，乃是其滅亡的一大原因。

19. 昔者禹以夏王，桀以夏亡；湯以殷王，紂以殷亡。故無常安之國，宜治之民，得賢則昌，不肖則亡。自古及今，未有不然者也。夫明鏡者，所以照形也；往古者，所以知今也。夫知惡往古之所以危亡，而不襲蹈其所以安存者，則無以異乎卻行而求逮於前人。鄙語曰：「不知為吏，視已成事。」或曰：「前車覆，而後車不誡❶，是以後車覆也。」故夏之所以亡者，而殷為之；殷之所以亡者，而周為之。故殷可以鑒於夏，而周可以鑒於殷。《詩》曰：「殷鑒不遠，在夏后之世❷。」

【注釋】❶誡　警告；警誡。❷殷鑒不遠二句　《詩經・大雅・蕩》中的句子。夏后，夏朝的帝王，指夏桀。

【語譯】以前禹建立夏朝，統一天下，桀擁有夏朝，卻讓自己滅亡了；湯建立殷朝，統一了天下，紂擁有殷朝，卻讓自己滅亡了。所以沒有長久安定的國家，沒有適合治理的老百姓，得到賢能的人就會昌盛，任用不賢的臣子就會滅亡。從古到今，沒有不是這樣的。明亮的鏡子，是用來照形體的；古代的事情，是用來瞭解今天的。知道厭惡古時候國家之所以危亡的原因，卻不遵循國家之所以安定長存的道理，這和向後行走卻希望追上前面的人沒有什麼兩樣。俗語說：「不知道怎麼做官，就看前面的官吏已經做過的事。」有人說：「前面的車子翻了，後面的車子卻不引以為警誡，所以後面的車子也翻了。」所以導致夏朝滅亡的事情，殷朝也去做，所以也滅亡了；導致殷朝滅亡的事情，周朝也去做，所以周朝也滅亡了。所以殷朝可以用夏朝的滅亡來作為自己的借鑑，周朝可以用殷朝的滅亡來作為自己的借鑑。《詩經》上說：「殷朝的借鑑不遠，就在夏桀的時代。」

【研　析】歷史所能夠給人的借鑑作用是巨大的，中國古代史官建立得很早，即《漢書・藝文志》所謂「古之王者，世有史官，君舉必書，所以慎言行，昭法式也」。在世界文明之中，中國的史學也最為發達，這與古人「以史為鑑」的思想是分不開的，所以古代史家都具有極強的責任感與目的性，就是給後人提供借鑑。本章中所說的「明鏡者，所以照形也；往古者，所以知今也」，也是古人最常見的一種說法。這種觀念事實上也延續到今天，我們今天去讀古時的史事，研究歷史，在很大程度上還是為了用古人之事給今天以啟發。

20. 傳曰：驕溢之君寡忠❶，口惠之人鮮信。故盈把❷之木，無合拱❸之枝；滎澤❹之水，無吞舟之魚。根淺則枝葉短，本絕則枝葉枯。《詩》曰：「枝葉未有害，本實先撥❺。」禍福自己出也。

【注　釋】❶寡忠　《淮南子》作「無忠臣」。❷盈把　一手可以握取的大小。❸合拱　猶合抱，指兩臂環抱。❹滎澤　俞樾認為當作「濴濘」，水小的樣子。❺枝葉未有害二句　《詩經・大雅・蕩》中的句子。撥，敗壞。

【語譯】古書上說：驕傲自滿的國君很少有忠誠，只會口頭上給別人一些恩惠的人很少講信用。所以一把就可以握過來的樹木，不會有合抱粗的枝條；小水裡面不會有能夠吞下舟船那麼大的魚。樹根淺，它的枝葉就很短小，樹根斷了，它的枝葉就會枯萎。《詩經》上說：「枝葉雖然還沒有損害，但是樹根已經敗壞了，枝葉也就不會長久。」說的是禍和福都是自己所造成的。

【研析】萬事萬物都要看它的根本，而不能看其表面，如果根本不足，表面上所見到的內容便是不可靠的。如果樹根已壞，那麼其枝葉不久即枯萎。人事也是如此，一些專在口頭上做工夫的人，其內心往往是沒有誠敬的，那麼他的這些口頭工夫不久也會敗露。《老子》中說「信言不美，美言不信」，事情往往是這樣。至於那些表面上已有驕縱之氣的人，其內心的空虛更是不言而喻了。

21. 水淵深廣，則龍魚生之；山林茂盛，則禽獸歸之；禮義修明，則君子懷❶之。故禮及身而行修，禮及國而政明。能以禮扶身，則貴名自揚，天下順焉，令行禁止，而王者之事畢矣。《詩》曰：「有覺德行，四國順之❷。」夫此之謂矣。

【注釋】❶懷　歸向；依附。❷有覺德行二句　《詩經・大雅・抑》中的句子。覺，高大正直。

【語譯】水淵又深又廣闊，龍和魚就會在裡面生長；山上的樹林茂盛，鳥獸就會跑到那裡去；禮儀道義修治得好，君子就會到他那裡去依附。所以用禮儀來修身，那麼人的行為就會修治得很好；如果用禮儀來治理國家，那麼國家的政治就會很清明。能夠用禮來修身，那麼他高貴的名譽自然就會得到傳揚，天下的人都會順從他，發布命令就得到遵行，禁止做的事情，他人也會停止去做，王者所能夠做的事情也就都具備了。《詩經》上說：「君王的德行高大正直，天下都會順從他。」說的就是這個道理啊。

【研析】禮可以修身，可以治國，譬如江海，取之者各稱其量。王者平治天下，不能出乎其外；百姓的行止舉動，也可以納入其中，所以禮是上下通行的一種法則。本章中開始的兩個比喻，便是意在說明禮的博大和功用。《韓詩外傳》中強調「禮」的篇幅不止一端，但是歸根到底，仍不外乎是修身、治國。

22. 孔子曰：「夫談說之術，齊莊以立之❶，端誠以處之，堅強以待之，辟稱以喻之❷，分❸以明之，歡忻芬芳❹以送之，寶之珍之，貴之神❺之，如是則說恒無不行矣。夫是之謂能貴其所貴。若夫無類❻之說，不形❼之行，不贊❽之辭，君子慎之。」《詩》曰：「無易由言，無曰苟矣❾。」

【注釋】❶齊莊以立之　齊，通「齋」。誠敬。立，通「蒞」。臨。❷辟稱以喻之　辟，通「譬」。譬喻。喻，使明白。❸分 《荀子》作「分別」。❹歡忻芬芳 忻，同「欣」。芬芳，《荀子》作「芬薌」，語氣調和。❺神指看得很高。❻類 善。❼形 同「型」、「刑」。法度。❽贊 助。❾無易由言二句 《詩經．大雅．抑》中的句子。易，輕易。由，於。苟，苟且。

【語　譯】孔子說：「言談論說的方法是，恭敬莊重地看待它，端正誠懇地去處理它，堅持不懈地去對待它，通過比喻來使他人明白，分別地加以說明，歡欣而語氣調和地將它說出來，對自己所說的話看得很珍貴高尚，這樣的話，他的論說在哪裡都能夠行得通。這就叫做能夠看重自己所珍貴的東西。至於不好的言辭，不合乎法度的行為，對別人沒有幫助的言辭，君子對待它們要慎重。」《詩經》上說：「不要隨便地說話，不要認為說話可以馬虎。」

【研　析】《韓非子》中有〈說難〉篇，主要是針對君主而言的，但是日常生活中的言語也一樣不容易說。要想自己所說的話能夠被他人所信任和接受，能夠對他人有所幫助，則需要經過謹慎的考慮，用一種莊重的態度說出來，本章中孔子說的話包含了說話中的種種細節和態度，在注重禮儀的古代社會中，是可以想像的。

23. 夫百姓內不乏食，外不患寒，則可教御以禮義矣。《詩》曰：「烝畀祖妣，以洽百禮❶。」百禮洽則百意遂，百意遂則陰陽調，陰陽調則寒暑均，寒暑均則三光❷清，三光清則風雨時，風雨時則群生寧，如是而天道得矣。是以不出戶而知天下，不窺牖而見天道。《詩》曰：「惟此聖人，瞻言百里❸。」「於鑠王師，遵養時晦❹。」言相養之至于晦也。

【注釋】❶烝畀祖妣二句 《詩經・周頌・豐年》及〈周頌・載芟〉中的句子。烝，進獻。畀，給予。祖妣，指男女祖先。洽，配合。百禮，指各種禮儀。❷三光 指日、月、星。❸惟此聖人二句 《詩經・大雅・桑柔》中的句子。言，語詞。❹於鑠王師二句 《詩經・周頌・酌》中的句子。於，嘆詞。鑠，美。遵，率。時，是。晦，暗昧不明，這裡指不明之君。

【語譯】老百姓在肚子裡不缺乏食物，在外面有衣服可以禦寒，就可以用禮義來教化管理他們了。《詩經》上說：「將祭品進獻給我的祖先，使它和各種禮儀都能相配合。」能夠與各種禮儀相配合，那麼各種心願也就能夠得到滿足了；各種心願得到滿足，那麼天地間的陰陽二氣也就能夠得到調和了；陰陽能夠得到調和，那麼寒暑冷熱也就能夠得到平均；那麼日、月、星辰三光就都能夠清明；三光清明，那麼風雨也就能夠按時出現；風雨按時出現，那麼天下的生物都能夠得到安寧，這樣就已經與天道相合了。所以足不出戶就能夠知道天下的事情，不必從窗口看天，就能夠瞭解天道。《詩經》上說：「只有這樣的聖人，他的目光遠大，可以看到百里之外。」「文王的軍隊真是美好啊，率領天下的諸侯，來奉養昏憒的商紂王。」說的是奉養他到昏昧的地步，以養成其惡來討伐他。

【研析】衣食充足，無飢無寒，這是實行禮儀的基礎。禮儀的實行與天道相配合，治理天下自然也就容易了。「不出戶而知天下，不窺牖而見天道」雖然是《老子》中的話，但是不妨用來表達儒家的觀念，禮義既行，不必出戶而天下已治，不必窺牖而合乎天道，當然也是儒家治道的理想。

24. 天有四時，春夏秋冬。風雨霜露，無非教也。清明在躬，氣志如神，嗜欲將至，有開必先，天降時雨，山川出雲。《詩》曰：「崧高維嶽，駿極于天。維嶽降神，生甫及申。維申及甫，維周之翰。四國于蕃，四方于宣❶。」此文武之德也。

【注　釋】❶崧高維嶽八句　《詩經‧大雅‧崧高》中的句子。崧，同「嵩」。指山又大又高。嶽，指東嶽泰山、南嶽衡山、西嶽華山、北嶽恆山四嶽。駿，同「峻」。高大。甫，仲山甫。申，申伯。翰，棟梁。蕃，同「藩」。屏障。

【語　譯】天有一年四季：春夏秋冬。風雨霜露，都是天道所實施的教化，聖王應該效法。如果身上具備清明的德行，氣度志意像神那樣，心中迫切想望的事情將要到來，一定先有神明來開導，就好像上天降下應時的雨，山川裡吐出雲氣。《詩經》上說：「那又高又大的山是那四嶽，高峻到了天空。山嶽降下了神靈，生下仲山甫和申伯。這仲山甫和申伯，是周朝的國家棟梁。諸侯要靠他們作屏障，他們給四方諸侯築起城牆。」這是讚揚文王和武王的德行。

【研　析】天雖不言，「四時行焉，百物生焉」，天的教化是一種無聲的教化，也是一種自然的教化。古人相信天道中的神明對人類的啟示作用，所謂「國家將興，必有禎祥；國家將亡，必有妖孽。」因此順應天道降生的賢者，也將順天道而實施教化，輔佐君王。我們今天雖然不相信這一點，但不妨將這看成是一種比喻，那樣多少對人也有一些警醒的作用。

25. 三代之王也，必先其令名。《詩》曰：「明明天子，令聞不已。矢其文德，洽此四國❶。」此大王❷之德也。

【注　釋】❶明明天子四句　《詩經・大雅・江漢》中的句子。令聞，好名聲。矢，施行。洽，協和；調和。

❷大王　即太王，周文王的祖父。

【語　譯】夏、商、周三代的帝王，一定要先為自己樹立一個好名聲。《詩經》上說：「清清明明的天子，美好的名聲永垂不朽。施行他的文治之德，以協合天下的諸侯。」這是讚揚太王的德行。

【研　析】要使自己的聲名永垂不朽，所靠的最重要的是道德。古人有所謂三不朽，即「立德、立功、立言」，以立德最高，所以這裡提到的「令名」，實則是一種「文德」，也是其治理天下之德。

26. 藍❶有青，而絲假之，青於藍；地有黃，而絲假之，黃於地。藍青地黃，猶可假也；仁義之事，不可假乎哉？東海之魚名曰鰈❷，比目而行，不相得，不能達。北方有獸名曰婁❸，更食而更視，不相得，不能飽。南方有鳥名曰鶼❹，比翼而飛，不相得，不能舉。西方有獸名曰蟨，前足鼠，後足兔，得甘草，必銜以遺蛩蛩距虛❺，其性非能❻蛩蛩距虛，將為假之故也。夫鳥獸魚猶相假，而況萬乘之主，而獨不知假此天下英雄俊士，與之為伍，則豈不病哉！故曰：以明扶明，則昇于天；以明扶闇，則歸其人。兩瞽相扶，不傷墻木，不陷井穽❼，則其幸也。《詩》曰：「惟彼不順，往以蟲垢❽。」闇行也。

【注釋】❶藍　一種用於染青色的草。❷鰈　比目魚的一種，郭璞注《爾雅》說牠「一眼，兩片相合乃得行。」❸婁　郭璞注認為是「半體之人，各有一目，一鼻孔，一臂，一腳，亦猶魚鳥之相合」。❹鶼　《爾雅》稱為鶼鶼，郭璞注說「一目一翼，相得乃飛」。❺蛩蛩距虛　也是一種野獸，郭璞《爾雅注》認為牠「宜鼠後而兔前，前高不得取甘草，故須蟨食之」。《釋文》引李巡云：「邛邛岠虛能走，蟨知美草，即若驚難者，邛邛岠虛便負蟨而走，故曰比肩獸。」❻能　善；愛。❼穽　同「阱」。陷阱。❽惟彼不順二句　《詩經・大雅・桑柔》中的句子。往以蟲垢，今本《毛詩》作「征以中垢」。中垢，暗冥。

【語 譯】藍草含有青顏色，絲織品經過藍草的染色，比藍草的顏色還青；泥土有黃的顏色，絲織品經過泥土的染色，比土地的顏色還要黃。藍草有青色，土地有黃色，尚且可以借它們來染色，仁義的事情，難道不可以借用嗎？東海裡有一種魚叫做鰈，只有一隻眼睛，必須要有兩條魚合在一起才能夠游動，如果沒有相合，就不能游動。北方有一種獸叫做婁，是由兩個半體合起來的，輪換著吃東西和看護，如果不在一起的話，就吃不飽。南方有一種鳥叫鶼，要兩隻鳥合在一起才能飛，如果不能夠合在一起，就不能飛。西方有一種野獸叫做蟨，前面的腳和老鼠一樣，後面的腳和兔子一樣，得到了甘甜的草，一定要銜著送給蛩蛩距虛去吃，這並不是牠的本心愛蛩蛩距虛，而是因為牠要利用蛩蛩距虛的緣故。鳥獸之間尚且懂得互相假借利用，何況是萬乘的君主，怎麼能獨獨不知道假借天下的英雄和有才能的人，和他們在一起，這怎麼能不出現問題呢！所以說：眼睛明亮的人扶持眼睛明亮的人，就可以升到天上；眼睛明亮的人扶持眼睛昏暗的人，就可以讓他歸家；兩個眼睛瞎的人即使互相扶持，如果不被牆壁和木頭傷到，不掉到水井或者陷阱裡面，就已經是很幸運了。《詩經》上說：「那個不講道理的君王，他的行為很昏暗。」說的就是昏暗的行為。

【研 析】「假」的意思是「假借、借用」，從某種意義上來說，並非完全出於誠心。萬物之間，互相利用，相輔而成，文中舉了許多的例子。而進一步說，人才也要相假借，萬乘之主欲治其國，必須也要「假此天下英雄俊士，與之為伍」，這裡的意思便有了一些變化，有任用的意思。然而假之既久，則成一種習性，人的性情尤其如此，所以文章中說：「仁義之事，不可假乎哉？」孟子說：「堯舜，性之也；湯武，身之也；五霸，假之也。久假而不歸，惡知其非有也？」魏王曾經問天下高士於孔子的後人子順，子順說：「世無其人也。抑可以為次，其魯仲連乎！」魏王說：「魯仲連強作之者，非體自然也。」子順說：「人皆作之。作之不止，乃成君子；作之不變，習與體成，則自然也。」由假之、作之到最後成為自然，這對於人的進德修業也是一種激勵。

27. 福生於無為❶，而患生於多欲。知足，然後富從之；德宜君人，然後貴從之。故貴爵而賤德者，雖為天子，不尊矣。貪物而不知止者，雖有天下，不富矣。夫土地之生不益，山澤之出有盡，懷不富之心，而求不益之物，挾百倍之欲，而求有盡之財，是桀、紂之所以失其位也。《詩》曰：「大風有隧，貪人敗類❷。」

【注釋】❶無為　不妄為；不強求。❷大風有隧二句　《詩經・大雅・桑柔》中的句子。有隧，即隧隧，風大的樣子。類，善。

【語譯】幸福在不妄為中產生，患難在眾多的欲望中產生。知道滿足，然後才能夠富有；道德可以做君主，然後才能夠顯貴。所以重視爵位而看低德行的人，即使做了天子，也不尊貴。貪戀財物不知適可而止的人，即使擁有天下，也不會富有。土地中所生長出來的東西不會增多，山林和水澤中的產物也是有一定的限度的，如果懷有不知足的心理，去貪求不會增加的物品，懷著極多的欲望，去追求有限的財物，這是夏桀和商紂王失去天子之位的原因。《詩經》上說：「大風呼呼地吹，貪利的小人敗壞善道。」

【研析】人的富裕、顯貴都是相對的，沒有最高的富貴，完全出於人的貪欲的多少。人的欲望是無窮的，如果順從其欲望去追求，便沒有一個止境。只有一個人在心理上知足了，那便已經是富貴了。所以說：「貴爵而賤德者，雖為天子，不尊矣。貪物而不知止者，雖有天下，不富矣。」這對於今天的人來說，其警示的意味還是十分重要的，在物欲橫流的社會裡，真正知足的人少之又少，如果順著這種不知足的心理去追求物質，那麼人生必定是痛苦的。

28. 哀公問於子夏曰：「必學然後可以安國保民乎？」子夏曰：「不學而能安國保民者，未之有也。」哀公曰：「然則五帝❶有師乎？」子夏曰：「臣聞黃帝學乎大墳❷，顓頊學乎祿圖❸，帝嚳學乎赤松子❹，堯學乎務成子附，舜學乎尹壽，禹學乎西王國❺，湯學乎貸子相❻，文王學乎錫疇子斯❼，武王學乎太公，周公學乎虢叔❽，仲尼學乎老聃❾。此十一聖人，未遭此師，則功名不能著乎天下，名號不能傳乎後世者也。」

《詩》曰：「不愆不忘，率由舊章❿。」

【注釋】❶五帝 皆是上古傳說中的帝王。據《史記・五帝本紀》，即下文中的黃帝、顓頊、帝嚳、堯、舜。❷大塡 《漢書・古今人表》作「大塡」，《太平御覽》引作「大顛」。❸祿圖 《新序》作「綠圖」。❹赤松子 仙人之號，傳說中曾為雨師。❺堯學乎務成子附三句 《荀子》作：「堯學於君疇，舜學於務成昭，禹學於西王國」。西王國，西羌之賢人。❻貸子相 《新序》作「威子伯」。❼錫疇子斯 《新序》作「鉸時子斯」。❽武王學乎太公二句 周武王向姜太公學習過，周公向虢叔學習過。太公、虢叔，《新序》分別作「郭叔」、「太公」。❾老聃 即老子，孔子曾問禮於老子。❿不愆不忘二句 《詩經・大雅・假樂》中的句子。愆，過失。率，遵循。

【語譯】魯哀公問子夏說：「一定要先學習，然後才可以安定國家、保護老百姓嗎？」子夏說：「不學習而能夠安定國家、保護老百姓的，從來沒有過。」哀公說：「這樣的話，五帝都有老師嗎？」子夏說：「我聽說黃帝向大塡學習過，顓頊向祿圖學習過，帝嚳向赤松子學習過，堯向務成子附學習過，舜向尹壽學習過，禹向西王國學習過，商湯向貸子相學習過，周文王向錫疇子斯學習過，周武王向姜太公學習過，周公向虢叔學習過，孔子向老子學習過。這十一位聖人，如果沒有遇到過這樣的老師，他們的功業和聲譽就不能夠顯著於天下，他們的名字也就不能夠傳到後世。」《詩經》上說：「沒有過錯也不要遺忘，一切都遵循前代聖人的規章。」

【研析】為學的重要性，是儒家一貫強調的。《論語》中有一段記載：「子路使子羔為費宰。子曰：『賊夫人之子。』子路曰：『有民人焉，有社稷焉。何必讀書，然後為學？』子曰：『是故惡夫佞者。』」這裡孔子認為如果還沒有學成，是不能夠從政的；但是子路提出可以在治民、事神的過程中為學，便遭到孔子的批評。本章所說的「安國保民」，也是一種治道。能夠懂得如何去治理國家，當然也是要經過學習的，尤其是一些治國的根本，是必須要掌握了之後，才能真正地實現安國保民。

29. 德也者，包天地之大，配日月之明，立乎四時之周❶，臨乎陰陽之交，寒暑不能動也，四時不能化也，斂乎太陰而不濕❷，散乎太陽而不枯，鮮潔清明而備，嚴威毅疾而神，至精而妙乎天地之間者，德也。微❸聖人，其孰能與於此矣。《詩》曰：「德輶如毛，民鮮克舉之❹。」

【注釋】❶周　本或作「調」。❷斂乎太陰而不濕　斂，收藏。太陰，指月亮。月亮在古時被認為是水精，故云「不濕」。❸微　沒有；不是。❹德輶如毛二句　《詩經．大雅．烝民》中的句子。輶，輕。

【語譯】道德是包括了天地的廣大，配合日月的光明，立在於四季的周轉運行中，存在於陰陽的交會之中，寒冷和酷暑不能使它移動，四季不能使它發生變化，藏在月亮裡，也不能讓它濕掉，放在太陽下，也不會讓它乾枯，鮮明清潔而完備，威嚴堅毅迅速好像神靈一般，精粹至極而神妙，存在於天地之間，這就是道德。如果不是聖人，誰能夠達到這樣的境界呢。《詩經》上說：「道德就像羽毛那樣輕，但是老百姓很少能夠把它舉起來。」

【研析】「德」在儒家的觀念裡，涵容一切，而亙古不變，是一種終極的標準，永久的法則。聖人握有此德，可以平治天下，可以為萬世師表，究其實際的形式，就儒家而言，則仍然是人與人之間的基本倫理，交接之際的基本禮儀，本書中所說的已經足夠多了。

30. 如歲之旱，草不潰茂。然天勃然興雲，沛然下雨，則萬物無不興起之者。民非無仁義根於心者也，王政怵迫❶而不得見，憂鬱而不得出。聖王在，彼歷躧舄❷，視不出閤❸，而天下隨，倡而天下和，何如在此有以應哉！《詩》曰：「如彼歲旱，草不潰茂❹。」

【注釋】❶怵迫　恐懼逼迫。❷彼躧舄　見本卷第十五章注。❸閤　同「閣」。指室內。❹如彼歲旱二句　《詩經・大雅・召旻》中的句子。潰茂，茂盛。《鄭箋》：「潰茂之潰當作匯。匯，茂貌也。」

【語譯】就好像是乾旱的年頭，草就長得不茂盛。但是天空裡突然升起了雲層，下起了大雨，那麼萬物就都會興盛起來。老百姓並不是沒有仁義之念根植在心中，只是因為君王的政治使他們感到恐懼和逼迫，不能夠表現出來，心裡憂鬱不能夠表達出來。如果是聖明的君王統治天下的話，穿著禮服，拖著鞋子，視線不出房屋之外，天下就跟隨自己；提倡某件事情，天下都應和他，萬物隨著雨水而勃興，哪裡比得上這裡老百姓對於聖王的應和呢！《詩經》上說：「就好像是乾旱的年頭，草就長得不茂盛。」

【研　析】理論上而言，這一章的出發點是「仁義根於心」，實則也是孟子的「性善」之說。要使得這種仁義之性表現出來，必須有一定的社會環境，如時雨一樣降落下來，這種善性也就會像雨後的草木一樣蓬勃生長。因此，儒者是強烈期待一種聖王的統治，以期發揮人性中善的本質。

31.「道者何也？」曰：「君之所道也。」「君者何也？」曰：「群❶也，為天下萬物而除其害者謂之君。」「王者何也？」曰：「往也，天下往之謂之王。」曰：「善養生者❷，故人尊之；善辯治❸人者，故人安之；善設顯❹人者，故人親之；善粉飾❺人者，故人樂之。四統❻者具，天下往之。四統無一，而天下去之。往之謂之王，去之謂之亡。故曰：道存則國存，道亡則國亡。夫省工商，眾農人，謹盜賊，除奸邪，是所以生養之也。天子三公❼，諸侯一相，大夫擅官❽，士保職，莫不治理，是所以辯治之也。決德而定次，量能而授官，賢以為三公，賢以為諸侯，次則為大夫⑨，是所以粉飾之也。故自天子至於庶人，莫不稱其能，得其意，安樂其事，是所同也。若夫重色而成文，累味而備珍，則聖人所以分賢愚，明貴賤，故道得則澤流群生，而福歸王公。澤流群生，則下安而和；福歸王公，則上尊而榮。百姓皆懷安和之心，而樂戴其上，夫是之謂下治而上通。下治而上通，頌聲之所以興也。」《詩》曰：「降福簡簡，威儀反反。既醉既飽，福祿來反⑩。」

【注釋】❶群　聚集。《荀子・君道》作「能群」。❷善養生者　《荀子・君道》作「善生養生者」。❸辯治　治理。❹設顯　《荀子》作「顯設」，指重用人。設，任用。❺粉飾　文飾，指用衣冠來裝飾，以區分等級。❻統　原則；法則。❼三公　指太師、太傅、太保。❽擅官　指專領一官之職。擅，專。❾次則為大夫　這句下面當據《荀子》補「是所以顯設之也。修冠弁衣裳，黼黻文章，琱琢刻鏤皆有等差」二十四字。弁，禮帽。黼，禮服上所繡的半白半黑的花紋。黻，半青半黑的花紋。❿降福簡簡四句　《詩經・周頌・執競》中的句子。簡簡，盛大的樣子。反反，同「昄昄」。慎重的樣子。反，同「返」。

【語　譯】「道是什麼？」回答說：「就是國君所遵循的道路。」「什麼是國君呢？」回答說：「君就是群的意思，使大家聚在一起。為天下萬物除去災害的就是國君。」「王是什麼呢？」回答說：「就是往的意思，天下人都到他那裡去，就叫做王。」又說：「善於養育生長人民的，人民都尊敬他；善於治理人民，人民就感到安樂；善於重用人的，人們就去親近他；善於用衣服來裝飾人的，人民就感到快樂。這四種治理天下的原則具備了，天下人就都到他那裡去。如果這四種原則一項都不具備，那麼天下人都離開他。到他那裡去就叫做王，離開他就叫做滅亡。所以說：治道存在的地方國家就存在，治道消亡的地方國家就滅亡。減少工匠和商人的數量，增加農民的數量，嚴防盜賊，除去奸邪，這是生長養育老百姓的辦法。天子設有三公，諸侯設有一位卿相，大夫專領一官，士人謹守他的職責，這樣所有的事情都處理得很好，這是治理天下的辦法。依照他的德行來確定他的職務，根據他的才能授予他官職，賢能的就讓他做三公，讓他做諸侯，次一等的就讓他做大夫，這就是用來文飾他們的。所以從天子到一般的老百姓，沒有不和他的才能相稱的，沒有不合乎自己心意的，沒有不對自己所做的事情感到安定快樂的，這是大家所相同的地方。至於用各種色彩以成為文飾，用各種滋味來準備飲食，就是聖明的人用來分別賢愚，表明地位的高低的，所以遵循治道，恩澤就能夠滋潤天下的老百姓，福祉就會屬於王公。恩澤能夠滋潤天下的老百姓，那麼老百姓就會安定而和順；福祉歸於王公，那麼在上位的人就很尊貴而榮顯。老百姓都懷著安定和順的心情，就樂於愛戴他們的君上，這就叫做下面的老百姓治理得好，他們的君上也會通達。下面得到治理，上面能夠通達，這是歌頌的聲音所以興起的原因。」《詩經》上說：「上天降下盛大的福祿，祭禮的儀式隆重而又端莊。神靈已經喝醉吃飽了，福祿返回到祭祀的人。」

【研析】這一章是講君王的治道，主要來自於《荀子》的〈君道〉篇。君道即治道，是多方面的，但也有一些基本的原則，即本章中所說的「四統」，對於這「四統」的具體解釋也很清楚，養育百姓，任賢使能，制定禮儀，這些都是保證國家得以昌盛、老百姓得以安定的重要方法，但都不出於這「四統」之外。至於「四統」的核心，則是本章開頭所說的如何能夠為天下除去災害，使老百姓聚集在一起。

32. 聖人養一性而御夫氣❶，持一命❷而節滋味❸。奄❹治天下，不遺其小。存其精神，以補其中，謂之志。《詩》曰：「不競不絿，不剛不柔❺。」言得中也。

【注　釋】❶養一性而御夫氣　一性，指善性。御，治。夫氣，指浩然之氣。本或作「大氣」。❷一命　指天命。❸滋味　這裡泛指各種欲望。❹奄　覆蓋；包括。❺不競不絿二句　《詩經・商頌・長發》中的句子。絿，急躁。

【語　譯】聖人培養自己的善性而治理自己的浩然之氣，保持自己的天命而節制自己的各種欲望。治理廣闊的天下，但是也不忽略細小的地方。保存自己的精神，補充自己的中道，這就叫做志意。《詩經》上說：「不競爭也不急躁，不剛勁也不柔弱。」說的就是能夠得到中道。

【研　析】聖人治理天下，必使其能夠合乎中道，因此，善性需要培養，欲望需要節制，以此行之，巨細弗遺，逮及下民，則萬物萬事都能不偏不倚。既不違背老百姓的願望，也不滋長他們的欲望，便能夠得到太平。

33. 朝廷之士為祿，故入而不出；山林之士為名，故往而不返。入而亦能出，往而亦能返，通移有常❶，聖也。《詩》曰：「不競不絿，不剛不柔。」言得中也。

【注釋】❶通移有常　通，通達。移，移動。常，指有一定的準則。

【語譯】在朝廷中做官的士人為的是自己的俸祿，所以進入朝廷之後不離開。隱居山林中的士人是為了得到自己的聲名，所以隱居之後就不再回來出仕做官。進入朝廷之後能夠離開，隱居山林之後能夠出仕，出入往返有自己的準則，合乎道理，這是聖人。《詩經》上說：「不競爭也不急躁，不剛勁也不柔弱。」說的就是能夠得到中道。

【研析】朝廷中的官員如果只為了富貴地位而存在，那麼必然不會治理好國家；隱居山林中的人如果只為了得到隱士的虛名，那麼也必然不能得到山林之樂。只有聖人才能夠既不為富貴而出仕，也不為得到隱居的虛名而退隱，而是堅持他的原則而進退，如果國君可以輔佐以治民，那就輔佐他，在朝廷做官；如果君主不值得輔佐，那就離開他，獨善其身。

34. 孔子侍坐於季孫，季孫之宰通❶曰：「君使人假❷馬，其與之乎？」孔子曰：「吾聞君取於臣謂之取，不曰假。」季孫悟，告宰通曰：「今以往，君有取，謂之取，無曰假。」孔子曰：「正假馬之言，而君臣之義定矣。」《論語》曰：「必也正名乎❸！」《詩》曰：「君子無易由言❹。」

【注釋】❶通　季孫家臣的名字。❷假　借。❸必也正名乎　《論語・子路》中的句子。❹君子無易由言　《詩經・小雅・小弁》中的句子。易，輕易。由，於。

【語譯】孔子陪同季孫坐著，季孫的家臣叫做通的這個人對他說：「如果國君派人來借馬，可以給他嗎？」孔子說：「我聽說國君從大臣那裡拿東西叫做取，不叫做假。」季孫領悟了孔子的意思，就對他的家臣通說：「從今以後，國君來取東西，就說是取，不要說是假。」孔子說：「把『假馬』這個名目更正之後，君臣之間的名義就確定了。」《論語》中說：「那一定是糾正名分上的用詞不當吧！」《詩經》中說：「君子不要輕易地說話。」

【研析】《論語》中說「名不正則言不順」，非常重視「正名」，因此儒家有時也被稱為「名教」。司馬光在《資治通鑑》中說：「天子之職莫大於禮，禮莫大於分，分莫大於名。」又說：「惟名與器，不可以假人。」本章中所說的只是一件小事，一個用詞的區別，但是孔子卻很重視，可見「名」的確是儒家學說的重要範疇之一。

卷六

1. 比干諫而死，箕子曰：「知不用而言，愚也；殺身以彰君之惡，不忠也。二者不可，然且為之，不祥❶莫大焉。」遂解髮佯狂而去。君子聞之曰：「勞矣箕子！盡其精神，竭其忠愛，見比干之事免其身，仁知之至。」《詩》曰：「人亦有言，靡哲不愚❷。」

【注釋】❶祥　善。❷人亦有言二句　《詩經・大雅・抑》中的句子。

【語譯】比干向商紂王進諫而被殺死了，箕子說：「知道進諫的話君主不會用的，但是還是去說，這是愚蠢；聽任自己被君主殺死，而將君主的過錯彰顯出來，這是不忠誠。這兩者都不可以，但是還堅持去做，沒有比這更壞的了。」於是就解散自己的頭髮，假裝發狂離開了。君子聽說了這件事之後評論說：「箕子真是勞累啊！竭盡了他的精力和忠愛之心去侍奉商紂王，看到比干的事情之後避開死亡，這是仁愛和聰明的極致。」《詩經》上說：「古代的賢人說過這樣的話，沒有一個聰明的人看起來不像是愚笨。」

【研析】比干之死，雖然得到了前人的許多稱讚，但就今天的價值觀看來，實際上談不上有多大價值，至多可以算是一種愚忠；箕子的行為相對於比干來說，顯得更明智一些，《論語》中孔子有一句評價甯武子的話：「甯武子邦有道則知，邦無道則愚。其知可及也，其愚不可及也。」這一章裡所說的箕子佯狂，也許可以算是「不可及」的表現吧。

2. 齊桓公見小臣，三往不得見。左右曰：「夫小臣，國之賤臣也。君三往而不得見，其可已❶矣。」桓公曰：「惡❷，是何言也！吾聞之，布衣之士不欲富貴，不輕身❸於萬乘之君；萬乘之君不好仁義，不輕身於布衣之士。縱夫子不欲富貴可也，吾不好仁義不可也。」五往而得見也。天下諸侯聞之，謂桓公猶下布衣之士，而況國君乎？於是相率❹而朝，靡有不至。桓公之所以九合諸侯，一匡天下者❺，此也。《詩》曰：「有覺德行，四國順之。」

【注釋】❶已　停止。❷惡　語氣詞，表示驚訝或反對。❸輕身　輕視自己的身體，指隨意出仕。❹相率一個接一個地。❺桓公之所以九合諸侯二句　齊桓公之所以能夠多次召集諸侯的盟會，使天下一切都得到匡正。九，指多次，齊桓公糾合諸侯共十一次。匡，正。

【語　譯】齊桓公去見一個小臣，去了三次卻沒有見到。齊桓公身邊的人對他說：「小臣，是國家中地位低微的臣子。您去了三次都沒有見到他，就不要再去見他了吧。」齊桓公說：「啊，這是什麼話！我聽說過，普通的平民不想得到富貴，他不會輕易地出仕，將自己的身體交給萬乘的國君；萬乘的國君如果不愛好仁義，不會輕易地委曲自己的身體，去拜訪一個普通的平民。即使這位先生不想要富貴也是可以的，但是我不能夠不愛好仁義。」於是去了五次才得以見到。天下的諸侯聽說了這件事，認為齊桓公對於一個普通的平民都能夠委曲自己去拜訪他，何況對於國君呢？於是就一個接一個地去朝見齊桓公，沒有不來的。齊桓公之所以能夠多次召集諸侯的盟會，使天下一切都得到匡正，就是由於這個原因啊。《詩經》上說：「君王的德行高大正直，天下都會順從他。」說的就是這個道理啊。

【研　析】齊桓公三次訪問，卻不能見到一個小臣，不惜去了五次才能見到，無論從齊桓公方面來說，還是從小臣方面來說，都是重「道」的表現，不這樣去做，就不能夠顯得「道」的尊貴。這裡的「道」所指的當然也就是文章中所說的「仁義」，愛好仁義的君主，才會有愛好仁義的士人去輔佐他，尊重道的士人，才能夠不會因為要求富貴而出仕。因此，齊桓公能夠成為諸侯的霸主，這一點是相當重要的。

3.

賞勉罰偷❶，則民不怠；兼聽齊明❷，則天下歸之。然後明其分職，考其事業，較其官能，莫不理法❸。則公道達而私門塞，公義立而私事息，如是則持❹厚者進，而佞諂者止；貪戾者退，而廉節者起。〈周制〉❺曰：「先時者死無赦，不及時者死無赦。」人習事而因❻，人之事，使如耳目鼻口之不可相錯也。故曰：職分而民不慢，次定而序不亂，兼聽齊明而百事不留。如是則群下百吏莫不修己，然後敢安仕，成❼能然後敢受職。小人易心，百姓易俗，奸宄❽之屬，莫不反慤❾，夫是之為政教之極，則不可加矣。《詩》曰：「訏謨定命，遠猶辰告。敬慎威儀，惟民之則❿。」

【注釋】❶偷　苟且。❷齊明　敏捷明智。❸理法　當從《荀子》作「理治」。❹持　《荀子》作「德」。❺周制　所引的兩句話見偽古文《尚書・胤征》，原文中作：「《政典》曰：『先時者殺無赦，不及時者殺無赦。』」《孔傳》：「『政典，夏后為政之典籍。』」《荀子》作「《書》」。❻人習事而因　《荀子・君道》作「人習其事而固」。❼成　《荀子》作「誠」。❽奸宄　指壞人。由內而起叫奸，由外而起叫宄。❾慤　誠實。❿訏謨定命四句　《詩經・大雅・抑》中的句子。訏，大。謨，謀。定命，確定號令。猶，同「猷」。謀略。辰，時。

【語　譯】獎賞勤勉的人，懲罰苟且的人，那麼老百姓就不會懈怠；多方面地聽取意見，為人敏捷明智，那麼天下的人就都會順從他。然後再分別他們本分中應盡的職責，考核他們所做的事務，比較他們做官的才能，這樣一切都治理得很好。那麼公正的道理就會通達，行私請託的門路就會堵塞；公正的道義建立，私祕的事件就會止息。這樣的話，道德深厚的人就會進入朝廷做官，花言巧語的諂媚之人就不會被任用；貪婪暴戾的人就會被責退，而廉潔的人就會被起用。〈周制〉中說：「曆法中出現先於天時的事，殺死不赦免；出現後於天時的事，殺死不赦免。」人們習慣於他們所做的事，很難改變；人們所做的事情，就如同耳目口鼻一般不可以錯亂。所以說：職務有所區分，人民就不會怠慢；位次確定，順序就不會混亂；廣泛地聽取意見，敏捷明智，各種事情就不會擱置，而得到及時的處理。這樣的話，所有的官吏都會加強自己德行的修養，然後才敢安然地出仕，確實有才能，然後才敢去接受職務。品德低下的小人就會改變自己的心志，老百姓就會改變風俗，作奸犯科之徒，都會返回到誠實的狀態，這就是政治教化的極點，沒有辦法再添加什麼了。《詩經》上說：「大謀劃，定命令，長遠的謀略時時宣告。舉止行為要謹慎，人民以此作為法則。」

【研　析】國家和政治的穩定，賞罰分明是其中的一個很重要的方面。要做到這一點，就必須兼聽各方面的意見，一切都要出於公義。如果真正能夠實行的話，老百姓都知道功成受賞，勉力完成分內之事；不稱職便要受罰，也就不會再有許多妄求。則人人都能有自知之明，知道自己的能力，去做自己能夠勝任的事情，這樣社會便會逐步形成一種嚴格的秩序，就容易管理得多了。

4. 子路治蒲❶三年，孔子過之，入境而善之曰：「由恭敬以信矣。」入邑曰：「善哉！由忠信以寬矣。」至庭，曰：「善哉！由明察以斷矣。」子貢執轡而問曰：「夫子未見由而三稱善，可得聞乎？」孔子曰：「入其境，田疇草萊甚辟❷，此恭敬以信，故民盡力。入其邑，墉屋甚尊❸，樹木甚茂，此忠信以寬，其民不偷。入其庭甚閑，此明察以斷，故民不擾也。」《詩》曰：「夙興夜寐，灑掃庭內❹。」

【注釋】❶蒲 春秋時衛地。❷田疇草萊甚辟 田疇，田地。「疇」字下《文選注》引文中有「甚易」二字。易，治理。草萊，指荒地。辟，開闢。❸墉屋甚尊 墉，牆。尊，高。❹夙興夜寐二句 《詩經・大雅・抑》中的句子。庭，庭院。內，室內。

【語譯】子路治理蒲地三年，孔子經過這個地方，進了它的境內就讚美說：「仲由對待老百姓能夠恭敬而且誠信了。」走到蒲地的城裡，說：「好啊，仲由對待老百姓忠誠有信用而且寬厚了。」走到辦理公事的庭院時說：「好啊，仲由對待事情能夠觀察明白然後再進行決斷了。」子貢拿著馬轡繩，問道：「您還沒有見到仲由卻三次稱讚他好，其中的道理能夠讓我瞭解嗎？」孔子說：「進入蒲地的境內，看到田地治理得很好，荒地也得到開闢，這是對待老百姓恭敬而誠信，所以老百姓也能夠為他盡力。進入到城裡的時候，房屋的牆很高大，樹木很茂盛，這是因為仲由對老百姓忠誠有信用而且寬厚，所以老百姓做事情不苟且。走到他治所庭院裡的時候，院裡很閒暇，這說明仲由對待事情能夠觀察明白然後再進行決斷，所以老百姓沒有受到驚擾。」《詩經》上說：「早起晚睡，灑水清掃庭院和室內。」

【研析】這一章裡，除了可以看出子路的治理才能之外，還可以有一些其他的啟示。國家治理的好壞，除了看老百姓的狀態以外，從很多方面都可以直接觀察出來。孔子從蒲地的田野、屋宇、庭院的情況，就可以看出來子路對蒲地治理的好壞。由此可見，一方面，觀察者要善於發現；另一方面，治道的成功與否，也是不可以掩飾的。

5. 古者有命❶，民之有能敬長憐孤，取捨好讓，居事力❷者，命於其君，然後命得乘飾車駢馬❸。未得命者，不得乘飾車駢馬，皆有罰❹。故民雖有餘財侈❺物，而無禮義功德，則無所用。故皆興仁義而賤財利，賤財利則不爭，不爭則強不陵弱，眾不暴寡，是君之所以象典刑❻而民莫犯法，民莫犯法而亂斯止矣。《詩》曰：「質爾人民，謹爾侯度，用戒不虞❼。」

【注　釋】❶古者有命　趙善詒校作「古者必有命民」。命民，指平民受帝王賜爵者。❷居事力　做事盡力。❸然後命得乘飾車駢馬　「命」字趙校本刪去，屈守元認為「然後命」當作「命然後」。飾車，有文飾的馬車。駢馬，兩匹馬並行。❹未得命者三句　《群書治要》引作「未得命者不得乘，乘皆有罰」。❺侈　過；超過。這裡也指多餘的財物。❻是君之所以象典刑　君，《群書治要》及《太平御覽》引文皆作「唐虞」。象典刑，畫出常用的刑罰。象，畫。典，常。《說苑》引作「興象刑」，象刑，傳說在堯、舜時代，沒有肉刑，犯法的人只要穿著和平常人不同的衣服或者鞋子，表示恥辱。後說似乎更合乎文意。❼質爾人民三句　《詩經・大雅・抑》中的句子。質，一本作「告」。侯，諸侯。度，法度。不虞，意外之事。

【語　譯】古代有老百姓受到君王的賜爵，老百姓中有能夠尊敬長輩、憐恤孤苦，取捨之際能夠謙讓，做事能夠盡力的人，得到他君主的賜命，然後才能夠乘坐兩匹馬拉的有文飾的大車。如果沒有得到君主的賜命，就不能夠乘坐兩匹馬拉的有文飾的大車，如果乘坐了就要受到懲罰。所以老百姓即使有多餘的財物，但是如果行為不符合禮義，沒有功業和德行，那也沒有什麼用處。所以老百姓都能夠提倡仁義而看低財物，如果看低了財物就不會有紛爭，沒有紛爭，那麼強大的就不會欺凌弱小的，人多的就不會欺侮人少的，這樣君主只要實施象刑，老百姓就不會犯法，老百姓不犯法，那麼動亂就會停止了。《詩經》上說：「告訴你的人民，謹守你的法度，防備意外的事情發生。」

【研　析】一個社會或者國家的價值標準，對老百姓以及整個社會風氣的影響極大，因此，管理國家的重要任務之一便是能夠為它建立一種普遍認同的價值觀。如果這種價值觀以道德為上，那麼老百姓所追求的也會集中在道德上；如果以財貨為上，那麼老百姓所追求的也會集中在財富上；

如果以功勞為上，那麼老百姓的追求也便集中在立功上；如果以欺詐為上，老百姓也會處處欺詐。所以，社會風氣的好壞，價值觀幾乎占據一個核心的地位，而其實現，則主要在於居上位者的提倡和引導。本章中所說的便是這樣的道理。反觀現代社會，拜金主義及物欲的追求，已經在百姓中占據了一個主流的價值觀，經濟已經被放在第一位，這毫無疑問會導致整個社會的道德水準下降，從一個長期的目光來看，對社會的發展潛在著相當大的不利因素。

6. 天下之辯，有三至五勝❶，而辭置❷下。辯者別殊類使不相害，序異端使不相悖，輸公❸通意，揚其所謂，使人預❹知焉，不務相迷也。是以辯者❺不失所守，不勝者得其所求，故辯可觀也。夫繁文以相假，飾辭以相悖，數譬以相移，外人之身❻使不得反其意，則論便然後害生也。夫不疏其指❼而弗知謂之隱，外意外身謂之諱，幾廉倚跌❽謂之移，指緣謬辭謂之苟，四者所不為❾也，故理可同睹也。夫隱諱移苟，爭言競為而後息，不能無害其為君子也，故君子不為也。《論語》曰：「君子於其言，無所苟而已矣❿。」《詩》曰：「無易由言，無曰苟矣⓫。」

【注釋】❶三至五勝　至，極點。勝，優勝；優越。❷置　屈守元認為是「至」字同聲之訛。至，最。❸公當從孫詒讓校作「志」。❹預　同「與」。❺辯者《別錄》作「勝者」。❻外人之身　牽引人離開自己的身體，指離開辯論的主題。❼指　同「旨」。❽幾廉倚跌　幾，接近。廉，牆角；邊角。倚，偏。跌，過。這裡都是指離開論辯中心的言辭。❾所不為　孫詒讓校作「君子所不為」，當從之。❿君子於其言二句　見《論語．子路》。⓫無易由言二句　《詩經．大雅．抑》中的句子。易，輕易。由，於。苟，苟且。

【語譯】天下的辯論，有三種最好的，有五種優勝的，言辭屬於最下一等。辯論的人分別不同的類別讓它們相互之間不妨害，列舉不同的見解使它們互相之間不違背，表達人的志意，發揮他所要說的話，讓人瞭解他的看法，而不是盡力互相迷惑。所以辯論勝利的人不會失去他的立場，失敗的人也得到他想尋求的道理，所以辯論才有觀看的價值。如果互相都假借繁縟的文辭逞口舌之勞，修飾自己的文辭與對方相違背，運用眾多的譬喻相互游離，牽引人離開辯論的中心，使他不能返回他的主旨，這樣辯論雖然對於自己有利，但是禍害也因此而生。如果不疏通他的旨意，讓別人不知道，這就叫做隱藏；把意思牽扯得離開主旨就叫做避諱；使言辭離開辯論的中心叫做游移；旨意跟隨著荒謬的言辭叫做苟且。這四點是君子所不做的，所以他所說的道理大家都能夠看得到。至於隱藏、避諱、游移、苟且，大家爭著用這些方法最後才停止，不能說這對他能夠成為一個君子沒有損害，所以真正的君子是不去做的。《論語》中說：「君子對於他的言辭，沒有什麼苟且罷了。」《詩經》上說：「不要隨便地說話，不要認為說話可以馬虎。」

【研　析】辯論的真正意義，不在於勝敗，而在於明理，否則辯論便相當於是一種言辭的遊戲，只能作為一種口頭表達能力的訓練，而沒有實際的意義。只注重言辭的表達是古人所反對的。戰國時有不少好辯之士，平原君的門客公孫龍是其中一個能辯者，幾乎可以無中生有，與孔穿論「臧三耳」，孔穿對平原君說：「謂三耳甚難而實非也，謂兩耳甚易而實是也，君將從易而是者乎，其亦從難而非者乎？」平原君於是對公孫龍說：「公無復與孔子高辯事也。其人理勝於辭，公辭勝於理，終必受詘。」因此，辯論中的種種修辭手段，是儒家所極力反對的。今天我們在不同的場合可以見到辯論，甚至作為一種賽事來舉辦，實際上只是一種口舌之爭，技巧訓練，其中詭辯的成分也很多。如果從明理的角度來說，實在是談不上有什麼意義。

7. 吾語子❶：夫服人之心，高上尊貴，不以驕人；聰明聖知❷，不以幽人❸；勇猛強武，不以侵人；齊給便捷❹，不以欺誣人。不能則學，不知則問，雖知必讓，然後為知。遇君則修臣下之義，出鄉則修長幼之義，遇長老則修弟子之義，遇等夷❺則修朋友之義，遇少而賤者則修告道寬裕❻之義。故無不愛也，無不敬也，無與人爭也，曠然而❼天地苞萬物也。如是則老者安之，少者懷之，朋友信之。《詩》曰：「惠于朋友，庶民小子。子孫繩繩，萬民靡不承❽。」

【注釋】❶吾語子　這句話之前疑有脫文。❷聖知　聖，聰明睿智。知，同「智」。❸幽人　幽，《荀子》作「窮」。❹齊給便捷　都是敏捷的意思。多用來指口才好。❺等夷　和自己年輩、地位相當的人。❻告道寬裕　道，《荀子》作「導」，二者相通，教導之意。裕，《荀子》作「容」。❼而　如。❽惠于朋友四句　《詩經・大雅・抑》中的句子。惠，愛。繩繩，本或作「承承」，延續不絕的樣子。承，順承。

【語譯】我來告訴你：如果想要別人的心裡服從你，自己雖然高貴，但是不要以此對別人顯得傲慢；自己聰明睿智，但是不要使別人感到窘迫；自己勇猛有武力，但是不要去侵陵別人；自己口才敏捷，但是不要去欺騙誣枉他人。不懂的東西就去學習，不知道的東西就去請教，即使自己知道的東西也要謙讓，這樣才能夠真正的稱為知道。遇到君主就踐履臣子應該盡的義務，離開鄉里就踐履長幼之間應該實行的義務，遇到自己的長輩就踐履晚輩應盡的義務，遇到和自己年輩、地位相當的人就踐履朋友之間應該實行的義務，遇到年輕而地位低賤的人就對他進行教誨，包容他的過失。所以沒有他不愛的人，沒有他不尊敬的人，不與任何人爭執，他寬曠的襟懷就像是天地包容萬物一樣。能夠這樣的話，老年人使他安逸，少年人讓他懷念我，朋友讓他相信我。《詩經》上說：「對朋友多愛護，安撫庶民老百姓。子子孫孫能夠延續下去，人民沒有不順從的。」

【研　析】對儒家來說，真正能夠使人對自己心服口服的，並不是地位、聰明、勇力、辭辯，而是道德、禮儀。戰國時智宣子以智瑤（即智伯）為繼承人，他的族人對智宣子說：「瑤之賢於人者五，其不逮者一也。美鬚長大則賢，射御足力則賢，伎藝畢給則賢，巧文辯惠則賢，強毅果敢則賢，如是而甚不仁。夫以其五賢陵人而以不仁行之，其誰能待之？若果立瑤也，智宗必滅。」後來智伯果然被韓、趙、魏三家所滅。司馬光評論說：「智伯之亡也，才勝德也。夫才與德異，而世俗莫之能辯證，通謂之賢，此其所以失人也。夫聰察強毅之謂才，正直中和之謂德。才者，德之資也；德者，才之帥也。」可見古人所說的「以德服人」並不是一句空話，而是有其實際依據的。

8. 仁者必敬其人。敬其人有道，遇賢者則愛親而敬之，遇不肖者則畏疏而敬之。其敬一也，其情二也。若夫忠信端慤而不害傷，則無接而不然，是仁之質也。仁以為質，義以為理，開口無不可以為人法式者。《詩》曰：「不僭不賊，鮮不為則❶。」

【注釋】❶不僭不賊二句　《詩經‧大雅‧抑》中的句子。僭，差錯。賊，傷害。

【語譯】有仁德的人一定會對人恭敬。對人恭敬有方法，遇到賢能的人就愛護親近而恭敬他，遇到不賢的人就畏懼疏遠而恭敬他。他對人的恭敬是一樣的，但是他的心情是不一樣的。至於正直謹慎而沒有傷害人的心理，則是和所有人交接的時候都是一樣的，這是仁德的本質。以仁作為本質，以義作為條理，開口說話都可以作為人的準則。《詩經》上說：「沒有差錯，也不傷害他人，很少不可以作為他人的法則的。」

【研析】仁義之人，其言藹然，而又達本明理，所以易為人所接受，人們也樂意取為法式。仁者尊敬他人，雖然其心情未必一樣，但恭敬之心並無二致，恭敬之心是「禮」的本質，因此從禮的角度來說，也能夠被他人所普遍地接受。

9. 子曰：「不學而好思，雖知不廣矣。學而慢其身，雖學不尊矣。不以誠立，雖立不久矣。誠未著而好言，雖言不信矣。美材也，而不聞君子之道，隱❶小物以害大物者，災必及身矣。」《詩》曰：「其何能淑？載胥及溺❷。」

【注釋】❶隱　審核；審度。❷其何能淑二句　《詩經・大雅・桑柔》中的句子。淑，善。胥，互相。溺，沉溺。

【語譯】孔子說：「不學習而喜歡自己思考問題，即使能夠有知識，但是知識面也不會寬廣。去學習了，但是行為侮慢，即使學了，但是也不會尊貴。不用真誠來安身立命，即使能夠立足，但也不會長久。誠心還沒有顯著卻喜歡多說話，即使說了別人也不會相信他。材質雖然美好，如果沒有聽聞過成為君子的道理，對小事情細心審核，卻妨害了大事，災禍一定會降臨到他的身上。」《詩經》上說：「這樣如何能夠辦得好？大家一起溺水淹沒了。」

【研　析】孔子的幾句話，與學道有很大的關係。孔子也說過「學而不思則罔，思而不學則殆」的話，可見學思並進，學問才能有真正的進步。而學習的本質不在於獲取書面的知識，而在於能夠身體力行，因為有知識而傲慢，正好與學習的目的顛倒了。「誠」是儒學中一個核心的概念，一切都以誠心而獲得成立，如果有絲毫詐偽之心，則失之毫釐，謬以千里，因此便會「雖立不久」、「雖言不信」。天資的美好，也要靠學習「君子之道」才能夠發揮作用。因此這一章實際上所說的都是與學習相關的各種事情。

10. 民勞思佚，治暴思仁，刑❶危思安，國亂思天。《詩》曰：「靡有旅力，以念穹蒼❷。」

【注　釋】❶刑　法度。❷靡有旅力二句　《詩經‧大雅‧桑柔》中的句子。旅，通「膂」。膂力，體力。穹蒼，指天。

【語　譯】老百姓勞苦的時候就會思念安逸，政治殘暴就會思念仁君，法度危險就會思念安定，國家混亂就會思念上天，希望得到拯救。《詩經》上說：「沒有體力，思念上天希望得救。」

【研　析】老百姓的目標其實是很明確的，就是能夠安居樂業。如果國家的政治能夠做到這一點，他們就會好好地生活下去，如果做不到這一點，就會生起民怨，甚至會窮極思亂。因此，統治者真正能夠將老百姓的這種想法放在第一位，就不愁不能將國家治理好。

11. 問者曰：「古之謂知道者曰先生，何也？」「猶言先醒也。不聞道術之人，則冥❶於得失，不知亂之所由，眊眊❷乎其猶醉也，故世主有先生❸者，有後生者，有不生者。昔者楚莊王謀事而居❹，有憂色，申公巫臣❺問曰：『王何為有憂也？』莊王曰：『吾聞諸侯之德，能自取師者王，能自取友者霸，而與居❻不若其身者亡。以寡人之不肖也，諸大夫之論莫有及於寡人，是以憂也。』莊王之德宜君人，威服諸侯，日猶恐懼，思索❼賢佐，此其先生者也。昔者宋昭公出亡，謂其御曰：『吾知其所以亡矣。』御者曰：『何哉？』昭公曰：『吾被服而立，侍御者❽數十人，無不曰吾君麗者也。吾發言動事，朝臣數百人，無不曰吾君聖者也。吾外內不見吾過失，是以亡也。』於是改操易行，安義行道，不出二年，而美聞於宋。宋人迎而復之，諡為昭，此其後生者也。昔郭❾君出郭，謂其御者曰：『吾渴欲飲。』御者進清酒。曰：『吾飢欲食。』御者進乾脯粱糗❿。曰：『何備也？』御者曰：『臣儲之。』曰：『奚儲之？』御者曰：『為君之出亡而道飢渴也。』曰：『子知吾且⑪亡乎？』御者曰：『然。』曰：『何不以諫也？』御者曰：『君喜道諛⑫而惡至言⑬，臣欲進諫，恐先郭亡，是以不諫也。』郭君作色而怒曰：『吾所以亡者誠何哉？』御轉其辭曰：『君之所以亡者，太賢。』曰：『夫賢者所以不為存而亡者，何也？』御曰：『天下無賢而獨賢⑭，是以亡也。』伏軾而嘆⑮曰：『嗟乎，失賢人者如此乎？』於是身倦力解⑯，枕御膝而臥，御自易以備⑰，疎行⑱而去。身死中野⑲，為虎狼所食，此其不生者。故先生者當年霸，楚莊王是也；後生者三年而復，宋昭公是也；不生者死中野，為虎狼所食，郭君是也。有先生者，後生者，有不生者。」

《詩》曰：「聽言則對，誦言如醉⑳。」

【注釋】①冥　暗，指不明事理。②眊眊　眼睛看不清楚。③生　賈誼《新書》中作「醒」，以下皆同。④居當：恰當。《禮記．王制》注：「居，當也。」據屈守元說。⑤申公巫臣　春秋時楚國人，姓屈，名巫，一名巫臣，封申公。⑥與居　在一起相處。居，處。⑦索　求。⑧侍御者　在旁服侍的人。⑨郭　《新書》作「虢」，號為春秋時小國。⓾乾脯粱糗　乾脯，乾肉。粱，當作粱，穀物。糗，乾糧。⓫旦　字當作「且」。將要。⓬道諛　即諂諛，王念孫說。⓭至言　直言。⓮獨賢　趙懷玉校本作「君獨賢」。⓯伏軾而嘆　周廷寀校本前有「郭君喜」三字。軾，車前的橫木，可以憑靠。⓰解　通「懈」。疲倦。⓱備　《新書》作塊，土塊。⓲疎行　間行；潛行。疎，同「疏」。⓳中野　野中；田野之中。⓴聽言則對二句　《詩經・大雅・桑柔》中的句子。聽言，順從的話。對，回答。誦言，勸告的話。

【語　譯】問話的人說：「古時候稱呼懂得道理的人叫做先生，這是為什麼呢？」回答說：「這就相當於說是先覺醒的人。不懂得道術的人，對於得失對錯就不明瞭，不知道國家混亂的原因，眼睛迷迷糊糊地好像是喝醉了酒一樣，所以歷代君主中有先覺醒的，有後覺醒的，有不覺醒的。以前楚莊王圖謀事情很恰當，但是臉上卻有憂慮的顏色，申公巫臣問他說：『君王為什麼有憂愁呢？』楚莊王說：『我聽說諸侯的道德，能夠自己找到老師的，可以統一天下；能夠自己找到朋友的，可以稱霸諸侯；和不如自己的人在一起相處的便會滅亡。我這樣一個不賢的人，諸位大夫的議論卻沒有一個能夠比得上我的，所以我感到憂愁。』楚莊王的德行適合做君主，威嚴能夠懾服諸侯，每天還感到恐懼，想著去尋求一些能夠輔佐自己的賢臣，這是先覺醒的人。以前宋昭公從國內逃亡，對他駕車的人說：『我知道自己亡國的原因了。』駕車的人說：『是什麼呢？』宋昭公說：『我穿著衣服站立，在身邊侍候我的人有幾十個，沒有一個不說國君美麗的。我說一句話，做一件事，朝廷中的大臣幾百人，沒有一個不說國君是聖人的。我在內在外都看不到自己的過失，這是我亡國的原因。』於是改變自己的操守和行為，在義理之中感到安定，做事合乎道理，不到兩年的時間，美好的聲譽傳遍整個宋國。宋國人又將他迎回國內做國君，去世後諡號為昭，這是後來覺醒的人。以前虢國的國君從虢國出逃，對駕車人說：『我渴了，想喝點東西。』駕車人進奉清酒給他喝。虢君又說：『我餓了，想吃東西。』駕車人進奉了乾肉乾糧。虢君問：『怎麼這麼完備？』駕車人說：『這是我平時存儲的。』虢君問：『為什麼存儲呢？』駕車人說：『我是為了君主在出逃時路上飢渴而存儲的。』虢君問：『你知道我要逃亡嗎？』駕車人說：『是的。』虢君說：『你為什麼不向我進諫呢？』駕車人說：『您喜歡逢迎諂媚的話而討厭切直的話，我想進諫，但是恐怕會在虢國滅亡之前死掉，所以沒有進諫。』虢君變了臉色而發怒說：『我滅亡的原因到底是什麼呢？』駕車人轉變了他的言辭說：『您滅亡的原因，是因為太賢能。』虢君說：『賢能的人不能夠保存自己的國家，反而滅亡了，這是什麼原因呢？』駕車人說：『國家沒有賢人，只有國君一個人賢能，所以就滅亡了。』虢君伏在車前的橫木上嘆息說：『啊，失去賢人的人竟然到了這樣的地步嗎？』這時他的身體很疲倦，就枕在駕車人的膝上睡了。駕車人將虢君所枕的自己的膝蓋換成土塊，悄悄地離開了。虢君死在田野之中，屍體被虎狼吃掉了，這是不覺醒的人。所以先覺醒的人在當年就可以稱霸諸侯，楚莊王就是這樣的人。後覺醒的人三年以後可以復位，宋昭公就是這樣的人。不覺醒的人死在田野之中，屍體被虎狼吃掉，虢君就是這樣的人。有先覺醒的人，有後覺醒的人，有不覺醒的人。」《詩經》上說：「聽到順從你的話你就回答，聽到勸告你的話就像喝醉酒一樣不加理睬。」

【研　析】從這一章裡，可以看到國君也可以分為幾等，有先覺醒的，有後覺醒的，有不覺醒的，這也是國君賢能與否的標誌。所謂覺醒，實則是對於自己的才能和不足，有一個清醒的認識。楚莊王知道自己的才能有所不足，而大臣們的才能又很難治理好國家，所以不斷地尋求賢才，所以稱霸諸侯。宋昭公在自己失位以後才意識到自己的不足和大臣的附和，然後能改弦易轍，力求善道，因此能夠復國。虢君卻在逃亡之時還認為自己是賢能的人，至死不知道自己的過錯和不足，這樣的人便無可救藥，國家的滅亡也屬於必然。統治者可以從這裡吸取一些教訓，首先要意識到自己即使有才能，也要不斷尋求能夠輔佐自己治理的人，虛心地吸取意見，那樣便能夠治理得越來越好；相反，如果自以為是，好聽諂諛之言，邪臣日進，不見己過，那麼國家一定會江河日下。

12. 田常弒簡公❶。乃盟于國人曰：「不盟者死及家。」石他❷曰：「古之事君者，死其君之事，舍君以全親，非忠也；舍親以死君之事，非孝也。他則不能。然不盟，是殺吾親也；從人而盟，是背吾君也。嗚呼，生亂世，不得正行，劫乎暴人，不得全義，悲夫！」乃進盟以免父母，退伏劍❸以死其君。聞之者曰：「君子哉！安之，命矣。」《詩》曰：「人亦有言，進退惟谷❹。」石先生之謂也。

【注釋】❶田常弒簡公　田常，即陳恆，陳氏先祖奔齊後改姓田氏，田常即田恆，避漢文帝諱改「恆」為「常」。簡公，春秋時齊國國君。❷石他　《新序》作「石他人」。❸伏劍　以劍自殺。❹人亦有言二句　《詩經・大雅・桑柔》中的句子。谷，同「穀」。善。

【語　譯】田常殺掉了齊簡公。和國內的人盟誓說：「不參加盟誓的人，他的家人也要被處死。」石他說：「以前侍奉國君的人，為他的國君的事情獻出生命。捨棄國君而保全自己的親人，這是不忠誠；捨棄親人而為國君的事犧牲，這是不孝順。我不能做這樣的事。但是不參加盟誓，就等於殺了我的親人；跟隨著別人參加盟誓，就是背叛我的君主。哎，生在這樣一個混亂的時代，不能夠按照正道行事，受到殘暴之人的脅迫，不能夠保全正義，悲哀啊！」於是就進去參加盟誓，保全自己的父母，回來之後以劍自殺，為國君而犧牲。聽說了這件事的人說：「石他是君子啊！能夠安然去做這一點，這也是天命。」《詩經》上說：「有人說過這樣的話，前進或者後退都處理得很好。」說的就是石先生啊。

【研　析】石先生的行為，是處於忠孝兩難之際的一種處理方法。這種方法是否可取，仍然是一個未知數。如果從古人嚴格的標準來看，既然參預了田常的盟會，那已經構成了對國君的不忠，並不一定能夠靠著一死而洗脫這一罪名。況且，古人所謂的「孝」裡面所包含的奉養其親的內容，在自己一死之後，父母即使能夠保全，卻不能夠得到他的奉養，則「孝」的成分本身也就有缺失了。所以，如果這一方法真的能夠解決古人所謂「忠孝不能兩全」的問題，那麼遇到這種問題便容易解決得多了。不過，無論如何，就石先生的本心而言，還是值得嘉許的。

13.《易》曰：「困于石，據于蒺藜。入于其宮，不見其妻，凶❶。」

此言困而不見據賢人者也。昔者秦穆公困於殽，疾據五羖大夫、蹇叔、公孫支而小霸❷；晉文困於驪氏，疾據咎犯、趙衰、介子推而遂為君❸；越王句踐困於會稽，疾據范蠡、大夫種而霸南國❹；齊桓公困於長勺，疾據管仲、甯戚、隰朋而匡天下❺。此皆困而知疾據賢人者也。夫困而不知疾據賢人，而不亡者，未嘗有之也。《詩》曰：「人之云亡，邦國殄瘁❻。」無善人之謂也。

【注釋】❶困于石五句　《周易・困・六三》的爻辭。❷秦穆公困於殽二句　殽，山名，秦穆公在此為晉國軍隊所敗。五羖大夫，即百里奚，春秋時虞國人，晉滅虞，被俘；逃至宛，又為楚國人所執，秦穆公聞其賢，以五張羊皮贖之，授以國政，故號為五羖大夫。蹇叔，秦國大夫，殽之戰以前，蹇叔曾勸阻秦穆公。公孫支，《左傳》作公孫枝，秦國大夫，曾薦孟明於秦穆公。疾據，趕快依靠。❸晉文困於驪氏二句　晉文，即晉文公，名重耳，晉獻公次子。驪氏，即驪姬，晉獻公寵愛驪姬，殺太子申生，重耳出奔，在外十九年。咎犯，即狐偃，重耳的舅舅，隨重耳出奔。趙衰，隨重耳出奔，回國後輔佐晉文公成就霸業。介子推，也稱介之推，曾從重耳出奔，回國後，晉文公賞從者，不及介子推，遂與其母隱於綿山，文公尋求不得，焚山，介子推不出而死。❹越王句踐困於會稽二句　春秋時越王句踐，其父允常為吳王闔廬所敗，句踐擊敗闔廬；闔廬之子吳王夫差復仇，困句踐於會稽山。句踐求和，後用范蠡、文種（即大夫種）之策滅吳。范蠡、文種皆越大夫。❺齊桓公困於長

勺二句　齊桓公在長勺為魯國所敗。甯戚，春秋時衛國人，為人挽車飯牛，扣牛角而歌，齊桓公聞而異之，命管仲迎以為卿。隰朋，春秋時齊大夫，佐齊桓公成霸業。❻人之云亡二句　《詩經・大雅・瞻卬》中的句子。人，指賢人。云，語詞。亡，逃亡。殄瘁，病困。

【語　譯】《周易》裡面說：「在亂石裡受困，依附在蒺藜之上。回到家裡，看不到自己的妻子，是不祥之兆。」這裡說的是受困卻沒有賢人可以依據。以前秦穆公在殽山被晉國軍隊打敗了，立刻就依靠百里奚、蹇叔、公孫支的輔佐而稱霸；晉文公被驪姬所迫害出奔，立刻依靠咎犯、趙衰、介子推的協助，回國之後做了國君；越王句踐在會稽山被吳王夫差所敗，立刻依靠范蠡、文種的輔佐，滅亡了吳國，在南方稱霸；齊桓公在長勺之戰中被魯國打敗，立刻依靠管仲、甯戚、隰朋的輔佐而稱霸諸侯，匡正天下。這些都是受困之後而知道立刻去依據賢人的人。如果受困之後不知道立刻去依據賢人，卻沒有滅亡的，還沒有過。《詩經》上說：「賢人都逃走了，國家也就遭受病困了。」這裡說的就是國家沒有賢人的意思。

【研　析】賢人是國家最重要的財富，得到他們就可以國家昌盛，失去他們必將國破家亡。這一章裡所舉的四個例子都意在說明這一問題：「困而不知疾據賢人，而不亡者，未嘗有之也。」但是就國君而言，如何能夠識別賢人、得到賢人則是一個大問題，就大多數國君而言，他所任用的大臣，都是他認為的賢人，但事實上便有很多都是對國家造成危害的人。求賢的道理是易於明瞭的，但是得賢的結果卻是不容易辦到的。

14. 孟子說齊宣王而不說❶。淳于髡❷侍，孟子曰：「今日說公之君，公之君不說，意者其未知善之為善乎？」淳于髡曰：「夫子亦誠無善耳。昔者瓠巴鼓瑟❸，而潛魚出聽；伯牙鼓琴，而六馬仰秣❹。魚馬猶知善之為善，而況君人者也？」孟子曰：「夫電雷之起也，破竹折木，震驚天下，而不能使聾者卒有聞。日月之明，偏照天下，而不能使盲者卒有見，今公之君若此也。」淳于髡曰：「不然。昔者揖封生高商❺，齊人好歌。杞梁之妻悲哭❻，而人稱詠。夫聲無細而不聞，行無隱而不形。夫子苟賢，居魯而魯國之削，何也？」孟子曰：「不用賢，削何有❼也？吞舟之魚，不居潛澤❽；度量之士❾，不居汙世。夫蓺❿冬至必雕，吾亦時矣。《詩》曰：『不自我先，不自我後⓫。』非遭雕世者歟！」

【注釋】❶說　同「悅」。❷淳于髡　姓淳于，名髡，齊之辯士。❸瓠巴鼓瑟　瓠巴，傳說中擅長鼓瑟的人。瑟，古樂器，相傳伏羲氏所作，有五十弦，黃帝改為二十五弦。❹伯牙鼓琴二句　伯牙，傳說中長於彈琴的人，本書卷九中也有記載。六馬，古代天子之車駕六匹馬。一說馬有六類，這裡指代所有的馬。秣，馬吃的飼料。

仰秣，馬本來應該俯下頭吃飼料，因為聽到的美妙的音樂，竟然仰起頭來吃。一說馬仰頭噴氣。❺揖封生高商　揖封，人名，《孟子》作「綿駒」。高商，地名，屬齊國，《孟子》作「高唐」。❻杞梁之妻悲哭　杞梁，齊國大夫。齊莊公伐莒，杞梁戰死，其妻對著城而哭，城崩。❼何有　反問語氣，表示沒有什麼。❽潛澤　地下的水流。❾度量之士　指有法度的士人。❿蓺　同「藝」。泛指種植的植物。⓫不自我先二句　《詩經・大雅・瞻卬》中的句子。

【語　譯】孟子遊說齊宣王，齊宣王不高興。淳于髡在一旁侍立，孟子說：「今天我遊說你的國君，你的國君不高興，我推想大概他不知道好與不好的分別吧？」淳于髡說：「您也確實沒有什麼好的地方。以前瓠巴在彈奏瑟的時候，潛伏在水中的魚都浮出水面來聽；伯牙彈琴的時候，馬都仰起頭來吃飼料。魚和馬尚且知道好與不好，何況是治理人的國君呢？」孟子說：「閃電、雷鳴出現的時候，竹子都震破了，樹木都折斷了，天下人都感到震驚，但是終究不能夠使聾子聽到。太陽和月亮的光明，普天之下都能夠照到，但是終究不能夠讓瞎子看到，現在你的國君就像是聾子和瞎子一樣。」淳于髡說：「不是這樣的。以前揖封生活在高商，齊國的人都喜歡歌唱。杞梁的妻子悲傷地哭泣，人們都稱讚她。聲音無論多麼細微，沒有聽不見的；行為無論多麼隱蔽，沒有不顯露出來的。您如果真的是賢能的人，居住在魯國而魯國卻削弱了，這是為什麼呢？」孟子說：「不任用賢人，削弱又算什麼呢？能夠吞下船的大魚，不會居處在地下的水流中，講求法度的人不居住在混濁的時代。植物在冬天來的時候一定會凋謝，我也如同植物一樣處在一個凋謝的時代罷了。《詩經》上說：『不發生在我生前，也不發生在我死後。』這裡說的不是遇到了一個凋謝的時代嗎？」

【研析】在孟子和淳于髡的辯論中，實際上各有各的道理。兩個人都是用比喻或者比擬的方法來說明問題。按照淳于髡的說法，魚、馬都能夠分別好壞，國君又怎麼會不能分別好壞呢？他認為是孟子沒有能夠表現出好的東西來。照孟子的比喻來說，自己所說的好壞已經和雷電一樣清楚了，可是齊宣王卻像聾盲一樣看不見、聽不到。淳于髡又用揖封和杞梁之妻來比擬，認為凡有賢行，就不會沒有人發現他，但是孟子居於魯國，卻不能夠表現出一個賢者的才能。孟子最後的論說將這一點歸結為沒有人任用他。兩個人的辯論看似非常激烈，但實際上並不在一個層面上。淳于髡所說的優點必須是一種特別明顯、通過感官就可以得知的優點，並且一施行馬上就可以見效；孟子所說的可能只是在自己的學術體系中涇渭分明的善惡，並不是能夠靠耳目的直觀便能夠分別的優點，是要經過一番思考的工夫才能得到的，並且也不能夠馬上見效，而是長期才能見到的效果。

15. 孔子曰：「可與言終日而不倦者，其惟學乎！其身體不足觀也，勇力不足憚也，族姓❶不足稱也，宗祖❷不足道也，而可以聞於四方，而昭於諸侯者，其惟學乎！《詩》曰：「不愆不忘，率由舊章❸。」夫學之謂也。

【注釋】❶族姓　氏族；宗族。❷宗祖　指祖先。❸不愆不忘二句　《詩經・大雅・假樂》中的句子。愆，過失。率，遵循。

【語譯】孔子說：「可以和人談論一整天而不覺得疲倦的，大概只有學問吧！他的身體是沒有什麼值得觀看的，他的勇敢和力量是不值得畏懼的，他的宗族是沒有什麼可以稱許的，祖先之中也沒有什麼值得稱道的，這樣的人卻可以使自己的聲譽傳播到四面八方去，而在諸侯之中顯著，大概只有學問才能夠達到這樣吧！」《詩經》上說：「沒有過錯也不要遺忘，一切都遵循前代聖人的規章。」說的就是學問啊。

【研析】學問之所以在古代儒者的心目中特別受到重視，是因為它是超脫於人的地位、勇力、形體之外的東西，是一種形而上的力量。通過對於學問的掌握，便可以在道德上超出儕輩，可以為帝王之師，這種尊貴，並不是世俗中的尊貴可以比擬的。另一方面，學也所以成德，古人的學問與今天也不太相同，學問是一種內省的東西，而不能夠完全用物質來衡量，但它與學者本身又是結合在一起的，說到底仍是一個人的道德和人格。在古代重視道德的社會裡，它的地位當然會被看得很高。

16. 子曰：「不知命，無以為君子❶。」言天之所生，皆有仁義禮智順善之心。不知天之所以命生，則無仁義禮智順善之心，無仁義禮智順善之心，謂之小人。故曰：「不知命，無以為君子。」〈小雅〉曰：「天保定爾，亦孔之固。」❷言天之所以仁義禮智保定人之甚固也。〈大雅〉曰：「天生烝民，有物有則。民之秉彝，好是懿德❸。」言民之秉德，以則天也。不知所以則天，又焉得為君子乎？

【注釋】❶不知命二句　見《論語・堯曰》。❷天保定爾二句　《詩經・小雅・天保》中的句子。保，安。孔，很。固，堅固。❸天生烝民四句　《詩經・大雅・烝民》中的句子。烝，眾。物，事物。則，法則。秉，秉賦；把握。彝，常；常理。懿，美。

【語譯】孔子說：「不知道天命，就不能夠成為君子。」說的是天所賦予的生命，都有仁、義、禮、智以及從善之心。不知道天為什麼賦予人生命，就沒有仁、義、禮、智以及從善之心，沒有仁、義、禮、智以及從善之心，就是沒有品德的小人。所以說：「不知道天命，就不能夠成為君子。」《詩經・小雅》中說：「上天安定你，是很堅固的。」說的是上天用仁、義、禮、智來安定人，是很堅固的。《詩經・大雅》中說：「上天生育眾民，萬物都有法則。人民把握常理，喜歡美好的品德。」說的是人民把握的道德，是以天為法則的。不知道如何去以天為法則，怎麼能夠做君子呢？

【研析】天所賦予人的善性，即是仁、義、禮、智之心，順從它們便成為君子，不順從它們便是小人；能夠順從它們並且擴充它們，則成為可以王天下的聖人，這是孟子學說的核心。本章中所說的「命」，便是天所賦予人的善性，這和孔子所說的「不知命」的內涵可能並不一樣，孔子也說過「五十而知天命」，在《論語》裡，「不知命」的「命」是指天命、命運，與天之所賦予人的「仁義禮智」是兩回事，本章所說的意思是一種引申的發揮。

17. 王者必立牧❶，方二人，使闚遠牧眾也。遠方之民有飢寒而不得衣食，有獄訟而不平其冤，失賢而不舉者，入告乎天子。天子於其君之朝也，揖而進之曰：「噫！朕之政教有不得爾者邪？何如乃有飢寒而不得衣食，有獄訟而不平其冤，失賢而不舉？」然後其君退而與其卿大夫謀之。遠方之民聞之，皆曰：「誠天子也。夫我居之僻❷，見我之近也。我居之幽，見我之明也，可欺乎哉！」故牧者所以開四目，通四聰❸也。《詩》曰：「邦國若否，仲山甫明之❹。」此之謂也。

【注釋】❶牧　指治理九州的地方長官。❷僻　遠。❸開四目通四聰　開四目，指眼睛能夠看到四方的事物。通四聰，指能夠聽聞到四方所發生的事情。通，通達。聰，指耳朵敏銳。❹邦國若否二句　《詩經・大雅・烝民》中的句子。邦國，指國內的政事。若，善。否，不善。仲山甫，周宣王時的大臣。

【語　譯】天子一定會設立管理地方的長官，每一個諸侯的地方設立兩個人，讓他們監視邊遠地區，管理當地的老百姓。遠方的老百姓飢餓寒冷而得不到衣食的，有訴訟之時為他們的冤屈而感到不平的，有賢能的人沒有被推舉出來的，這些人就去告訴天子。天子在他們的國君去朝見天子的時候，作揖行禮，請他們進來，說：「唉！我的政治和教化有不恰當的地方嗎？為什麼會有老百姓飢餓寒冷而得不到衣食，有訴訟之時為他們的冤屈而感到不平，有賢能的人沒有被推舉出來？」然後他們的國君退回自己的國家，和他的卿、大夫謀劃這些事情。遠方的老百姓聽說了這件事，都說：「這真是一個聖明的天子。我居住得這麼遠，他卻看到我們的生活，好像很近一樣。我居住的地方是這樣幽隱，他卻看到我們的生活是這樣的明白，這樣的天子怎麼能夠欺騙呢！」所以地方的長官是用來打開看到四方的眼睛，通達四方的見聞的。《詩經》上說：「國家政事的好壞，仲山甫都很明白。」說的就是這個道理。

【研析】有飢寒而不得衣食，有獄訟而不平其冤，失賢而不舉，這些都是治理國家中的重大的過失，天子能夠重視這些過失，反省自己的不足，而讓諸侯國的君臣都能夠改正這種過失，這樣才能得到老百姓的信任和愛戴。這一章裡所說的是「開四目，通四聽」，下情得以上達，如果上下之情不通，即使天子想有所作為，卻不能夠及時瞭解民情，那樣的話，想治理天下而得到百姓的愛戴，就很難了。

18. 楚莊王伐鄭，鄭伯肉袒❶，左把茅旌❷，右執鸞刀❸，以進言於莊王曰：「寡人無良邊陲之臣❹，以干大禍❺，使大國之君沛焉❻，遠辱❼至此。」莊王曰：「君子不令臣交易為言❽，是以使寡人得見君之玉面❾也，而微至乎此❿。」莊王受節，左右麾⓫楚軍退舍七里。將軍子重⓬進諫曰：「夫南郢⓭之與鄭，相去數千里，大夫死者數人，廝役⓮死者數百人，今克而弗有，無乃失民臣之力乎？」莊王曰：「吾聞古者杅⓯不穿，皮不蠹⓰，不出於四方⓱，以是⓲君子之重禮而賤財也。要⓳其人，不要其土。人告以從而不舍，不祥也。吾以不祥立乎天下，災及吾身，何取之有？」既，晉之救鄭者⓴至，曰：「請戰。」莊王許之。將軍子重進諫曰：「晉，強國也，道近兵銳，楚師奄罷㉑，君其勿許。」莊王曰：「不可。強者我避之，弱者我威之，是寡人無以立乎天下也。」乃遂還師以逆㉒晉寇。莊王援桴㉓而鼓之，晉師大敗，士卒奔者爭舟，而指可掬也。莊王曰：「嘻！吾兩君不相好，百姓何罪？」乃退楚師，以佚㉔晉寇。《詩》曰：「柔亦不茹，剛亦不吐㉕。」

【注釋】❶鄭伯肉袒　鄭伯，鄭襄公。肉袒，脫去上衣，露出身體，表示服罪。❷茅旌　茅，同「旄」。牛尾，用作旗上的裝飾，這裡借指旗。旌，旗。旗可以做信物，以迎接賓客。鄭伯這裡自比為迎接賓客的官。❸鸞刀　繫有鈴鐺的刀稱為鸞刀，祭祀時候切割所用。鄭伯執鸞刀的意思是說國家將要滅亡，宗廟將無人祭祀，自首而請楚國裁決。❹無良邊陲之臣　無良，不善，指有罪過。邊陲之臣，指楚國守衛邊疆的大臣。鄭伯不說得罪了楚莊王，而說得罪了他的邊疆大臣，是一種謙辭。❺干大禍　干，犯。大禍，周、趙校本皆作「天禍」。❻沛焉　指發怒的樣子。❼辱　謙辭，指對方來到這裡是一種屈辱。❽君子不令臣交易為言　君子，《公羊傳》作「之」。令，善。交易，往來。言，說壞話。這是楚莊王的謙辭。❾玉面　是對鄭伯的尊稱。❿微至乎此　稍稍進入這裡。微，略；稍微。⓫麾　指揮。⓬子重　楚公子嬰齊，字子重。⓭南郢　指楚國的都城郢。⓮廝役　割草的叫廝，汲水的叫役。這裡泛指軍隊裡做一些低賤工作的人。⓯杅　盛湯漿的器皿。⓰蠹　朽壞。⓱不出於四方　不去朝聘或者征伐。朝聘征伐都需要耗費一定的財物，而杅不穿，皮不蠹，表示財力不足；杅穿皮蠹，則是因為這些器物長期積累不用以致損壞，表示財力有餘。⓲以是　《新序》中作「以是見」。⓳要　求。⓴晉之救鄭者　晉國派荀林父來救鄭。㉑奄羆　奄，久。羆，通「疲」。㉒逆　迎擊。㉓桴　鼓槌。㉔佚　同「逸」。逃逸。㉕柔亦不茹二句　《詩經・大雅・烝民》中的句子。茹，吃。

【語　譯】楚莊王攻打鄭國，鄭襄公脫去上衣服罪，左手拿著旌旗，右手拿著鸞刀，對楚莊王說：「我得罪了您防守邊疆的大臣，觸犯了上天，使它給我降下大禍，讓您這一位大國的君主生氣，屈尊來到這麼遠的地方。」楚莊王說：「您的不好的大臣往來說壞話，使我能夠得以見到您，稍稍進入到這裡。」楚莊王接受了鄭伯的旌節，讓左右指揮楚軍退後七里休息。將軍子重向楚莊王進諫說：「郢都和鄭國之間相距有幾千里，在這次戰鬥中我們戰死的大夫有好幾個人，士兵死了幾百人，現在攻取了鄭國卻不占有它，豈不是白白地浪費了老百姓和大臣們的力氣嗎？」楚莊王說：「我聽說古時候盛湯的器皿不破，皮革不朽壞，國家財物還不夠豐足的情況下，不到四方去朝聘征伐，這樣可以顯示出君子看重禮儀而輕視財物。所求的是人，而不是他的土地。如果人已經服從我了，我卻還不赦免他的罪過，這是不吉祥的。我以不吉祥的作為而自處，災禍就會降臨到我的身上，還能夠從別人那裡取得什麼呢？」過了一段時間，晉國來救鄭國的軍隊到了，向楚莊王請求一戰，楚莊王答應了。將軍子重向楚莊王進諫說：「晉國是強國，離這裡很近，兵力精銳，楚軍疲勞已久，您還是不要答應他。」楚莊王說：「那樣不行。強大的我就避讓他，弱小的我就威脅他，這會讓我無法自立於天下。」於是率領軍隊回頭迎擊晉軍，楚莊王親自擊鼓進軍，晉軍大敗，逃跑的士兵爭著上船，扳船的手指被砍下，船裡的手指可以用手捧起來。楚莊王說：「唉，我們兩國的國君不友好，老百姓有什麼罪過？」就命楚軍退兵，讓晉國的軍隊逃逸。《詩經》上說：「軟的東西不吃掉，硬的東西不吐掉。」

【研　析】這一章裡通過讚美楚莊王，表明了鄰國之間所應該持有的態度。楚莊王是春秋五霸之一，春秋時候的霸主，雖然孟子說他們是「三王之罪人」，但是春秋時稱霸諸侯的君主，並不完全靠武力，除了其武力強盛之外，他們也尊禮重信，如帶領諸侯朝見周天子，調停諸侯之間的紛爭等等，即使從儒家的角度來看，仍然是有其可取之處的。楚莊王在鄭襄公已經臣服自己的情況下，並不占領他的土地；在晉國軍隊來威逼自己的情況下，並沒有因為晉國的強大而退縮，晉軍被打敗之後，也並不窮追不捨，這些都說明了在春秋時期，禮義仍然在一定程度上有所保持的；而到了戰國之時，便完全不同了，才真正成為了武力詐術的鬥爭。所以，這裡對於楚莊王的讚美，也是可以接受的。

19. 君子崇人之德，揚人之美，非道諛❶也。正言直行，指人之過，非毀疵❷也。詘❸柔順從，剛強猛毅，與物周流，道德不外。《詩》曰：「柔亦不茹，剛亦不吐。不侮矜寡，不畏強禦❹。」

【注釋】❶道諛　諂諛。❷毀疵　詆毀挑剔。❸詘　同「屈」。❹柔亦不茹四句　《詩經・大雅・烝民》中的句子。侮，欺侮。矜，同「鰥」。鰥夫。寡，寡婦。強禦，強橫之人。

【語譯】君子尊崇別人的道德，稱揚別人的優點，這不是拍馬奉承。語言端正，行為正直，指責別人的過錯，這不是詆毀挑剔。有時順從他人，有時剛強果敢，和萬物一起運行，不出於道德的範圍之外。《詩經》上說：「軟的不把它吃掉，硬的也不吐掉。不欺侮鰥夫寡婦，不畏懼強暴的人。」

【研析】對他人的讚揚或批評，如果出於誠心，不是出於阿諛奉承以及惡意中傷，則自己不失為君子，他人也容易接受。真誠的讚揚和批評在親友之間還比較容易實行，但是如果讚揚地位比自己高的人，或是批評與自己不和的人，便容易引起誤解，所以做起來還是有一定的難度的，只有真正剛毅強力的人才能做到。事實上，這也是雙方面的事，其效果也取決於被讚揚和被批評者的態度。就一般人而言，都比較喜歡他人對自己的讚揚，而直言批評他人的人卻往往會受到他人的排斥和嫉恨，如歷史上一些耿直的大臣，最後大多會因此受到君主的疏遠或貶謫。但實際上，過多的讚揚對於虛心求進步的人來說，是沒有多少幫助的，孔子說：「回也非助我者也，於吾言無所不悅。」而遇到批評他的人就說：「丘也幸，茍有過，人必知之。」《論語》裡也記載子路「聞過則喜」，對於孔子、子路這樣的人來說，直言其過倒是受到歡迎的，因此古人追求一種「君子之交」。

20. 衛靈公晝寢而起，志氣益衰，使人馳召勇士公孫悁，道遭行人卜商❶。卜商曰：「何驅之疾也？」對曰：「公晝寢而起，使我召勇士公孫悁。」子夏曰：「微❷悁而勇若悁者，可乎？」御者曰：「可。」子夏曰：「載我而反。」至，君曰：「使子召勇士，何為召儒？」使者曰：「行人曰：『微悁而勇若悁者，可乎？』臣曰：『可。』即載與來。」君曰：「諾。延先生上，趣❸召公孫悁。」至，入門，杖劍疾呼曰：「商下！我存若頭。」子夏顧咄之曰：「咄！內❹劍，吾將與若言勇。」於是君令內劍而上。子夏曰：「來！吾嘗與子從君而西，見趙簡子❺，簡子披髮杖矛而見我君。我從十三行之後趨而進曰：『諸侯相見，不宜不朝服。不朝服，行人卜商將以頸血濺君之服矣。』使反朝服而見吾君，子耶，我耶？」悁曰：「子也。」子夏曰：「子之勇不若我一矣。又與子從君而東至阿❻，遭齊君重鞇❼而坐，吾君單鞇而坐。我從十三行之後趨而進曰：『禮：諸侯相見，不宜相臨以庶❽。』揄❾其一鞇而去之者，子耶，我耶？」悁曰：「子也。」子夏曰：「子之勇不若我二矣。又與子從君於囿中，於是兩寇肩❿逐我君。拔矛下格而還，子耶，我耶？」悁曰：「子也。」子夏曰：「子之勇不若我三矣。所貴為士者，上攝⓫萬乘，下不敢敖⓬乎匹夫。外立節矜⓭，而敵不侵擾；內禁殘害，而君不危殆。是士之所長，君子之所致貴也。若夫以長掩短，以眾暴寡，凌轢⓮無罪之民，而成威於閭巷⓯之間者，是士之甚毒，而君子之所致惡也，眾之所誅鋤也。《詩》曰：『人而無儀，不死何為⓰？』夫何以論勇於人主之前哉？」於是靈公避席抑手⓱曰：「寡人雖不敏，請從先生之勇。」《詩》曰：「不侮矜寡，不畏強禦。」卜先生也。

【注　釋】❶行人卜商　行人，掌管朝覲聘問的官。卜商，即孔子的學生子夏。❷微　沒有；不是。❸趣　快。❹內　同「納」。收起。❺趙簡子　趙鞅，晉國的六卿之一。❻阿　地名。❼鞇　車中的墊褥。❽相臨以庶　以庶人來看待。庶，眾人。齊國國君重鞇，而以單鞇對待衛君，這是賤視衛君，把衛君當成眾人一樣看待。❾揄　引；拉去。❿寇肩　肩，指三歲的野獸。趙善詒校本刪去「寇」字。⓫攝　《太平御覽》引作「不攝」。攝，同「懾」。畏懼。⓬敖　同「傲」。⓭節矜　節操風尚。⓮凌轢　欺壓。⓯閭巷　一般老百姓所居住的鄉里。⓰人而無儀二句　《詩經．鄘風．相鼠》中的句子。⓱抑手　舉手向下壓，即拱手。

【語　譯】衛靈公白天睡覺起來，志氣更加衰弱，讓人馳馬召見勇士公孫悁，使者在路上碰到了行人卜商。卜商問：「為什麼駕車走得這麼快？」駕車人回答說：「國君白天睡覺起來，讓我去召見勇士公孫悁。」子夏說：「如果不是公孫悁，但是和公孫悁一樣勇敢，行嗎？」駕車人說：「可以。」子夏說：「把我帶回國君那裡去。」到了之後，國君問：「我讓你去召見勇士，為什麼召來一位儒者？」使者說：「行人卜商說：『如果不是公孫悁，但是和公孫悁一樣勇敢，行嗎？』我說：『可以。』就把他帶了回來。」國君說：「好吧。請先生上來，快去召公孫悁。」公孫悁到了之後，一進門，拿著劍，急叫道：「卜商你下來，我就留下你那顆頭顱！」子夏回頭呵叱他說：「咄！收起劍來，我將要和你說說什麼是勇敢。」於是國君命令公孫悁收起劍，走上來。子夏說：「過來！我曾經和你一起跟隨著國君到西方去，見到了晉國的趙簡子，趙簡子披散著頭髮，拿著矛，和我們的國君相見。我從十三排人群後面快步走到他面前說：『諸侯之間見面，不穿朝服是不合適的。如果您不穿朝服，我卜商作為使者將要用我脖子裡的血濺到您的衣服上。』讓趙簡子換了朝服之後和我們的國君相見，這是你呢，還是我呢？」公孫悁說：「是你。」子夏說：「你的勇敢不如我已經有一項了。我又曾經和你一起和國君往東面到阿地，碰到齊國的國君，他的車裡坐著兩層墊褥，而我們的國君只有一層墊褥。我從十三排人群之後快步走到他面前說：『按照禮儀：諸侯之間相見，不應該用對待庶人那樣的禮儀。』抽下其中的一層墊褥而去，這是你呢，還是我呢？」公孫悁說：「是你。」子夏說：「你的勇敢不如我已經有兩項了。我又曾經和你一起和國君在園囿中狩獵，這時候有兩隻野獸追逐我們國君，拔出長矛下來和野獸格鬥，使國君安全回來，這是你呢，還是我呢？」公孫悁說：「是你。」子夏說：「你的勇敢不如我已經有三項了。對於士人來說，值得尊貴的，在於對上不害怕擁有一萬輛兵車的大國國君，對下卻不在一個老百姓面前顯得傲慢。對外樹立節操風尚，敵人不敢來侵襲擾亂；對內禁止殘害，使得國君不會有危險。這是士人的長處，是君子看重他的原因。至於以自己的長處掩襲他人的短處，以人數眾多而欺凌人數寡少，欺壓無罪的老百姓，在鄉里樹立自己威嚴的人，這是士人毒惡的地方，是君子所痛恨厭惡的原因，這種人是大家要誅滅除去的。《詩經》裡說：『人如果不懂得禮儀，為什麼不去死呢？』這樣又憑什麼在國君面前談論勇敢呢？」於是衛靈公離開坐席，拱手說道：「我雖然不敏捷，願意聽從先生所說的勇敢。」《詩經》上說：「不欺侮鰥夫寡婦，不畏懼強暴的人。」說的就是卜先生啊。

【研　析】「勇」也是儒家所重視的一個品質，但是儒家所倡導的往往是一種所謂的「大勇」，而不是一種以力相爭的「匹夫之勇」。《孟子》裡記載齊宣王曾對孟子說「寡人好勇」，孟子回答說：「王請無好小勇。夫撫劍疾視曰：『彼惡敢當我哉！』此匹夫之勇，敵一人者也。王請大之。《詩》云：『王赫斯怒，爰整其旅，以遏徂莒，以篤周祜，以對於天下。』，此文王之勇也。文王一怒而安天下之民。《書》曰：『天降下民，作之君，作之師，惟曰其助上帝，寵之四方。有罪無罪惟我在，天下曷敢有越厥志？』一人橫行於天下，武王恥之，此武王之勇也。而武王亦一怒而安天下之民。今王亦一怒而安天下之民，民惟恐王之不好勇也。」這一章裡所表達的意思與此相近。公孫悁仗劍疾呼，似乎便是勇士，但是子夏用自己在三次不同場合中的表現讓衛靈公明白什麼才是真正的勇敢，所以最後他不得不說「請從先生之勇」。

21. 孔子行❶，簡子將殺陽虎❷，孔子似之，帶甲❸以圍孔子舍。子路慍怒，奮❹戟將下，孔子止之曰：「由，何仁義之寡裕也？夫《詩》、《書》之不習，禮、樂之不講，是丘之罪也。若吾非陽虎，而以我為陽虎，則非丘之罪也，命也。我歌，子和若❺。」子路歌，孔子和之，三終而圍罷。《詩》曰：「來游來歌❻。」以陳盛德之和，而無為也。

【注釋】❶孔子行　孔子離開衛國，準備到陳國去，經過匡地。匡人曾經被陽虎掠奪過，要找他報仇，而孔子長得很像陽虎，所以匡人誤認為孔子就是陽虎，將他圍住。❷簡子將殺陽虎　簡子，匡地人。陽虎，即陽貨，是魯國權臣季氏的家臣。❸甲　《孔子家語》作「甲士」。❹奮　揮動。❺我歌二句　《說苑》作「由歌，予和汝」。❻來游來歌　《詩經・大雅・卷阿》中的句子。

【語　譯】孔子經過匡地，匡人簡子將要殺陽虎，孔子長得像陽虎，所以簡子帶領穿著鎧甲的士兵圍住了孔子的住所。子路很生氣，揮動著長戟將要下去和他們交戰，孔子阻止他說：「仲由，你的仁義之心怎麼這樣不充足呢？不學習《詩》、《書》，不講習禮、樂，是我的罪過。如果我不是陽虎，他們卻把我當成陽虎，這不是我的罪過，這是天命。你來唱歌，我應和你唱。」子路就唱歌，孔子應和他，唱完了三首歌，簡子解圍而去。《詩經》上說：「來遊玩，來唱歌。」說的是偉盛的道德和諧，而不必有所作為。

【研　析】仁義充足，外在的事物對於自己的影響就會變小，因而也就能夠處變不驚。簡子將孔子當作陽虎，要殺他，子路不明緣由而要與他相鬥，就與簡子沒有區別，對人對己都沒有好處，所以孔子批評他是「仁義之寡裕」。孔子只是通過禮樂絃歌就讓這場誤會消失於無形，顯然是另有一番不凡的氣度。

22. 《詩》曰：「愷悌君子，民之父母❶。」君子為民父母何如？曰：「君子者，貌恭而行肆❷，身儉而施博，故不肖者不能逮也。殖❸盡於己，而區略於人❹，故可盡身而事也。篤愛而不奪，厚施而不伐，見人有善，欣然樂之，見人不善，惕然掩之，有其過而兼包之。授衣以最，授食以多，法下易由❺，事寡易為，是以中立❻而為人父母也。築城而居之，別田而養之，立學以教之，使人知親尊。親尊故父服斬縗三年❼，為君亦服斬縗三年，為民父母之謂也。」

【注　釋】❶愷悌君子二句　《詩經．大雅．泂酌》中的句子。愷，和樂。悌，平易。❷肆　正；端正。❸殖財貨。❹區略於人　對別人要求不高。區，微小。略，簡略。❺法下易由　法令簡單，容易施行。❻中立　沒有偏私。❼斬縗三年　古代喪服有五等，即斬衰（同縗）、齊衰、大功、小功、緦麻，用服裝的粗疏和細密程度來區分輕重，服喪的時間也有長短不同。斬縗三年是喪禮中關係最親密、服喪時間最長的。

【語　譯】《詩經》上說：「和樂平易的君子，是老百姓的父母。」君子要怎麼樣才能成為老百姓的父母呢？回答說：「作為君子，應該是外貌恭敬而行為端正，自身節儉而施予廣博，所以不賢的人是不能夠做到這一點的。把自己的財貨完全施予他人，而對別人的要求卻不高，所以這樣的人是可以盡心盡力侍候他的。真誠地愛護他人而不奪取他們的財物，廣泛地施予卻不自誇，看到別人做了好事，就欣欣然很高興，看到別人有不好的地方，就很警覺地替他掩飾，能夠包容他們的過錯。給他人的衣服都是最好的，給他人的食物都是最多的，法令很簡單，容易去實行，事情很少，也容易做到，所以無所偏私，可以做他們的父母。為他們建造城市用來居住，為他們分配田地，讓他們養活自己，為他們建立學校進行教育，使他們知道父母的尊貴。父母尊貴所以為父親穿斬縗的喪服三年，為國君也穿斬縗的喪服三年，也就是說他可以做人民的父母。」

【研析】古代常稱國君、大臣或者地方官為「父母官」，而老百姓都是自己的「子民」，從統治者的角度來說，他們應該像愛護自己的子女一樣愛護老百姓；而從老百姓的角度來說，則應該像尊敬父母那樣尊敬統治者，這樣，他們的關係才能夠真正獲得和諧。這一章主要是從統治者的角度來說明他們應該怎麼樣去愛護老百姓，如果一切都為老百姓考慮，這樣當然會得到老百姓的敬愛了。

23. 事強暴之國難，使強暴之國事我易。事之以貨寶，則寶單❶而交不結。約契盟誓，則約定而反無日❷。割國之強乘❸以賂之，則割定而欲無厭。事之彌順，其侵之愈甚，必致寶單國舉而後已。雖左堯右舜，未有能以此道免者也。故非有聖人之道，持以巧敏拜請❹畏事之，則不足以持國安身矣。故明君不道❺也，必修禮以齊朝❻，正法以齊官，平政以齊下，然後禮義節奏❼齊乎朝，法則度量正乎官，忠信愛利平乎下，行一不義，殺一無罪而得天下，不為也。故近者競親，而遠者願至，上下一心，三軍同力，名聲足以薰炙❽之，威強足以一齊之，則拱揖指麾❾，而強暴之國莫不趨使，如赤子歸慈母者，何也？仁形義立，教誠愛深。故《詩》曰：「王猷允塞，徐方既來❿。」

【注釋】❶單　同「殫」。盡。❷反無日　反，違背。無日，沒有幾天，指的是時間短。❸強乘　周校本作「疆垂」，指邊疆之地。❹持以巧敏拜請　持，《荀子》作「直」，只。本或作「特」，義同。巧敏，說好話來奉承。拜請，跪拜請求。❺道　遵循。❻齊朝　整齊朝廷。❼節奏　指禮的儀文。❽薰炙　《荀子》作「暴炙」，顯赫。❾拱揖指麾　指很容易。拱揖，拱手作揖。指麾，即指揮。❿王猷允塞二句　《詩經・大雅・常武》中的句子。猷，謀。允，信。塞，實。徐方，指淮水一帶的少數民族。來，歸順。

【語譯】去侍奉強暴的國家是困難的，讓強暴的國家侍奉我是容易的。用財貨寶物來侍奉它，那麼寶物都已經用盡了，還沒有建立起交情。和它舉行盟誓，訂立契約，契約訂立不過幾天它就違背了。割讓國家的邊疆土地以賄賂它，土地雖然割讓給它了，但是它的欲望卻沒有窮盡。侍奉它越是柔順，它的侵害就越厲害，一定要導致財貨窮盡國家滅亡為止。即使有堯、舜這樣的人來做左右的輔佐大臣，用這種方法都是不能夠免除災禍的。所以如果沒有聖人那樣的方法，卻只用奉承跪拜來請求，很害怕地侍奉它，那樣是不能夠保持國家、安定自身的。所以聖明的君主是不會這樣去做的，他一定會修治禮儀以整齊朝廷，端正法制以整齊官吏，管理政治以整齊下面的老百姓，然後禮儀在朝廷裡得到整齊，法度在官府中得到端正，忠誠守信、友愛互利在老百姓中得到施行，做一件不合乎道義的事情，殺害一個沒有罪的人而得到天下，這樣的事也不去做。所以和自己靠近的人競相來親近自己，和自己離得遠的人也願意到這裡來，上下一心，三軍齊力，聲名足以顯赫於天下，威力足以統一天下，這樣的話，只需要拱手作揖，稍作指示，強暴的國家都會歸附到這裡來，就好像是嬰兒歸附慈母一樣，為什麼呢？仁德顯示出來，道義建立起來了，教誨很真誠，愛護很深摯。所以《詩經》上說：「宣王的謀略很實在，淮夷已經來歸順了。」

【研析】強暴之國和聖人之道是兩種相反的統治方法，強暴者以力服人，從而強取他人之所有，用來滿足自己的欲望；聖人以德服人，修治禮儀，使他人得到安居樂業。如果順著強暴者的欲望來滿足他，則「如抱薪救火，薪不盡，火不滅」，也就像本章中所說的，「事之彌順，其侵之愈甚，必致寶單國舉而後已。」只有順著聖人之道，那樣才能朝廷端正，萬民景服，國家也日益強大，不必動用武力，自然就可以改變強暴之國的態度，使它們能夠臣服。這便是儒家的理想政治，所謂的「王道」。

24. 勇士一呼，而三軍皆避，士之誠也。昔者楚熊渠子❶夜行，寢石❷以為伏虎，彎弓而射之，沒金飲羽❸，下視知其為石，石為之開，而況人乎？夫倡而不和，動而不僨❹，中心❺有不全者矣。夫不降席而匡天下者，求之己也。孔子曰：「其身正，不令而行；其身不正，雖令不從❻。」先王之所以拱揖指麾而四海來賓❼者，誠德之至也，色以形于外也。《詩》曰：「王猷允塞，徐方既來。」

【注　釋】❶熊渠子　古代善射的人，《史記》中有「雄渠」。❷寢石　臥在地上的石頭。❸沒金飲羽　指箭全部射進了石頭中。沒、飲，都指陷進去。金，指金屬箭頭。羽，箭尾。❹僨　奮起。❺中心　心中。❻其身正四句　見《論語・子路》。❼賓　賓從；服從。

【語　譯】勇士一呼喊，三軍將士全都退避，這是勇士的真誠的力量。以前楚國的熊渠子在黑夜裡行走，把橫臥在地上的石頭當成了趴在地上的老虎，拉開弓去射它，箭射進了石頭裡面去，下來看的時候才知道原來是石頭，石頭都能夠射開，何況是人呢？如果一個人在前面倡導，卻沒有人應和；如果在前面發動，卻沒有人跟著奮起，那麼他的心中肯定有不完全的地方。安坐在席子上不必下來就可以匡正天下，這要從自己去尋求。孔子說：「他自身的行為正當，不需要發布命令，事情也可以行得通；他自己的行為不正當，即使發布命令，也沒有人聽從。」古代的賢王之所以能夠拱手作揖，稍作指示，天下的人就來歸附，這是真誠的道德達到了極點，而表現到外面來了。《詩經》上說：「宣王的謀略很實在，淮夷已經來歸順了。」

【研　析】儒家講求「內聖外王」之道，因此最根本的東西便在自己的修養上。「內聖」是其根本，「外王」是其必然的結果。如果用《大學》裡的話來說，「格物、致知、誠意、正心、修身」是一種「內聖」的工夫，而「齊家、治國、平天下」則是其所能達成的結果。文中的「中心全」大致上也就相當於「正心誠意」，能夠做到這一點，也就能夠「不降席而匡天下」，「誠德之至」便也能夠「拱揖指麾而四海來賓」。

25. 昔者趙簡子薨而未葬，而中牟畔❶之。葬五日，襄子❷興師而次❸之。圍未匝❹而城自壞者十丈，襄子擊金而退之。軍吏諫曰：「君誅中牟之罪而城自壞者，是天助之也。君曷為而退之？」襄子曰：「吾聞之於叔向❺曰：『君子不乘人於利，不厄人於險。』使其城❻，然後攻之。」中牟聞其義，而請降，曰：「善哉，襄子之謂也❼。」《詩》曰：「王猷允塞，徐方既來。」

【注　釋】❶中牟畔　據《史記》，趙簡子攻打范中行，范中行的家臣佛肸為中牟的邑宰，據中牟而叛晉。❷襄子　趙簡子的兒子無恤。❸次　《太平御覽》引作「攻」。❹匝　周。❺叔向　春秋時晉國的賢臣，姓羊舌，名肸。❻城　築好城牆。❼襄子之謂也　這五個字，陳喬樅認為應該放在《詩經》的引文之後，可從。

【語　譯】以前趙簡子死了之後還沒有來得及安葬，佛肸據中牟而背叛晉國。趙簡子下葬五天之後，趙襄子率領軍隊來攻打他。還沒有把城完全包圍住，城牆自己塌掉了十丈，趙襄子鳴金退兵。軍中的官吏向他進諫說：「您要誅討中牟的罪過，城牆自己塌了十丈，這是天來幫助您。您為什麼自己退兵呢？」趙襄子說：「我聽叔向說過：『君子不在自己有利的時候乘人之危，不在別人危險的時候困厄他。』」就讓他們築好城牆，然後再攻打它。中牟的人聽說趙襄子講求道義，就請求投降，說：「好啊，這說的就是趙襄子。」《詩經》上說：「宣王的謀略很實在，淮夷已經來歸順了。」

【研析】本章中所舉的事例，歷史上有很多類似的記載。如本書卷二第一章「楚莊王圍宋」就是一個很好的例子，可以對照起來讀。這些事例在春秋時期有很多，可見當時的人即使是戰爭的事情也有很重要的原則，比如「不伐喪」等等，宋襄公在泓之戰中還說過「君子不重傷，不禽二毛。古之為軍也，不以阻隘也。寡人雖亡國之餘，不鼓不成列」這樣的話，雖然他以失敗告終，但從一個側面也可以說明當時戰爭中的一些原則。本章中趙襄子討伐中牟叛亂的時候，也說「君子不乘人於利，不厄人於險」，大體上都還是有一些道德原則的。

26. 威有三術：有道德之威者，有暴察❶之威者，有狂妄之威者。此三威不可不審察也。何謂道德之威？曰：禮樂則修，分義❷則明，舉措則時，愛利則刑❸，如是則百姓貴之如帝王，親之如父母，畏之如神明，故賞不用而民勸，罰不加而威行，是道德之威也。何謂暴察之威？曰：禮樂則不修，分義則不明，舉措則不時，愛利則不刑。然而其禁非也暴，其誅不服也繁審，其刑罰而信，其誅殺猛而必。闇如❹雷擊之，如墻壓之，百姓劫則致畏，怠則傲上，執拘則聚，遠聞❺則散，非劫之以刑勢，振之以誅殺，則無以有其下，是暴察之威也。何謂狂妄之威？曰：無愛人之心，無利人之事，而日為亂人之道，百姓讙譁❻，則從而放執❼於刑灼，不和人心，悖逆天理，是以水旱為之不時，年穀以之不升❽，百姓上困於暴亂之患，而下窮衣食之用，愁哀而無所告訴，比周憤潰❾以離上，傾覆滅亡可立而待，是狂妄之威也。夫道德之威成乎眾強，暴察之威成乎危弱，狂妄之威成乎滅亡，故威名同而吉凶之効❿遠矣，故不可不審察也。《詩》曰：「旻天疾威，天篤降喪。瘨我飢饉，民卒流亡⓫。」

【注釋】❶暴察　強暴苛察。❷分義　分，上下有分。義，各得其宜。❸刑　有法度。❹闇如　《荀子》作「黭然而」，黭同「奄」，奄然，猝然。❺遠聞　《荀子》作「得間」。❻讙譁　喧譁。❼放執　《荀子》作「執縛」。❽升 登，指穀物豐收。❾比周憤潰 比周，結黨營私。憤潰，逃散。憤，《荀子》作「賁」，賁同「奔」。❿効 同「效」。⓫旻天疾威四句 《詩經・大雅・召旻》中的句子。旻天，秋天為旻天，這裡泛稱上天。疾威，暴虐。篤，厚；嚴重。瘨，降災；災害。卒，盡；皆。

【語 譯】威嚴有三種方法：有道德的威嚴，有強暴苛察的威嚴，有狂妄誇大的威嚴。這三種威嚴不可以不仔細地考察。什麼叫做道德的威嚴？回答說：禮樂修治得很好，上下的本分各得其宜，舉動措施合乎時宜，愛人利人都有法度，能夠做到這樣老百姓把他看作帝王一樣尊貴，親愛他就好像是父母一樣，敬畏他就好像是神明一樣，所以不需要獎賞，老百姓就互相勸勉；不需要實施刑罰，威嚴就能夠通行，這是道德的威嚴。什麼是強暴苛察的威嚴呢？回答說：禮樂沒有修治，上下的本分不得其宜，舉動措施不合時宜，愛人利人都沒有法度。但是他禁止錯誤很殘暴，誅殺不服從的人很嚴密精審，實施刑罰很講信用，誅殺人猛烈而堅決。迅速得就像是雷霆擊打，像是牆壁壓倒，老百姓受到脅迫則感到畏懼，如果對他們懈怠，他們就對君上傲慢，如果拘束他們，他們就聚在一起，得了空隙就會散去。如果不用刑罰權勢來脅迫他們，以誅殺來振作他們，則沒有辦法保有他的老百姓，這就是強暴苛察的威嚴。什麼是狂妄誇大的威嚴？回答說：沒有愛護他人的心理，沒有做對人有利的事情，每天都做些擾亂人民的行為，老百姓如果喧鬧，就把他們置於刑罰之下，灼燒他們，不順應民心，違背天理，所以經常出現一些水災、旱災，每年的穀物都得不到一個好收成，老百姓在上受到暴亂憂患的困擾，在下受到衣食不足的窘迫，憂愁卻沒有地方可以訴說，結黨逃散離開他們的君上，國家的顛覆滅亡可以站在那裡等待到，這是狂妄誇大的威嚴。道德之威的結果是能夠使國家強大，暴察之威的結果是國家得到削弱，狂妄之威的結果是國家滅亡。所以威嚴的名字雖然相同，但是其效果相離得卻很遠，所以不可以不仔細地考察。《詩經》上說：「上天暴虐，降下了嚴重的饑荒。降下飢餓的災禍，老百姓都逃亡了。」

【研析】這一章所說的是在上位者對下用不同的方法顯示出威嚴來，實際上也是三種治理方法，一種是以道德禮樂來治理，一種是以嚴刑峻法來治理，一種是完全不知道如何治理。以道德禮樂來治理的，老百姓上敬下和；用嚴刑峻法來治理的，老百姓畏懼而有離心；如果治理完全沒有條理，那麼不久就會滅亡了。通過比較就可以很明白地看出，文章是贊成哪種治理方法了。

27. 晉平公游於河而樂，曰：「安得賢士與之樂此也？」船人盍胥跪而對曰：「主君亦不好士耳。夫珠出於江海，玉出於崑山❶，無足而至者，猶❷主君之好也。士有足而不至者，蓋主君無好士之意耳，無患乎無士也。」平公曰：「吾食客門左千人，門右千人，朝食不足，夕收市賦。暮食不足，朝收市賦。吾可謂不好士乎？」盍胥對曰：「夫鴻鵠❸一舉千里，所恃者六翮❹爾。背上之毛，腹下之毳❺，益一把飛不為加高，損一把飛不為加下，今君之食客，門左門右各千人，亦有六翮在其中耶，將皆背上之毛腹下之毳耶？」《詩》曰：「謀夫孔多，是用不集❻。」

【注　釋】❶崑山　崑崙山。❷猶　同「由」。由於。❸鴻鵠　天鵝。因為飛得很高，所以常被用來比喻志向遠大的人。❹六翮　指鳥的翅膀。翮，鳥羽的莖。❺毳　細毛。❻謀夫孔多二句　《詩經・小雅・小旻》中的句子。孔，甚。集，陳喬樅《三家詩遺說考》作「就」，成就。

【語　譯】晉平公在河上遊玩而感到快樂，說：「怎麼能夠得到賢能的人，和他一起在這裡遊樂呢？」船夫盍胥跪下來回答說：「您只是不喜歡士人罷了。珍珠從江海裡面出來，玉從昆侖山裡出來，它們沒有腳，卻能夠到達這裡，是由於君王的愛好。士人有腳，但是沒有來，這大概是由於君王沒有愛好士人的意思，不要擔憂沒有士人。」晉平公說：「在我這裡寄食的門客，門左邊有上千人，門右邊有上千人，早晨的食物不夠吃，我晚上就派人去收賦稅。晚上的食物不夠吃，我早上就派人去收賦稅。這還能說我不愛好士人嗎？」盍胥回答說：「鴻鵠一飛起來有千里遠，所依靠的是牠的翅膀。至於牠背上的羽毛，肚子上的細毛，增加一把不能使牠飛得更高，減少一把不會使牠飛得更低。現在在您這裡寄食的門客，門左邊、門右邊各有上千人，有沒有翅膀在其中呢，還是他們都是背上的毛和肚子上的細毛呢？」《詩經》上說：「參加謀事的人很多，所以事情辦不成。」

【研　析】真正的士人並不是為了在國君那裡求得利祿，而是為了能夠幫助國君安定天下，如果國君只有一個好士的虛名，將他們當作食客來養，真正有氣節、有本領的士人是不會到他那裡去的，這樣的士人是要國君努力地去尋求，而不是他隨便就找到國君這裡來的。本卷第二章「齊桓公見小臣」便已經表達了這樣的道理，可以對照著讀。而三國時劉備的「三顧茅廬」也是一個很好的例子。

卷七

1. 齊宣王謂田過曰：「吾聞儒者親喪三年，君與父孰重？」過對曰：「殆不如父重。」王忿然曰：「曷為士去親而事君？」對曰：「非君之土地無以處吾親，非君之祿無以養吾親，非君之爵無以尊顯吾親。受之於君，致之於親，凡事君以為親也。」宣王悒然❶無以應之。《詩》曰：「王事靡盬，不遑將父❷。」

【注釋】❶悒然　鬱悶的樣子。❷王事靡盬二句　《詩經・小雅・四牡》中的句子。盬，止息。遑，暇。將，養。

【語譯】齊宣王對田過說：「我聽說儒者為父母親服喪三年，自己的君主和父親哪一個更重要一些？」田過回答說：「君主大概不如父親重要。」齊宣王很生氣地說：「那麼士人為什麼離開父母親而侍奉君主？」田過回答說：「沒有國君的土地，就沒有辦法安置父母親；沒有國君的俸祿，就沒有辦法奉養父母親；沒有國君所給予的官爵，就沒有辦法讓父母親得到尊顯。從君主那裡得到的這些東西，把它們供奉給父母親，凡是侍奉君主的事都是為了父母親。」齊宣王聽了很鬱悶，但是沒有言辭來回答。《詩經》上說：「天子的事情沒有止息的時候，沒有時間來奉養父親。」

【研析】古代社會裡，君主和父親，在這兩者之間進行選擇，就個人的私情上，當然是父親重；就國家的大義上，也許是國君重。不過如果君主不足以輔佐以實現自己的理想，一般而言，有志的士人也是不願意到他那裡做官的，但是為了能夠孝親養親，也就不得不去做一些小官，所謂「家貧親老，不擇官而仕」。這在卷一的第一章裡已經說得很清楚了，可以參看。

2. 趙王使人於楚，鼓瑟而遣之，曰：「慎無失吾言。」使者受命，伏而不起，曰：「大王鼓瑟，未嘗若今日之悲❶也。」王曰：「調❷。」使者曰：「調則可記其柱❸。」王曰：「不可。天有燥濕，絃有緩急，柱有推移，不可記也。」使者曰：「請借此以喻。楚之去趙也，千有餘里，亦有吉凶之變，凶則弔之，吉則賀之，猶柱之有推移，不可記也。故王之使人，必慎其所之，而不任以辭。」《詩》曰：「征夫捷捷，每懷靡及❹。」蓋傷自上而御下也。

【注 釋】❶悲 指音樂悲感動人。❷調 《群書治要》引作：「然，瑟固方調。」調，調和。❸柱 樂器上繫絃的木，用來調節聲音。❹征夫捷捷二句 《詩經・大雅・烝民》中的句子。但據陳喬樅《詩考》，認為應該是「莘莘征夫，每懷靡及」，則出自《詩經・小雅・皇皇者華》。莘莘，匆忙的樣子。征夫，出使在外的人。每，常。懷，思慮。靡及，不周全。

【語 譯】趙國國君派人到楚國去，遣送他的時候彈著瑟，說：「謹慎地記住我的話。」使者接受到命令之後，伏在地上不起來，說：「君王彈奏瑟，沒有像今天這樣悲感動人。」趙王說：「是的，今天的瑟音律很調和。」使者說：「音律調和，那麼可以把調音柱的位置記下來。」趙王說：「不行。天氣有乾燥的時候，有潮濕的時候，絃有放鬆的時候，有繃緊的時候，所以調音柱是要隨著它們的變化而推移變化的，沒有辦法將它記下來。」使者說：「那麼請讓我借用這一點來作個比喻。楚國距離趙國有一千多里遠，在一定的時間內也應該會有或吉祥或者不幸的事情發生，如果發生了不幸的事，我就要去弔唁；如果發生了吉祥的事情，我就要去祝賀，就好像調音柱要隨著氣候和絃的變化而變化一樣，是沒有辦法將它記下來的。所以大王派使者到別的國家去，一定要慎重地考慮他所要去的地方，而不是把已經想好的言辭託付給他。」《詩經》上說：「匆匆忙忙出使的人，常常怕他考慮事情不周全。」大概是傷感在上的君主過分地控制他的臣子。

【研 析】古代使者出使，「受命而不受辭」，是要根據實際情況而進行應對的，也就是要能夠「專對」，這對一個使者而言，既需要他有比較好的及時應對的才能，也是他的職責所在。所以本章中趙王對使者說「慎無失吾言」，便是不太符合派遣使者的法則，因此使者用調琴的一個比喻來說明了這個道理。

3\.

齊有隱士東郭先生、梁石君❶，當曹相國❷為齊相也，客謂蒯生❸曰：「夫東郭先生、梁石君，世之賢也，隱於深山，終不詘身下志❹，以求仕者也。吾聞先生得謁曹相國，願先生為之先。臣里母相善❺，婦見疑盜肉。其姑❻去之，恨而告於里母。里母曰：『安行❼，今令姑呼汝。』即束蘊請火❽去婦之家，曰：『吾犬爭肉相殺，請火治之❾。』姑乃直❿使人追去婦還之。故里母非談說之士，束蘊請火，非還婦之道也。然物有所感，事有可適，何不為之先？」蒯生曰：「愚恐不及，然請盡力為東郭先生、梁石君束蘊請火。」於是乃見曹相國曰：「臣之里有夫死三日而嫁者，有終身不嫁者，則⓫自為娶，將何娶焉？」相國曰：「吾亦娶其終身不嫁者耳。」匱生曰：「齊有隱士東郭先生、梁石君，世之賢士也，隱於深山，終不詘身下志以求仕。相國娶婦，欲娶其不嫁者，取臣獨不取其不仕之臣耶？」於是曹相國因匱生束帛安車⑫迎東郭先生、梁石君，厚客之。《詩》曰：「既見君子，我心則降⑬。」

【注　釋】❶東郭先生梁石君　這兩個人都是秦、漢之際的人，《漢書・蒯通傳》中記載：「初，齊王田榮怨項羽，謀舉兵畔之。劫齊士，不與者死。齊處士東郭先生、梁石君在劫中。及田榮敗，二人醜之。相與入深山隱居。」❷曹相國　即曹參。❸匱生　《漢書》中作「蒯通」。❹詘身下志　詘，同「屈」。下志，放低自己的志意。❺臣里母相善　《漢書》作「臣之里婦與里之諸母相善也」。❻姑　婆婆。❼安行　慢慢地走。❽束蘊請火　蘊，亂麻。請火，求火種。❾治之　指燒狗肉。❿直　逕直；直接。⓫則　若。⓬束帛安車　束帛，捆為一束的五匹帛，古代用來作聘問的禮物。安車，可以坐的車子。古代乘車都是站著，安車一般是年老的高級官員或貴婦人所乘。高官告老還鄉或者徵召有重望的人，也往往賜坐安車。⓭既見君子二句　《詩經・召南・草蟲》及〈小雅・出車〉中的句子。

【語　譯】齊國有兩個隱士東郭先生和梁石君，在曹參做齊國的相國的時候，有一個賓客對匱生說：「東郭先生和梁石君，是當世有賢德的人，隱居在深山中，終究不會委屈自己的身體，降低自己的志氣，出來求官做的。我聽說您能夠去謁見曹相國，希望您將他們介紹給曹相國。我的鄉里有一位婦人與一位老婦人關係很好，這位婦人被懷疑偷了肉，她的婆婆把她趕了出來，婦人心裡怨恨，就去告訴了這位老婦人。老婦人說：『你慢慢地走，我會讓你的婆婆把你叫回去。』就紮了一束亂麻，到趕走婦人的家中求火種，說：『我們家的狗爭搶肉而互相撕咬，狗被咬死了，我到你這裡來求一些火種回去燒狗肉。』婦人的婆婆一聽就直接派人去把被趕走的婦人追回來。所以鄉里的老婦人並不是談說的人，紮起一束亂麻去求火種，也不是讓婦人回家的好辦法。但是事物之間是互相感通的，事情有正好合適的時候，為什麼不先為這兩位隱士去做個介紹呢？」匱生說：「我很愚笨，可能做不到，但是請讓我盡力為東郭先生和梁石君紮一束亂麻去求火種。」於是就去謁見曹參說：「我的鄉里有丈夫死了三天就出嫁的女子，也有丈夫死了終身不再嫁的女子，如果您為自己娶其中的一個，會娶哪一個呢？」曹參說：「我會娶其中那個終身不再嫁的。」匱生說：「齊國有隱士東郭先生和梁石君，他們是當世有賢德的人，隱居在深山之中，終究不會委屈自己的身體，降低自己的志氣，出來求官做的。您娶婦人，要娶那終身不再嫁的，尋求大臣獨獨不求那不再出仕的大臣嗎？」於是曹參通過匱生用五匹帛和安車去迎聘東郭先生和梁石君，用上客的禮儀厚待他們。《詩經》上說：「已經見到君子了，我的心也就放了下來。」

【研　析】這一章用了兩個寓言來表達文義，第一個寓言是賓客通過一個老婦人為一個被趕出家門的媳婦做中間人，並且使得她的婆婆重新將她追回的故事，請匱生為東郭先生、梁石君做中間人；第二個故事是匱生用兩個寡婦來作比擬，使得曹參能夠禮聘這兩位隱士為上客。從故事的角度來看，頗為生動有趣。

4. 孔子曰：「昔者周公事文王，行無專制❶，事無由己。身若不勝衣，言若不出口，有奉❷持於前，洞洞焉❸若將失之，可謂子矣。武王崩，成王幼，周公承文、武之業，履天子之位，聽天子之政，征夷狄之亂，誅管、蔡之罪❹，抱成王而朝諸侯，誅賞制斷，無所顧問，威動天地，振恐海內，可謂能武矣。成王壯，周公致政，北面而事之，請然後行，無伐矜之色，可謂臣矣。故一人之身，能❺三變者，所以應時也。」《詩》曰：「左之左之，君子宜之。右之右之，君子有之❻。」

【注釋】❶制 斷；決斷。❷奉 同「捧」。❸洞洞焉 恭敬的樣子。❹誅管蔡之罪 參考卷四第三十三章注。❺能 而。❻左之左之四句 《詩經・小雅・裳裳者華》中的句子。《毛傳》：「左，陽道，朝祀之事。右，陰道，喪戎之事。」這裡指君子做什麼事都能夠合宜。

【語譯】孔子說：「以前周公侍奉周文王的時候，行為不獨自裁決，事情不由自己決定。身體好像不能夠勝任衣服的重量，話好像說不出口一樣。在文王面前捧著東西，很恭敬小心地就好像東西要掉下來一樣，這樣可以說是一個孝順的兒子了。武王去世，成王年紀還小，周公繼承文王、武王的事業，登上天子的位子，處理天子的政事，平定夷狄的動亂，誅討管叔、蔡叔的罪過，抱著周成王而接受諸侯的朝見，誅殺賞賜一人專斷，沒有向他人詢問，威嚴震動天地，天下都感到振恐，可以說是能夠威武了。成王長大以後，周公將政事交還給周成王，面向北方，以臣子的地位侍奉成王，做事先向成王請示，然後才去做，沒有自誇自傲的神色，可以說是一個忠臣了。所以同樣一個周公，而有三次變化，這是適應時事的不同而出現的。」《詩經》上說：「朝聘祭祀的事，君子做得很合宜。喪葬軍事的事，君子也知道怎麼去做。」

【研　析】周公行事，依禮而為，為人子而孝事文王，謹慎無失；履天子之位而威震天下，撥亂反正；為人臣而謹守臣節，不以功自居。這是在什麼樣的地位，便做什麼樣的事，而這些事情都完全合乎禮義，這是難能可貴的。孔子之所以極其敬佩周公，與周公能夠事事合乎「禮」有很大的關係。

5. 傳曰：鳥之美羽勾啄❶者，鳥畏之；魚之侈口垂腴❷者，魚畏之；人之利口贍辭者，人畏之。是以君子避三端：避文士之筆端，避武士之鋒端，避辯士之舌端。《詩》曰：「我友敬矣，讒言其興❸。」

【注　釋】❶啄　趙懷玉校本作「喙」，鳥嘴。❷侈口垂腴　這一類魚吃魚，有毒。侈口，嘴巴大。腴，腹下的肥肉。❸我友敬矣二句　《詩經・小雅・沔水》中的句子。敬，同「警」。警惕。

【語　譯】古書上說：鳥有美麗的翅膀而有彎曲的鳥嘴，其他的鳥都畏懼牠；魚的嘴巴大而且腹部肥肉下垂，魚都害怕牠；人的嘴巴巧於辭辯，人都害怕他。所以君子避開三種鋒端：避開文士的筆端，避開武士的鋒刃之端，避開巧辯之士的舌端。《詩經》上說：「我的朋友要警惕啊，讒言將會興起。」

【研　析】這一章是說明讒言的可畏，這就好像利嘴的鳥、有毒的魚一樣可畏，也像是文士記載言行的筆端、武士的鋒刃一樣要避開。讒言可以使人喪失名譽，甚至於丟掉性命，令人身敗名裂，所以這是人們所小心畏懼的。因為讒言一入，則百口莫辯，不僅受讒者受其害，甚至因此喪失國家，如燕惠王聽信讒言而罷樂毅兵權，趙王遷信讒言而殺李牧，都是此類。

6. 孔子困於陳、蔡之間❶，即三經之席❷，七日不食，藜羹不糝❸。弟子有飢色，讀書❹習禮樂不休。子路進諫曰：「為善者天報之以福，為不善者天報之以賊❺。今夫子積德累仁，為善久矣，意者當遺行乎❻？奚居之隱❼也？」孔子曰：「由來！汝小人也，未講於論❽也。居，吾語汝。子以知❾者為無罪乎，則王子比干何為刳心而死❿？子以義者為聽乎，則伍子胥何為抉目而懸吳東門⓫？子以廉者為用乎，則伯夷、叔齊何為餓於首陽之山？子以忠者為用乎，則鮑叔⑫何為而不用？葉公子高⑬終身不仕，鮑焦⑭抱木而泣，子推登山而燔⑮，故君子博學深謀不遇時者眾矣，豈獨丘哉！賢不肖者，材也；遇不遇者，時也。今無有時，賢安所用哉？故虞舜耕於歷山之陽⑯，立為天子，其遇堯也；傅說負土而版築⑰，以為大夫，其遇武丁也；伊尹，故有莘氏僮也，負鼎操俎，調五味⑱，而立為相，其遇湯也；呂望行年五十賣食棘津，年七十屠於朝歌⑲，九十乃為天子師，則遇文王也；管夷吾⑳束縛自檻車，以為仲父，則遇齊桓公也；百里奚㉑自賣五羊之皮，為秦伯牧牛，舉為大夫，則遇秦繆公也；虞丘於天下，以為令尹，讓於孫叔敖㉒，則遇楚莊王也；伍子胥前功多，後戮死，非知有盛衰也，前遇闔閭，後遇夫差也。夫驥罷鹽車㉓，此非無形容㉔也，莫知之也。使驥不得伯樂㉕，安得千里之足，造父㉖亦無千里之手矣。夫蘭茝㉗生於茂林之中，深山之間，人莫見之故不芬㉘。夫學者非為通也，為窮而不困，憂而志不衰，先知禍福之始，而心無惑焉。故聖人隱居深念，獨聞獨見。夫舜亦賢聖矣，南面而治天下，惟其遇堯也。使舜居桀、紂之世，能自免於刑戮之中，則為善矣，亦何位之有？桀殺關龍逢㉙，紂殺王子比干，當此之時，豈關龍逢無知，而王子比干不慧乎哉？此皆不遇時也。故君子務學，修身端行，而須其時者也，子無惑焉。」《詩》曰：「鶴鳴于九皐，聲聞于天㉚。」

【注釋】❶孔子困於陳蔡之間　魯哀公四年，孔子在陳、蔡之間，楚國將聘用孔子，陳、蔡恐怕孔子在楚國受到重用，對陳、蔡不利，於是圍困孔子。❷三經之席　三經的講席。三經，指《詩》、《書》、《禮》三種經書。❸藜羹不糝　藜，一種野菜。羹，湯。糝，用米摻到羹裡。❹讀書　趙善詒校本作「讀《詩》、《書》」。❺賊　周校本作「禍」。❻當遺行乎　趙懷玉校本作「尚有遺行乎」。遺行，遺漏的善行。❼隱　憂傷；窮苦。❽講於論　講，習。論，道理。❾知　同「智」。❿王子比干何為刳心而死　參見卷一第八章注。刳，剖。⓫伍子胥何為抉目而懸吳東門　參見卷一第二十六章注。⓬鮑叔　即鮑叔牙，春秋時齊國大夫，和管仲友善，管仲後來因跟隨公子糾被囚，鮑叔牙向齊桓公推薦他，桓公任管仲為相。⓭葉公子高　沈諸梁，字子高，春秋時楚國人，為葉縣尹，故稱葉公子高。⓮鮑焦　事見卷一第二十七章注。⓯子推登山而燔　見卷一第二十五章注。燔，燒。⓰虞舜耕於歷山之陽　見《史記・五帝本紀》。⓱傳說負土而版築　傳說是殷高宗武丁時的賢相。武丁夢見有聖人名說，使人求之，得傳說於傅險之中。版築，古人築牆，用兩版相夾，填土於其中，用杵築實。⓲伊尹四句　有莘氏，商時諸侯。僮，僕。俎，砧板。五味，酸、苦、甘、辛、鹹。這裡指伊尹用五味比喻政事說湯。《史記・

殷本紀》記載：「伊尹名阿衡。阿衡欲奸湯而無由，乃為有莘氏媵臣，負鼎俎，以滋味說湯，致於王道。或曰，伊尹處士，湯使人聘迎之，五反然後肯往從湯，言素王及九主之事。湯舉任以國政。」⑲呂望行年五十賣食棘津二句　呂望，即姜太公。棘津，即孟津、盟津，渡口名。朝歌，商朝首都。⑳管夷吾　即齊桓公的宰相管仲。㉑百里奚　見卷六第十三章注。㉒虞丘於天下三句　於天下，《說苑》作「名聞於天下」，陳喬樅認為虞丘即沈令尹，其事參見卷二第四章。㉓驥罷鹽車　驥，良馬；千里馬。罷，通「疲」。鹽車，裝鹽的車子，一般用普通的馬來拉。㉔形容　形體容貌。㉕伯樂　傳說中善於識別馬的人。㉖造父　周穆王時人，善於駕馬。㉗蘭茝都是香草。㉘人莫見之故不芬　本或作「不為人莫見之故不芳」。㉙桀殺關龍逢　參見卷四第二章。㉚鶴鳴于九皐二句　《詩經・小雅・鶴鳴》中的句子。皐，沼澤。九，虛指，形容多，指沼澤的曲折。

【語　譯】孔子被圍困在陳、蔡之間的時候，坐在三種經書的講席上，七天沒有糧食吃，喝的野菜湯裡也沒有米。弟子們都有飢餓的臉色，但是讀《詩》、《書》、學習禮樂沒有停止。子路向孔子進諫說：「做好事的人天會以福祉來回報他，做壞事的人天會以災禍來回報他。現在您積累仁德，做好事已經有很長時間了，大概還有什麼遺漏的善行沒有做吧？為什麼現在的處境這麼窮苦呢？」孔子說：「仲由你過來！你是一個小人，沒有學習過道理。坐下來，我和你說。你認為有智慧的人就不會遭受罪過嗎，那麼王子比干為什麼會被剖開心而死呢？你認為講求道義的人就會被聽信嗎，那麼伍子胥為什麼會挖下自己的眼睛懸在吳國的城東門上？你認為廉潔的人就會被任用嗎，那麼伯夷、叔齊為什麼會餓死在首陽山上？你認為忠誠的人就會被任用嗎，那麼鮑叔為什麼得不到任用？葉公子高一輩子不再做官，鮑焦抱著樹木哭泣，介子推住在山裡被焚燒。所以君子學問淵博、智謀深遠，但是沒有遇到好時機的人很多，哪裡只是我一個人呢！賢與不賢，是他本身的資質；能不能遇到一個合適的君主，那是時機。現在沒有一個好的時機，賢能又能夠用到什麼地方呢？所以虞舜在歷山南種田，後來被立為天子，這是因為他遇到了堯；傅說背著土去築牆，後來被任命為大夫，這是因為他遇到了商王武丁；伊尹本來是有莘氏的僕人，背著食器和切菜板，調和五種滋味，後來被任用為宰相，這是因為他遇到了商湯；呂望五十歲的時候還在孟津那裡賣食品，七十歲還在朝歌做屠夫，九十歲時才做了天子的老師，這是因為他遇到了周文王；管仲被囚在檻車裡面，後來被任用，號稱『仲父』，這是因為他遇到了齊桓公；百里奚把自己賣了五張羊皮的價格，為秦國的國君放牛，後來被任用為大夫，這是因為遇到了秦繆公；虞丘名聞於天下，被任用為楚國的令尹，後來他把自己的位子讓給了孫叔敖，這是因為遇到了楚莊王；伍子胥在吳國時先前立了很多功勞，後來卻被殺死了，並不是他的智慧先前很好，後來衰落，而是因為先前遇到的是闔閭，後來遇到的是夫差。千里馬疲憊地拉著裝鹽的車子，並不是沒有好馬的形體容貌，而是沒有人能夠瞭解牠。如果千里馬遇不上伯樂，哪裡能夠展示牠日行千里的快足呢？造父也顯示不出他善於駕千里馬的手了。香草生長在茂密的樹林裡，深山之中，但是並不因為沒有人看到它就不芳香了。學者並不是為了要顯達，而是為了窮苦之時也不會覺得困苦，憂慮的時候志氣也不會衰落。預先知道福和禍的開端，心中沒有迷惑。所以聖人隱居自己，念慮深湛，有自己獨到的見聞。舜是一位賢達聖明的人，他坐朝南面而治理天下，這只是因為他遇到了堯。如果舜生活在夏桀、商紂的時代，能夠自己免除刑罰殺戮，就算是很好的了，哪裡還會登上天子的位子呢？夏桀殺掉關龍逢，商紂殺掉王子比干，在這個時候，難道是關龍逢不聰明，王子比干沒有智慧嗎？這都是因為他們沒有遇上一個好的時機。所以君子是致力於學問，修養自己的身心，端正自己的行為，而等待時機的那種人。你不要有所迷惑。」《詩經》上說：「鶴在曲折的沼澤裡鳴叫，聲音可以傳達到天上。」

【研析】君臣遇合，是古代士人的最大理想；而賢才不能夠為世所用，生不逢時，卻是歷史上更常見的事情。對待這種情況，只有加強自己的個人修養，以待時而已，如果終身未遇明君，那也只能說是自己的不幸，歸結為「天命」。所以《論語》中子貢對孔子說：「有美玉於斯，韞櫝而藏諸，求善賈而沽諸？」孔子回答說：「沽之哉！沽之哉！我待賈者也！」孔子所等待的便是一個出仕的合適時機。按照孟子的話說便是「窮則獨善其身，達則兼濟天下」，達與不達，並非由自己來決定，能夠由自己來決定的，只有自己的「獨善」而已，也就是本章中所說的「君子務學，修身端行，而須其時者也」。這一章以大量的歷史事例來說明遇與不遇的道理，意在強調個人的修養是內在的，是可以用自己一生的努力去做的；至於能否遇到賢明的君主，從而推行自己的「道」，卻是一種天命，自己不能夠去掌握的。

7. 曾子曰：「往而不可還者，親也；至而不可加者，年也。是故孝子欲養而親不待也，木欲直而時不待也。是故椎牛❶而祭墓，不如雞豚逮存親也。故吾嘗仕齊為吏，祿不過鍾釜❷，尚猶欣欣而喜者，非以為多也，樂其逮親也。既沒之後，吾嘗南遊於楚，得尊官焉，堂高九仞❸，榱題三圍❹，轉轂❺百乘，猶北鄉❻而泣涕者，非為賤也，悲不逮吾親也。故家貧親老，不擇官而仕，若夫信❼其志約其親者，非孝也。」《詩》曰：

「有母之尸饔❽。」

【注　釋】❶椎牛　用椎擊殺牛。❷鍾釜　六斛四斗為一鍾，六斗四升為一釜。這裡形容其少。❸仞　七尺或者八尺為一仞。❹榱題三圍　榱，屋椽。題，頭。圍，古代計量周長的約略單位，說法不一。三圍，指屋椽很粗大。❺轉轂　指車子。❻鄉　同「向」。❼信　同「伸」。❽有母之尸饔　《詩經・小雅・祈父》中的句子。尸，意同「失」。饔，熟食。

【語　譯】曾子說：「去世了之後就不能夠再回來了的，這是自己的父母親；到了一定的時候就沒有辦法再增加的，這是人生活的年限。所以孝順的子女雖然想去奉養父母，但是父母卻不會在那裡等待的；樹木想長得很直，但是時間卻不會在那裡等待它長直。所以與其等到父母死後殺牛來祭祀他們的墓，不如趁他們還活著的時候用雞和豬來奉養他們。所以我曾經在齊國做過官吏，俸祿只有很少一點，但我尚且覺得高興，並不是認為俸祿很多，而是因為能夠趁著父母親在的時候及時奉養他們而感到快樂。父母親去世之後，我曾經到南方的楚國，做了很高的官，堂上就有九仞那麼高，屋椽的頭有三圍那麼粗，車子有百輛，但我還是向著北方哭泣，並不是因為自己地位低賤，而是因為沒有辦法奉養父母而感到悲傷。所以家境貧窮而父母年老的人，不選擇一個合適的官職才肯去做，如果為了使自己的志向得到施展，而使父母親貧困的人，就是不孝順。」《詩經》

上說：「有母親，卻不能夠供養她。」

【研析】這一章的內容，與卷一第一章大體是一樣的。孝子在於能夠使自己的父母得到安養，得到快樂，以盡其天年，所以趁著父母還在的時候，要盡這一分孝心；這比父母不在了之後，用更多的祭品去祭祀要好得多，也實際得多。

8. 趙簡子有臣曰周舍，立於門下，三日三夜。簡子使問之曰：「子欲見寡人，何事？」周舍對曰：「願為諤諤❶之臣，墨筆操牘❷，從君之過❸，而日有記也，月有成也，歲有効❹也。」簡子居則與之居，出則與之出。居無幾何，而周舍死，簡子如喪子。後與諸大夫飲於洪波之臺，酒酣❺，簡子涕泣，諸大夫皆出走，曰：「臣有罪而不自知。」簡子曰：「大夫皆無罪。昔者吾有周舍有言曰：『千羊之皮，不若一狐之腋；眾人諾諾，不若一士之諤諤。』昔者商紂默默而亡，武王諤諤而昌。今自周舍之死，吾未嘗聞吾過也，吾亡無日矣，是以寡人泣也❻。」

【注 釋】❶諤諤 直言的樣子。❷墨筆操牘 拿著墨、筆和版牘。牘，書版。❸從君之過 《類聚》、《御覽》引作「從君之后，伺君過而書之」。伺，觀察。❹効 同「效」。效驗；成效。❺酣 喝酒盡興。❻是以寡人泣也 這句後面應該脫去了引詩的部分。

【語 譯】趙簡子有一個家臣叫周舍，站在他的門前，三天三夜。趙簡子派人去問他說：「你想要來見我，是因為什麼事啊？」周舍回答說：「我想做一個直言諫諍的大臣，跟在您的後面，觀察您的過錯而把它們記下來，每天都有記錄，每月都有成績，每年都有成效。」趙簡子住就和他一起住，出去就和他一起出去。過了沒有多長時間，周舍死了，趙簡子就好像是自己的兒子死了一樣。後來趙簡子和大夫們在洪波臺上飲酒，酒正喝得盡興的時候，趙簡子哭泣起來，大夫們都跑出去，說：「我們有罪過，但是自己卻不知道。」趙簡子說：「你們都沒有罪過。以前我有一個臣子周舍有一句話說：『一千張羊皮，還比不上一隻狐狸腋下的毛；唯唯喏喏的許多人，也比不上一個正直敢言的士人。』以前商紂王因為他的臣子們都默默地不說話，所以滅亡了；周武王因為他的臣子都正直敢言，所以昌盛。現在自從周舍死了以後，我沒有聽到過自己的過錯，我滅亡的時間也不久了吧，所以我才哭泣。」

【研 析】人能夠時常尋求自己的過失，經常有人指出自己的過失，這本身是一件好事，但也只有真正願意改過的人才能夠虛心接受，趙簡子便是這樣的人。趙簡子因為失去了能夠對自己直言的臣子而哭泣，這種求過之心是難能可貴的，如果在上位之人都能夠有這樣的心理，一定會將自己的治地治理好。

9. 傳曰：齊景公問晏子：「為人何患❶？」晏子對曰：「患夫社❷鼠。」景公曰：「何謂社鼠？」晏子曰：「社鼠出竊於外，入託於社。灌之恐壞墻，燻之恐燒木，此鼠之患。今君之左右，出則賣君以要❸利，入則託君不罪乎亂法，君又并覆而育之，此社鼠之患也。」景公曰：「嗚呼，豈其然？」「人有市酒而甚美者，置表❹甚長，然至酒酸而不售。問里人其故，里人曰：『公之狗甚猛，而人有持器而欲往者，狗輒迎而齧之，是以酒酸不售也。』士欲白萬乘之主，用事者迎而齧之，亦國之惡狗也。左右者為社鼠，用事者為惡狗，此國之大患也。」《詩》曰：「瞻彼中林，侯薪侯蒸❺。」言朝廷皆小人也。

【注釋】❶為人何患　《說苑》作「國何患」，向宗魯認為當據《韓非子》、《晏子》補作「治國何患」。❷社　古代稱土地神以及祭祀土地神的地方和禮儀。❸要　求。❹置表　懸掛旗幟。❺瞻彼中林二句　《詩經・小雅・正月》中的句子。中林，林中。薪，柴。蒸，細柴。樹林中本來都應該生長一些大樹，但是這裡卻只有柴枝，用來比喻小人充斥，賢臣放逐。

【語譯】古書上說：齊景公問晏子說：「治理國家有什麼憂慮呢？」晏子回答說：「應該對土神

廟中的老鼠感到憂慮。」齊景公問：「什麼是土神廟裡的老鼠？」晏子說：「土神廟裡的老鼠出來到外面偷東西，回去就躲在土神廟裡。如果用水去灌的話，怕損壞了那裡的牆；用火去燻的話，又怕把那裡的木頭燒起來，這是老鼠的禍害。現在國君的左右之人，出去就出賣國君來求取利益，回來就託身在君主的左右，不會因為擾亂國法而被定罪，您又把他們一起都庇護養育起來，這也是土神廟裡老鼠的禍患。」齊景公說：「啊，難道真的是這樣嗎？」晏子又說：「有一個賣酒的人，他的酒很好，酒旗也掛得很高，但是他的酒卻等到酸了也賣不出去。他就向鄉裡人詢問其中的緣故。鄉裡人說：『你的狗很兇猛，有人拿著酒器想到你那裡買酒的時候，狗就迎上來咬他，所以你的酒直到發酸都賣不出去。』有士人想要對國君您進諫，那些當權的大臣就迎上去咬他，這也是國家裡的惡狗。您的左右是土神廟中的老鼠，當權的大臣是惡狗，這都是國家的大禍患。」《詩經》上說：「看看那樹林裡面，都是些或粗或細的柴火。」說的是朝廷裡面都是一些小人。

【研析】一般而言，君主總是希望能夠治理好自己的國家，但是往往事與願違，其中的重要原因就是他所任用的臣子並不為國家和國君考慮，而只為自己謀利。這一章裡，晏子用兩個比喻來說明齊景公周圍的臣子的惡處。社鼠因為受到社樹社木的掩護，雖然人們知道牠們的危害，卻沒有辦法將其除去；惡狗阻止了客人和主人的交通，導致雙方都受到損失。如果國君周圍都是社鼠、惡狗這樣的臣子，想將國家治理好，幾乎是不可能的事。

10. 昔者司城子罕❶相宋，謂宋君曰：「夫國家之安危，百姓之治亂，在君之行。夫爵祿賞賜，舉人之所好也，君自行之。殺戮刑罰，民之所惡也，臣請當之。」君曰：「善。寡人當其美，子受其惡，寡人自知不為諸侯笑矣。」國人知殺戮之刑專在子罕也，大臣親之，百姓畏之，居不期年，子罕遂去宋君而專其政。故老子曰：「魚不可脫於淵，國之利器❷不可以示人。」《詩》曰：「胡為我作，不即我謀❸？」

【注釋】❶司城子罕　司城，宋國官名，相當於司空。子罕，即《左傳》中的樂喜。❷國之利器　指國家的權柄。❸胡為我作二句　《詩經・小雅・十月之交》中的句子。我作，役使我。作，服勞役。即，就；到。謀，商量。

【語譯】以前司空子罕做宋國的相國，對宋國的國君說：「國家的安定和危險，老百姓是得到治理還是混亂，在於國君的行為。官爵、俸祿和賞賜，都是人們所喜好的東西，國君應該自己來行使它。殺戮和實施刑罰，都是老百姓所厭惡的，就讓我來承擔它。」宋君說：「好。我承擔其中的美事，你承受一些惡名，我自己知道不會被諸侯笑話了。」國中的人知道殺戮的刑罰由子罕專門去掌管，大臣來親附他，老百姓害怕他，過了不到一年時間，子罕就把宋國的國君趕走了，而獨攬宋國的政權。所以老子說：「魚不能離開水淵，國家的權柄不能夠顯露出來。」《詩經》上說：「為什麼讓我去服勞役，也不和我商量一下？」

【研 析】這一章講宋君失國的原因，在於將刑罰的大權下放在子罕手中，這實際上與宋君本人的昏庸有關。從理論上來說，國君不可能事必躬親，所以當然必須將各種事情委託臣子處理，只是自己還要總持國政，對大臣需有一定的限制而已。宋君不能識人之賢否，就聽任其言，也是造成這種後果的重要原因。再加上子罕不能為國為君盡忠盡力，種種因素合起來，才會導致宋君的失國。

11. 衛懿公❶之時，有臣曰弘演者，受命而使未反，而狄人❷攻衛，於是懿公欲興師迎之。其民皆曰：「君之所貴而有祿位者，鶴也。所愛者，宮人也。亦使鶴與宮人戰，余安能戰？」遂潰而皆去。狄人至，攻懿公於熒澤，殺之，盡食其肉，獨舍其肝。弘演至，報使於肝，辭畢，呼天而號。哀止，曰：「若臣者，獨死可耳。」於是遂自刳出腹實，內❸懿公之肝，乃死。桓公❹聞之曰：「衛之亡也，以無道也。今有臣若此，不可不存。」於是復立衛於楚丘。如弘演，可謂忠士矣。殺身以捷❺其君，非徒捷其君，又令衛之宗廟復立，祭祀不絕，可謂有大功矣。《詩》

曰：「四方有羨，我獨居憂。民莫不穀，我獨不敢休❻。」

【注釋】❶衛懿公　春秋時衛君，名赤，喜歡養鶴，鶴有乘軒車的，《左傳》中有記載。❷狄人　北方的少數民族。❸內　同「納」。放進去。❹桓公　指齊桓公。❺捷　《冊府元龜》作「殉」，殉即徇，通「殉」，殉難。❻四方有羨四句　《詩經·小雅·十月之交》中的句子。羨，羨餘；富裕。居，語詞。穀，《毛詩》作「逸」，安逸；逸樂。

【語譯】衛懿公的時候，有一個大臣叫做弘演，受君主之命出使他國還沒有回來，北方的狄人攻打衛國，於是衛懿公打算帶領軍隊去迎戰。他的老百姓都說：「國君所看重並且給予牠俸祿爵位的，是鶴；他所喜愛的，是他的宮女。就讓鶴與宮女去打仗吧，我怎麼能和狄人打仗呢？」於是都逃散而去。狄人到達的時候，在熒澤這個地方攻打衛懿公，殺了他，將他的肉都吃掉了，只剩下他的肝。弘演出使回來，向衛懿公的肝回報了出使的情況，報告完之後，呼天而號哭。等他停止了哀傷，說：「做臣子的，只好死才行。」於是將自己腹中的內藏都挖出來，將衛懿公的肝放進去，然後才死去。齊桓公聽說了這件事之後，說：「衛國之所以滅亡，是因為它的國君昏瞶無道。現在它卻有這樣的大臣，不能不讓衛國保存下來。」於是在楚丘這個地方重新建立衛國。像弘演這樣的人，可以說是忠誠的士人了。殺掉自己為國君殉難，不獨為國君殉難，又讓衛國的宗廟重新得到建立，祭祀代代不絕，可以說是對衛國有大功勞了。《詩經》上說：「四方的人都很富裕，只有我一個人憂愁。老百姓生活都很安逸，只有我不敢休息。」

【研　析】衛懿公好鶴而不愛民，因此而身死國滅，這本來並不是一個值得為他盡忠的國君，但是在弘演看來，忠誠是第一位的，所以為他而死。本章中稱弘演是「忠士」，也未嘗不可，因為在古代的確有大量類似於弘演這樣的例子，而且一般情況下是受人稱讚的。但是如果說弘演是「愚忠」，大概也是可以的，因為從道理上來說，他不會不知道衛懿公並非一個賢君，託身於這樣一個君主，真正有才能的士人，恐怕是不會去做的。

12. 孫叔敖遇狐丘丈人❶，狐丘丈人曰：「僕聞之，有三利必有三患，子知之乎？」孫叔敖蹵然❷易容曰：「小子不敏，何足以知之？敢問何謂三利？何謂三患？」狐丘丈人曰：「夫爵高者人妒之，官大者主惡之，祿厚者怨歸之，此之謂也。」孫叔敖曰：「不然。吾爵益高，吾志益下；吾官益大，吾心益小；吾祿益厚，吾施益博。可以免於患乎？」狐丘丈人曰：「善哉言乎，堯舜其猶病諸！」《詩》曰：「溫溫恭人，如集于木；惴惴小心，如臨于谷❸。」

【注　釋】❶狐丘丈人　狐丘，地名。丈人，對老人的尊稱。❷蹵然　恭敬的樣子。❸溫溫恭人四句　《詩經・

小雅・小宛》中的句子。溫溫，柔和的樣子。恭人，恭謹的人。集，止。惴惴，憂懼的樣子。

【語　譯】孫叔敖遇到狐丘這裡的一個老人，狐丘老人對他說：「我聽說過，有三種利益，一定會有三種禍患，你知道嗎？」孫叔敖很恭敬地改變了容貌說：「我很愚鈍不敏捷，怎麼能夠知道呢？我斗膽問一下什麼叫做三種利益，什麼叫做三種禍患？」狐丘老人說：「爵位高的，人就嫉妒他；官做得大的，君主厭惡他；俸祿豐厚的，人就怨恨他，這就是三利三患。」孫叔敖說：「不是這樣的。我的爵位越高，我的志意越謙下；我的官職越大，我越是小心翼翼；我的俸祿越豐厚，我施予他人的越廣博。這樣可以免除禍患嗎？」狐丘老人說：「說得真好啊，堯、舜都難以做到呢！」《詩經》上說：「柔順溫良恭謹的人，就像是爬到了樹上。小心翼翼的樣子，就像是站在深谷的邊上。」

【研　析】《老子》說：「禍兮，福之所倚；福兮，禍之所伏。」事物都有它的兩面性，高官厚祿，是一般人都想得到的，如果不能善處其位，必然會引來禍患。孫叔敖不以官位驕人，厚祿與民共之，這樣的處理辦法很好，可是很難做得到。由此可以得見，孫叔敖的確是一位賢人。

13.　孔子曰：「明王有三懼：一曰處尊位而恐不聞其過，二曰得志而恐驕，三曰聞天下之至道而恐不能行。昔者越王句踐與吳戰，大敗之，兼有南夷。當是之時，君南面而立，近臣三，遠臣五。令諸大夫曰：『聞過而不以告我者為上戮。』此處尊位而恐不聞其過也。昔者晉文公與楚戰，大勝之，燒其草❶，火三日不息。文公退而有憂色，侍者曰：『君大勝楚而有憂色，何也？』文公曰：『吾聞能以戰勝安者，惟聖人。若夫詐勝之徒，未嘗不危，吾是以憂也。』此得志而恐驕也。昔者齊桓公得管仲、隰朋，南面而立，桓公曰：『吾得二子也，吾目加明，吾耳加聰，不敢獨擅，進之先祖。』此聞至道而恐不能行者也。由桓公、晉文、越王句踐觀之，三懼者，明君之務也。」《詩》曰：「溫溫恭人，如集于木。惴惴小心，如臨于谷。戰戰兢兢，如履薄冰❷。」此言大王❸居人上也。

【注釋】❶草　俞樾認為應該作「軍」。軍營；營壘。❷溫溫恭人六句　《詩經・小雅・小宛》中的句子。

❸大王　周校本認為應該作「明王」。

【語譯】孔子說：「聖明的君王懼怕三種情形：一是處在尊貴的地位恐怕不能夠聽到他自己的過錯，二是得志的時候恐怕自己驕傲，三是聽到了天下最高明的道理恐怕自己做不到。以前越王句踐和吳國戰鬥，把吳國打得大敗，兼併了南方的部落。在這時候，國君面向南而處理國家的政事，親近的臣子有三位，較遠的臣子有五位。句踐對大夫們發布命令說：『聽到我的過失而不告訴我的，要受到最重的懲罰。』這是處在尊貴的地位而恐怕聽不到自己的過錯。以前晉文公和楚國戰鬥，獲得大勝，燒掉了楚軍的軍營，火燒了三天還沒有熄滅。晉文公回來臉上有憂慮的顏色，侍候他的人問他：『您大勝了楚國卻有憂慮的顏色，這是為什麼呢？』晉文公說：『我聽說戰勝了敵國而能夠安定的，只有聖人。至於通過謀詐取得勝利的人，沒有不危險的，所以我感到憂慮。』這是得志以後恐怕自己驕傲。以前齊桓公得到管仲、隰朋為自己的大臣，面向南方而聽政，齊桓公說：『我得到兩個人，我的眼睛就更加能夠看得清楚，我的耳朵也能夠聽得更加清楚，我不敢獨自占有這兩個人，我把他們進薦給我的祖先。』這是聽說了天下最高明的道理而怕自己做不到。從齊桓公、晉文公、越王句踐來看，這三種畏懼，是聖明的君主所要去做的事務。」《詩經》上說：「柔順溫良恭謹的人，就像是爬到了樹上。小心翼翼的樣子，就像是站在深谷的邊上。戰戰兢兢恐懼的樣子，就像是走在很薄的冰面上。」這裡說的是聖明的君王如何居於眾人之上的道理。

【研　析】人之常情，地位越高，越容易自我驕傲，越難以自我反省，因此即使聽聞了大道也不願意實行。本章中所舉的句踐、晉文公、齊桓公，都是一國的國君，在得志的情況下，卻都能夠反省自己，以一種畏懼的態度對待自己的成功，這樣就不會失掉自己的功績，所以說這是「明君之務也」。《老子》中說「寵辱若驚」，也只有這樣，才能在各種情形下都不失去自我。

14. 楚莊王賜其群臣酒，日暮酒酣，左右皆醉，殿上燭滅，有牽王后衣者。后抎冠纓而絕之❶，言於王曰：「今燭滅，有牽妾衣者。妾抎其纓而絕之，願趣火❷視絕纓者。」王曰：「止！」立出令曰：「與寡人飲，不絕纓者不為樂也。」於是冠纓無完者，不知王后所絕冠纓者誰。於是王遂與群臣歡飲乃罷。後吳興師攻楚，有人常為應行❸合戰者，五❹陷陣卻敵，遂取大軍❺之首而獻之。王怪而問之曰：「寡人未嘗有異於子，子何為於寡人厚也？」對曰：「臣先殿上絕纓者也。當時宜以肝膽塗地❻，負❼日久矣，未有所効❽，今幸得用，於臣之義，尚可為王破吳而強楚。」《詩》曰：「有漼者淵，萑葦渒渒❾。」言大者無不容也。

【注釋】❶抎冠纓而絕之　抎，拉拽。冠纓，帽子上的繫帶。絕，斷。❷趣火　趕快點火。趣，快。❸應行　首行；前行。❹五　虛指，指多次。❺大軍　將軍。❻肝膽塗地　肝膽塗抹在地上。指被殺。❼負　周校本認為應該作「為」。❽効　效力；獻力。❾有漼者淵二句　《詩經・小雅・小弁》中的句子。漼，水深的樣子。萑，《毛詩》作「萑」。萑葦，蘆葦。渒渒，《毛詩》作「淠淠」，義同，茂盛的樣子。

【語譯】楚莊王賞賜他的大臣們飲酒，天色晚了，喝酒正喝到盡興的時候，大臣們都喝醉了，這時宮殿上的燭火熄滅了，有人拉了王后的衣服。王后拉斷了他帽子上的帶子，對楚莊王說：「現在燭火熄滅了，有人拉了我的衣服，我拉斷了他帽子上的帶子，請趕快點火看看是誰的帽子斷了。」楚莊王說：「不要這樣。」立刻下令說：「和我喝酒，不把帽帶子弄斷了，不能算是快樂。」於是沒有人帽子的帶子還是完好的，不知道被王后拉斷了帽帶子的是誰。於是楚莊王和大臣們快樂地飲酒而結束了宴會。後來吳國發兵攻打楚國，楚軍中有一個人常常為先鋒和吳軍交戰，多次衝入敵陣中打退敵人，最後割下了對方將軍的首級獻給楚莊王。楚莊王覺得奇怪，問他說：「我對你並沒有特殊的優待，你對我為什麼這麼好呢？」那個人回答說：「我是從前在殿上帽帶子被拉斷的人。當時就應該被殺，現在已經過了很長時間了，沒有機會為您效力，今天有幸被任用，在做臣子的道義上，我還可以替大王擊破吳國，使楚國強大。」《詩經》上說：「河淵裡的水非常深，蘆葦很茂盛。」說的是心胸寬廣的人沒有什麼不包容的。

【研　析】寬容是一個國君所必須具備的品格，古代的國君把握生殺予奪的權力，如果事事都不能寬容，必將殺人眾多，而使臣民無所措其手足。本章中楚莊王能夠做到這一點，就是一個很好的例子，楚莊王不失為一個賢君，他的大臣才能盡力效忠於他。這一章可以和卷十中的第十二章秦穆公的事情對照起來讀。

15.

傳曰：伯奇孝而棄於親❶，隱公慈而殺於弟❷，叔武賢而殺於兄❸，比干忠而誅於君。《詩》曰：「予慎無辜❹。」

【注釋】❶伯奇孝而棄於親　伯奇，周朝尹吉甫的兒子，尹吉甫聽信後妻的讒言，把他趕走。❷隱公慈而殺於弟　隱公，魯隱公，魯惠公庶子，魯桓公的庶兄。惠公去世時，桓公尚幼，隱公攝政，公子翬建議隱公殺桓公自立，隱公不同意。公子翬遂向桓公進讒言，桓公因此殺了隱公。❸叔武賢而殺於兄　叔武是春秋時衛侯鄭的弟弟。衛國人逐衛侯，立叔武為君，叔武不想做，又恐怕他人為君之後，衛侯不能復位，就先做了衛君，又設法讓衛侯回國。衛侯回國之後，認為叔武篡位，將他殺掉。❹予慎無辜　《詩經・小雅・巧言》中的句子。慎，誠。辜，罪。

【語　譯】古書上說：伯奇孝順卻被父親棄逐，魯隱公慈愛卻被弟弟所殺，叔武是個賢人卻被哥哥所殺，比干忠誠卻被君王誅殺。《詩經》上說：「我真的沒有罪過。」

【研　析】無罪而見棄被殺，只能說明殺人者的殘暴，本章所舉的伯奇、魯隱公、叔武、比干，都是無過錯而且有道德的人，這大概只能歸結為「天命」吧。

16. 紂殺王子比干，箕子被髮佯狂；陳靈公殺泄冶，鄧元去陳以族從❶。自此之後，殷并於周，陳亡於楚，以其殺比干、泄冶而失箕子、鄧元也。燕昭王得郭隗、鄒衍、樂毅，是以魏、趙興兵而攻齊，棲於莒❷。燕之❸

地計眾，不與齊均也，然所以信❹燕至於此者，由得士也。故無常安之國，無宜治之民，得賢者昌，失賢者亡。自古及今，未有不然者也。明鏡者，所以照形也；往古者，所以知今也。知惡古之所以危亡，而不務襲蹈其所以安存，則未有以異乎卻走而求逮前人也。太公❺知之，故舉微子之後❻，而封❼比干之墓。夫聖人之於賢者之後，尚如是厚也，而況當世之存者乎？《詩》曰：「昊天太憮，予慎無辜❽。」

【注釋】❶陳靈公殺泄治二句　陳靈公和其大夫孔寧、儀行父與夏姬私通，大夫泄治勸諫，被靈公所殺。鄧元，陳國大夫。❷燕昭王得郭隗鄒衍樂毅三句　趙懷玉校本作：「燕昭王得郭隗，而鄒衍、樂毅以魏、齊至之。於是舉兵而攻齊，棲閔王於莒。」燕敗於齊，燕昭王即位後，招納賢士，為郭隗築黃金臺，鄒衍、樂毅等人皆至，國家逐漸富強，這時任樂毅為上將軍，討伐齊國，下齊七十餘城。❸之　《說苑》作「校」，賈誼《新書》作「度」。❹信　同「伸」。❺太公　即姜太公。❻舉微子之後　微子名啟，是商紂王的庶兄，紂王無道，微子進諫，不聽，微子遂去。武王滅商，封紂子武庚於宋，後武庚叛亂被殺，復將宋地封給微子。❼封　積土成高堆。❽昊天太憮二句　《詩經・小雅・巧言》中的句子。昊天，上天。憮，同「幠」。疏忽。

【語譯】商紂王殺掉王子比干，箕子披散頭髮假裝發狂；陳靈公殺掉泄治，鄧元帶著自己的族人離開了陳國。從此以後，殷朝被周朝吞併，陳國被楚國滅亡，就是因為他們殺了王子比干、泄治，而失去了箕子、鄧元。燕昭王得到郭隗，而鄒衍、樂毅分別從魏國和齊國到來。於是發兵攻打齊國，把齊閔王困在莒地。測量燕國的土地，計算它的人口，不能夠和齊國相比，然而燕國的勢力之所以能夠伸展到齊國的原因，是由於它得到了賢能的士人。所以天下沒有永遠安定的國家，沒有適合治理的人民，得到賢人就會昌盛，失去賢人就會滅亡。從古到今，沒有不是這樣的。明亮的鏡子是用來照自己的形體的；已經發生過的事情，是用來瞭解今天的。知道厭惡古代國家危亡，卻不致力於遵循古代國家之所以安定保存的道理，這就和倒著行走卻希望能夠追趕上前面的人沒有什麼不同。姜太公知道這個道理，所以封給微子的後代一個國家，修建比干的墓地。聖人對於賢者的後代，還這樣優厚，何況是當世還存在的賢人呢？《詩經》上說：「上天太疏忽了，我真是沒有什麼罪過。」

【研析】「得賢者昌，失賢者亡」，這是從歷史的經驗中得的教訓。這樣的教訓，對於君王或者執政者來說，實際上並不難理解，但是或者是由於他們自以為賢，因此沒有求賢之心；或者是因為他們雖想求賢，卻無力識別誰是真正的賢者，所以才導致國家的危亡。因而對於國君而言，如何能夠識別賢者，才是更重要的。

17. 宋玉❶因其友見楚襄王，襄王待之無以異。乃讓❷其友，友曰：「夫薑桂因地而生，不因地而辛；女因媒而嫁，不因媒而親。子之事王未耳，何怨於我？」宋玉曰：「不然。昔者齊有狡兔，盡一日而走五百里。使之瞻見指注❸，雖良狗，猶不及狡兔之塵。若攝纓而縱紲之，瞻見指注與❹？」《詩》曰：「將安將樂，棄予如遺❺。」

【注釋】❶宋玉　楚國大夫，以文學知名。❷讓　責備；責怪。❸瞻見指注　瞻，看。指，指示。注，通「屬」。屬目；注目。❹若攝纓而縱紲之二句　趙校本作：「若攝纓而縱紲之，則狡兔亦不能離也。今子之屬臣也，攝纓縱紲與？瞻見指注與？」文義較完整。攝，拉；牽。纓，掛在胸前的大帶。縱，放開。紲，牽狗的繩子。屬，同「囑」。託付。❺將安將樂二句　《詩經・小雅・谷風》中的句子。將，語詞，無義。遺，遺忘。

【語譯】宋玉通過他的朋友謁見了楚襄王，襄王對他和別人並沒有什麼不同。宋玉就責怪他的朋友，他的朋友說：「生薑、肉桂因為有了土地才能生長，但是並不因為有了土地而變得辛辣；女子通過媒人而出嫁，但是不能通過媒人使她和丈夫相處得親密。這是因為你侍奉君王沒有侍奉好，怎麼能夠抱怨我呢？」宋玉說：「不是這樣的。從前齊國有一隻狡猾的兔子，用了一天的時間就跑了五百里路。如果見到這隻兔子之後才指示矚目讓狗去追牠，即使是很好的獵狗，也會連狡兔奔跑時揚起的灰塵都追不到。如果拉去狗胸前的大帶子，放開牽狗的繩子，那麼這狡猾的兔子也不能夠逃離。你現在將我託付給楚王，是拉去帶子放開繩子呢，還是看見之後才指示矚目呢？《詩經》上說：「等到安定快樂以後，就把我拋棄而遺忘了。」

【研析】本章中的主旨不太清楚。據文義推測，宋玉的意思，大概是說自己侍奉楚襄王時，受到很多的限制，而沒有能夠充分地展現自己的才能。而據所引《詩經》中的詩句，則意在說明對於朋友棄置不顧。也許這兩方面的意思都有。向國君推薦人才，當然應該讓國君明白他的才能究竟適合於哪一方面，不能夠不將他的才能說清楚，也不能推薦了之後就完全不問了，所以才引起宋玉的抱怨。

18. 宋燕❶相齊，見逐罷歸之舍。召門尉❷陳饒等二十六人曰：「諸大夫有能與我赴諸侯者乎？」陳饒等皆伏而不對。宋燕曰：「悲乎哉，何士大夫易得而難用也！」饒曰：「君弗能用也❸。則有不平之心❹，是失之己而責諸人也。」宋燕曰：「夫失諸己而責諸人者何？」陳饒曰：「三斗之稷，不足於士，而君鴈鶩❺有餘粟，是君之一過也；果園梨栗，後宮婦人以相提❻擲，士曾不得一嘗，是君之二過也；綾紈綺縠❼，靡麗於堂，從風而弊，士曾不得以為緣，是君之三過也。且夫財者，君之所輕也；死者，士之所重也。君不能行君之所輕，而欲使士致其所重，猶譬鉛刀畜之❽而干將❾用之，不亦難乎？」宋燕面有慚色，逡巡避席曰：「是燕之過也。」《詩》曰：「或以其酒，不以其漿❿。」

【注釋】❶宋燕　戰國時人，《戰國策》作管燕，《說苑》作宗衛。❷門尉　守門的官。❸君弗能用也　這句話之上，《群書治要》還有「非士大夫易得而難用也」十個字。❹則有不平之心　這句話之上，《群書治要》還有「君不能用」四個字。❺鴈鶩　鴈，鵝。鶩，鴨。❻提　擲；扔。❼綾紈綺縠　綾，一種薄絲織品。紈，細絹。綺，有花紋或圖案的絲織品。縠，有皺紋的紗。❽鉛刀畜之　鉛刀，鉛做的刀，鉛的質地軟，做的刀不鋭利，用來比喻無用的人和物。畜，養。❾干將　寶劍。❿或以其酒二句　《詩經・小雅・大東》中的句子。

【語　譯】宋燕做齊國的卿相，被驅逐罷免而回到家中。就召集了守門人陳饒等二十六個人說：「大夫們有沒有能夠和我一起到其他諸侯那裡去的呢？」陳饒等人都伏在地上不回答。宋燕說：「悲哀啊，為什麼士大夫很容易得到卻不能夠為人所用呢？」陳饒說：「這不是因為士大夫容易得到卻不能夠為人所用，而是因為您沒有能夠真正地任用他們。您不能夠真正任用他們，他們就會有憤憤不平的心理，這是過失在於自己卻去責備他人。」宋燕說：「我自己有過失而去責備他人，這表現在什麼地方呢？」陳饒說：「您給他們三斗的穀物，這對於士人來說是不夠吃的，但是您的鵝鴨卻有多餘而吃不完的粟米，這是您的第一個過錯；果園裡面生長的梨子、栗子，您後宮裡的婦女拿著互相投擲遊戲，但是士人卻不能夠嘗一嘗，這是您的第二個過錯；您的那些綾羅綢緞，華麗地掛在廳堂上，直至它們被風吹得弊壞了，但是士人想用它來做衣服的邊緣都不能夠得到，這是您的第三個過錯。況且財物，是您所輕視的東西；死亡，是士人所重視的東西。您不能夠把您所輕視的東西施予士人，卻要求士人為您獻上他們所重視的東西，就好像把他們當作鉛刀來對待，卻要求他們發揮寶劍一樣的作用，這不是很困難嗎？」宋燕臉上現出了慚愧的顏色，徘徊著避開席位說：「這是我的過錯。」《詩經》上說：「有人喝著美酒，有的人卻連漿水也喝不到。」

【研　析】自己如何對待別人，別人當然也就會如何對待自己，如果給予別人的很少，對別人所要求的回報卻很高，這是做不到的。本卷第十一章所提到的衛懿公，便是因為好鶴而身死國亡，與本章中宋燕給予士人的糧食、衣服很少，卻用來供養鴨鵝、婦女等有類似之處。所以孟子說：「君之視臣如手足，則臣視君如腹心；君之視臣如犬馬，則臣視君如國人；君之視臣如土芥，則臣視君如寇讎。」與這一章中所說的道理是一致的。

19. 傳曰：善為政者，循情性之宜，順陰陽之序，通本末之理，合天人之際。如是則天氣奉養而生物豐美矣。不知為政者，使情厭❶性，使陰乘陽，使末逆本，使人詭❷天，氣鞠而不信❸，鬱而不宣。如是則災害生怪異起，群生皆傷而年穀不熟，是以其動傷德，其靜亡❹救。故緩者事之，急者弗知，日反理而欲以為治。《詩》曰：「廢為殘賊，莫知其尤❺。」

【注釋】❶厭　通「壓」。壓制。❷詭　違。❸鞠而不信　鞠，曲。信，同「伸」。❹亡　通「無」。❺廢為殘賊二句　《詩經・小雅・四月》中的句子。廢，習；習慣。殘賊，指殘害百姓的在位者。尤，過失。

【語　譯】古書上說：善於處理政事的人，遵循著人的合適的性情，順從著陰陽的次序，通達事物本末的道理，合乎天道和人道的界限。這樣做的話，則天的元氣能夠滋養，而萬物也就能夠生長得茂盛豐美。不知道處理政事的人，就會使人的情感壓過人的天性，使陰氣超過陽氣，使末節違背根本，使人道違背天道，人的元氣屈曲而得不到伸展，鬱結而得不到宣洩。這樣的話災害就會發生，怪異的事物就會興起，生命都受到傷害，五穀不能成熟，有所舉動就會傷害他的德性，靜止下來也無法挽救。所以一些不急之務他要去做，急需要做的事情他卻不知道要去做，每天做的事情都違背道理，卻想使國家得到治理。《詩經》上說：「習慣去做一個殘害人民的人，不知道自己的罪過。」

【研　析】政事應該順應人情和天道，三者本是一體的事情，所謂「循情性之宜，順陰陽之序，通本末之理，合天人之際」，這種觀念在本書中有多處表達。在漢代人的政治中也得到很明顯的運用，漢初的宰相陳平曾經說：「宰相者，上佐天子理陰陽，順四時，下育萬物之宜，外鎮撫四夷諸侯，內親附百姓，使卿大夫各得任其職焉。」而漢代另一個名相魏相也說：「陰陽者王事之本，群生之命，自古聖賢，未有不由者也。」因而本書中出現這麼多談陰陽與政事的篇章，實際上與漢代的政治觀念也有很密切的關係。

20. 魏文侯❶之時，子質❷仕而獲罪焉。去而北游，謂簡主❸曰：「從今已後，吾不復樹德於人矣。」簡主曰：「何以也？」質曰：「吾所樹堂上之士半，吾所樹朝廷之大夫半，吾所樹邊境之人亦半。今堂上之士❹恐我以法，邊境之人劫我以兵，是以不樹德於人也。」簡主曰：「噫，子之言過矣！夫春樹桃李，夏得陰其下，秋得食其實；春樹蒺藜，夏不可採其葉，秋得其刺焉。由此觀之，在所樹也。今子所樹非其人也，故君子先擇而後種也。」《詩》曰：「無將大車，惟塵冥冥❺。」

【注釋】❶魏文侯　戰國初期的諸侯魏斯。❷子質　《韓非子》作「陽虎」。但考之《左傳》事皆不合，而且時代也不在魏文侯時。❸簡主　《韓非子》中作「趙簡子」。❹今堂上之士　這幾個字後面趙懷玉校本補了「惡我於君，朝廷之大夫」幾個字。❺無將大車二句　《詩經・小雅・無將大車》中的句子。將，推。大車，牛拉的貨車。冥冥，昏暗的樣子。

【語譯】魏文侯的時候，子質在魏國做官犯了罪。離開魏國向北方去，對簡主說：「從今以後，我將不再在他人那裡樹立恩德了。」簡主問：「為什麼呢？」子質說：「公堂上的士人有一半是我所培養的，朝廷裡的大夫有一半是我所培養的，守衛邊境的人有一半是我所培養的。現在公堂上的士人在國君那裡說我的壞話，朝廷裡面的大夫用法令來恐嚇我，守衛邊境的人用兵器來脅迫我，所以我將不再在別人那裡樹立恩德了。」簡主說：「唉，你的話說錯了！春天種下桃樹、李樹，夏天可以在它們下面乘涼，秋天可以吃它們的果實；春天種下帶刺的蒺藜，夏天不能採摘它的葉子，秋天只能夠得到它的棘刺。由此看來，在於你種的是什麼。現在你所樹立的都不是有道德的人，所以君子應該先有所選擇，然後再去種植。」《詩經》上說：「不要去推那牛車，到處都揚起灰塵。」

【研　析】俗語說：「種瓜得瓜，種豆得豆。」培養人才也是一樣。善於培養人才的人，必須對於想要培養的人才經過一番考察，確定其資質，這樣便能夠讓這些人才順著自己的意願而成長，為自己或者國家作貢獻；不善於培養人才的往往是事與願違，子質便是屬於不善於培養人才的人，所以落得這樣的結果，只能夠怪自己當初沒有對人才進行選擇。

21. 正直者順道而行，順理而言，公平無私，不為安肆志，不為危激❶行。昔衛獻公❷出走反國，及郊，將班❸邑於從者而後入。太史❹柳莊曰：「如皆守社稷，則孰負羈縶❺而從？如皆從，則孰守社稷？君反國而有私也，無乃不可乎？」於是不班也。柳莊正矣。昔者衛大夫史魚病且死❻，謂其子曰：「我數言蘧伯玉❼之賢，而不能進；彌子瑕❽不肖，而不能退。為人臣，生不能進賢而退不肖，死不當治喪正堂，殯我於室足矣。」衛君問其故，子以父言聞君。造然❾召蘧伯玉而貴之，而退彌子瑕，從殯於正堂，成禮而後去。生以身諫，死以尸諫，可謂直矣。《詩》曰：「靖共爾位，好是正直❿。」

【注釋】❶激　本或作「易」。❷衛獻公　春秋時衛君，為大夫孫林父所逐，逃亡到齊國，後來回國復君位。❸班　同「頒」。頒賜。❹太史　官名，掌史事及天文曆法等。❺羈縶　羈，馬絡頭。縶，馬的韁繩。❻昔者衛大夫史魚病且死　這裡原來另分一條，趙懷玉校本將其合為一條。史魚，即史鰌，春秋時衛國大夫。❼蘧伯玉　春秋時衛國大夫，名瑗，以善改過知名。❽彌子瑕　衛靈公的寵臣。❾造然　急忙。❿靖共爾位二句　《詩經・小雅・小明》中的句子。靖，謀劃。共，同「恭」。恭敬。位，指本職工作。

【語譯】正直的人遵循著道義而做事，遵循著道理而說話，公平沒有私心，不因為安定就放肆自己的志意，不因為危險就改變自己的操行。以前衛獻公逃亡之後回國，到達國都城郊的時候，將要賜爵邑給跟隨自己流亡的人，然後再進入。太史柳莊對衛獻公說：「如果大家都留下來守衛國家，那麼誰背著馬絡韁繩跟隨您呢？如果都跟隨您逃亡，那麼誰來守衛國家呢？您一回來就有私心，這樣大概不可以吧？」於是就沒有頒賜爵邑給跟隨他的人。柳莊可以說是正直的。以前衛國的大夫史魚生病，快要死了，對他的兒子說：「我多次和國君說過蘧伯玉的賢能，但是沒有能夠讓他在朝廷裡得到任用；我也對君王說過彌子瑕的不賢，但是不能夠讓君主把他斥退。做人大臣的，活著的時候不能夠推薦賢人做官，把不賢的人斥退，死了以後不應該在正堂辦理喪事，把我的屍柩放在內室裡就行了。」衛君來弔喪，看到這種情形，就問其中的緣故，史魚的兒子把父親的話對衛君說了。衛君急忙召來蘧伯玉，讓他做高官，把彌子瑕免職，讓史魚的靈柩放在正堂，按照禮儀辦理喪事，然後才離開。活著的時候親自向君王進諫，死了以後還用屍體來勸諫，可以說是正直了。《詩經》上說：「認真地辦好你的本職工作，愛好這個正直的人。」

【研析】這一章裡所說的兩件事情都是和大臣的正直有關的。正直的大臣所考慮的都是國家的利益，而不是個人的利益。柳莊諫衛獻公，可以說是為了整個朝廷著想，使衛獻公能夠有一個公平無私的明君形象；史魚臨死之際，還不忘為國家推薦人才，去除奸惡，這些都是一個忠於國家的大臣所應該做的事情。

22. 孔子閒居，子貢侍坐，請問為人下之道奈何。孔子曰：「善哉，爾之問也。為人下其猶土乎？」子貢未達❶。孔子曰：「夫土者，掘之得甘泉焉，樹之得五穀焉，草木植焉，鳥獸魚鱉遂❷焉，生則立焉，死則入焉，多功不言，賞世不絕。故曰：能為下者，其惟土乎！」子貢曰：

「賜雖不敏，請事斯語。」《詩》曰：「式禮莫愆❸。」

【注釋】❶達　通達；理解。❷遂　生長。❸式禮莫愆　《詩經・小雅・楚茨》中的句子。式，語詞，無義。愆，過失。

【語譯】孔子閒住在家裡的時候，子貢侍候他坐著，請問孔子做人下屬應該怎麼樣。孔子說：「你問得很好啊。做人下屬大概就像土地一樣吧？」子貢沒有理解。孔子說：「土地，挖掘它就會得到甘美的泉水，在上面種植就能夠得到穀物，草木在上面生長，鳥獸魚鱉也都在那裡生長，人活著的時候就立在它上面，死了以後就埋在裡面，土地的功勞很多，但是沒有說一句話，它給予萬物的恩賜世世不絕。所以說：能夠做人的屬下的，大概就是土地吧！」子貢說：「我雖然不敏捷，請讓我按照這句話去做。」《詩經》上說：「遵循禮去做，沒有什麼過失。」

【研析】大地之廣博，無所不容，為人們奉獻一切，又可以為人們承擔一切責任。能夠具備這種精神的人，做好一名下屬當然是毫無問題的，更可貴的是，實際上這種精神也具備了一個「完人」所能夠具備的品格。

23. 傳曰：南假子過程本❶，本為之烹鱺魚。南假子曰：「聞君子不食鱺魚❷。」本子曰：「此乃君子食也，我何與焉❸？」假子曰：「夫高比所以廣德也，下比所以狹行也。比於善者，自進之階；比於惡者，自退之原也。且《詩》不云乎？『高山仰止，景行行止。』❹吾豈自比君子哉？志慕之而已矣。」

【注　釋】❶南假子過程本　南假子，人名。程本，即程本子，參見卷二第十六章。過，拜訪。❷君子不食鱺魚　桂馥《札樸》中說：「鯢名人魚，故不忍食。《異物志》『人魚似人形』是也。《韓詩外傳》作『鱺魚』。」❸此乃君子食也二句　《說苑》作「乃君子否，子何事焉」，《太平御覽》引《說苑》則作「乃君子不食，而何事焉」。許維遹據此改此句中「食」為「不食」。案：據文義，《說苑》的句意更通暢一些。❹高山仰止二句　《詩經・小雅・車舝》中的句子。止，語詞，無義。景行，大路。

【語　譯】古書上說：南假子去拜訪程本，程本烹鱺魚給他吃。南假子說：「我聽說君子是不吃鱺魚的。」程本說：「君子是不吃的，但是和你有什麼關係呢？」南假子說：「和比自己高明的人相比，是為了增廣自己的道德；和不如自己的人相比，會使自己的行為更加狹隘。和好的相比，是自己進步的階梯；和壞的相比，是自己退步的原因。況且《詩》中不是已經說了嗎？『高山就仰望它，大路就在上面行走。』我難道是自比為君子嗎？不過是心中仰慕他們罷了。」

【研　析】程本號為一名賢者，但是據其所言，似乎並不那麼有賢德，甚至對於南假子還有些刻薄。因為鱺魚像人形而不吃牠，這當然是「物傷其類」的一種表現，如果再進一步，就相當於孟子所說的：「君子之於禽獸也，見其生，不忍見其死；聞其聲，不忍食其肉。是以君子遠庖廚也。」

這本是一種培養人的善性的方法，程本的話，可謂是阻人之善了。所以南假子說：「比於善者，自進之階；比於惡者，自退之原也。」倒是可以作為修德進善的格言。

24. 子貢問大臣。子曰：「齊有鮑叔，鄭有子皮❶。」子貢曰：「否。齊有管仲，鄭有東里子產❷。」孔子曰：「產，薦也❸。」子貢曰：「然則薦賢賢於賢？」曰：「知賢，智也；推賢，仁也；引賢，義也。有此三者，又何加焉❹？」

【注釋】❶子皮　即罕虎，字子皮，春秋時鄭國上卿，知子產之賢，授以國政。《左傳》中有記載。❷東里子產　即公孫僑，字子產，春秋時鄭國著名的賢臣，東里是他居住的地方。❸產二句　這裡有脫文，趙懷玉校本作：「管仲，鮑叔荐也；子產，子皮荐也。」可從。❹又何加焉　周校本認為這裡脫失了《詩》辭。

【語譯】子貢問大臣應該是什麼樣子。孔子說：「齊國有鮑叔，鄭國有子皮。」子貢說：「不是。齊國有管仲，鄭國有東里子產。」孔子說：「管仲是鮑叔推薦的，子產是子皮推薦的。」子貢說：「這樣的話，推薦賢人的比賢人更賢能？」孔子說：「知道誰是賢人，這是有智慧；推薦賢人，這是有仁德；提拔賢人，這是有道義。有這三種美德，能夠再給他添加上什麼呢？」

【研析】薦賢的行為，正如孔子所說，具備了「智、仁、義」三種內涵。識賢並非一件容易的事情，國君如果能夠識得賢人，國家便已經治理好了一半；識得賢人而能夠推薦他，也不是一般人所能夠做到的，因為很多大臣都嫉賢妒能，生怕他人超過自己，能夠這樣去做，一定有仁厚的心胸，為國家謀大利。因此孔子說鮑叔、子皮是國家的「大臣」，的確是很有道理的。

25. 孔子遊於景山之上，子路、子貢、顏淵從。孔子曰：「君子登高必賦。小子願者何❶言其願？丘將啟汝。」子路曰：「由願奮長戟，盪三軍，乳虎❷在後，仇敵在前，蠡躍蛟奮❸，進救兩國之患。」孔子曰：「勇士哉！」子貢曰：「兩國搆難❹，壯士列陣，塵埃漲天，賜不持一尺之兵，一斗之糧，解兩國之難，用賜者存，不用賜者亡。」孔子曰：「辯士哉！」顏回不願。孔子曰：「回何不願？」顏淵曰：「二子已願，故不敢願。」孔子曰：「不同意，各有事焉，回其願，丘將啟汝。」顏淵曰：「願得小國而相之，主以道制，臣以德化。君臣同心，外內相應，列國諸侯莫不從義嚮風，壯者趨而進，老者扶而至，教行乎百姓，德施乎四蠻，莫不釋兵，輻輳❺乎四門，天下咸獲永寧，蝖飛蠕動❻，各樂其性。進賢使能，各任其事。於是君綏❼于上，臣和於下，垂拱無為❽，動作中道，從容得禮，言仁義者賞，言戰鬥者死，則由何進而救，賜何難之解？」孔子曰：「聖士哉！大人出，小子匿；聖者起，賢者伏。回與執政，則由、賜焉施其能哉？」《詩》曰：「雨雪瀌瀌，見晛曰消❾。」

【注釋】❶何　同「盍」。❷乳虎　哺乳期的虎，特別兇猛。❸蠡躍蛟奮　蠡，食木的蟲。蛟，蛟龍，傳說中能興風作浪、引發洪水的龍。蠡與蛟大小不相類，疑有誤。《太平御覽》引作「搏躍快志」。❹構難　結仇。❺輻輳　像車輻集中於車轂一樣，形容人或物的聚集。輻，車輪中連接車轂和輪子的直棍。❻蝖飛蠕動　指飛翔或蠕行，這裡借指各種飛翔或蠕行的動物。蝖，同「翾」。飛翔。蠕，蠕動。❼綏　安。❽垂拱無為　垂衣拱手，無所作為，指以一種順其自然的方式統治天下。❾雨雪瀌瀌二句　《詩經・小雅・角弓》中的句子。雨雪，下雪。瀌瀌，雪大的樣子。晛，日氣。曰，語詞，無義。

【語譯】孔子在景山上遊覽，子路、子貢、顏淵跟隨著他。孔子說：「君子登上一個高地必定有所陳述，你們這些人中有願望的何不將你們的願望講出來呢？我將啟發你們。」子路說：「我願意揮動長戟，掃蕩敵人的軍隊，凶猛的老虎在我後面，仇怨的敵人在我前面，搏鬥跳躍，暢快自己的心志，進去解救兩國的患難。」孔子說：「這是勇士啊！」子貢說：「兩國之間結下仇怨，壯士擺開陣勢準備進攻，塵土已經漫到天上了，我不拿一尺長的兵器，不帶一斗的糧食，去解開兩國之間的危難，任用我的就能夠得到安存，不任用我的就會滅亡。」孔子說：「這是能言善辯之士啊！」顏回不說自己的心願。孔子說：「顏回為什麼沒有自己的願望？」顏回說：「子路、子貢兩個人已經說了他們的願望，所以我不敢說出我自己的願望。」孔子說：「意願不相同，每個人都有自己的事業，回，你說一說自己的願望，我將啟發你。」顏回說：「我希望做一個小國家的相國，主上用正道來治理國家，大臣用道德來教化人民，國君和大臣心意相同，內外互相應和，各國的諸侯沒有不跟從這個國家的道義，遵循他們的風尚，年輕力壯的人快速地跑到這裡來，年紀大的攙扶著到這裡來，教化在老百姓中通行，道德延伸到四方的少數民族，沒有不放下兵器，跑到四方的城門這裡來，像車輻集中於車轂一樣，天下都能夠永久地得到安寧，各種飛翔或蠕行的動物都能夠得到牠天性中的快樂。任用有賢能的人，各自做好自己的事情。這樣國君在上面能夠安定，大臣在下面也能夠和諧。垂衣拱手，無所作為，有所動作就合乎道理，舉止從容而合乎禮節，談論仁義的人有賞賜，談論戰鬥的人要處死，這樣的話，那麼仲由進去營救誰呢，子貢去解救誰的危難呢？」孔子說：「這是聖人啊！有道德的人出現了，小人就隱藏起來了；聖人出現了，賢人就隱藏起來了。顏回參預執政，那麼子路、子貢到哪裡去施展他們的才能呢？」《詩經》上說：「雪下得很大，但是太陽一出來就消融了。」

【研　析】子路好勇，子貢有辯才，而顏回則是孔子最得意的學生，這一章大體上應該也是從儒家的角度出發，根據孔子師弟的特徵編出來的一段對話。孔子當然不主張以勇力解決爭端，也不喜歡說客那樣的辭辯，所以他雖然稱子路、子貢為「勇士」、「辯士」，但並不認為他們的理想或者願望有多高的價值。所以當顏回說用道德來教化老百姓，施行仁義，講求禮儀，孔子立刻表示十分的贊同，並說能夠做到這種事的人是「聖士」，也就不難理解了，因為這些正是孔子自己所想的。

26. 昔者孔子鼓瑟，曾子、子貢側門❶而聽。曲終，曾子曰：「嗟乎，夫子瑟聲殆有貪狼❷之志，邪僻之行，何其不仁，趨利之甚！」子貢以為然，不對而入。夫子望見子貢有諫過之色，應難❸之狀，釋瑟而待之。子貢以曾子之言告，子曰：「嗟乎，夫參，天下賢人也，其習知音矣。鄉❹者丘鼓瑟，有鼠出游，狸見❺於屋，循梁微行❻，造焉而避。厭目曲脊，求而不得，丘以瑟淫❼其音。參以丘為貪狼邪僻，不亦宜乎？」《詩》曰：「鼓鐘于宮，聲聞于外❽。」

【注釋】❶門　《孔子集語》、《類說》均引作「耳」。側耳，側著頭，使一邊的耳朵向前斜著，形容認真傾聽。❷貪狼　貪婪的狼。❸應難　回答責難。❹鄉　同「向」。以前；剛才。❺見　同「現」。❻微行　輕輕地走。❼淫　浸淫。本或作「為」，屈守元疑為「寫」字。❽鼓鐘於宮二句　《詩經·小雅·白華》中的句子。

【語　譯】以前有次孔子彈瑟，曾子、子貢側耳傾聽。曲子彈奏完了，曾子說：「唉！老師彈奏的瑟聲裡面大概有像貪婪的狼那樣的志意，有不正的行為，這是多麼不仁德，貪圖利益太厲害了！」子貢認為是這樣，沒有應對曾子的話就進門去了。孔子看見子貢有勸諫自己過錯的臉色，應對責難的神情，就把瑟放下來等待他。子貢就將曾子所評論的話告訴孔子，孔子說：「啊，曾參是天下有賢才的人，他很懂得音樂。剛才我彈奏瑟的時候，有一隻老鼠跑了出來，這時狸貓出現在屋裡，沿著屋梁輕輕地走，等牠到達的時候老鼠卻避開牠走了。牠發出厭惡的目光，彎曲著脊背，想要抓老鼠卻沒有抓到，我的瑟聲裡浸淫了這種情形下的聲音。曾參認為我的瑟聲貪婪不正，不是也很適宜嗎？」《詩經》上說：「在屋裡面敲鐘，聲音傳到外面。」

【研　析】彈奏樂器可以表達一個人的心思，而善於聽音樂的人也能夠聽出他的心思，這是古代對於音樂的基本理解。孔門對於音樂的教育是很重視的，所以孔子在琴聲中必定能夠表達出自思的內容，曾子、子貢也必定能夠聽出樂曲中的情感。當然，這一章並沒有多少深刻的道理要說，主要是表達與音樂相關的內容。

27. 夫為人父者，必懷慈仁之愛，以畜養其子。撫循❶飲食，以全其身。及其有識也，必嚴居正言，以先導之。及其束髮❷也，授明師以成其技。十九見❸志，請賓冠之❹，足以死其意❺。血脈澄靜，娉內以定之❻。信承親授，無有所疑。冠子不言❼，髮子不笞❽。聽其微諫❾，無令憂之，此為人父之道也。《詩》曰：「父兮生我，母兮鞠我。拊我畜我，長我育我。顧我復我，出入腹我。」❿

【注　釋】❶撫循　撫慰。❷束髮　男孩成童時，束起頭髮。❸見　同「現」。❹請賓冠之　指行冠禮，表示他已經成人。行冠禮時要請一位有道德的賓客給他加冠。❺死其意　孫詒讓疑當作「成其德」。❻娉內以定之　娉，同「聘」。定親。內，妻子。❼言　《太平御覽》引作「詈」，罵。❽笞　用鞭、杖或竹板打。❾微諫　含蓄地勸諫。❿父兮生我六句　《詩經・小雅・蓼莪》中的句子。鞠，養。拊，通「撫」。畜，養。顧，回顧。復，反覆。腹，抱在懷裡。

【語　譯】做人父親的，一定要懷著慈祥仁愛之心，來養自己的孩子。撫慰他，給他飲食，以保全他的身體。等到他有一定的知識了，一定要嚴肅自己的生活，說一些正直的話，給他作為先導。等到他成童的時候，就把他交給賢明的老師，學成一些技藝。十九歲的時候，他已經能夠表現出自己的志向了，就請賓客為他舉行冠禮，成就他的品德。等到他的氣血澄明清靜了，就給他定親娶妻，使他安定。信任地讓他繼承，並親自將家業授予他，沒有任何懷疑。已經加冠的兒子不去罵他，已經束髮的孩子就不去打他。聽從他對自己含蓄地勸諫，不要讓他為自己擔憂，這是做人父親的道理。《詩經》上說：「父親生下了我，母親養育了我。撫摸我照顧我，將我養大並教育我。來回看顧我，反覆照料我，出門進門都抱著我。」

【研析】這一章是講做父親的如何教育和對待自己的兒子，如何表現出一個父親的慈愛。這種慈愛當然不是一味的溺愛，而是在一定階段給予他合理的教育。如從小就以正言正行來引導他，稍長延聘明師來教育他，等兒子成人之後，也聽從他對於自己的正確的勸諫等等，這一切雖然是在家庭之中進行，但是事事合乎禮儀，所以古人所說的「齊家、治國、平天下」的道理的確是有其社會基礎的。

卷八

1. 越王句踐使廉稽獻民於荊王❶，荊王使者曰：「越，夷狄之國也，臣請欺其使者。」荊王曰：「越王，賢人也，其使者亦賢，子其慎之。」使者出見廉稽曰：「冠則得以俗❷見，不冠不得見。」廉稽曰：「夫越亦周室之列封也，不得處於大國❸，而處江海之陂❹，與魭鱣❺魚鼈為伍，文身翦髮，而後處焉。今來至上國，必曰『冠得俗見，不冠不得見』，如此則上國使適越，亦將劓墨❻、文身、翦髮，而後得以俗見，可乎？」荊王聞之，披衣出謝。孔子曰：「使於四方，不辱君命，可謂士矣❼。」

【注釋】❶使廉稽獻民於荊王　獻民，獻民虜。王紹蘭《讀書雜記》認為此非越所宜獻於荊，獻民應該作「獻梅」。《說苑》有「越使諸發執一枝梅遺梁王」之事。荊王，即楚王。❷俗　《北堂書鈔》引作「禮」。❸大國

《太平御覽》引作「中國」，指中原地帶。❹陂　水邊；岸。❺魭䱇　魭，同「黿」。黿魚，鱉屬。䱇，鱓一類的魚。❻劓墨　劓，割掉鼻子。墨，在臉上刺字，塗上墨。❼使於四方三句　《論語．子路》中的句子。

【語　譯】越王句踐派遣廉稽進獻戰爭中所俘的人民給楚王，楚王的使者說：「越國是夷狄一類的國家，請讓我來欺侮它的使者。」楚王說：「越王是一個賢能之人，他的使者也很賢能，你要謹慎一些。」楚國使者出來見廉稽說：「戴上禮帽，就可以依照禮儀與我們的大王相見；不戴禮帽，就不能相見。」廉稽說：「越國也是周朝所封的列國之一，不能夠處於中原地帶，卻處在長江大海的岸邊，和黿鱣魚鱉共處，身上畫了花紋，剪斷了頭髮，然後才能居住。今天來到貴國，卻說一定要『戴禮帽才能依禮相見，不戴禮帽不能相見』，如果這樣的話，貴國的使者到越國去，也將要割掉鼻子，在臉上刺字塗墨，在身體上畫上花紋，將頭髮剪掉，然後才能按照我們那裡的禮俗相見，可以嗎？」楚王聽到了之後，穿上衣服出來謝罪。孔子說：「到四方諸侯去出使，不屈辱君王所交待的使命，可以說是士人了。」

【研　析】在國際交往之中，各國有各國的禮俗，它們只有互相尊重彼此的禮俗，才能夠和平共處。春秋之時，中原地區以禮儀之邦自居，而將四方邊遠的國家看作是蠻夷，楚國本身也被中原地區的國家視為蠻夷，但是和越國相比，尤其是其北方地區，已經受到了中原文化的薰陶，所以這裡才會認為越國是「夷狄之國」。當然，這一章中除了體現這一文化因素之外，還體現了越國使者的機智。

2. 人之所以好富貴安榮，為人所稱譽者，為身也；惡貧賤危辱，為人所謗毀者，亦為身也。然身何貴也？莫貴於氣。人得氣則生，失氣則死。其氣非金帛珠玉也，不可求於人也；非繒布五穀也，不可糴❶買而得也。在吾身耳，不可不慎也。《詩》曰：「既明且哲，以保其身❷。」

【注釋】❶糴 買進（糧食）。❷既明且哲二句 《詩經‧大雅‧烝民》中的句子。

【語譯】人們之所以會喜歡富貴安樂光榮、被別人所讚譽，是為了自己的身體。厭惡貧賤危險侮辱、被別人所毀謗，這也是為了自己的身體。但是身體之中最寶貴的是什麼呢？沒有比氣更寶貴的。人得到了氣就能生存，沒有氣就會死亡。這種氣不是黃金絲帛、珍珠寶玉，不能夠從別人那裡求來；不是布匹和糧食，不能夠買來。在我身體之中，不可以不慎重。《詩經》上說：「明白而又懂得道理，才能保護好自己的身體。」

【研析】這一章所說的是怎麼樣「保身」的道理，人的一切行為，幾乎都是為了自己的身體而做的。富貴安榮、為人所稱譽，一方面可以使得身體安泰，另一方面可以使得心理上得到滿足。但是文中將身體中最寶貴的歸結為「氣」，這種氣大概也就是人的氣息，人沒有了氣息，便不會存活了，但是這種氣息既非五穀，也非金玉，所以從另一個角度來說，與其去追求富貴尊榮，與其去追求虛名薄譽，還不如好好地養好自己的氣息，因為那些都是外在的，氣息卻是內在的。這裡可能也夾雜了漢代的一些養生學說。

3. 吳人伐楚，昭王去國，國有屠羊說從行。昭王反國，賞從者，及說。說辭曰：「君失國，臣所失者屠；君反國，臣亦反其屠。臣之祿既厚，又何賞之？」辭不受命。君強之，說曰：「君失國，非臣之罪，故不伏誅；君反國，非臣之功，故不受其賞。吳師入郢，臣畏寇避患。君反國，說何事焉？」君曰：「不受則見之。」說對曰：「楚國之法，商人欲見於君者，必有大獻重質❶，然後得見。今臣智不能存國，節不能死君，勇不能待寇，然見之，非國法也。」遂不受命，入于澗中。昭王謂司馬子期❷曰：「有人於此，居處甚約❸，論議甚高，為我求之。願為兄弟，請為三公❹。」司馬子期舍車徒求之五日五夜，見之。謂曰：「國危不救，非仁也；君命不從，非忠也；惡富貴於上，甘貧苦於下，意者過也。今君願為兄弟，請為三公，不聽君，何也？」說曰：「三公之位，我知其貴於刀俎之肆矣；萬鍾❺之祿，我知其富於屠羊之利矣。今見爵祿之利，而忘辭受之禮，非所聞也。」遂辭三公之位，而反乎屠羊之肆。君子聞之曰：「甚矣哉，屠羊子之為也。約己持窮，而處人之國矣。」說曰：「何謂窮？吾讓之以禮而終其國也。」曰：「在深淵之中而不援彼之危，見昭王德衰於吳，而懷寶❻絕迹，以病其國，欲獨全己者也。是厚於己而薄於君，狷❼乎！非救世者也。」「何如則可謂救世矣？」曰：「若申伯、仲山甫❽可謂救世矣。昔者周德大衰，道廢於厲❾，申伯、仲山甫輔相宣王，撥亂世，反之正❿，天下略振，宗廟⓫復興，申伯、仲山甫乃並順天下，匡救邪失，喻德教，舉遺士，海內翕然⓬向風，故百姓勃然詠宣王之德。《詩》曰：『周邦咸喜，戎有良翰⓭。』又曰：『邦國若否，仲山甫明之。既明且哲，以保其身。夙夜匪懈，以事一人⓮。』如是可謂救世矣。」

【注釋】❶大獻重質　重大的進獻，貴重的禮物。質，同「贄」。禮物。❷司馬子期　司馬，官名。子期，昭王之兄。❸約　儉約；儉樸。❹三公　司馬、司徒、司空，都是高官。❺萬鍾　形容俸祿之多。六斛四斗為一鍾。❻寶　比喻才能。❼狷　指性情耿介，不與人同流合汙。❽申伯仲山甫　申伯，申國的國君，周宣王時賢卿士。仲山甫，魯獻公之子，周宣王卿士。❾厲　指周厲王，禁止人民議論國政，後被流放於彘。❿撥亂世二句　治理混亂的局面，使它恢復正常。⓫宗廟　原是祭祀祖先的廟，這裡指代國家。⓬翕然　指一致順從。⓭周邦咸喜二句　《詩經・大雅・崧高》中的句子。周，全。戎，你。良翰，指棟梁之材。⓮邦國若否六句　《詩經・大雅・烝民》中的句子。若，善。否，不善。一人，指天子。

【語　譯】吳國人攻打楚國，楚昭王逃離自己的國家，國中有一個殺羊的人名叫說的跟隨著楚昭王逃跑。昭王回國以後，賞賜跟隨自己一起逃亡的人，也賞到了屠羊說。屠羊說推辭說：「國君丟失了自己的國家，我殺羊的生意也失去了；國君返回自己的國家，我也重新能夠做我殺羊的生意。我的俸祿已經很豐厚了，還要賞賜幹什麼？」推辭不接受賜命。國君強迫他接受，屠羊說就說：「國君失掉自己的國家，不是我的罪過，所以我不被處死；國君回到自己的國家，不是我的功勞，所以不接受他的賞賜。吳國軍隊攻破郢都，我畏懼敵人而躲避患難。國君回到自己的國家，這和我有什麼關係呢？」國君說：「不接受我的賞賜，就來見見我吧。」屠羊說回答說：「根據楚國的法律，商人如果想要見國君，一定要有重大的進獻和貴重的禮物，然後才能夠見到。現在我的才智不能夠保存國家，氣節不能夠為國君而死，勇敢不能夠和敵人戰鬥，然而去見國君，不是國家的法律所允許的。」於是就不接受命令，逃到了山澗之中。楚昭王對司馬子期說：「有人在這裡，居住生活非常儉樸，議論很高明，你替我去尋求他。我希望和他結為兄弟，請他來做三公。」

司馬子期捨棄車子，徒步尋找了五天五夜，見到了他。對他說：「國家處於危難之中，你卻不去挽救，這是沒有仁德；國君給你的命令，你卻不聽從，這是不忠誠；厭惡在上的富貴，甘於在下的貧苦，這大概是不對的。現在國君願意和你結為兄弟，請你去做三公的高官，你卻不聽從國君的命令，這是為什麼？」屠羊說回答說：「三公的地位，我知道它比拿著刀和砧板在街市裡賣肉要高貴；萬鍾的俸祿，我知道它比殺羊所得的利益要富有。但是如果我現在看到了爵位俸祿的利益，卻忘記了推辭和接受之際的禮儀，我是沒有聽說過這樣的事。」於是就推辭了三公的高位，返回到殺羊的街市裡去。君子聽說了這件事之後，就對他說：「你這殺羊人所做的事太過分了，自己很儉樸，過著窮困的生活，但是畢竟還住在別人的國家裡啊。」屠羊說說：「什麼是窮困呢？我依照禮節來推辭，並將在這國家裡終其一生。」君子說：「國家正處於深淵之中，你卻不援救它的危難，看到楚昭王被吳國打敗而衰弱，自己身懷才能，卻隱居起來不與人來往，使自己的國家遭受災難，想要保全自己，這是厚待自己而薄待自己的國君，是一個狷介的人吧！不是一個能夠救世的人。」屠羊說問：「什麼樣才可以說是救世的人呢？」君子回答說：「像申伯、仲山甫那樣可以說是能夠救世的人了。以前周朝衰弱的時候，正道在周厲王的時候被敗壞，申伯和仲山甫輔佐周宣王，治理混亂的局面，使它恢復正常。天下大體上都得到振作，國家又重新振興，申伯和仲山甫一起順應天下，匡正邪僻的過失，宣諭道德，對老百姓進行教誨，把在野的賢士提拔起來做官，天下的人都一致響應這種風尚，老百姓起來歌頌周宣王的聖德。《詩經》上說：『全國都很高興，你的國家有棟梁之材。』又說：『全國政事的好和壞，仲山甫都很明白。既聰明而又有智慧，這樣保全自己的身體。日夜工作不鬆懈，只是為了侍奉天子。』這樣可以說是救世的人了。」

【研析】屠羊說大概是一個有才能而隱居於屠羊者之中的人，根據《莊子‧讓王》中對他的描寫，他應該是一位高士。對這樣一個人的判斷，應該區分不同的價值觀，但本章中將它們揉合到了一起。前半章所說的基本上合乎道家飛遁避世的價值觀，《莊子》中很多的事例就表現了這一點，而且對他們都表示讚賞；而後半章這位君子的話卻是儒家匡世濟民的理想，一個有才能的人應該像申伯、仲山甫那樣為國家的繁榮昌盛作貢獻，尤其當國家處於危難的時候。本章的意思，大概是想依據儒家的道理來反對道家避世的價值觀。

4. 齊崔杼弒莊公。荊蒯芮使晉而反❶，其僕曰：「君之無道也，四鄰諸侯莫不聞也。以夫子而死之，不亦難乎？」荊蒯芮曰：「善哉，而❷言也。早言，我能諫；諫而不用，我能去。今既不諫，又不去，吾聞之：食其食，死其事。吾既食亂君之食，又安得治君而死之？」遂驅車而入，死其事。僕曰：「人有亂君，猶必死之；我有治長，可無死乎？」乃結轡自刎于車上。君子聞之曰：「荊蒯芮可謂守節死義矣，僕夫則無為❸

死也，猶飲食而遇毒也。」《詩》曰：「夙夜匪懈，以事一人。」荊先生之謂也。《易》曰：「不恆其德，或承之羞❹。」僕夫之謂也。

【注　釋】❶荊蒯芮使晉而反　這一句後面，《說苑》還有一段話：「其僕曰：『崔杼弒莊公，子將奚如？』邢蒯瞶曰：『驅之，將入死而報君。』」當據補。荊蒯芮，《說苑》作「邢蒯瞶」。❷而　同「爾」。你。❸無為　無須。❹不恆其德二句　《周易・恆・九三》爻辭。

【語　譯】齊國的崔杼殺了齊莊公。荊蒯芮出使晉國回來，為他駕車的僕從說：「崔杼殺了莊公，您將要到什麼地方去呢？」荊蒯芮說：「駕車進去，我將以死來回報國君。」他的僕從說：「國君無道，鄰國的諸侯沒有不聽說過的。您為他而死，這不是很為難嗎？」荊蒯芮說：「你說得很好啊。你要是早一點說，我可以向他進諫；我進諫了他不採用，我可以離開他。現在我沒有進諫，也沒有離開他，我聽說過：吃他的食物，就為他的事情而死。我已經吃了昏亂的君主的食物，又從哪裡得到一個賢明的君主，為他而死呢？」於是驅車進去，被殺死了。他的僕從說：「他有一個昏亂的君主，還為他而死；我有一個賢明的長官，怎麼可以不為他而死呢？」於是結起馬的韁繩，在車上自殺而死。君子聽說了這件事之後，評論說：「荊蒯芮可以說是持守自己的節操，為道義而死了；僕從沒有必要去死，就和吃東西中毒而死一樣。」《詩經》上說：「日夜工作不鬆懈，只是為了侍奉一個人。」說的就是荊先生啊。《周易》中說：「不能夠長久地保持他的德行，或許會受到別人的羞辱。」說的就是這位僕夫啊。

【研　析】荊蒯芮的行為，大致上可以和卷七第十一章衛懿公的臣子弘演相比擬。說他們是愚忠也可以，認為他們是守節死義的君子也可以，總之他們的死難，在某種程度上還是符合道義、值得稱道的。但是本章中荊蒯芮的僕人之死，卻被認為是沒有必要的，不過從另一個角度來看，僕夫從死，當然沒有這樣的道義，但從他的行為來說，仍然可以表現出志士之心，未必便是毫無意義。

5. 遜❶而直，上也；切，次之；謗諫為下。懦為死。《詩》曰：「柔亦不茹❷。」

【注　釋】❶遜　謙遜。❷柔亦不茹　《詩經・大雅・烝民》中的句子。茹，吃。

【語　譯】謙遜而正直，這是最上等的；急切，這是次一等的；議論他的過錯、對他進諫，這是下等的。怯懦不敢諫言，這種人不如死掉。《詩經》上說：「柔軟的也不吃下去。」

【研　析】進諫也要講求方法，才能讓人接受。如《漢書》卷七十一記薛廣德與張猛的進諫：「上酎祭宗廟，出便門，欲御樓船，廣德當乘輿車，免冠頓首曰：『宜從橋。』詔曰：『大夫冠。』廣德曰：『陛下不聽臣，臣自刎，以血汙車輪，陛下不得入廟矣！』上不說。先驅光祿大夫張猛進曰：『臣聞主聖臣直。乘船危，就橋安，聖主不乘危。御史大夫言可聽。』上曰：『曉人不當如是邪！』乃從橋。」張猛的進諫可以說是「遜而直」，因此容易被接受；薛廣德的進諫卻是「切」，所以就不那麼容易被接受。至於本章中所說的「謗諫」，那當然是更不能讓人接受了。但是應該進諫時卻因為怯懦而不進諫，便是沒有盡自己的職責，屬於尸位素餐的一類人了。

6. 宋萬與莊公戰❶，獲乎❷莊公，莊公敗❸舍諸宮中。數月然後歸之，反為大夫于宋。宋萬與閔公博❹，婦人皆在側。萬曰：「甚矣，魯侯之淑，魯侯之美也。天下諸侯宜為君者，惟魯侯耳。」閔公矜此婦人，妒其言，顧曰：「爾虜，焉知魯侯之美惡❺乎？」宋萬怒，搏❻閔公，絕脰❼。仇牧❽聞君弒，趨而至，遇之于門，手劍而叱之。萬臂摋❾仇牧，碎其首，齒著乎門闔❿。仇牧可謂不畏強禦矣。《詩》曰：「惟仲山甫，柔亦不茹，剛亦不吐⓫。」

【注　釋】❶宋萬與莊公戰　宋萬，南宮萬，春秋時宋國大夫。莊公，魯莊公。❷乎　於；被。❸敗　本或作「散」，《公羊傳》亦作「散」，放。❹與閔公博　閔公，宋閔公。博，博戲，一種棋戲。❺惡　相貌醜陋。❻搏　擊打。❼脰　脖子。❽仇牧　宋國大夫。❾摋　側手擊。❿闔　門扇。⓫惟仲山甫三句　《詩經．大雅．烝民》中的句子。

【語　譯】宋萬與魯莊公作戰，被莊公抓住了，莊公把他散置在宮中。幾個月之後將他放了回去，返國之後仍做了宋國的大夫。宋萬和宋閔公下棋遊戲，婦女們都在旁邊。宋萬說：「魯侯的道德，魯侯的容貌，真是太好了！天下所有的諸侯之中，適合做國君的，只有魯侯。」閔公想在婦女們面前表現得矜持，對宋萬說的話很嫉妒，就回頭對他說：「你是個俘虜，哪裡知道魯侯美和醜？」宋萬發怒，擊打宋閔公，把他的脖子打斷了。仇牧聽說國君被殺，趕快跑過來，在門口遇到宋萬，手裡拿著劍呵叱宋萬。宋萬用手從側面擊打仇牧，將他的頭打碎了，牙齒附著在門扇上。仇牧可以說是不畏懼強暴的人了。《詩經》上說：「只有仲山甫，軟的東西不吃掉，硬的東西不吐掉。」

【研　析】宋萬因為讚美他國的國君而引起自己國君的嫉妒，這是他的失言之處；國君發怒之後而弒君，更是大惡。宋閔公因為要在婦人面前表現自己，就罵他的臣子，也有違禮之處。這兩個人，可以說是「君不君，臣不臣」，本身都無甚可稱。仇牧為了討伐宋萬的弒君之罪而被殺，可以說是忠勇之士，是值得稱道的。

7. 可於君，不可於父，孝子弗為也；可於父，不可於君，君子亦弗為也。故君不可奪❶，親亦不可奪也。《詩》曰：「愷悌君子，四方為則❷。」

【注　釋】❶奪　使其變節。❷愷悌君子二句　《詩經・大雅・卷阿》中的句子。愷，和樂。悌，平易。則，法則。

【語　譯】事情對君主適合，對父親不適合，孝順的兒子是不去做的；對父親適合，對君主不適合，君子也是不去做的。所以對君主的忠誠是不可改變的，對父母的孝心也是不可改變的。《詩經》上說：「和樂平易的君子，可以作為天下的法則。」

【研析】在古人看來，君父本是一體，所以兩者都不可以違背，唯一能夠處理好的辦法，就是能夠得到兩個人的共同的贊同。一般情況下，在合乎禮儀的標準下，是可以做到的。只有在一些特殊事件之中，才會出現難以兩全的情形，那樣只能取其大而遺其小。

8. 黃帝即位，施惠承天，一道修德，惟仁是行。宇內和平，未見鳳凰，惟思其象。夙寐❶晨興，乃召天老❷而問之曰：「鳳象何如？」天老對曰：「夫鳳象，鴻前麟後，蛇頸而魚尾，龍文而龜身，燕頷而雞喙，戴德負仁，抱中❸挾義。小音金，大音鼓，延頸奮翼，五彩備明；舉動八風，氣應時雨；食有質❹，飲有儀，往即文始，來即嘉成。惟鳳為能通天祉，應地靈，律五音，覽九德❺。天下有道，得鳳象之一，則鳳過之；得鳳象之二，則鳳翔之；得鳳象之三，則鳳集之；得鳳象之四，則鳳春秋下之；得鳳象之五，則鳳沒身❻居之。」黃帝曰：「於戲❼允哉，朕何敢與焉？」於是黃帝乃服黃衣，戴黃冕，致齋于宮，鳳乃蔽日而至。黃帝降于東階，西面再拜稽首曰：「皇天降祉，不敢不承命。」鳳乃止帝東國❽，集帝梧桐，食帝竹實，沒身不去。《詩》曰：「鳳凰于飛，翽翽其羽，亦集爰止❾。」

【注釋】❶寐　本或作「夜」。❷天老　傳說中的黃帝之臣，《漢書·藝文志》有《天老雜子陰道》二十五卷。❸中　本或作「忠」，古字通用。❹質　指固定的對象。❺九德　指忠、信、敬、剛、柔、和、固、貞、順。❻沒身　指死。❼於戲　同「嗚呼」。❽國　趙懷玉校本作「園」。❾鳳凰于飛三句　《詩經·大雅·卷阿》中的句子。于，語詞，無義。翽翽，飛動時的聲音。

【語譯】黃帝繼承天子之位，順承天道而施予恩惠，統一並修養道德，推行仁義。天下太平，但是卻沒有鳳凰出現，就思考著牠的形象。早睡早起，就把天老叫過來問他說：「鳳凰的形象是什麼樣子？」天老回答說：「鳳凰的形象，前面像飛鴻，後面像麒麟，脖子像蛇，尾巴像魚，身上有龍一樣的花紋，有烏龜的身體，下巴像燕子，嘴巴像雞，具備仁德和忠誠道義，叫起來的聲音，小的像是敲打金屬，大的像是擊鼓，伸長脖子張開翅膀時，可以看到牠身上五種明亮的色彩，一旦飛起來，八方都會颳風，牠的氣息和及時的雨水相應；吃東西有具體的目標，喝水時也有儀節，去的時候是文德教化的開始，來的時候是嘉德的完成。只有鳳凰能夠通達天的福祉，應和土地的神靈，與五音合律，觀覽人的九種道德。天下的政治清明有道，能有一種與鳳象相合，鳳凰就會經過那裡；有兩種和鳳象相合，鳳凰就會在那裡盤旋飛翔；有三種和鳳象相合，鳳凰就會在那裡停留下來；有四種和鳳象相合，鳳凰就會在春秋兩季來到這裡；有五種和鳳象相合，鳳凰就會一生都居住在那裡。」黃帝說：「唉呀，真是這樣啊，我怎麼能夠遇到這樣的景象呢？」於是黃帝就穿上黃色的衣服，戴上黃色的禮帽，在宮中齋戒，鳳凰飛了過來，將陽光都遮住了。黃帝從東面的臺階上下來，向西方拜了兩拜，然後叩頭，說：「上天降下了福祉，我不敢不接受天命。」鳳凰就停息在黃帝的東方園囿裡，棲止在梧桐樹上，吃著園中竹子的果實，一直生活到去世。《詩經》上說：「鳳凰飛起的時候，翽翽然撲著翅膀，再停止在那裡。」

【研析】 黃帝是傳說中的人物，鳳凰一類的祥瑞也是不可徵信之事，所以從今天的眼光來看，這一篇文字所述的當然不是史實，而只是表達了一種觀念。意在說明黃帝之德，足以出現祥瑞之事，因為黃帝「施惠承天，一道修德，惟仁是行」，顯然符合儒家治國的最高標準，足可以臻入「聖人」之列。聖人為天子，當然也就應該出現祥瑞，這樣的事，史書中也屢屢記載，漢代人也喜歡講求這樣的事，所以本書中出現這樣的例子，也就毫不足怪了。

9. 魏文侯有子曰擊❶，次曰訴，訴少而立以嗣。封擊中山，三年莫往來。其傅❷趙蒼唐曰：「父忘子，子不可忘父，何不遣使乎？」擊曰：

「願之，而未有所使也。」蒼唐曰：「臣請使。」擊曰：「諾。」於是乃問君之所好與所嗜。曰：「君好北犬，嗜晨鴈❸。」遂求北犬晨鴈賫❹行。蒼唐至，曰：「北蕃❺中山之君，有北犬晨鴈，使蒼唐再拜獻之。」文侯曰：「擊知吾好北犬，嗜晨鴈也。」則見使者。文侯曰：「擊無恙乎？」蒼唐唯唯而不對。三問而三不對。文侯曰：「不對何也？」蒼唐曰：「臣聞諸侯不名。君既已賜弊邑，使得小國侯。君問以名，不敢對也。」文侯曰：「中山之君無恙乎？」蒼唐曰：「今者臣之來，拜送於郊。」文侯曰：「中山之君，長短若何矣？」蒼唐曰：「問諸侯比諸侯，諸侯之朝，則側❻者皆人臣，無所比之。然則所賜衣裘，幾能勝之矣。」文侯曰：「中山之君亦何好乎？」對曰：「好《詩》。」文侯曰：「於《詩》何好？」曰：「好〈黍離〉與〈晨風〉。」文侯曰：「〈黍離〉何哉？」對曰：「彼黍離離，彼稷之苗。行邁靡靡，中心搖搖。知我者謂我心憂，不知我者謂我何求。悠悠蒼天，此何人哉❼！」文侯曰：「怨乎？」曰：「非敢怨也，時思也。」文侯曰：「〈晨風〉謂何？」對曰：「鴥彼晨風，鬱彼北林。未見君子，憂心欽欽。如何如何，忘我實多❽！」於是文侯大悅，曰：「欲知其子視其母，欲知其君視其所使。中山君不賢，惡❾能得賢？」遂廢太子訢，召中山君以為嗣。《詩》曰：「鳳凰于飛，翽翽其羽，亦集爰止。藹藹王多吉士，惟君子使，媚于天子❿。」君子曰：「夫使非直敝車罷⓫馬而已，亦將喻誠信，通氣志，明好惡，然後可使也。」

【注釋】❶擊　即後來的魏武侯。❷傅　師傅，負責教導和輔佐。❸晨鴈　野鴨。《太平御覽》引以及《說苑》皆作「鳧雁」。❹賫　帶著。❺蕃　同「藩」。屏障。❻側　周校本作「侍」。❼彼黍離離八句　《詩經・王風・黍離》中的第一章。黍，小米。離離，茂盛的樣子。稷，高粱。行邁，遠行。靡靡，遲遲。中心，心中。搖搖，憂愁難受的樣子。❽鴥彼晨風六句　《詩經・秦風・晨風》的第一章。鴥，鳥飛得很快的樣子。晨風，鸇一類的鳥。鬱，茂盛的樣子。欽欽，憂愁而不能忘記的樣子。❾惡　怎麼。❿鳳凰于飛六句　《詩經・大雅・卷阿》中的句子。藹藹，眾多的樣子。吉士，善士，指賢大臣。媚，愛戴。⓫罷　通「疲」。

【語譯】魏文侯的大兒子叫擊，次子叫訢，訢年紀小，但是被立為繼承人。魏文侯將擊封在中山，三年內互相沒有往來。擊的師傅趙蒼唐說：「父親忘記兒子，但是兒子不可以忘記父親，為什麼不派個使者前去問候呢？」擊說：「我也想派人去，但是沒有人可以作為使者。」趙蒼唐說：「請讓我來做使者吧。」擊說：「好。」於是趙蒼唐問魏文侯有什麼嗜好。擊回答說：「國君喜歡北方的狗，愛吃野鴨子。」於是趙蒼唐尋求到北方的狗和野鴨子，帶著牠們出發了。趙蒼唐到了魏文侯那裡，說：「北方藩國中山國的國君，有北方的狗和野鴨，讓我來拜獻給您。」魏文侯說：「擊知道我喜歡北方的狗，喜歡吃野鴨子。」就召見使者。魏文侯問：「擊的身體還好吧？」趙蒼唐答應了兩聲，但是沒有回答問題。魏文侯問了好幾次，趙蒼唐都沒有回答。魏文侯問：「為什麼不回答？」趙蒼唐說：「我聽說過提到諸侯的時候不應該稱呼他的名字，您已經賜給他一塊土地了，讓他成了一個小國的諸侯。但是您問話中提到他的名字，所以不敢回答。」魏文侯就問：「中山國的國君身體好嗎？」趙蒼唐說：「我今天來到這裡的時候，他在都城的郊外為我送行。」魏文侯問：「中山國的國君，現在身材又長高了吧？」趙蒼唐說：「您問的是諸侯，只能用諸侯和他相比，但是在他周圍侍奉他的人都是人臣，沒有辦法和他相比。但是您賜給他的衣服，差不多可以穿得上了。」魏文侯問：「中山國的國君有什麼愛好呢？」趙蒼唐回答說：「喜歡讀《詩》。」魏文侯說：「他喜歡《詩》裡面的哪些篇章呢？」趙蒼唐回答說：「喜歡〈黍離〉與〈晨風〉。」魏文侯說：「〈黍離〉裡面講的是什麼呢？」趙蒼唐回答說：「小米在田地裡長得很茂盛，高粱的苗綠油油的。我慢慢地走著不願離開，心中有無限的愁思。瞭解我的說我心中憂愁，不瞭解我的說我還在想著有什麼要求。蒼茫的上天啊，是誰讓我變成了這個樣子？」魏文侯問：「他是在抱怨嗎？」趙蒼唐回答說：「不敢有什麼抱怨，只是時常思念而已。」魏文侯問：「〈晨風〉說的是什麼呢？」趙蒼唐回答說：「晨風鳥飛得很快，北林中的樹木長得很茂盛。我沒有看到君子，心中思念不能忘記。怎麼辦啊怎麼辦，只怕他已經忘記了我！」於是魏文侯非常高興，說：「想要瞭解她的兒子，只要看看他的母親是什麼樣子；想要瞭解他的君主，只要看看他的使者是什麼樣子。中山君如果不賢，怎麼能夠得到賢人？」於是廢掉太子訢，把中山國的國君召回來做繼承人。《詩經》上說：「鳳凰飛起的時候，翽翽然撲著翅膀，再停止在那裡。大王身邊有眾多的賢臣，任憑君主的驅使，大家都愛戴天子。」君子評論說：「使者並不只是要他車子都跑得敝壞了，馬都跑得疲乏了，而是也要能夠表達誠實忠信，溝通心意，明白好壞，然後才能讓他去出使。」

【研析】這篇文字裡所表現的幾個人物，各有不同的特性。文中的趙蒼唐，作為使者，他的確能夠很好地完成他的使命，在魏文侯那裡應對自如，委婉地表達了擊的心願，這是值得讚揚的。然而魏文侯憑一使者的幾句話，就將原來已立的太子廢掉，另立太子，實際上卻是欠考慮的。魏文侯在戰國初期，號為賢君，卻如此輕易廢立，也令人費解。擊在本文中似乎也並不是讚美的對象。所以這篇文章的基本出發點只是對於使者的讚揚，是不能當作史實來看待的。

10. 子賤治單父❶，其民附。孔子曰：「告丘之所以治之者。」對曰：「不齊時發倉廩，振❷困窮，補不足。」孔子曰：「是小人❸附耳，未也。」對曰：「賞有能，招賢才，退不肖。」孔子曰：「是士附耳，未也。」對曰：「所父事者三人，所兄事者五人，所友者十有二人，所師者一人。」孔子曰：「所父事者三人，所兄事者五人，足以教弟❹矣；所友者十有二人，足以祛壅蔽❺矣；所師者一人，足以慮無失策，舉無敗功矣。惜乎，不齊為之大，功乃與堯、舜參矣。」《詩》曰：「愷悌君子，民之父母。」子賤其似之矣。

【注　釋】❶子賤治單父　參見卷二第二十四章。❷振　同「賑」。救濟。❸小人　指一般的老百姓。❹弟　同「悌」。敬愛兄長。❺祛壅蔽　祛，除去。壅，堵塞。蔽，遮蔽。

【語　譯】宓子賤治理單父這個地方，老百姓都很依附他。孔子說：「你告訴我你是用什麼辦法來治理的。」宓子賤回答說：「我時常打開倉庫，賑濟窮困的人，補給糧食不足的人。」孔子說：「這只能夠使一般的老百姓依附罷了，還是不夠的。」宓子賤說：「賞賜有才能的人，招納任用有賢德的人，把不賢的人斥退掉。」孔子說：「這可以讓士人依附你，還是不夠的。」宓子賤說：「我把他當作父親來侍奉的人有三個，把他當作兄長來對待的人有五個，和他做朋友的有十二人，把他當作老師看待的人有一個。」孔子說：「把他當作父親來侍奉的人有三個，把他當作兄長來對待的人有五個，足以教育人民敬愛尊長了；和他做朋友的有十二人，足以除去自己見聞的堵塞和遮蔽了；把他當作老師看待的人有一個，足以考慮事情沒有遺失的策略，辦事沒有失敗了。可惜啊，宓子賤治理的地方要是足夠大的話，他的勞勳可以和堯、舜並立而三了。」《詩經》上說：「和樂平易的君子，是老百姓的父母。」宓子賤和這句話中說的差不多了。

【研　析】卷三的第三十一章和本卷的第三十一章都說到周公是如何治理天下的，也有所謂的「師見者」、「友見者」多少人，可以對照閱讀。周公是孔子心目中的聖人，子賤治理單父這樣一個地方，其治理方法和周公有類似的地方，因此孔子感嘆「不齊為之大，功乃與堯、舜參矣」，可以說是對他的最高評價了。而究其根本，仍不出教以孝悌忠信、行以禮儀道德這樣的範圍之外。

11. 度地圖居以立國，崇恩博利以懷❶眾，明好惡以正法度，率民力稼❷，學校庠序以立教，事老養孤以化民，升賢賞功以勸善，懲奸絀失以醜惡❸，講御習射以防患，禁奸止邪以除害，接賢連友以廣智，宗親族附❹以益強。《詩》曰：「愷悌君子。」

【注　釋】❶懷　安撫。❷率民力稼　從句法上看，這裡應該有脫文。❸醜惡　厭惡惡人惡事。醜，作動詞用。❹宗親族附　義為「宗親附族」。

【語　譯】丈量土地，圖謀居住的地方，用來建立國家；崇尚恩德，廣博地施與，用來安撫老百姓；明確喜歡和厭惡，用來端正法度；率領老百姓盡力耕田；建立各種學校，用來實行教育；奉侍老人，撫養孤兒，用來教化人民；讓賢能的人做官，賞賜有功的人，用來勸勉人民做善事；懲治奸惡，斥退失職的人，用來表示對不好的人事的厭惡；學習駕車射箭，用來防止國家的禍患；禁止奸邪的事情，用來消除社會上的禍害；和賢能的人交朋友，為了開闊自己的心智；和同宗同族的人保持親密，為了使國家更加強大。《詩經》上說：「這是和樂平易的君子。」

【研析】這一章所說的是建立以及治理國家的一些基本原則和方法，符合儒家的一貫論述，能夠用這種方法和原則去施行的人，即是可以為民父母的「愷悌君子」。

12. 齊景公使人於楚，楚王與之上九重之臺，顧使者曰：「齊有臺若此乎？」使者曰：「吾君有治位之坐❶，土階三等，茅茨❷不翦，樸椽不斲❸者，猶以謂為之者勞，居之者泰，吾君惡❹有臺若此者？」於是楚王蓋悒如❺也。使者可謂不辱君命，其能專對矣。

【注釋】❶坐 《群書治要》引作「堂」。❷茅茨 茅草屋。❸斲 同「斫」。雕琢。❹惡 哪裡。❺悒如 悒然；憂愁不安的樣子。

【語譯】齊景公派人到楚國去，楚王和這個使者登上九層高的樓臺，回頭對使者說：「齊國也有這樣高的樓臺嗎？」使者說：「我們的國君有治事聽政的座位所在的廳堂，只有三級泥土做的階梯，茅草屋都還沒有修剪好，樸素的屋椽都沒有雕琢好，但他還認為造房屋的人很勞累，居住的人已經很安泰了，我們的國君哪裡有這麼高的樓臺呢？」這時楚王大概很憂愁不安的樣子。這位使者可以說是沒有侮辱了君主的使命，能夠單獨地應付使命了。

【研析】國君的高明之處，不在於榮華富貴，而在於如何使國家強盛，老百姓安居。齊國使者從這一方面來回答楚王，貶抑了楚王的想要顯示富貴之心。從使者的角度來說，可以說是能夠「專對」，而從國君的道德來說，對楚王倒也不失是一種啟發性的教誨。

13. 傳曰：予小子使爾繼邵公之後❶。受命者必以其祖命之。孔子為魯司寇，命之曰：「宋公之子弗甫❷有孫魯孔丘，命爾為司寇。」孔子曰：「弗甫敦及厥辟❸，將不堪。」公曰：「不安。」傳曰：諸侯之有德，天子錫❹之。一錫車馬，再錫衣服，三錫虎賁❺，四錫樂器，五錫納陛❻，六錫朱戶❼，七錫弓矢，八錫鈇鉞❽，九錫秬鬯❾。《詩》曰：「釐爾圭瓚，秬鬯一卣❿。」

【注釋】❶予小子使爾繼邵公之後　予小子，古時天子自稱。邵公，也作召公，即姬奭，武王時封於北燕。

周宣王時有召穆公虎，是其後。❷宋公之子弗甫 弗甫，宋閔公之子。❸弗甫敦及厥辟 弗甫對待他的君王很篤厚。敦，厚。厥，其。辟，君。這樣說是因為弗甫讓位給他的弟弟宋厲公。❹錫 同「賜」。❺虎賁 勇士。❻納陛 納，引。陛，臺階。納陛是天子的禮儀。古代天子堂高，天子升堂時，侍臣以玉瑗牽引。劉盼遂說。❼朱戶 紅門，天子之禮。❽鈇鉞 鈇，斧。鉞，大斧。賜鈇鉞表示可以專征伐。❾秬鬯 用黑黍和鬱金香釀成的一種香酒。秬，黑黍。鬯，鬱金香草。❿釐爾圭瓚二句 《詩經・大雅・江漢》中的句子。釐，同「賚」。賞賜。圭瓚，用玉做柄的酒勺。卣，有柄的酒壺。

【語 譯】古書上說：我任命你為邵公的繼承人。一定要以接受賜命之人的祖先來任命他。孔子做魯國的司寇，魯定公任命他的時候也說：「宋閔公的兒子弗甫有個子孫是魯國的孔丘，我任命你孔丘為司寇。」孔子說：「弗甫對待他的君主很篤厚，我恐怕做不到。」魯定公說：「你說話很誠實。」古書上說：有道德的諸侯王，天子給他賞賜。第一次賞賜他車馬，第二次賞賜他衣服，第三次賞賜他勇士，第四次賞賜他樂器，第五次賞賜他可以用納陛的禮儀，第六次賞賜他紅門，第七次賞賜他弓和箭，第八次賞賜他斧鉞，第九次賞賜他秬鬯香酒。《詩經》上說：「賞賜你玉勺，和一壺秬鬯香酒。」

【研 析】這一章所說的是一種禮儀，即「受命者必以其祖命之」。任命邵公之後而稱邵公，魯君任命孔子也必稱孔子的先人。至於天子所錫，這一章裡列舉的所謂的「九錫」，在古代也是一種重大的禮儀，每一次錫予都有不同的意義，非有大功者不能有錫。後來歷代篡位的帝王，卻往往逼迫前代皇帝對他行「九錫之禮」，則成為篡奪的前兆了。

14\. 齊景公謂子貢曰：「先生何師？」對曰：「魯仲尼。」曰：「仲尼賢乎？」曰：「聖人也，豈直賢哉？」景公嘻然❶而笑曰：「其聖何如？」子貢曰：「不知也。」景公勃然❷作色曰：「始言聖人，今言不知，何也？」子貢曰：「臣終身戴天，不知天之高也；終身踐地，不知地之厚也。若臣之事仲尼，譬猶渴操壺杓，就江海而飲之，腹滿而去，又安知江海之深乎？」景公曰：「先生之譽，得無太甚乎？」子貢曰：「臣賜何敢甚言？尚慮不及耳。臣譽仲尼，譬猶兩手捧土而附泰山，其無益亦明矣。使臣不譽仲尼，譬猶兩手杷❸泰山，無損亦明矣。」景公曰：「善，豈其然！善，豈其然！」《詩》曰：「綿綿翼翼，不測不克。」❹

【注釋】❶嘻然　笑的樣子。❷勃然　變了臉色的樣子。❸杷　聚攏。❹綿綿翼翼二句　《詩經．大雅．常武》中的句子。綿綿，連綿不斷的樣子。翼翼，壯盛的樣子。不測，不可測度。不克，不能勝過。

【語　譯】齊景公問子貢說：「您的老師是誰啊？」子貢回答說：「是魯國的仲尼。」齊景公問：「仲尼是個賢人嗎？」子貢回答說：「他是個有聖德的人，何止是賢人呢？」齊景公笑著說：「他的聖德是怎麼樣的呢？」子貢說：「不知道。」齊景公變了臉色說：「一開始說他是聖人，現在又說不知，這是為什麼呢？」子貢說：「我一生頭上都頂著天，也不知道天有多高；一生腳踏著地，也不知道大地有多麼博厚。至於我侍奉仲尼，就好像渴的時候拿起水壺和勺子，到長江大海那裡去飲水，將肚子喝滿了就離開了，又哪裡知道長江和大海有多深呢？」齊景公說：「先生對於仲尼的稱譽，大概有點太過分了吧？」子貢說：「我哪裡敢說過分的話呢？還擔心說得不夠呢。我讚美仲尼，就好像是兩手捧著土，將它附著到泰山上，很顯然不會給它增加些什麼。即使我不讚美仲尼，也好像是用兩手從泰山上扒些土下來，對它也不會有所損失的。」齊景公說：「好啊，難道真是這樣嗎！好啊，難道真是這樣嗎！」《詩經》上說：「連綿不斷聲勢壯盛，無法推測也無法勝過。」

【研析】這一章裡是子貢對於孔子的稱讚。孔子的道德，在孔子弟子看來，怎麼稱讚也不為過，孔子最得意的學生顏回曾經有過一段稱頌孔子的話：「仰之彌高，鑽之彌堅，瞻之在前，忽焉在後。夫子循循然善誘人，博我以文，約我以禮，欲罷不能。既竭吾才，如有所立卓爾。雖欲從之，末由也已！」對於子貢來說，孔子之道譬如天地一樣高明博厚，如江海一樣浩淼無垠，學者不過取其所需，而不知其深廣。孔子的這些弟子對孔子的讚頌當然都是真誠的，也可以見得孔子何以能夠成為「萬世師表」，直至今天還受到人們的景仰。

15. 一穀不升❶謂之鎌❷，二穀不升謂之飢，三穀不升謂之饉，四穀不升謂之荒，五穀不升謂之大侵。大侵之禮，君食不兼味❸，臺榭不飾，道路不除❹，百官補而不制❺，鬼神禱而不祠❻，此大侵之禮也。《詩》曰：「我居御卒荒❼。」此之謂也。

【注釋】❶升　穀物豐收。❷嗛　同「歉」。收成不好。❸兼味　兩種以上的菜肴。❹除　修治；整治。❺制　更有制作。指增加新的官位。❻祠　祭祀。❼我居御卒荒　《詩經．大雅．召旻》中的句子。居，國中。御，《毛詩》作「圉」，邊疆。卒，盡。荒，荒蕪。

【語譯】一種穀物不豐收叫做嗛，兩種穀物不豐收叫做飢，三種穀物不豐收叫做饉，四種穀物不豐收叫做荒，五種穀物不豐收叫做大侵。大侵的時候所要實行的禮節是，國君不吃兩種以上的菜肴，亭臺樓榭不去裝飾，道路不去修治，百官有空缺的可以補充，但是不增加新的官位，對待鬼神去禱告，但是不去祭祀，這就是大侵時候所要實施的禮儀。《詩經》上說：「我的國內邊疆都是一片荒蕪。」說的就是這樣的事情。

【研析】國家如果出現了荒年，這對於國君來說也是一種災難，而且國君是要負有重要責任的，所以國君這時要自責，減損自己的衣食，表示自己沒有道德，所以天降災難，讓國家的年穀不登。這是所謂的「大侵之禮」，是國家出現最嚴重饑荒時的禮儀。

16. 古者天子為諸侯受封，謂之采地❶。百里❷諸侯以三十里，七十里諸侯以二十里，五十里諸侯以十里。其後子孫雖有罪而絀❸，使子孫賢者守其地，世世以祠其始受封之君，此之謂興滅國，繼絕世也。《書》曰：「茲予享于先王，爾祖其從享之❹。」

【注　釋】❶古者天子為諸侯受封二句　此處有錯訛，《尚書大傳》中說：「古者諸侯始受封，必有采地。」當即是這二句話的句意。采地，或稱采邑、食邑，即卿大夫的封地，他可以派人管理這個地方，收取其租稅。❷百里　指長、寬各百里的土地。❸絀　同「黜」。❹茲予享于先王二句　《尚書・盤庚》中的句子。享，祭祀。從享，古代天子祭祖，也讓功臣的祖先同時享受祭祀。

【語　譯】古時候諸侯開始接受天子之封的時候，一定有他的封地叫做采地。封地有百里的諸侯，其采地有三十里；封地有七十里的諸侯，其采地有二十里；封地有五十里的諸侯，其采地有十里。他後世的子孫即使有罪被免爵罷職，但是也會讓他子孫中賢能的人守有這塊地，世世代代用來祭祀他們最初受封的祖先，這就叫做興復已經滅亡的國家，繼承已經斷絕的世系。《尚書》上說：「現在我要祭祀我們的先王，你們的祖先也將跟著享受祭祀。」

【研　析】古時諸侯受封的制度，可能歷代有所不同。周朝的制度，現在也很難詳細考察。本章中所說的可能便是周朝的制度。依本章所說，那麼諸侯的封地和他的采地並不一樣，封地的面積很大，但是采地只是其中的一部分，可以世世傳給子孫的，即使後來其封地被削除了，但是采地卻是能夠永久保留的，實際的情形是不是如此，恐怕是很難說得清楚。

17. 梁山崩，晉君召大夫伯宗❶，道逢輦者，以其輦服❷其道。伯宗使其右❸下，欲鞭之。輦者曰：「君趨道豈不遠矣？不知事而行，可乎❹？」伯宗喜，問其居。曰：「絳❺人也。」伯宗曰：「子亦有聞乎？」曰：「梁山崩壅河，顧❻三日不流，是以召子。」伯宗曰：「如之何？」曰：「天有山，天崩之；天有河，天壅之。伯宗將如之何？」伯宗私問之。曰：「君其率群臣素服❼而哭之，既而祠焉，河斯流矣。」伯宗問其姓名，弗告。伯宗到，君問，伯宗以其言對。於是君素服率群臣而哭之，既而祠焉，河斯流矣。君問伯宗：「何以知之？」伯宗不言受輦者，詐以自知。孔子聞之曰：「伯宗其無後，攘❽人之善。」《詩》曰：「天降喪亂，滅我立王❾。」又曰：「畏天之威，于時保之❿。」

【注釋】❶晉君召大夫伯宗　晉君，即晉景公。伯宗，春秋時晉國大夫。❷服　同「覆」。❸右　車右。古代一車三人，尊者居左，駕車人居中，右邊為車右，車右是有勇力之人。❹不知事而行二句　《國語》作「不如捷而行」。❺絳　晉國都城。❻顧　乃。❼素服　本色或白色的衣服。❽攘　搶奪。❾天降喪亂二句　《詩經・大雅・桑柔》中的句子。❿畏天之威二句　《詩經・周頌・我將》中的句子。時，是。

【語　譯】梁山崩塌了，晉國的國君召見大夫伯宗，伯宗在路上碰見了一個推車的人，把他的車傾倒在路上。伯宗讓他的車右下來，要用鞭子打這個推車人。推車的人說：「您這樣趕路豈不是很遠嗎？不如走捷徑。」伯宗很高興，問他居住在哪裡。推車人回答說：「我是絳地的人。」伯宗問：「你聽說了什麼嗎？」推車人回答說：「梁山崩塌，將黃河堵塞起來，水已經三天沒有流動了，所以國君要召見您。」伯宗說：「怎麼辦呢？」推車人說：「上天產生出來的山，上天讓它崩塌；上天產生出來的河，上天讓它堵塞。您能夠對它們怎麼樣？」伯宗私下裡再問他。推車人說：「國君率領群臣穿著素色的衣服到那裡去哭泣，然後再舉行祭祀，河水就會流動了。」伯宗問他叫什麼名字，他沒有告訴伯宗。伯宗到了晉君那裡，晉君問他這件事怎麼辦，伯宗用推車人告訴他的方法來回答。於是晉君穿起素色服裝，率領群臣去哭泣，然後舉行祭祀，河水就流動了起來。晉君問伯宗：「你是怎麼知道的？」伯宗不說這是從推車人那裡得知的，假裝是自己本來就知道的。孔子聽說了這件事之後說：「伯宗會沒有後代，搶奪別人的善事。」《詩經》上說：「上天降下災禍，消滅了我們所立的君王。」又說：「畏懼天的威嚴，這樣才能保住國家。」

【研　析】「攘人之善」是一種不好的品行，以至於孔子說其「無後」，這是對人的一種嚴厲譴責。

文中所述的事件，當然很難徵信，不妨將它看成一則故事來讀，從中吸取一些教訓就可以了。伯宗如果以實際的情況來回答晉君的提問，那麼最多是顯得自己對這種事情的知識不夠，對自己的德行並沒有損害，況且如果那個推車人是個賢者，倒可以向國君推薦，自己也不失薦賢之名。如果是為了自己的虛名而掩蓋事實真相，那麼對於自己的名聲倒是一個很大的損害，因為這樣的事遲早會被他人所知。

18. 晉平公使范昭❶觀齊國之政，景公錫之宴，晏子在前。范昭趨曰：「願君之倅樽❷以為壽。」景公顧左右曰：「酌寡人樽獻之客。」晏子對曰❸：「徹去樽。」范昭不說，起舞，顧太師曰：「子為我奏成周之樂❹，願舞。」太師對曰：「盲臣不習。」范昭起出門。景公謂晏子曰：「夫晉，天下大國也，使范昭來觀齊國之政，今子怒大國之使者，將奈何？」晏子曰：「范昭之為人也，非陋而不知禮也，是欲試吾君，嬰故不從。」於是景公召太師而問之曰：「范昭使子奏成周之樂，何故不調？」對如晏子。於是范昭歸報平公曰：「齊未可并也。吾試其君，晏子知之；

吾犯其樂，太師知之。」孔子聞之曰：「善乎，晏子不出俎豆之間❺，折衝千里❻。」《詩》曰：「實右序有周，薄言震之，莫不震疊❼。」

【注釋】❶范昭　晉國大夫。❷倅樽　棄去不用的酒樽。倅，副。❸晏子對曰　這一句前面，《晏子春秋》、《新序》都有「范昭已飲」幾個字。「對」字是衍文。❹成周之樂　成周是周朝首都，成周之樂為天子起舞時才能演奏的音樂。❺俎豆之間　指在宴會上。俎，切菜板。豆，盛食物的器皿。❻折衝千里　意即「折衝千里之外」，取勝千里之外的敵人。折衝，使敵人戰車後撤，指制敵取勝。衝，衝車，一種戰車。❼實右序有周三句　《詩經．周頌．時邁》中的句子。右，同「佑」。保佑。序，助。薄、言，都是語詞。震，以武力震懾。疊，通「懾」。恐懼。

【語譯】晉平公派范昭出使齊國，去觀察齊國的政治，齊景公賞賜他宴會，晏子也出現在宴會中，站在范昭面前。范昭快步走到齊景公那裡說：「希望能夠用您不用的酒杯為您祝壽。」齊景公回頭對左右的侍臣說：「把我的酒杯裡面斟上酒，獻給客人。」范昭喝完了之後，晏子說：「把酒杯撤下去。」范昭不高興，跳起舞來，回頭對太師說：「請您給我演奏成周之樂，我願意來跳舞。」太師回答說：「我沒有學習過。」范昭起來走出了大門。齊景公問晏子說：「晉國是天下的大國，派遣范昭來觀察齊國的政治，現在你讓大國的使者發怒，怎麼辦？」晏子說：「范昭這個人，並不是鄙陋而不知道禮儀的人，他這樣做是要試探您，所以我沒有順從他。」於是齊景公召見太師問他說：「范昭讓你演奏成周之樂，為什麼不調理樂器為他演奏？」太師的說法和晏子一樣。於是范昭回去報告晉平公說：「我們還不能夠兼併齊國。我試探他們的君主，晏子知道我的想法；我冒犯他們的音樂，太師知道我的想法。」孔子聽說了這件事之後，說：「好啊，晏子不出於宴會之上，就能夠戰勝千里之外的敵人。」《詩經》上說：「上天保佑周朝，發兵震懾他們，沒有不驚慌的。」

【研析】西周春秋時期的宴會往往政治色彩很濃重，在禮樂儀式之中實現國與國之間的政治交往和鬥爭，即所謂「折衝樽俎」，因此對於當時的使者都是很重視的，通過宴會和禮儀的觀察可以瞭解一國的政治情況。本章中的范昭是晉國的使者，而應對范昭的主要是齊國的名臣晏嬰，通過范昭和晏嬰、齊國太師在宴會禮儀中的表現，各自都表明了自己的態度，這些都可以為國家的策略制定起到重要的作用。

19. 三公者何？曰：司空、司馬、司徒也。司馬主天，司空主土，司徒主人。故陰陽不和，四時不節，星辰失度，災變非常，則責之司馬；山陵崩竭❶，川谷不流，五穀不植，草木不茂，則責之司空；君臣不正，人道不和，國多盜賊，下怨其上，則責之司徒。故三公典其職，憂其分，舉其辯，明其隱❷，此三公之任也。《詩》曰：「濟濟多士，文王以寧。」❸

又曰：「明昭有周，式序在位❹。」言各稱職也。

【注釋】❶竭 《北堂書鈔》引作「絕」。❷隱 趙懷玉校本作「德」。❸濟濟多士二句 《詩經‧大雅‧文王》中的句子。濟濟，眾多的樣子。❹明昭有周二句 《詩經‧周頌‧時邁》中的句子。明昭，光明顯著。式，發語詞。序在位，各稱其職。

【語譯】三公是什麼？回答說：是司空、司馬和司徒。司馬是主管天文的，司空是主管土地的，司徒是主管人事的。所以陰陽不調和，四季的變化沒有節制，星辰偏移了它們正常的位置，出現了非常的災變，就要追究司馬的責任；山陵崩塌了，河流山谷中的水不流了，五穀不能生長，草木不茂盛，就要追究司空的責任；君臣不正直，人與人之間不和諧，國家有很多的盜賊，在下的老百姓怨恨在上的統治者，就要追究司徒的責任。所以三公管理好自己的職務，擔憂自己的分內之事，做他們所明瞭的事，彰明他們的道德，這是三公的責任。《詩經》上說：「有這麼多的賢士，文王因此得到安寧。」又說：「周朝的事業光明顯著，滿朝文武各盡其職。」說的就是各自能夠稱職。

【研析】天、地、人三者，是統一的整體，人為萬物之靈，故可與天地相並列，因而尊天敬地，管理人事，便成為一個國家中的大事。與此相關聯，三公便成了國家中職務最高的官員，三公各稱其職，則天成地平，百姓安堵，天下得到大治。這種將人道與天道及自然相聯繫的觀念，一直是中國古代政治中的顯著特色。

20. 夫賢君之治也，溫良而和，寬容而愛，刑清而省，喜賞而惡罰，移風崇教，生而不殺，布惠施恩，仁不偏與，不奪民力，役不踰時，百姓得耕，家有收聚，民無凍餒，食無腐敗，士❶不造無用，雕文不粥❷于肆，斧斤以時入山林，國無佚士❸，皆用於世，黎庶歡樂，衍盈❹方外，遠人歸義，重譯❺執贄❻，故得風雨不烈。〈小雅〉曰：「有渰萋萋，興雨祈祈❼。」以是知太平無飄風暴雨明矣。

【注釋】❶士　周、趙兩家校本皆作「工」。❷粥　同「鬻」。賣。❸佚士　遺佚的士人。❹衍盈　衍生溢出。❺重譯　經過多重的翻譯。指地方遙遠，語言不通。這裡指遠方的國家。❻贄　禮物。❼有渰萋萋二句　《詩經．小雅．大田》中的句子。渰，雲密布的樣子。萋萋，眾多的樣子。祈祈，徐徐的樣子。

【語譯】賢明的君王治理國家，溫和善良而且平和，對老百姓寬容而愛護，刑罰清明而簡省，喜愛賞賜而厭惡懲罰，改變風俗，尊崇教化，生養老百姓而不去殺害他們，布施恩惠，仁愛而不偏袒，不隨意使用民力，勞役不越過農耕時節，百姓都能夠得到耕種，每家都有收穫積聚，老百姓沒有受凍挨餓的，食物也沒有腐敗的，工人不做沒有用的東西，雕飾的文彩不在市場裡賣，砍伐山林中的樹木按照一定的時節，國家沒有不得到任用的士人，都能夠對國家有所貢獻，黎民都很快樂，這種國家大治的情形盈溢到四方之外，遠方的人都到這裡來歸順道義，遠方的國家經過多重的翻譯，拿著禮物來拜見，所以國家也風調雨順。〈小雅〉中說：「天上的烏雲很茂盛，下起細細的雨。」通過這個就可以明顯地知道，太平的時代是沒有暴風和暴雨的。

【研　析】這一章所描繪的是「賢君之治」下的圖景，一切都顯得秩序井然。這樣，不僅國家得到了很好的治理，老百姓能夠安居樂業，遠方的一些民族和國家也慕義而來，而且人事的和諧也感應了風調雨順的節候，這可以視作儒家理想中的「烏托邦」。

21. 昨日何生？今日何成？必念歸厚，必念治生。日慎一日，完如金城。《詩》曰：「我日斯邁，而月斯征。夙興夜寐，無忝爾所生❶。」

【注　釋】❶我日斯邁四句　《詩經・小雅・小宛》中的句子。斯，語助詞。邁，遠行。而，同「爾」。你。征，行。忝，侮辱。爾所生，指父母。

【語　譯】昨天如何生存？今天又有什麼成就？一定不要忘記道德歸於仁厚，一定不要忘記治理自己的生計。一天比一天謹慎，使道德像金屬所造的城那樣堅固。《詩經》上說：「每天我四處奔波，每月你都要出行。早起晚睡，不要辱沒了父母的聲名。」

【研　析】在儒家看來，人的一生應該是小心謹慎的一生，每天都要反省自己的行為是否合乎禮儀，是否違背道德，因為稍有不慎，就會辱及先人父母，那便是一個不孝的罪名。漢代人特別重視孝道，這一章裡面所表達的也有這樣的意思在裡面。不僅如此，能夠經常反省自己實際上也是儒家修身進德的一個方法，所以曾子說：「吾日三省吾身：為人謀而不忠乎？與朋友交而不信乎？傳不習乎？」

22. 官怠於有成，病加於小愈，禍生於懈惰，孝衰於妻子。察此四者，慎終如始。《易》曰：「小狐汔濟，濡其尾❶。」《詩》曰：「靡不有初，鮮克有終❷。」

【注釋】❶小狐汔濟二句　《周易・未濟》的卦辭。汔，近。❷靡不有初二句　《詩經・大雅・蕩》中的句子。鮮，少。克，能。

【語譯】做官因為有一些小的成就反而會懈怠，病因為稍稍好了一些反而會更加嚴重，禍患往往在懈怠懶惰的時候滋生，孝順之心因為有了妻子兒女之後反而衰退了。明白這四個道理，就能夠在事情結束的時候和它開始的時候一樣謹慎。《周易》上說：「小狐狸在要渡過河的時候，將自己的尾巴弄濕了。」《詩經》上說：「開始時沒有不好的，最後仍能夠好的卻很少。」

【研析】孟子說：「其進銳者，其退速。」因此，對於常人而言，能夠有一個好的開端並不困難，困難的是能夠一直保持這種進步的速度；往往出現的情況是，到了後來，不僅沒有進步了，反而不斷地出現了退步。本章中所說的都是這種情形，往往在有點小成就之後就會有懈怠之心，年紀越長反而孝心越退，這些情況都是屢見不鮮的。儒家強調人之進德要慎終如始，便是這個道理。

23. 孔子燕居❶，子貢攝齊❷而前曰：「弟子事夫子有年矣，才竭而智罷❸，振❹於學問，不能復進，請一休焉。」孔子曰：「賜也欲焉休乎？」曰：「賜欲休於事君。」孔子曰：「《詩》云：『夙夜匪懈，以事一人❺。』為之若此其不易也，若之何其休也？」曰：「賜休於事父。」孔子曰：「《詩》云：『孝子不匱，永錫爾類❻。』為之若此其不易也，如之何其休也？」曰：「賜欲休於事兄弟。」孔子曰：「《詩》云：『妻子好合，如鼓瑟琴。兄弟既翕，和樂且耽❼。』為之若此其不易也，如之何其休也？」曰：「賜欲休於耕田。」孔子曰：「《詩》云：『晝爾于茅，宵爾索綯。亟其乘屋，其始播百穀❽。』為之若此其不易也，若之何其休也？」子貢曰：「君子亦有休乎？」孔子曰：「闔棺兮乃止播耳，不知其時之易遷兮，此之謂君子所休也。故學而不已，闔棺乃止。」《詩》曰：「日就月將❾。」言學者也。

【注釋】❶燕居　指閒居在家。❷攝齊　攝，提起。齊，衣服的下襬。❸罷　通「疲」。❹振　《荀子》、《列子》、《孔子家語》皆作「倦」。❺夙夜匪懈二句　《詩經・大雅・烝民》中的句子。❻孝子不匱二句　《詩經・大雅・既醉》中的句子。匱，盡。錫，同「賜」。給予。❼妻子好合四句　《詩經・小雅・常棣》中的句子。翕，合。耽，樂。❽晝爾于茅四句　《詩經・豳風・七月》中的句子。爾，語詞。索，搓。綯，繩子。亟，快。乘，登。❾日就月將　《詩經・周頌・敬之》中的句子。就，久。將，長。日久月長，相當於說日積月累。

【語譯】孔子在家裡閒居，子貢提起衣服的下襬來到孔子面前說：「我侍奉老師已經有不少年了，才能已經用盡了，心智也已經疲倦了，對於學問也有一些厭倦了，不能夠再有什麼進步，請讓我休息一下。」孔子說：「你想在哪裡休息呢？」子貢說：「我想換成侍奉國君來休息一下。」孔子說：「《詩經》上說：『日夜工作不鬆懈，只是為了侍奉一個人。』侍奉國君這麼不容易，怎麼能夠說是休息呢？」子貢說：「我想換成侍奉父親休息一下。」孔子說：「《詩經》上說：『孝子的孝沒有窮盡，永遠把它給予你的同類。』侍奉父親如此不容易，怎麼能夠說是休息呢？」子貢說：「我想換成敬奉兄弟來休息一下。」孔子說：「《詩經》上說：『和妻子感情融洽，就好像是彈奏琴瑟一樣。兄弟感情也很投合，和睦相處很快樂。』敬奉兄弟這樣不容易，怎麼能夠說是休息呢？」子貢說：「我想換成耕田休息一下。」孔子說：「《詩經》上說：『白天出外割茅草，晚上在家搓繩子。趕快登上屋頂修房子，馬上就要開始播種各種穀物了。』耕田如此不容易，怎麼能夠說是休息呢？」子貢說：「那麼君子也有休息的時候嗎？」孔子說：「蓋上棺材就停止播種了，不知道時間的推移了，這就是君子所謂的休息。所以學習是沒有停止的時候的，蓋上了棺材才停止。」《詩經》上說：「日積月累地學習。」說的就是學者啊。

【研析】對於古人而言，所謂的學問都是能夠見諸於行事之中的，而不是書本上才有學問；為學的目的也正是為了實踐，而不是為了記住一些知識。因此，這一章裡子貢說厭倦了學問準備休息一下，但是無論是侍奉國君、奉養父母，還是尊敬兄弟、耕作田地，這裡面無一不是學問，一息尚存，學問未已。《論語》中子夏說：「賢賢易色，事父母能竭其力，事君能致其身，與朋友交言而有信；雖曰未學，吾必謂之學矣。」對於儒家而言，一切的倫理便是學問，又哪裡在倫理之外更有學問？

24. 魯哀公問冉有曰：「凡人之質而已，將❶必學而後為君子乎？」冉有對曰：「臣聞之，雖有良玉，不刻鏤，則不成器；雖有美質，不學則不成君子。」曰：「何以知其然也？」「夫子路，卞❷之野人也；子貢，衛之賈人也。皆學問於孔子，遂為天下顯士。諸侯聞之，莫不尊敬；卿大夫聞之，莫不親愛，學之故也。昔吳、楚、燕、代謀為一舉而欲伐秦，桃賈，監門之子也，為秦往使之，遂絕其謀，止其兵，及其反國，秦王大悅，立為上卿。夫百里奚，齊之乞者也。逐於齊西，無以進❸，自賣五羊皮，為一軛車❹，見秦繆公，立為相，遂霸西戎❺。太公望少為人壻，老而見去，屠牛朝歌，賃於棘津❻，釣於磻溪，文王舉而用之，封於齊。管仲親射桓公，遂除報讎之心，立以為相，存亡繼絕，九合諸侯，一匡天下。此四子者，皆嘗卑賤窮辱矣，然其名聲馳於後世，豈非學問之所致乎？由此觀之，士必學問，然後成君子。《詩》曰：『日就月將。』於是哀公嘻然而笑曰：「寡人雖不敏，請奉先生之教矣。」

【注釋】❶將　抑。❷卞　春秋時魯國的邑名。❸進　推薦。❹軛車　牛車；馬車。軛，牛馬等拉東西時架在脖子上的器具。❺西戎　西方的少數民族。❻賃於棘津　賃，雇傭。棘津，孟津，渡口名。

【語譯】魯哀公問冉有說：「人只要依靠他良好的資質就可以了吧，還是一定要學習才能夠成為君子呢？」冉有回答說：「我聽說過，即使有美好的玉，不去雕刻它，就不能夠成為器物；即使有一個良好的資質，如果不學習，就不會成為君子。」魯哀公問：「怎麼知道是這樣呢？」冉有回答說：「子路，是卞地的粗鄙的人；子貢，是衛國的商人。他們都向孔子學習問難，就成為天下有名的士人。諸侯聽說到他們，沒有不尊敬的；卿、大夫聽說到他們，沒有不想和他們親近互愛的，這是因為學習的緣故。以前吳、楚、燕、代幾個國家圖謀想一下子攻下秦國，祧賈，只是一個守門人的兒子，為秦國做使者到他們那裡去，就斷絕了他們的圖謀，讓他們停止進軍，等他返回國家的時候，秦王很高興，就任用他為上卿。百里奚，是齊國一個乞討的人，被驅逐到了齊國的西邊，沒有人推薦他，自己用五張羊皮的價格將自己賣掉，換了一輛牛車，見到了秦繆公，被立為秦國的相國，秦國依靠他稱霸西戎。姜太公呂望年輕時入贅別人家裡做女婿，年老時候被趕了出來，在朝歌靠殺牛賣肉為生，在棘津渡口當雇傭，在磻溪那裡垂釣，周文王提拔任用他，後來被封在齊國。管仲在戰鬥中親自用箭射齊桓公，齊桓公除去了對他報仇的心理，將他立為宰相，恢復被滅亡的國家，繼承斷絕的世系，多次召集諸侯盟會，天下一切都得到了匡正。這四個人，都曾經卑賤窮困，受到過侮辱，但是他們的聲名能夠一直延續到後世，難道不是研求學問才導致的嗎？從這些事情來觀察，士人一定要從事學問，然後才能夠成為君子。《詩經》上說：『日積月累地學習。』」於是魯哀公笑著說：「我雖然魯鈍不敏捷，請讓我遵從您的教誨吧。」

【研　析】《學記》中說：「玉不琢，不成器；人不學，不知道。」古代儒者對於「學」的重要性，可以說是極為強調的。本章所舉的幾個例子，子路、子貢，因為學習而成為天下尊敬的顯士，祧賈、百里奚、姜太公、管仲，則因為學習而成了天子諸侯的卿相，可見只有學習才能夠成就。儒家所謂的學習，主要指仁義禮樂一類的道理，這些道理的掌握，小能夠成就一個人的道德品格，大可以治國平天下。

25. 曾子有過，曾晳引杖擊之仆地，有間❶乃蘇。起曰：「先生得無病❷乎？」魯人賢曾子，以告夫子。夫子告門人：「參來❸！汝不聞昔者舜為人子乎？小箠❹則待笞，大杖則逃。索而使之，未嘗不在側；索而殺之，未嘗可得。今汝委身以待暴怒，拱立不去，非王者之民❺，其罪何如？」《詩》曰：「優哉游哉，亦是戾矣❻。」又曰：「載色載笑，匪怒伊教❼。」

【注釋】❶有間　過了一會。❷先生得無病　先生，曾子稱自己的父親。病，怨恨；不滿。❸參來　參，曾參，即曾子。這句話後面《孔子家語》另有「勿內也，曾子自以為無罪，使人請於孔子，子曰」這些字，《說苑》大體也相同。可據補。內，同「納」。❹箠　鞭子。❺非王者之民　趙校本作「汝非王者之民邪？殺王者之民，其罪何如？」王者之民，意即父親也不能專殺，如果被父親所殺，則父親也將得罪，因此這是陷父親於罪，屬於不孝。❻優哉游哉二句　《詩經．小雅．采菽》中的句子。優哉游哉，即優游，閒暇自得的樣子。戾，安定。❼載色載笑二句　《詩經．魯頌．泮水》中的句子。載，語詞，無義。色，臉色溫和。匪，非。

【語　譯】曾子有過錯，他的父親曾皙拿起手杖來將他打得趴倒在地上，過了一會兒才蘇醒。站起來說：「您還有什麼不滿的嗎？」魯國人認為曾子很有賢德，就把這件事告訴孔子。孔子對他的學生說：「曾參來的時候，不要讓他進來。」曾參自己認為沒有什麼過錯，請人向孔子求情，孔子說：「你沒有聽說過以前舜是怎麼做別人兒子的嗎？如果他父親拿小鞭子來打他，他就等著挨打；如果拿大棍子來打他，他就逃跑。找他做事情，他沒有不在旁邊的，一下子就找到他；找他要將他殺掉，沒有能夠找到他的。現在你將身體放在那裡等待著父親的暴怒，拱手站立而不離開，難道你不是天子的臣民嗎？殺天子的臣民，應該判什麼罪呢？」《詩經》上說：「很悠閒地過日子，非常安定。」又說：「臉色和柔而微笑，不發怒而進行教導。」

【研　析】曾子以孝知名，本章中所記載的這件事情，卻受到了孔子的批評。孝事父母，有種種隨機應變的辦法，不能死執一律，如果父親所做的事情有所不對，也不能完全依從，也可以進行勸諫，所謂的「幾諫」。舜也是孝子，他的父親瞽瞍是不講道理的人，所以舜侍奉他的辦法便是：「小箠則待笞，大杖則逃。索而使之，未嘗不在側；索而殺之，未嘗可得。」這是一種懂得權變之道的孝子。孝子亦不彰父之過，魯人既然以曾子為賢，那麼便會認為他的父親有過錯了，這從某種角度來說，也是不符合「孝道」的。

26. 齊景公使人為弓，三年乃成。景公得弓而射，不穿三札❶。景公怒，將殺弓人。弓人之妻往見景公曰：「蔡人之子，弓人之妻也。此弓者，太山之南，烏號之柘❷，騂牛❸之角，荊麋❹之筋，河魚之膠也。四物者，天下之練❺材也，不宜穿札之少如此。且妾聞奚公❻之車，不能獨走；莫邪雖利，不能獨斷，必有以動之。夫射之道，在手若附枝❼，掌若握卵，四指如斷短杖，右手發之，左手不知，此蓋射之道。」景公以為儀而射之，穿七札。蔡人之夫立出矣。《詩》曰：「好是正直❽。」

【注　釋】❶三札　《列女傳》作「一札」。札，鎧甲的葉片。❷烏號之柘　柘，樹名，其木質彈性好，適宜做弓。烏號，《淮南子》高誘注：「桑柘堅勁，烏居其上將飛，其枝彎下又彈回，烏隨之不敢起飛，呼號其上，因取其材為弓，名烏號。」❸騂牛　紅色的牛，常用於祭祀。❹荊麋　楚地的麋鹿。❺練　《北堂書鈔》、《太平御覽》、《初學記》引皆作「精」。❻奚公　奚仲，古代善於造車的人。❼在手若附枝　周校本作「左手如拒，右手若附枝」，許維遹認為當作「左手如拒，右手若附枝」。❽好是正直　《詩經・小雅・小明》中的句子。

【語　譯】齊景公讓人做弓，做了三年才做好。齊景公拿到弓以後就拿來射箭，結果不能夠射穿三層鎧甲的葉片。齊景公大怒，將要殺掉這個做弓的人。做弓人的妻子前往拜見齊景公，說：「我是蔡國人的女兒，做弓人的妻子。這張弓所用的材料，是泰山南面彈性良好的柘木，紅牛的角，楚地麋鹿的筋，河魚的膠。這四種東西，是天下做弓最精練的材料，不應該射穿鎧甲的葉片那麼少。況且我聽說奚仲造的車，它自己不會行走；莫邪寶劍雖然鋒利，但是它自己不會去砍斷東西，一定要有人去運用它們才行。射箭的方法，左手就好像要推開石頭，右手就好像攀援樹枝，手心裡像是抓住一個雞蛋，四根手指像是要折斷短杖一樣用力，右手將箭發出去，左手好像不知道，這是射箭的方法。」齊景公按照她所說的方法射箭，射穿了七層鎧甲的葉片。蔡國女子的丈夫立刻被放了出來。《詩經》上說：「喜歡這樣正直的人。」

【研析】駕馬有駕馬的技巧，舞劍有舞劍的技巧，射箭也有射箭的技巧，齊景公因為不明白射箭的技巧，就認為做弓的人沒有將弓做好，這當然是他自己的錯誤。齊景公能夠意識到自己的錯誤，等他懂得射箭的技巧之後，立刻將做弓的人放了，這便也是勇於改過之人，也是一種正直的表現。

27. 齊有得罪於景公者，景公大怒，縛置之殿下，召左右肢解之，敢諫者誅。晏子左手持頭，右手磨刀，仰而問曰：「古者明王聖主，其肢解人，不審從何肢解始也？」景公離席曰：「縱❶之，罪在寡人。」《詩》曰：「好是正直。」

【注釋】❶縱　放掉。

【語譯】齊國有人得罪了齊景公，齊景公大怒，把他綁起來放在殿下面，叫來左右的侍臣要將他肢解，並說如果有人敢進諫，就把進諫的人也殺掉。晏子左手扶著那個人的頭，右手磨著刀，仰起頭來問齊景公說：「古代聖明的君主，他們肢解人的時候，不知道是從哪一肢體開始肢解？」齊景公離開坐席說道：「把他放了，罪過在我。」《詩經》上說：「喜歡正直的人。」

【研　析】這一章和上一章的內容大體接近，只是晏子進諫的方法比較特殊，只用一句話就點醒了齊景公，讓他意識到自己的過錯。對於晏子而言，這是善於進諫的臣子，對於齊景公而言，他則是一位勇於改過的君主，君臣都有可稱之處。

28. 傳曰：居處齊❶則色姝，食飲齊則氣珍，言語齊則信聽，思齊則成，志齊則盈，五者齊斯神居之。《詩》曰：「既和且平，依我磬聲❷。」

【注　釋】❶齊　適宜。❷既和且平二句　《詩經・商頌・那》中的句子。

【語　譯】古書上說：日常居住適宜臉色就會很好看，飲食適宜身體氣色就會很好，說話適宜別人就會相信他的話，思慮適宜做事就會成功，志意適宜就會覺得充實，五種東西都適宜就會像神明一樣超越常人。《詩經》上說：「曲調協調而平和，都跟隨我擊磬的聲音。」

【研　析】任何事情都以適中為宜，就像音樂那樣協調。居處、飲食、言語、思慮、志意都是如此，因為這些事情都在禮儀之中，而「禮之用，和為貴」，和也即是適宜、適中。

29. 魏文侯問狐卷子曰：「父賢足恃❶乎？」對曰：「不足。」「子賢足恃乎？」對曰：「不足。」「兄賢足恃乎？」對曰：「不足。」「弟賢足恃乎？」對曰：「不足。」「臣賢足恃乎？」對曰：「不足。」文侯勃然作色而怒曰：「寡人問此五者於子，一一以為不足者，何也？」對曰：「父賢不過堯，而丹朱放；子賢不過舜，而瞽瞍頑❷；兄賢不過舜，而象傲；弟賢不過周公，而管叔誅；臣賢不過湯、武，而桀、紂伐。望人者不至，恃人者不久。君欲治，從身始，人何可恃乎？」《詩》曰：「自求伊祜❸。」

【注釋】❶恃　依靠。❷頑　愚妄。❸自求伊祜　《詩經・魯頌・泮水》中的句子。伊，語詞。祜，福。

【語譯】魏文侯問狐卷子說：「父親有賢才，足夠依靠嗎？」回答說：「不足依靠。」又問：「兒子有賢才，足夠依靠嗎？」回答說：「不足依靠。」又問：「哥哥有賢才，足夠依靠嗎？」回答說：「不足依靠。」又問：「弟弟有賢才，足夠依靠嗎？」回答說：「不足依靠。」又問：「大臣有賢才，足夠依靠嗎？」回答說：「不足依靠。」魏文侯變了臉色，生氣地說：「我向你詢問這五個方面，你都認為不足依靠，這是為什麼？」狐卷子回答說：「父親有賢才，沒有超過堯的，但是他的兒子丹朱被放逐了；兒子有賢才，沒有超過舜的，但是他的父親瞽瞍卻很愚妄；哥哥有賢才，沒有超過舜的，而他的弟弟象卻很傲慢；弟弟有賢才，沒有超過周公的，而他的哥哥管叔卻被誅殺了；大臣有賢才，沒有超過商湯、武王的，而夏桀、商紂卻遭到討伐。寄望於別人的，別人卻不來；依靠他人的，也不會長久。君主要治理好國家，從自己開始，別人怎麼能夠依靠呢？」《詩經》上說：「自己去求福。」

【研析】父子兄弟乃至於臣子，這五者雖然在人倫之中是很重要的，但是一味地依靠他們，卻是不可取的，人首先應該依靠的是自己，只有自己的道德修養提高了，治理國家的能力足夠了，那樣他人才能夠為己所用，才能夠盡其所用。本章中舉了五個例子，都是這五者中不可以依靠的例子，也足以為後人引以為誡，努力從自己做起。

30. 湯作〈濩〉❶。聞其宮聲❷，使人溫良而寬大；聞其商聲，使人方廉而好義；聞其角聲，使人惻隱而愛仁；聞其徵聲，使人樂養而好施；聞其羽聲，使人恭敬而好禮。《詩》曰：「湯降不遲，聖敬日躋❸。」

【注釋】❶濩　商湯時的音樂。❷宮聲　五聲之一。五聲，即宮、商、角、徵、羽。❸湯降不遲二句　《詩經・商頌・長發》中的句子。降，下；謙卑。聖，聰明智慧。日躋，天天向上升起。

【語　譯】商湯作了〈濩〉這支樂曲。聽見其中宮的聲調，讓人溫厚善良，心懷寬大；聽到其中商的聲調，讓人端正廉潔而愛好正義；聽到其中角的聲調，讓人有惻隱之心而愛好仁德；聽到其中徵的聲調，讓人樂於養護他人而喜歡施捨；聽到其中羽的聲調，讓人對人恭敬而愛好禮儀。《詩經》上說：「商湯謙卑不殆，聖明恭謹之德日益升起。」

【研　析】音樂的感人力量，是儒家所極力強調的，它既然能夠感人，就可以實行教化，〈樂記〉中說：「樂也者，聖人之所樂也，而可以善民心，其感人深，其移風易俗，故先王著其教焉。」因此，儒家極其重視音樂的教化作用，「六經」之中之所以有《樂》，也正好說明了這一點。《周禮》中記載了周代大司樂以樂德、樂語、樂舞來教育國學子弟，其中的六大樂舞是〈雲門大卷〉、〈大咸〉、〈大韶〉、〈大夏〉、〈大濩〉、〈大武〉，便包括本章中湯的音樂。孔子也十分重視音樂的教化，《論語》中記載孔子與其弟子的一件事：「子之武城，聞絃歌之聲。夫子莞爾而笑曰：『割雞焉用牛刀？』子游對曰：『昔者偃也聞諸夫子曰：「君子學道則愛人，小人學道則易使也。」』子曰：『二三子！偃之言是也。前言戲之耳！』」本章則是說湯的音樂對人的教化作用，聞其五聲，就可以使人的性情得到陶冶或改變，可見在古代的教育之中，音樂的教化確實起到了很大的作用。

31. 孔子曰：「《易》先〈同人〉後〈大有〉，承之以〈謙〉，不亦可乎？故天道虧盈而益謙，地道變盈而流謙，鬼神害盈而福謙，人道惡盈而好謙❶。謙者，抑事而損者也。持盈之道，抑而損之，此謙德之於行也。順之者吉，逆之者凶。五帝既沒，三王既衰，能行謙德者，其惟周公乎！文王之子，武王之弟，成王之叔父，假天子之尊位七年，所執贄❷而師見者十人，所還質❸而友見者十三人，窮巷白屋❹之士，所先見者四十九人，時進善者百人，宮朝者千人，諫臣五人，輔臣五人，拂臣❺六人，載干戈以至於封侯❻，而同姓之士百人。」孔子曰：「猶以周公為天下賞❼，則以同族為眾，而異族為寡也。」故德行寬容而守之以恭者榮，土地廣大而守之以儉者安，位尊祿重而守之以卑者貴，人眾兵強而守之以畏者勝，聰明睿智而守之以愚者哲，博聞強記而守之以淺者不溢。此六者，皆謙德也。《易》曰：「謙，亨，君子有終，吉。」能以此終吉者，君子之道也。貴為天子，富有四海，而德不謙以亡其身者，桀、紂是也，而況眾庶乎？夫《易》有一道焉，大足以治天下，中足以安家國，近足以守其身者，其惟謙德乎！《詩》曰：「湯降不遲，聖敬日躋。」

【注　釋】❶天道虧盈而益謙四句　這幾句都是《周易・謙》卦中的彖辭。謙，虛，和「盈」相對。盈，滿。這一節可以參考卷三第三十一章。❷贄　也作「質」，見面時所帶的禮物。❸還質　古代禮儀中，凡是見面都有贄，若是地位相當的來相見，則須回訪，回訪的主要目的即是「還贄」，所謂「禮尚往來」，「禮」即是「贄」。如果地位低的來見地位高的，則當時就將「贄」還給他，不必回訪。若是以臣子的地位來見君上，則不必還質，即所謂「委質為臣」。❹窮巷白屋　指生活貧苦。❺拂臣　拂臣與輔臣意同，古書中所謂「左輔右弼」。拂，同「弼」。輔，佐。❻載干戈以至於封侯　這句話下面，《孔子集語》中有「異族九十七人」六個字。❼賞　《孔子集語》作「黨」。

【語　譯】孔子說：「《周易》裡面先有〈同人〉卦，接著是〈大有〉卦，接著又是〈謙〉卦，這難道不是很好嗎？所以天道損去滿的而增加虛的，地道毀壞滿的而增益虛的，鬼神損害滿的而賜福給虛的，人道憎惡滿的而愛好虛的。謙，是貶抑減損的意思。保持盈滿的方法，就是貶抑減損，這就是謙德在行動上的表現。順從它的就吉祥，違背它的就不吉。五帝已經不在了，三王的道理也衰落了，能夠行使謙遜之德的，大概只有周公吧！他是周文王的兒子，周武王的弟弟，周成王的叔叔，攝政代理天子的尊位有七年的時間，他帶著禮物去拜見，把他們當作老師的人有十個；將禮物送回，而以朋友的身分相見的有十二個人，他首先去拜訪住在陋巷貧屋裡的人有四十九個，時常向他進獻善言的人有一百人，到他的宮廷裡朝見的人有一千個。諫官有五個人，輔臣有五個人，弼臣有六個人，拿著盾和戈矛參加戰爭以至於封侯的，和周公異姓的有九十七個人，和他同姓的有一百人。」孔子說：「還有人認為周公封賞天下的時候有所偏袒，封自己同姓的人多，封異姓的人少。」所以德行寬廣的人，用恭敬心來保持它，就很光榮；土地廣大的人，用節儉來保持它，就很安定；職位高而俸祿厚的人，用謙卑來保持它，就能夠顯達；人民眾多武力強盛的，用畏懼來保持它，就會勝利；聰明智慧的人，要用淳樸如愚來保持它，就很明智；博學多聞記憶力強的人，用淺顯來保持它，就不狹隘。這六個方面，都是謙抑的道德。《周易》裡面說：「謙遜，能夠通達，君子有他的善終，吉利。」一個人能夠始終這樣吉利，那就是君子所應該遵行的道理。即使有天子的高貴，有四海的富有，而因為沒有謙遜之德，喪失了自己生命的，夏桀、商紂就是這樣，何況是一般的老百姓呢？《周易》裡有一種道理，從大的方面來說，足以守住天下；從次一等來說，也足以守住他的國家；從最貼近個人的方面來說，也足以保持自己的生命，這就是謙遜。《詩經》上說：「商湯謙卑不殆，聖明恭謹之德日益升起。」

【研　析】這一章可以和卷三的第三十一章對照起來閱讀，兩者在文辭和主旨上都差不多，主要是強調「謙」的重要性。周公地位已極，但是他的「持盈」之道便是「謙」，並沒有將自己的地位看得很重，而是放低自己，尋訪賢人。從這裡推廣開去，不論是什麼樣的人，不論其成就有多麼大，武力多麼強盛，都應該保持謙虛，那樣才能夠使得自己不斷地進步，而不會給自己帶來危害。

32. 昔者田子方❶出見老馬於道，喟然有志焉。以問於御者曰：「此何馬也？」曰：「故公家畜也。罷❷而不為用，故出放也。」田子方曰：「少盡其力，而老去❸其身，仁者不為也。」束帛而贖之。窮士聞之，知所歸心矣。《詩》曰：「湯降不遲，聖敬日躋。」

【注釋】❶田子方　戰國時魏國人，魏文侯以師禮待之。❷罷　同「疲」。❸去　《群書治要》、《藝文類聚》、《太平御覽》等引皆作「棄」。

【語譯】以前田子方出門在路上看到一匹老馬，長嘆著而心中有所感慨。就問駕車人說：「這是哪裡來的馬？」駕車人回答說：「這是以前公家所蓄養的馬，已經疲憊衰弱了，不能夠再供使用，所以將牠放了出來。」田子方說：「少壯的時候用盡了牠的力氣，等牠老了就將牠拋棄，有仁德的人是不這樣做的。」就用五匹布帛將牠贖了回來。困窮的士人聽說了這件事之後，就知道歸附誰了。《詩經》上說：「商湯謙卑不殆，聖明恭謹之德日益升起。」

【研析】田子方是戰國初的賢人，他的這一番話，以小見大。他對一匹老馬尚且能夠表現出仁義之心，何況是能夠為自己盡心的賢人呢？因此，他能夠得到窮士的歸心，那便是理所當然的事了。

33. 齊莊公❶出獵，有螳蜋舉足將搏其輪。問其御曰：「此何蟲也？」御曰：「此是螳蜋也。其為蟲知進而不知退，不量力而輕就敵。」莊公曰：「以為人，必為天下勇士矣。」於是迴車避之，而勇士歸之。《詩》

曰：「湯降不遲。」

【注　釋】❶齊莊公　春秋時齊君，名光。

【語　譯】齊莊公出去打獵，有一隻螳螂舉起腿來，將要攻擊車輪。齊莊公問他的駕車人說：「這是什麼蟲子？」駕車人說：「這是螳螂。這種蟲子知道進攻而不知道退讓，不量度自己的力量，很輕易地就和敵人戰鬥。」齊莊公說：「假如讓牠做人，一定是天下的勇士了。」於是掉轉車子避開牠，天下的勇士都來歸附齊莊公。《詩經》上說：「商湯謙卑不殆。」

【研　析】這一章同樣是以寓言的形式來表達和上一章類似的意義。齊莊公欣賞螳螂的勇氣，說牠「以為人，必為天下勇士矣」，避開而不傷害牠，當然也就表示他對於勇士的欣賞，所以能夠得到天下勇士之心。

34.　魏文侯問李克曰：「人有惡乎？」李克曰：「有。夫貴者則賤者惡之，富者則貧者惡之，智者則愚者惡之。」文侯曰：「善。行此三者，使人勿惡，亦可乎？」李克曰：「可。臣聞貴而下賤則眾弗惡也，富能分貧則窮士弗惡也，智而教愚則童蒙者❶弗惡也。」文侯曰：「善哉言

乎，堯舜其猶病諸。寡人雖不敏，請守斯語矣。」《詩》曰：「不遑啟處。」❷

【注　釋】❶童蒙者　蒙，蒙昧。兒童未經啟蒙，所以不明事理。這裡則泛指不明事理的人。❷不遑啟處　《詩經・小雅・四牡》中的句子。啟，跪，古人坐下時，先跪下，然後臀部坐於足跟上。處，居。啟處，指安居。

【語　譯】魏文侯問李克說：「人有厭惡的東西嗎？」李克說：「有。地位高的人，地位低的人就厭惡他；富有的人，貧窮的人就厭惡他；聰明的人，愚笨的人就厭惡他。」魏文侯說：「好。如果有這三種情況，但想讓人不厭惡，能夠做到嗎？」李克說：「可以。我聽說過地位高的人能夠屈尊於地位低的人，大家就不會厭惡他；富有的人能夠施捨他的財物給貧窮的人，那麼窮困的人就不會厭惡他；聰明的人去教育愚笨的人，那麼不明事理的人也就不會厭惡他了。」魏文侯說：「這話說得多好啊，但是堯、舜這樣的君主恐怕都難以做到。我雖然不敏捷，也希望能夠跟隨你的話去做。」《詩經》上說：「沒有閒暇安居下來。」

【研　析】魏文侯是戰國時的賢君之一，李克則是他的賢臣。這一章裡兩人的對話表明了謙遜下人的道理。身為諸侯，乃是大富大貴，而君臣又很賢明。但是這些未必不被他人所厭惡，因為一般人都追求富貴，卻未必能夠追求到，所以對於富貴之人可能便會產生一種敵對的心理；而如果在一般人面前表現自己的才智，也未必為人所喜。所以李克認為，富貴之人不以自己的富貴自傲，並且去教育那些一般的人，便可以得到他們的愛戴了。魏國在戰國初期之所以能夠最為強盛，與其君臣師事賢人、任用能吏是有必然的關係的。

35. 有鳥於此，架巢於葭葦之顛。天喟然❶而風，則葭折而巢壞，何？其所託者弱也。稷蜂不攻，而社鼠不薰，非以稷蜂、社鼠之神，其所託者善也。故聖人求賢者以輔。夫吞舟之魚大矣，蕩❷而失水，則為螻蟻❸所制，失其輔也。故曰：「不明爾德，時無背無側。爾德不明，以無陪無卿❹。」

【注　釋】❶喟然　原是嘆息呼氣的樣子，這裡指代風吹起的樣子。❷蕩　游蕩。❸螻蟻　螻，螻蛄，一種昆蟲。蟻，螞蟻。泛指微小的生物。❹不明爾德四句　《詩經・大雅・蕩》中的句子。時，是。背，指背後沒有人輔佐支持。側，指旁邊輔佐的人。陪，輔佐之臣。卿，卿士。

【語　譯】這裡有一種鳥，將牠的巢築在蘆葦的頂端。天颳起了風，蘆葦折斷，巢也壞了，為什麼呢？是因為牠所寄託用來築巢的地方很纖弱。穀神廟裡的蜂窩不會遭到攻擊，土地廟裡的老鼠不會被人用火熏，並不是人們將牠們看作神靈，而是因為牠們所用來寄託做巢和窩的地方好。所以聖明的人要尋求賢能的人來作為自己的輔佐。能夠吞下舟船的魚很大，一旦游蕩到沒有水的地方，反而受制於螻蛄和螞蟻，這是因為失去了牠的輔佐的緣故。《詩經》上說：「你的道德不顯明，所以背後和旁邊都沒有人支持你。你的道德不顯明，所以沒有輔佐之臣和卿士來幫助你。」

【研析】這一章仍然是通過幾個相反的比喻，來說明任用賢者的重要性。烏在蘆葦上築巢，因為不堅固，所以很快就會傾覆；稷蜂、社鼠在社稷中作巢，便不會受到傷害，因為人們尊重社稷的祭所，便也同時保護了牠們的巢。大魚失水，而被螻蟻所食，也被用來比擬君主失去賢者而無所依託。因此聖君必有賢佐，否則也做不成大事，其中的道理當然是很容易明白的。

卷九

1. 孟子少時誦，其母方織。孟❶輟然中止，乃復進。其母知其諠❷也，呼而問之曰：「何為中止？」對曰：「有所失復得。」其母引刀裂其織，以此誡之。自是之後，孟子不復諠矣。孟子少時，東家殺豚，孟子問其母曰：「東家殺豚何為？」母曰：「欲啖汝。」其母自悔而言曰：「吾懷妊❸是子，席不正不坐，割不正不食，胎教之也。今適有知而欺之，是教之不信也。」乃買東家豚肉以食之，明不欺也。《詩》曰：「宜爾子孫，繩繩兮❹。」言賢母使子賢也。

【注釋】❶孟　本或作「孟子」。❷諠　同「諼」。忘記。❸懷妊　懷孕。❹宜爾子孫二句　《詩經・周南・螽斯》中的句子。繩繩，戒慎。

【語　譯】孟子小時候讀書的時候，他的母親正在織布。孟子突然停了下來，接著又繼續讀。他的母親知道他忘記了，就將他叫過來問他：「為什麼停下來？」孟子回答說：「有的東西忘記了，又想起來了。」他的母親拿起刀來將她所織的布割裂開，用來警戒他。從此以後，孟子讀書就不再忘記了。孟子小的時候，他家東面的鄰居殺豬，孟子問他的母親說：「東面鄰居家殺豬幹什麼？」母親說：「要給你吃。」說完了這句話他的母親就感到後悔，自己說：「我懷孕的時候，席子不正就不去坐，肉切得不是方方正正的，就不去吃，這是為了對他進行胎教。現在他剛剛有一點知識就去欺騙他，是教育他不講究信用。」就買了東面鄰居家的肉來給孟子吃，表明沒有欺騙他。《詩經》上說：「你的子孫真好啊，那麼謹慎小心。」說的是賢良的母親能使兒子也賢良。

【研　析】這一章講誠信的重要性。俗語說「教兒嬰孩」，孟母從孟子很小時就很重視對他的教育（孟母三遷的故事記載的也是類似的事情），通過各種方法誘導啟示他。本章中孟母隨意說了一句玩笑話，但是後來想到不應該對孩子說這樣的話，否則會讓他養成不誠實的習性，於是將她所說的話兌現，這便是善於教育的賢母。賢母對於一個人性格的養成非常重要，小孩子往往是跟隨母親而逐漸長大的，因此母親的一言一行從小便能夠對孩子起到非常大的影響，而且這種影響也許會持續一生，母教顯然是非常重要的。

2. 田子❶為相，三年歸休，得金百鎰❷，奉其母。母曰：「子安得此金？」對曰：「所受俸祿也。」母曰：「為相三年不食乎？治官如此，非吾所欲也。孝子之事親也，盡力致誠，不義之物，不入於館。為人子不可不孝也，子其去之。」田子愧慚走出，造朝還金，退請就獄。王賢其母，說其義，即舍田子罪，令復為相，以金賜其母。《詩》曰：「宜爾子孫，繩繩兮。」

【注釋】❶田子　《列女傳》作「田稷子」，齊宣王時的卿相。❷金百鎰　黃金百鎰，古代黃金多指黃銅。鎰，古代重量單位，二十兩（一說二十四兩）為一鎰。

【語譯】田子做齊國的卿相，三年之後回家休養，得到了金百鎰，獻給他的母親。他的母親問：「你從哪裡得到這麼多金？」田子回答說：「這是我所接受的俸祿。」他的母親說：「你做了三年卿相，難道不吃飯嗎？你這樣去做官，不是我所希望的。孝子侍奉父母，竭盡他的力量和誠心，不合乎道義的東西，不拿到家裡來。做人的兒子不能不孝順，你把這些東西拿走。」田子慚愧地走出來，到朝廷那裡，將金還給朝廷，退下來請求將自己抓進監獄裡。齊王認為田子的母親有賢德，對她講求道義感到很高興，就赦免了田子的罪過，讓他重新做卿相，並將那些金賞賜給了他的母親。《詩經》上說：「你的子孫真好啊，那麼謹慎小心。」

【研析】這一章所說的也是賢母對其子的教育。對於田子所得的不義之財，他的母親卻而不受，讓他慚愧地到朝廷中認罪。母親對於子女，縱容溺愛的很多，如果不是深明大義，是很難做到這一點的，這既教育了田子什麼是義，也教育了他什麼才是真正的孝。

3. 孔子行，聞哭聲甚悲。孔子曰：「驅！驅！前有賢者。」至則皐魚❶也，被褐擁鐮❷，哭於道傍。孔子辟車❸與之言曰：「子非有喪，何哭之悲也？」皐魚曰：「吾失之三矣。少而遊學諸侯，以後吾親，失之一也；高尚吾志，間吾事君❹，失之二也；與友厚而小絕之❺，失之三矣。樹欲靜而風不止，子欲養而親不待也。往而不可得見者親也，吾請從此辭矣。」立槁而死。孔子曰：「弟子誡之，足以識矣。」於是門人辭歸而養親者十有三人。

【注　釋】❶皐魚　《說苑》作「丘吾子」。❷鐮　《文選·長笛賦》注引作「劍」。❸辟車　下車。❹間吾事君　《文選》注作「不事庸君，而晚仕無成」。❺與友厚而小絕之　《文選》注作「少擇交游，寡親友，而老無所託」。

【語　譯】孔子出行，聽到一陣悲傷的哭聲。孔子說：「往前趕！往前趕！前面有賢能的人。」到了那裡一看，原來是皋魚。披著粗布衣服，手裡拿著劍，在路邊哭。孔子下車對他說：「你沒有遭遇什麼喪事，為什麼哭得這麼悲傷呢？」皋魚說：「我失去親人已經有三次了。年輕的時候到各諸侯國去遊學，沒有把侍奉父母放在第一位，這是第一次失去他們；我的志向高尚，不去侍奉平庸的君主，所以也沒有俸祿去養親人，年紀大了出仕卻沒有什麼成就，這是第二次失去他們；少年時喜歡交朋友，親友很少，所以年老時也沒有地方可以寄託自己，這是我第三次失去他們。樹想安靜下來但是風卻沒有停，兒子想盡孝心但是父母親卻不會等待他。去世了以後就不會再見到的是親人，請讓我從此訣別吧。」就站在那裡枯槁而死。孔子說：「你們都要引以為警戒啊，這值得記下來。」於是孔子的學生告辭孔子回去奉養父母的有十三個人。

【研析】因為自己的各種追求，而失去對父母的奉養，這當然是不孝的一種表現。皋魚所說的三次失去親友，一是因為自己外出求學，二是因為不到平庸的君主那裡做官，三是注重朋友而忽視親友，因此自愧而死。他說的話，「子欲養而親不待」、「往而不可得見者親也」等等，則正是與「家貧親老，不擇官而仕」的觀念是一樣的，因此孔子的弟子聽到孔子的教誨以後，辭別孔子而回家侍奉雙親的有十三人。所以本章的基本觀點仍然是講如何盡孝的。

4. 子路曰：「有人於斯，夙興夜寐，手足胼胝❶，而面目黧❷黑，樹藝❸五穀，以事其親，而無孝子之名者，何也？」孔子曰：「吾意者身未敬邪？色不順邪？辭不遜邪？古人有言曰：『衣歟食歟，曾不爾即❹。』子勞以事其親，無此三者，何為無孝之名？意者所友非仁人邪？坐，語汝❺。雖有國士之力，不能自舉其身，非無力也，執不便也。是以君子入則篤孝，出則友賢，何為其無孝子之名？」《詩》曰：「父母孔邇❻。」

【注釋】❶胼胝　趼子；繭子。案：此章與上章原為一章，今析為二章。❷黧　黑。❸藝　種植。❹即　趙懷玉校本作「聊」，依靠。❺語汝　《荀子》作「吾語汝」。❻父母孔邇　《詩經‧周南‧汝墳》中的句子。孔，很。邇，近。

【語譯】子路說：「如果有人在這裡，早起晚睡，手腳上面都長了老繭，臉色都被曬黑了，種植穀物，用來侍奉父母，卻沒有孝子的美名，這是為什麼呢？」孔子說：「我推測大概是他的身體未表現出恭敬吧？臉色還不是很恭順吧？語言還不是那麼柔順吧？古人有話說：『衣服飲食，是不用依靠你的。』兒子勞累地去侍奉父母，沒有這三點不敬的話，怎麼會沒有孝子的美名呢？大概是他的朋友不是有仁德的人吧？坐下來，我來告訴你。即使有國家中勇力之士的力量，但是不能夠將自己的身體舉起來，並不是因為沒有力量，而是因為不方便去拿。所以君子在家就篤厚地去盡孝道，出門在外就和有賢德的人做朋友，怎麼會沒有孝子的美名呢？」《詩經》上說：「父母靠得很近。」

【研　析】本章也是談孝道的。《論語》中孔子的弟子向孔子問孝的內容也很多，比如子游向孔子問孝時，孔子回答說：「今之孝者，是謂能養。至於犬馬，皆能有養；不敬，何以別乎？」子夏向孔子問孝時，孔子又回答說：「色難。有事，弟子服其勞；有酒食，先生饌。曾是以為孝乎？」又孟武伯向孔子問孝時，孔子說：「父母唯其疾之憂。」基本上也就是這裡孔子所說的意思，「孝」並非單純地在物質上給予父母的一些奉養，而是更多地表現在恭敬上面。對父母的敬愛，出於自己的誠心，所以身體、臉色、語氣都表現得非常恭敬，那樣才算得上是奉養。還要在外和賢者交遊，不讓父母為自己過多的擔心，最多擔心自己的身體罷了，那樣便是真正的「入則篤孝，出則友賢」。

5. 伯牙鼓琴，鍾子期聽之。方鼓琴志在山，鍾子期曰：「善哉鼓琴！巍巍乎如太山。」志在流水，鍾子期曰：「善哉鼓琴！洋洋乎若江河。」鍾子期死，伯牙擗❶琴絕絃，終身不復鼓琴，以為世無足與鼓琴也。非獨琴如此，賢者亦有之。苟非其時，則賢者將奚由得遂其功哉？

【注　釋】❶擗　分開；裂開。指摔裂。

【語　譯】伯牙彈琴，鍾子期聆聽。伯牙正在彈琴時想著高山，鍾子期說：「琴彈得好啊，高大得像是泰山一樣。」伯牙想著流水的時候，鍾子期說：「琴彈得好啊，就像是水流盛大的江河一樣。」鍾子期去世以後，伯牙將琴摔裂，將絃拉斷，終身不再彈琴，他認為世上沒有人值得為他去彈琴了。不僅僅彈琴是這樣，有賢德的人也是這樣。如果他所處的時代不適宜，那麼賢能的人怎麼樣才能成就他的功業呢？

【研　析】伯牙和鍾子期的故事是「知音」的代名詞，彈琴必須要有懂琴的人來聽，才能夠有彈琴的動力，否則寧願不彈。賢能的人也要有能夠認識自己賢德的君主，逢上能夠顯示自己才能的時代，才會出仕，否則寧願寂寞終老。中國古代有那麼多寧願隱居而不出仕的人，除了道家那種退隱觀念的影響，恐怕自認為生不逢時，也是一種原因吧。

6\. 秦攻魏，破之。少子亡而不得，令魏國曰：「有得公子者，賜金千斤，匿者罪至十族❶。」公子乳母與俱亡。人謂乳母曰：「得公子者賞甚重，乳母當知公子處而言之。」乳母應之曰：「我不知其處，雖知之，死則死，不可以言也。為人養子，不能隱，而言之，是畔❷上畏死。吾聞忠不畔上，勇不畏死，凡養人子者，生之，非務殺之也，豈可見利畏誅之故，廢義而行詐哉！吾不能生，而使公子獨死矣。」遂與公子俱逃澤中。秦軍見而射之，乳母以身蔽之，著十二矢，遂不令中公子。秦王聞之，饗以太牢❸，且爵其兄為大夫。《詩》曰：「我心匪石，不可轉也❹。」

【注　釋】❶十族　一般說九族。有不同說法，一說從自己開始，上推四代，下推四代，共九代稱為九族。一說父族四，母族三，妻族二。十族極言株連之甚，當時恐怕並沒有這種刑罰。至明方孝孺加上學生一族，乃有十族。❷畔　同「叛」。❸太牢　祭品中具備牛、羊、豬三牲稱為太牢。❹我心匪石二句　《詩經・邶風・柏舟》中的句子。匪，非。

【語　譯】秦國攻打魏國，攻破占領了它。魏王的小兒子跑掉了沒有被抓到，秦國對魏國人下令說：「如果有能夠找到魏國公子的，賞賜金一千斤，把他藏匿起來的要誅殺十族。」魏公子和他的乳母一起逃亡。有人對魏公子的乳母說：「能夠找到公子的賞賜很多，你應該知道公子在什麼地方，去告發他。」乳母回答他說：「我不知道他在什麼地方，即使我知道了，死就死算了，不能夠將他說出來的。替別人養育兒子，如果不能夠將他隱藏好，卻去告發他，這是背叛君上害怕死亡。我聽說過忠誠的人不會背叛君上，勇敢的人不會畏懼死亡，凡是養育別人孩子的，是要他能夠生長，而不是要將他殺掉，怎麼可以因為看到了利益、害怕被誅殺，就廢棄道義，而做狡詐的事情呢？我不能夠活著，而讓公子一個人去死。」於是就和魏公子一起逃到水澤之中。秦軍看到了之後，用箭射他們，乳母用身體擋箭，中了十二支箭，沒有讓箭射中魏公子。秦王聽說了這件事之後，用太牢的禮儀祭奠乳母，提拔乳母的哥哥做大夫。《詩經》上說：「我的心不是石頭，石頭還可以推轉，我的心卻推轉不動。」

【研　析】魏公子的乳母不受到秦國重賞的誘惑，見得思義，甚至寧願自己去死，也要一心保證公子的安全，對於魏國十分忠誠。這種行為，也是天下的公義，所以她的敵人也被她感動，如果沒有堅定的信念，是不能夠做到的。

7.　子路曰：「人善我，我亦善之；人不善我，我不善之。」子貢曰：「人善我，我亦善之；人不善我，我則引之進退❶而已耳。」顏回曰：「人善我，我亦善之；人不善我，我亦善之。」三子所持各異，問於夫子。夫子曰：「由之所持，蠻貊❷之言也；賜之所言，朋友之言也；回之所言，親屬之言也。」《詩》曰：「人之無良，我以為兄❸。」

【注　釋】❶進退　指舉止行動。❷蠻貊　蠻，南方的少數民族。貊，北方的少數民族。這裡泛指野蠻人。❸人之無良二句　《詩經・鄘風・鶉之奔奔》中的句子。

【語　譯】子路說：「別人對我好，我也對他好；別人對我不好，我也對他不好。」子貢說：「別人對我好，我也對他好；別人對我不好，我就導引他的行為舉止罷了。」顏回說：「別人對我好，我也對別人好；別人對我不好，我也對別人好。」三個人所持的觀點各不相同，就去問孔子。孔子說：「仲由所持的觀點，是野蠻人說的話；子貢所持的觀點，是朋友之間所說的話；顏回所持的觀點，是親人之間所說的話。」《詩經》上說：「別人不好，我還把他當成兄弟。」

【研析】《論語》中記載有人問孔子說：「以德報怨，何如？」孔子回答說：「何以報德？以直報怨，以德報德。」可以與這裡相互發明。就一般情形而論，一個有道德修養的人，「人善我，我亦善之」，當然是沒有問題的。但是如果「人不善我」，那麼我應該「以直報怨」，不計較他對我的不善之處，但是也不對他有所親善，只將他當作一個平常人一樣看待罷了。但是本章中所說的三種態度與「以直報怨」都不太相同，所以孔子對它們也作了區分，子路的說法是「以牙還牙，以眼還眼」的報復行動，孔子當然不贊成；子貢將別人都當作朋友，希望引導他走上正路；顏回將他人都當作親人，因此縱然他人對我不善，我也會善待他。子貢和顏回的說法都有些「以德報怨」的意思，只是程度有所不同，顏回的想法比子貢的想法當然更需要一種博大的胸襟。

8. 齊景公縱酒，醉而解衣冠，鼓琴以自樂。顧左右曰：「仁人亦樂此乎？」左右曰：「仁人耳目猶人，何為不樂乎？」景公曰：「駕車以迎晏子。」晏子聞之，朝服而至。景公曰：「今者寡人此樂，願與大夫同之。」晏子曰：「君言過矣。自齊國五尺已上，力皆能勝嬰與君。所以不敢者，畏禮也。故自天子無禮，則無以守社稷；諸侯無禮，則無以守其國；為人上無禮，則無以使其下；為人下無禮，則無以事其上；大夫無禮，則無以治其家❶；兄弟無禮，則不同居。人而無禮，不若遄死。」景公色媿❷，離席而謝曰：「寡人不仁，無良左右，淫湎❸寡人，以至於此，請殺左右以補其過。」晏子曰：「左右無過。君好禮，則有禮者至，無禮者去；君惡禮，則無禮者至，有禮者去。左右何罪乎？」景公曰：「善哉！」乃更衣而坐，觴酒❹三行，晏子辭去，景公拜送。《詩》曰：「人而無禮，胡不遄死❺？」

【注釋】❶家　古代卿大夫有一定的封地，他派人治理這個地方，並且收取當地的稅收，當然也有自己的軍隊。這樣的封地稱為采邑，也稱為「家」。❷媿　同「愧」。❸淫湎　迷惑；沉迷。❹觴酒　舉觴勸酒。❺人而無禮二句　《詩經．鄘風．相鼠》中的句子。而，如果。遄，快。

【語譯】齊景公放縱自己喝酒，喝醉了解下衣服，脫下帽子，彈琴以娛樂自己。回頭對左右的侍從說：「有仁德的人也為此感到快樂嗎？」左右侍從說：「仁德的人耳朵眼睛和別人都一樣，為什麼不快樂呢？」齊景公說：「駕車去把晏子迎接到這裡來。」晏子聽說了這件事，就穿起上朝的服裝，來到這裡。齊景公說：「今天我在這裡很快樂，想和你一起快樂。」晏子說：「國君說的話錯了，齊國人身材在五尺以上的，力氣都能勝過我和國君。他們之所以不敢用武力施加在我們身上，是因為畏懼禮儀。所以天子如果沒有禮儀，就沒有辦法保全天下；諸侯如果沒有禮儀，就沒有辦法守衛自己的國家；做人上級的如果沒有禮儀，就不能使喚他的下屬；做人下屬的如果沒有禮儀，就沒有辦法侍奉自己的上級；大夫如果沒有禮儀，就不能夠治理他的封邑；兄弟之間如果沒有禮儀，就沒有辦法住在一起。人如果沒有禮儀，不如趕快去死。」齊景公很慚愧，離開坐席謝罪說：「我沒有仁德，這些不好的左右侍從迷惑我，以至於到這種地步，請讓我殺掉左右的侍從來彌補自己的過失。」晏子說：「左右的侍從沒有過錯。國君愛好禮儀，那麼有禮儀的人就會來，沒有禮儀的人就會離去；國君厭惡禮儀，那麼沒有禮儀的人就會來，有禮儀的人就會離去。左右的侍從又有什麼罪過呢？」齊景公說：「說得好啊！」就換上衣服坐好，舉起酒杯敬了晏子三次酒，晏子辭別離去，齊景公行禮送他。《詩經》上說：「人如果沒有禮儀，為什麼不趕快去死呢？」

【研　析】齊景公縱酒而失禮，左右的侍臣卻不對他進諫，而是奉承恭維他，但是晏子對他進行了直諫，讓齊景公明白自己的過失；當齊景公知道左右都不是賢臣，想殺了他們時，晏子又說：「君好禮，則有禮者至，無禮者去；君惡禮，則無禮者至，有禮者去。」讓景公明白，左右之所以無禮，主要的過錯仍然是在他自己，而不在他人。齊景公因此改正了自己的過錯。在這裡，晏子是一個賢臣的形象，而齊景公則仍是一個能夠從諫、勇於改過的君王形象。

9. 傳曰：堂衣若扣孔子之門，曰：「丘在乎？丘在乎？」子貢應之曰：「君子尊賢而容眾，嘉善而矜❶不能。親內及外，己所不欲，勿施於人。子何言吾師之名焉？」堂衣若曰：「子何年少言之絞❷？」子貢曰：「大車不絞則不成其任，琴瑟不絞則不成其音。子之言絞，是以絞之也。」堂衣若曰：「吾始以鴻之力，今徒翼耳。」子貢曰：「非鴻之力，安能舉其翼？」《詩》曰：「如切如磋，如琢如磨❸。」

【注釋】❶矜 憐憫。❷絞 原指擰、擠，這裡指的是說話急切而尖刻。❸如切如磋二句 《詩經・衛風・淇奧》中的句子。切磋琢磨，都是比喻研究學問或者鍛鍊品德精益求精。加工玉器叫琢，加工石器叫磨。

【語譯】古書上說：堂衣若敲孔子的門，說：「孔丘在家嗎？孔丘在家嗎？」子貢出來回答說：「君子尊敬賢人而容納眾人，鼓勵好人，也憐憫無能的人。親近自己的家裡人，並由此推及到其他人，自己所不想要的事情，也不要加在別人的頭上。你為什麼叫我老師的名字呢？」堂衣若說：

「你這麼年輕，說話怎麼這麼尖刻？」子貢說：「大車不將它擰緊就不能拉東西，琴瑟不將它的弦拉緊就不能彈奏出音調。是你說話這麼尖刻，所以我說得也尖刻。」堂衣若說：「我一開始認為你有鴻鵠的力量，現在看看你只不過徒具翅膀罷了。」子貢說：「如果沒有鴻鵠的力量，怎麼能夠舉起牠的翅膀呢？」《詩經》上說：「像是象骨玉石經過切磋琢磨一樣培養自己的道德學問。」

【研析】堂衣若直呼孔子之名，這是對人的不敬，因為古人行冠禮取字以後，一般不再呼其名，而呼其字（孔子字仲尼），只有在國君前或父母前才稱名，所謂「君前臣名，父前子名」，因此才有了子貢對堂衣若那一番責備的話。堂衣若卻並不承認自己的過錯，而是譏笑子貢徒具表面形式而已，未必真有什麼實際的道德學問和才能；子貢也針鋒相對，認為外在的形態與內在的道德學問是相對應的，如果沒有真正的道德，他的外在表現也不會突出的。

10. 齊景公出弋❶昭華之池，顏鄧聚主❷鳥而亡之。景公怒，而欲殺之。晏子曰：「夫鄧聚有死罪四，請數而誅之。」景公曰：「諾。」晏子曰：「鄧聚為吾君主鳥而亡之，是罪一也；使吾君以鳥之故而殺人，是罪二也；使四國諸侯聞之以吾君重鳥而輕士，是罪三也；天子聞之必將貶絀吾君，危其社稷，絕其宗廟，是罪四也。此四罪者，故當殺無赦，臣請加誅焉。」景公曰：「止，此亦吾過矣，願夫子為寡人敬謝焉。」《詩》曰：「邦之司直❸。」

【注釋】❶弋 用帶有繩子的箭射鳥。❷主 掌管。❸邦之司直 《詩經・鄭風・羔裘》中的句子。司，掌管；主持。直，正直；公道。

【語譯】齊景公到昭華池去射鳥，顏鄧聚掌管禽鳥，卻讓鳥飛走了。齊景公很生氣，想殺了他。晏子說：「顏鄧聚有四重死罪，請讓我將它們一一數出來再將他殺掉。」齊景公說：「好。」晏子說：「顏鄧聚為我們的國君管理鳥，卻讓牠飛走了，這是第一重罪；讓我們的國君因為鳥的原因而殺人，這是第二重罪；讓四方的諸侯聽到這件事，而認為我們的國君重視鳥而輕視士人，這是第三重罪；天子聽說了這件事之後一定會貶斥我們的國君，讓國家有危險，祭祀祖先的宗廟會因此斷絕，這是第四重罪。有這樣四重罪，所以應該殺掉而不被赦免，請讓我來將他殺掉。」齊景公說：「停下來，這也是我的過錯。請您代我向顏鄧聚謝罪。」《詩經》上說：「那個人是主持國家正義的人。」

【研析】這一章的內容可以和卷八第二十七章相對照，都是晏子用一種巧妙的辦法來向齊景公進諫，而齊景公也很快地認識到自己的錯誤，釋放了得罪他的人。這無論是對晏嬰來說，還是對景公而言，都是值得讚揚的。

11. 魏文侯問於解狐曰：「寡人將立西河❶之守，誰可用者？」解狐對曰：「荊伯柳❷者，賢人，殆可。」文侯將以荊伯柳為西河守，荊伯柳問左右：「誰言我於吾君？」左右皆曰：「解狐。」荊伯柳往見解狐，而謝之曰：「子乃寬臣之過也，言於君，謹再拜謝。」解狐曰：「言子者，公也；怨子者，吾私也。公事已行，怨子如故。」張弓射之，走十步❸而沒，可謂勇矣。《詩》曰：「邦之司直。」

【注　釋】❶西河　魏國黃河以西之地。❷荊伯柳　《韓非子》作「邢伯柳」。❸步　古代度量單位，說法不一。

【語　譯】魏文侯問解狐說：「我想任命西河這個地方的太守，誰可以被任用呢？」解狐回答說：「荊伯柳是個賢能的人，大概可以吧。」魏文侯準備任用荊伯柳為西河太守，荊伯柳問他左右的人說：「誰向國君推薦我的呢？」左右的人都說：「是解狐。」荊伯柳就去拜見解狐，向他道謝說：「您寬恕我的罪過了，向國君推薦我，我現在向您拜兩次道謝。」解狐說：「我推薦你是為了公家的事，懷怨你是我個人的私事。現在公事已經做完了，我懷怨你還和從前一樣。」拉開弓來射他，荊伯柳跑了十步遠才隱沒不見，解狐可以說是很勇敢的了。《詩經》上說：「那個人是主持國家正義的人。」

【研　析】解狐不因為私怨而不重視荊伯柳的才能，可以用「以直報怨」來描述，既不忘記怨家對於自己所造成的損害，也能夠客觀地評價對方。這樣的人在古代也有不少，就他們本身來說，都是屬於正直的人士，而不因為一言一事而對他人完全贊同或者全盤否定。我們今天也需要有這樣的人，人和人之間很難一團和氣，但是即使有矛盾或者過節，也絕不能「愛之欲其生，怨之欲其死」，「直」仍然是一種很可貴的品質。

12. 楚有善相人者，所言無遺美❶，聞於國中。莊王召見而問焉。對曰：「臣非能相人也，能相人之友者也。觀布衣者，其友皆孝悌篤謹畏令，如此者，家必日益而身日安，此所謂吉人者也。觀事君者，其友皆誠信有行好善，如此者，措事日益，官職日進，此所謂吉臣者也。人主朝臣多賢，左右多忠，主有失敗，皆交爭正諫，如此者，國日安，主日尊，名聲日顯，此所謂吉主者也。臣非能相人也，觀友者也。」王曰：「善。」其所以任賢使能，而霸天下者，始遇之於是也。《詩》曰：「彼己之子，邦之彥兮❷。」

【注　釋】❶美　《呂氏春秋》、《新序》皆作「策」。❷彼己之子二句　《詩經・鄭風・羔裘》中的句子。己，語詞，無義。彥，士的美稱。

【語　譯】楚國有一個善於看相的人，所說的話沒有遺漏的，在整個國家都很聞名。楚莊王召見他，問他看相的問題。他回答說：「我並不是能夠看相，而是能夠觀察這個人和什麼樣的人交朋友。看看一般的老百姓，他的朋友都孝順父母，友愛兄弟，為人純樸謹慎，謹守法令，這樣的人，家庭裡面一定是一天比一天進步，身體一天比一天安泰，這就是所謂的吉祥的人。看侍奉國君的大臣，他的朋友都誠實守信，行為端正，愛好善事，這樣的話，辦事每天都有進步，官職越來越高，這就是所謂的吉祥的大臣。君主朝廷中的大臣有很多賢能的人，左右的官職有很多忠誠的人，主上有不對的地方，互相爭著給國君進諫，這樣的話，國家一天比一天安定，國君一天比一天尊貴，名聲一天比一天顯著，這就是所謂的吉祥的君主。我並不是能夠給人看相的，我只是觀察人的朋友的人。」楚莊王說：「說得好。」莊王之所以能夠任賢使能，稱霸天下，是從遇到這名看相的人開始的。《詩經》上說：「那個人真是國家的才俊啊。」

【研　析】孔子曾經說過這樣的話：「視其所以，觀其所由，察其所安，人焉廋哉？人焉廋哉？」又說：「觀過，斯知仁矣。」這大概都可以算是某種意義上的「相人」。本章中的楚國善相人者，所用的方法和孔子是相同的，他的方法是觀察這個人的朋友，如果他的朋友都是善人、吉士、諍臣，那麼這個人本身也必定會是個吉人、吉臣、吉主。不僅讓楚王瞭解了觀察人的方法和其重要性，也相當於從側面給楚王以諫言，讓楚王因此而任賢使能，最終稱霸諸侯。

13. 孔子出遊少源之野，有婦人中澤❶而哭，其音甚哀。孔子使弟子問焉，曰：「夫人何哭之哀？」婦人曰：「鄉❷者刈蓍❸薪，亡吾蓍簪，吾是以哀也。」弟子曰：「刈蓍薪而亡蓍簪，有何悲焉？」婦人曰：「非傷亡簪也，蓋不忘故也。」

【注釋】❶中澤　澤中；水澤之中。❷鄉　同「向」。以前；剛才。❸蓍　蓍草，主要用來占卜，也用來做簪。

【語譯】孔子到少源的野外地遊玩，碰到一個婦人在水澤中哭泣，哭聲很悲哀。孔子讓弟子去問她說：「夫人您為什麼哭得這麼悲哀？」那個婦人說：「剛才我在割蓍草，我的蓍簪卻丟失了，所以我很哀傷。」這個弟子說：「割蓍草而弄丟了蓍簪，有什麼值得悲傷的呢？」婦人回答說：「並不是為那支丟失的簪子而悲傷，只是因為它是我的舊物的原因。」

【研析】文中婦女的蓍簪已經具備了某種象徵的意義，代表了往日的時光或者情感，因此顯得特別珍貴，這種珍惜的感情是很容易理解的。況且不忘故舊，在古人看來也是一種很好的品德，因此這個婦女有值得稱道的地方。

14. 傳曰：君子之聞道，入之於耳，藏之於心。察之以仁，守之以信，行之以義，出之以遜❶，故人無不虛心而聽也。小人之聞道，入之於耳，出之於口，苟言而已。譬如飽食而嘔之，其不惟肌膚無益，而於志亦戾❷矣。《詩》曰：「胡能有定❸？」

【注釋】❶遜　謙遜。❷戾　違背。❸胡能有定　《詩經・邶風・日月》中的句子。胡，何。

【語譯】古書上說：君子聽聞了道理，從耳朵進來，就藏在心裡。用仁心來觀察它，用誠信來守護它，用道義來行使它，用謙遜的語氣說出來，所以別人沒有不虛心聽他講的。小人聽聞道理，從耳朵進去，就從嘴裡面出來，苟且地說一說而已。就好像是吃飽了東西嘔吐出來，不僅對他的身體沒有好處，和他的志向也相違背。《詩經》上說：「什麼時候才能安定？」

【研析】「道」對於人影響的深淺，除了領悟能力之外，態度是極其重要的，君子信道誠篤，故「道」入之也深，「入之於耳，藏之於心」，立刻就會對於他的整個人格發生作用，所以他一旦說出來，別人也會相信他。小人往往師心自用，所以「道」入之也淺，「入之於耳，出之於口」，對他的個人幾乎沒有任何的感發作用，所以孔子說自己「信而好古」，《老子》中說：「上士聞道，勤而行之；中士聞道，若存若亡；下士聞道，大笑之。」其中都包括了對於「道」的一種信力。小人之所以不能入道，在很大程度上並不是因為他的理解力不夠，而是對於道本身缺乏之一種基本的信力。

15. 孔子與子貢、子路、顏淵游於戎山之上，孔子喟然嘆曰：「二三子各言爾志，予將覽焉。由，爾何如？」對曰：「得白羽❶如月，赤羽如朱，擊鐘鼓❷者，上聞於天，下槊於地❸，使將而攻之，惟由為能。」孔子曰：「勇士哉！賜，爾何如？」對曰：「得素衣縞❹冠，使於兩國之間，不持尺寸之兵，升斗之糧，使兩國相親如弟兄。」孔子曰：「辯士哉！回，爾何如？」對曰：「鮑魚❺不與蘭茝❻同笥❼而藏，桀、紂不與堯、舜同時而治，二子已言，回何言哉？」孔子曰：「回有鄙❽之心。」顏淵曰：「願得明王聖主，為之相，使城郭不治，溝池不鑿，陰陽和調，家給人足，鑄庫兵以為農器。」孔子曰：「大士哉！由來❾，區區❿汝何攻？賜來，便便⓫汝何使？願得之冠，為子宰焉。」

【注　釋】❶羽　羽毛，是旌旗上的飾物，這裡指代旌旗。❷鐘鼓　鐘，指鉦，金屬所製，擊之則退兵。鳴鼓則進軍。❸下槊於地　《說苑》作「旌旗翩翻，下蟠於地」。❹縞　白絹。❺鮑魚　臭鹹魚。❻蘭茝　兩種香草名。❼筲　盛飯或者盛衣物的方形竹器。❽鄙　鄙視。❾來　語助詞。❿區區　得意的樣子。⓫便便　善言語的樣子。

【語　譯】孔子與子貢、子路、顏淵在戎山上遊覽，孔子長嘆一口氣說：「你們幾個人，把你們的志向都說出來，讓我看一看。仲由，你怎麼樣？」子路回答說：「我希望能夠得到一支軍隊，帶著各色的旌旗，白色的像是月光一樣皎潔，紅色的像是硃砂一樣鮮紅，擊打鉦鼓的聲音在天上也能夠聽見，旌旗翻舞，盤旋在地上。派遣將領去攻打敵人，只有我能夠做到這樣。」孔子說：「你是個勇士啊！賜，你怎麼樣？」子貢回答說：「我願意穿著白衣服，戴著白帽子，在兩個國家之間做使者，不帶任何兵器、任何糧食，就可以使兩個國家像是兄弟那樣相親。」孔子說：「你是個辯士啊！顏回，你怎麼樣？」顏淵說：「臭鹹魚不和香草放在同一個竹器裡保存，夏桀、商紂不和堯、舜同時治理天下，他們兩個人已經說了，我還能說什麼呢？」孔子說：「回有鄙視他們的想法。」顏淵說：「希望能夠得到一個聖明的君王，做他的宰相，不必去修理城牆，不必去挖掘護城河，使天下陰陽能夠調和，家家都很豐足，將武器庫裡的兵器都鑄為農具。」孔子說：「你是一個偉大的士人！仲由，你那麼志得意滿，去攻打誰呢？賜，你那麼能言善辯，出使到哪裡去呢？我希望得到一套禮帽禮服，做回的家臣。」

【研析】這一章的意思和卷七的第二十五章意思相同，裡面的人物也相同，可以對照著閱讀。這裡稱子路為「勇士」，稱子貢為「辯士」，也是與那一章裡的稱呼相同，而本章中則稱顏回為「大士」，與那一章中稱他為「聖士」，意義是一樣的，最後連孔子也願做顏回的家臣，可見他對於顏回的認同程度。

16. 賢士不以恥食，不以辱得。老子曰❶：「名與身孰親？身與貨孰多❷？得與亡孰病？是故甚愛必大費，多藏必厚亡。知足不辱，知止不殆，可以長久。大成若缺，其用不敝；大盈若沖❸，其用不窮。大直若詘❹，大辯若訥，大巧若拙，其用不屈。罪莫大於多欲，禍莫大於不知足，故知足之足，常足矣。」

【注釋】❶老子曰　引文見《老子》第四十四、四十五、四十六章，而文字略有不同。❷多　重要。❸沖　虛。❹詘　同「屈」。

【語譯】賢能之士不為了求一口食物而受到恥笑，不為了能夠得到某種東西而受到侮辱。老子說：「名聲和身體哪一個更和自己親近呢？身體和財貨比較起來，哪一個更重要呢？得到名利和死亡哪一個更有害呢？所以過分愛惜，花費的也必然很多；貯藏的很多，亡失的也一定很多。知道滿足的人不會受到侮辱，知道適可而止的人不會有什麼危險，可以保持長久。最好的成就好像還有缺陷，它的用途就不會敝壞；最好的盈滿就好像是空虛一樣，它的用途就不會枯竭。最直的看起來好像是彎曲的，最有辭辯的看起來好像是木訥的，最靈巧的看起來好像是拙劣的，它的用途就不會竭盡。人的罪過沒有比過多的欲望更大，最大的禍患沒有比不知足更厲害，所以知道滿足的這種滿足，是永久的滿足了。」

【研析】就本章中所引的《老子》的話來看，其中表達了比較多的意思。比如文中說道：「名與身孰親？身與貨孰多？得與亡孰病？是故甚愛必大費，多藏必厚亡。知足不辱，知止不殆，可以長久。」這裡有一種「貴身」的思想，提醒人們對自己身體的看待應該超過財貨名利。「大成若缺，其用不敝；大盈若沖，其用不窮。大直若詘，大辯若訥，大巧若拙，其用不屈。」這裡從一個辯證的角度來說明人格的內斂含藏，不要只看事物的表面。「罪莫大於多欲，禍莫大於不知足，故知足之足，常足矣。」則是希望能夠知足，控制自己的欲望。本章開始的兩句話，大約也是說賢能之士求衣食俸祿之時，不可過分，知足而已，否則必有恥辱之事。

17. 孟子妻獨居，踞❶。孟子入戶視之，白其母曰：「婦無禮，請去之。」母曰：「何也？」曰：「踞。」其母曰：「何知之？」孟子曰：「我親見之。」母曰：「乃汝無禮也，非婦無禮。禮不云乎？『將入門❷，將上堂，聲必揚；將入戶，視必下。』不掩人不備也。今汝往燕私之處，入戶不有聲，令人踞而視之，是汝之無禮也，非婦無禮也。」於是孟子自責，不敢去婦。《詩》曰：「采葑采菲，無以下體❸？」

【注　釋】❶踞　踞坐，坐時臀部和兩腳底著地，這被認為是不敬，所以說「無禮」。古人席地而坐，坐時當先跪下，然後坐於足跟上，但這樣容易疲勞。❷將入門　《列女傳》在這句後面有「問孰存」三個字。❸采葑采菲二句　《詩經・邶風・谷風》中的句子。葑，蔓菁，即大頭菜。菲，蘿蔔。下體，根。這裡是說採蔓菁、蘿蔔正是因為它們的根莖可以食用。比喻對妻子不要只重容貌不重德行。

【語　譯】孟子的妻子一個人在家裡待著，踞坐在那裡。孟子入門看到了，就對他的母親說：「我的妻子舉止不合乎禮儀，請讓我將她趕出家門。」他的母親說：「怎麼樣無禮？」孟子說：「她踞坐。」他的母親說：「你怎麼知道的？」孟子說：「我親眼看見的。」他的母親說：「那是你無禮，不是你的妻子無禮。禮上不是說了嗎？『將要進門的時候，問問有誰在裡面；將要上堂的時候，聲音要提得高一些；將要進房門時，眼睛向下看。』不要趁人沒有預備。現在你到別人閒居的地方去，進門時沒有聲音，讓人踞坐著看著你，這是你沒有禮儀，不是你的妻子無禮。」於是孟子自己責備自己，不敢將妻子趕出家門。《詩經》上說：「採蔓菁和蘿蔔，難道要採它們的葉子不要根莖？」

【研　析】這一章所說的主要是禮節容儀的問題，其文字當然不能當作史實來看，只可以寓言視之。據文中所言，孟子失禮在先，所以不當先責備他人。因妻子踞坐便要去之，因入戶無聲而受責難，雖然在今天看來覺得太過，但也體現出了古代禮儀的豐富性，所謂「經禮三百，儀禮三千」，即使在一些細節上都是十分重視的。

18. 孔子出衛之東門，逆姑布子卿❶，曰：「二三子引車避，有人將來，必相我者也，志之。」姑布子卿亦曰：「二三子引車避，有聖人將來。」孔子下步，姑布子卿迎而視之五十步，從而望之五十步，顧子貢曰：「是何為者也？」子貢曰：「賜之師也，所謂魯孔丘也。」姑布子卿曰：「是魯孔丘歟？吾固聞之。」子貢曰：「賜之師何如？」姑布子卿曰：「得堯之顙❷，舜之目，禹之頸，皋陶之喙❸。從前視之，盎盎乎似有王者❹；從後視之，高肩弱脊，此惟不及四聖者也。」子貢吁然。姑布子卿曰：「子何患焉？汙面而不惡❺，葭喙而不藉❻。遠而望之，羸乎若喪家❼之狗，子何患焉？子何患焉？」子貢以告孔子。孔子無所辭，獨辭喪家之狗耳，曰：「丘何敢乎？」子貢曰：「汙面而不惡，葭喙而不藉，賜以❽知之矣。不知喪家狗，何足辭也？」子曰：「賜，汝獨不見夫喪家之狗歟？既斂而椁❾，布器而祭，顧望無人，意欲施❿之。上無明王，下無賢士⓫方伯，王道衰，政教失，強陵弱，眾暴寡，百姓縱心，莫之綱紀。是人固以丘為欲當⓬之者也，丘何敢乎？」

【注釋】❶逆姑布子卿　逆，迎。姑布子卿，春秋時鄭國人，姓姑布，名子卿。❷顙　額；腦門。❸皋陶之喙　皋陶，舜的大臣。喙，嘴。❹盎盎乎似有王者　盎盎，盈滿的樣子。王，《孔子集語》作「土」，有土者，即王者。❺汙面而不惡　汙面，指黑。惡，醜。❻葭喙而不藉　葭喙，嘴像蘆葦，指嘴長。郝懿行認為「葭」通「豭」，豭即豬。藉，雜亂。❼喪家　有喪事的家庭。❽以　同「已」。❾既斂而椁　已經入殮並放在外棺裡了。斂，同「殮」。將死人放到棺材裡。古人有兩重棺材，內為棺，外為椁。❿施　有所施為。⓫士　周校本認為此字是衍文。⓬當　指執政。

【語譯】孔子走出衛國的東城門，只見姑布子卿迎面而來，孔子對他的學生們說：「你們都牽開車子迴避一下，有人要到這裡來，一定是來看我的面相的，你們記住他的話。」姑布子卿也對跟隨他的人說：「你們牽開車子迴避一下，有一位聖人將要到來。」孔子下車步行，姑布子卿迎上去看著孔子的面相走了五十步，又從後面看著他走了五十步，回頭對子貢說：「這個人是幹什麼的？」子貢說：「他是我的老師，即魯國的孔丘。」姑布子卿說：「是魯國的孔丘嗎？我早就聽說過他。」子貢說：「我的老師怎麼樣？」姑布子卿說：「他有堯的前額，舜的眼睛，禹的脖子，皋陶的嘴巴。從前面看，很飽滿，有王者的氣度；從後面看，肩膀很高，脊背卻弱小，這是他比不上四位聖人的地方。」子貢吁了一口氣。姑布子卿說：「你擔心什麼呢？你的老師臉黑，但是並不醜陋；嘴巴長但是並不雜亂。從遠處看他，瘦弱得就像是有喪事人家的狗，你擔心什麼呢？你擔心什麼呢？」子貢把他的話告訴孔子。孔子對姑布子卿所說的話都接受，但是沒有接受「有喪事人家的狗」這一說法，說：「我怎麼敢當呢？」子貢說：「臉黑但是並不醜陋，嘴巴長但是並不雜亂，我已經知道了。不知道您為什麼不接受他的『有喪事人家的狗』這一說法呢？」孔子說：「賜，你沒有看見有喪事人家的狗嗎？已經將死者入殮並放在外棺裡，陳設器具進行祭祀了，狗就往四周看看，到處都沒有人，就想有所作為。當今在上沒有聖明的君王，在下沒有賢能的諸侯首領，王道已經衰弱，政治教化已經有所缺失，強大的欺凌弱小的，人多的欺負人少的，老百姓放縱自己的心意，沒有人用綱紀來教化他們。這人一定認為我想要治理天下，有所作為，我怎麼敢呢？」

【研　析】「喪家之狗」在這裡的含義和今天通行的意思有所不同，今天通常是指失去了依靠，到處亂竄，無處投奔的人，但這裡則是其原意，是正在辦理喪事的人家中的狗。這則故事裡，孔子將牠比喻為將欲有所施為的人，因為喪家既失其主，必導致家中的管理有所混亂，這也就相當於當時天下沒有聖明的君主，喪家之狗尚能有所作為，而當時的社會環境之下，孔子曾經感嘆「道之不行，已知之矣」（《論語・微子》），已經是不能夠有所作為了，別人也曾經說孔子的汲汲奔走，也不過是「知其不可而為之」（《論語・憲問》）罷了。因此孔子的這句話，實在也是一句悲涼之中的無奈之語。

19. 修身不可不慎也。嗜慾侈則行虧，讒毀行則害成，患生於忿怒，禍起於纖微，汙辱難湔灑❶，敗失不復追。不深念遠慮，後悔何益？徼幸者，伐性之斧也；嗜慾者，逐禍之馬也；謾誕者，趨禍之路也；毀於人者，困窮之舍也。是故君子不徼幸，節嗜慾，務忠信，無毀於一人，則名聲尚尊，稱為君子矣。《詩》曰：「何其處兮？必有與也❷。」

【注釋】❶湔灑　洗濯。比喻除去恥辱和汙點等。湔，洗。灑，同「洗」。❷何其處兮二句　《詩經・邶風・旄丘》中的句子。

【語譯】修養自己的身心不能不慎重。嗜欲過多德行就會有所虧欠，讒言毀謗盛行就會對自己造成危害，禍患產生於憤怒，災禍起源於細微之處，汙辱很難洗乾淨，失敗的事沒有辦法追回。事前不進行深遠的考慮，事後才後悔又有什麼益處？僥倖是砍伐人性的斧頭，欲望是追逐災禍的馬匹，欺謾誇誕是走向禍難的道路，被人所詆毀是困窮的房舍。所以君子不僥倖，節制欲望，講求忠誠信用，不被他人毀謗，那麼他的名聲就會高尚尊貴起來，被稱為君子了。《詩經》上說：「為什麼處在這裡呢？一定有他的相好。」

【研　析】本章所說的主要是修身的問題，涉及到其中的許多細節。首先便是不能有太多的嗜欲，寡欲是修身養性的一大關鍵，孟子也說：「養心莫善於寡欲。其為人也寡欲，雖有不存焉者，寡矣。其為人也多欲，雖有存焉者，寡矣。」其次要減少嗔怒，人於其嗔怒之時，往往會做出偏激後悔之事。另外還有要不欺人，不傲慢，在每個細節上都要檢點，那樣才能遠離讒毀和災禍。所以這些其實也都可以作為今人修身的指南。

20. 君子之居也，綏❶如安裘❷，晏❸如覆杅❹。天下有道，則諸侯畏之；天下無道，則庶人易❺之。非獨今日，自古亦然。昔者范蠡行遊，與齊屠地居。奄忽龍變，仁義沉浮，湯❻湯慨慨，天地同憂。故君子居之，安得自若。《詩》曰：「心之憂矣，其誰知之❼？」

【注　釋】❶綏　安。❷安裘　即委裘，自然委曲垂下的裘衣。❸晏　安。❹覆杅　翻過來的盆盂。比喻其安定。杅，同「盂」。❺易　輕視；看不起。❻湯　郝懿行認為當作「愓」，憂愁。❼心之憂矣二句　《詩經・魏風・園有桃》中的句子。

【語　譯】君子在居住的時候，安定得就像自然垂下的皮衣那樣，安穩得就像是翻過來的盆盂一樣。天下大道能行的時候，諸侯也畏懼他；天下無道的時候，一般人都輕視他。不僅僅現在是這樣，從古到今都是這樣。以前范蠡在各地遊歷，在齊國的屠宰場居住。忽然就像龍那樣發生了變化，隨著仁義而沉浮，憂愁感慨，和天地一樣憂慮。所以君子居住的時候，安然自若。《詩經》上說：「我心裡的憂愁，有誰知道呢？」

【研　析】《論語》中孔子說過：「邦有道，貧且賤焉，恥也。邦無道，富且貴焉，恥也。」這當然不是一個單純的富貴貧賤的問題，而是一個人的道德的體現，它的意思和本章中的「天下有道，則諸侯畏之；天下無道，則庶人易之」意義相同。但是本章的另外一層意思在於，富貴貧賤實際上是不能夠改變一個君子的道德的，其內在的東西是不變的，所變的只是外在的富貴貧賤，這種品格，對於君子來說，他們在不同的時代所表現出的外在特徵雖然不一樣，但是內在性格卻是一致的，可謂「易地而皆然」。因此，君子果真能夠得到內在的充實，就會像《中庸》中所說的：「君子素其位而行，不願乎其外。素富貴，行乎富貴；素貧賤，行乎貧賤；素夷狄，行乎夷狄；素患難，行乎患難：君子無入而不自得焉。」

21. 田子方之魏，魏太子從車百乘而迎之郊。太子再拜謁田子方，田子方不下車。太子不說，曰：「敢問何如則可以驕人矣？」田子方曰：「吾聞以天下驕人而亡者有矣。由此觀之，則貧賤可以驕人矣。夫志不得，則授履❶而適秦、楚耳，安往而不得貧賤乎！」於是太子再拜而後退，田子方遂不下車。

【注釋】❶授履　趙善詒校認為當是「接履」，拖著鞋子。

【語譯】田子方到魏國去，魏國太子帶著一百輛車子到郊外去迎接他。太子拜了兩次謁見田子方，田子方卻沒有下車來。太子不高興，說：「請問一下怎麼樣就可以在別人面前顯示驕傲？」田子方說：「我聽說以天下在別人面前驕傲而滅亡的有很多了。由此看來，貧賤的人可以在別人面前顯示驕傲了。不得志的時候，就拖著鞋子到秦國、楚國去罷了，到什麼地方去得不到貧賤呢！」於是太子拜了兩次往後退去，田子方於是就不下車。

【研析】富貴者易自驕，魏太子以富貴之身，易生驕縱之念，故田子方用此辦法來對他進行教育。《資治通鑑》卷一亦載此事，魏太子問的話是：「富貴者驕人乎？貧賤者驕人乎？」而田子方的回答是：「亦貧賤者驕人耳，富貴者安敢驕人！國君而驕人則失其國，大夫而驕人則失其家，失其國者未聞有以國待之者也，失其家者未聞有以家待之者也。夫士貧賤者，言不用，行不合，則納履而去耳，安往而不得貧賤哉！」田子方的話當然是一種語言的策略，並不是說貧賤者真的可以在人前自傲，而是因為富貴者易於自傲，所以用這樣的話來激魏太子，讓他不可以自驕，否則以後有失國的危險。田子方是魏國的賢者，魏文侯的老師，魏太子即後來的魏武侯，魏武侯後來也成為一名賢能的君主，所以魏國在戰國之初最為強盛。

22. 戴晉生弊衣冠而往見梁王❶，梁王曰：「前日寡人以上大夫之祿要❷先生，先生不留，今過❸寡人邪？」戴晉生欣然而笑，仰而永嘆❹曰：「嗟乎！由此觀之，君曾不足與遊也。君不見大澤中雉乎？五步一噣❺，終日乃飽，羽毛悅澤❻，光照於日月，奮翼爭鳴，聲響於陵澤者何？彼樂其志也。援置之囷倉中，常噣粱粟，不旦時❼而飽，然猶羽毛憔悴，志氣益下，低頭不鳴。夫食豈不善哉？彼不得其志故也。今臣不遠千里而從君遊者，豈食不足？竊慕君之道耳。臣始以君為好士，天下無雙，乃今見君不好士明矣。」辭而去，終不復往。

【注釋】❶梁王　即戰國時的魏王，因徙都大梁，故亦稱梁王。❷要　同「邀」。❸過　拜訪。❹永嘆　長嘆。❺噣　同「啄」。鳥啄食。❻悅澤　光潤悅目。❼不旦時　形容時間短。

【語譯】戴晉生穿著破衣服，戴著破帽子去見梁王，梁王說：「前些日子我用上大夫的俸祿邀請先生，先生沒有留下來，今天來拜訪我嗎？」戴晉生笑了一笑，仰起頭來長嘆說：「唉！由此看來，您是不值得交遊的。您沒有看見過大水澤中的野雞嗎？走五步，啄一口食，一天下來，才能吃飽，但是牠的羽毛光潤悅目，光明照耀日月，展開翅膀鳴叫，聲音響徹山陵水澤，這是為什麼？因為牠自得其志趣而快樂。如果把牠抓來放在倉庫裡，經常吃糧米，很快就吃飽了，但是牠的羽毛沒有光澤，志氣不振，低下頭來不鳴叫。難道食物不好嗎？只是因為牠得不到自己的志趣罷了。現在我不遠千里來和您交遊，難道是因為食物不足嗎？只是因為愛慕您的大道罷了。我一開始認為您是喜愛士人的，天下找不到第二個，現在我很清楚地看出來了，您並不喜好士人。」於是告辭而去，以後再也沒有回來。

【研析】真正的士人是並不以富貴為念的，梁王以為戴晉生貪圖富貴祿位，所以來到魏國。但是戴晉生明確地告訴他，自己並不是因為衣食不足才到他這裡來，而是本以為他是個有道之君，可以輔佐而安民，實現自己的志向；但是見了之後才知道其實梁王並不是如他所想的那樣，所以寧願隱居鄉野，也不願來享受梁王給予的富貴。這裡表現的既是儒家的理想，也是一個士人的志氣，正如《論語》中說的「君子謀道不謀食」、「憂道不憂貧」，決不會隨著富貴貧賤威武而淫與移屈的。

23. 楚莊王使使賚金百斤，聘北郭先生。先生曰：「臣有箕箒之使❶，願入計❷之。」即謂婦人曰：「楚欲以我為相，今日相，即結駟列騎，食方丈於前，如何？」婦人曰：「夫子以織屨❸為食，食粥毚❹屨，無怵惕之憂者，何哉？與物無治也。今如結駟列騎，所安不過容膝；食方丈於前，所甘不過一肉。以容膝之安，一肉之味，而殉楚國之憂，其可乎？」於是遂不應聘，與婦去之。《詩》曰：「彼美淑姬，可與晤言。」❺

【注釋】❶箕箒之使　指妻子。畚箕和掃帚是掃地用具，一般婦人打掃屋室，故用以代稱。❷計　商量。❸屨　鞋子。❹毚　本義是兔子，用於此處不可通，疑是誤字。屈守元認為通「儳」，不齊。❺彼美淑姬二句　《詩經・陳風・東門之池》中的句子。晤言，相對著說話。

【語　譯】楚莊王派遣使者帶上一百斤金，去禮聘北郭先生。北郭先生說：「我有妻子，想進去和她商量一下。」就對他的妻子說：「楚國要讓我做相國，今天我去做了相國，就會有大隊車馬跟隨，吃飯時前面擺列的食品有一丈見方那麼多，怎麼樣？」他的妻子說：「您以編鞋子來換食物吃，喝稀飯，穿破鞋，但是沒有什麼驚慌憂慮的事情，這是為什麼？是因為不去治事。現在如果車馬成群，但是可以安身的地方只是很小的地方就夠了；吃飯時前面擺滿一丈見方的食物，不過吃幾塊肉就覺得很好了。為了得到一塊很小的安身之處、幾塊好吃的肉，卻要殉身去為楚國的事情擔憂，這難道可以嗎？」於是就不應楚王的聘請，和他的妻子離開了。《詩經》上說：「那個美好的淑女，可以和她相對說話。」

【研析】本書卷二第二十一章所講的楚王聘楚狂接輿與其妻的故事與這一章內容及意旨都差不多。北郭先生夫婦較看重個體的自由，只要自己衣食足以自養，就不必去自尋另外的辛勞，所以說：「結駟列騎，所安不過容膝；食方丈於前，所甘不過一肉。」這是知足者的樂趣，一心求富貴的人是體會不到的。當然，這裡面也體現了較為濃重的道家思想。

24. 傳曰：昔戎❶將由余❷使秦，秦繆公❸問以得失之要。對曰：「古有國者未嘗不以恭儉也，失國者未嘗不以驕奢也。」由余因論五帝三王之所以衰，及至布衣之所以亡。繆公然之，於是告內史❹王繆曰：「鄰國有聖人，敵國之憂也。由余，聖人也，將奈之何？」王繆曰：「夫戎王居僻陋之地，未嘗見中國之聲色也，君其遺之女樂，以淫其志，亂其政，其臣下必疏❺。因為由余請緩期，使其君臣有間，然後可圖。」繆公曰：「善。」乃使王繆以女樂二列❻遺戎王，為由余請期。戎王大悅，許之。於是張酒聽樂，日夜不休，終歲淫縱，卒馬多死。由余歸，數諫不聽，去之秦。秦公子❼迎拜之上卿，遂并國十二，辟地千里。

【注釋】❶戎 西方少數民族。❷由余 春秋時晉國人，逃到西戎。❸秦繆公 即秦穆公。❹內史 官名。❺疎 同「疏」。❻二列 十六人。八人為一列，亦即一佾。❼秦公子 《說苑》作「穆公」。

【語譯】古書上說：以前西戎的將領由余出使秦國，秦穆公問他治國的得失要點。他回答說：「古代保有國家的沒有不恭敬儉樸的，失去國家的沒有不是驕傲奢侈的。」由余於是談論五帝和三代帝王衰落的原因，以及一般的老百姓滅亡的原因。秦穆公認為他說得很對，就告訴他的內史王繆說：「鄰國有聖人，就是與它為敵的國家所應該擔憂的事。由余是聖人，我應該怎麼辦呢？」王繆說：「西戎的君主居住在偏僻孤陋的地方，沒有見過中國的音樂和美色，您可以贈送給他歌女，用來淫惑他的志意，擾亂他的政治，他的臣下一定會和他疏遠。這時對他要求推遲由余的回國日期，讓他們君臣之間有了隔閡，然後可以圖謀他。」秦穆公說：「好。」就派王繆送兩隊歌女給西戎君主，請求延續由余的回國日期。戎王非常高興，就答應了。於是擺酒聽音樂，日夜不停，一整年都過著放縱的生活，士兵馬匹大部分都死了。由余回到西戎，多次向戎王進諫，戎王不聽，他就來到秦國。秦穆公去迎接他，拜他為上卿，兼併了十二個國家，開闢土地一千里。

【研析】這一章裡，王繆通過計策而使秦繆公獲得了由余這樣一位賢者，但是其中還有更多可以吸取的教訓。秦繆公和王繆的憂慮，是出於對國家安危的考慮，而戎王則為了個人的安逸享受而使得國家日益衰落，這對於治理國家者是一個很好的教訓。孟子說：「生於憂患，而死於安樂。」歐陽修〈伶官傳序〉中說到：「憂勞可以興國，逸豫可以亡身。」所表達的正是這樣的意思。

25. 子夏過曾子，曾子曰：「入食。」子夏曰：「不為公費乎？」曾子曰：「君子有三費，飲食不在其中；君子有三樂，鐘磬琴瑟不在其中。」子夏曰：「敢問三樂？」曾子曰：「有親可畏，有君可事，有子可遺，此一樂也；有親可諫，有君可去，有子可怒，此二樂也；有君可喻，有友可助，此三樂也。」子夏曰：「敢問三費？」曾子曰：「少而學，長而忘，此一費也；事君有功，而輕負❶之，此二費也；久交友而中絕之，此三費也。」子夏曰：「善哉！謹身事一言，愈於終身之誦；而事一士，愈於治萬民之功。夫人不可以不知也。吾嘗蓾焉吾田❷，朞歲❸不收，土莫不然，何況於人乎？與人以實，雖疏必密；與人以虛，雖戚❹必疏。夫實之與實，如膠如漆；虛之與虛，如薄冰之見晝日，君子可不留意哉！」《詩》曰：「神之聽之，終和且平❺。」

【注釋】❶負　背棄。❷蓾焉吾田　粗疏地種我的田。蓾，通「鹵」。鹵莽。焉，於。❸朞歲　一週年。朞，同「期」。❹戚　親近。❺神之聽之二句　《詩經．小雅．伐木》中的句子。終，既。

【語　譯】子夏去拜訪曾子，曾子說：「進來吃飯吧。」子夏說：「這不是讓您破費了嗎？」曾子說：「君子有三種浪費，但是飲食並不包括在其中；君子有三種快樂，但是演奏鐘磬琴瑟並不包括在其中。」子夏說：「請問什麼是三種快樂？」曾子說：「有父母親可以畏懼，有國君可以侍奉，有兒子可以傳承家業，這是一種快樂；有父母親可以向他們勸諫，有國君可以在他無道的時候離開，有兒子可以在他做錯事時對他發怒，這是第二種快樂；有國君可以去勸諭他，有朋友可以去幫助他，這是第三種快樂。」子夏說：「請問什麼是三種浪費？」曾子說：「年輕時候去學習，到年紀大的時候將它們遺忘了，這是一種浪費；為國君做出了貢獻，卻很輕易地就背棄他，這是第二種浪費；與人長期地做朋友，中途卻和他絕交了，這是第三種浪費。」子夏說：「說得好啊！嚴謹地奉行一句話，勝過一輩子讀書；侍奉一位有道德的士人，勝過治理萬民的功勳。做人不能不懂得這個道理。我曾經粗疏地種我的田地，結果一年下來也沒有收穫，土地都是這樣，何況人呢？對待別人誠實，即使和他比較疏遠，也會親密起來；以虛偽和別人來往，即使是親近的人，也會疏遠起來。誠實的人和誠實的人在一起，就會如膠似漆一樣；虛偽的人和虛偽的人在一起，就好像很薄的冰層遇到了白天的太陽一樣，君子怎麼可以不注意這一點呢！」《詩經》上說：「神明聽到了，也會給你和平的幸福。」

【研　析】子夏和曾子都是孔子的高材弟子，這一章借這兩個人的對話，引發了不少道理。曾子所說的三樂、三費，大體上都是就一些基本倫理的範圍來說的，如事君、事親、交朋友等等；子夏所說的，則多就個人的修養上來說，如重實踐而輕空言，重誠實而輕空虛等等都是。要之，這些道理都是儒家所時時強調的內容。

26. 晏子之妻使人布衣紵表❶，田無宇❷譏之曰：「出於室何為者也？」晏子曰：「家臣❸也。」田無宇曰：「位為中卿，食田❹七十萬，何用是人為畜❺之？」晏子曰：「棄老取少謂之瞽，貴而忘賤謂之亂，見色而說謂之逆。吾豈以逆亂瞽之道哉！」

【注　釋】❶晏子之妻使人布衣紵表　許維遹認為這裡「使人」兩字當刪。紵，麻布。表，外衣。❷田無宇　即陳無宇，齊景公時大夫。❸家臣　本或作「臣家」。家，妻子。❹食田　即其受封的采邑，可以收租稅，派人管理。❺畜　養。

【語　譯】晏子的妻子讓人穿著粗布衣，外面穿上麻布衣。田無宇譏笑晏子說：「那個從你家裡出來的是什麼人？」晏子說：「是我的妻子。」田無宇說：「你的地位是個中卿，從你的采邑裡面可以收租稅七十萬，為什麼還要養著這樣一個人呢？」晏子說：「拋棄老妻而娶一個年輕的叫做瞎眼，富貴了卻忘記貧賤叫做昏亂，看到美色就高興叫做背逆。我怎麼能夠做背逆、昏亂、瞎眼的事情呢！」

【研　析】俗語說：「貧賤之交不可忘，糟糠之妻不下堂。」晏子作為齊國的賢臣，所做的是符合這一點的，當然也符合儒家的一些基本道理。人的地位的改變，會使人喪失很多原則性的東西，孔子感嘆說：「吾未見好德如好色者也。」子夏也說「賢賢易色」，儒家要求注重人的美德，而不注重其美色，晏子也做到了。

27. 夫鳳凰之初起也，翾翾十步之雀❶，喔咿❷而笑之。及其升於高，一詘一信❸，展而雲間，藩木之雀超然❹自知不及遠矣。士褐衣縕著❺，未嘗完也；糲藿❻之食，未嘗飽也。世俗之士，即以為羞耳。及其出則安百議，用則延民命，世俗之士超然自知不及遠矣。《詩》曰：「正是國人，胡不萬年❼！」

【注釋】❶翾翾十步之雀　趙本作「翾翾十步，藩籬之雀」。翾翾，飛的樣子。❷喔咿　強笑的樣子。❸一詘一信　詘，同「屈」。信，同「伸」。❹超然　悵然。❺褐衣縕著　褐衣，粗布衣。縕著，舊棉衣。縕，新舊混合的絲棉絮。著，同「褚」。在被褥或衣服裡鋪攤絲綿或其他纖維物質。❻糲藿　糲，糙米。藿，豆葉。本或作「荅」，義同。❼正是國人二句　《詩經・曹風・鳲鳩》中的句子。正，長官。胡，何。

【語譯】鳳凰剛剛飛起來的時候，飛了十步左右，藩籬中的鳥雀都笑牠。等牠升高了以後，一屈一伸地飛翔到雲裡，藩籬上的鳥雀悵然自己知道比牠差得遠了。士人穿著粗布衣舊棉袍，都沒有完整過；吃著糙米豆葉都沒有吃飽過。世俗中的士人，都認為這很羞恥。等到他出仕以後就能安定各種議論，被任用就能夠延續老百姓的生命，世俗上的士人悵然自己知道比他差得遠了。《詩經》上說：「做老百姓的好長官，怎麼會沒有萬年之壽呢！」

【研　析】賢人與常人的分別，在於常人多看其表面，而賢人重視其實質。賢人觀察人，其人雖處於蓬蒿之中，也能識其賢處；常人觀察人，完全靠一個人的富貴貧賤來斷定其價值，古今皆然，雖然平常，但是也很可悲。

28. 齊王厚送女欲妻屠牛吐❶，屠牛吐辭以疾。其友曰：「子終死腥臭之肆而已乎？何為辭之？」吐應之曰：「其女醜。」其友曰：「子何以知之？」吐曰：「以吾屠知之。」其友曰：「何謂也？」吐曰：「吾肉善，而去若少耳❷；吾肉不善，雖以吾附益之，尚猶賈不售。今厚送子，子醜故耳。」其友後見之，果醜。傳曰：「目如擗❸杏，齒如編貝❹。」

【注　釋】❶屠牛吐　殺牛的人，名吐。❷而去若少耳　《初學記》、《太平御覽》引皆作「如量而去苦少耳」。❸擗　剖開。❹齒如編貝　宋玉〈登徒子好色賦〉中的句子，但是用來形容牙齒之美的，與此處不相合。朱亦棟《群書札記》校為「編蠻」。蠻，蠻蟲。

【語譯】齊國的國君用豐富的嫁妝要將女兒嫁給一個殺牛的名叫吐的人。屠牛吐推辭自己有病，沒有接受。他的朋友對他說：「你想一輩子終老在腥臭的市場裡嗎？為什麼推辭呢？」屠牛吐回答說：「他的女兒很醜。」他的朋友說：「你怎麼知道？」屠牛吐說：「我通過殺牛賣肉知道。」他的朋友說：「是什麼意思？」屠牛吐說：「我賣的肉成色好時，按照正常的分量去賣，還嫌肉不夠多；肉的成色不好的時候，即使我多送些肉給那些買肉的人，還是賣不出去。現在齊王用豐厚的嫁妝送女兒出嫁，是因為他的女兒醜。」他的朋友後來看到了齊王的女兒，果然很醜。古書上說：「眼睛像是剖開的杏子，牙齒像是編在一起的蠁蟲。」

【研析】這一章相當於一個寓言故事。事物之間可類比的地方很多，屠牛吐只從賣牛肉的規律，就可以類推到婚嫁的規律，雖然是從一個生意人的角度來推測的，卻是很準確的。可見對於任何事物，都須要透過其表面而看其本質。

29. 傳曰：孔子過康子❶，子張、子夏從。孔子入坐，二子相與論，終日不決。子夏辭氣甚隘❷，顏色甚變，子張曰：「子亦聞夫子之議論邪？徐言誾誾❸，威儀翼翼❹，後言先默，得之推讓。巍巍乎，蕩蕩乎，道有歸矣。小人之論也，專意自是，言人之非，瞋目搤❺腕，疾言噴噴❻，口沸目赤，一幸得勝，疾笑嗌嗌❼，威儀固陋，辭氣鄙俗，是以君子賤之也。」

【注釋】❶康子　即季康子，春秋時魯國大夫。❷隘　狹隘；急迫。❸誾誾　說話和悅而持正。❹翼翼　恭敬的樣子。❺搤　同「扼」。❻噴噴　呵叱的樣子。《說文》：「噴，叱也。」❼嗌嗌　笑的樣子。

【語譯】古書上說：孔子去拜訪季康子，子張和子夏跟隨孔子一起去。孔子坐下來之後，子張和子夏互相辯論，一整天都沒有一個結果。子夏說話的語氣很急迫，臉色都已經變了，子張說：「你聽說過我們老師的議論嗎？說話緩慢，和悅而持正，舉動很恭敬，先讓別人說，然後自己再說，得出了正確的結論，歸功於他人。多麼偉大，多麼坦蕩，道理才有歸宿。小人的議論，一心認為自己說的對，說別人的不對，瞪眼睛，抓手腕，說話很快而用呵叱的語氣，口水噴出來，眼睛也紅了，如果僥倖得勝，就趕緊笑了起來，舉止鄙陋，說話粗俗，所以君子是看不起他的。」

【研析】辯論所以明理，而不是意氣之爭，子夏爭論問題時，辭氣臉色都變了，這是子張所說的「小人之論」，一心只想獲勝而已，不論道理的是非，只是自以為是，這樣的辯論，實際上是完全沒有意義的。孔子議論的時候，語言緩和，態度平易，只是為了明白道理，將辯論的成果歸到對方身上，對於勝負並不在意，這才是真正有意義的辯論。這一章可以和本書卷六的第六章對照起來讀，兩者都是討論辯論的意義，題旨相近。

卷十

1\. 齊桓公逐白鹿，至麥丘❶之邦，遇人，曰：「何謂者也？」對曰：「臣麥丘之邦❷人。」桓公曰：「叟年幾何？」對曰：「臣年八十有三矣。」桓公曰：「美哉！」與之飲，曰：「叟盍為寡人壽也？」對曰：「野人不知為君王之壽。」桓公曰：「盍以叟之壽祝寡人矣？」邦人奉觴再拜曰：「使吾君固壽，金玉之賤，人民是寶❸。」桓公曰：「善哉祝乎！寡人聞之矣，至德不孤，善言必再，叟盍優❹之？」邦人奉觴再拜曰：「使吾君好學士❺而不惡問，賢者在側，諫者得入。」桓公曰：「善哉祝乎！寡人聞之，至德不孤，善言必三，叟盍優之？」邦人奉觴再拜曰：「無使群臣百姓得罪於吾君，無使吾君得罪於群臣百姓。」桓公不說，曰：「此言者非夫前二言之祝❻，叟其革❼之矣。」邦人潸然而涕下曰：「願君孰思之，此一言者，夫前二言之上也。臣聞子得罪於父，可因姑姊妹謝也，父乃赦之。臣得罪於君，可使左右謝也，君乃赦之。昔者桀得罪於臣也❽，至今未有為謝也。」桓公曰：「善哉！寡人賴宗廟之福，社稷之靈，使寡人遇叟於此。」扶而載之，自御以歸，薦之於廟，而斷政焉。桓公之所以九合諸侯，一匡天下，不以兵車者，非獨管仲也，亦遇之於是。《詩》曰：「濟濟多士，文王以寧❾。」

【注　釋】❶麥丘　齊國邑名。❷邦　《太平御覽》引作「封」。漢時避劉邦諱，多改「邦」為「封」，故兩者義得相通。封人，守衛邊疆之人。❸金玉之賤二句　意即「賤金玉，寶人民」，「之」和「是」的用法相同，都表示賓語提前，取消句子獨立性。❹優　《新序》作「復」。❺學士　《太平御覽》引作「學」。❻祝　《太平御覽》引作「善也」。❼革　變。❽昔者桀得罪於臣也　《太平御覽》作「昔者桀得罪於湯，紂得罪於武王，引君得罪於臣也」。❾濟濟多士二句　《詩經・大雅・文王》中的句子。

【語　譯】齊桓公打獵時追趕一隻白鹿，趕到麥丘這個地方，碰見了一個人，齊桓公問：「你是什麼人？」那個人回答說：「我是守衛麥丘邊境的人。」齊桓公問：「老人家年紀有多大了？」回答說：「我年紀已經有八十三歲了。」齊桓公說：「好啊！」就和老人一起飲酒，對他說：「老人家為什麼不為我祝壽呢？」老人回答說：「我是鄙野的人，不知道怎麼樣替君王祝壽。」齊桓公說：「為什麼不用老人家的長壽來祝我長壽呢？」這守邊疆的人舉起酒杯拜了兩次，說：「願我們的國君穩固長壽，將金玉看得低賤，將人民看成寶物。」齊桓公說：「這樣的祝福多好啊！我聽說過，有最高道德的人不會孤單，好的話一定要再說一句，老人家為什麼不再說一句？」這守邊疆的人舉起酒杯拜了兩拜，說：「希望能夠讓我們的國君喜愛學習，不厭煩向別人請教，有賢能的人在身邊輔佐，向國君進諫的人能夠得到允許。」齊桓公說：「這樣的祝福多好啊！我聽說過，有最高道德的人不會孤單，好的話一定要說三句，老人家為什麼不再說一句？」這守邊疆的人舉起酒杯拜了兩拜，說：「希望不要讓大臣們和老百姓得罪我們的國君，也不要讓我們的國君得罪大臣們和老百姓。」齊桓公不高興，說：「這句話沒有前兩句祝福的話那麼好，老人家再換一句話吧。」這守邊疆的人潸然淚下，說：「希望國君仔細地思考一下，這一句話，比前兩句話還要好。我聽說兒子得罪了父親，可以通過姑母姐妹向父親謝罪，父親就會赦免他。大臣得罪了國君，可以通過國君左右的侍臣向國君謝罪，國君就會赦免他。以前夏桀得罪了商湯，商紂得罪了周武王，這是君王得罪他的大臣，到了今天也沒有通過哪個人為他謝罪。」齊桓公說：「好啊！我依賴宗廟裡祖先的福氣、社稷的神靈，才能讓我在這裡碰到這位老人家。」就將他扶上自己的車子帶著他，自己給他駕車回去，到了祖先的廟裡，向祖先推薦他，讓他聽斷國家的政事。齊桓公之所以能夠多次召集諸侯舉行盟會，天下的一切都得到匡正，卻沒有依靠武力，並不是單獨依靠管仲一個人，也是因為他在這裡遇到了這位老人。《詩經》上說：「有這麼多的賢士，文王因此得到安寧。」

【研析】齊桓公大體上仍算得上是一位明君，他善於聽諫，任用賢士，所以成為春秋五霸之首。本章中所記的是齊桓公打獵時遇到的一位老人，藉祝壽之機，對齊桓公有所進諫，勸他「金玉之賤，人民是寶」、「好學士而不惡問，賢者在側，諫者得入」、「無使群臣百姓得罪於吾君，無使吾君得罪於群臣百姓」，齊桓公雖對第三條有所疑問，但在老人解釋之後，也信服地接受了。齊桓公能夠接受大臣乃至一般老百姓的諫言，在當時的國君之中，是很難得的。反觀歷史上的危亡之君，則多是剛愎自用，不聽諫言的，由此也看出從諫的重要性。

2. 鮑叔薦管仲曰：「臣所不如管夷吾者五：寬惠柔愛，臣弗如也；忠信可結於百姓，臣弗如也；制禮約法於四方，臣弗如也；決獄折中❶，臣弗如也；執枹鼓立於軍門，使士卒勇，臣弗如也。」《詩》曰：「濟濟多士，文王以寧。」

【注釋】❶折中　取正，用為判斷是非的標準。

【語譯】鮑叔向齊桓公推薦管仲說：「我不如管夷吾的地方有五個：寬厚仁惠，溫和慈愛，我不如他；老百姓能夠信賴他的忠誠和信用，我不如他；用禮制和法令約束四方，我不如他；斷案合乎標準，我不如他；拿著鼓槌和鼓站在軍營大門，讓士兵都能英勇作戰，我不如他。」《詩經》上說：「有這麼多的賢士，文王因此得到安寧。」

【研析】本書卷七第二十四章子貢和孔子的一段對話，就揭示了薦賢的重要性，並以智、仁、義三者來看待能夠進賢的人。鮑叔和管仲的交誼頗有傳奇性，《史記》中曾有所記載：「管仲夷吾者，潁上人也。少時常與鮑叔牙游，鮑叔知其賢。管仲貧困，常欺鮑叔，鮑叔終善遇之，不以為言。已而鮑叔事齊公子小白，管仲事公子糾。及小白立為桓公，公子糾死，管仲囚焉。鮑叔遂進管仲。管仲既用，任政於齊，齊桓公以霸，九合諸侯，一匡天下，管仲之謀也。」管仲也曾經評價自己和鮑叔的交往：「吾始困時，嘗與鮑叔賈，分財利多自與，鮑叔不以我為貪，知我貧也。吾嘗為鮑叔謀事而更窮困，鮑叔不以我為愚，知時有利不利也。吾嘗三仕三見逐於君，鮑叔不以我為不肖，知我不遭時也。吾嘗三戰三走，鮑叔不以我怯，知我有老母也。公子糾敗，召忽死之，吾幽囚受辱，鮑叔不以我為無恥，知我不羞小節而恥功名不顯於天下也。生我者父母，知我者鮑子也。」杜甫在〈貧交行〉中曾經感嘆兩人的交誼：「君不見管鮑貧時交，此道今人棄如土！」本章中所記的主要是鮑叔推薦管仲時的諫言，可見鮑叔不僅有自知之明，更有知人之明，從這一點來說，鮑叔也是有「宰相之器」，不僅僅是能夠推薦人而已。

3. 晉文公重耳亡過曹，里鳧須從，因盜重耳資而亡。重耳無糧，餒不能行，子推割股肉以食重耳，然後能行。及重耳反國，國中多不附重耳者，於是里鳧須造見曰：「臣能安晉國。」文公使人應之曰：「子尚何面目來見寡人，欲安晉也？」里鳧須曰：「君沐邪？」使者曰：「否。」鳧須曰：「臣聞沐者其心倒，心倒者其言悖❶。今君不沐，何言之悖也？」使者以聞。文公見之，里鳧須仰首曰：「離國久，臣民多過君，君反國而民皆自危，里鳧須又襲竭❷君之資，避於深山，而君以餒。介子推割股，天下莫不聞，臣之為賊❸亦大矣，罪至十族，未足塞責❹。然君誠赦之罪，與驂乘❺遊於國中，百姓見之，必知不念舊惡，人自安矣。」於是文公大悅，從其計，使驂乘於國中，百姓見之，皆曰：「夫里鳧須且不誅而驂乘，吾何懼也？」是以晉國大寧。故《書》云：「文王卑服，即康功田功。」❻若里鳧須，罪無赦者也。《詩》曰：「濟濟多士，文王以寧。」

【注釋】❶悖 悖理；不合理。❷襲竭 襲，偷偷地取。竭，盡。❸賊 傷害。❹塞責 抵償罪責。❺驂乘 陪乘。驂，同「參」。❻文王卑服二句 《尚書・無逸》中的句子。卑服，做卑賤的事。服，事。康功，平整道路的事情。田功，田裡的勞作之事。

【語譯】晉文公重耳逃亡經過曹國，里鳧須跟隨著他，偷了重耳的物資逃跑了。重耳沒有糧食，餓得走不動路，介子推割下大腿上的肉來給重耳吃，重耳吃了以後才能夠行走。等到重耳返回國家的時候，國家裡面的人大部分不依附重耳。這時候里鳧須來到重耳這裡說：「我能夠讓晉國安定。」晉文公派人回答他說：「你還有什麼臉面來見我，要安定晉國？」里鳧須說：「國君在洗頭嗎？」使者說：「沒有。」里鳧須說：「我聽說過洗頭的人心倒過來，心倒過來的時候，他說話也不合道理。現在國君既然沒有在洗頭，為什麼他說的話這麼不合理？」使者將里鳧須的話告訴了晉文公。晉文公接見了里鳧須，里鳧須頭仰起來說：「您離開國家時間太長了，大臣和老百姓都認為您不對，您回國來，老百姓都感到自己很危險，我又曾經偷偷地將您的財物全部拿走了，躲避在深山裡，讓您挨了餓。介子推割大腿上的肉給您吃，天下人都聽說過，我所做的惡也很大了，即使誅滅我的十族，也不能夠抵償自己的罪過。然而您果真能夠赦免我的罪過，並和我一同坐車在國都中遊覽，老百姓看見了之後，一定會知道您不計較以前的罪過，人人都會得到安定了。」於是晉文公非常高興，聽從了他的計謀，讓他陪同自己在車上遊覽國都，老百姓看見了，都說：「里鳧須都沒有被誅殺，而且陪同著國君一起出遊，我還害怕什麼呢？」所以晉國就得到了很大的安定。所以《尚書》中說：「文王也去做卑賤的事情，去做開通道路、耕種田地的勞動。」像里鳧須這樣的人，他的罪是不能赦免的。《詩經》上說：「有這麼多的賢士，文王因此得到安寧。」

【研析】就里鳧須個人的行為來說，在隨同晉文公出亡的時候竊走他的財物，可以說是不忠不義之至；但就他對於晉文公的一段諫言來看，他的策略又不失為一種可以安定國家的權宜之計。晉文公採納了他的意見，不計前嫌，最終能夠使國家安定下來，《新序》中也記有此事，最後的評論說：「明主任計不任怒，暗主任怒不任計。計勝怒者強，怒勝計者亡，此之謂也。」分析得很清楚。從策略的角度來說，晉文公能夠比較明確地權衡得失；從用諫的角度來說，晉文公的胸襟比較開闊，不因人而廢其言，也是值得稱許的。

4. 傳曰：言為王之不易也❶。大命❷之至，其太宗、太史、太祝❸，斯素服執策，北面而弔❹乎天子，曰：「大命既至矣，如之何憂之長也。」授天子策❺一矣，曰：「敬享以祭，永主天命，畏之無疆，厥躬無敢寧。」授天子策二矣，曰：「敬之，夙夜伊❻祝，厥躬無怠，萬民望之。」授天子策三矣，曰：「天子南面，受於帝位，以治為憂，未以位為樂也。」

《詩》曰：「天難忱斯，不易惟王❼。」

【注釋】❶言為王之不易也　按這句話的語氣，上面當有脫文，或當為此節末尾辭句的錯簡。❷大命　天命，古時登天子之位被認為是接受天命。❸太宗太史太祝　都是官名。❹弔　慰問。❺策　策書，最初用竹簡編起來，後來改用玉。❻伊　語詞。❼天難忱斯二句　《詩經・大雅・大明》中的句子。忱，信。

【語　譯】古書上說：說的是做天子是不容易的。接受天命的時候，他的太宗、太史、太祝就穿上白色的衣服，手裡拿著策書，面向北慰問天子，說：「天命已經降臨了，為什麼憂愁是這樣的深長。」授給天子第一個策書的時候，說：「恭敬地祭祀，長久地保有上天的任命，對它保持無限的敬畏，自己的身體不敢安息。」授給天子第二個策書的時候，說：「恭敬地對待它，晝夜都要禱祝，身體不要懈怠，老百姓都在仰望著你。」授給天子第三個策書的時候，說：「天子對著南面治理天下，接受帝位，擔憂的事情是如何將天下治理好，不要認為得到天子之位是快樂的事。」《詩經》上說：「上天是難以信賴的，做天子很不容易。」

【研　析】一般人只看到做天子或者做諸侯的財富和地位，而沒有考慮到做天子、諸侯的本意是要為老百姓做事，治理好天下國家。因此，大多數君王即位以後，只顧貪圖一己的享受，而忘記了做君王的基本責任。本章所記載的是天子即位時所宣告的一些職責，主旨在於不能安逸自己的身心，而要不懈地為老百姓做事，才能夠長久地保有天下。事實上，這對於當今世界的大部分統治者和領導者同樣是有啟發意義的。

5. 君子溫儉以求於仁，恭讓以求於禮，得之自是，不得自是。故君子之於道也，猶農夫之耕，雖不獲年之優❶，無以易也。大王亶甫有子曰太伯、仲雍、季歷❷。歷有子曰昌，太伯知大王賢昌，而欲季為後也，太伯去之吳。大王將死，謂曰：「我死，汝往讓兩兄，彼即❸不來，汝有義而安。」大王薨，季之吳，告伯、仲。伯、仲從季而歸，群臣欲伯之立季，季又讓。伯謂仲曰：「今群臣欲我立季，季又讓，何以處之？」仲曰：「刑❹有所謂矣。要於扶微者❺，可以立季。」季遂立而養文王，文王果受命而王。孔子曰：「太伯獨見，王季獨知。伯見父志，季知父心。故大王、太伯、王季，可謂見始知終，而能承志矣。」《詩》曰：「自太伯王季，惟此王季，因心則友，則友其兄，則篤其慶，載錫之光，受祿無喪，奄有四方❻。」此之謂也。太伯反吳，吳以為君，至夫差，二十八世而滅。

【注釋】❶優　裕：豐富。❷大王亶甫句　大王亶甫，即太王，《詩經》中稱為古公亶父。大，同「太」。甫，同「父」。太伯、仲雍、季歷是他的三個兒子。❸即　假若。❹刑　法；法度。❺要於扶微者　用扶持國家的微弱來要求他。要，迫使。於，以。❻自太伯王季八句　《詩經．大雅．皇矣》中的句子。因，順。奄，覆蓋；

包括。

【語　譯】君子溫和儉樸用來追求仁，恭敬禮讓用來追求禮，得意的時候是這樣，不得意的時候也是這樣。所以君子對於道，就好像農夫對於耕田一樣，即使沒有逢上豐年，也不會改變自己的耕作態度。太王亶甫有三個兒子，分別是太伯、仲雍、季歷。季歷有個兒子叫昌，太伯知道太王認為昌賢能，想讓季歷做自己的繼承人，所以就到了吳國去。太王將要死的時候，對季歷說：「我死之後，你到你的兩個哥哥那裡去，把君位讓給他們，他們如果不回來，你繼承君位也就合乎道義，能夠得到安定。」太王去世之後，季歷到吳國去，告訴太伯和仲雍，太伯和仲雍隨著季歷回來了，大臣們想讓太伯立季歷為繼承人，季歷又推辭。太伯對仲雍說：「現在大臣們希望我立季歷為繼承人，季歷又推辭，應該怎麼辦？」仲雍說：「法度上有這樣的說法。用扶持國家的微弱來迫使王季，這樣王季就可以被立為繼承人了。」王季於是被立為繼承人，培養周文王昌，周文王果然受天命而為王。孔子說：「只有太伯一個人能夠看到，只有王季一個人能夠知道。太伯看到了父親的志意，王季知道父親的心思。所以太王、太伯、王季，可以說是看到了開始，就知道它的結果，而且能夠繼承父親的志願了。」《詩經》上說：「從太伯、王季開創了周朝的基業，王季的品德很好，順著親意，友愛兄長。友愛他的兄長，增加了吉祥，上天也賜與他榮光，接受福祿不會喪亡，全部地占有了天下。」說的就是這樣的事。太伯回到吳國去，吳國人推他做國君，一直傳到了夫差的時候，經歷了二十八代而滅亡。

【研　析】按照儒家的說法，「立嫡以長」是王位的正常繼承次序，但這實際上是西周立國以後才確定的制度，殷代的一般繼承次序是「兄終弟及」，在本章所述及的周族太王時代，應該並沒有嫡長子繼位的制度，因而這一篇文字應該是後人依據儒家的理論而編造的事情。這一章裡所述的太伯、仲雍因為體會到父親的遺志，而將王位讓給季歷，這種「讓賢」的作法本身在古代儒者之中也是有爭議的，甚至有些人認為寧願亡國，也不能將這種「立嫡立長」的制度破壞掉，如司馬光曾論道：「以微子而代紂則成湯配天矣，以季札而君吳則太伯血食矣，然二子寧亡國而不為者，誠以禮之大節不可亂也。」但也有人認為應該隨順機宜，如唐代寧王李憲讓太子之位時說：「時平則先嫡長，世難則歸有功。」宋代的孫甫《唐史論斷》中稱道這是「萬世不易之論」，這種想法大概是比較符合本章中的意思。從今天的觀點來看，能夠選擇賢者還是明智的，這對於民族或者國家的發展都是比較有利的。

6. 齊宣王與魏惠王會田❶於郊。魏王曰：「亦有寶乎？」齊王曰：「無有。」魏王曰：「若寡人之小國也，尚有徑寸之珠，照車前後十二乘者十枚。奈何以萬乘之國無寶乎？」齊王曰：「寡人之所以為寶與王異。吾臣有檀子者，使之守南城，則楚人不敢為寇，泗水上有十二諸侯皆來朝；吾臣有盼子者，使之守高唐，則趙人不敢東漁於河；吾臣有黔夫者，使之守徐州，則燕人祭北門，趙人祭西門❷，從而歸之者十❸千餘家；吾臣有種首者，使之備盜賊，而道不拾遺。吾將以照千里之外，豈特十二乘哉！」魏王慚，不懌而去。《詩》曰：「辭之懌矣，民之莫矣❹。」

【注釋】❶田 打獵。❷燕人祭北門二句 燕在齊北，趙在齊西，燕趙害怕齊國的攻打，所以祭祀以求福。❸十 《史記》作「七」。❹辭之懌矣二句 《詩經・大雅・板》中的句子。懌，悅。莫，定。

【語譯】齊宣王和魏惠王一起到郊外去打獵。魏惠王說：「齊國也有什麼寶物吧？」齊宣王說：「沒有。」魏惠王說：「像我這樣的一個小國家裡，還有直徑一寸的珍珠十顆，前後十二輛車子都能夠照亮，像齊國這樣有一萬輛兵車的大國，怎麼會沒有寶物呢？」齊宣王說：「我所認為的寶物和您所認為的寶物有所不同。我的大臣之中有一個叫做檀子的，讓他防守國家南面的城門，那麼楚國人就不敢來侵犯，泗水上有十二個諸侯國都來朝見我；我的大臣之中有一個叫盼子的，我讓他駐守高唐，趙國人不敢在東面的黃河裡捕魚；我的大臣裡有一個叫黔夫的，我讓他駐守徐州，燕國人就在我的北面城門附近祭祀，趙國人就在我的西面城門附近祭祀，深怕受到攻打，跟隨著黔夫而歸附齊國的有七千多家；我的大臣裡有一個叫種首的，我讓他來防備盜賊，道路上遺落了東西，都沒有人去拾撿。我將用他們來照亮千里之外，哪裡只照亮十二輛車子呢！」魏惠王很慚愧，不高興地離開了。《詩經》上說：「言辭很和悅，老百姓也就安定了。」

【研析】《大學》中引《楚書》說：「楚國無以為寶，惟善以為寶。」引晉文公的舅舅子犯的話說：「亡人無以為寶，仁親以為寶。」以善以仁為寶，是治國平天下的基礎。這一章裡齊宣王與魏惠王所認為的「寶」並不相同，魏王認為珠寶便是值得珍貴的寶物，而齊王則以賢臣為寶，兩相對比，就顯得魏王很沒有治國的理想，而以一己的玩樂為主要目標。賢人對於國家發展的重要性，本書中可以說是強調很多次，其意義也是很清楚明白的了。

7. 東海有勇士曰菑丘訢，以勇猛聞於天下。遇神淵，曰：「飲馬。」其僕曰：「飲馬於此者，馬必死。」曰：「以訢之言飲之。」其馬果沉。菑丘訢去朝服，拔劍而入，三日三夜，殺三蛟一龍而出。雷神隨而擊之，十日十夜，眇❶其左目。要離❷聞之，往見之，曰：「訢在乎？」曰：「送有喪者。」往見訢於墓曰：「聞雷神擊子，十日十夜，眇子左目。夫天怨不全日❸，人怨不旋踵。至今弗報，何也？」叱而去。墓上振憤❹者不可勝數。要離歸，謂門人曰：「菑丘訢，天下之勇士也，今日我辱之人中，是其必來攻我。暮無閉門，寢無閉戶。」菑丘訢果夜來，拔劍住要離頭，曰：「子有死罪三：辱我以人中，死罪一也；暮不閉門，死罪二也；寢不閉戶，死罪三也。」要離曰：「子待我一言：來謁❺，不肖一也；拔劍不刺，不肖二也；刃先辭後，不肖三也。能殺我者，是毒藥之死耳。」菑丘訢引劍而去，曰：「嘻，所不若者，天下惟此子爾。」傳曰：「公子目夷以辭得國❻，今要離以辭得身。言不可不文，猶若此乎？」《詩》曰：「辭之懌矣，民之莫矣。」

【注　釋】❶眇　眼睛瞎。❷要離　春秋時吳國的劍客。❸天怨不全日　《冊府元龜》作「天怒不旋日」。❹振憤　俞樾認為當作「震僨」，極言菑丘訢的勇猛。震，懼怕。僨，撲倒。❺來謁　趙懷玉校本作：「子有三不肖，昏暮來謁」。❻公子目夷以辭得國　目夷，宋襄公庶兄。《公羊傳》記載：「楚人謂宋人曰：『子不與我國，吾將殺子君矣。』應之曰：『吾賴社稷之神靈，吾國已有君矣。』楚人知雖殺宋公，猶不得宋國，於是釋宋公。宋公釋乎執，走之衛。公子目夷復曰：『國為君守之，君曷為不入？』」然後逆襄公歸。」大概就是此事。

【語　譯】東海有一名勇士叫做菑丘訢，以勇猛聞名於天下。有一天來到了個神祕的深淵，對他的僕人說：「讓馬在那裡面飲水。」他的僕人說：「在這裡飲馬的，馬一定會死。」菑丘訢說：「聽我的話，讓馬在這裡面飲水。」他的馬飲了水之後，果然沉到淵裡去了。菑丘訢脫下朝服，拔出劍來跳到水裡，經過了三天三夜的時間，殺了三隻蛟，一隻龍，然後才出來。雷神跟隨在他後面攻擊他，經過了十天十夜，將他的左眼打瞎了。要離聽說了這件事，就到菑丘訢那裡去見他，說：「菑丘訢在嗎？」有人回答說：「他送葬去了。」要離就到墓地裡去見菑丘訢，說：「聽說雷神攻擊你，打了十天十夜，把你的左眼打瞎了。和天之間的怨恨不經過一天就要報復，和人之間的怨恨不等轉過身來就要報復。你卻至今沒有去報復雷神，為什麼？」叱責了他一頓而去。墓地裡害怕和嚇跌倒的人無數。要離回家，對他的弟子說：「菑丘訢是天下的勇士，今天我在眾人之中侮辱了他，這樣他一定會來攻擊我。到晚上不要關大門，睡覺時也不要將房門關上。」菑丘訢果然在夜裡來到，拔劍放在要離的脖子上，說：「你有三重死罪：在眾人中侮辱我，這是一重死罪；晚上不關門，這是兩重死罪；睡覺時不關房門，這是三重死罪。」要離說：「你先聽我說一句話，你有三點不賢之處：夜晚來拜訪我，這是第一點不賢；拔出劍來卻沒有刺下去，這是第二點不賢；先用刀刃來脅迫我，然後才和我說話，這是第三點不賢。即使你能夠殺我，不過和用毒藥毒死了我一樣。」菑丘訢拿開劍離開了，說：「唉，我所比不上的人，普天之下只有這個人罷了。」古書上說：「公子目夷因為言辭而得到國家，要離因為言辭而保住了性命。言辭不能沒有文采，大概就像是這樣吧？」《詩經》上說：「言辭很和悅，老百姓也就安定了。」

【研　析】這一章的意思是要強調言辭的重要性，菑丘訢和要離都是劍客，文中所說的故事也類似於無稽之談，本身並沒有多大的教育意義，從二人的言辭來看，也談不上是精彩之論，但是其中所說的「言不可不文」，卻有它的道理，其意思和《左傳》中記孔子的話「言之無文，行而不遠」大致相當。古人重視辭令，也是一貫的傳統，孔子以四科教學，即「德行、言語、政事、文學」，可見言辭在教育中的重要性。

8. 傳曰：齊使使獻鴻於楚。鴻渴，使者道飲鴻，玃笞潰失❶。使者遂之楚，曰：「齊使臣獻鴻，鴻渴，道飲，玃笞潰失。臣欲亡，為失兩君之使不通❷；欲拔劍而死，人將以吾君賤士貴鴻也。玃笞在此，願以汙事❸。」楚王賢其言，辯其詞，因留而賜之，終身以為上客。故使者必矜文辭，喻誠信，明氣志，解結申屈❹，然後可使也。《詩》曰：「辭之懌矣。」

【注釋】❶玃笞潰失 玃，趙校作「攫」，搏。笞，俞樾校作「笿」，竹籠子。潰失，逃跑。❷臣欲亡二句 趙善詒校作「臣欲亡去，為兩君之使不通」。❸汙事 周校作「將事」，行事。❹申屈 伸直彎曲的地方。

【語譯】古書上說：齊國派遣使者獻一隻鴻鵠到楚國。鴻鵠渴了，使者就在路上給鴻鵠喝水，鴻鵠搏開竹籠子逃跑了。使者於是來到楚國，說：「齊國讓我來獻一隻鴻鵠，鴻鵠路上渴了，我讓牠喝水，結果牠掙開籠子逃跑了。我想逃走，但是這樣兩國的使者往來就從此斷絕了；想拔劍自殺，別人會說您看輕士人，看重鴻鵠。現在籠子還在這裡，我願意聽從您的處置。」楚王認為他說的話很好，辭句很雄辯，就把他留下來，給他很多賞賜，讓他終身都做上等的門客。所以使者一定要言辭莊矜，說話表現出誠信，表明自己的志氣，能夠在事情中解開結扣，伸直彎曲的地方，然後才能夠出使他國。《詩經》上說：「言辭很和悅。」

【研析】使者最重要的武器便在於言辭，這是很容易理解的。言辭的重要性，在春秋戰國之際都受到強調，只是春秋時期主要以溫婉從容的行人辭令為主，而戰國時期則以辯麗橫肆的縱橫家說辭為主，兩者風格頗不相同，但是對於國家政治而言，都具有相當大的意義，所以重視言辭，的確也有它的依據。本章中所記載齊國使者的故事，其言辭雖然不是什麼大道理，但正好也反映了這一點。

9. 扁鵲過虢侯，世子暴病而死❶。扁鵲造宮曰：「吾聞國中卒有壤土之事❷，得無有急乎？」曰：「世子暴病而死。」扁鵲曰：「入言鄭醫秦越人能治❸之。」庶子❹之好方❺者出應之曰：「吾聞上古醫曰弟父，弟父之為醫也，以莞❻為席，以蒭為狗，北面而祝之，發十言耳，諸扶輿❼而來者，皆平復如故，子之方豈能若是乎？」扁鵲曰：「不能。」又曰：「吾聞中古之為醫者曰踰跗，踰跗之為醫也，榒木為腦，芷草為軀，吹竅定腦，死者復生，子之方豈能若是乎？」扁鵲曰：「不能。」中庶子曰：「苟如子之方，譬如以管窺天，以錐刺地，所窺者大，所見者小，所刺者巨，所中者少。如子之方，豈足以變童子哉？」扁鵲曰：「不然。事故有昧投而中蟁❽頭，掩目而別白黑者。夫世子病，所謂尸蹶❾者，以為不然，試入診世子股陰❿當溫，耳焦焦⓫如有啼者聲，若此者皆可活也。」中庶子遂入診世子，以病報⓬。虢侯聞之，足跣⓭而起，至門，曰：「先生遠辱幸臨寡人，先生幸而治之，則糞土之息⓮，得蒙天地載長為人⓯。先生弗治，則先犬馬⓰填壑⓱矣。」言未卒，而涕泣沾襟。扁鵲入，砥鍼礪石⓲，取三陽五輸⓳，為先軒之竈⓴，八拭之陽㉑，子同藥㉒，子明灸陽㉓，子游按磨㉔，子儀反神，子越扶形，於是世子復生。天下聞之，皆以扁鵲能起死人也。扁鵲曰：「吾不能起死人，直使夫當生者起。」死者猶可藥，而況生乎？悲夫，罷㉕君之治，無可藥而息㉖也。《詩》曰：「不可救藥㉗。」言必亡而已矣。

【注　釋】❶扁鵲過虢侯二句　趙校本據文義改為「扁鵲過虢，虢侯世子暴病而死」。扁鵲，即秦越人，戰國時神醫。❷卒有壤土之事　卒，同「猝」。猝然；突然。壤土之事，挖土地的事。❸治　趙懷玉校作「活」。❹庶子　周校本作「中庶子」，官名。❺方　藥方。❻莞　莞草，即水蔥，席子草。❼輿　車。❽蝱　同「蚊」。❾尸蹶　氣從下逆行而上，讓人昏蹶。❿股陰　大腿內側。⓫焦焦　啼哭聲。⓬以病報　趙懷玉校本下增「虢侯」兩字。⓭跣　光著腳。⓮糞土之息　謙稱自己的兒子。息，兒子。⓯得蒙天地載長為人　《說苑》作「得蒙天履地而長為人矣」。許維遹校為「得蒙天載地長為人」。⓰犬馬　對自己的謙稱。⓱壑　《說苑》作「溝壑」。填溝壑，指死。⓲砥鍼礪石　砥，磨。鍼，同「針」。礪石，磨刀石。⓳三陽五輸　手足上各有三陽，是中醫上所講的經脈。輸，同「腧」。腧穴。五腧，與五臟相通的穴位。⓴先軒之竈　燒藥的竈名。㉑八拭之陽　《說苑》作「八成之湯」，《史記》作「八減之齊」，許維遹校改為「八減之湯」。㉒藥　趙校本作「擣藥」。㉓灸陽　《說苑》作「吹耳」，《周禮正義》引《說苑》則作「炊湯」。許維遹認為「灸陽」即「炊湯」。灸，燒灼。陽為「湯」之誤。㉔磨　本或作「摩」。㉕罷　同「疲」。昏庸無能。㉖息　生。㉗不可救藥　《詩經・大雅・板》中的句子。

【語　譯】扁鵲經過虢國，正好遇上虢侯的太子生了急性病死了。扁鵲來到他的宮殿，說：「我聽說你的國家裡面突然有挖土地的事情，是不是有什麼急迫的事情？」宮門口的人說：「太子生了急性病死了。」扁鵲說：「你進去通報一下，說鄭國的醫生秦越人能夠將他治活。」有一個愛好藥方的中庶子出來回答他說：「我聽說上古時期有一個醫生叫弟父，弟父做醫生，以莞草做席子，用草紮成狗的形狀，向著北方禱祝，只說十句話罷了，那些扶著車子而來的病人，都恢復到原來的樣子，你的藥方能夠達到這樣嗎？」扁鵲說：「不能。」這個人又說：「我聽說中古時期有一個做醫生的叫做踰跗，踰跗做醫生，用榒木做成人頭的形狀，用芷草做成人的身軀的形狀，向人的竅穴裡吹氣，以安定他的大腦，死去的人都能夠重新活過來，你的藥方能夠達到這樣嗎？」扁鵲說：「不能。」這名中庶子說：「如果這樣的話，那麼你的藥方就好像是用管子來看天，用錐子來刺地，所看的東西很大，所見到的卻很小；所刺的東西很大，能夠刺中的地方卻很小。像你這樣的藥方，怎麼能夠將死去的太子變得活轉過來呢？」扁鵲說：「不是這樣的。事情本來就有瞎投擲而投中了蚊子頭的，有掩蓋上眼睛而分辨黑白的。太子的病，是所謂的尸蹶，如果你認為我說的不對，你試著去診視一下，太子的大腿內側應該是溫暖的，耳朵那裡好像有焦焦然的啼哭聲一樣，像這一類的症狀都可以治活。」這個中庶子就進去診視了一下，將太子的病情報告給虢侯。虢侯聽說了之後，來不及穿鞋子，光著腳就站了起來，跑到門口，對扁鵲說：「屈辱您從大老遠的地方來到我這裡，如果有幸您幫我的太子治病，那麼我的兒子在天地之間還能夠長大成人。如果先生不為他救治，那麼他就比我要先死了。」話還沒有說完，眼淚把衣襟都沾濕了。扁鵲到了宮裡以後，就在磨石上磨針，刺入太子身上的經脈和穴位，支起了先軒的藥竈，燒那精減了八次的湯藥，子同搗藥，子明燒湯藥，子游按摩太子，子儀讓太子的神氣恢復過來，子越扶起太子的身體，於是太子又重新活了過來。天下的人聽說了這件事，都認為扁鵲能夠把死人治活。扁鵲說：「我不能把死人治活過來，只不過是將應該活過來的人治好而已。」死去的人還可以用藥將他救過來，何況是活著的呢？可悲啊，昏庸無能的君主的政治，沒有辦法讓它活轉過來。《詩經》上說：「沒有藥可以為他救治。」是說它一定會滅亡。

【研　析】這一章寫扁鵲為虢國太子治病的事很詳細，但是其根本的目的卻在於以治病來比喻治理國家，「悲夫，罷君之治，無可藥而息也」是這一章的點題之語。以治病來比喻治國，如本書卷三的第九章、第十章都是，治國者也譬如醫者，有良醫才能將病治好，有賢君才能夠將國家治理好，所以這一章強調的也是君主才能的重要性。

10. 楚丘先生披蓑帶索❶，往見孟嘗君❷。孟嘗君曰：「先生老矣！春秋高矣！多遺忘矣！何以教文？」楚丘先生曰：「惡❸，君謂我老！惡，君謂我老！意者將使我投石超距❹乎？追車赴馬乎？逐麋鹿搏豹虎乎？吾則死矣，何暇老哉？將使我深計遠謀乎？定猶豫而決嫌疑乎？出正辭而當諸侯乎？吾乃始壯耳，何老之有？」孟嘗君赧然汗出至踵，曰：「文過矣，文過矣！」《詩》曰：「老夫灌灌❺。」

【注釋】❶帶索　以繩索為衣帶。❷孟嘗君　戰國時齊國的卿相田文，以善養門客知名。❸惡　嘆詞。❹投石超距　投石，扔石頭。超距，跳躍。❺老夫灌灌　《詩經・大雅・板》中的句子。灌灌，誠懇的樣子。

【語譯】楚丘先生披著蓑衣，腰上繫著繩索去見孟嘗君。孟嘗君說：「先生已經老了，年紀已經大了！遺忘的事情已經很多了！將用什麼來教誨我呢？」楚丘先生說：「唉，你說我老了！唉，你說我老了！大概是要讓我去扔石頭、跳躍嗎？讓我去追趕車馬嗎？要我去追逐麋鹿、和虎豹搏鬥嗎？那樣我肯定會死了，哪裡能夠有時間活到老呢？將要讓我為你提供深遠的計謀嗎？讓我為你猶豫和疑惑的事情作決定嗎？說出正直的言辭而應對諸侯嗎？那樣的話，我還正是健壯的時候呢，又哪裡談得上老呢？」孟嘗君很慚愧地流出了汗，一直流到腳下，說：「是我錯了，是我錯了！」《詩經》上說：「老夫我是誠懇的。」

【研析】俗話說「老馬識途」，楚丘先生能夠給國家的貢獻，在於他的政治經驗和謀略，所謂「深計遠謀」、「定猶豫而決嫌疑」、「出正辭而當諸侯」，那樣正可以老當益壯，顯示出他可貴的一面。孟嘗君見不及此，但是能夠及時聽取楚丘先生的意見，卻也不失是明智的。

11. 齊景公游於牛山之上，而北望齊，曰：「美哉國乎！鬱鬱泰山❶。使古而無死者，則寡人將去此而何之？」俯而泣沾襟。國子、高子❷曰：「然臣賴君之賜，疏食惡肉，可得而食也。駑馬柴車，可得而乘也。且猶不欲死，況君乎？」俯泣。晏子曰：「樂哉，今日嬰之游也，見怯君一而諛臣二。使古而無死者，則太公至今猶存，吾君方今將被❸蓑笠而立乎畎畝之中，惟事之恤❹，何暇念死乎？」景公慚而舉觴自罰，因罰二臣。

【注　釋】❶鬱鬱泰山　《列子》作「鬱鬱芊芊」，《藝文類聚》引作「鬱鬱蓁蓁」，《太平御覽》引作「鬱鬱蔥蔥」。❷國子高子　齊景公時的兩個大夫。❸被　同「披」。❹惟事之恤　事，《太平御覽》引作「農事」。恤，憂。

【語　譯】齊景公在牛山上遊玩，向北面望著齊國，說：「國家是多麼美啊！到處都是一片鬱鬱蔥蔥的。如果從古到今沒有人會死，那麼我離開這裡還能到哪裡去呢？」低下頭來哭泣，將衣襟都沾濕了。國子和高子說：「我們臣子依靠國君的賞賜，可以吃到粗疏的食物和肉類，可以乘坐劣馬拉的粗劣的車子，尚且還不願意去死，何況是國君呢？」也低下頭來哭泣。晏子說：「今天我的遊覽很快樂啊。看到一個怯懦的君王和兩個諂諛的大臣。如果從古到今沒有人死，那麼我們齊國的祖先姜太公到今天還在呢，我們的國君現在應當是披著蓑衣、戴著斗笠站在田地裡勞動，擔心著農田裡的事，哪裡還有時間去想到死亡的事情呢？」齊景公很慚愧，舉起酒杯來自己罰了一杯酒，然後再罰國子和高子兩個大臣。

【研　析】齊景公和晏子之間的故事，在本書中出現不少次，一般情況都是晏子對於景公進諫，而景公能夠虛心地接受，這一章也是如此，雖然晏子說景公是「怯君」，他倒也並不以為忤，因為晏子說的話是合情合理的。

12. 秦繆公將田而喪其馬，求三日而得之於莖山之陽❶，有鄙夫乃相與食之。繆公曰：「此駮馬❷之肉，不得酒者死。」繆公乃求酒，徧飲之，然後去。明年，晉師與繆公戰，晉之左格右者❸，圍繆公而擊之，甲已墮者六❹矣。食馬者三百餘人，皆曰：「吾君仁而愛人，不可不死。」還擊晉之左格右，免繆公之死。

【注釋】❶陽　山的南面稱為陽。❷駮馬　《呂氏春秋》和《說苑》都作「駿馬」。❸左格右者　《呂氏春秋》作「晉惠公之右路石」。右路石，人名。❹六　《呂氏春秋》作「六札」。

【語譯】秦穆公將要去打獵，他的馬卻不見了，找了三天才在莖山的南面找到牠，有一些粗鄙的老百姓正在吃牠。秦穆公說：「這是駿馬的肉，吃肉時如果不喝酒，就會死掉。」秦穆公於是找了酒來，讓他們都喝了酒，然後才離開。第二年，晉國的軍隊和秦穆公作戰，晉國的右路石，圍住秦穆公而攻打他，秦穆公鎧甲上的甲片已經掉下來六片了。以前吃過秦穆公馬的人有三百多個，都說：「我們的國君有仁德，又愛護老百姓，不能夠讓他死掉。」就回過頭來攻擊晉國的右路石，免除了秦穆公遭受死亡的危險。

【研析】秦穆公是秦國的賢君，秦國的興盛，他所發揮的作用很大。這一章裡的故事表現了他「仁而愛人」的一面。秦穆公的馬很可能也是他所喜愛的馬，但是和他的人民相比，他更重視他的人民，因此能夠得到民心，這些人樂意為他效死，在關鍵時候救了穆公。由此可以看出對待老百姓的態度，文中的三百人若不是困於飢餓，也不會將國君的馬偷去吃的，考慮到這一點，秦穆公也應該反省自己，將老百姓的窮困當作自己的窮困，那才是一位仁君應該做的事。這一章也可以和卷七的第十四章楚莊王的故事相對照來讀。

13. 傳曰：卞莊子❶好勇，母無恙時，三戰而三北❷。交游非之，國君辱之，卞莊子受命，顏色不變。及母死三年，魯興師，卞莊子請從。至，見於將軍，曰：「前猶與母處，是以戰而北也，辱吾身。今母沒矣，請塞責。」遂走敵而鬥，獲甲首❸而獻之，「請以此塞一北。」又獲甲首而獻之，「請以此塞再北。」將軍止之曰：「足。」不止，又獲甲首而獻之，曰：「請以此塞三北。」將軍止之曰：「足，請為兄弟。」卞莊子曰：「夫北，以養母也。今母歿矣，吾責塞矣。吾聞之：節士不以辱生。」遂奔敵，殺七十人而死。君子聞之曰：「三北已塞責，又滅世斷宗，士節小具矣，而於孝未終也。」《詩》曰：「靡不有初，鮮克有終❹。」

【注釋】❶卞莊子　春秋時魯國大夫，以勇力著稱。❷北　失敗逃跑。❸甲首　甲士的首級。❹靡不有初二句　《詩經・大雅・蕩》中的句子。

【語譯】古書上說：卞莊子喜歡勇武，他的母親身體很好，還在世的時候，他和別人交戰，打了三次，三次都失敗了。他的朋友們都批評他，國君侮辱他，卞莊子接受他們的批評侮辱，臉色都沒有什麼改變。等他的母親去世三年以後，魯國發兵準備外出征戰，卞莊子請求跟隨軍隊出去一起作戰。到了那裡，見到了軍隊中的將軍，對他說：「以前我因為還和母親在一起生活，所以戰鬥失敗逃走了，使我個人受到了侮辱。現在我的母親去世了，請讓我參加戰鬥以抵償我的罪責。」於是跑向敵人和他們戰鬥，取得了一枚甲士的首級，獻給將軍，說：「請讓我用這枚首級來抵消一次失敗逃走的罪責。」過了一會，又取得了一枚甲士的首級，獻給將軍，說：「請讓我用這枚首級來抵消第二次失敗逃走的罪責。」將軍阻止他說：「已經足夠了。」卞莊子不停止，又獲取了一枚甲士的首級獻給將軍，說：「請讓我用這枚首級抵消我的第三次失敗逃走的罪責。」將軍阻止他說：「足夠了，請讓我和你結為兄弟。」卞莊子說：「失敗逃走，是為了留下性命來養我的母親。現在母親已經去世了，我的罪責也已經抵消了。我聽說過：有氣節的士人不會背負著侮辱而活著。」於是奔向敵人，殺了七十個人，自己也戰死了。君子聽說到這件事，評論說：「三次失敗逃走的罪責已經抵消了，卻又斷滅了自己祖先的世系，士人的節操稍稍具備了，但是卻沒有盡到孝道。」《詩經》上說：「一開始沒有不好的，但是很難把這種好保持到最後。」

【研　析】卞莊子之勇，未必沒有可取之處，但是從儒家的道義的角度來看，仍然算不得是很好。

《禮記》中說「父母在，不許友以死」，而卞莊子所處的則是國家和個人的關係，而不是與朋友的關係，是「忠」和「孝」的關係，而不是「友」和「孝」的關係，本書中有不少關於「忠孝」關係的故事，例如卷一的第二十一章、卷六的第十二章以及本卷的第二十四章都涉及到這一主題，故事各不相同，處理辦法也不同，且與卞莊子所遇到的情形都是不一樣的。而最後卞莊子受到君子所批評的是：「三北已塞責，又滅世斷宗，士節小具矣，而於孝未終也。」則意在說明他的死並沒有多大的意義，反而因為自己的死而「滅世斷宗」，違背了古人「不孝有三，無後為大」的準則，所以說他是「於孝未終」，也許在當時的情況下，並非沒有道理吧。

14. 天子有爭臣七人，雖無道不失其天下。昔殷王紂殘賊百姓，絕逆天道，至斮朝涉❶，刳孕婦❷，脯鬼侯，醢梅伯❸，然所以不亡者，以其有箕子、比干之故。微子去之，箕子執囚為奴，比干諫而死，然後周加兵而誅絕之。諸侯有爭臣五人，雖無道不失其國。吳王夫差為無道，至驅一市之民以葬闔閭，然所以不亡者，有伍子胥之故也。胥以死，越王句踐欲伐之，范蠡諫曰：「子胥之計策，尚未忘於吳王之腹心也。」子胥死後三年，越乃能攻之。大夫有爭臣三人，雖無道不失其家。季氏為無道，僭天子，舞八佾❹，旅泰山❺，以〈雍〉徹❻。孔子曰：「是可忍❼也，孰不可忍也？」然不亡者，以冉有、季路為宰臣也。故曰：「有諤諤❽爭臣者其國昌，有默默諛臣者其國亡。」《詩》曰：「不明爾德，時無背無側。爾德不明，以無陪無卿❾。」言文王咨嗟，痛殷商無輔弼諫諍之臣而亡天下矣。

【注　釋】❶斮朝涉　紂王看到冬天早晨渡水的人，想看看他的腿為什麼能夠耐寒，就將他的小腿砍下來。斮，砍。朝涉，早晨渡水。❷刳孕婦　紂王要看懷孕時人的孩子，就將孕婦的肚子剖開。刳，剖。❸脯鬼侯二句　脯，做成肉乾。醢，做成肉醬。鬼侯、梅伯，商時的諸侯。❹舞八佾　古代舞蹈的隊伍，八個人為一行，一行即是一佾。八佾為八行，即六十四人，只有天子才能用。諸侯用六佾四十八人。而季孫只是諸侯的臣子，只能用四佾三十二人。❺旅泰山　祭祀泰山。當時，只有天子和諸侯才能夠祭山。季氏只是諸侯國的大夫，也去祭山，這是不合乎禮儀的。❻以雍徹　〈雍〉是《詩經・周頌》裡的一篇，祭品撤除的時候唱〈雍〉這首詩，是天子才能用的禮儀。徹，通「撤」。❼忍　忍心。一說，即「容忍」的意思。❽諤諤　直言的樣子。❾不明爾德四句　《詩經・大雅・蕩》中的句子。

【語　譯】天子有能夠諫諍的大臣七個人，即使他昏庸無道也不會丟失掉天下。以前殷朝的紂王殘害百姓，斷絕並違背天道，以至於砍掉早晨渡水人的小腿，剖開孕婦的肚子，將鬼侯做成肉乾，將梅伯做成肉醬，但是他之所以不滅亡，則是因為他還有箕子、比干這樣的大臣在。等到微子離開他，箕子被囚禁起來做了奴隸，比干因為向商紂王進諫而被殺死，然後周朝才起兵誅滅了他。諸侯有能夠諫諍的大臣五個人，即使昏庸無道也不會失去他的國家。吳王夫差為君無道，以致驅趕整個市場上的人為他的父親闔閭陪葬，但他之所以不滅亡，是因為還有伍子胥在朝中。伍子胥死後，越王句踐想討伐他，范蠡向他進諫說：「伍子胥的計策，還沒有被吳王夫差從心中忘記。」伍子胥死後三年，越國才能夠攻打吳國。大夫如果有能夠諫諍的臣子三個人，即使昏庸無道也不會失去自己的封地。魯國的季孫很昏庸無道，僭用天子的禮儀，跳八佾的舞蹈，祭祀泰山，祭品撤除的時候唱〈雍〉這首音樂。孔子說：「連這樣的事情都能夠忍心做得出來，什麼事情不忍心做出來？」但是他沒有滅亡的原因，在於有冉有、子路做他的宰臣。所以說：「有直言敢諫諍的大臣的，他的國家就會昌盛；有默默不言諂諛的大臣的，他的國家就會滅亡。」《詩經》上說：「你的道德不修明，所以背後和旁邊都沒有人支持你。你的道德不修明，所以沒有公卿大臣來輔佐你。」說的是周文王嗟嘆，痛惜商朝沒有輔佐諫諍的大臣而丟失了天下。

【研　析】這一章通過眾多的歷史事例，說明了賢臣的重要性。如果真的能夠任用賢臣的話，那麼即使這位君主昏庸無道，他的國家也不至於滅亡；如果這位君主不再任用這些臣子，則是「自毀長城」，那麼離滅亡也就不遠了。關於賢臣的重要，本書中論述得已經相當多了，無須再作贅述。

15. 齊桓公出遊，遇一丈夫，裒衣應步❶，帶著桃殳❷。桓公怪而問之曰：「是何名？何經所在？何篇所居？何以斥逐？何以避余❸？」丈夫曰：「是名二桃❹，桃之為言亡也。夫日日慎桃，何患之有？故亡國之社，以戒諸侯。庶人之戒，在於桃殳。」桓公說其言，與之共載。來年正月，庶人皆佩。《詩》曰：「殷監不遠❺。」

【注　釋】❶裒衣應步　裒，同「褒」。褒衣，寬大的衣服。應步，即闊步。❷殳　古代一種兵器，用竹竿做成，有棱無刃。❸何以斥逐二句　聞一多認為這兩句不可通，兩個「何」字都應該作「可」。古代禁民奇服，這個男子著裝舉止異常，所以桓公想將他放逐，讓他避開自己。❹二桃　孫詒讓認為當作「戒桃」。❺殷監不遠　《詩經．大雅．蕩》中的句子。監，《毛詩》作「鑑」，鏡子。

【語　譯】齊桓公出去遊玩，碰見一個男子，穿著寬舒的衣服大步向前走，帶子上掛著桃木做成的殳。桓公覺得很奇怪，就問他說：「這種東西叫什麼名字？在哪本經書裡面有記載？在哪一篇裡可以看到？應該將你放逐掉，讓你避開我。」那個男子說：「這叫做戒桃，桃的意思是逃亡。如果每天都慎重地警戒自己不要逃亡，哪會有什麼禍患呢？所以已經滅亡的國家的土神廟，可以用來警戒諸侯。一般老百姓的警戒，就可以用桃殳。」齊桓公聽了他的話很高興，就和他共乘一輛車子。第二年正月，一般人都佩帶了桃殳。《詩經》上說：「可用來做借鑑用的殷朝離得不遠。」

【研　析】前事不忘，後事之師。古人對於歷史的借鑑非常重視，中國史學的發達，與此也有十分重要的關係。本章中所說的「戒桃」之事，說的也是借鑑的事，「亡國之社，以戒諸侯」，是以歷史為鑑，與「殷監不遠」的意義相當；「庶人之戒，在於桃殳」，則是以器物提醒自己要鑑戒的事，這和卷三第三十章的「宥座之器」在意義上則是相當的。

16. 齊桓公置酒，令諸侯❶大夫曰：「後者飲一經程❷。」管仲後，當飲一經程，飲其一半而棄其半。桓公曰：「仲父❸當飲一經程，而棄之，何也？」管仲曰：「臣聞之：酒入口者舌出，舌出者棄身。與其棄身，不寧棄酒乎？」桓公曰：「善。」《詩》曰：「荒湛于酒❹。」

【注釋】❶諸侯　周、趙校本都認為應該是「諸」字，「侯」字是衍文。❷經程　一種酒器。❸仲父　齊桓公對管仲的尊稱。❹荒湛于酒　《詩經・大雅・抑》中的句子。湛，沉湎。

【語譯】齊桓公擺了酒宴，對諸大夫們下命令說：「後來的人要罰一大杯酒。」管仲來得遲，應該被罰一大杯，管仲只喝了一半，丟棄了一半。齊桓公問：「仲父應該喝一杯酒，為什麼丟棄了一半？」管仲說：「我聽說過，酒喝下去，舌頭就會跑出來亂說話，亂說話會連自己的生命也丟棄掉。與其將自己的生命丟棄掉，豈不如將酒丟棄掉嗎？」齊桓公說：「說得好。」《詩經》上說：「過度地沉湎在酒中。」

【研析】古人對於酒，多是與荒淫的生活聯繫在一起的，《尚書》中有〈酒誥〉，便是誡其不可荒湛於酒的。本書卷二的第二十二章和卷四的第二章都提到夏桀作「酒池」，以至於身亡國滅，《論語》中說飲酒要「不及亂」，而《詩經》中的〈賓之初筵〉描述到醉酒者的情況：「賓既醉止，載號載呶，亂我籩豆，屢舞僛僛。是曰既醉，不知其郵。」本章中管仲和齊桓公的一番對話，正反映出了對於酒的慎重，齊桓公很樂意地接受了，這都是值得稱道的。

17. 齊景公遣晏子南使楚。楚王聞之，謂左右曰：「齊遣晏子使寡人之國，幾至矣。」左右曰：「晏子，天下之辯士也。與之議國家之務，則不如也；與之論往古之術，則不如也。王獨可以與晏子坐，使有司束人過王，王問之，使言齊人，善盜，故束之。是宜可以困之。」王曰：「善。」晏子至，即與之坐，圖國之急務，辨當世之得失，再舉再窮。王默然無以續語。居有間❶，束徒以過之，王曰：「何為者也？」有司對曰：「是齊人善盜，束而詣吏。」王欣然大笑曰：「齊乃冠帶之國❷，辯士之化，固善盜乎？」晏子曰：「然，固取之❸。王不見夫江南之樹乎？名橘，樹之江北，則化為枳❹，何則？地土❺使然爾。夫子處齊之時，冠帶而立，儼有伯夷之廉，今居楚而善盜，意土地之化使然爾，王又何怪乎？」

《詩》曰：「無言不讐，無德不報❻。」

【注　釋】❶居有間　過了一會兒。❷冠帶之國　指講究禮儀的國家。❸固取之　《冊府元龜》作「物固有之」。❹枳　即枸橘，似橘而小。❺地土　趙懷玉校作「土地」。❻無言不讐二句　《詩經・大雅・抑》中的句子。讐，同「讎」。答。

【語　譯】齊景公派晏子到南方出使楚國。楚王聽說了之後，對左右的大臣說：「齊國派遣晏子作為使者來到我的國家，差不多快到了。」左右的侍臣說：「晏子是天下很有辯才的人。和他討論國家的事務，比不上他；和他討論古代的治術，也比不上他。大王只能和晏子坐在一起，派一個官吏捆綁一個人從大王面前經過，大王就問是什麼原因。讓那個官吏說那人是個齊國人，善於偷盜，所以將他捆綁起來。這樣應該可以將晏子難住。」楚王說：「好的。」晏子來到之後，楚王和他坐在一起，探討國家急著要辦的事務，辯論當代政治的得失，兩次討論這樣的問題，楚王兩次無法應對。楚王只好默然不說話。過了一會兒，有個官吏捆綁了一個囚徒經過他們面前，楚王問：「這個人是幹什麼的？」那個官吏回答說：「這個齊國人善於偷盜，捆綁起來送到官府去處理。」楚王很高興地大笑起來說：「齊國是講求禮儀的國家，得到辯士的教化，怎麼會讓人善於偷盜呢？」晏子說：「是啊，本來就會有這樣的事情。大王沒有看到有一種江南的樹嗎？它的名字叫做橘，將它種植在江北，就變成了枸橘。為什麼呢？這是因為土地不同的原因。這個人住在齊國的時候，戴上帽子，繫上衣帶，儼然有伯夷那麼廉潔，現在居住在楚國卻善於偷盜，大概是土地的變化讓他變成這樣的，大王又何必覺得奇怪呢？」《詩經》上說：「沒有說出來的話得不到應答的，沒有道德得不到回報的。」

【研析】楚王本來想要在宴會上讓齊國的使者晏子難堪，結果出醜的卻是自己。一方面可以看出晏子的機智，另一方面也可以看出楚王及楚國人沒有見識。兩國之間的和好交往，講求以禮儀互相對待，辯論只是要過多地顯耀自己，不能當作最主要的任務。楚王捨卻禮儀而不做，卻一心想在言辭上勝過晏子，這樣即使勝了，也並沒有太多意義，何況明知道自己和大臣們都不能夠勝過他，那就更無謂了。

18. 吳延陵季子❶遊於齊，見遺金，呼牧者取之，牧者曰：「子居之高❷，視之下。貌之君子，而言之野也。吾有君不君，有友不友❸，當暑衣裘，君疑取金者乎？」延陵子知其為賢者，請問姓字，牧者曰：「子乃皮相❹之士也，何足語姓字哉？」遂去。延陵季子立而望之，不見乃止。孔子曰：「非禮勿視，非禮勿聽。」

【注釋】❶延陵季子　即吳公子季札，春秋時吳王壽夢的少子，壽夢欲以為太子，季札不接受，封於延陵，故也稱延陵季子，以知禮著稱。❷子居之高　周校本作「何子居之高」。❸有君不君二句　《冊府元龜》作「有君不臣，有侯不友」。❹皮相　只看外表，不深入。

【語譯】吳國的延陵季子到齊國去遊歷，看到地上有人遺失的金錢，他就喊著牧人讓他撿去，放牧的人說：「你所占據的地位很高，但是見識卻低下。看起來像是一個君子，但是說話卻很鄙野。我有國君卻不去做他的臣子，有諸侯卻不和他們做朋友，在大熱天的時候還穿著皮衣，你難道懷疑我會是去拾撿那金錢的人嗎？」延陵季子知道他是一個有賢德的人，就請問他的姓名，那個放牧的人說：「你是個只看外表的人，哪裡值得我將姓名告訴你？」就離去了。延陵季子站在那裡看著他，直到看不見他才停止。孔子說：「不合乎禮儀的就不要去看，不合乎禮儀的就不要去聽。」

【研析】文章中的牧人大概是屬於隱士一流的人物，這樣的人一般而言都是狂狷之士，就像《論語‧憲問》中的晨門、荷蕢丈人，〈微子〉中的楚狂接輿、長沮、桀溺、荷蓧丈人一樣，以隱居不仕為樂。延陵季子是一位知禮的賢人，因此本文大概也是編造出來的故事，或是民間流傳的佚事。

19. 顏淵問於孔子曰：「淵願貧如富，賤如貴，無勇而威，與士交通❶，終身無患難，亦且可乎？」孔子曰：「善哉回也！夫貧而如富，其知足而無欲也；賤而如貴，其讓而有禮也；無勇而威，其恭敬而不失於人也；終身無患難，其擇言而出之也。若回者，其至乎！雖上古聖人，亦如此而已。」

【注釋】❶交通　交遊；來往。

【語譯】顏淵問孔子說：「我希望貧窮的時候和富有的時候一樣，卑賤的時候和顯貴的時候一樣，不勇猛，但是很威嚴，和士人來往，終身沒有什麼患難，那樣可以嗎？」孔子說：「顏回很好啊！貧窮的時候和富有的時候一樣，他就是很知足而沒有過多的欲望；卑賤的時候和顯貴的時候一樣，就是對人謙讓而且有禮儀；不勇猛，但是很威嚴，就是說明他待人很恭敬，沒有什麼過失；終身沒有患難，那就是他說話的時候注意選擇言辭。像顏回這樣的，他的道德已經到一個頂點了吧！即使是上古時期的聖人，也不過就是這樣罷了。」

【研析】由於孔子在很多地方稱讚過顏回，所以古人或保存、或編造了一些關於孔子讚美顏回的故事，例如《莊子》中的顏回已經莊學化了，顯然和儒家的顏回不一樣。本章中所說的顏回的事情，雖然也不一定是真的，但是大體上卻比較符合儒家的思想。

20. 齊景公出田，十有七日而不反。晏子乘而往，比至，衣冠不正。景公見而怪之曰：「夫子何遽❶乎？得無有急乎？」晏子對曰：「然，有急。國人皆以君為惡民好禽。臣聞之：魚鱉厭深淵而就乾淺，故得於釣網；禽獸厭深山而下於都澤❷，故得於田獵。今君出田，十有七日而不反，不亦過乎？」景公曰：「不然。為賓客莫應待邪？則行人子牛❸在；為宗廟而不血食❹邪？則祝人太宰❺在；為獄不中邪？則大理子幾❻在；為國家有餘不足邪？則巫賢❼在。寡人有四子，猶有四肢也，而得代❽焉，不可❾患焉。」晏子曰：「然人心有四肢而得代焉，則善矣。今四肢無心，十有七日不死乎？」景公曰：「善哉言！」遂援晏子之手，與驂乘而歸。若晏子者，可謂善諫者矣。

【注　釋】❶遽　匆忙。❷都澤　水澤。水流匯聚稱為都。❸行人子牛　行人，掌管接待賓客的官員。子牛，人名。❹血食　古代殺牲取血以祭，所以稱神靈享受祭品為血食。❺祝人太宰　祝人，掌管祭祀的官。太宰，人名。❻大理子幾　大理，掌管獄訟的官。子幾，人名。❼巫賢　人名。❽代　《晏子春秋》作「佚」，下同。佚，同「逸」。安逸。❾不可　周校本作「又何」。

【語　譯】齊景公出去打獵，十七天沒有回來。晏子乘著車去找他，等到達的時候，衣服帽子都穿戴得不整齊。齊景公看到了之後很奇怪，就問他：「你怎麼這麼匆忙呢？是不是有什麼急事呢？」

晏子回答說：「是的，的確有急事。國家的老百姓都認為國君厭惡人民而喜歡禽獸。我聽說過：魚鱉厭惡深淵就跑到乾而淺的地方去，所以被魚鉤魚網所捕獲；禽獸厭惡深山而跑到水澤裡去，所以被打獵的人所獲得。現在國君出去打獵，十七天都沒有回去，難道不是太過分了嗎？」齊景公說：「不是這樣的。因為賓客沒有人應接招待嗎？有專管接待賓客的官員子牛在朝廷裡面；因為祖先的宗廟沒有人祭祀嗎？有專門掌管祭祀的官員太宰在朝廷裡；因為獄訟決斷得不公平嗎？有專門掌管獄訟的官員子幾在朝廷裡；因為國家的財物剩餘得不夠嗎？有專門掌管這方面事務的巫賢在朝廷裡。我有這四個大臣，就好像是有了四肢，這樣就得到安逸了，又有什麼憂患呢？」晏子說：「人心有了四肢以後得到安逸了，這是很好的。如果讓四肢沒有心，十七天難道不會死嗎？」齊景公說：「說得好！」就拉著晏子的手，和他同乘一輛車回來。像晏子這樣的人，可以說是善於進諫了。

【研析】齊景公不失為知人善任的國君，除了任用晏子之外，他這裡所說的子牛、太宰、子幾、巫賢顯然也是能夠各勝其任的臣子。但是景公沉迷於打獵，則是荒淫的先兆，所以晏子向他及時進諫，晏子長於言辭，這裡的比喻也很恰當，因此齊景公也容易接受。

21. 楚莊王將興師伐晉，告士大夫曰：「敢諫者死無赦。」孫叔敖曰：「臣聞畏鞭箠❶之嚴而不敢諫其父，非孝子也；懼斧鉞之誅而不敢諫其君，非忠臣也。」於是遂進諫曰：「臣園中有榆，其上有蟬。蟬方奮翼悲鳴，欲飲清露，不知螳螂之在後，曲其頸欲攫而食之也。螳螂方欲食蟬，而不知黃雀在後，舉其頸欲啄而食之也。黃雀方欲食螳螂，不知童挾彈丸在下，迎而欲彈之。童子方欲彈黃雀，不知前有深坑，後有窟也。此皆言前之利，而不顧後害者也。非獨昆蟲眾庶若此也，人主亦然。君今知貪彼之土，而樂其士卒❷。」國❸不怠❹，而晉國以寧，孫叔敖之力也。

【注釋】❶箠　鞭子。❷而樂其士卒　趙懷玉認為以下有脫文。❸國　本或作「楚國」。❹怠　通「殆」。危險。

【語譯】楚莊王將要發兵攻打晉國，對他的士人、大夫說：「敢來向我進諫的要被處死，決不赦免。」孫叔敖說：「我聽說害怕鞭子的威嚴，因此不敢對他的父親進諫，這樣的人不是一個孝順的兒子；害怕被斧鉞誅殺，因此不敢對他的國君進諫，這樣的人不是一個忠臣。」於是就向楚莊王進諫說：「我的園子裡有一棵榆樹，樹上面有一隻蟬。這隻蟬正在撲著翅膀高聲地鳴叫，想喝樹上的露水，卻不知道有一隻螳螂正在牠的後面，彎曲著脖頸想抓住牠來吃掉。螳螂正想著要吃蟬，卻不知道有一隻黃雀正躲在牠的背後，抬起牠的脖子想把牠啄食掉。黃雀正想著要吃螳螂，卻不知道有一個兒童正拉起彈弓，挾著彈丸要對著牠彈射過去。這個兒童正要用彈弓打黃雀，卻不知道在他的前面有一個深坑，後面還有一個窟窿。這裡說的都是眼前的利益，卻不顧及後面的禍害。並不是只有昆蟲和一般人是這樣，國家的君主也是這樣。國君今天貪圖他的土地，讓士兵快樂。」楚國不危險，晉國得到安寧，這是孫叔敖的功勞。

【研析】比喻是用來說明道理的，本章中孫叔敖這一段諫言中「螳螂捕蟬，黃雀在後」的比喻很生動，但是在《莊子》、《吳越春秋》、《戰國策》等很多書裡都出現過，用這個比喻的人也各不相同，可見這一個比喻用得很好。這一個比喻的意義在於說明，人們往往都只顧及眼前的利益，而不考慮其背後的危害，楚莊王欲伐晉，便是這樣的情形，只知道貪求他國的土地，而沒有認清楚戰爭本身將對兩國造成的危害。所以當楚莊王接受了孫叔敖的進諫，楚、晉兩國便都能夠得到安寧。

22. 晉平公之時，藏寶之臺燒。士大夫聞，皆趨車馳馬救火，三日三夜乃勝之。公子晏子[1]獨束帛而賀，曰：「甚善矣！」平公勃然作色曰：「珠玉之所藏也，國之重寶也，而天火之，士大夫皆趨車走馬而救之。子獨束帛而賀，何也？有說則生，無說則死。」公子晏子曰：「何敢無說？臣聞之：王者藏於天下，諸侯藏於百姓❷，商賈藏於篋匱。今百姓之❸於外，短褐不蔽形，糟糠不充口。虛❹而賦斂無已，收太半而藏之臺，是以天火之。且臣聞之：昔者桀殘賊海內，賦斂無度，萬民甚苦，是故湯誅之，為天下戮笑❺。今皇天降災於藏臺，是君之福也，而不自知變悟，亦恐君之為鄰國笑矣。」公曰：「善。自今已往，請藏於百姓之間。」《詩》曰：「稼穡維寶，代食維好❻。」

【注　釋】❶公子晏子　《太平御覽》、《藝文類聚》、《初學記》皆引作「公子晏」。❷諸侯藏於百姓　這句話下面，《太平御覽》引文加上「農夫藏於囷庾」一句。囷、庾，都是穀倉。❸之　本或作「乏」，《藝文類聚》、《事類賦》引亦作「乏」。❹虛　本或作「虛耗」。❺戮笑　恥笑。❻稼穡維寶二句　《詩經・大雅・桑柔》中的句子。稼穡，指農業生產。稼，播種。穡，收穫。代食，指不勞動而坐吃糧食。

【語　譯】晉平公的時候，藏寶臺著了大火燒了起來。士大夫們聽說了之後，都奔上車驅著馬去救火，救了三天三夜，才把火撲滅了。只有公子晏拿著一束帛來道賀，說：「很好啊！」晉平公變了臉色，生氣地說：「藏寶臺是珍珠玉器所貯藏的地方，都是國家最珍貴的寶物，天卻讓它起了大火，士大夫們都上車驅馬去救火。你卻拿著一束帛來道賀，這是為什麼？如果你說的有道理，我就讓你活下去；如果你說的沒有道理，我就將你殺死。」公子晏說：「我怎麼敢說得沒有道理呢？我聽說：做天子的將自己的財物藏在天下，做諸侯的將自己的財物藏在老百姓當中，做農夫將的自己的財物藏在穀倉裡面，做商人的將自己的財物藏在箱子和櫃子裡面。現在百姓非常地困乏，短短的粗布衣遮蔽不了自己的形體，連粗劣的食物都不夠吃，老百姓這樣虛耗，國家對他們賦稅的徵收卻從不停止，一大半被收藏在這個藏寶臺中，所以上天降下大火來燒它。況且我聽說過：以前夏桀殘害海內的人民，徵收賦稅沒有一個節制，老百姓都很苦，所以商湯來誅滅他，他也被天下人所恥笑。現在上天降下災難於藏寶臺，這是國君的福祉，卻自己不知道改變醒悟，恐怕也會被鄰國人笑話吧。」晉平公說：「好。從今以後，就讓我的財貨藏在老百姓之間。」《詩經》上說：「農業生產是個寶，官吏不從事勞動，靠農民養活，但是能將國家治理好，那也很好。」

【研　析】公子晏在國家藏寶臺燒毀之後，不去救火，不去慰問，反而去賀喜，等他說出了他賀喜的原因之後，晉平公意識到自己聚斂財物的過錯，並也認同是因為自己平時不關心百姓的疾苦，而上天降下災禍來警懲自己，於是稱善，也不失為善於從諫的君主；而公子晏則是能夠抓住時機進諫，因為如果在平時向晉平公進諫，他倒未必能夠接受這一番道理，因此公子晏也不失為良臣。

23. 魏文侯問里克曰：「吳之所以亡者，何也？」里克對曰：「數❶戰而數勝。」文侯曰：「數勝，國之福也，其獨亡，何也？」里克對曰：「數戰則民疲，數勝則主驕，驕則恣，恣則極❷。上下俱極，吳之亡猶晚矣，此夫差所以自喪於干遂❸。」《詩》曰：「天降喪亂，滅我立王❹。」

【注釋】❶數　屢次。❷恣則極　這一句後面，《呂氏春秋》有「物疲則怨，怨則極慮」八個字。❸干遂　地名。❹天降喪亂二句　《詩經・大雅・桑柔》中的句子。

【語譯】魏文侯問里克說：「吳國的滅亡，是因為什麼？」里克回答說：「因為它屢戰而屢勝。」魏文侯說：「屢次勝敵，這是國家的福祉，吳國卻獨獨因此而滅亡，為什麼呢？」里克回答說：「屢次打仗，老百姓就會疲困，屢次勝利，國君就會驕傲，驕傲就會恣意放肆，放肆就會到一個極端。老百姓疲困就會怨恨，怨恨就會窮極思慮要反對君主。在上在下都達到一個極端，吳國的滅亡還算是晚了一些，這是夫差自己在干遂喪失性命的原因。」《詩經》上說：「上天降下了禍亂，滅掉了我們所立的王。」

【研析】古人運用言辭之際，往往欲擒故縱，以引起對方的注意，取得更好的效果，本章中里克回答魏文侯的問話便是用了這種方法。滅亡和戰勝似乎是一對相反的概念，但是其中卻又隱含了一個不可分割的聯繫，即「數戰則民疲，數勝則主驕，驕則恣，恣則極」，最終導致一個無法收拾的結局。另一方面，其中所說的道理也很令人深省，窮兵黷武之國，不管其如何強盛，而國內虛耗，百姓疲弊，很少有不滅亡的，秦國便是一個例子。

24. 楚有士曰申鳴，治園以養父母，孝聞於楚王，召之，申鳴辭不往。

其父曰：「王欲用汝，何謂❶辭之？」申鳴曰：「何舍為子，乃為臣乎？」其父曰：「使汝有祿於國，有位於廷，汝樂而我不憂矣，我欲汝之仕也。」申鳴曰：「諾。」遂之朝受命，楚王以為左司馬❷。其年，遇白公之亂❸，殺令尹子西、司馬子期，申鳴因以兵之衛❹。白公謂石乞❺曰：「申鳴，天下勇士也。今將兵，為之奈何？」石乞曰：「吾聞申鳴孝也，劫其父以兵。」使人謂申鳴曰：「子與我，則與子楚國❻。不與我，則殺乃父。」申鳴流涕而應之曰：「始則父之子，今則君之臣，已不得為孝子矣，安得不為忠臣乎？」援桴鼓之，遂殺白公，其父亦死焉。王歸，賞之。申鳴曰：「受君之祿，避君之難，非忠臣也；正君之法，以殺其父，又非孝子也。行不兩全，名不兩立。悲夫，若此而生，亦何以示天下之士哉！」遂自刎而死。《詩》曰：「進退惟谷❼。」

【注　釋】❶何謂　何為；為什麼。謂，通「為」。❷左司馬　管理軍事的官。❸白公之亂　參見卷一第二十一章。❹之衛　《說苑》作「圍之」。❺石乞　跟隨白公勝一起叛亂的人。❻楚國　《說苑》作「分楚國」。❼進

退惟谷　《詩經・大雅・桑柔》中的句子。谷，窮。

【語　譯】楚國有一個士人叫做申鳴，種植一個園子來養活自己的父母，楚王聽說他孝順，就召見他，申鳴推辭不去。他的父親說：「大王想要任用你，為什麼推辭呢？」申鳴說：「為什麼要放棄做兒子，去做一個大臣呢？」他的父親說：「你在國家裡面拿俸祿，在朝廷裡面有職位，你快樂，我也不會憂愁了，我想讓你去做官。」申鳴說：「好吧。」就到朝廷裡面去接受任命，楚王讓他做左司馬。那一年，正好碰上了白公勝的叛亂，殺了令尹子西、司馬子期，申鳴帶兵把白公勝圍起來。白公勝對石乞說：「申鳴是天下的勇士，現在他領兵，怎麼辦？」石乞說：「我聽說申鳴是個孝子，可以用武力脅持著他的父親。」白公勝就派人對申鳴說：「你如果順從我，我就和你平分楚國；如果你不順從我，就殺了你的父親。」申鳴流著眼淚回答說：「一開始我是父親的兒子，現在是國君的大臣，已經不能夠做孝子了，怎麼能夠不做忠臣呢？」拿起鼓槌擊鼓進軍，於是就殺了白公勝，申鳴的父親也被殺死了。楚王回來，賞賜申鳴。申鳴說：「我接受了國君的俸祿，如果逃避國君的患難，那就不是忠臣；端正君王的法度，卻讓自己的父親被殺死了，又不是一個孝子。行為不可能兩方面都做得完全，聲名也不可能忠孝同時得到。悲哀啊，像這樣我還活下去，怎麼能給天下的士人做個榜樣呢！」就用劍自殺而死。《詩經》上說：「進退兩難。」

【研　析】申鳴因為父親的意願而去做官，本來也是出於孝心；卻讓父親因為自己做官而死，最終成了孝道不全的人，而這種孝道又和對國家的忠誠糾合在一起，這便讓申鳴在「忠」和「孝」的問題上處在更大的矛盾之中，用他自己的話來說是：「受君之祿，避君之難，非忠臣也；正君之法，以殺其父，又非孝子也。行不兩全，名不兩立。」最後不得不以自刎來處理這種進退兩難的局面。與卷一的第二十一章、卷六的第十二章可以對照起來閱讀。

25. 昔者太公望、周公旦受封而見。太公問周公何以治魯，周公曰：「尊尊親親。」太公曰：「魯從此弱矣。」周公問太公曰何以治齊，太公曰：「舉賢賞功。」周公曰：「後世必有劫殺之君矣。」後齊日以大，至於霸，二十四世而田氏代之❶。魯日以削，三十四世而亡❷。由此觀之，聖人能知微❸矣。《詩》曰：「惟此聖人，瞻言百里❹。」

【注釋】❶田氏代之　據《史記》記載，齊國傳了二十八代，被田和所取代。❷三十四世而亡　魯國後為楚國所滅。❸微　幾微，事情未發生之前的一些預兆。❹惟此聖人二句　《詩經・大雅・桑柔》中的句子。言，語詞。

【語譯】以前姜太公呂望、周公姬旦同被周武王封為諸侯，兩個人見了面。姜太公問周公怎麼樣去治理魯國，周公說：「尊敬長上，親近親人。」姜太公說：「魯國從此要衰弱了。」周公就問姜太公怎麼樣治理齊國，姜太公說：「舉薦賢人，賞賜有功的人。」周公說：「齊國以後一定會有劫持殺害君主的臣子。」後來齊國日益強大，以至於在諸侯中稱霸，過了二十四代以後被田氏所取代。魯國日益削弱，傳了三十四世以後，被楚國所滅。由此看來，聖人能夠知道事情的先兆。《詩經》上說：「只有聖人，才能夠看到很遠的事情。」

【研　析】本章所說的兩種治理國家的方法，各有利弊，而借姜太公和周公旦兩人的討論講述出來。尊尊親親，這是周代的傳統治國方法，以道德禮義為主，運用得當，則可以王天下，如果運用不當，則國力漸弱，周室本身的逐漸衰弱，也與此相關；舉賢賞功，則是傾向於惟才是舉，這樣可以使國家強盛，甚至可以稱霸諸侯，但是道德的力量卻削弱了。所以這兩種觀念所說的實際上是「王道」和「霸道」的分別。

◎新譯四書讀本

謝冰瑩等／編譯

儒家的思想學說與人生哲學，是中華文化歷久彌新的主要根源，而《四書》所包含的《大學》、《中庸》、《論語》、《孟子》，則代表了儒家學說的精髓，因此《四書》可說是人人必讀的典籍，其中啟示我們做人處世的道理，仍是千古不變的原則。本書原文後有章旨、注釋及語譯三部分，注釋以十三經注疏本和朱熹集注為主，並兼採各家注釋的長處，使文義融貫，讓讀者更能一目瞭然，加上提綱挈領的章旨和明白曉暢的語譯，是最適合現代人自修的《四書》讀本。

◎新譯論語新編解義

胡楚生／編著

《論語》是傳統思想中的寶典，在精簡的文字中，記錄了許多孔子為人處世的哲理。本書選取《論語》書中對於人們進德勵志尤為切要的部分，凡三百六十五章，略依孔子自述從志學、而立、不惑、知命、耳順至不踰矩，學思歷程由近及遠、由下學以至上達的順序，重新編排，分為二十類目，加上簡明的注譯和精要的導讀與解義，使讀者展卷閱讀，即可了解《論語》一書義理的重點。

◎新譯孔子家語

羊春秋／注譯　周鳳五／校閱

《孔子家語》綴輯了群經之言、百家之語，客觀上起到了羽翼孔書、宏揚儒學的作用。它通過具體的言論和故事，從為政以德、修身以禮、待人以恕、辨物以審諸方面，歌頌了孔子的至德、至聖、至仁、至博的品德和修養。通過本書詳明的注譯解析與導讀，讀者當能更加認識孔子的德性光輝。

國家圖書館出版品預行編目資料

新譯韓詩外傳／孫立堯注譯.——初版二刷.——臺北市：三民，2020
面；　公分.——(古籍今注新譯叢書)

ISBN 978-957-14-5718-5（平裝）

831.15　　101016812

古籍今注新譯叢書
新譯韓詩外傳

注譯者	孫立堯
發行人	劉振強
出版者	三民書局股份有限公司
地址	臺北市復興北路 386 號 (復北門市) 臺北市重慶南路一段 61 號 (重南門市)
電話	(02)25006600
網址	三民網路書店 https://www.sanmin.com.tw
出版日期	初版一刷 2012 年 10 月 初版二刷 2020 年 8 月
書籍編號	S033240
ISBN	978-957-14-5718-5